K. C. Atkin

New York Bastards – In deinem Schatten

Die Autorin

© privat

K. C. Atkin lebt in Osnabrück, wo sie Psychologie studiert. Bevor sie die LYX-Storyboard-Jury mit ihrem Debütroman von ihrem Talent als Autorin überzeugen konnte, schrieb sie vor allem für sich selbst. Mit der Veröffentlichung bei ihrem Lieblingsverlag geht für die Autorin ein lang gehegter Traum in Erfüllung. Weitere Informationen unter: www.facebook.com/k.c.atkinauthor

K. C. ATKIN

New York Bastards

In deinem Schatten

Roman

.digital LYX

Vollständige ePub-to-Print-Ausgabe des in der Bastei Lübbe AG erschienenen eBooks »New York Bastards – In deinem Schatten« von K. C. Atkin

LYX.digital in der Bastei Lübbe AG

Textredaktion: Uwe Raum-Deinzer
Umschlaggestaltung: © Guter Punkt, München | www.guter-punkt.de
unter Verwendung von thinkstock/MaxFrost und iStock.com/
MBPROJEKT_Maciej_Bledowski
Satz: 3w+p GmbH, Rimpar
Druck: Books on Demand GmbH, Norderstedt

ISBN 978-3-7363-0909-8

www.lyx-verlag.de
www.luebbe.de
www.lesejury.de

FSC
www.fsc.org
MIX
Papier aus verantwortungsvollen Quellen
Paper from responsible sources
FSC® C105338

Für Lynne

Mom – Danke für alles.
Elf Jahre ist es her, dass ich dir
meinen ersten Text gegeben habe.

Und jetzt sind wir hier.

Gutes und Böses ist in der Natur verwischt, aber nicht in gleichem Maße; des Guten ist weit mehr, des Bösen ist weit weniger. Und selbst das Böse wirkt Gutes oder kommt aus Ursachen, die mehr Gutes als Böses wirken.

Johann Bernhard Basedow

1

Ich habe es so satt.

Der Gedanke ging Lissiana durch den Kopf, als sie die paar Blocks zum Fundort der Leiche hinter sich zurückließ, die sie noch von der U-Bahn hatte laufen müssen. Der Morgen dämmerte kaum, und doch kamen ihr endlos viele Menschen entgegen. Sie versuchte, sich mental darauf vorzubereiten, was sie erwarten würde, wenn sie die kommenden drei Blocks passiert hatte. Doch wenn sie ehrlich war, dann wollte sie nicht daran denken.

Kein bisschen.

Sie wusste schon genau, was sie vorfinden würde. Sie wollte nicht an den Tod denken, der in dieser Gasse in einem schäbigen Teil der sonst schillernden Stadt mit eisigen Händen nach ihnen allen greifen würde, um ihnen ihre Sterblichkeit und die Sinnlosigkeit dieses Todes vor Augen zu führen.

Sie wollte sich lieber mit den Gedanken der namenlosen Frau beschäftigen, die ihr sichtlich beschämt entgegenkam. Die Entschuldigung für das Kleid, welches sie am Leib trug, war offensichtlich, dass sie es schon seit letzter Nacht anhatte. Ihr Haar war zerzaust, ihr Lippenstift verschmiert, und ihre glanzlosen Augen zeugten von Reue und zu viel Alkohol. Woran sie wohl dachte? Vielleicht war ihr One-Night-Stand fürchterlich gewesen. Vielleicht war ihr ihr Liebhaber im Licht der Ausnüchterung viel weniger attraktiv erschienen. Oder sie hatte jemanden betrogen, den sie eigentlich liebte.

Der Schmerz, der Lissiana bei diesem Gedanken erfasste, war scharf und gnadenlos. Wie eine Klinge fuhr er durch ihr Fleisch und ließ sie blutend zurück. Doch dafür hatte sie keine Zeit. Nicht jetzt. Und schon gar nicht hier. Sie wusste, dass sie sich dem Tatort näherte, da das Stimmengewirr mit jedem Meter lauter wurde, den sie zurücklegte.

Diese Stadt schläft wohl wirklich nie, dachte Lissiana sarkastisch und ging um die letzte Häuserecke, die sie noch von ihrem Bestimmungsort trennte. Und was sich vor ihren Augen zeigte, war der eindeutige Beweis dafür, dass eine Stadt wie New York City nicht nur niemals schlief – nein, sie war auch zerfressen von der perfiden Neugier ihrer Bewohner, die selbst im Dämmerlicht noch auf eine großartige Geschichte zu warten schienen, um sie aus der Bedeutungslosigkeit ihres durchschnittlichen Daseins hinauszukatapultieren. In den Fokus der Öffentlichkeit, von der sie sich die Aufmerksamkeit erhofften, die sie sonst nirgendwo bekamen.

Vor ihr erstreckte sich eine Traube aus Menschen, auf deren Gesichter das Blaulicht der Einsatzfahrzeuge grausige Schatten warf. Kollektiv reckten sie ihre Hälse und versuchten einen Blick auf das zu erhaschen, was hinter der Absperrung und hinter dem Sichtschutz aus Polizisten und Fahrzeugen lag.

Diese Menschen widerten sie an.

Lissiana fehlte jedes Verständnis dafür, wie man sich mit Schlafanzug und Morgenmantel bekleidet in aller Herrgottsfrühe auf die Straße wagen konnte, nur um sich einen Blick auf etwas zu verschaffen, das sie selbst in ihren Albträumen verfolgen würde. Sie warf einen Blick auf die Uhr an ihrem Handgelenk und seufzte leise. Es war noch nicht einmal ganz sechs Uhr morgens, und doch musste sie sich einen Weg durch die Menschenmenge bahnen, die sich hier versammelt hatte.

Unsanft schubste sie die Zivilisten zur Seite und wurde dafür ihrerseits gestoßen und verflucht, da der mühsam ergatterte Platz nun in Gefahr zu geraten drohte. Noch waren die Temperaturen mit zwanzig Grad erträglich, doch das würde sich ändern, sobald die Sonne aufgegangen war. Die Bewohner New York Citys würden dann wieder kochend und dampfend dessen ganzes Glas und den schwarzen Asphalt verfluchen. Und dann würden auch diese Maden zurück in ihre Häuser kriechen.

Lissiana schob eine ältere Dame unsanft zur Seite und erreichte das Absperrband, das gelb leuchtend verkündete, dass in den Tiefen der noch in Dunkelheit gehüllten Gasse etwas geschehen war, das nicht für jedermanns Augen bestimmt war und sich dennoch bald erneut der Öffentlichkeit präsentieren würde.

»Na hören Sie mal, Fräulein«, fauchte die ältere Dame, und Lissiana sah sie an. »Ich stehe hier seit einer Stunde! Stellen Sie sich hinten an, wenn Sie auch was sehen wollen.«

Eigentlich hätte Lissiana vollkommen fassungslos sein müssen. Diese Offenlegung von blinder und perverser Neugierde hätte ihr den Magen umdrehen sollen. Und doch geschah rein gar nichts.

Trotz ihres gepflegten weißen Haares, das mit Lockenwicklern bestückt war, damit sie später am diesem Morgen adrett aussehen würde, lag in ihren trüben Augen doch der unverkennbare Ausdruck einer Leere, die mit einer enormen Einsamkeit einherging. Vermutlich war das hier wirklich der Höhepunkt in ihrem Leben. Vermutlich lebte sie allein, und da sie in Hell's Kitchen wohnte, hatte sie wohl seit mehreren Jahrzehnten einen Mietvertrag mit einer sehr geringen monatlichen Miete, die sie sich von ihrem schmalen Einkommen gerade so leisten konnte.

Die Art, wie sie sich an ihrem billigen, aber edel wirkenden Morgenmantel festkrallte und wie sie das Kinn angriffslustig vorstreckte, war ein Zeichen dafür, dass die alte Dame eine echte New Yorkerin war. Wahrscheinlich war sie in Hell's Kitchen aufgewachsen zu den Zeiten, als noch niemand freiwillig einen Fuß in dieses Viertel gesetzt hatte. Sie wusste, wie man sich durchsetzte. Und doch würde sie sich an Lissiana ihre falschen Zähne ausbeißen.

Denn diese zückte nur ihre Dienstmarke und hielt sie der alten Dame unter die Nase. »Ich gehöre zu den Leuten, denen Sie mit ihrer Sensationsgier die Arbeit schwer machen. Also lassen Sie mich wenigstens durch, wenn Sie schon alle anderen mit ihrer Rücksichtslosigkeit behindern müssen.« Lissiana war überrascht, wie ruhig sie klang. Dabei war sie überhaupt nicht in der Stimmung, sich mit einer alten Dame zu streiten.

Die andere Frau wurde blass, zog den Kragen ihres Morgenmantels fester zusammen und machte dann genug Platz, damit Lissiana sich unter dem gelben Absperrband her ducken konnte.

Auf der anderen Seite der grausamen Realität dieses Bandes herrschte emsige Betriebsamkeit. Mehrere Polizisten schirmten die ermittelnden Beamten von den unerwünschten Blicken der Voyeure ab, während die Spurensicherung, die Gerichtsmedizin und einige Ermittler der Mordkommission ihre Arbeit verrichteten.

Lissiana reckte sich auf ihren hohen Schuhen, um nach Nathan Ausschau zu halten, mit dem sie nun dringend sprechen musste. Nur er würde ihr die Antworten geben können, die sie brauchte, um mit ihrer Arbeit zu beginnen. Auch wenn sie dem Tod nicht noch näher kommen wollte als diese paar Meter, die sie sich hinter das Absperrband vorgewagt hatte.

Doch seit zwei Jahren war genau das ihr Job. Man rief Lissiana an, wenn der gewaltsame Tod seine grausamen Spuren hinterlassen hatte. Man rief sie, wenn man einer Familie sagen musste, dass sie nun ein totes Mitglied zu beklagen hatte. Man rief sie, wenn die Menschheit ihr hässlichstes Gesicht zeigte.

Lissiana schloss die Augen und atmete tief durch, während sie versuchte, die Erinnerungen zu verdrängen, die sie überschwemmten. So viele. Es waren so unglaublich viele Leichen, die sie hatte sehen müssen.

Gesichter. Schicksale. Wunden. Blut.

Alles hatte sich in ihren Erinnerungen eingenistet wie ein Parasit. Sie erinnerte sich nur zu gut daran, wie sie sich an ihrem ersten Tatort in einen Mülleimer übergeben hatte, weil sie den Verwesungsgeruch nicht ertragen hatte.

Lissiana war nicht wie einige ihrer anderen Kollegen. Ihr machte das Blut nichts aus. Davon hatte sie schon viel zu viel gesehen. Es war die Endgültigkeit und die Sinnlosigkeit dieser Tode, die ihr den Schlaf raubten.

»Nummer Sechs«, hörte sie eine tiefe Stimme direkt neben sich murmeln, sodass sie schnell die Augen aufschlug. »Ich schwöre dir, wenn ich diesen Bastard erwische, dann geb ich ihm eine Kostprobe seiner eigenen kranken Praktiken.«

Lissiana sah zu ihrer Rechten und fand dort Nathan. Er verstand sie wie niemand sonst im Polizeipräsidium. Nathan Tucson, der von allen nur Nate genannt wurde, ragte neben ihr auf, und sein Gesicht war zu einer harten Maske aus Wut und Frustration verzogen. Tiefe Schatten lagen unter seinen grauen Augen. Er schlief anscheinend genauso wenig wie sie.

Doch er hatte kein Make-up, hinter dem er sich verstecken konnte. Sein schwarzes Haar war zwar zu kurz, um zerzaust zu sein, doch der Anzug, den er trug, war zerknittert. Vermutlich war er direkt von der Wache hergefahren und hatte noch keine Minute geschlafen.

Nate blieb in letzter Zeit ungesund lange im Büro und ging wieder und wieder die Beweise dieses bizarren Falls durch, doch so wie die Lage im Moment war, würde er wohl nichts finden. Genauso wie in den vergangenen zehn Monaten.

Es war zum Verzweifeln.

»Was sagen der Gerichtsmediziner und die Spurensicherung?«

Lissiana starrte auf das Personal des NYPD, das unbeirrt seinen Aufgaben nachging. Einige von ihnen tranken dazu Kaffee, und automatisch wurde ihr übel. Sie verstand nicht, wie man in so einer Lage auch nur irgendetwas herunterwürgen konnte. Doch diese Menschen arbeiteten nur einmal an diesem Fall. Ihre Beteiligung war kaum mehr als der Bruchteil einer Sekunde in einer Ermittlung, die sich seit zehn Monaten hinzog. Diese Leute kehrten wieder zu ihrem ganz normalen Leben zurück.

Nur ihr und Nathan war das nicht vergönnt.

»Es ist das Gleiche wie immer«, sagte Nate und stürzte sie von ihren düsteren Gedanken in die tiefe Schwärze der Machtlosigkeit, die sie empfand. »Aufgeschlitzte Kehle. Schürfwunden an den Fußknöcheln, wo sie zum Ausbluten aufgehängt wurde.« Nates Stimme klang rau, und er rieb sich den Nasenrücken. Die Worte wurden von einem leichten Beben begleitet. »Wieder riechen die Haare nach Farbe. Wieder ein Brautkleid. Wieder der Strauß aus roten Rosen.« Er legte die Hand in Lissianas Rücken. »Lange genug gezögert.«

Sanft schob er sie vor sich her. Er hatte recht. Sie hatte Zeit schinden wollen, um nicht zur Leiche zu müssen. Denn das war immer der schlimmste Teil. Wenn die Namen der Frauen Lissiana in den Akten begegneten, dann konnte sie zumindest so tun, als wären es nur Namen auf einer Liste.

Hier draußen waren sie Menschen aus Fleisch und Blut.

Mit einer Familie. Mit einer Geschichte.

Lissiana presste sich unauffällig die Hand auf den Magen und unterdrückte die Übelkeit. Es war nicht ihr erster Tatort. Und so wie es momentan aussah, würde es auch vorerst nicht ihr letzter sein.

Nathan, der sie um ein gutes Stück überragte, schob sie vorbei an den Streifenpolizisten, die die Menge zurückhielten, und geleitete sie hinter die Fahrzeuge. Sicher lotste er sie durch ihre Kollegen, die wie immer nicht auf Lissiana achteten.

Wie immer strafte man sie mit Ignoranz. Sie war wie das Familienmitglied, das an Thanksgiving zwar notgedrungen eingeladen, aber dann ignoriert wurde, weil alle sich für sie schämten.

Sie hatte sich daran gewöhnt.

Die Gasse wurde mit jedem Schritt dunkler und enger, und Lissiana spürte, wie es ihr die Kehle zuschnürte. Der Geruch von Moder und Müll vermischte sich zu einem unangenehmen Cocktail, der von dem Hauch von Kupfer begleitet wurde, der Blut anhaftete.

Panik stieg in ihr auf. Wie jedes Mal wenn sie den kalten Hauch des Todes spürte.

Dann sah sie das Opfer.

Die Frau war zwischen zwei Müllcontainern abgelegt worden. Aus der Ferne sah es aus, als würde sie schlafen. Mit geschlossenen Lidern lag sie dort. Doch an dieser Situation war nichts Friedliches.

Absolut gar nichts.

Lissiana näherte sich und hockte sich dann neben der Frau hin. Offensichtlich war sie jung. Lissiana schätzte sie auf achtzehn oder neunzehn Jahre. Ihr Haar war tiefbraun und von wunderschönem Glanz. Es reichte ihr bis knapp zu den Schultern. Ihre Gesichtszüge wirkten entspannt. Beinahe sanft.

Lissiana zog sich die weißen Handschuhe aus Silikon mechanisch über, die die Gerichtsmedizinerin ihr reichte, und fuhr mit den Fingern über die Wange des Opfers. Als sie die Hand hob, sah sie das Make-up, dass an ihren Fingerspitzen hängen geblieben war, und wieder stiegen Hilflosigkeit und Wut in ihr hoch.

Wie bei den anderen fünf Opfern hatte der Mörder sich auch hier die Zeit genommen, die geschundene Frau zu schminken und zu frisieren. Sie fragte sich, was für ein Mensch er oder sie war. Auch wenn es statistisch gesehen wahrscheinlicher war, dass der Mörder dieser Frau ein Mann war.

Am Hals des Opfers fand sie wie immer die lange, dünne Linie, die von einer Seite zur anderen verlief. Dort machte er seinen Schnitt und hängte die Frauen auf, damit sie ausbluteten. Lissiana erschauderte. Sie ließ den Blick weiterwandern, und sofort entdeckte sie das große Hämatom an dem Schlüsselbein des Mädchens.

Es schimmerte in allen Farbtönen von Schwarz über Violett bis hin zu Grün und Gelb. Dieser Mistkerl hatte sich offenbar auch diesmal nicht zurückgehalten. Fest biss Lissiana die Zähne aufeinander und ballte die Hände zu Fäusten, während sie sich zu beruhigen versuchte. Sie durfte sich nicht von ihren Emotionen leiten lassen, wenn sie diesen Fall aufklären wollte.

Also atmete sie tief durch und betrachtete das Brautkleid. Zusammen mit dem großen Bouquet aus zehn langstieligen roten Baccara-Rosen war das Brautkleid die perfide Visitenkarte des Mörders, den die Presse genau aus diesem Grund den Namen *Der Bräutigam* gegeben hatte.

Wie immer erschien es auf den ersten Blick von guter Qualität. Der obere Teil des Kleides war bis zur Brust aus durchsichtigem weißem Stoff gearbeitet, in dem sich schöne Stickereien aus einzelnen Blütenblättern an den Ärmeln befanden. Die Brust wurde durch festeren Stoff verdeckt, der einen herzförmigen Ausschnitt formte. Auch hier erschienen die Stickereien aufwendig. Diese reichten bis zu einem breiten Gürtel aus geraffter Seide an der Taille, aus dem dann der schlichte, knielange Rock entsprang. Vom Gürtel aus fielen lange Bahnen aus weißem Chiffon hinab, die dem Mädchen bis zu den Knöcheln reichten. An den Füßen trug sie weiße High Heels.

Lissiana überkam erneut die Übelkeit, als ihr wieder bewusst wurde, dass der Mörder sich Zeit nahm, um die Outfits auszusuchen und seine Opfer einzukleiden. Er beschäftigte sich genau mit dem Make-up, das dazu diente, die Verletzungen in ihren Gesichtern verschwinden zu lassen. Er nahm Maß, um die passende Größe für das Kleid zu finden. Und auch wenn er nicht viel Geld hatte, was sich an den Kleidern zeigte, die nie mehr als einhundert Dollar kosteten, kaufte er es, färbte den Frauen die Haare und schnitt sie. Und dann zog er die Leichen an und legte sie in den Straßen von Hell's Kitchen ab wie Müll, was sie gewiss für ihn auch waren.

Allein der Gedanke, dass er diese Frauen über Tage hinweg festhielt und sie vergewaltigte und folterte, war für Lissiana kaum zu ertragen. Doch diese Inszenierung, die er nach ihrem Tod mit ihnen vollzog, war der wahre Grund, warum Lissiana sich nachts übergab, wenn sie wieder einmal von einem seiner Opfer geträumt hatte.

»Zeitpunkt des Todes?«, fragte Lissiana leise, und die Gerichtsmedizinerin schaute auf ihren Notizblock. Geschäftsmäßig ging sie die Punkte durch und kam dann endlich zu dem, was Lissiana wissen wollte.

»Ungefähr vor acht bis zwölf Stunden. Die Totenstarre ist schon vollkommen ausgeprägt«, erklärte die andere Frau tonlos und strich sich ihren kurzen grauen Bob zurück in Position.

»Das Gleiche wie immer«, sagte sie abgeklärt und deutete nachlässig auf den Körper der unbekannten Toten. »Bisher kann ich erkennen, dass sie schwer misshandelt wurde und dass die Todesursache das Ausbluten war. Auf Näheres werden Sie warten müssen, Stafford«, sagte sie gelassen. »Ich brauch sie erst auf dem Tisch, um sagen zu können, ob sie wirklich zu einhundert Prozent zu den anderen fünf Frauen passt«, erklärte sie sachlich, und keinerlei Emotion huschte über ihr von Falten gezeichnetes Gesicht.

Diese Frau hatte vermutlich drei Jahrzehnte voller schrecklicher Morde hinter sich, sodass auch dieser Fall sie nicht mehr berührte. Es stimmte wohl wirklich, dass man mit der Zeit abhärtete. Auf Lissiana schien das jedoch nicht zuzutreffen. Sie war seit zwei Jahren bei der Mordkommission, und doch hatte sich diese eisige Gelassenheit bei ihr nicht durchgesetzt. Und auch Nathan schien eine Ausnahme von dieser Regel zu sein. Er war seit zehn Jahren dabei, und dennoch berührten ihn Fälle wie dieser.

»Wann können die Berichte fertig sein?«, hakte Lissiana nach und stand auf, während sie die Handschuhe von ihren Fingern zog. Erleichterung überkam sie, als ihre Hände von dem Silikon befreit waren. Hier konnte sie nichts weiter tun. Sie würde sich das Mädchen im Leichenschauhaus noch mal näher ansehen müssen.

Die Gerichtsmedizinerin verdrehte die blauen Augen und stieß ein Seufzen aus, als hätte sie die Nase voll davon, sich mit ungeduldigen Polizisten auseinanderzusetzen. »Sie sollten mich in Ruhe meine Arbeit machen lassen. Vielleicht bekommen Sie es dann ja endlich hin, Ihre zu tun.«

Lissiana erstarrte mitten in der Bewegung, und sie spürte, wie auch Nathan sich hinter ihr verspannte. Wie immer hielt er sich in ihrem Rücken wie eine Wand, gegen die sie sich würde sinken lassen können. Doch dieser Schlag unter die Gürtellinie brachte sie beide beachtlich ins Schwanken.

Lissiana ballte die Hände so stark zu Fäusten, dass ihre Nägel sich schmerzhaft in ihre Handballen bohrten und ihre Arme unter der aufgewendeten Kraft zu zittern begannen.

»Wie bitte?«, fragte sie fassungslos nach, doch die ältere Frau kritzelte nur völlig ungerührt ihr Kürzel unter ein Protokoll, das ein anderer Polizist ihr hinhielt. »Ich denke, Sie haben mich verstanden, Miss Stafford«, sagte sie mit einem Unterton, der unmissverständlich klarmachte, dass diese Frau glaubte, Lissiana sei nicht mehr wert als ein alter Kaugummi auf den Bürgersteigen von New York City. Er war lästig, aber man wurde ihn nun mal einfach nicht los.

»Bei ihrer Vorgeschichte sollten Sie sich mit Forderungen zurückhalten, finden Sie nicht?«, setzte die ältere Frau nach, und Lissiana hörte, wie Nathan hinter ihr mit den Zähnen knirschte und schnaubte wie ein Stier, kurz bevor er auf den Matador losgehen wollte.

Normalerweise hätte Lissiana sich ein solches Verhalten nicht gefallen lassen, doch sie war zu kraftlos und zu ausgezehrt, um sich auf diese Diskussion einzulassen. Sie hatte kaum geschlafen, und dieser Tatort setzte ihr ziemlich zu. »Melden Sie sich einfach, wenn Sie so weit sind«, murmelte sie und ließ die Gerichtsmedizinerin mit einem süffisanten und zufriedenen Grinsen über ihren niveaulosen Tiefschlag kommentarlos gehen.

»Kannst du mir verraten, was das jetzt sollte?«, murrte Nathan hinter ihr, und sie sah über die Schulter, um seinem durchdringenden Blick zu begegnen.

»Nate – nicht heute, okay?« Ein kurzer Anflug von Verständnis und Mitleid huschte über sein Gesicht, ehe der Ausdruck wieder verschlossen wurde.

»Komm, wir gehen. Hier gibt es für uns nichts mehr zu tun.« Nate schob sie zurück zum Absperrband. Mittlerweile war auch die Presse angekommen und machte das Chaos perfekt, während die Kamerahaie versuchten, das erste Bild des Opfers zu ergattern, um es an den Meistbietenden zu verkaufen. Sofort schirmte Lissiana ihr Gesicht mit ihrer Hand ab und ließ sich von Nate durch die Menge schieben.

»Miss, haben Sie einen Kommentar abzugeben?«

»Haben Sie etwas gesehen?«

»Können Sie uns Näheres sagen?«

»War es der *Bräutigam?*«

Die Fragen schossen auf Lissiana ein wie Gewehrsalven, und sie war froh, als sie das Ende der Menschentraube erreichten. Dort gab die alte Dame im Morgenmantel gerade ein Interview an irgendeinen unbedeutenden Lokalsender. »Ich hab gehört, wie einer der Polizisten gesagt hat, dass es wieder der *Bräutigam* war«, sagte sie voller Inbrunst in die Linse der Kamera. »Ich sage Ihnen – diese lausigen Polizisten tun überhaupt gar nichts, um uns zu beschützen! Wie lange wollen die dieses Monster denn noch morden lassen?! Also damals war alles anders. Wissen Sie, als mein Edward noch lebte, da …«

Ja, diese Frage stellte Lissiana sich auch, als Nathan sie um die Häuserecke schob und dann anhielt, um sich eine Zigarette anzuzünden.

Während sie das Klicken des Feuerzeugs hörte, das ihr Partner zu entzünden versuchte, ging Lissiana die Frage der alten Dame wieder und wieder durch den Kopf. *Wie lange wollen die dieses Monster noch morden lassen?* Ja, wie lange noch? Nathan und sie waren genauso weit wie am Anfang ihrer Ermittlungen. Und egal wer gekommen war, um ihnen zu helfen, alle waren wieder abgereist, ohne auch nur einen kleinen Fortschritt erzielt zu haben.

In manchen Momenten kam es ihr wirklich so vor, als ließe sie den *Bräutigam* einfach machen, was er wollte. Die Hilflosigkeit, die sie empfand, ließ sie nicht schlafen, und ihr Selbsthass steigerte sich mit jeder Sekunde, in der dieser Mörder auf freiem Fuß war.

Jeder Tag, der seit dem Fund der ersten Leiche vergangen war, war für Lissiana ein Tag zu viel. Es hielt ihr das eigene Versagen jeden Tag vor Augen. Ihre Unfähigkeit, das zu schützen, was ihr am wichtigsten war.

Immerhin hatte sie nicht nur sich selbst und diese Stadt zu schützen. Für sie ging es um etwas viel Wichtigeres.

»Also«, hörte sie Nate sagen, der den Rauch, den er inhaliert hatte, wieder ausstieß. Er sah ihr fest in die Augen und holte tief Luft, eher er mit sanfter Stimme fragte: »Jetzt wirst du wohl nicht mehr drum herum kommen oder?« Lissiana schloss gequält die Augen, als ihr dämmerte, dass ihr Partner recht haben könnte.

2

Er stand in der Menge und lauschte den Stimmen, die ihn wie eine Wolke umgaben.

»Hast du schon etwas gehört?«, murmelte eine Frau einem älteren Mann zu.

»Nein. Wie immer halten diese Bullenschweine alles zurück. Hat sich nix geändert in unserer schönen Stadt«, beklagte er. »Aber ich hab gehört, wie die alte Samson meinte, einer der Bullen hätte was von dem *Bräutigam* gefaselt.«

Er schloss die Augen, als er das erstickte Keuchen der Frau hörte, die sofort panisch zu plappern begann. Sie nannten ihn den *Bräutigam. Was für ein passender Name!* Zumindest die sonst so unzuverlässigen Medien hatten ihn verstanden.

Sie nannten ihn nicht einen Schlächter.

Sie nannten ihn nicht einen Mörder.

Sie gaben ihm den Namen, den er sich erhofft hatte.

Die Befriedigung erfasste ihn und durchlief ihn wie ein wohliger Schauer, den er begrüßte wie einen alten Freund.

Deshalb kam er her.

Die Angst. Die Panik.

Die kollektive Unsicherheit, die diese Herde Würdeloser ausdünstete wie Gase.

Davon lebte er. Jede Sekunde.

Und von der Aussicht, dass er endlich wahrgenommen werden würde. Er senkte den Kopf und schloss die Augen, während er versuchte, mehr der Worte der Passanten in sich aufzunehmen.

Wortfetzen drangen an seine Ohren. In der Ferne hörte er das Kreischen einer Sirene. Das Bellen eines Hundes mischte sich darunter. Er roch Schweiß und die stickige Nachtluft. Jemand neben ihm trug zu viel Parfüm. Andere tranken Kaffee. Und sogar die süßliche Note von Gebäck konnte er wahrnehmen.

Das alles verschmolz für ihn zu einer Symphonie der Sinne.

Es war der perfekte Hintergrund für sein wunderschönes Kunstwerk.

Er sah dabei zu, wie eine kleine Brünette von einem großen Schwarzen durch die Menge geschoben wurde. Auch wenn er durch ihre Hand nicht viel von ihrem Gesicht sehen konnte, so wusste er doch, dass ihre großen braunen Augen weit aufgerissen waren. Und der Zug um ihre vollen Lippen war sicher hart und verkniffen.

Kurz verzogen sich seine Lippen zu einem Grinsen, doch er verbarg es schnell, indem er die Hand hob. Er musste gehen. Wenn ihn die Euphorie erfasste, konnte er sich nie zurückhalten. Er musste allein sein. Allein mit alldem. Allein mit den Erinnerungen an sein Werk.

Er zog sich die Kappe tiefer ins Gesicht, steckte die Hände in die Taschen seiner Jacke und schlenderte davon. Als er seine beiden Jäger passierte, vermischte sich der Geruch seines Zigarettenrauchs und ihres Parfüms zu dem Aroma, das er selbst *Süße Verzweiflung* genannt hatte.

Er sog den Duft tief in sich ein und schlenderte weiter, als wäre er nur ein simpler Passant.

Wir sehen uns bald wieder, Lissiana Stafford.

3

»Das alles ergibt überhaupt keinen Sinn!«

Die tiefe Stimme von Nathan donnerte durch den Raum, und Lissiana verzog den Mund. Sie hatte Kopfschmerzen. Aber sie wusste auch, dass egal wie viele Schmerzmittel sie nehmen würde, es nicht besser werden würde. Sie war damit schon mehr als einmal beim Arzt gewesen. Doch die Diagnose war immer die gleiche geblieben. Es war eine psychosomatische Migräne. Der Schmerz war real. Aber die Ursache war es nicht. Also konnte ihr auch kein Medikament helfen.

»Leiser bitte«, murmelte sie deshalb, massierte ihre Schläfen und nahm wieder die Berichte in die Hand. Die Buchstaben verschwommen schon leicht vor ihren Augen. Ja, ein sicheres Zeichen dafür, dass sie sehr bald ihr Sandwich wieder ausspucken würde.

Na klasse! Das hatte ihr gerade noch gefehlt.

Nicht nur, dass sie aus den Akten und den Erkenntnissen des neuesten Mordes nicht schlau wurden, sie bekam auch noch eine Migräne, die scheinbar direkt in der Hölle gemacht worden war.

»Entschuldige bitte«, sagte Nate und strich sich über sein kurzes schwarzes Haar. Die Schatten unter seinen Augen waren noch dunkler geworden. Sie wusste, dass er sich nur eine Stunde Schlaf im Bereitschaftsraum gegönnt hatte, seitdem sie die Leiche vor acht Stunden gefunden hatten. Doch anscheinend waren diese sechzig Minuten alles andere als erholsam gewesen. Denn weder seine Laune noch sein Aussehen hatten sich verbessert.

Die Haut unter seinen Augen hatte eine dunkle Färbung angenommen, die sich deutlich gegen das Braun seines Hauttons abhob. Und vom Zustand seines Anzugs wollte Lissiana gar nicht erst anfangen.

Doch wie konnte sie schon darüber urteilen? Als sie vorhin in den Spiegel geschaut hatte, hatte sie selbst einen Schock bekommen. Ihr langes braunes Haar hatte ausgesehen wie ein Vogelnest, und auch ihre Augenringe schienen Augenringe zu haben. Außerdem war sie so blass, dass sie problemlos in einem Vampirfilm hätte mitspielen können. Diese Ermittlungen zehrten sie völlig aus. Und da Lissiana wusste, dass Nate weder schlief noch besonders viel aß, obwohl sein athletischer Körperbau sonst den Konsum einer vierköpfigen Familie erforderte, war ihr auch klar, dass es ihrem Partner genauso gehen musste. Das untermauerte die Tatsache, dass sein Lieblingssandwich noch immer unangetastet auf dem Tisch neben ihm lag.

»Ich habe mir die Akte wieder und wieder angesehen, Lissiana.« Nate rieb sich die Augen. »Immer wieder ist irgendeine Kleinigkeit anders. Als wollte uns der Mörder absichtlich hinters Licht führen.«

Lissiana sah auf den Konferenztisch, auf dem sich Akten und Kisten aus dem Archiv stapelten. In kleinen Tütchen lagen Beweise herum, auch wenn es nicht viele davon gab. Fotos waren zwischen den weißen Blättern zu sehen. Ein wenig wirkten sie wie Blumen im Schnee.

Lissiana legte die Akte auf dem Tisch ab und lehnte sich in ihrem eher unbequemen Bürostuhl zurück. Sie war froh um die Stille, die in diesem Raum herrschte. Nachdem sie vom Tatort zurückgekommen waren, hatten Nathan und sie diesen Konferenzraum geblockt, um in Ruhe denken zu können. Hier gab es nichts außer dem riesigen Tisch mit den zwölf gleichen Bürostühlen darum herum. Die Wände waren weiß. Nur hier und da hingen Auszeichnungen von Polizisten aus längst vergangenen Tagen. Und das Mobiliar war gewiss genauso alt wie diese Auszeichnungen. Das einzig halbwegs Moderne war ein Beamer der ersten Generation, den irgendjemand stümperhaft unter die Decke geschraubt hatte. Denn er hing leicht schief. Und über die Qualität des erzeugten Bildes musste man erst gar nicht sprechen. Meist bekamen größere Sondereinheitsgruppen diese Räume und nicht zwei einzelne Polizisten der Mordkommission. Es war wohl ihr Glück, dass niemand sonst für heute auf dem Plan gestanden hatte.

Lissiana schloss die Augen und ließ eine weitere Welle der Kopfschmerzen über sich ergehen. Der Schmerz war unerbittlich. Hart und tief fraß er sich in ihre Nervenenden. Zerrte an ihnen, bis sie beinahe Sterne sah. In ihrem Magen rumorte es bereits. Der Countdown lief also. Blind tastete sie nach ihrer Wasserflasche. Papier knisterte unter ihren Fingern. Sie fand es ironisch, dass sich das Papier noch so glatt anfühlte. So oft, wie sie es in der Hand gehabt hatte, müsste es längst so abgenutzt sein wie sie selbst. Lissianas Finger fanden die Flasche, doch kaum dass sie diese geöffnet hatte, wurde Lissiana klar, dass das keine gute Idee wäre, und sie stellte sie deshalb wieder weg.

»Also, was haben wir bisher?«

»Einen Haufen Scheiße!« Die Stimme von Nate klang mehr wie ein Murren als nach einer klar artikulierten Antwort. Und sie konnte es ihm nicht verübeln.

»Sag's mir trotzdem noch mal!« Als keine Antwort kam, öffnete sie ihre Augen einen Spaltbreit. Nate sah sie an. Die grauen Augen leicht zusammengekniffen. Die rechte Augenbraue verschwand fast in seinem Haaransatz, so weit hatte er sie hochgezogen. »Was ist?«

»Du bist grün.« Seine Feststellung war gewiss durchaus zutreffend.

Doch Lissiana winkte ab. »Geht schon. Außerdem siehst du auch nicht aus wie Miss Amerika.« Sein tiefes Lachen war wie Balsam für Lissianas Seele. Ein Funken Normalität inmitten dieses surrealen Wahnsinns. »Also, was haben wir?«

»Sechs Opfer in den letzten zehn Monaten. Alle weiblich im Alter von achtzehn bis sechsundvierzig.« Papier raschelte. Lissiana zuckte leicht zusammen. »Alle am zehnten des jeweiligen Monats gefunden. Alle in billigen Brautkleidern. Alle mit Rosen im Arm.« Die Farbe Rot explodierte vor Lissianas innerem Auge. Die Übelkeit nahm rapide zu. Ebenso wie der Schmerz. »Drei Prostituierte. Eine Anwältin. Eine Ärztin. Eine Versicherungsvertreterin. Die Opfer hatten keine erkennbare persönliche Verbindung zueinander. Alle kamen aus unterschiedlichen Gegenden. Alle aus unterschiedlichen sozialen und finanziellen Milieus.« Sie hörte, wie Nate einen Schluck trank. Dann erklang wieder das Rascheln von Papier. Und so laut, wie es ihr vorkam, wusste Lissiana, dass es nur noch Minuten sein konnten, bis sie sich erbrechen müsste. Doch sie hielt die Augen geschlossen und hörte weiter zu.

»Bis auf die Brautkleider und die Tatsache, dass allen das Blut abgelassen wurde, gibt es kaum Übereinstimmungen zwischen allen Opfern. Zwei hatten Drogen im Blut. Vier nicht. Drei hatten nach dem Tod gefärbte Haare. Drei nicht. Aber alle hatten die Haare auf gleicher Länge. Zwei zeigten Abwehrverletzungen. Vier nicht. Drei sind vergewaltigt worden. Drei nicht. Außerdem –«

»Was hast du gerade gesagt?«

Lissiana setzte sich auf und sah ihren Partner an, der die Augen leicht aufgerissen hatte. Dann runzelte er die Stirn und blickte wieder auf den Bericht. »Alle hatten die Haare auf der gleichen Länge?«

»Nein, das Nächste!«

»Zwei zeigten Abwehrverletzungen?« Nate runzelte die Stirn und blätterte den Bericht noch mal durch. Lissiana hingegen sprang auf. Sie schwankte leicht, weil die Kopfschmerzen jetzt so schlimm waren, dass ihr davon sogar schwindelig war. »Welche Opfer sind angegeben?« Sie ging zu den Archivboxen, und ihre Augen flogen regelrecht über die mit schwarzem Edding notierten Namen am Kopfende der Pappboxen.

»Eliza Miller und Susan O'Conner«, sagte Nate, und Lissiana sah aus dem Augenwinkel, wie er aufstand und zu ihr kam. Seine Hand schloss sich um ihren Arm, und sie bemerkte erst jetzt, dass sie wohl deutlich schwankte. Dennoch schob sie die Kisten beiseite, bis sie die von Eilza Miller gefunden hatte.

»Sie war das erste Opfer.« Lissiana öffnete die Kiste. Berichte, Fotos und kleine Tütchen mit Beweisen waren darin zu finden. Sofort suchten ihre Hände nach einem ganz bestimmten Blatt Papier. Sie ignorierte den Bericht der Spurensicherung und auch die Ergebnisse der toxikologischen Untersuchungen. Sie suchte den Autopsiebericht. Und auch ihre handschriftlichen Notizen vom ersten Tatort.

»Eliza Miller. Zwanzig Jahre alt. Prostituierte. Ihr Zuhälter war Shane Williams. Er gehört zum Ramsay Clan, weißt du noch?« Sie versuchte alle Informationen aus ihrem Gedächtnis abzurufen. All die schrecklichen Details, die sie doch so dringend zu verdrängen versuchte, um in der Nacht ein Auge zutun zu können. »Ihre Handgelenke waren gefesselt, Nate!« Sie suchte weiter. Dann sah sie das Logo der Gerichtsmedizin und zerrte den Zettel hervor. Schnell blätterte sie die dünne Mappe durch. Doch genau der Zettel, auf dem es um die Verletzungen an den Armen ging, fehlte. Lissiana warf die Akte auf den Tisch. Sie wühlte weiter.

»Wenn jemand an den Händen und Füßen fixiert ist, wie kann er dann Abwehrverletzungen haben?« Sie wusste, sie murmelte undeutlich vor sich hin. Ihre Stimme klang sogar in ihren Ohren viel zu dünn. Es waren diese massiven Kopfschmerzen, die ihr zusätzlich das Leben schwer machten. Aber sie musste noch ein bisschen durchhalten. Sie musste ihren Zettel finden.

»Ich weiß es noch genau, Nate. Ich habe mir damals ihre Handgelenke genau angesehen. Für einen Kabelbinder waren die Abdrücke zu breit. Für ein Seil waren sie nicht aufgeschürft genug.« Lissiana zerrte Zettel und Tüten beiseite. Sie suchte und suchte.

Eine schwere Hand legte sich auf ihre Schulter. »Kleines. Mach mal halblang.«

»Nein! Ich weiß, dass er hier ist. Ich weiß es einfach.« Sie stellte sich auf die Zehenspitzen, um tiefer in die Kiste zu gucken. Ihr Körper geriet heftig ins Wanken, doch wie immer konnte sie sich auf Nate verlassen. Er hielt sie an Ort und Stelle. Und dann fand sie ihn. Unter einer Tüte mit einem Zigarettenstummel und einer Tüte mit den Schlüsseln des Opfers lag er.

Der Zettel war einundzwanzig mal fünfzehn Zentimeter groß. Das leuchtende Gelb, an das Lissiana sich erinnerte, war nach zehn Monaten schon deutlich ausgeblichen. Jetzt erinnerte es sie an die Farbe von Buttercreme und nicht mehr an die Sonne im August. Sie griff danach und strich ihn glatt. In der Kiste hatte er viele Knicke abbekommen. Und doch war die schwarze, geschwungene Schrift noch gut zu lesen.

Lissiana reichte Nate den Zettel. Sie erinnerte sich immerhin noch genau daran, was sie damals draufgeschrieben hatte. Nate hielt sich den Zettel vor die Augen. Verengte diese. Fluchte. Dann hielt er den Zettel weiter weg.

»Opfer wurde fixiert. Vermutlich mit Handschellen aus Leder. In Fetisch-Shops nachfragen«, las Nate vor und sah Lissiana an.

»Ich bin jeden Shop in der Stadt abgefahren. Aber keiner konnte mir genau so ein Modell zeigen, auf das die Maße passten, weshalb ich die Idee wieder verworfen hatte.« Sie hielt sich an der Tischkante fest. »Ich weiß, ich habe es dennoch in den Bericht geschrieben. Ich weiß es genau, Nate.«

»Bist du dir sicher, Kleines?«

»Zu einhundert Prozent. So etwas hätte ich niemals ausgelassen. Und schon gar nicht hätte ich behauptet, dass das Opfer Abwehrverletzungen hatte, wenn es doch wahrscheinlich die ganze Zeit fixiert war!«

Nate sah auf den Zettel. Seine Hand glitt erst über sein Haar und dann in seinen Nacken. »Wenn du das nicht geschrieben hast, wer dann?«

Die Frage stand zwischen ihnen im Raum wie ein Todesurteil. Lissiana hatte das Gefühl, als würde die Luft sich rapide abkühlen. Sie bekam eine Gänsehaut, und auch ihre Kopfschmerzen erreichten einen neuen Höhepunkt. Es kam ihr so vor, als würde Nate in Zeitlupe nach dem Bericht greifen, mit dem er gearbeitet hatte.

»Wie ist deine Nutzerkennung für das Programm?« Seine grauen Augen waren fest auf die letzte Zeile auf dem Blatt gerichtet. Die Zeile, die verriet, wer den Text zuletzt bearbeitet hatte.

»207468.« Die Antwort kam Lissiana automatisch über die Lippen. Diese Nummer war schon seit dem ersten Tag ihre Nutzerkennung gewesen. Sie hatte sie verinnerlicht. Genauso wie ihre Diensttelefonnummer und die von Nathan.

Ihr Partner runzelte die Stirn. »Hier steht 984710–1.« Er blätterte weiter. »Unter dem Namen steht *Benutzer unbekannt.*«

Nate sah von dem Bericht auf. Seine Mundwinkel senkten sich. Sein Kiefer war angespannt. »Weißt du, was das heißt, Lissiana?«

Die Übelkeit ersparte ihr eine Antwort. Sie griff sich den nächsten Mülleimer und erbrach ihr Mittagessen. Nur am Rande bemerkte sie eine große Hand, die ihr über den Rücken strich. Und die andere Hand, die ihr langes Haar nach hinten hielt. Erst als ihr Magen ganz leer war, konnte sie den Kopf heben. Die Flasche Wasser, die Nathan ihr hinhielt, kam ihr vor wie ein Geschenk des Himmels. Sie spülte ihren Mund aus und stellte den Mülleimer weit weg. Dann sah sie auf den Boden.

Der Teppich war abgenutzt und grau. Das Muster war kaum noch zu erkennen. Gänzlich verblasst. Gezeichnet von den Jahren und der starken Abnutzung durch Hunderte Polizisten.

Polizisten, die seit Zeiten der Digitalisierung alle eine registrierte Nutzerkennung hatten. Mit Zugang zu einem System, das sie auswendig kannten. Das sie jeden Tag, ohne Aufsehen zu erregen, nutzen konnten. Das sie abrufen konnten, wo immer sie auch waren.

Wieder wurde Lissiana schlecht. Doch diesmal hatte es überhaupt nichts mit ihrer Migräne zu tun. »Wir können niemandem trauen.«

»Ja, das fürchte ich auch, Kleines.«

Lissiana ging in dem kleinen Apartment auf und ab, in das Nathan sie geschleppt hatte. Es war kaum größer als ein Schuhkarton. Der Boden war mit Teppich ausgelegt, doch er hatte eine so undefinierbare Farbe, dass Lissiana vermutete, dass er einmal weiß gewesen sein musste. Kein anderer Ton konnte sich derartig in alle Schattierungen von Rot, Braun und Schwarz verfärben. Sie versuchte zu ignorieren, dass der Teppich leicht unter ihren Schuhen klebte, während sie sich mit den Händen Luft zuzufächeln versuchte. Sie waren im zwölften Stock. Wohlgemerkt ohne Aufzug. In einer der miesesten Gegenden von New York City. Und obwohl die Fenster geschlossen und verhangen waren, um die heiße Luft von draußen nicht hereinzulassen, war es noch immer unerträglich heiß. Eine Klimaanlage war offensichtlich auch nicht vorhanden oder eben kaputt. So wie anscheinend alles in dieser Bruchbude.

Die Falttür zur Küche stand offen und gab den Blick auf eine Küchenzeile frei, die vielleicht mal in den Fünfzigern modern gewesen war. Die einst strahlenden Farben des Holzlacks waren fleckig und vollkommen verblasst. Der Linoleumboden, der dort verlegt worden war, hatte Löcher. Und es war offensichtlich, dass etwas daran geknabbert hatte. Lissiana sah sich automatisch nach Ratten um, ehe sie ein jungenhaftes Kichern hören konnte.

»Keine Sorge, die Ratten habe ich alle zum Nachbarn rübergejagt.« Lissianas Blick wanderte zum Bewohner dieser eher fragwürdigen Behausung. Ryan Kapernick war ein schlaksiger junger Mann von neunzehn Jahren. Sein rotes Haar stand in wilden Locken von seinem Kopf ab und gab ihm etwas durchaus Freches, auf das bestimmt einige Mädchen standen. Seine Haut war milchig weiß, da er viel drinnen arbeitete. Und seine Zähne hatten trotz seines jungen Alters vom vielen Rauchen einen leichten Gelbstich. Aber in seinen grünen Augen lag ein so beeindruckendes, intelligentes Funkeln, dass Lissiana niemals auf die Idee gekommen wäre, an ihm zu zweifeln.

»Wollen wir es mal hoffen. Deine Mom würde einen Herzinfarkt bekommen, wenn sie sehen würde, wie du wohnst«, sagte Nate grimmig und stieß sich von seinem Platz an der Wand neben dem hohen Bücherregal ab, in dem sich viele verschiedene Titel stapelten, die Lissiana nicht kannte. Offensichtlich war es Fachliteratur.

»Was Mom nicht weiß, macht Mom nicht heiß, nicht wahr?«

Die Unbekümmertheit des Jungen war beinahe ansteckend. Aber eben nur beinahe. Denn Lissianas Nerven waren bis zum Zerreißen gespannt. Es hatte gar keinen Sinn, das zu leugnen. Und es wurde auch nicht besser, je länger Ryan auf seinen Tasten herumtippte.

»Glaubst du wirklich, er kann das?« Lissianas Stimme war nicht mehr als ein Flüstern, als sie sich zu Nate stellte. Doch ihr Partner nickte nur, ohne zu zögern.

»Absolut.« Er lächelte. »Er ist der beste Hacker, den ich kenne. Eine Schande, dass er in so einem Dreckloch wohnen muss. Hier kann er ja nur in Schwierigkeiten geraten.« Nate zog die Nase kraus und schüttelte den Kopf. »Aber neben den Studiengebühren für die NYIT können sie sich nichts Anderes leisten. Und wegen seines Vorstrafenregisters ist er nun wirklich kein Kandidat für irgendwelche Stipendien. Und da seine Eltern nicht wollen, dass er sich verschuldet, lehnen sie auch jegliche Darlehen ab.«

»Woher kennst du ihn?« Aufmerksam betrachtete Lissiana das Gesicht von Nathan. Er war nie der Typ Mann gewesen, der sich für Fremde interessierte. Dass sie nicht verwandt waren, wusste Lissiana. Denn Nathan hatte zwar eine Schwester, aber die war unfruchtbar. Er hatte es ihr irgendwann erzählt, als sie sich in einer Bar betrunken hatten, um einander besser kennenzulernen.

»Ich hab ihn auf der Straße mit Drogen erwischt.« Nate schmunzelte. »Er sieht zwar nicht so aus, aber der kleine Penner ist verdammt schnell. Anstatt ihn anzuzeigen, habe ich mir die Nummer seiner Mutter geben lassen und sie informiert. Und seitdem passe ich irgendwie auf ihn auf. Er hat zu viel Talent, um es einfach zu verschwenden.«

Ein Schatten zog über das Gesicht von Nate, und Lissiana wusste genau, warum. Vermutlich dachte Nathan gerade an seinen kleinen Bruder. Sie legte ihm ihre Hand auf den Arm und lächelte ihren Partner an, der nur ein knappes Lächeln zurückgab. Ja, sie waren beide nicht gerade offen. Aber deshalb arbeiteten sie so gut zusammen.

»Fuck!« Ryan schlug mit den flachen Händen auf die Tastatur seines Computers, und Nate ging mit langen Schritten an seine

Seite. Dieser Computer war offensichtlich mehr wert als alles andere in diesem Apartment. Drei moderne Bildschirme zeigten irgendeinen Kauderwelsch an, den Lissiana so oder so nie verstehen würde. Die Tastatur hatte so viele Zusatzfunktionen, dass sie sich fragte, ob man nicht allein dafür schon eine Extraanleitung brauchen würde, und die Maus hatte eine Form, die ihr gänzlich fremd war.

Unter dem Schreibtisch stand ein Rechner, der offensichtlich viel Geld gekostet hatte, so edel wie das Gehäuse aussah. Und den einzigen Ventilator, den Ryan besaß, hatte er vor ebendieses gestellt, um den Hochleistungscomputer bei diesen extremen Temperaturen kühl zu halten. Der Schreibtisch bot nicht viel Platz für mehr als den Computer. Und das Bett, das danebenstand, war so mit Sachen vollgestellt, dass Lissiana vermutete, dass Ryan an seinem Schreibtisch schlief.

»Was ist los?«, fragte sie, um sich nicht weiter wie die Fliege an der Wand zu fühlen, und Ryan stand mit einem solchen Ruck vom Schreibtisch auf, dass der Stuhl dabei scheppernd umfiel. »Ich komme nicht an den Namen hinter der Kennung! Das System wirft mich immer wieder raus!« Ryan raufte sich die roten Locken und fluchte erneut heftig. »Ich habe alles versucht, verdammt noch mal«

Nate blickte weiterhin auf die Bildschirme. Seine Muskeln waren angespannt, und Lissiana konnte von der Seite her erkennen, dass er die Zähne aufeinander biss. Er war enttäuscht. Aber das würde er Ryan wohl niemals wissen lassen.

»Du hast alles versucht«, sagte Nate, nachdem eine Weile bleierne Stille geherrscht hatte, ehe er seine Haltung lockerte und zu Ryan ging. Er legte seine Hand auf die schmale Schulter des Jungen und lächelte ihn an. »Danke, Mann!«

»Wer auch immer das war, ist kein Hacker wie ich. Er ist ein Cracker.« Ryan schüttelte den Kopf und sah zu Boden. »Eine solche Sicherung kenn ich nicht. In euer System reinzukommen war lächerlich einfach. Aber die Verschlüsselung dieser Nutzerkennung? So was habe ich noch nie gesehen. Der Kerl muss es echt draufhaben. Tut mir leid, Nate!« Ryans Stimme klang gebrochen und rau. Verschwunden war die Heiterkeit von zuvor. »Ich weiß, wie wichtig dir das ist. Aber ich bleibe dran.«

»Ist schon okay.« Nate klopfte Ryan auf die Schulter und machte sich auf in Richtung Tür. Lissiana folgte ihm unauffällig. Sie fühlte sich hier ein bisschen wie ein Eindringling.

»Wir sehen uns dann am Sonntag zum Spiel der Knicks, ja? Vergiss es nicht, Ryan! Ich hole dich dann um sechzehn Uhr ab«, sagte Nate zum Abschied, und sie beide traten in den dunklen und beklemmenden Flur, der einem jegliche Luft zum Atmen nahm.

Die Wände hatten einen grünen Anstrich, der eine Auffrischung brauchen konnte. Hier und da bröckelte Putz ab. Das Linoleum klebte unter ihren Schuhen, und der Geruch von Erbrochenem und Urin lag in der Luft. Schweigend gingen sie ins Treppenhaus.

Lissiana hörte hier und da Kindergeschrei oder viel zu laute Musik, doch nichts davon erreichte sie wirklich. Sie war viel zu sehr in ihre eigenen Gedanken verstrickt.

Dass Ryan gescheitert war, war für Nate und sie ein herber Rückschlag. Sie hatten wirklich gehofft, dass er ihnen helfen und einen Namen nennen könnte. Das wäre ein echter Durchbruch in diesem Fall gewesen. Ein neuer Anhaltspunkt, der allem eine neue Perspektive gegeben hätte. Doch das war nun nicht der Fall. Und in der Polizeistation das Register der Kennungen anzufordern war undenkbar. Denn wenn ihre Annahme stimmte, dass jemand in der Polizeistation die Berichte absichtlich verändert hatte und Beweise verschwinden ließ, dann konnten sie niemandem mehr trauen. Die Kennungen anzufordern würde den Maulwurf nur aufschrecken und dafür sorgen, dass er seine Spuren verwischte und sich tiefer ins Erdreich zurückzog.

Stufe um Stufe gingen sie weiter hinab. Unaufhaltsam der bitteren Wahrheit dieses Moments entgegen. Denn die Wahrheit war, dass sie trotz dieser bahnbrechenden Erkenntnis wieder ganz am Anfang ihrer Ermittlungen standen. Schlimmer noch – sie konnten nicht mal mehr ihren Unterlagen und den Archiven trauen. Sie konnten sich nur noch aufeinander und auf ihre Erinnerungen verlassen. Und wenn das kein Rückschlag war, dann wusste sie nicht, was einer sein sollte.

Langsam meldete die leise Stimme des Zweifels sich in Lissiana. Drängte sie dazu aufzugeben, jetzt, wo der Fall noch aussichtsloser geworden war. Den Fall an jemanden zu übergeben, der fähiger war. Jemanden, der das Sterben tatsächlich beenden konnte. Jemanden, der nicht so schwach war. Nicht so hilflos.

Doch sie wehrte sich gegen die Stimme. Sie hatte die letzten zehn Monate mit diesem Fall verbracht. Niemand außer Nathan kannte den Fall so gut wie sie. Und niemand würde erfolgreicher sein als sie und ihr Partner. Das stand für Lissiana fest. Also straffte sie die Schultern und trat aus dem dunklen Gebäude hinaus in die erbarmungslose Sonne, die New York City in einen Kochtopf verwandelte.

Sie warf einen Blick auf ihre Uhr. Es war kurz vor sechs. Es wurde Zeit, den Fall für heute ruhen zu lassen. Heute würden sie dieses Verbrechen nicht mehr aufklären. So viel stand fest.

»Lass uns für heute Schluss machen.« Lissiana streckte sich, und ihre Wirbel gaben ein lautes Knacken von sich.

»Okay. Ich gehe dann auf die Wache und –«

»Auf gar keinen Fall!« Lissiana sah Nate an und deutete mit der Hand auf seine ganze Erscheinung. »Du siehst aus wie die

Hölle. Du gehst nach Hause und duschst. Und dann rasierst du dich mal wieder. Und vor allem schläfst du gefälligst.« Sie schüttelte ihren Kopf. »Du siehst schlimmer aus als ich. Und das will was heißen. Wir sind heute durchaus weitergekommen. Vielleicht nicht so, wie wir wollten, aber heute lösen wir den Fall sicherlich nicht mehr. Wir gehen morgen wieder an die Sache ran. Mit einer neuen, frischen und vor allem ausgeschlafenen Perspektive. Okay?«

Nate sah in die Ferne. Seine grauen Augen schienen nichts Spezielles zu fokussieren. Und doch knirschte er so laut mit den Zähnen, dass Lissiana es hören konnte. Und dann, nach einer Weile der Stille, stieß er ein so tiefes Seufzen aus, dass man meinen könnte, er hätte eine Schlacht verloren.

»Wann bist du eigentlich der Boss geworden?«, fragte er und schmunzelte leicht. Doch es erreichte nicht wirklich seine Augen.

»Ich glaube, an dem Zeitpunkt, als du angefangen hast, auf der Wache zu wohnen.« Nate nickte und steckte sich dann eine Zigarette an. Als er den Qualm ausstieß, schnalzte er mit der Zunge. »Und was mache ich jetzt mit all der Freizeit?«

Lissiana lachte und schüttelte den Kopf. »Nicht zu fassen. Darauf willst du nicht wirklich eine Antwort.« Sie sah die Straße hinab in die Richtung, in der sie die U-Bahn vermutete. Sie würde Nate den Streifenwagen überlassen. »Ich für meinen Teil brauche heute Abend Normalität in all dem Wahnsinn.«

Nate lächelte sie an und nickte. »Grüß sie lieb von mir okay? Und sag ihr, sie soll mal wieder auf der Wache vorbeischauen.«

»Mach ich.« Lissiana wandte sich zum Gehen, doch dann spürte sie, wie Nates Hand sich um ihr Handgelenk schloss. Sie drehte sich um und zog eine Augenbraue hoch. Hatten sie nicht gerade beschlossen, für heute Schluss zu machen? Sie wollte los. Den Tag hinter sich lassen bei Bier und Pizza. Normal sein. Zumindest für ein paar Stunden. Doch als Nate die Schultern hängen ließ und überallhin sah, nur nicht in ihre Augen, wusste Lissiana, dass er etwas sagen würde, was sie nicht hören wollte.

»Nicht mehr heute, Nate.« Sie schüttelte entschieden den Kopf. Was immer er sagen wollte, konnte warten. Er sollte ihr jetzt nicht noch den Abend ruinieren. Er sollte sie einfach gehen lassen und ihr all seine Sorgen morgen mitteilen. Morgen. Wenn sie den Schock von heute verarbeitet hatte. Wenn die Welt anders aussah. Wenn alles einfach irgendwie … besser war.

»Du musst es machen, Kleines. Wir haben keine Wahl. Wir stehen mit dem Rücken zur Wand«

Bei seinen Worten entriss Lissiana Nate ihr Handgelenk. Sie sah zu Boden. Betrachtete den festgebrannten Kaugummi auf dem Bürgersteig. Warum war sie stehen geblieben? Warum war sie nicht einfach weitergegangen? Ach ja, weil sie ja offensichtlich ein Magnet für schlechte Nachrichten war. Und das hier war definitiv eine. Denn Nate hatte recht. Sie standen mit dem Rücken zur Wand. Und es gab nur einen Weg heraus. Doch an den wollte Lissiana nicht mal denken.

»Man hat immer eine Wahl, Nathan.«

Und mit diesen Worten drehte sie sich um und ging mit langen Schritten zur U-Bahn-Station. Sie hielt nicht an. Drehte sich auch nicht um, als er ihren Namen rief. Für heute hatte sie genug von alldem. Und als ihre Kopfschmerzen sich zurückmeldeten, verdrehte Lissiana die Augen und fluchte.

Morgen würde sie sich mit dem Damoklesschwert über ihrem Kopf befassen.

Morgen.

4

»Komm schon, Vicky, ich hab Hunger! Was für eine Pizza willst du nun?«

»Ach, ich weiß es doch auch nicht!«

Lissiana warf den Kopf in den Nacken und lachte, als ihre jüngere Schwester Victoria die Wangen aufplusterte wie ein Kugelfisch und den Mund zu einem Schmollen verzog. So war es jedes Mal, wenn sie zusammen aßen. Lissiana kam um vor Hunger, und Vicky suchte stundenlang in der Karte herum, nur um sich dann doch vollkommen spontan zu entscheiden, wenn sie bestellte. Doch genau diese Normalität hatte Lissiana gesucht, als sie von dem erfolglosen Ermittlungsversuch bei Ryan direkt zu ihrer kleinen Schwester gefahren war, obwohl sie das eigentlich nicht vorgehabt hatte.

Sie hatte sich kurz vor der U-Bahn spontan per SMS angemeldet, und Vicky hatte sie mit einem strahlenden Lächeln an der Tür empfangen. Sie wusste, dass sie in den letzten zehn Monaten wenig Zeit mit ihrer kleinen Schwester verbracht hatte, und dementsprechend angebracht war diese Reaktion gewesen. Doch wenn sie hier auf dem kleinen, bunten Sofa mit den wild zusammengewürfelten Kissen saß, wusste sie, dass sie diesen Ausgleich zum Wahnsinn brauchte und dass sie wohl wieder öfter herkommen würde. Zumindest nahm Lissiana es sich fest vor.

»Ich nehm die Calzone!« Vicky grinste breit, und Lissiana schüttelte den Kopf. »Du bist allergisch gegen Pilze. Schon vergessen?« Ihre Schwester seufzte und steckte ihre Nase tiefer in die Karte vom Lieferdienst. »Ach ja …«

Lissiana lächelte und nahm sich einen Moment, um ihre kleine Schwester näher zu betrachten. Ob sie sie überhaupt noch ihre *kleine* Schwester nennen sollte? Immerhin war Vicky mittlerweile fünfundzwanzig Jahre alt und damit durchaus eine erwachsene Frau. Und trotz dieser Tatsache erinnerte sich Lissiana jedes Mal an den etwas pummeligen Teenager mit der Zahnspange und der Vorliebe für Streuner jeglicher Art.

Doch diese Zeit lag weit hinter ihnen. Heute war Vicky eine kleine, aber sehr schöne Frau. Nicht auf die klassische Weise mit vollen Lippen und dem Körperbau eines Supermodels. Vicky war schön, weil sie vollkommen natürlich war. An ihr fand sich nichts Künstliches. Und auch überhaupt nichts Falsches.

Und Lissiana konnte durchaus mit Stolz behaupten, dass sie daran einen Löwenanteil hatte. Immerhin hatte sie diese Frau, seitdem sie klein waren, vor allem Schlechten beschützt. Ob es nun der falsche Umgang war oder die lautstarken Streitigkeiten ihrer Pflegeeltern. Lissiana hatte stets dafür gesorgt, dass Vicky von diesen Dingen so weit wie möglich unberührt blieb. Und so hatte Vicky sich stets ihr Lächeln bewahrt, das heller leuchtete als die Strahler im Stadion der New York Giants.

»Und was hältst du von der Hawaii?« Vicky sah sie aus ihren großen grünblauen Augen an, und Lissiana presste die Lippen zusammen, um nicht lauthals loszulachen. »Du magst kein warmes Obst, Vicky.«

Ihre Schwester kicherte. »Stimmt.«

Lissiana wusste genau, dass Vicky mit Absicht die Dinge aussuchte, die sie nicht mochte oder nicht vertrug, um sie zum Lächeln zu bringen. Und es funktionierte. Doch sie war immer wieder überrascht, was für eine feine Antenne ihre kleine Schwester doch hatte. Sobald Lissiana durch die Tür gekommen war, hatte Vicky sie umarmt und ein leises *Alles kommt wieder in Ordnung* gemurmelt, ehe sie zur Tagesordnung übergegangen war. So als wüsste sie, dass Lissiana genau das brauchte.

Und vermutlich wusste sie das tatsächlich. Immerhin hatten die Geschwister eine Menge Zeit zusammen verbracht, bevor man Lissiana in die Mordkommission versetzt hatte. Außerdem waren sie erst vor vier Jahren in unterschiedliche Wohnungen in New York gezogen. Es stimmte wohl, dass die Familie einen kannte wie niemand sonst. Und Vicky und sie waren eine Familie. Zwar eine sehr kleine, da sie keine Onkel oder Tanten hatten und ihre Eltern früh verstorben waren, doch sie hielten zusammen. Und dafür war Lissiana in Momenten wie diesem unendlich dankbar.

Lissiana lächelte, als ihre Schwester sich eine verirrte Strähne aus der Stirn pustete. Auf ihrer Nase thronte wie immer eine Brille mit einem breiten schwarzen Gestell. Ein grässliches Modell mit viel zu dicken Gläsern und einem Schnitt, der vor Jahrzehnten mal modern gewesen war. Und das war schon so gewesen, als Vicky noch ein Teenager gewesen war. Trotzdem weigerte sie sich, eine neue zu kaufen oder Kontaktlinsen zu tragen. Sie hielt es für Verschwendung, wenn die alte Brille doch noch ihren Dienst tat. Außerdem brauchte sie die Brille ja nur zum Lesen. Und auch, dass Lissiana schon Hunderte Male angeboten hatte, ihr eine neue zu kaufen, hatte sie stets abgelehnt.

»Ach, ich bestell einfach spontan«, verkündete Vicky und schreckte Lissiana damit aus ihrer intensiven Betrachtung auf.

»Also alles so wie immer, ja?« Lissiana schmunzelte.

»Na sicher.« Dann griff Vicky sich das Telefon und rief beim Lieferservice an. Doch Lissiana hörte gar nicht zu. Sie starrte aus dem Fenster, und ihre Gedanken wanderten zu dem zurück, was Nathan gesagt hatte. Hatte sie wirklich keine andere

Wahl? Musste sie diesen Schritt tatsächlich gehen? Bei diesem Gedanken zog sich Lissianas Magen schmerzhaft zusammen. Alles in ihr kämpfte mit Händen und Füßen gegen diese Erkenntnis. Sie wollte nicht. Auf gar keinen Fall würde sie diese Möglichkeit auch nur in Betracht ziehen. Da könnte sie genauso gut ihren Kopf in ein Krokodilmaul stecken. Selbst wenn das Vieh ihr den Kopf abbiss, würde es weniger wehtun als das, was Nathan von ihr erwartete. Ihre Hände glitten durch ihr Haar, und sie stieß ein leises Seufzen aus. Reichte es nicht, dass ihr Leben vor zwei Jahren ruiniert worden war? Wohl nicht. Scheinbar holte ihre Vergangenheit sie wieder einmal ein. Tief schlug diese die Zähne in ihr Fleisch. Erinnerte sie an den Schmerz. An den Verlust. Und an das gebrochene Herz, das auch heute weit von jeder Heilung entfernt war.

»Wo bist du schon wieder?« Die Stimme von Vicky holte sie zurück aus den dunklen Gedanken in das warme Licht, das sie ausstrahlte. Und genau in diesem Moment wollte Lissiana ihr Herz ausschütten. Wollte alles erzählen, was ihr auf der Seele lag. Erklären, was damals passiert war. Warum sie sich verändert hatte. Warum sie jetzt in einem Apartment wohnte, das kaum größer war als das von Ryan und warum sie ihren Wagen wirklich verkauft hatte.

Doch sie schwieg.

Sie wollte nicht, dass Vicky sie mit anderen Augen sah. Und das würde sie, wenn Lissiana sich einmal alles von der Seele reden würde.

»Nirgendwo.« Sie bemühte sich um ein Lächeln, doch Victoria zog einfach nur eine Augenbraue hoch. Also war das nicht gerade überzeugend gewesen. Na klasse! Sie biss sich auf die Unterlippe. Dann seufzte sie.

»Nate und ich haben heute einen Durchbruch erzielt, der gleich wieder in einem Rückschlag geendet hat.« Sie stützte die

Ellenbogen auf den Knien auf und legte ihr Kinn auf die gefalteten Hände. Die Augen von Victoria nahmen einen besorgten Ausdruck an. Etwas, das Lissiana noch nie hatte leiden können.

»Wie schlimm ist es denn?«

»Sehr schlimm« Ja, so konnte man das wohl ausdrücken. Einen Maulwurf im eigenen Revier zu wissen. Das war so etwas wie ein absoluter Super-GAU.

»Mir gefällt es sowieso nicht, dass du in der Mordkommission arbeitest. Schon gar nicht, seitdem dieser Irre sein Unwesen treibt.« Vicky stand auf und ging mit langen Schritten zu der Kochnische, wo sie den Kühlschrank mit einem solchen Ruck aufzog, dass die Tür ein protestierendes Knacken von sich gab. »Beantrage doch einfach endlich die Versetzung, um die ich dich gebeten habe!« Als sie zurückkam, stellte sie die Flasche Bier mit einem Knall vor Lissiana ab. Okay, jetzt war Vicky sauer. Genau das hatte sie vermeiden wollen. Und doch hatte sie ihre Sorgen loswerden müssen.

»Wenn ich jemals vor einem Kampf davongelaufen wäre, dann wärst du viel häufiger in Schwierigkeiten geraten«, sagte Lissiana und nahm einen tiefen Schluck aus der Flasche. Das Bier war herb und erfrischend. Genau das Richtige nach so einem Tag.

»Ach, jetzt komm mir nicht mit diesem heroischen Heldinnenmist. Du bist nicht Wonder Girl! Auch du hast Grenzen.« Vicky gestikulierte so wild mit den Händen, dass sie fast die Bierflasche vor sich umstieß.

»Wonder Woman«, entgegnete Lissiana schlicht.

»Was?« Vicky starrte sie an, als hätte sie gerade etwas unglaublich Dummes gesagt

»Sie heißt Wonder Woman.« Lissiana lächelte.

Schweigen folgte.

Und dann ein lautes und helles Lachen. »Ist das nicht völlig egal? Du weißt, dass ich mich mit diesen ganzen Superhelden nicht auskenne. Ich weiß, es gibt 'ne Fledermaus und irgendeinen mit Propagandahintergrund und noch einen, der so was ist wie Arielle die Meerjungfrau.« Vicky grinste breit, und Lissiana atmete erleichtert auf. Die angespannte Stimmung war gebannt. Zumindest vorerst.

»Ich kann förmlich hören, wie alle Nerds dieser Welt und auch Hollywood gerade auf die Straße gehen, um gegen deine Unwissenheit zu protestieren, Vicky.« Lissiana versuchte Vicky weiter abzulenken, doch sie winkte schnell ab und sah zur Decke, ehe sie leise seufzte.

»Spaß beiseite. Ich mache mir Sorgen. Du siehst aus wie die Hölle. Es gibt Patienten auf der Intensiv, die besser ausschauen als du.« Sie deutete nachlässig auf Lissianas gesamte Erscheinung, ohne dabei den Blick von der Decke zu lösen. »Das kann so nicht weitergehen. Ich will sehen, wie du alt und grau wirst. Und dich nicht mit einem Herzinfarkt im Alter von fünfunddreißig zu Grabe tragen.«

Lissiana schluckte leicht. Ja, das war die einzige Angst, die sie nie hatte ausmerzen können. Vicky hatte schlimme Verlustängste. Als sie klein waren, war es so schlimm gewesen, dass Lissiana nachts bei ihr hatte schlafen müssen, damit alle im Haus zumindest ein Auge zubekamen. Das war erst mit der Pubertät und dem Wunsch nach etwas Eigenständigkeit besser geworden. Und doch hatte es sich nie ganz gelegt.

»Das wird nicht passieren.«

»Das weißt du nicht.« Die Antwort kam so prompt, dass Lissiana leicht blinzelte. »Du gehst nie zum Arzt. Weil du dafür gar keine Zeit hast. Wer weiß schon, ob du nicht krank bist. Vielleicht hast du Bluthochdruck oder ein Herzleiden oder …«

»Victoria, hör auf!« Ihre Schwester schloss die Augen, und Lissiana stand auf und ging um den kleinen Couchtisch herum, ehe sie sich neben sie setzte. Sie legte ihr einen Arm um die

Schulter und zog Vicky in eine Umarmung. »Ich gehe nirgendwohin, okay? Und ich sterbe auch nicht. Unkraut vergeht nicht, nicht wahr?«

»Das ist nicht besonders witzig.« Doch Vicky schlang die Arme um Lissiana und seufzte leise. »Ich will doch nur, dass du besser auf dich aufpasst. Du siehst wirklich scheiße aus.«

»Vielen Dank für die Blumen, Vicky!« Lissiana schmunzelte, als Vicky sich von ihr schob und einen Schluck von dem Bier trank. Schweigen machte sich breit. Es lag schwer in der Luft. Aufgeladen mit dem Wissen, dass etwas ausgesprochen werden würde, das lange unter Verschluss gewesen war. Und Lissiana wartete einfach, bis Victoria so weit war. Bis sie bereit war, ihr mitzuteilen, was ihr im Kopf herumspukte.

»Ich will, dass dieser Fall dein letzter ist.«

Lissiana spürte, wie ihr jegliche Farbe aus dem Gesicht wich. Doch eigentlich hatte sie gewusst, dass diese Forderung kommen würde. Und wenn sie an Vickys Stelle wäre, würde sie gewiss das Gleiche verlangen. Lissiana wusste, dass die letzten zwei Jahre schlimm gewesen waren. Sie schlief kaum. Sie aß wenig, und wenn dann nur das, was sie sich in einem Fastfood-Restaurant zwischen Tür und Angel in den Mund schieben konnte. Sie hatte Freunde verloren dadurch, dass sie sich kaum mitteilte. Und die Freunde, die geblieben waren, sah sie selten, weil ihr Job ihr so viel abverlangte.

»Ich weiß, dass du den *Bräutigam* unbedingt schnappen willst. Und das sollst du auch. Aber dann muss Schluss sein. Welche Schuld auch immer du seit zwei Jahren abzuarbeiten versuchst, ich denke, es reicht. Das Konto ist ausgeglichen. Du musst dafür nicht mit deiner geistigen und körperlichen Gesundheit bezahlen.« Vicky ergriff ihre Hand. Drückte sie fest. Zeigte ihr, dass sie hier war. Dass sie sich immer auf sie stützen konnte. Sich auf sie verlassen konnte. »Tu, was du tun musst, um diesen Fall aufzuklären. Und dann lass dich in den Innendienst versetzen. Mach Schluss mit diesem destruktiven Mist und leb endlich wieder. Und wenn wir dafür weggehen müssen und du in irgendeinem Kaff Sheriff werden willst, dann ist mir das auch recht. Ich will dir nur nicht weiter dabei zusehen, wie du dich kaputt machst.«

Lissiana wusste nicht wirklich, was sie sagen sollte. Ihr Blick war auf ihre Hände gerichtet, die von Vickys fest umfasst wurden. Ihre eigene Haut hatte einen leichten Olivton. Die Haut von Vicky hingegen war so hell wie Elfenbein. Vicky hielt sie so fest, als würde ihr Leben davon abhängen. Und das erste Mal spürte Lissiana die Stärke, die Vicky innewohnte. Ja, vielleicht wurde es Zeit, sich mal von Vicky beschützen zu lassen. Vielleicht wurde es wirklich Zeit weiterzuziehen. Aber war ihre Schuld wirklich abgegolten? Konnte so etwas jemals abgegolten sein? Sie musste wohl auf das Urteil ihrer kleinen Schwester vertrauen.

»Okay.« Sie wusste selbst nicht, wie ihr dieses Wort über die Lippen gekommen war. Und sie spürte eine gewisse Unruhe, wenn sie daran dachte, was diese Entscheidung wirklich bedeutete. Sie würde zurücktreten. In den Innendienst gehen. Schreibtischarbeit. Akten. Berichte. Sie würde nie zurück auf die Straße kommen. Nie zurück an den Puls der Straße, der ihr Herz zum Rasen brachte. Sie würde niemanden mehr aktiv schützen können. Und genau dieser Gedanke sorgte dafür, dass ihr wieder übel wurde. Sie hatte das immer als ihre Aufgabe empfunden. Die Straßen für Vicky sicherer zu machen. Und damit auch für die Bevölkerung dieser Stadt. Deshalb hatte sie sich den Arsch aufgerissen. War schneller die Karriereleiter aufgestiegen, als alle es für möglich gehalten hatten. Doch dann hatte sie es ruiniert. Ja, vielleicht war es wirklich Zeit weiterzuziehen. Loszulassen.

Doch um dem Wunsch ihrer Schwester zu entsprechen, würde Lissiana gezwungen sein, das zu tun, wovor sie sich am meisten fürchtete. Sie würde der Bitte von Nathan nachgeben müssen. Und sich damit in eine Gefahr begeben, die so viel realer war als ein hypothetischer Burnout oder ein Herzinfarkt. Sie sah Vicky an. In ihren Augen lag eine Entschlossenheit, die Lissiana noch nie gesehen hatte. Sie würde von der Kraft ihrer Schwester zehren müssen. Und von dem gegebenen Versprechen.

»Ich werde diesen Fall zu Ende bringen. Koste es, was es wolle.«

Vicky lächelte und nickte mit einer beinahe feierlichen Endgültigkeit, ehe es an der Tür klingelte.

»Oh, die Pizza ist da! Ich nehm dein Geld, okay?« Lissiana sah dabei zu, wie ihre kleine Schwester auf die Füße kam und zur Tür eilte, um den Summer zu betätigen. Doch sie hatte keinen Hunger mehr. Ihr Magen war in Aufruhr. Und auch ihr Herz. Dennoch zog sie das Handy aus ihrer Tasche und schrieb eine SMS an Nathan.

Ich tue es. Meld mich an! Morgen Mittag.

Sobald die SMS raus war, meldete sich die Stimme des Zweifels in ihr. Sie wusste, es war eine sehr dumme Idee. Aber sie musste es einfach versuchen. Für Vicky. Und auch für sich. Es wurde Zeit, das alte Kapitel abzuschließen und ein neues zu beginnen. Auch wenn das hieß, alte Wunden aufzureißen und sich der Vergangenheit zu stellen.

5

Als sie den alten, zerbeulten, orangenen Ford Torino auf den Parkplatz des Gefängnisses von New York City lenkte, verfluchte Lissiana sich für ihre eigene Dummheit. Wieso war sie hergekommen? Ach ja – weil sie verzweifelt war und weil ihre Lage nur einen Ausweg bot. Und weil Nate sie darum gebeten hatte.

Sie stellte den Wagen in eine Parklücke, die nah am Eingang lag, und stemmte sich mit ihrem ganzen Körpergewicht gegen die klemmende Tür, die schließlich mit einem Ächzen und Quietschen aufging. Sie vermisste die Zeit, in der sie sich ein windschnittiges und teures europäisches Sportcoupé hatte leisten können, doch verbot sie sich jeden weiteren Gedanken daran, warum ihr Geld mittlerweile nicht mal mehr für eine solche Schrottkarre reichte. Denn die hier war nur geliehen. Von Ryan. Dem Studenten. Der offensichtlich mehr Geld besaß als sie, die für den Staat arbeitete.

Als ihre Schuhe auf den Asphalt trafen, wurde sie sich erneut der Hitze bewusst. Die Sommer in New York City verwandelten die Stadt tatsächlich in einen Schmelztiegel, doch eher durch den überhitzten Asphalt als durch zusammenwachsende Kulturen. Der Asphalt und das viele Glas der Hochhäuser verbündeten sich mit der Kraft der Sonne, sodass kaum ein Schritt möglich war, ohne ins Schwitzen zu geraten. Lissiana fächelte sich verzweifelt Luft zu, und doch wusste sie, dass ihre Atemnot eigentlich nicht von der feuchten Hitze herrührte, die allen New Yorkern das Leben seit ein paar Tagen schwer machte.

Nein, der Grund, der ihr die Luft aus den Lungen presste, wartete hinter den massiven Türen dieses Gefängnisses. Wie sehr wünschte Lissiana sich, dass sie dieses Treffen noch weiter hinausschieben könnte. Dass es einen anderen Ausweg aus ihrer Situation gäbe als diese Verzweiflungstat. Doch sie hatte keine Wahl. Sie musste hineingehen. Also straffte sie die Schultern und strich den Rock ihres blauen Sommerkleids glatt. Sie nutzte den Moment, um noch einmal tief durchzuatmen, und betrat das Gefängnis durch die ersten schweren Sicherheitstüren.

Im Inneren war es deutlich kühler und wesentlich dunkler als draußen in der extremen Mittagshitze. Die Stimmung war drückend, und Lissiana wusste sofort, warum sie solche Orte hasste. Es lag nicht nur an dem menschlichen Ungeziefer, das hier in dieser Beherbergung zur sozialen Isolation gezwungen war, sondern auch am Personal. Denn um in einem Gefängnis arbeiten zu können, musste man Lissianas Meinung nach ein gewisses Persönlichkeitsprofil erfüllen, welches Kälte, Härte und möglicherweise einen Hang zum Masochismus voraussetzte.

Ein untersetzter Beamter trat vor sie. Automatisch unterzog sie ihn einer kritischen Musterung. Die Polizistin in sich hatte sie noch nie abstellen können. Er war ungefähr Anfang bis Mitte fünfzig mit lichtem grauem Haar und den klassischen Falten, die viel Stress in jüngeren Jahren in die Haut brannte. Seine Uniform war in tadellosem Zustand, bis auf den Senffleck auf der Jacke, der darauf hinwies, dass er erst vor Kurzem zu Mittag gegessen hatte und dabei nachlässig gewesen war. Sein Schnurrbart erinnerte sie an Fotos von Fernsehpolizisten aus den Achtzigerjahren, und auch seine Frisur war wohl alles andere als zeitgemäß. Er trauerte gewiss den guten, alten Zeiten hinterher. Als er noch eine große Nummer gewesen war. Damals, als der Song *Danger Zone* wohl sein Lebensmotto gewesen war, zu dem er mit seinem Partner in dem Streifenwagen durch den Big Apple gefahren war, um die Straßen von bösen Gangstern zu säubern. Doch vermutlich sponn sie sich das alles nur zusammen. Wer wusste schon, ob sie mit ihren Vermutungen recht hatte.

»Was wollen Sie hier?«, fragte er unfreundlich, und Lissiana konnte nicht verhindern, dass sich eine ihrer Augenbrauen nach oben zog. Wow – Freundlichkeit schien wirklich nicht gerade etwas zu sein, das man im Gefängnis zu erwarten hatte.

»Man hat mich angemeldet«, erwiderte sie in ebenso kühler und unfreundlicher Manier wie ihr Gegenüber. »Mein Name ist Lissiana Stafford. Ich bin hier, um –« Doch als sie sah, wie blass der Mann wurde, erkannte sie sofort, dass der Beamte genau wusste, warum sie hier war. Seine Reaktion bescheinigte ihm durchaus einen gesunden Menschenverstand und verdeutlichte ihr, dass es vielleicht Zeit wurde, sich um ihre eigene Zurechnungsfähigkeit zu sorgen. Jeder normale Mensch reagierte so auf den Namen, den sie beinahe ausgesprochen hätte.

»Ja, Miss, ich bin informiert worden«, sagte der Beamte etwas hölzern, und sie strich sich durch ihr Haar. Natürlich war er informiert worden. Vermutlich hatte Nate jedem Beamten Bescheid gegeben, den er in diesem Gefängnis kannte. Genauso wie einigen Connections bei den S.W.A.T.-Einheiten, dem FBI und der CIA. So war das, wenn man unterm Radar fliegen wollte: Es gelang einem nun mal einfach nicht. Schon gar nicht, wenn Nate versuchte, einen zu beschützen. Egal, ob man das nun wollte oder nicht.

Der beunruhigte Mann verschwand hinter einer Wand, und sie hörte, wie er leise mit jemandem sprach. Vermutlich mit seinem Vorgesetzten. Ein hochgewachsener, muskulöser Strafvollzugsbeamter tauchte auf. Er war gewiss an die ein Meter neunzig groß, und so musste Lissiana den Kopf leicht in den Nacken legen, um ihn anzusehen. Sein Gesicht war grimmig und stark gealtert, obwohl sie ihn höchstens auf Mitte dreißig schätzen konnte durch die Vitalität, die er ausstrahlte.

Er hatte tief in den Höhlen liegende Augen, die von einem undefinierbaren Braun gekennzeichnet waren. Sein missbilligender Blick sorgte dafür, dass sie sich sofort unwohl fühlte. Die schmalen Lippen hatte er fest zusammengepresst, während sein sehniger Nacken von zu vielen Trainingseinheiten zeugte. Vermutlich hatte der Mann einfach keinen anderen Lebensinhalt als seine Arbeit und seinen Sport.

»Sie sind also die Lady, die mir Ärger bereiten will«, sagte er mit gedehntem Bostoner Akzent, der klar darauf hinwies, dass er, ebenso wie sie, nicht aus New York City stammte. Die eher anklagenden Worte sorgten dafür, dass Lissiana sich anspannte und trotzig das Kinn vorreckte. Sie war aus einem guten Grund hier, und sie würde sich verdammt noch mal nicht von so einem Rüpel einschüchtern lassen. Sie hatte bis jetzt noch jeden Mann in die Knie gezwungen, ohne dabei selbst unterzugehen.

Alle. Bis auf einen.

»Sieht ganz so aus.« Ihre Stimme klang angespannt und ein wenig bissig. Sie war überrascht. Sonst legte sie durchaus ein freundlicheres Verhalten an den Tag. Doch sie schob es einfach auf die Umstände, die sie hierher führten. Da war für Freundlichkeiten kein Platz.

»Die notwendigen Papiere hat ihr Partner uns ja schon zugeschickt«, murrte er, und ihr war klar, dass er überhaupt nichts für ihren Besuch übrig hatte. Und am liebsten hätte sie ihm gesagt, dass auch sie nicht zu hundert Prozent freiwillig hier war. Denn Lissiana hatte dieses Gefängnis noch nie betreten – und der Grund dafür war sehr einfach: John Cohen.

Ihr Herz begann zu rasen, wenn sie an den Mann dachte, der auf so vielen Ebenen ihr Verhängnis gewesen war, doch sie musste sich konzentrieren. Hier in diesen Wänden konnte sie sich keine Schwächen erlauben. Nicht einmal für den Bruchteil eines Augenblicks. Und so folgte sie dem massiven Beamten, der grimmig vorausging. Er führte sie an Zellen und Aufenthaltsräumen vorbei, während sie beharrlich schwiegen.

Fest presste sie die braune Fallakte an ihre Brust, die sie automatisch mit aus dem Wagen genommen hatte, während die langen Gänge ihr vorkamen, als würde man sie zur Schlachtbank führen. Sie passierten mehrere Sicherheitsschleusen, wo sie abgetastet und ihre Akte auf mögliche Waffen genauestens untersucht wurde. Sechsmal musste sie das Prozedere über sich ergehen lassen, bevor sie vor einer massiven Eisentür ankamen, vor der der Beamte stehen blieb.

»Für mich geht's hier nicht weiter, Miss. *Ich* bin ja nicht irre«, sagte der Beamte abschätzig und wandte sich ab. Lissiana sah ihm eine ganze Weile nach, ehe sie sich die Akte unter den Arm klemmte und tief durchzuatmen versuchte, während sie nervös ihre Hände knetete. Sie war nicht bereit für dieses Treffen. Nicht im Entferntesten. Ihr gingen unendlich viele Gründe durch den Kopf, warum sie nicht das tun sollte, was sie nun im Begriff war zu tun. Und doch verweilte sie noch fünfzehn Minuten vor der eisernen Tür, die sie von Johns Zelle trennte. Sie machte sich erneut selbst klar, dass sie keinesfalls freiwillig hier war. Sie war hier, weil sie John brauchte. Sie brauchte sein Wissen und seine Verbindungen, und dafür würde sie dem Teufel persönlich einen Deal anbieten müssen. Doch wenn Lissiana an all die Bilder der toten jungen Frauen dachte, dann war es das wohl wert.

Diese Bilder verfolgten sie in ihren schlimmsten Albträumen, wenn sie sich allein und hilflos fühlte, was zugegebenermaßen nicht selten vorkam. Seitdem der *Bräutigam* auf den Plan getreten war. Sechs Frauen in zehn Monaten. Keine Fortschritte. Sondern ein gewaltiger Rückschritt, der sie nun hierher trieb.

Denn sie brauchte jemanden mit einem messerscharfen Verstand, jemanden, der den Untergrund aufrütteln konnte, in dem diese Ratte sich zu verstecken schien. Und vor allem jemanden, der mit der Polizei gar nichts zu tun hatte und sich in Hell's Kitchen besser auskannte als alle anderen.

Und leider kannte sie nur einen Mann, auf den diese Beschreibung passte.

Und zwar den Mann, den sie nie hatte vergessen können. Den Mann, der erst ihr Ziel, dann ihr Liebhaber und danach wieder ihr Ziel gewesen war. Den Mann, an den sie ihr Herz verloren hatte. Sie erinnerte sich noch mit grausamer Genauigkeit an diesen Tag im Gericht, an dem sie hatte aussagen müssen. Ihre Hände hatten auf ihren Oberschenkeln gelegen. Sie hatte auf den Boden gestarrt. Und da sie unter Eid gewesen war, hatte sie gestehen müssen, dass sie mit dem Angeklagten geschlafen hatte. Doch damals hatte sie es so aussehen lassen, als hätte sie es getan, um an Informationen zu kommen. Und nicht, weil sie ihn geliebt hatte.

Nach dieser Offenbarung und seiner Verurteilung war sie aus der Undercovereinheit entlassen worden, und man hatte sie in das Dezernat für Mord versetzt, in der Hoffnung, sie dort möglichst schnell verheizen zu können. Denn jeder wusste, was für ein grausames Dasein die Polizisten dieser Einheit fristeten. Ihr Leben hatte sich in eine massive Abwärtsspirale verwandelt, der sie seit vollen zwei Jahren nicht entkommen konnte. Und dabei war es ganz egal, wie sehr sie zu kämpfen versuchte. Das Auftauchen des *Bräutigams* war da nur die Spitze des Eisbergs. Schnell schob sie diesen Gedanken von sich. Sie konnte ihre eigenen Probleme nicht mit in diesen Flur nehmen. Nicht mal in Gedanken. Sie musste ruhig und gelassen sein. Fokussiert. Denn er hatte in ihrem Leben wahrhaftig schon genug ruiniert. Sie würde ihm keine Angriffsfläche bieten.

Lissiana überprüfte in Gedanken ihr Aussehen. Sie trug die gleichen eisblauen Kontaktlinsen, mit denen er sie kennengelernt hatte, und auch ihr Haar hatte wieder den gleichen roten Schimmer wie damals. Sie trug ein lockeres blaues Kleid mit einem fast unschuldigen Muster, das ihre schlanke Taille betonte und ihren Brüsten dezent schmeichelte. An den Füßen trug sie hohe Sandalen, denn im Sommer hatte sie der Hitze von New York nicht viel mehr entgegenzusetzen. Außerdem war eine Uniform nicht nötig, da sie nicht wirklich offiziell hier war. Und sollte das jemals herauskommen, dann wäre das ein gefundenes Fressen für ihre Vorgesetzten, um sie endlich loszuwerden. Aber was machte sie sich vor? Auch wenn sie mit einem Panzer in Johns Nähe gekommen wäre, hätte er ihr nicht genug Schutz geboten.

Sie erinnerte sich an seinen Blick im Gerichtssaal. Und sie hatte ihn sofort erkannt. Das war der Blick, den er jemandem zuwarf, wenn er ihn tot sehen wollte. Und noch heute schaute Lissiana über ihre Schulter und hoffte, seinen Bruder Butch nirgendwo zu sehen. Doch da auch im Gerichtssaal ihr echter Name nie genannt wurde und sie durchaus wusste, wie man sich von den Cohen-Brüdern und ihren Lakaien fernhielt, war es nie zu einer Begegnung gekommen.

Denn John Cohen war kein gewöhnlicher Krimineller. Er war wohl das, was man einen Gangster nannte. Und das nicht auf die Art und Weise, wie Rapper den Ausdruck benutzen, um sich zu profilieren. Auch nicht auf die Art, mit der Kleinkriminelle versuchten, die Aufmerksamkeit der großen Bosse der Unterwelt zu erregen.

Nein. Eher auf die Art, bei der man an Männer wie Dutch Schultz oder Al Capone dachte. John Cohen und sein jüngerer Bruder Brian, der von allen Butch genannt wurde, waren so etwas wie die Könige der Schattenseiten von New York City. Es gab scheinbar kaum einen Polizisten, der nicht auf ihrer Gehaltsliste gestanden hatte. Auch einige kleinere Politiker waren darunter gewesen. Sie hatten mit Drogen gedealt, Schutzgeld erpresst, Prostitution betrieben und Geldwäsche in großem Stil veranlasst. Auf ihre Kappe gingen Mord, Totschlag, Freiheitsberaubung und unglaublich viele andere Delikte. Und doch hatte man ihnen nichts nachweisen können. Bis Lissiana sich bei ihnen als Undercoveragentin eingeschlichen hatte. Butch und John kannten sie als Kat. Und dabei wollte sie es belassen.

Lissiana atmete noch einmal tief durch und öffnete die schwere Eisentür, ehe sie den langen und schlecht beleuchteten Flur betrachtete, an dessen Ende eine riesige Zelle aus Panzerglas stand. Diese war taghell erleuchtet. Die Möbel darin waren ebenfalls aus Panzerglas. Ein simpler Tisch und ein Stuhl. Dann noch ein Bett, auf dem eine dünne Matratze lag. Das Bett war fein säuberlich gemacht. Hinter einer dünnen Wand aus Metall befanden sich wohl die Dusche und die Toilette, um dem Inhaftierten ein gewisses Maß an Privatsphäre zu gönnen, da er keinen Zugang zu anderen Inhaftierten bekommen und so auch nicht die allgemeinen Waschräume nutzen durfte. Doch John war nicht zu sehen. Vermutlich benutzte er gerade die Toilette. Sie seufzte leise und trat näher.

Es brachte nichts, diese ausweglose Situation noch länger aufzuschieben. Sie ging den langen Flur hinab und trat nah an das Glas heran, ehe sie hörte, wie die Spülung betätigt wurde. Dann erklang das Rauschen des Wasserhahns. Sie atmete noch einmal tief durch, um sich für diese Begegnung zu wappnen. Und dann stand er vor ihr. Zwischen ihnen einige Zentimeter Panzerglas. John Cohen.

Nichts hätte sie auf diese Begegnung nach zwei langen Jahren vorbereiten können. Ihr Herz begann zu rasen, als sie ihn nach all dieser Zeit erblickte und er noch immer so attraktiv war wie damals.

John Cohen war eine Erscheinung für sich. Ein Mann, den man einmal ansah und nicht mehr vergaß. Er war fast zwei Meter groß und konnte so manchen Quarterback der NFL vor Neid erblassen lassen. Seine Schultern waren breit. Die Oberarme massig. Und doch hatte er nichts mit dem Vollzugsbeamten gemeinsam, bei dem man durchaus Steroide hätte vermuten können. Die Brust war muskulös. Der Rücken gerade. Seine großen Hände hatte er zu Fäusten geballt. Selbst in dem unförmigen Gefängnisoverall waren seine schmalen Hüften und seine langen und trainierten Beine zu erahnen.

John hatte kantige, maskuline Gesichtszüge. Der Kiefer war eine strenge und kräftige Linie. Am Hals trat eine Sehne hervor, weil er fest die Zähne aufeinander biss. Ein Dreitagebart brachte die harten Kanten seines Gesichts zur Geltung. Die hohen Wangenknochen ließen ihn noch verschlossener wirken. Das braune Haar trug er wie immer kurz. Es war gerade lang genug, dass eine Frau ihre Hände darin vergraben konnte. Seine Ohren liefen oben etwas zu spitz zu, doch das bemerkte man kaum. Nur, wenn man sein Gesicht, wie Lissiana, in- und auswendig kannte.

Doch das Besondere an John waren weder die symmetrischen Gesichtszüge noch die gerade und maskuline Nase oder die vollen Lippen, die eine Frau auf ganz eigenartige Gedanken bringen konnten. Es waren seine Augen.

Das eine blau wie Meerwasser, das andere braun wie Bernstein. Ein seltener Gendefekt, der als Iris-Heterochromie bekannt war. Lissiana war es immer wie eine wunderschöne Warnung vorgekommen. Der Mann mit den zwei Seiten. Selbst seine Biologie hatte ihr das verraten. Und doch hatte sie sich seiner Aura nicht entziehen können.

Sein Gesicht zeigte keine Regung. Er betrachtete sie kühl und gelassen bis auf seinen völlig verkrampften Kiefer. Doch sie kannte es nicht anders. Er hatte sie sehr oft so angesehen. Außer in den seltenen Momenten, in denen sie allein gewesen waren und die sie heute noch in so manch schlafloser Nacht verfolgten. Beinahe hätte sie ihre Hand auf das Glas gelegt, um dem Anflug nostalgischer Sehnsucht Ausdruck zu verleihen, doch sie stand weiterhin da und starrte ihn an so wie er sie.

Auch das hässliche Orange des Gefängnisoveralls konnte seiner toxischen Schönheit keinen Abbruch tun. Die langen Ärmel verdeckten die vielen Tattoos, von denen sie wusste, dass sie sich kunstvoll um seine Arme und seine Brust schlängelten. Sie konnte nicht aufhören, ihn anzusehen. Genauso wenig wie ihr Herz aufhören konnte, wie wild in ihrer Brust zu rasen. »Miss, Sie dürften gar nicht hier sein«, sagte der Wächter an Johns Zelle alarmiert, doch Lissiana sah ihn nicht einmal an, sondern behielt John Cohen genau im Blick.

»Hallo, John«, sagte sie mit rauer Stimme. Allein sein Anblick sorgte dafür, dass ihre Knie sich anfühlten, als wären sie aus Pudding. Zwei Jahre, und noch immer vermochte sie sich seinem Zauber nicht zu entziehen, auch wenn sie wusste, dass er sie am liebsten eigenhändig umbringen würde.

6

Schweigen schlug ihr entgegen. Und es kam ihr lauter vor als ein startender Jet. Was hatte sie erwartet? Dass er sie herzlich empfangen würde? *Träum weiter, Schätzchen! Du bist schon froh, dass er dich nicht umbringen kann.* Lissiana sah weiterhin in das Gesicht von John. Wartete auf eine Reaktion. Auf ein Wort. Aber vergeblich. Sie wusste nicht, ob aus den langsam dahinziehenden Sekunden sogar Minuten wurden. Ihr kam es jedoch wie eine Ewigkeit vor, ehe John endlich sprach.

»Katherine. Was verschafft mir die Ehre deines Besuchs?«

Seine Stimme war rauer als sonst. Vermutlich weil er kaum Gelegenheit hatte, sie zu nutzen. Der schwere Südstaatenakzent tropfte wie Honig von seiner Zunge und schmeichelte ihren Ohren. Er klang ruhig. Gelassen. Doch sie wusste, dass es anders war. Vermutlich tobte er innerlich. Verwünschte den Tag ihrer Geburt. Und den Tag der Geburt ihrer Eltern. Und den ihrer Großeltern. Oder er sann gerade über die verschiedensten Arten nach, sie zu töten. Sie wusste, er mochte seine Auseinandersetzungen eher persönlich. Er würde sie nicht erschießen. Er würde sie auch nicht erschlagen. Unbewusst fasste sie sich an die Kehle, als sie spürte, wie diese sich verengte. Hektisch zog sie die Luft durch ihre Nase in die Lungen. Johns Augen folgten ihrer Geste. Seine Lippen verzogen sich zu einem schiefen Lächeln, das bei ihr für Gänsehaut sorgte.

»Wir wissen beide, dass es keine Ehre ist und dass du mich am liebsten umbringen würdest.« Ihre Stimme klang dünn. Schwächlich. Ängstlich.

»Kannst du es mir verübeln?« Nein, konnte sie nicht. Ihr Verrat war schändlich gewesen. Heimtückisch. Und doch hatte sie es tun müssen. Zumindest redete Lissiana sich das bis heute ein. Sie erinnerte sich noch genau daran, wie es sich angehört hatte, als das Holz der Wohnungstür zersplittert war. Die Schritte der S.W.A. T.-Einheit. Hektische Rufe. Das Entsichern von Waffen.

Lissiana schüttelte den Kopf. Sie durfte nicht abdriften. Sie musste im Hier und Jetzt bleiben. Bei John. Immer bereit zuzuschlagen.

»Ich bin nicht hier, um meine Sünden zu beichten, John«, entgegnete sie und war froh, als sie den üblichen Anflug von angriffslustigem Sarkasmus hören konnte, den sie immer an den Tag legte, wenn sie sich in die Ecke gedrängt fühlte. Sie durfte nicht schwach sein. Sie musste ihre Position verteidigen. Ihm zeigen, dass sie es war, die am längeren Hebel saß. Auch wenn sie wusste, dass es alles andere als leicht sein würde.

»Du wüsstest auch gar nicht, wie, nicht wahr? Deiner Meinung nach bin ich vollkommen zu Recht hier.« John verschränkte die Arme vor der breiten Brust und zog eine Augenbraue hoch. Seine verschiedenfarbigen Augen blitzten auf. Er war bereit für einen Kampf. Aber sie war es nicht.

»Ja. Genau.« *Etwas Besseres ist dir wohl nicht eingefallen?*

Innerlich verfluchte sie sich. Ja, besonders schlagfertig war das nun nicht gewesen. Sie hasste sich dafür, dass John sie noch immer derart aus dem Konzept brachte. Sie spürte genau seinen Blick auf sich. Dort, wo er sie ansah, brannte ihre Haut wie Feuer.

»Und jetzt bist du hier, um das zu tun, was du nun mal am besten kannst – mich ausbeuten.« Lissiana zuckte zusammen. Darauf war sie nicht vorbereitet gewesen. Er musste doch gespürt haben, dass es mehr gewesen war. Er musste doch wissen, dass sie mehr gefühlt hatte. Dass sie ihn geliebt hatte. Halt! Stopp! Woher wusste er …?

»Du hast eine Akte unter dem Arm. Was bedeutet, dass du einen Fall dabeihast. Einen, der dich in den Wahnsinn treibt. Der dich nicht schlafen lässt, wenn ich mir die Menge von Make-up auf deinem Gesicht ansehe. Steht dir übrigens nicht besonders, Kätzchen.« Sie öffnete den Mund, um ihm zu sagen, dass er sich seinen dummen Kommentar sparen konnte. Doch sie blieb stumm. Stattdessen starrte sie ihn mit offenem Mund an.

Kätzchen. Das Wort hallte in ihrem Kopf wider wie ein Echo. Wurde lauter und lauter, bis es in ihren Ohren klingelte. Am liebsten wäre sie ein paar Schritte vor ihm zurückgewichen. Kätzchen. Sein Kosename für sie. Früher voller Zärtlichkeit in privaten Momenten vorgebracht. Heute klang es wie eine Beleidigung.

»Nenn mich nicht so!« Lissiana war überrascht, wie fest und klar ihre Stimme klang. Doch sie musste ihm Grenzen aufzeigen. Schon allein um sich selbst vor seinen verbalen Angriffen zu schützen.

»Weil es nicht dein richtiger Name ist?« Er zeigte wieder dieses schiefe Grinsen, das sie an einen weißen Hai erinnerte. Denn obwohl er eine gerade weiße Linie an Zähnen zeigte, wirkte es fies. Irgendwie hinterhältig. Aber vor allem wirkte es gefährlich.

»Weil es sich nicht gehört.«

»Es gehört sich auch nicht, bei einer Ermittlung mit Verdächtigen ins Bett zu steigen.« Sie hielt inne. So als hätte man sie angeschossen. *Hast du deine Zunge verschluckt? Sag irgendwas!* Doch die Wahrheit war, dass dieser Satz wehtat. Auf einer Ebene, die dafür sorgte, dass Lissiana kein Wort herausbekam. Sie war es gewöhnt, dass Leute vom Revier so über sie sprachen, wenn sie glaubten, Lissiana hörte nicht hin. Sie benutzten noch viel schlimmere Wörter. Und doch tat es besonders weh, es von John zu hören. So, als hätte es wirklich nichts bedeutet. Als hätte sie wirklich nur mit ihm geschlafen, um an Informationen zu kommen. Es tat weh. Sie versuchte, tief durchzuatmen, doch es fühlte sich an, als hätte jemand einen Mini-Van auf ihrer Brust geparkt.

»Also, du erhoffst dir meine Expertise, nicht wahr? Mein Wissen. Aber ich bin nicht besonders geneigt, dir zu helfen.« John streckte sich, und ein leises Knacken war zu hören. Dann wandte er sich ab. Sie konnte ihn nicht gehen lassen. Er *musste* ihr helfen. Ohne ihn würde sie diesen Fall niemals lösen. Sie würde ihr Versprechen an Vicky nicht halten können. Und dieses Monster würde auf freiem Fuß bleiben.

»Sieh es dir wenigstens an! Bitte!« Sie wusste, sie klang erbärmlich und schwach. Aber das musste sie in Kauf nehmen. Zumindest für diesen Moment.

»Wieso sollte ich? Ich schulde dir gar nichts.«

Lissiana blickte auf diesen breiten Rücken, und plötzlich war es Wut, die ihr die Kehle zuschnürte. Sie wusste, er war nicht so gleichgültig. Sie wusste genau, dass sich neben dem kalten Gangster auch ein liebevoller und pflichtbewusster Mann unter dieser Hülle verbarg. Doch diese Seite würde er ihr nie wieder zeigen. Sie würde immer an diesem harten und kalten John abprallen, vor dem die Menschen sich fürchteten. An dem Mann, der im Gericht nicht ein Wort gesagt hatte. Der sie einfach nur angestarrt hatte, als würde er sie nicht mehr kennen.

Die Wut brach sich Bahn, und Lissiana fluchte heftig. Sie öffnete die Akte und presste sie an das Glas. Ihre Stimme überschlug sich, als sie zu sprechen begann.

»Seit zehn Monaten treibt ein Irrer in Hell's Kitchen sein Unwesen, den die Medien den *Bräutigam* nennen. Sechs Frauen sind ihm zum Opfer gefallen. Er hinterlässt keinerlei Spuren. Keine DNA. Keine Fußabdrücke. Keine Zeugen. Absolut gar nichts.« Er sah über seine Schulter. »Sie sind blutig gestorben, John. Voller Angst. Ohne einen Ausweg. Ohne jemanden, der ihnen helfen konnte. Vollkommen allein. Nur im Beisein eines Monsters.« Lissiana räusperte sich. »In dem Stadtteil, den du immer dein Zuhause genannt hast, John. In dem Menschen leben, die dir wichtig sind. Die du beschützen willst.« Er wandte sich zu ihr um. Seine Augen verengten sich zu Schlitzen.

»Solche Menschen habe ich nicht, und das weißt du.« Er versuchte, sie auf Abstand zu halten. Versuchte ihr vorzumachen, dass er kein Herz besaß. Doch sie wusste, dass es anders war. Dass er Anteil nahm. Sich kümmerte. Dass die Menschen in dieser Organisation die einzige Familie waren, die er je wirklich gehabt hatte. Er hatte Lissiana hinter seine Fassade sehen lassen. Und das würde sie niemals wieder vergessen.

»Doch, die hast du. Besonders einen.« Lissiana wusste, dass sie zu einem emotionalen Tiefschlag ausholte. Doch sie musste John aus der Fassung bringen. Ihn wachrütteln. Ihn aus der Defensive in die Offensive holen. Und dann in ihr Team. Doch das würde ihr nur gelingen, wenn sie an seinem rationalen Teil vorbeikam. Und das war alles andere als einfach.

»Wag es ja nicht!« Johns Stimme bebte so wie seine Schultern. Er hatte den Blick auf den Boden gerichtet. Die Hände hatte er immer noch zu Fäusten geballt. Sie musste ihn nur über die Klippe werfen. Das war alles. Sie atmete tief durch. *Keine Angst. Zwischen euch ist Panzerglas.*

»Butch. Ich bin mir sicher, dass er damit überfordert ist.« Lissiana beobachtete John genau. Doch seine Hände öffneten sich. Jetzt bebten seine Schultern, weil er leise lachte. Das Geräusch drang kaum zu ihr durch.

»Und genau jetzt belügst du dich selbst, Kätzchen. Wir wissen beide, dass mein Bruder mehr als gut zurechtkommt und dass er mich nicht da draußen braucht, um jemandem zu zeigen, wie der Hase läuft. Also, so leid es mir tut, kein Interesse.« Ja, sie wusste, dass Butch auch ohne John mehr als gut zurechtkam. Vielleicht war das der Grund, warum nur eine der sechs Frauen ein Mädchen von Butch gewesen war. Er wusste, wie man seine Leute schützte. Wie man Schweigen kaufte. Und wie man Menschen vertrieb, die man in seinem Gebiet nicht haben wollte. Egal, wie blutig es auch werden mochte.

»Lügner.« Das Wort kam Lissiana über die Lippen, ohne dass sie wirklich darüber nachgedacht hatte.

»Wie bitte?« John knirschte mit den Zähnen. Jetzt war er wieder wütend. Sie kam sich vor, als hätte sie ein rotes Tuch in der Hand. Doch hier würde es niemanden geben, der den Stier im Notfall erlegte. Also versuchte sie es weiter mit Provokation, anstatt klein beizugeben und davonzulaufen.

»Lügner. Ich weiß, dass du hier drin vor Langeweile umkommst. Dein Verstand ist ein Wunderwerk. Eins, das beschäftigt werden will. Das geistigen Anspruch braucht. Treibt es dich schon in den Wahnsinn, John? Traurig, dass deine größte Gabe hier drin dein größter Feind ist.« Sie ging vor der Glasscheibe auf und ab. Scheinbar gelassen. Dabei tobte in ihrem Inneren ein Sturm. Sie wusste, mit ihrem Sarkasmus und dem schiefen Lächeln trieb sie ein gefährliches Spiel. Aber sie musste es riskieren.

»Lügner? Wie sagt man so schön? Gleich und Gleich gesellt sich gern«, erwiderte John und schüttelte den Kopf.

Autsch! Das hatte gesessen. Doch anstatt weiter nach ihr zu schnappen, legte er den Kopf in den Nacken und sah an die Decke seiner Zelle. Wieder verschränkte er die Arme vor der Brust. Sein rechter Fuß tippte in einem ungleichen Rhythmus auf den Boden. Er dachte nach. Und sie ließ ihn gewähren. Vielleicht würde er sich ja zu ihrem Vorteil entscheiden. Auch wenn Lissiana das zu bezweifeln wagte. Als er sie wieder ansah, wartete sie gespannt. Würde er ihr helfen? Oder wartete er nur ab, bis sie sich Hoffnungen machte, um diese dann zu zerstören? Unmöglich wäre es nicht.

»Ich helfe dir. Aber ich habe meinen Preis. Du weißt, ich tue niemals etwas umsonst.« Johns Stimme klang in der Stille nach und ließ sie beide mit einer neuen Perspektive zurück. Jetzt gab es eine Basis, auf der sie verhandeln konnten. Doch sie ahnte, was er wollte. Und das stand komplett außer Frage. Auch sonst waren ihr die Hände gebunden. Wieder überspülte die Wut sie. Hatte sie mehr in ihm gesehen, als er tatsächlich war? Oder war sie einfach nur naiv genug gewesen zu glauben, dass der geistige Anspruch für ihn Anreiz genug wäre.

»Was glaubst du denn, was ich für dich tun kann, John? Du bist von einem Gericht zu ›lebenslänglich‹ verurteilt worden. Unter strengen Haftbedingungen. Ohne die Möglichkeit auf frühzeitige Entlassung.« Die Wut ließ ihre Stimme hart und sarkastisch klingen. Sie war John wohl doch ähnlicher, als sie sich eingestehen wollte. Lissiana seufzte leise. So war die Lage. Daran konnte sie nichts ändern. Sie war nicht annähernd einflussreich genug, um eine Entlassung oder Ähnliches zu erwirken. Nicht nach diesem Fiasko. Ihr Einfluss hätte auch vor diesem ganzen Vorfall niemals ausgereicht, um das zu veranlassen, was er so dringend wollte.

Ihre Augen weiteten sich, als John mit den Schultern zuckte und sich abwandte. Scheinbar gelassen legte er sich auf das zweifellos unbequeme Bett und schloss die Augen, während er die Arme hinter dem Kopf verschränkte. Völlig entspannt.

»Dein Einfluss muss ziemlich nachgelassen haben, Kätzchen. Wobei, wundern tut es mich nicht. Aber wenn du mir nichts geben kannst, was mich interessiert, dann wirst du diesen Fall wohl oder übel allein lösen müssen. Schönes Leben noch!« Ihr Puls begann zu rasen. Dieser miese Scheißkerl! Wollte er ihr wirklich vorspielen, dass er bei alldem nichts empfand? Keine Hoffnung? Keine Freude über den geistigen Anreiz? Keine Enttäuschung über ihre Unfähigkeit, ihm das zu geben, was er wollte? Irgendetwas musste er doch fühlen. Irgendetwas musste ihn doch erreichen. Sie raufte sich das Haar.

Denk nach! Womit kannst du ihn ködern? Denk nach, Lissiana!

Und dann hatte sie die Lösung. Denn es gab eine Sache in dieser Welt, auf die John immer ansprang. Ganz egal, wie eisig und unnahbar er sich gab. Seine Rüstung besaß eine Schwäche. Und genau in diese Schwachstelle musste sie ihre Finger graben. Auch wenn sie am Ende blutig wären.

»Ich kann dir keine Jahre geben«, begann sie und sah, wie er die Augen öffnete. Braun und Blau, was für eine eigenwillige Mischung! »Aber ich kann dir etwas geben, das du mehr willst als deine Freiheit: das Besuchsrecht deines Bruders.« Lissiana konnte gar nicht so schnell reagieren, wie John auf den Beinen war.

Er stieß ein wildes Knurren aus, während er mit riesigen Schritten auf sie zukam. Die Fäuste geballt. Den Blick starr auf sie gerichtet. Und dann trafen seine Fäuste auf das Glas. Der dumpfe Knall rief ihr seine enorme Kraft vor Augen. Die brutale Rauheit, die unter der so gepflegten Erscheinung lag. Sie bemerkte erst, dass sie den Atem angehalten hatte, als sie ihn langsam wieder ausstieß. Wut verzerrte sein schönes Gesicht. Jetzt hatte er wirklich etwas von einem Raubtier an sich.

»Du mieses kleines Miststück! Wie kannst du es wagen, Butch gegen mich zu verwenden!« Der Zorn vertrieb die schmeichelnde Sanftheit, die Johns Stimme sonst hatte. Er ließ beinahe nur ein Bellen zurück. Dunkel und knurrend. Nun dachte man nicht mehr an heiße Sommernächte in Texas. Man dachte an Gewitter. Und daran, vor den Blitzen und dem Wirbelsturm davonzukommen. Doch sie blieb stehen. Lissiana kannte seine Wutanfälle. Sie hatte sie so oft erlebt. Das erste Mal war sie verängstigt gewesen. Das zweite Mal schockiert. Und beim dritten Mal hatte sie stumm gewartet, bis es vorbei war. Er hatte ihr nie ein Haar gekrümmt. Und irgendetwas in ihr flüsterte ihr zu, dass er ihr auch ohne dieses Panzerglas nie etwas angetan hätte. Sie reckte ihr Kinn vor.

»Ich hab vom Besten gelernt.« Bei ihren Worten verzog John die Lippen zu einem wütenden Strich. Er atmete so schwer, dass seine Schultern sich deutlich hoben und senkten. Seine Fäuste ruhten noch immer geballt auf dem Glas. Sein schneller Atem ließ es beschlagen. Dann stieß er sich ab und begann auf und ab zu gehen. Wie ein gefangenes Tier.

»Das hast du. Und das solltest du niemals vergessen.« Seine Züge verdunkelten sich. Und dann huschte ein Ausdruck der Enttäuschung über sein Gesicht. Nur für den Bruchteil einer Sekunde. Lissiana hätte es beinahe für Einbildung gehalten, wenn sie ihn nicht so gut gekannt hätte. Sie ahnte Schlimmes.

»Ich kenne dich, Kätzchen. Ganz egal, wie du heißt. Ganz egal, wie du wirklich aussiehst. Ich kenne das, was in dir ist. Kenne jeden Abgrund. Jede Sehnsucht. Jede Schwäche. Und deshalb weiß ich genau, wann du lügst.« Ihre Augen weiteten sich. Ihr Kiefer klappte nach unten. Ihr Bluff war aufgeflogen. Er wusste genau, dass sie nicht mal mehr genug Macht besaß, um ihm diesen eher bescheidenen Wunsch zu erfüllen. Und er war zu Recht wütend und traurig. Es schmerzte sie, ihn so zu sehen. Denn Lissiana wusste genau, was Butch seinem Bruder bedeutete. Doch sie hatte keine Wahl. Sie musste ihn vom Gegenteil überzeugen. Er musste ihr glauben, damit er ihr half. Dieses Sterben musste ein Ende haben. Auch wenn sie dafür lügen musste. Selbst wenn sie dafür das Herz des Mannes brechen musste, von dem so viele glaubten, dass er gar keins besaß.

Sie schloss den Mund und lächelte. »Ich lüge nicht. Ich kann –«

Doch er unterbrach sie harsch. »Kannst du nicht. Und jetzt sieh zu, dass du verschwindest!«

»John, ich –«

Wieder erklang ein Knurren. Er ging zurück zu seinem Bett und setzte sich darauf, ehe er eine wegwerfende Handbewegung machte. Als wäre sie nichts weiter als ein Ärgernis, das er einfach so beiseiteschaffen konnte. Als bedeutete sie nichts. Als wäre sie mit dieser letzten Lüge für ihn gestorben. Es tat weh. Mehr, als sie je geglaubt hätte.

»Ich dachte, meine Ansage war deutlich genug? Verschwinde, Katherine! Hier gibt es für dich nichts zu holen.« Er sah ihr direkt in die Augen. Ließ sie wissen, dass sie nicht willkommen war. Und obwohl sie diese Augen besser kannte als ihre eigenen, kam es ihr vor, als würde sie einen gänzlich Fremden ansehen. Erst als sie etwas Kaltes spürte, bemerkte sie, dass sie die Hand auf das Glas gepresst hatte. Sie musste gehen. Bevor sie noch vor Schmerz und Frust in Tränen ausbrach.

Sie ging zu dem Wärter am Rand der Zelle, der sie aus großen Augen ansah, als hätte sie komplett den Verstand verloren, diesen Mann derartig zu provozieren. Und vielleicht hatte er auch recht damit. Vielleicht hatte sie den Verstand verloren. Aber das war länger her als diese paar Minuten, die sie hier gewesen war.

Durch ihren Akt der Verzweiflung hatte sie nicht die Erlösung erhalten, auf die sie gehofft hatte. Das Leben hatte ihr nur eine neue Wunde zugefügt. Eine neue Enttäuschung. Doch das würde sie nicht kampflos hinnehmen. Diesmal war sie nicht hilflos. Sie war nicht mehr das weinende fünfjährige Mädchen, das im Waisenhaus warten musste, bis die Polizei kam, obwohl sie wusste, was sie sagen würden. Sie musste nicht mehr zusehen, wie das Leben ihr ein Blatt auf die Hand gab, ohne damit umgehen zu können. Sie wusste, wie man spielte. Und diesmal würde sie es nur als Rückschlag sehen. Nicht als verlorene Partie. Sie gab dem Beamten die Akte. Dann blickte sie über die Schulter zu John.

»Ich lasse dir die Akte hier. Vielleicht schaffst du es ja einmal in deinem Leben, das Richtige zu tun, John.« Mit langen Schritten ging sie den Flur hinab. Auch wenn er ihr nicht half, würde sie diesen Fall lösen. Irgendwie. Sie musste. Das war sie diesen Frauen und Vicky schuldig. Als sie die Tür erreichte, sah sie noch mal über ihre Schulter. Er schaute sie an. Und sie hielt kurz den Atem an, ehe sie die Tür mit der Schulter aufdrückte und verschwand. Doch diesmal wusste sie, dass sie John nicht hinter sich lassen konnte. Von nun an würde er sie begleiten. Jeden einzelnen Tag.

John sah Katherine nach, als sie durch die Eisentür verschwand, und es kam ihm vor, als hätte er ein Déjà-vu. Denn wieder starrte er auf ihren Rücken und sah sie gehen, ohne etwas dagegen unternehmen zu können. Er ließ den Kopf in die Hände sinken und stieß ein tiefes Seufzen aus. Nie hätte er damit gerechnet, sie wiederzusehen. Für ihn war ihre gemeinsame Geschichte vorbei gewesen, als sie den Gerichtssaal verlassen hatte. Doch Fortuna schien ganz andere Pläne mit ihm zu haben. Und dafür hasste er das Schicksal in diesem Moment.

Er hatte gedacht, zwei Jahre nach ihrem Verrat wäre er endlich darüber hinweg. Aber offensichtlich war das nicht der Fall. Denn in seinem Kopf stritten sich der Zorn und die Sehnsucht so lautstark, dass er seine anderen Gedanken kaum hören konnte. Außerdem verursachte es ihm wahnsinnige Kopfschmerzen.

John streckte sich auf der unbequemen Matratze aus. Wie immer hingen seine Füße weit über die Kante hinaus. Die

Arme verschränkte er hinter dem Kopf. Alles, was er sah, war weiß. Und das beruhigte ihn. Es gab ihm eine Projektionsfläche. Ein unbeschriebenes Blatt, über das er einfach nachsinnen konnte. Ohne Störungen. Also schloss er die Augen und ließ seinen Gedanken freien Lauf. Etwas, das er lange nicht getan hatte.

Denn wenn er ehrlich zu sich selbst war, dann hatte Katherine recht. Das, was er immer als sein einziges Geschenk Gottes empfunden hatte, war hier drinnen ein schrecklicher Fluch. Das monotone Ein und Aus der verstreichenden Tage kam für ihn einem stetigen Absterben seiner Hirnzellen gleich. Denn er durfte nicht mal zum Arbeitsdienst, geschweige denn an dem Unterricht für die Häftlinge teilnehmen, die einen Abschluss anstrebten. Und es trieb ihn in den Wahnsinn. Die einzige Beschäftigung, die er hatte, waren die Bücher, die Butch oder Tiny ihm schickten. Und selbst da hielt sich der geistige Anspruch für ihn in Grenzen.

Er brauchte etwas, das ihn forderte. Irgendetwas, das ihn beschäftigte. Das seinen Kopf beanspruchte und damit seine innere Unruhe zum Schweigen brachte.

Draußen war das nie ein Problem gewesen. Er hatte die Organisation koordiniert. Er hatte ehemalige hirnlose Schläger zusammen mit seinem Bruder zu Soldaten gemacht. Zu einer Einheit. Er hatte sie geformt und sie aus ihrem bedeutungslosen Leben herausgeholt. Er hatte Menschen vor dem Abgrund bewahrt. Menschen wie Tiny. Aber vor dem Gericht war er noch immer ein Verbrecher. Und das würde er auch immer bleiben. Denn er hatte nie auf der weißen Seite des Gesetzes gespielt.

Die Regeln von Recht und Ordnung waren ihm immer wie eine Zwangsjacke vorgekommen. Etwas, das seine Möglichkeiten begrenzte. Das ihn als Kind hilflos gemacht hatte. Und das die Macht den Menschen überließ, die von Problemen echter Menschen nicht die geringste Ahnung hatten.

Er hatte geglaubt, er sei schlauer als das System. Ihm immer einen Schritt voraus. Doch Katherine hatte ihm das genaue Gegenteil bewiesen. Er hatte ihre Lüge erst erkannt, als es zu spät gewesen war. Als er sie schon geliebt hatte. Als es kein Zurück mehr gegeben hatte. Wenn er die Augen schloss, sah er sie heute noch vor sich, wie sie neben ihm auf dem Sofa gesessen hatte. Die blauen Augen auf den Boden gerichtet. Die Hände so fest mit seinen verschränkt, dass ihre Knöchel weiß hervorgetreten waren.

Er hätte es wissen müssen. Sie war schon den ganzen Tag seltsam still gewesen. Und auch in diesem Moment hatte sie die Zähne nicht auseinanderbekommen. Immer wieder hatte er sie gefragt, was los sei. Doch sie hatte nie geantwortet. Sie hatte nur ein leises *Alles okay* von sich gegeben, an das er keine Sekunde lang geglaubt hatte. Doch er hatte sie gekannt und gewusst, dass sie zu drängen nur darin enden würde, dass sie sich völlig vor ihm verschloss. Und so hatte er neben ihr auf dem Sofa gesessen und ihr schönes Profil betrachtet. Hatte sich in ihrer Nähe verloren. In dem Frieden, den sie ihm gebracht hatte.

Noch heute konnte er an seinen Fingerspitzen das Haar fühlen, das er ihr hinter das Ohr gestrichen hatte. Die dichten rotbraunen Wellen, die sie heute noch hatte. *Was ist los?* hatte er sie erneut gefragt. Und als sie ihn angesehen hatte – die Augen geweitet und den Tränen nahe –, hatte er gewusst, dass etwas nicht stimmte. *Es tut mir leid*, hatten ihre Lippen lautlos geformt, und er hatte sich gefragt, was ihr schon leidtun könnte? Dass sie den Auftrag von vor zwei Tagen nicht zu Ende hatte bringen können? Er hatte ihr das zu dem Zeitpunkt längst verziehen. Zu diesem Zeitpunkt hatte er ganz andere Pläne mit ihr gehabt. Er wollte sie von der Gewalt in seinem Leben fernhalten. Mit ihr einen neuen Abschnitt in seinem Leben beginnen.

Doch dass sie diesen Abschnitt anders geplant hatte als er war ihm erst klar geworden, als ein S.W.A.T.-Team die Tür zu seiner Wohnung eingetreten hatte.

Für ihn waren diese Sekunden in Zeitlupe abgelaufen. Die wütenden Rufe der Männer hatte er kaum gehört. Für ihn waren sie zu einem lauten Einheitsbrei verkommen, den er nicht wirklich hatte orten können. Er war so erstarrt gewesen, dass er nicht einmal zu seiner Waffe auf dem Couchtisch gegriffen hatte, um sich zur Wehr zu setzen. Er hatte nur Katherine angesehen, wie die Tränen ihr über die Wangen gelaufen waren, ehe ein Mann sie an der Schulter packte und von ihm fortriss. Die Kälte, die ihre Hände hinterlassen hatten, konnte er bis heute nicht vergessen.

John öffnete die Augen. Es hatte keinen Sinn, in der Vergangenheit zu wühlen und Wunden aufzureißen, die eigentlich längst verheilt sein sollten. Katherine war für ihn gestorben. Genau in dem Moment, indem sie beschlossen hatte, ihn zu verraten. Und das, was auch immer zwischen ihnen gewesen war. Er sollte sich überhaupt nicht mehr mit ihr beschäftigen. Und doch tat er es. Es verging kein Tag, an dem er nicht an sie dachte. Vor allem daran, wie sie ihm das hatte antun können. Immer wieder ging er diese sechs Monate in seinem Kopf durch. Fragte sich, ob er es hätte ahnen können. Ob er es hätte wissen können.

Doch die Antwort war ein klares Nein. Sie hatte ihm ihre Liebe derart gut vorgespielt, dass er ihr alles geglaubt hätte. Und er? Er war davon so geblendet gewesen, dass er davon überzeugt gewesen war, endlich das in seinem Leben gefunden zu haben, das alles verändern würde.

Er hatte sich nicht geirrt. Katherine hatte alles verändert. Aber nicht so, wie er es im Sinn gehabt hatte. Seine Augen glitten zu dem Wächter vor seiner Zelle, der auf die Akte blickte, als würde gerade eine schwarze Witwe darüberkriechen.

»Wissen Sie etwas über diesen *Bräutigam?*«, fragte John in die Stille hinein, und der andere Mann erschrak dermaßen, dass ihm die Akte aus der Hand fiel. Blätter und Fotos ergossen sich auf den Fußboden, und John rieb sich die Schläfen. Schön zu wissen, dass das Personal hier so kompetent war.

»J-Ja, Sir«, sagte der junge Mann, der kaum älter sein konnte als zwanzig. Sir. Als wäre er sein Vorgesetzter. Andererseits hatte wohl durch den Prozess vor zwei Jahren *jeder* in dieser Stadt von ihm gehört. John kam auf die Füße und ging zum Rand seiner Zelle. Der junge Beamte kniete auf dem Boden und schob eilig alles wieder zusammen.

»Warte!«, sagte John und deutete auf das Foto einer dunkelhaarigen Frau. »Halt das gegen das Glas!«, verlangte er, und der junge Mann kam seiner Aufforderung sofort nach. Unspektakuläre Gesichtszüge, aber durchaus nett anzusehen. Sie hatte ihre Brüste machen lassen, obwohl sie sehr jung war. Volle Unterlippe, aber schmale Oberlippe. Und ein Muttermal direkt unter dem rechten Auge. Er kannte diese Frau. Sie war eine seiner Prostituierten. Warum hatte ihm niemand davon erzählt? »Geben Sie mir die Akte!«

»Ja, Sir.«

»Und dann erzählen Sie mir alles, was Sie über diesen *Bräutigam* wissen.«

7

Brian »Butch« Cohen sah an der Fassade des unscheinbaren Mehrfamilienhauses in einem ruhigen Teil von New York City hinauf und fragte sich, wie man so ein Leben führen konnte. Ein Leben voller Mittelmäßigkeit. Immer gleich tagein, tagaus. Jeden Tag zum selben Job, den man hasste und für den man viel zu wenig Geld bekam. Immer das gleiche Lächeln fest aufs Gesicht getackert, um den Ansprüchen der Gesellschaft gerecht zu werden. Bloß nicht auffallen. Bloß nicht anders sein als der Rest.

Doch er war immer anders gewesen.

Und das war seiner Meinung nach auch verdammt gut so.

Seine Augen glitten über das stark verblasste Rot der Backsteine des Hauses. Auf kleinen Balkonen standen billige kleine Gartenstühle, die kaum auf die schmale Fläche passten. An manchen Balkonen waren Kästen mit Blumen angebracht. Auf anderen sah man Menschen rauchen oder das Gesicht in die Sonne halten, die heute nicht so unnachgiebig war wie noch am Vortag. Sie alle lebten ein völlig durchschnittliches Leben.

Aber dafür war er nicht hier.

Butch sah auf die Rolex an seinem rechten Handgelenk und lächelte. Sie war gerade zurück von ihrer Nachtschicht. Das würde sie unaufmerksam und langsam machen. Für das, was er vorhatte, war das genau richtig. Und so näherte er sich dem Klingelschild. Seine Augen glitten über eine Tafel voller Namen, die für ihn keinerlei Bedeutung hatten. Er interessierte sich nur für einen. Und als er ihn fand, erfasste ihn eine Welle der Vorfreude.

Er hatte zwei Jahre lang gesucht. Hatte zwei Jahre lang gewartet. Und endlich war es so weit. Endlich war seine Rache zum Greifen nahe. Wäre sein Bruder bei ihm, dann wäre er gewiss stolz auf ihn. Immerhin hatte er diese Verräterin ganz allein ausfindig gemacht. Er hatte sich durch Datenbanken gewühlt und die richtigen Menschen bestochen. Und wenn es nötig gewesen war, hatte er auch den ein oder anderen Knochen gebrochen, um an diesen Punkt zu kommen.

Er hatte erwartet, dass seine Hand zittern würde, wenn er auf die Klingel drückte. Doch sie war ganz ruhig. So wie sein Innerstes. Es gab kein aufgeregtes Summen, das ihn meist benommen machte. Es gab kein Drängen. Kein Schreien nach Gewalt, um seine Sucht nach Adrenalin zu befriedigen. Es gab nur diese Ruhe. Diese Ruhe, die ihm die Gewissheit gab, dass sein Plan perfekt war. Dass das, was er tat, richtig war. Dass es die Ordnung in seinem Leben zwar nicht wiederherstellen würde, dass es ihm aber genau das passende Maß an Befriedigung geben würde, um auf den Tag zu warten, an dem alles wieder so sein würde wie zuvor.

Das elektrische Surren des Summers riss ihn aus seinen Gedanken, und er drückte die Tür mit seiner breiten Schulter auf. Sie hatte nicht einmal die Gegensprechanlage benutzt.

Ein Fehler, den sie bereuen würde.

Er joggte die Stufen hinauf bis in den vierten Stock. Er war trotz der schwülen Luft nicht mal annähernd außer Atem. Die Vorfreude trug ihn auf leichten Schwingen dahin. Und er ließ sich leiten, ohne weiter darüber nachzudenken. Sein Plan war ausgearbeitet. Jetzt durfte er es nur nicht versauen.

Er klopfte an der weißen Tür, die mit silbernen Lettern verkündete, dass er vor der Einheit *4b* stand. Und als die Tür geöffnet wurde, legte Butch das charmanteste Lächeln auf, das er zu bieten hatte. Er wusste, er war nicht so gut aussehend wie sein Bruder. Und doch hatte auch er gute Gene bekommen, die dafür sorgten, dass die Frauen sich blenden ließen. Und so auch die Frau vor ihm, die ein freundliches Lächeln zeigte, während sie komplett ahnungslos in der Tür stand. Er registrierte sofort ihre Haltung. Ihre Hand lag auf der Tür. Die Füße auf der Schwelle, bereit, sich zurückzuziehen.

Als könnte ihr schwächlicher Arm ihn aufhalten.

Oder diese Tür.

»Was kann ich für Sie tun?«

Die Stimme von Victoria Stafford war anders, als Butch sie erwartet hatte. Sie war nicht so schmeichelnd wie die ihrer älteren Schwester Lissiana, aber sie war ruhiger. Freundlicher. Und deutlich heller. Auch die Fotos in seiner Akte wurden ihr nicht wirklich gerecht. Von den Fotos hatte er gedacht, sie sei farbloser. Gewöhnlicher. Aber wenn er ehrlich war, dann war das Gegenteil der Fall.

Sie war sehr klein. Wenn er schätzen müsste, dann erreichte sie nicht einmal einen Meter sechzig. Sie trug die unförmige Kleidung einer Krankenschwester. Das dunkle Grün war unschön anzusehen, doch er konnte an ihren Armen erkennen, dass sie schlank war, aber nicht dürr. Sich eine so zierliche Frau in der Notaufnahme vorzustellen war für ihn kaum machbar.

Ihre Gesichtszüge waren weich. Dennoch hatte sie die hohen Wangenknochen ihrer Schwester. Ihre Lippen waren weniger voll als die von Lissiana. Doch die Oberlippe hatte einen stärkeren Schwung, der dafür sorgte, dass jeder Mann diese Lippen betrachten würde, um sich zu fragen, wie sie schmeckten und wie sie sich anfühlten. Sie hatte eine leichte Stupsnase, die ihr Gesicht deutlich jünger erscheinen ließ, als sie wirklich war. Ihre Haut war hell und hatte nur durch die Sonne von New York einen leicht goldenen Ton bekommen. Und trotz der Nachtschicht sah sie erholt aus, auch wenn er dunkle Schatten unter ihren Augen ausmachen konnte. Ihre Augen hatten eine eigenwillige Färbung. Eine Mischung aus Grün, Blau und Grau. Kaum zu bestimmen und deshalb irgendwie einzigartig.

Erst als ein roter Schimmer sich auf die Wangen von Victoria legte, bemerkte Butch, dass er sie wohl angestarrt haben musste. Er räusperte sich und hielt ihr seine große Hand hin. Er versuchte wenig angsteinflößend zu wirken. Aber das war nicht so leicht, wenn man fast vierzig Zentimeter größer war und schätzungsweise das Doppelte wog.

»Hallo, ich bin Nick«, sagte er und lächelte. Einen Kontakt beim NYPD zu haben hatte Vorteile. »Deine Schwester hat mich geschickt.«

Bei der Erwähnung von Lissiana schien Victoria sämtliches Misstrauen abzulegen. Ihre Lippen verzogen sich zu einem so strahlenden Lächeln, dass Butch sie wieder einen Moment lang nur ansehen konnte. Diese Fotos wurden ihr wirklich nicht gerecht. Und das obwohl ihr braunes Haar zu einem wirren Knoten auf ihrem Kopf zusammengebunden war. Ein wenig sah es aus wie ein Vogelnest.

Sie ergriff seine Hand und schüttelte diese. Butch registrierte sofort den festen Griff. »Warum hast du das nicht gleich gesagt? Komm rein«, erwiderte Victoria und trat beiseite.

Darauf hast du gewartet. Versau es jetzt nicht!

»Danke!« Butch schob sich an ihrer zierlichen Gestalt vorbei und trat in eine Wohnung, die er gleichermaßen schrecklich wie verstörend fand. Er befand sich sofort in einem Raum, der wohl als Wohnzimmer und gleichermaßen als Küche dienen sollte. Die Möbel waren wild zusammengewürfelt, und alles war bunt dekoriert. Nichts passte so wirklich zusammen, und die Farben konkurrierten miteinander um die Aufmerksamkeit des Betrachters.

Auf dem Couchtisch aus einem undefinierbaren Material in einem grässlichen Gelb stand eine Tasse mit mehr als einem

Sprung. Auch diese war auf eine Weise bunt, die seine Augen beleidigte. Doch der Geruch von Kaffee verriet ihm, dass diese Frau zumindest einen Funken Normalität in ihrem Leben hatte. An den Wänden des kleinen Raums hingen Bilder. Wild durcheinandergewürfelt fanden sich schlecht kopierte bunte Gemälde neben Fotos. Vermutlich aus der Kindheit der sehr ungleichen Schwestern. Doch was Butch wirklich irritierend fand, war nicht ihr fragwürdiger Geschmack.

Es war die Flut an Blumen, die überall herumstanden.

Sträuße unterschiedlichster Farben und unterschiedlichster Größen waren überall in dem kleinen Raum verteilt. Gewiss über zehn Stück. Die Gerbera kannte er noch. Ebenso wie die Rosen. Aber bei dem Rest war Butch wirklich überfordert. Vermutlich waren es exotische Blumen. Wobei er sich auf diesem Gebiet auch einfach überhaupt nicht auskannte. Sie hatte wohl eine Schwäche für Kitsch.

»Nett haben Sie es hier.« Butch wunderte sich, dass er bei den Worten nicht völlig sarkastisch klang. Belohnt wurde er mit einem erneuten strahlenden Lächeln. »Danke schön! Ich weiß, es ist nicht besonders groß, aber ich mag es hier. Außerdem sag doch *Du* zu mir. Du bist ja sicherlich nicht so viel älter als ich.«

Nein. Nur schlappe acht Jahre.

»Kann ich dir Kaffee anbieten?«

»Ja, gerne.« Butch ging durch den Raum und sah sich weiter um. Die Küchenzeile schien aufgeräumt und sauber zu sein. Die Tür zum kleinen Badezimmer stand offen. Eine Tür zum Schlafzimmer gab es nicht. Lediglich ein bunter Vorhang aus Plastikperlen verwehrte die Sicht auf das, was dahinter lag. Die Tür zu ihrem Balkon stand auf. Und es überraschte ihn nicht, als er auch dort eine Fülle von Blumen vorfand.

»Sie mögen wohl Blumen?« Er sah über die Schulter zu ihr und schmunzelte, als er sie dabei erwischte, wie sie ihm auf den Hintern guckte.

»Wie kann man Blumen nicht mögen?« Victoria wandte sich von ihm ab und eilte in die kleine Küche. Erst jetzt bemerkte er, dass sie die Schränke gelb angestrichen hatte. Sie kam mit einem Becher voller Kaffee zurück. Er war grellgrün mit gelben Punkten.

»Danke!«

»Also, wenn Lissiana dich geschickt hat, dann sag ihr, dass es unnötig ist. Nichts für ungut, aber der letzte Bodyguard war schon etwas nervig und nicht der Hellste, wenn du verstehst, was ich meine.« Vitorias Lächeln verrutschte ein wenig, als Butch nicht über ihre Bemerkung lachte. »Nicht, dass ich dich für dumm halte. Ich meine nur … also … Was ich sagen will, ist …«

»Dass du nicht glaubst, dass du mich brauchst. Aber deine Schwester ist da anderer Meinung.« Butch trank einen Schluck von seinem Kaffee. Er war gut. Schwarz, so wie er ihn mochte. Und gerade genug abgekühlt, dass man sich daran nicht die Zunge verbrannte. »Sie hat mich extra hergeschickt, um ein Auge auf dich zu haben. Es sind immerhin gefährliche Zeiten.«

Er lächelte sie an. Ja, gefährliche Zeiten. Wenn sie nur wüsste, in was für einer Gefahr sie sich jetzt gerade befand. Dann würde sie gewiss nicht so verlegen lächeln und in ihren Kaffee starren, als könnte sie daraus die Zukunft lesen.

»Meine Schwester reagiert häufig über. Aber das weißt du bestimmt.« Victoria nahm einen Schluck von ihrem Kaffee. Interessant. Sie ging also automatisch davon aus, dass Butch auch ein Bulle war. Und das ohne nach einer Marke gefragt zu haben.

Sie weiß gar nicht, wie es um ihre Schwester steht.

Diese Erkenntnis war durchaus hilfreich. Während er sich durch Lissianas Akten gewühlt hatte, war er immer wieder auf Beschwerden anderer Polizisten gestoßen. Kleinigkeiten. Aber eindeutige Schikanen. Als er dann einem Bullen das nötige Kleingeld zugesteckt hatte, hatte er ihm hämisch erzählt, dass die Polizisten von New York City Lissiana für vollkommen unfähig hielten.

Man mied sie. Belächelte sie. Verachtete sie.

Außer ihrem Partner – wie war sein Name noch gleich? – hatte sie niemanden. Und doch glaubte Victoria, dass er ein Kollege war, der Lissiana ein wenig aushalf. Sehr interessant. Lissiana schien wirklich eine ganze Menge zu verschweigen. Auch in ihrem echten Leben.

»Als mir mal ein Kerl an den Hintern gefasst hat, hat sie gleich jemanden von der Sitte vorbeigeschickt.« Butch schmunzelte leicht bei dieser Bemerkung. Das konnte er sich durchaus vorstellen. Denn auch wenn Lissiana es abstreiten würde, er kannte sie. Er wusste, wie sie war. Wer sie war. Und genau das würde ihr das Genick brechen.

Butch nahm erneut einen Schluck von seinem Kaffee. »Das kann ich mir lebhaft vorstellen. Aber diesmal hat sie recht.« Er stellte die Tasse auf dem gelben Tischchen ab und ergriff die Hände von Victoria, die ihn aus großen Augen anstarrte. Doch er verzog die Lippen nur zu einem charmanten Lächeln.

»Da draußen treibt ein Irrer sein Unwesen. Und sie hat mir gesagt, sie kann nur konzentriert an diesem Fall arbeiten, wenn sie weiß, dass du in Sicherheit bist.« Er ließ seinen Daumen über ihren Puls gleiten. Er zog träge Kreise. Beobachtete, wie sie auf ihr Handgelenk starrte. Wie sie rot wurde. »Wir wollen doch nicht, dass der Kerl entwischt, oder?«

»Nein.« Die Antwort klang beinahe atemlos. Butch spürte, wie der Puls unter ihrer Haut hämmerte. Er wusste, er spielte unfair, aber er hatte es nie anders gehandhabt. Er würde das Leben dieser Geschwister ruinieren. So wie Lissiana das seine beinahe ruiniert hätte.

Er würde Victoria einwickeln. Er würde dafür sorgen, dass sie ihm vertraute. Sich vielleicht ein wenig in ihn verguckte. Und dann würde er warten, bis Lissiana sie besuchen würde. Er konnte die Szene beinahe vor sich sehen. Wie Lissiana ihn mit vor Schock geweiteten Augen anstarrte. Wie sie versuchte, Victoria zu erreichen. Wie das laute Knacken von ihrem Genick die Stille zerreißen würde. Lissianas Schreie. Ihr Weinen. Ihre Verzweiflung.

Er bekam eine Gänsehaut. Butch räusperte sich und entzog Victoria seine Hände, die sich verlegen mit dem Handrücken die Stirn rieb. »Lass dich einfach von mir beschützen. Das ist für alle das Beste. Und so wie ich Lissiana kenne, wird sie den Fall schneller lösen, als wir alle glauben.«

Elisabeth lächelte ihn an und nickte. »Ja, vermutlich hast du recht.« Sie schob sich eine gelöste Strähne zurück hinter das Ohr. »Soll ich dir dann meinen Arbeitsplan und meine Termine für die nächsten Wochen geben?«

»Das wäre ganz wunderbar.«

Als Butch das Haus eine Stunde später verließ, setzte er seine Sonnenbrille auf und steckte die Hände in die Hosentaschen seiner Jeans. In der hinteren Hosentasche hatte er die Zettel mit Victorias Terminen. Jeden einzelnen. Für die nächsten sechs Wochen. Und ihre Handynummer hatte er auch. Es wäre ein Leichtes, Savannah darum zu bitten, sie von nun an per GPS überwachen zu lassen.

Er schlenderte die Straße hinunter bis zur Ecke und ging dann drei Blocks in Richtung Süden. Heute kamen ihm mehr Menschen entgegen als in den letzten Tagen. Die Hitze hatte allen stark zugesetzt. Er pfiff leise vor sich hin. Auf seinen Lippen lag ein Lächeln. Besser hätte es nicht laufen können. Das stand fest. Es war so leicht gewesen, ihr glauben zu machen, dass er für die Guten spielte. So unglaublich einfach.

Er bog nach links ab und schloss den schwarzen Cadillac Escalade auf, den er dort vor einer Weile geparkt hatte. Er setzte sich auf den Fahrersitz und sah aus Routine in den Rückspiegel. Erst dann glitt sein Blick zum Beifahrersitz. Akten über Akten stapelten sich auf dem schwarzen Leder, und er zog an der Ecke eines Fotos, das er achtlos zwischen die Zettel geschoben hatte.

Lissiana hatte den Arm um Victoria gelegt und lachte so stark, dass in ihren braunen Augen Tränen glänzten. Victoria hielt sich die Hand vor den Mund, doch dass auch sie lachte, war offensichtlich. Das Bild war erst wenige Tage alt. Aufgenommen im Central Park. Zur Mittagszeit. Butch warf das Bild wieder auf den Beifahrersitz. Dann fuhr er los.

Und noch immer pfiff er leise vor sich hin.

8

»Was meinst du mit: *Er hat Nein gesagt?!*«

Lissiana rieb sich die Schläfen, als Nathan sie derart anschrie, dass alle Kollegen zu ihnen herübersahen. Sie warf eine Brausetablette ins Wasser und suchte auf ihrem Tisch nach einem Zettel.

»Das ist nicht direkt das, was er gesagt hat. Aber die Botschaft von *Ich schulde dir nichts, du Miststück!* und *Sieh zu, dass du Land gewinnst!* war doch mehr als deutlich.« Sie fand ein Blatt, das nicht schon vollständig bekritzelt war, und sah zu Nathan auf, dem der Mund offen stand. »Ich wollte gleich zum Chinesen um die Ecke.« Sie tippte mit dem Kugelschreiber auf den Zettel. »Willst du auch was?«

»Wie kannst du nur so ruhig bleiben?« Nathan schüttelte den Kopf und lehnte sich mit dem Hintern gegen ihre Tischplatte. »Da schwimmen unsere Chancen dahin! Ich war mir so sicher, dass er …« Er schnalzte missbilligend mit der Zunge. »Ach, vergiss es!«

»Dass er was? Mir nicht widerstehen kann?« Lissiana verengte die Augen, als Nathan ein knappes Nicken sehen ließ. »Das ist wohl ein Scherz, oder? Der Mann hasst mich, Nate. Eigentlich war es klar, dass er Nein sagen wird.« Sie lehnte sich in ihrem Stuhl zurück. »Also, willst du nun was vom Chinesen?«

»Kannst du nicht was vom Diner holen? Wir hatten gestern schon Chinesisch.« Nate zog sein Portemonnaie aus seiner hinteren Hosentasche hervor und warf es Lissiana zu. Sie hatte Mühe, es aufzufangen. »Hast du ihm denn etwas Gutes angeboten?«

»Also was vom Diner. Und was willst du genau?« Lissiana betete, dass Nate nicht weiter nachhaken würde. Doch da zog er schon eine Augenbraue hoch.

»Spuck es aus, Kleines!« Er klopfte mit den Knöcheln auf den Tisch.

»Einen Cheeseburger, wie immer?« Schnell ablenken.

»Lissiana?« Seine Stimme war diesmal ungeduldiger. Mit deutlich mehr Nachdruck.

Lissiana sah zu ihrem Glas und betete, dass die Tablette sich schneller auflösen möge. Dann könnte sie etwas trinken, um den Mund zu halten. »Das Besuchs …« Sie nuschelte so stark, dass Nathan sie unmöglich verstehen konnte.

»Soll ich dir 'nen Wagenheber für den Kiefer holen?« Er lehnte sich vor und legte den Zeigefinger hinter sein Ohr. »Ich höre. Wenn es besseres Gefängnisessen ist, schwöre ich, dass du das Essen bezahlst.«

Lissiana kniff die Augen zu. »Das Besuchsrecht seines Bruders.«

»Du hast *was?!*« Die Stimme von Nathan übertönte alles im Großraumbüro. Und das, obwohl die Telefone nie stillstanden und alle sich lautstark unterhielten. Wieder starrten alle sie an.

Er packte sie am Oberarm und zerrte sie auf die Füße. Lissiana musste fast rennen, um nicht hinter ihm herzustolpern. Nate schubste sie in einen Verhörraum und schloss die Tür. Sie hörte das leise Klicken vom Schloss.

»Wiederhol das! Damit ich sicher bin, dass du auch wirklich den Verstand verloren hast.« Nate stellte sich vor die Tür und verschränkte die Arme vor der Brust.

Als wenn sie versuchen würde abzuhauen. Obwohl … in diesem Moment hatte diese Option durchaus einen gewissen Reiz.

»Was hätte ich denn sonst machen sollen?«, zischte sie und raufte sich die Haare. »Ich konnte ihm keine Jahre anbieten. Auch keine Lockerung seiner Haftbedingungen. Es ist das Einzige, was mir eingefallen ist.«

»Koks? Nutten? Was weiß ich, worauf der Kerl abfährt. Aber du kannst ihm doch nicht seinen Bruder versprechen!« Nate ließ den Kopf in die Hände sinken. »Das ist so, als würdest du einem irren Diktator Atomraketen zum Geburtstag schenken. Bist du völlig übergeschnappt?«

Lissiana knirschte mit den Zähnen. »Er hat ja nicht Ja gesagt. Also krieg dich ein!«

»Dein Glück! Ich kenne John Cohen zwar nicht, aber das, was ich gehört habe, reicht, um zu wissen, dass er dich darauf festnageln würde.« Nathan zuckte zusammen, als es an der Tür klopfte.

»Was?« Seine Stimme klang noch unfreundlicher als sonst.

»E-E-Entschuldigung, ist Miss Stafford zu sprechen? Der Anwalt von John Cohen ist in der Leitung. Er sagt, es ginge um etwas Wichtiges.«

Lissiana stürzte zur Tür, entriegelte sie und riss sie auf. Vor ihr stand Hannah. Eine kleine, brünette junge Frau. Ihre Augen waren groß und blau, und über ihre Nase und Wangen zogen sich Sommersprossen. Sie sah zwischen Nathan und Lissiana hin und her. Das Telefon hatte sie fest an die Brust gepresst.

»Nicht das, was du denkst, Schätzchen.« Nate presste sich an Lissiana vorbei. »Viel Spaß beim Verkauf deiner Seele!«

»Ich lieb dich auch!« Lissiana nahm der Sekretärin das Telefon aus der Hand und zog sich in den Verhörraum zurück. »Detective Stafford. Was kann ich für Sie tun, Mister Hurley?«

Steven Hurley war ein Mann Anfang vierzig, den sie nie vergessen würde. Sportlich. Gut aussehend. Und unfassbar arrogant. Außerdem hatte er ihr die Zeit im Zeugenstand zur Hölle gemacht.

»Miss Stafford« Wie immer klang seine Stimme charmant und blasiert. »Mister Cohen hat mich wissen lassen, worüber Sie mit ihm gesprochen haben. Ich werde es ignorieren, dass sie hinter meinem Rücken mit meinem Mandanten geredet haben. Und jetzt holen Sie Zettel und Stift heraus und hören mir ganz genau zu! Denn Mister Cohen hatte eine ganze Menge zu sagen.«

»Das kommt überhaupt nicht infrage!«

Lissiana stieß ein leises Seufzen aus und sah Rebecca Lightwood an. Sie war Anfang vierzig mit langem blondem Haar, das sie zu einem strengen Knoten aufgesteckt trug. Ihre Gesichtszüge waren eher streng. Ihre Nase war lang und gerade, und ihre Lippen waren schmal. Stress hatte kleine Fältchen um ihre Augen und ihre Mundwinkel gezogen, für die sie sonst noch zu jung gewesen wäre.

Sie war die Bezirksstaatsanwältin von New York City und bei allen Polizisten gefürchtet. Und das nicht, weil sie nicht kooperativ war. Sie war einfach eine verdammt harte Nuss. Und die Verbrecher, die sie jagte, die konnten einem wirklich leidtun. Seit den eineinhalb Jahren, die sie nun im Amt war, hatte sie sich einen Namen gemacht. Und das lag nicht nur daran, dass sie eine Frau war und für den Posten doch eher jung. Es lag daran, dass sie einfach unglaublich fähig war.

»Ich möchte nur noch einmal wiederholen, worum Sie mich da bitten: Sie wollen einen hochintelligenten verurteilten Verbrecher, zu dem Sie auch noch eine intime Beziehung hatten, nicht nur für einen Fall von großem öffentlichem Interesse als Berater befragen, sondern Sie wollen ihn auch noch für die Zeit der Ermittlungen aus dem Gefängnis holen, um seine Arbeit nicht zu behindern?!« Rebeccas Stimme war zum Ende hin immer höher und schriller geworden.

»Wenn Sie es sagen, klingt es nach einer dummen Idee, aber ja, Ma'am.« Was hätte Lissiana auch anderes sagen sollen?

»Das könnte daran liegen, dass es eine ist, Miss Stafford.«

Mit diesen Forderungen war Lissiana hergekommen. Sie hatte John lediglich hin und wieder im Gefängnis besuchen wollen. Die Forderung nach seiner Entlassung auf Zeit hatte Steven Hurley ihr aufgezwungen. Und als wäre die Lage nicht so schon schlimm genug, hatte er sie auch noch wissen lassen, dass genau dieser Punkt nicht optional war und dass sonst keinerlei Kooperation von John zu erwarten sei. Dabei brauchte sie John unbedingt. Sie musste hier einen Sieg erringen. Koste es, was es wolle. Dennoch – eine Entlassung auf Zeit? Gott, wie hatte sie das nur vorschlagen können?

»Und Sie sind wirklich der Überzeugung, dass Sie den Fall ohne ihn nicht lösen können?« Rebecca setzte sich wieder in den großen Bürostuhl hinter ihrem Schreibtisch und schaltete den kleinen Ventilator ein, der auf der Tischkante stand. Den Blazer, den sie sonst über der ärmellosen Bluse zu dem Bleistiftrock trug, hatte sie ausgezogen. Er hing über einem der Ledersessel, die vor der großen Fensterfront standen, von der aus man auf New York City hinabsehen konnte. In der Ferne vermochte Lissiana die Bäume eines Parks zu erkennen.

»Ich bin mir absolut sicher, Ma'am.« Lissiana hatte sich längst daran gewöhnt, Rebecca so anzusprechen. Sie hatte es festgesetzt, als sie das Amt übernommen hatte. Sie war der Meinung, dass man, wenn man mit ihr sprach, in erster Linie mit diesem Amt sprach. Und dieses Amt verlangte ein gewisses Maß an Autorität, das stets gewahrt werden musste.

»Ich kann es nicht erlauben. Das wissen Sie. Warum sind Sie also trotzdem hergekommen, Detective Stafford?« Rebecca hielt ihr Gesicht vor den Ventilator und warf einen zornigen Blick auf die Lüftung der Klimaanlage, die noch immer stillstand.

Ja, warum war sie trotzdem hier? Sie hatte gewusst, dass Rebecca ihr diese Vorgehensweise nicht erlauben konnte. Schon gar nicht mit ihrer Vorgeschichte. Auch nicht, wenn Nathan ein Auge auf sie und John haben würde. Und auch wenn dieses Misstrauen etwas wehtat, so war es doch mehr als berechtigt. Als sie John im Gefängnis besucht hatte, war das mehr als deutlich gewesen. Ihr gelang es noch immer nicht, sich seiner Aura zu entziehen. Doch die Wahrheit war, dass sie das Risiko trotzdem eingehen musste.

»Weil ich gehofft habe, dass wir dennoch eine Lösung finden.« Lissiana band sich das lange Haar mit einem Haarband locker zusammen und griff nach dem Wasser, das auf dem Rand des großen gläsernen Schreibtisches neben ein paar schlichten Bilderrahmen stand.

Rebecca verengte die Augen. »Das ist nicht der Grund, warum Sie hier sind. Sie verschweigen mir etwas.« Die Staatsanwältin stand auf und ging vor der Fensterfront auf und ab. »Sie sollten mir nichts verheimlichen, wenn sie etwas von mir wollen. Spucken Sie es aus, Stafford. Warum wollen Sie Cohen wirklich an diesem Fall beteiligen? Und jetzt kommen Sie mir nicht wieder mit dieser ganzen Expertisensache. Den Unsinn können Sie dem Commissioner erzählen.«

Lissiana verschluckte sich und klopfte sich auf die Brust. »Wie bitte?«

»Sie haben mich schon verstanden. Sie sind ja nicht taub. Und auch nicht dumm. Ich habe Ihre Akte angefordert, als ich Ihren Namen in meinem Terminkalender gesehen habe.« Rebecca wandte sich einem großen Schrank an der linken Wand zu. Daneben reihten sich volle Bücherregale aneinander. Nicht eins davon war privater Natur. Sie zog eine Schublade auf und förderte ein paar rote Akten zutage. Dann glitten ihre schlanken Finger über die Ränder.

Was zum Geier tat sie da? Lissiana reckte den Hals, um die Namen auf den Akten sehen zu können. Leider vergeblich.

»Lissiana Stafford.« Rebecca legte die übrigen Akten zurück und kam mit einer einzigen zurück. Lissiana war erschrocken, wie dick sie war. »Klassenbeste Ihres Jahrgangs an der Polizeiakademie. Dann ein Jahr normaler Polizeidienst. Danach Versetzung in die Spezialeinheit für Undercovereinsätze. Fünf Jahre waren Sie dort.« Rebecca blätterte weiter.

»Sie haben die Aufträge schneller und sauberer abgeschlossen als viele andere Ihrer Kollegen. Sie haben enorme Kreativität bewiesen. Und ein Maß an Gerissenheit, das ich ehrlich bewundere.« Sie schnalzte mit der Zunge. »Knallharter Stil. Keine Ausrutscher. Bis sie John Cohen begegnet sind.« Rebecca warf die Akte auf den Tisch. Ein Foto von Lissiana im Gerichtssaal rutschte heraus.

Sie sah schrecklich aus. Sie war blass. Das hatte nicht einmal das Make-up verdecken können. Ihre Augen waren von der Kamera abgewandt. Sie sah vermutlich auf ihre Hände. So genau erinnerte sie sich nicht mehr daran. Lissiana erinnerte sich aber sehr wohl an alles, was damals gesagt worden war.

»Entgegen der Meinung meines Vorgängers halte ich Sie nicht für dumm. Oder gar verblendet. Sondern ich halte Sie für eine intelligente Frau mit einem unbesonnenen Moment der Schwäche. Etwas, das auch den Besten passieren kann.« Rebecca wandte ihr den Rücken zu und blickte erneut auf die Stadt hinaus.

»Und genau deshalb glaube ich, dass sie einen tieferen Grund haben, sich dem Mann zu nähern, der ihrer Karriere ein Ende gesetzt hat. So wie ich sie einschätze, tun Sie das aus einem anderen Grund als seiner Expertise. Und es muss ein sehr guter Grund sein, um jemanden wie Sie zu einer Bitte wie dieser zu bringen.«

Lissiana griff sich die Akte, die unbewacht auf dem Tisch lag. Ihre Augen weiteten sich, als sie ein wenig darin zu blättern begann. Hier drin stand alles. Ihr Geburtsdatum. Ihre schulische Laufbahn. Ihr psychologisches Eignungszeugnis. Sogar ihre verfluchte Schuhgröße!

»Woher wissen Sie das alles?!«

»Ich behalte meine Schäfchen gern im Auge. Besonders die, die schon mal beinahe verloren gegangen sind.« Rebecca sah über die Schulter und lächelte schief. Sie entblößte ein paar leicht krumme Zähne. »Also, wollen Sie mir nun endlich verraten, warum Sie wirklich hier sind?«

Lissiana betrachtete die Staatsanwältin und kam nicht umhin, so etwas wie Bewunderung zu empfinden. Sie war unglaublich scharfsinnig. Sie beobachtete ihren derzeitigen Gegner genau und zog daraus ihre Schlüsse. Rebecca erinnerte sie in diesem Punkt an John. Und dennoch konnte sie sich ihr einfach nicht anvertrauen.

»Sie wissen doch schon, warum. Er ist hochintelligent. Und er kennt die Stadt wie niemand sonst.« Es war zu riskant. Sie musste bei ihrer Geschichte bleiben.

Rebecca zog eine Augenbraue hoch, ehe sie wieder auf die Stadt hinaussah. Lissiana hätte alles gegeben, um ihr in diesem Moment ins Gesicht sehen zu können. Nur um darin zu lesen. Ob es den Funken einer Hoffnung gab? *Schlag es dir aus dem Kopf, Schätzchen! Hier beißt du auf Granit.*

Rebecca seufzte.

»Wenn Sie bei der Geschichte bleiben wollen. Ich wünsche Ihnen einen schönen Tag.« Nachlässig deutete sie auf die Tür. So, als wäre Lissiana nichts weiter als ein Kind, das man wegen schlechten Benehmens des Klassenzimmers verwies.

Verdammte Scheiße! Sie wusste, dass sie den Karren jetzt aus dem Dreck ziehen musste. Irgendwie. Denn es war nun mal so, dass Lissiana diese Genehmigung brauchte. Ansonsten stand sie wieder vor dem Nichts. Und sie wusste nicht, ob sie den Fall dann noch lösen könnte.

Los! Spring endlich ins kalte Wasser! Und hoff, dass unten kein verdammter Hai auf dich wartet!

»Wenn ich Ihnen den Grund nenne, werden Sie es dann erlauben?« Die Worte kamen Lissiana eher stockend über die Lippen.

»Das werden wir dann sehen.« Immerhin wandte Rebecca sich ihr wieder zu. Aber Lissiana wollte mehr. Vor allem aber *brauchte* sie mehr.

»Meine Ermittlungen hängen von dieser Entscheidung ab, Ma'am. Ich brauche etwas Besseres als ein Vielleicht.« Ihre Stimme klang deutlich angespannter als zuvor. Sie überschlug die langen Beine, während Rebecca die Lippen zu einem leichten Lächeln verzog. Sie musste hart bleiben. Und vielleicht würde es belohnt werden.

»Das kann ich Ihnen nicht geben«, sagte Rebecca. Eine eindeutige Abfuhr.

»Ich brauche es trotzdem.« Lissiana würde nicht nachgeben. Normalerweise hätte sie sich niemals auf eine Diskussion mit Rebecca eingelassen. Nicht in diesem Maße. Aber hier ging es um mehr, als die Staatsanwältin zu diesem Zeitpunkt erfassen konnte. Hier war also Durchhaltevermögen gefragt.

»Sie sind eine echt harte Nuss, Stafford. Das gefällt mir.« Rebecca lächelte. »Trotzdem kann ich Ihnen das nicht einfach zusagen. Sie müssen mir und Ihren Argumenten vertrauen«

Lissiana biss sich auf die Unterlippe.

»Und wenn ich das nicht kann?« Sie stand hier wirklich mit dem Rücken zur Wand. Rebecca zu vertrauen könnte ihr das Genick brechen. Und es könnte den Tod von noch mehr Unschuldigen bedeuten. Denn sie wusste nicht, wie weit der Verrat nach oben wuchs. Die Krone des verkommenen Baums war nicht zu erkennen.

Rebeccas Mundwinkel sanken stark herab. In ihren grauen Augen zeigte sich ein angriffslustiges Funkeln.

»Dann sollten Sie genau jetzt mein Büro verlassen.« Wieder deutete sie auf die Tür. Ein Ultimatum, das keiner weiteren Worte bedurfte.

Lissiana musste sich entscheiden. Entweder sie vertraute einer Frau, die sie zwar bewunderte, die sie aber nicht kannte. Oder sie schwieg und begrub ihre Ermittlungen genau in diesem Moment.

So viele waren gestorben. Zu viele. Allein. Verängstigt. Gefoltert und vergewaltigt. Und dann abgelegt wie wertloser Müll. Man hatte ihnen nicht nur das Leben genommen. Man hatte sie auch ihrer Würde als Mensch beraubt. Sie schloss für einen Moment die Augen. Sie ließ die Gesichter der Frauen vor ihrem inneren Auge vorbeilaufen. Jede einzelne sah sie sich genau an.

Sie schuldete ihnen etwas. Gerechtigkeit. Und Frieden für die Angehörigen. Die Gewissheit, dass es endlich wirklich vorbei war und dass nun niemand mehr um seine Tochter, Frau oder Mutter weinen musste. Und dafür musste sie in diesem Moment eine Entscheidung treffen.

»Die Berichte sind manipuliert worden. Von einer unbekannten Nutzerkennung.« Lissiana knirschte leicht mit den Zähnen, als sie das aussprach, was sie so dringend zu verbergen versucht hatte. »Mein Partner und ich vermuten einen Maulwurf im Revier, Ma'am. Was bedeutet, dass wir niemanden dort mehr ins Vertrauen ziehen können. Wir brauchen jemanden außerhalb dieser Mauern. Jemanden mit einem frischen Blick. Der nicht durch die Berichte beeinflusst wurde.«

Rebecca riss die Augen auf. Sie wurde ganz blass. »Ein Maulwurf? Sind Sie sich sicher?«

Lissiana nickte. »Ja. Aber ihn zu finden wird alles andere als einfach.« Schnell berichtete sie, was Nathan und sie entdeckt hatten. Wie Ryan gescheitert war. Und wie sehr sie es selbst nicht hatte glauben wollen.

Am Ende ihres Berichts nickte Rebecca entschlossen. »Dann müssen wir eine interne Ermittlung einleiten. In meiner Stadt werde ich so etwas nicht dulden.« Sie ging zu dem Schreibtisch zurück und griff zum Hörer des Telefons. Zweifellos wollte sie sofort alles veranlassen. Und genau das durfte Lissiana nicht zulassen.

Kurzerhand zog sie das Kabel aus dem Telefon. Rebecca sah sie an und verengte die Augen zu Schlitzen. »Was, glauben Sie, machen Sie da?«

»Wenn Sie das jetzt tun, dann ist nicht nur der Maulwurf weg, sondern auch der *Bräutigam.* Und das Leben von noch mehr unschuldigen Frauen ist in Gefahr. Und das kann und werde ich nicht dulden.« Lissiana reckte ihr Kinn vor und sah Rebecca fest in die Augen. Sie konnte nicht zulassen, dass sie ihre Arbeit derartig ruinierte. Sie würde hart bleiben. Selbst wenn es bedeutete, auch das Handy der Staatsanwältin aus dem Fenster zu werfen.

Für eine Weile herrschte Schweigen. Doch Lissiana konnte genau sehen, wie Rebecca nachdachte, während sie ihr Gesicht musterte. Dann legte die Staatsanwältin den Hörer wieder auf.

»Sie haben recht.« Sie griff sich den Ventilator und hielt ihn sich vor das Gesicht. Sie schürzte die Lippen. Biss darauf herum. Sie schien hin- und hergerissen zu sein. Und genau das war für Lissiana ein Problem. Sie brauchte diese Genehmigung.

»Ma'am, wir haben keine Wahl. Sonst wäre ich nicht hier.« Lissiana steckte das Kabel zurück ins Telefon und setzte sich wieder auf ihren Platz im Sessel. Sie stützte die Ellenbogen auf den Knien ab und legte den Kopf auf ihre gefalteten Hände. Sie gab sich ruhig. Aber innerlich fiel sie auf die Knie und betete zu Gott, dass Rebecca ihr grünes Licht gab.

Diese seufzte und zog das Haarband um ihren Dutt nach. »Ich weiß, Stafford. Aber John Cohen …« Sie schüttelte den Kopf.

»… ist der intelligenteste Mann, dem ich jemals in meinem Leben begegnet bin«, sagte Lissiana. Doch Rebecca zögerte noch immer. Und Lissiana konnte es ihr nicht verübeln. Es war riskant. Und niemand konnte wissen, ob sich dieses Risiko wirklich bezahlt machen würde.

»Haben Sie sich deshalb in ihn verliebt? Weil Ihnen endlich ein Mann gewachsen war?« Bei dieser Frage blieb Lissiana für einen Moment lang der Mund offen stehen. Sie wusste, sie hatte vor Gericht niemals gesagt, dass sie sich in John verliebt hatte. Es wäre der Todesstoß für ihre Karriere gewesen. Deshalb hatte sie geschwiegen. Hatte unter Eid gelogen, um es so aussehen zu lassen, als hätte es nichts bedeutet. Und doch schien Rebecca genau zu wissen, was wirklich damals geschehen war. Lissiana schloss den Mund. Doch sie schwieg. Zu antworten würde all ihre Bemühungen zunichtemachen. Auch ihre Bemühung, sich selbst zu belügen.

Rebecca schien gefangen in ihren Gedanken. Ihr Blick war auf die Fensterfront gerichtet. Irgendetwas in der Ferne musste wirklich interessant sein. Ihre Finger drehten den goldenen Ring an ihrer linken Hand. Der kleine Diamant des darunterliegenden Verlobungsrings brach das Licht und funkelte. »So war es bei mir und meinem Mann.« Einen Moment lang betrachtete sie die Ringe. Dann nickte sie entschlossen.

»In Ordnung, Stafford. Aber Sie werden mir regelmäßig Bericht erstatten. Sie werden niemandem sagen, dass es Ihre Idee war. Sie werden gegenüber Ihren Kollegen gar nichts zu dieser Kooperation sagen. Auch zu sonst niemandem. Sie werden regelmäßig herkommen. Wenn ich nur einen Funken dieser alten Gefühle bei Ihnen erkenne, ist John Cohen schneller wieder im Gefängnis, als Sie Ihren eigenen Namen sagen können. Haben wir uns da verstanden?« Ihr Ton war scharf. Platz für Verhandlungen oder Diskussionen gab es hier nicht mehr. Doch das war auch nicht nötig. Lissiana fühlte sich auch so, als hätte Rebecca sie zur Präsidentin der Vereinigten Staaten erklärt. Schnell nickte sie. Beinahe hätte sie sogar salutiert. Albern. »Ja, Ma'am.«

Rebecca setzte sich auf ihren Bürostuhl und lehnte sich darin leicht zurück. Sie verzog die Lippen zu einem missmutigen Lächeln.

»Ich erlaube es nur, weil ich glaube, dass Sie die Einzige sind, die diesen Fall lösen kann. Sorgen Sie also dafür, dass ich diese Entscheidung nicht bereuen muss.«

»Ich verspreche es Ihnen, Ma'am.«

Rebecca nickte. »Gut.«

Lissiana stand auf und ging zur Tür. Sobald sie draußen war, würde sie Nathan anrufen. Immerhin mussten sie beide noch dem Commissioner die ganze Sache erklären. Und obwohl ihr dieser Gedanke Magenschmerzen bereitete, so war sie doch umso erleichterter, dass sie die Genehmigung bekommen hatte. Endlich konnten ihre Ermittlungen weitergehen. Sie würde diesen Fall lösen. Ihr Leben würde wieder in die richtigen Bahnen gelenkt werden. Sie würde endlich …

»Ach, und, Stafford, eine Sache wäre da noch …« Rebeccas Ton und ihr wölfisches Grinsen ließen nichts Gutes erahnen.

Als Lissiana das Büro von Rebecca Lightwood verließ, war sie so weiß wie die Wände im Büro der Staatsanwältin. Wie hatte sie sich nur darauf einlassen können?

9

Achtundvierzig Stunden später war das gesamte Polizeirevier in heller Aufregung. Und Lissiana wusste, dass das auch angebracht war. Immerhin würde John Cohen bald hier auftauchen. Der Commissioner hatte sie nach dieser Vereinbarung gefragt, doch sie hatte geschwiegen, wie Rebecca es ihr geraten hatte. Sie würde den Teufel tun und sich gegen die Frau stellen, die das alles hier ermöglicht hatte.

Doch das hatte sie bei ihrem Boss nicht gerade beliebter gemacht. Denn sie wusste, dass Police Commissioner David »Dave« Lance sie seit der Gerichtsverhandlung von John abgrundtief hasste. Sie war ein Ärgernis, das er in seiner sonst so steilen Karriere nicht brauchen konnte. Und das ließ er sie spüren, wann immer er konnte. Wann immer er ihr einen Stein in den Weg legen konnte, tat er es auch. So ein Verhalten hätte sie eher von einer Frau erwartet anstatt von einem untersetzten Mann in den Fünfzigern. Aber sie hatte jetzt keine Zeit, sich mit ihrem mehr als unangenehmen Vorgesetzten auseinanderzusetzen.

Lissiana atmete einmal tief durch und überprüfte den strengen Dutt und die simple Kleidung, bevor sie die Tür anstarrte, durch die John bald kommen würde. Sie war total unruhig. Ihr Inneres war wie aufgewirbelt, während ihr Äußeres ruhig und gelassen wirkte. Zumindest hatte sie so ausgesehen, als sie vor zehn Minuten das letzte Mal in den Spiegel geblickt hatte. Und sie betete zu Gott, dass es so bleiben würde. Ansonsten würde ihre Zusammenarbeit mit John auf dem gänzlich falschen Fuß anfangen, und sie würde nie wieder die Oberhand zurückbekommen.

Was für eine Oberhand? Die hat Rebecca dir ja weggenommen. Du solltest also aufhören sie wie 'ne Heilige zu behandeln. Sie hat dich ganz schön tief in die Scheiße geritten. Und das noch mit 'nem gelassenen Lächeln.

Okay, dann eben ihre temporäre Überlegenheit. Man hatte all ihre Namensschilder entfernt, und es war auch keinem Kollegen gestattet, sie mit etwas anderem als Miss anzusprechen. Sie wollten so sicher gehen wie möglich. Sie vor ihm schützen. Sein Wissen über sie so begrenzt halten wie möglich.

Doch Lissiana überkam ein Gefühl der Unsicherheit. Vielleicht würde man sie doch noch ans Messer liefern. Vielleicht würde man ihren Namen nennen und hoffen, dass der Butcher schon aufräumen würde. Unwahrscheinlich war es nicht. Ihre Kollegen hassten sie. Zumindest neunzig Prozent. Und viele ließen sie jeden Tag spüren, dass sie sich wünschten, Lissiana wäre damals bei dem Disziplinarverfahren ihre Waffe und ihre Marke los gewesen.

Sie schluckte leicht und schüttelte den Kopf, um die düsteren Gedanken zu vertreiben. John würde ihre ganze Aufmerksamkeit fordern. Sie konnte sich keine Ablenkung leisten.

Lissiana ließ ihren Blick durch das Großraumbüro schweifen. Es war in den letzten zwei Jahren groteskerweise so etwas wie ihre Heimat geworden. Sie verbrachte Stunden und Tage in dieser Umgebung, die viel zu laut war und immer nach irgendjemandes Essen roch.

Sie war die bevorzugte Behandlung der Sondereinheiten gewöhnt gewesen. Sie hatte ihr eigenes kleines, aber komfortables Büro mit einer Klimaanlage gehabt, mit einem Schreibtisch, der nicht von einem Pool von Kollegen als persönliche Ablagefläche missbraucht worden war. Es hatte nach Zitrus gerochen, und sie hatte die Zeit gehabt, mit ihren Gedanken allein zu sein. Hier war das überhaupt nicht möglich. Und durch ihren gesonderten Status in dem Tratsch und Klatsch des Polizeireviers war es ihr eh nicht möglich, auch nur eine Sekunde lang unbeobachtet zu sein.

Früher war die Wache mal so etwas wie ihr sicherer Zufluchtsort gewesen. Heute kam sie ihr vor wie ihre persönliche Folterkammer. Und obwohl sie hier ihrem wirklichen Beruf nachging, hatte sie sich im Penthouse von John tausendmal wohler gefühlt.

Lissiana versuchte diesen aufkommenden Gedanken im Keim zu ersticken und betrachtete die neue Ordnung, die ins Revier gebracht worden war. Die Tische waren weit vom Hauptgang abgerückt worden, um dem Aufgebot an Johns Wachen Platz zu machen. Die Frauen hatten freibekommen, ebenso wie die Kollegen mit Familie. Paranoia hatte hier seine Finger im Spiel gehabt. Immerhin war der Mann kein Massenmörder. Dennoch hatte man nur die versammelt, die nichts zu verlieren hatten, und solche, die sich freiwillig meldeten, um einen Blick auf den berüchtigten John Cohen werfen zu können. Doch Lissiana vermutete, dass manch einer auch hier eine Chance auf einen Skandal witterte und nur deshalb seine freiwillige Beteiligung angemeldet hatte. Sie wusste, dass alle darauf warteten, dass sie einen finalen Fehler beging.

Aufgeregtes Gemurmel wurde von Totenstille abgelöst, als die Türen aufgestoßen wurden und vier Strafvollzugsbeamte hereinkamen. Und in ihrer Mitte stand John Cohen. Ein Mann wie eine Naturgewalt. Der Mann, den hier alle mehr fürchteten als irgendjemanden sonst. Er überragte die Polizisten, die ihn begleiteten. Seine Statur war die eines Felsen inmitten von Kieselsteinen.

Der Einzige, der sich mit ihm messen konnte, war der Mann, dem sie bereits beim Eintritt ins Gefängnis begegnet war. Erst jetzt fiel ihr auf, dass sie nicht nach seinem Namen gefragt hatte. Sie musste an diesem Tag wirklich neben sich gestanden haben. Er wandte den Kopf und suchte nach ihr. Als er sie bemerkte, war sein Blick zornig. Ja, er war alles andere als begeistert von ihrer Idee. Sie konnte es daran sehen, wie er die Nasenlöcher blähte, als er ihr Gesicht sah, während er rot anlief, als würde er einen Tobsuchtsanfall bekommen. Doch wie sie war auch er den Befehlen seiner Vorgesetzten unterworfen, sodass er seinen Aggressionen und Emotionen nicht einfach freien Lauf lassen konnte. Zumindest nicht, wenn er seinen Job behalten wollte. Sie waren alle wie Schachfiguren auf einem Brett. Willenlos wurden sie hin und her geschoben, um die Ziele anderer zu erreichen. Und die Führungsebene hatte beschlossen, ein Monster für eine gewisse Zeit aus dem Käfig zu lassen, um ein anderes zu fangen.

Der kleine Trupp ging den langen Gang hinunter, und Lissiana konnte die stechenden Blicke ihrer Kollegen genau spüren, die Missbilligung und Neugier zugleich ausdrückten. Sie konnte spüren, wie ihr Hunger auf Sensation mit kalten Händen nach ihr griff und ihren Magen zu einem eisigen Loch zusammenpresste, doch sie straffte die Schultern und versuchte so ungerührt wie möglich zu wirken. Der Stolz in ihr würde sich diese Blöße nicht geben.

Sie konzentrierte sich auf John. Er trug noch immer den orangenen Gefängnisoverall. Die Handschellen waren mit einem versteiften Gelenk anstatt der üblichen Kette verstärkt. Sie machten ihn beinahe bewegungsunfähig. An seinen Füßen hatte man ebenfalls Ketten angebracht, die bei jedem seiner schweren Schritte ein dumpfes Klirren von sich gaben, das beinahe wie ein unheilvolles Schaben klang.

Und doch sah er nicht im Mindesten unzufrieden aus. In seinen verschiedenfarbigen Augen lag beinahe ein Funkeln tiefer Zufriedenheit. So als hätte er einen besonderen Sieg errungen, von dem nur er etwas wusste.

Sie kannte diesen Blick. Lissiana hatte ihn oft gesehen, wenn er einen Verhandlungspartner, ohne dass dieser etwas davon mitbekommen hatte, aufs Kreuz gelegt hatte. Ihr drehte sich der Magen um. Hatte sie einen Fehler begangen? *Ist das dein Ernst? Auf diese Frage willst du wirklich eine ehrliche Antwort?*

Anstatt sich unwohl und bedroht umzuschauen, sah John nur sie an. Seine Lippen umspielte ein sarkastisches Lächeln, das dafür sorgte, dass sich eine Gänsehaut auf Lissianas Körper ausbreitete. Nein, das konnte kein gutes Zeichen sein. Doch sie schlug ihre Bedenken in den Wind, um einem höheren Zweck zu dienen. Er war mit den Handschellen und Ketten schwer eingeschränkt. Er konnte sich nicht befreien oder sie gar überwältigen. Außerdem würden Rebeccas Maßnahmen ihn so oder so in Schach halten. Sie reagierte wohl einfach über.

Als Lissiana vor John trat und den Kopf in den Nacken legen musste, lachte er leise, und das Geräusch fuhr ihr durch Mark und Bein. Sie wusste, das hier war eine dumme Idee. Sie wusste, sie riskierte absolut alles. Und dennoch war sie bereit, den Preis zu zahlen. »Also, Frau Polizistin«, sagte er mit dunkler und rauer Stimme. »Dann wollen wir uns mal einen Psychopathen fangen.«

»Ja, aber alles der Reihe nach.« Sie lächelte nicht, als er eine Augenbraue hochzog. Denn ihr war überhaupt nicht nach Lachen zumute.

Das laute Klicken sorgte dafür, dass Lissiana die Augen öffnete und an die Decke starrte. »Sie sitzt.« Die Stimme von Nathan kam ihr vor wie ein Echo aus der Ferne. Sie lachte sarkastisch und bitter.

»Uh! Toll!« Sie wusste, sie benahm sich wie ein schmollendes Kind, doch sie konnte sich einfach nicht an den Gedanken gewöhnen. *Na komm! Schau's dir an! Vielleicht schnallst du es ja dann, Spatzenhirn.*

Lissiana setzte sich auf und warf einen Blick auf ihren rechten Knöchel. Darum schlang sich von nun an eine schwarze elektronische Fußfessel. Anders, als sie erwartet hatte, war sie nicht unangenehm zu tragen. Die Metallriemen waren mit Stoff ummantelt, sodass sie sich nicht die Haut blutig schürfen würde. Der kleine viereckige Sender in der Mitte war nicht besonders schwer, auch wenn er die ganze Technik beinhaltete.

»Ich hoffe, du weißt das so was von zu schätzen.« Sie warf Nathan einen wütenden Blick zu, der nur ihr Knie tätschelte und leicht schmunzelte.

»Klar. Das Essen in den nächsten einhundert Jahren geht auf mich.«

»Das ist das Mindeste. Und wisch dir dieses dämliche Grinsen aus dem Gesicht! Das hier ist alles andere als lustig.« Sie sah weg, als Nathan mit einer Zange die Fußfessel endgültig versiegelte. Von jetzt an würde Lissiana sie nicht mehr öffnen können. Nicht mal zum Duschen. Gut, dass das Ding wasserfest war.

»Also, du musst schon zugeben, dass es ein bisschen witzig ist. Nur ein ganz kleines bisschen.« Nathan zog das Hosenbein ihrer Jeans wieder über die Fußfessel. Es beulte den Stoff nicht einmal aus.

»Klar. Es ist total lustig, sich nicht mehr als zehn Meter von dem Mann entfernen zu dürfen, der dir ans Leder will. Das ist wirklich ein Riesenspaß.« Sie seufzte. »Ich werde ab jetzt kein Auge mehr zutun.«

»Kleines. Das klingt völlig falsch.« Nathan duckte sich, als sie mit ihrer leeren Wasserflasche nach ihm warf.

Ihre Wangen brannten. »So war es überhaupt nicht gemeint!«

Die Tür wurde aufgerissen, und der Strafvollzugsbeamte, mit dem Lissiana schon im Gefängnis das Vergnügen gehabt hatte, steckte seinen Kopf herein.

»Hier sind 'Se ja«, blaffte er und griff nach hinten, ehe er John in den Erste-Hilfe-Raum schubste. Er griff in seine linke Hosentasche und warf Nathan einen kleinen Schlüsselbund zu. »Fußfessel sitzt. Ab jetzt is' er euer Problem.« Er ließ ein fieses Grinsen sehen und schlug dann die Tür zu. Seine schweren Schritte hallten einen Moment in der Stille nach.

Nathan sah auf den Schlüssel in seiner großen Hand hinunter, und Lissiana biss sich auf die Unterlippe. Noch trug John sowohl seine Handschellen als auch die Ketten an den Füßen. Momentan war er so gefährlich wie ein Kampfhund mit Maulkorb. Aber die Welt sah ganz und gar anders aus, wenn man ihm die Dinger abnehmen würde. Nathan erhob sich von dem kleinen braunen Hocker neben der grünen Liege, auf der sie noch immer saß.

»Also, Großer. Du wirst dich benehmen, wenn ich die Handschellen und die Ketten löse und deine Fessel aktiviere. Klar soweit?«

»Klar doch. Ich bin handzahm. Außer du bittest ganz lieb um die harte Tour. Stimmt's, Kätzchen?« John warf ihr ein gehässiges Grinsen zu. Noch immer wirkte er vollkommen entspannt. Das gefiel ihr nicht. Doch Nathan riss schon an Johns Handschellen und zog ihn nah zu sich heran. Ihre Nasen berührten sich fast, auch wenn Nathan sich dafür ein wenig auf die Zehnspitzen stellen musste.

»Jetzt hör mir mal zu, Arschloch! Du wirst sie nicht häufiger ansehen als unbedingt nötig. Und du wirst sie verdammt noch mal respektieren. Klar soweit?« Nathan knurrte leicht. »Sonst scheiß ich auf die Richtlinien und verkauf es, als wärst du gestolpert.«

John zog eine Augenbraue hoch und sah dann Lissiana an. »Netten Kampfhund hast du da. Kannst du ihn jetzt zurückpfeifen und ihm seinen Knochen geben, bevor er sich noch wehtut?«

»Du mieser Wichser …« Nathan blähte die Nasenflügel auf. Sein Kiefer war verkrampft. *Das schreit nach Deeskalation.*

Lissiana sprang von der Liege. »Ist schon okay, Nathan. Gib mir die Schlüssel!« Sie streckte auffordernd die Hand aus. Nathan zögerte. Doch dann ließ er die Schlüssel in ihre Hand fallen. Sie kniete sich hin und hob das rechte Hosenbein von Johns Overall an. Mit ein paar schnellen Handgriffen war die Fessel aktiviert. Das Kontrolllämpchen leuchtete grün auf.

»Du vor mir auf den Knien? Ich dachte, die Zeiten wären vorbei?« Er sah auf sie herab und schmunzelte. Doch sie schüttelte nur den Kopf.

»Was Besseres ist dir wohl nicht eingefallen.« Scheinbar gelassen winkte sie ab, während ihre Wangen glühten. Er wollte sie wirklich aus dem Konzept bringen. Hervorragend. Das würde eine sehr, sehr lange Zusammenarbeit werden. Und auch eine verdammt anstrengende. Doch solange sie sich nur mit dummen Sprüchen herumschlagen musste, würde sie schon klarkommen. Sie griff unter ihr eigenes Hosenbein und aktivierte die Fußfessel. Auch hier leuchtete das Lämpchen grün.

»Misstrauen sie dir so sehr, dass du auch einen digitalen Babysitter brauchst?« John lachte freudlos. »Ist schon unangenehm, wenn man von seinen eigenen Leuten wie eine Kriminelle behandelt wird, oder?«

Nathan lachte leise vor sich hin. »Man hat's ihm noch gar nicht gesagt? Na, das kann ja heiter werden.« Er schob sich näher zu John heran. Stets bereit, ihn zurückzuhalten, wenn Lissiana es brauchen würde.

Sie lächelte Nathan kurz zu, dann öffnete sie die Kette um Johns Füße. Sofort schüttelte er diese aus. Dann erhob Lissiana sich und löste auch die Handschellen. Die Haut unter dem Metall war ganz rot. Offensichtlich hatte man John nicht gerade sanft behandelt. Sie musste sich zurückhalten, um nicht über die Striemen zu streichen. Sie durfte ihm gegenüber keinerlei Emotionen zeigen. Das würde nur darin enden, dass er ihr das

Leben zur Hölle machen würde. *Du meinst wohl, noch mehr zur Hölle machen. Er hasst dich. Das wird so oder so kein Spaziergang.*

»Ich brauche keinen Babysitter. Ich *bin* der Babysitter«, sagte sie und trat einen Schritt von John zurück. Das Gewicht der Ketten wog schwer in ihrer Hand. »Deine Fußfessel ist auf meine abgestimmt und andersherum. Bei einer Distanz von mehr als zehn Metern wird ein Alarm ausgelöst, und ein Team rückt aus, um dich wieder in den Knast zu bringen.«

John öffnete den Mund, um etwas zu sagen. Dann verengte er die Augen. Sein Blick glitt zu der Fußfessel. Danach zu ihrem Hals.

Lissiana knirschte mit den Zähnen. »Mich umzubringen wird dir auch nichts nützen. Außerdem, bis du den Knochen durchhast, dauert es auch eine Weile.« Sie schüttelte den Kopf. »Hieraus gibt es keinen Ausweg, John. Wir beide sind erst mal aufeinander angewiesen.«

»Kätzchen, du warst lange genug bei mir, um zu wissen, dass es *immer* einen Ausweg gibt.« Funken der Belustigung tanzten in seinen Augen. Lissiana konnte sehen, dass sein Verstand bereits an einem Plan arbeitete, um sie loszuwerden.

»Mich mit Waffengewalt zu entführen wird auch nichts bringen«, sagte sie, als sie ein erneutes Lächeln auf seinen Lippen sah. »Erstens kommst du gar nicht an eine Waffe ran, da die Bezirksstaatsanwältin mir meine für die Dauer dieser Kooperation abgenommen hat. Zweitens stehe ich auch auf sämtlichen Listen für alle möglichen Ausreiseverbote. Du kommst also nicht weit.«

John verschränkte die Arme vor der Brust und begann auf und ab zu gehen. »Ihr habt ja wohl an alles gedacht.« Er klang tatsächlich ein bisschen unzufrieden. Und auch wenn es kindisch war, freute Lissiana diese Tatsache ein wenig. Die Oberhand zu haben war bei einem Mann wie John Cohen essenziell. Jetzt musste sie nur dafür sorgen, dass es so blieb.

Unangenehmes Schweigen setzte ein. Nathan kratzte sich am Hinterkopf. Dann räusperte er sich. »Also … sollen wir dann zum ersten Tatort fahren?«

John verdrehte die Augen und deutete auf den orangenen Gefängnisoverall. »In den Farben? Sehr unauffällig.« Er hatte mit seiner Bemerkung durchaus recht.

Lissiana rieb sich die Schläfen und nickte Nathan dann zu. »Besorg ihm was zum Anziehen! Dann legen wir los. Bis dahin setze ich John über alles ins Bild, was wir bisher haben.«

»Was nicht viel sein kann.« John zog einen Mundwinkel nach oben, als Nathan ihn ansah. »Wenn ihr mich holt, muss es schlimm sein.«

Nathan sah Lissiana an. »Ich kann ihn jetzt schon nicht leiden, Kleines.«

»Da geht es dir wie neunzig Prozent aller Menschen, die ihm begegnen.« Lissiana lächelte, als Nathan leise zu lachen begann. Natürlich war das eine glatte Lüge. John war derart charmant, dass jeder ihn sofort mochte. Und wenn er ihn nicht mochte, dann war er ihm hoffnungslos verfallen. So war es nun mal.

John wirkte unbeeindruckt. Er deutete auf die Uhr, die an der linken Wand hing. »Ich will ja diesen Moment der Einigkeit nicht ruinieren, aber je länger ihr einander schöne Augen macht, desto länger ist der Mörder auf freiem Fuß.« Er zuckte mit den Schultern. »Also, wie wäre es, wenn ich meine Klamotten bekomme, damit wir endlich los können?«

Nathan wandte sich ab und ging zur Tür. Lissiana folgte ihm. Und damit gezwungenermaßen auch John. Sie gingen den langen Flur entlang, von dem diverse Räume abgingen. An der Tür zum Pausenraum stoppte Nathan und hielt Lissiana am Handgelenk zurück, als sie einfach daran vorbeilaufen wollte. Er deutete auf den Fernseher, vor dem es sich ein paar Kollegen auf einem alten blauen Sofa gemütlich gemacht hatten.

Wie immer war die Luft von Qualm verhangen. Es roch nach Zigaretten und Pizza. Der Boden war mit Teppich ausgelegt, der über die Jahre einen grauen Farbton angenommen hatte. Ein paar kleine Tische mit billigen Stühlen waren hinter dem großen Sofa angeordnet. Ein Kaffeeautomat stand in der rechten Ecke des Raumes.

Lissiana blinzelte, als sie das Gesicht von Rebecca auf dem Bildschirm sah. Sie gab eine Pressekonferenz. Johns Name war in rot unterlegten Großbuchstaben unter ihrem Bild eingeblendet.

»John Cohen wurde vor wenigen Stunden aus Sicherheitsgründen nach Rikers Island verlegt. Dort wird er seine weitere Strafe in Einzelhaft verbringen. Mister Cohen hat am gestrigen Abend einen Mithäftling angegriffen und schwer verletzt. Das Risiko für das Personal und die Insassen ist einfach zu hoch. Die Staatsanwaltschaft von New York City will damit eine klare Botschaft senden: Egal wie bekannt der Häftling und egal wie gerissen die Anwälte – jeder wird vor dem Gesetz gleich behandelt.« Einige Reporter riefen Rebecca wild Fragen zu, doch sie wandte sich nur ab und verschwand wieder im Gebäude der Staatsanwaltschaft.

Das Gesicht eines aufgeregten Nachrichtensprechers wurde eingeblendet, und Lissiana sah über die Schulter zu John. Sein Kiefer war angespannt. Die Sehnen an seinem Hals traten leicht hervor. Die Hände hatte er zu Fäusten geballt.

»Gerissenes Miststück. Presseerklärung und Drohung in einem.« Er schüttelte den Kopf und deutete auf die Fußfesseln. »Und diese Dinger waren sicher auch ihre Idee.«

Er hatte vollkommen recht. Rebecca hatte mit dieser Erklärung nicht nur verhindert, dass irgendjemand in seinem alten Gefängnis nach John fragen würde. Sie hatte auch dafür gesorgt, dass die Presse nicht um ein Interview bitten konnte.

Einzelhaft bedeutete vollständige Isolation. Zugleich hatte sie John klargemacht, was ihn erwartete, wenn er nicht kooperierte.

Rikers Island. Auch »das neue Alcatraz« genannt. Eine Gefängnisinsel zwischen der Bronx und Queens. Ein Albtraum erhöhter Sicherheitsstufe.

Lissiana konnte sich kaum vorstellen, wie John sich fühlte. Doch das sollte sie auch nicht. Sie durfte kein Mitgefühl für ihn empfinden. Er war ein Verbrecher. Sie sollte ihn für ihre Zwecke ausnutzen und alles andere vergessen. Aber Rikers Island … Man musste schon herzlos sein, um dabei keinen Funken Mitleid zu empfinden.

»Dann solltest du wohl besser deinen Job machen.« Nathan löste sich als Erster vom Türrahmen und ging in Richtung des Großraumbüros. »Gehst du mit ihm in den Konferenzraum?«

Lissiana nickte. »Im Büro würde er zu viel Aufmerksamkeit auf sich ziehen.« Ihr war nicht wirklich wohl bei dem Gedanken, mit ihm allein zu sein. Absolut gar nicht. Aber was hatte sie schon für eine Wahl? Außerdem musste sie darauf vertrauen, dass Nathan schnell zurückkam und John so intelligent war, wie sie immer gedacht hatte. Eine Polizistin in einem Polizeirevier zu erwürgen wäre nun wirklich alles andere als clever.

»Mir gefällt das nicht«, murmelte Nathan. Die Lippen hatte er fest zusammengepresst. Dann fasste er sie sanft am Arm. »Ich bin, so schnell es geht, zurück.«

Lissiana lächelte und schob seine Hand von ihrem Arm. »Ich werde schon mit ihm fertig. Versprochen.« Als er eine Augenbraue hochzog, bemühte sie sich um ein Lächeln. »Ehrlich. Ich komm schon klar.«

Nathan wand sich leicht. Dann nickte er widerwillig. »Okay.« Er wandte sich zum Gehen und sah dann über die Schulter. »Ach und übrigens – Kätzchen?«

»Frag erst gar nicht!«

10

Seit drei Tagen folgte er ihnen nun. Drei Tage, in denen er sich der brütenden Hitze aussetzen musste. Drei Tage, in denen er bangen musste. Doch seine Sorge schien völlig unbegründet zu sein.

Er lächelte, als Lissiana sich erneut zwischen die Männer stellen musste, um sie davon abzuhalten, einander ans Leder zu gehen. Aus sicherer Entfernung betrachtete er das Geschehen, während er sein Wasser trank.

Als er Lissiana zum Gefängnis gefolgt war, war er ehrlich beunruhigt gewesen. Denn er wusste genau, wen sie dort besucht hatte. Und warum sie diesen Insassen aufgesucht hatte. Und wie er vermutet hatte, stand John Cohen nun einige Blocks entfernt und ließ sich von Lissiana und Nathan von Tatort zu Tatort bringen. Vermutlich versuchte er etwas zu finden, das die Polizei möglicherweise übersehen hatte. Doch so etwas würde es nicht geben. Dafür hatte er gesorgt.

Und doch spürte er so etwas wie Sorge. Er wusste, dass er Lissiana nur so lange hatte täuschen können, weil er einen Schild besaß, der für ihn die Spuren verwischte. Er machte sich keine Illusionen darüber, dass er sie sonst so lange hätte auf Abstand halten können. Denn sie war intelligent. Daran gab es keinen Zweifel. Sie wäre für ihn zweifellos eine Bedrohung gewesen, wenn er ihr nicht von Anfang an einen Schritt voraus gewesen wäre. Jetzt genoss er es, immer wieder ihre Verzweiflung zu spüren. Zu sehen, wie sie nicht weiterkam. Wie sie zusehen musste, wie er unbehelligt weiter seiner Mission nachging. Doch er konnte auf keinen Fall zulassen, dass sie ihm in die Quere kam. Er musste sie weiter auf Abstand halten. So lange, bis er seine Lebensaufgabe erfüllt hatte.

Eigentlich war er sich sicher gewesen, dass es kein Problem sein würde. Und dann hatte Lissiana plötzlich das Spiel verändert. Als sie John Cohen aus dem Gefängnis geholt hatte, hatte sie ihm eine klare Kampfansage gemacht. Denn John war wie ein Bluthund. Hatte er einmal eine Fährte aufgenommen, gab er sie so schnell nicht auf. Er war nicht nur hochintelligent. Er war auch gerissen. Und genau das war ein Problem. Ihn würde er nämlich nicht einfach mit gefälschten Berichten auf die falsche Fährte locken können. Denn John hatte kein Vertrauen in die Behörden so wie Lissiana. John vertraute nur sich selbst. Zu Recht.

Er lachte leise, als er John genauer betrachtete. Dieser trug eine große Sonnenbrille, die seine verschiedenfarbigen Augen verdecken sollte. Anstatt seiner üblichen maßgeschneiderten Anzüge hatte er eine einfache Jeans an. Das weiße T-Shirt mit dem Schriftzug *I love NY* war ihm viel zu eng. Und an den Füßen trug er schlichte Sportschuhe.

Er kannte John Cohen. Und er wusste, dass er niemals so etwas angezogen hätte. Außer man zwang ihn dazu. Und so wie er auf Nathan reagierte, musste man kein Genie sein, um herauszufinden, wer diese Idee gehabt hatte.

Er zog sich die Kappe der New York Giants tiefer in die Stirn, als sich die Truppe wieder in Bewegung setzte. Der Ort, an dem er sein letztes Opfer abgelegt hatte, war nur einige Blocks entfernt. Und es war der einzige Tatort, den sie sich noch nicht angesehen hatten. Doch er sah keine Notwendigkeit darin, ihnen auch dorthin zu folgen.

Er wandte sich ab und steckte die Hände tief in seine Hosentaschen, während er nach Westen ging. Und er hatte sich auch noch Sorgen gemacht. Lächerlich! Dieses Team hatte keine Chance gegen ihn. Und das aus dem einfachen Grund, weil sie sich alle von ihren Emotionen leiten ließen. Sie dachten nicht nach. Wie eine kopflose Herde ohne einen Schäfer, der ihnen die Richtung wies. Doch er war anders. Er hatte seinen Hirten vor langer Zeit getroffen. Und endlich hatte er ihm eine Aufgabe gegeben. Endlich wusste er, wozu er geboren worden war. Und wie er Erlösung finden würde.

Er überquerte die Straße und wandte sich Richtung Süden. Eine neue Welle der Ruhe erfasste ihn. Die letzten drei Tage waren für ihn nervenaufreibend gewesen. Die Sorge hatte ihn fest im Griff gehabt. Denn John Cohen war ein ernst zu nehmender Gegner. Gerade wenn Lissiana an seiner Seite war. Doch scheinbar hatte dieses unschlagbare Team sich in Luft aufgelöst. Verzweiflung zeichnete ihre Gesichter. Genauso wie Wut und Unglauben. Nichts hatten sie. Und sie würden auch nichts finden.

Er hätte einfach auf seinen Hirten vertrauen sollen. Auch wenn er ihm solche Herausforderungen stellte. Er würde nicht zulassen, dass ihm jemand Steine in den Weg legte. Nein. Er würde an seiner Seite sein. Jetzt und für die Ewigkeit. Denn er war anders als all die Menschen, die ihm in dieser überfüllten Stadt entgegenkamen.

Er war ein Retter. Ein Samariter.

Er ging noch eine Weile die Straße hinab. Vorbei an Geschäften. Vorbei an den Unwürdigen. Vorbei an allem, was er hinter sich lassen würde. Erst als er eine kleine Gasse erreichte, zog er einen Schlüssel aus seiner Hosentasche. Er schloss seinen Wagen auf und glitt auf den Fahrersitz. Dann klappte er die Sonnenblende herunter. Mit zitternden Fingern hob er seine Hand zu dem Bild, das ihm die Kraft gab, jeden Tag weiterzumachen. Auch in Momenten, in denen er sich seiner selbst nicht mehr sicher war.

»Bald«, murmelte er leise. »Bald, meine Göttin. Warte noch eine Weile auf mich!« Er klappte die Sonnenblende zurück und fuhr los. Natürlich würde sie auf ihn warten. Sie, die seine Opfer zu schätzen wusste. Sie, die ihm Erlösung bringen würde.

11

Lissiana seufzte leise, als sie sich seit vollen zwanzig Minuten eine Predigt ihres Vorgesetzten anhören musste. Sie wusste selbst, dass sie trotz der Zusammenarbeit mit John in den letzten vier Tagen noch keinen nennenswerten Durchbruch erzielt hatten. Immerhin war sie es, die ihn nicht aus den Augen lassen konnte, selbst wenn sie wollte. Sie war es, die aktiv an den Ermittlungen beteiligt war. Sie war sich also selbst darüber im Klaren, dass sie in einer Sackgasse steckten, aus der es gerade keinen Ausweg zu geben schien, und die die Presse ausschlachtete, so gut sie nur konnte. Denn Fakt war, dass ihr Vorgesetzter ihr nur deshalb so eine Szene machte, weil er selbst Druck von der obersten Instanz bekam, die ihm sagte, er solle diesen Fall endlich aufklären. Die Stadt New York City steckte nämlich in einer Art Schockstarre, seitdem der Bräutigam auf den Straßen sein Unwesen trieb.

»Ich muss Sie ja wohl nicht daran erinnern, dass Sie nur unser Vertrauen genießen, solange Sie …«, wetterte der Commissioner weiter, doch Lissiana schaltete ganz und gar ab und ging im Kopf die Ermittlungen durch, die sie bisher mit John durchgeführt hatte.

Sie erinnerte sich gut daran, wie er jeden Ort aufmerksam abgegangen war. Wie er angehalten hatte, um sich Notizen zu machen. Wie er ihr Fragen gestellt hatte. Und vor allem wie er die Akten mit ihr gewälzt hatte. Hin und wieder hatte er etwas in seine Notizen geschrieben, hatte sie dann aber meist weggeworfen.

Sie seufzte. Auch John schien aus den Hinweisen keine brauchbaren Rückschlüsse ziehen zu können. Vielleicht hatte sie zu sehr auf seinen Intellekt vertraut. Vielleicht hatte sie sich geirrt, wie sehr er ihr behilflich sein könnte. Doch noch war sie nicht bereit, diese Niederlage in Betracht zu ziehen. Noch lange nicht.

»Mit Ihrer Vergangenheit …«, donnerte der Commissioner weiter, und Lissiana musterte ihn desinteressiert. Als er sie in sein Büro zitiert hatte, hatte sie gewusst, was sie erwarten würde, weshalb diese Schläge unter die Gürtellinie mittlerweile an ihr vorbeigingen. Und so ließ sie nun diese Lektion über sich ergehen und betrachtete das Gesicht von Commissioner Lance, das eine immer dunklere Rotfärbung annahm. Seine Augen schienen Funken zu sprühen, die Lissiana überhaupt nicht ernst nahm.

Seitdem sie in der Mordkommission beschäftigt war, war sie durchaus abgestumpft, wenn es darum ging, den Druck von Vorgesetzten abzubekommen. Denn das war ständig der Fall. Die Öffentlichkeit erwartete von den Ermittlern so etwas wie Wunder. Man erwartete, dass sie wussten, wer der Täter war, bevor der Mord überhaupt geschehen war. Und wie Nate immer so schön sagte, Hellsehen war nun mal nicht in ihrem Repertoire vorhanden. Trotzdem meldete sich ein kleiner Teil ihres Gewissens mit hässlicher Stimme zu Wort.

Irgendwo hatte Lance recht. Seitdem sie John mit ins Boot geholt hatten, hatten sie noch keine Fortschritte erzielt. Vier Tage lang ohne nennenswerte Ergebnisse. Und das alles trotz des hohen Risikos, das sie mit dieser Kooperation einging. Und je länger die Ermittlungen andauerten, desto mehr Frauen würden sterben. Nach dem bisherigen Muster des Mörders hatten sie nun etwas weniger als zwei Monate Zeit, um ihn zu stoppen, bevor er die nächste Frau ermorden würde.

Seit zehn Monaten steckten sie in ihren Ermittlungen fest. Immer wieder hatten andere Teams an dem Fall mitgearbeitet, und doch waren sie alle gescheitert. Sie wusste, dass man so langsam das Können von Nathan und ihr anzweifelte, doch man wollte sie beide auch nicht von einem Fall abziehen, der so großes öffentliches Interesse erweckte. Denn sowohl Lissiana als auch Nathan hatten ihre Gründe, ihre Gesichter nicht in Fernsehkameras zu halten. Und genau deshalb waren sie für das Polizeirevier die perfekte Wahl für diese Ermittlungen. Denn andere Polizisten hätten diese Chance genutzt, um zu lokalen Berühmtheiten aufzusteigen. Nicht aber Nate und Lissiana. Sie waren an diesem Zirkus nicht interessiert. Sie wollten nur eine Aufklärung des Falls. Vor allem Lissiana brauchte diesen Erfolg, denn ihre Nächte waren kurz und ihre Träume angefüllt mit den blassen Gesichtern toter Frauen. Ihr war bewusst, dass es kein Dauerzustand sein konnte, sich mit Gin in den Schlaf zu trinken. Doch auch das hatte sie in den letzten vier Tagen nicht tun können. Sie streckte sich auf dem unbequemen Stuhl und verzog das Gesicht. Die Nächte in den Stockbetten des Bereitschaftszimmers zu verbringen war eine miese Idee gewesen. Aber John mit zu sich nach Hause zu nehmen? Das kam nicht infrage.

»Also sehen Sie zu, dass Sie diesen kranken Bastard fassen. Und jetzt raus hier! Ich habe nicht den ganzen Tag Zeit, mich mit Ihrer Unfähigkeit zu beschäftigen«, grollte Lance und strich das Hemd über seiner Wohlstandswampe zurecht, die jedem Reporter sagte, dass der ehemalige Detective nichts anderes mehr war als ein Schreibtischhengst.

Lissiana stand auf und verabschiedete sich von ihrem Vorgesetzten mit knappen, aber höflichen Worten, ehe sie auf den Flur hinaustrat, wo John, mit Handschellen an seinen Stuhl gefesselt, bereits auf sie wartete.

»Na, hat er dir den hübschen kleinen Arsch aufgerissen, weil du nicht liefern kannst?«, fragte er sie gönnerhaft, und Lissiana biss die Zähne fest aufeinander.

»Wenn du auch nur halb so viel Zeit für die Auflösung des Falles aufwenden würdest, wie du dafür nutzt, um mir und Nathan das Leben schwer zu machen, wären wir der Lösung vielleicht schon ein Stückchen näher«, murrte sie zurück und betrachtete, wie das Grinsen von John etwas Fieses annahm, sodass sie vor Zorn zu schäumen begann.

»Du meinst, *du* wärst dann der Lösung schon ein Stückchen näher«, ließ er sie wissen und betonte das Du so deutlich, dass selbst einem Idioten klar wurde, dass er erheblich mehr wusste als sie. Das durfte doch wohl nicht wahr sein!

In dem Verhörraum herrschte eisige Stille, und Lissiana krampfte die Hände zu Fäusten zusammen, während sie auf die Tischplatte starrte. Sie bemerkte die Risse und Kratzer, die die dünne Pressholzplatte zerfurchten. Aufgerieben. Verbraucht. Kurz davor, ausgemustert zu werden. Sie sah hoch, um dem Blick ihres derzeitigen Problems zu begegnen. Die Arme hatte er vor der Brust verschränkt. Die Füße lagen auf dem Tisch. Ein Bild völliger Selbstgefälligkeit.

Am anderen Ende des Tisches saß John und lächelte sie fies an. In dieser Situation saß er definitiv am längeren Hebel. Er strahlte diese Art von Arroganz aus, die Lissiana nie hatte leiden können und die sie doch anzog wie das Licht die Motten. Denn nur er schaffte es, in diesem komplett abgewetzten Stuhl, der unter seiner muskulösen Statur bedrohlich knarrte, so selbstsicher zu wirken, als würde die gesamte New Yorker Polizei seinem Kommando unterstehen. Er wirkte unbeteiligt und gelassen, während sie selbst innerlich kochte. Ihr rechtes Augenlid zuckte bereits, und ihre Unterhaltung hatte noch nicht einmal begonnen.

Während er sie betrachtete, wand sie sich innerlich unter der Intensität, die seinen Augen diese Bedrohlichkeit verlieh. Sie fühlte sich nackt unter seinem starren Blick. So als hätte er die Seele aus ihrem Körper gezerrt, die nun blutend vor ihm auf dem Tisch lag und darauf wartete, fein säuberlich auseinandergenommen zu werden.

»John.« Lissiana hielt inne. Sie klang, als wollte sie ihm drohen. Damit würde sie nicht weit kommen. Nicht bei ihm. Sie atmete tief durch und versuchte, ihre Schultern zu lockern, jedoch ohne Erfolg. Sie konnte diese innere Anspannung einfach nicht abschütteln. Und die Verspannungen von den unbequemen Betten auch nicht.

»John.« Diesmal sanfter. Vorsichtiger. »Wenn du etwas weißt, dann musst du mir das sagen.« Ihr Blick traf unnachgiebig auf seinen, und sie machte eine ausschweifende Handbewegung, die den Raum, in dem sie sich befanden, mit einschloss, um ihm seine Situation erneut klarzumachen. Dieser Verhörraum war nicht sein Abenteuerspielplatz. Es war ihrer. Hier hatte sie schon ganz anderen Männern ihren Willen aufgezwungen. Und doch schien es ihr, als würde ihr schwerster Kampf gerade erst beginnen. »Das war der Deal.«

Als es in seinen Augen dunkel aufblitzte, wusste Lissiana, dass sie einen gravierenden Fehler gemacht hatte. Jetzt würde er die härteren Bandagen auspacken. Und instinktiv wusste sie, dass ihr das nicht gefallen würde.

»Wie lange bin ich jetzt hier?«, fragte John wütend und schnaubte, als müsste er sich zurückhalten, um nicht wie ein tollwütiger Hund nach ihrer Kehle zu schnappen. Seine entspannte Haltung hatte er aufgegeben. Sie war einer deutlich aggressiveren gewichen. Die Füße hatte er vom Tisch genommen und den massigen Körper in drohender Gestik vorgelehnt. Seine Hände lagen geballt auf der ramponierten Tischplatte.

Dass seine Präsenz sie auch nach zwei Jahren noch überwältigte, vertuschte Lissiana. Sie verschränkte die Arme vor der Brust und presste die Lippen aufeinander. Gewiss hatte Nathan, der hinter der Glasscheibe alles beobachtete, die Hand schon über dem Panik-Knopf.

»Ich habe mich ohne Mucken und Murren von dir benutzen lassen. Hab mich kopfüber in deine Arbeit gestürzt. Sogar in diesen billigen und erniedrigenden Klamotten.« John schlug mit der flachen Hand auf den Tisch, und der Knall ließ Lissiana aufschrecken. Unnötig. Bereits jetzt hatte er ihre volle Aufmerksamkeit. »Ich habe das getan, worum du mich gebeten hast. Jetzt will ich, dass du deinen Teil der Abmachung einhältst.« Fort war das sanfte Schmeicheln des Südstaatenakzentes. Jetzt klang er bedrohlich.

Lissiana jedoch versuchte weiterhin unbeeindruckt zu wirken, auch wenn doch das genaue Gegenteil der Fall war. Ihre Abmachung mit John stellte tatsächlich ein Problem dar. Denn sie war alles andere als autorisiert gewesen, ihm diesen Deal anzubieten. Rebecca würde ihr vermutlich die Hölle heißmachen, wenn sie davon erführe.

Johns Blick brannte auf ihrer Haut, als er die Stirn runzelte und eine steile Falte zwischen seinen Augenbrauen auftauchte. »Oder kannst du das etwa gar nicht?«

Jetzt schnell ablenken. »Du hast mir noch keinerlei Ergebnisse geliefert.«

»Und du wirst auch keine bekommen, bis ich habe, was ich will.« Die schmeichelnde Stimme von John ließ diese Worte zwar charmant klingen, doch die Bedeutung dahinter lag für Lissiana auf der Hand.

»Das ist Erpressung.«

»Das ist nur ein sehr hässliches Wort für die Optimierung deiner Handlung durch Anreize meinerseits. Aber um Terminologie hast du ja schon immer einen Aufstand gemacht.« Lissiana knirschte unzufrieden mit den Zähnen und betete innerlich, dass er genau diese Anspielung auf ihre gemeinsame Vergangenheit nicht gewagt hatte. Und doch hatte er den ersten gewaltsamen Farbstrich auf einer vergilbten Leinwand gesetzt. Mit leuchtendem Rot und energischen Pinselstrichen versuchte er die Farben zu überdecken, die er zuvor auf der Leinwand hinterlassen hatte.

»Darum geht es nicht.« Lissiana versuchte wieder in für sie sichereres Fahrwasser zu kommen. Denn Nathan hörte zu, und er musste nun wirklich nicht noch mehr über sie wissen. Nicht auch noch das.

»Und ob es darum geht, Kätzchen.« Das Kosewort hallte deutlich in der folgenden Stille des Verhörraums nach, wie der Schuss einer Pistole inmitten eines weiten Feldes. Ihre Augen waren weit geöffnet, und der Ausdruck von Fassungslosigkeit verzerrte ihre Gesichtszüge. Obwohl er sie in den letzten vier Tagen oft so genannt hatte, kam es ihr jetzt besonders schlimm vor. Ihre Nerven lagen vollkommen blank. Diese vier Tage der ständigen Überwachung durch John. Sie war froh, dass sie zumindest allein duschen oder auf die Toilette gehen konnte. Und doch wusste sie genau, dass er nah an der Tür stand, um auf sie zu warten. In den Nächten tat sie kein Auge zu, obwohl er im Stockbett unten und sie oben schlief. Das alles verwirrte sie. Sie waren einander so nah wie lange nicht mehr und doch meilenweit voneinander entfernt. Und dieser Kosename zerrte sie zurück in andere Zeiten. Er katapultierte ihr Bewusstsein zurück in Tage und Stunden, die sie geglaubt hatte, hinter sich gelassen zu haben. Und doch reichte ein Wort von John, und schon war sie zurück in dieser vertrauten Zeit, in der sie genau eins gewesen war: glücklich.

Lissiana schüttelte sich leicht, während sie um Fassung rang. Sie gestattete dem Sturm in ihrem Inneren nicht, zu wüten. Sie wusste aus Erfahrung, dass das nur absolutes Chaos hinterlassen würde. »John, das ist unprofessionell.«

»Ich bin mir sicher, das haben deine Kollegen auch gesagt, als rauskam, dass du mich gevögelt hast.« Bei seiner Antwort hatte er nicht einmal gezögert.

Schnell richtete Lissiana den Blick gegen die Decke, in der Hoffnung, den Schmerz verbergen zu können, von dem sie sicher war, dass er ihr klar ins Gesicht geschrieben stand. Sie sollte besser auf seine Angriffe vorbereitet sein. Doch das war sie nicht.

Kein bisschen.

»John, ich –«

»Erspar mir den geheuchelten Mist, indem du mir sagst, es täte dir leid. Das wäre gelogen.« Auch diese verbale Ohrfeige saß. »Du hast mich zerkaut und ausgespuckt. Jetzt steh wenigstens dazu!«

Sie fühlte sich, als hätte er sie wirklich geschlagen. Innerlich sah sie genau vor sich, wie ihr Körper herumgerissen wurde, bevor sie hart auf dem Boden aufschlug, den andere wohl Realität nannten. Sie schloss die Augen. »Hör auf …«

»Und womit genau? Wir unterhalten uns doch nur nett.« Lissiana sah John an, und in seinen Augen versuchte sie etwas zu finden, das ihr Halt geben könnte. Doch sie wusste, sie würde nichts finden. Denn auch wenn er vor zwei Jahren ihr Anker gewesen war, so war er jetzt der Wirbelsturm, der ihre Sicherung aus dem festen Boden reißen wollte. Und bisher geriet sie verdammt ins Schwanken. Ihr sonst so dicker Schutzpanzer schien bei ihm einfach in Tausende von Teilen zu zerbrechen. Sie hatte ihm einfach nichts entgegenzusetzen.

»Ich habe gesagt, du sollst aufhören!«

»Komisch – früher hast du das nie gesagt. Aber offensichtlich gibt es Seiten an dir, die auch ich nicht kenne. Nicht wahr, Frau Polizistin?«

Lissiana fragte sich, ob Nathan in diesem Inferno harter Worte auch hören konnte, wie sie innerlich schrie und um sich trat. Zwei Jahre lang hatte sie sich vor der Realität verstecken können. Doch jetzt zeigte diese ihr hässliches Gesicht.

Sie musste zurück. Irgendwie musste sie ihn dorthin zurückbringen, wo sie ihn haben wollte. Und das war nicht in ihrer gemeinsamen Vergangenheit, in der er wütete wie ein verfluchter Schlachter. Tief sog sie die Luft in die Lungen und sammelte sich.

Drei …

Zwei …

Eins …

Als sie zu sich zurückkam, war sie klarer als zuvor. Gefasster. Und genau das musste sie auch sein. »Also, was weißt du?«

Als John den Mund öffnete, konnte sie an dem harten Ausdruck in seinen Augen erkennen, dass er nicht vorhatte, ihr zu antworten. Er holte lediglich erneut aus.

Vorbereiten. Anspannen. Abwehren.

»Wie wäre es, wenn du mir endlich deinen wahren Namen verrätst? Oder soll ich bei Kätzchen bleiben? Der hat so gut gepasst. Dein Schnurren hat mich durch so manche einsame Gefängnisnacht getragen.« Ob man wohl hören konnte, dass hier mehr zerriss als ihr Geduldsfaden? Lissiana ballte die Hände zu Fäusten, und ihre langen Nägel gruben sich in ihre Haut. Verankerten sie im Hier und Jetzt.

»John, was soll das?« Schweigen schlug ihr eisig entgegen. Eine Rechtfertigung würde sie wohl nicht erhalten. Ebenso wenig wie eine Entschuldigung. »Also, zurück zum Fall …«

»Ich werde dir nichts sagen, bevor ich nicht mit Butch gesprochen habe. Also nutz deine verlogenen Augen, gaukel irgendeinem anderen Kerl die große Liebe vor, und dann gib mir, was mir zusteht!« Scharf holte Lissiana Luft, und sie spürte, wie ihre Wangen heiß zu glühen begannen, während ihr Körper bebte. Sie hoffte ernsthaft, dass sie sich verhört hatte.

»Was dir zusteht?!«

»Ja, was mir zusteht. Neben deinem hübschen Kopf auf einem Silbertablett versteht sich. Aber ich denke, das liegt außerhalb jeder Verhandlung, nicht wahr?« Das blutige Bild, das John durch seine Worte für Lissiana zeichnete, brannte sich in ihr fest, auch wenn sie versuchte, es mit aller Macht loszulassen. Und doch flackerte edles Silber und dunkelrotes Blut wieder und wieder vor ihrem inneren Auge auf wie in einem grotesken Albtraum. Eine Frage brannte auf ihrer Zunge und verätzte ihre Kehle, da sie die Antwort eigentlich nicht hören wollte.

»Hasst du mich wirklich nur noch?« Selbst in ihren eigenen Ohren klang ihre Stimme dünn und kläglich. Lissiana schämte sich so sehr, dass sie sich wünschte, im Nichts zu verschwinden.

»Darauf erwartest du nicht wirklich eine Antwort, oder?« Wieder folgte Schweigen. Diesmal mit dem grausamen Unterton der Endgültigkeit.

Ein tiefes, männliches Seufzen durchbrach den Bann, und Lissiana starrte John an, in der Hoffnung, auf seinem Gesicht eine emotionale Regung zu sehen. Irgendetwas, das nichts mit Hass oder Missgunst zu tun hatte. Irgendetwas, das sie glauben ließ, dass ihr Herz nicht das Einzige war, das in diesem Raum tiefe Risse erhielt. Doch wie immer prallte sie an seinen perfekten Gesichtszügen ab. Wieder wurde sie ausgesperrt. Wieder ohne Zugang.

»Wie wäre es, wenn du hinter diese Glasscheibe gehst und so tust, als würdest du dich mit deinem Partner beraten.« John deutete auf die Stelle, hinter der er Nathan vermutete. »Du wirst dir eingestehen, dass diesmal mein Wille stärker ist als deiner. Du wirst es ihm mit großem Bedauern erzählen, obwohl wir beide wissen, dass meine Anweisungen dich nur selten gestört haben. Also hör auf, so zu tun, als hättest du eine Wahl! Denn letztendlich gewinne ich, Kätzchen. Das tue ich nämlich immer.«

Wut flammte in ihr auf. Er wollte schmutzig spielen? Er wollte die Samthandschuhe ausziehen? Das konnte er haben.

Lissiana drückte den Rücken durch. Seine letzten Worte hingen zwischen ihnen, und beide starrten einander an. Keiner von ihnen wollte nachgeben. Die Spannung in der Luft war greifbar und elektrisierend.

Keiner sagte ein Wort.

Lissiana konnte nicht benennen, wie lange es sich hinzog. Vielleicht waren es nur Sekunden gewesen. Vielleicht auch Minuten.

»Hier ist das letzte Wort noch nicht gesprochen.«

»Doch, das ist es.« John lehnte sich nun entspannter in seinem Stuhl zurück. Das Bild vollkommener Siegessicherheit. Und Lissiana dämmerte, dass es diesmal keinen Ausweg gab. Ihre Karten waren ausgespielt. Seine auch. Doch sein Blatt war dieses Mal einfach stärker.

Steif erhob sie sich. Der Stuhl schabte laut über das billige Linoleum, das sogar leicht unter ihren Schuhen klebte, während sie die Tür ansteuerte. Als sie das kalte Metall des Griffs in ihrer Handfläche spürte, hielt Johns Stimme sie ein letztes Mal auf.

»Ach, und wenn du dir deine Niederlage eingestanden hast, dann bring mir einen Anzug mit! Diese Jeans sind eine Beleidigung für Haut und Augen. Ich bin mir sicher, du weißt meine Größe noch.«

Mit einem Ruck riss Lissiana die Tür auf und trat hinaus auf den leeren, kleinen Flur. Hinter ihr knallte die Tür mit voller Wucht ins Schloss, und das Klicken hatte etwas Endgültiges.

Wie der Schlusspfiff am Ende eines Footballspiels.

Sie ließ den Kopf hängen und lehnte ihren Rücken gegen die Holztür. »Dieser verdammte Mistkerl!«

Jetzt ist es amtlich, dachte Nathan und knirschte mit den Zähnen. *Ich kann diesen Kerl tatsächlich überhaupt nicht leiden.* Er beobachtete genau, wie Lissiana sich beim finalen Schlag von John verspannte, ehe sie mit einem Ruck die Tür aufriss. Zweifellos würde sie erst einmal auf dem Flur bleiben, um sich einen Augenblick zu sammeln, und dann würde sie in den Beobachtungsraum kommen, um mit ihm zu sprechen. Wo sollte sie auch anders hin? Die zehn Meter Reichweite reichten gerade so aus, um zu ihm in den Beobachtungsraum zu kommen. Sie konnte einem wirklich leidtun. Seit gut zwei Jahren arbeitete Nathan nun mit Lissiana zusammen, und nie hatte er an ihrem Können gezweifelt. Doch genauso wenig hatte er sie je derartig in Aufruhr gesehen. John schien ihr wirklich unter die Haut zu gehen. *Und wessen Schuld ist das? Tu nicht so, als täte sie dir wirklich leid.*

Er richtete seinen Blick wieder auf John, der scheinbar entspannt am Tisch saß. Nate hatte nie etwas auf das Gerede der anderen gegeben, doch auch er wusste um Lissianas doch eher eigenwillige Vorgeschichte. Er hätte auch taub sein müssen, um das nicht mitzubekommen. Wochenlang hatte man sich in der Polizeistation das Maul zerrissen. Man hatte getuschelt und getratscht über den aufgehenden Stern, der doch so schnell wieder verglüht war. Ja, er wusste, was zwischen ihr und John passiert war. Jeder Polizist der Stadt wusste es. Doch er war einer der wenigen Menschen, der darin keine Charakterschwäche sah. Er selbst wusste gut genug, dass man sich den Menschen, den man liebte, nun mal nicht aussuchen konnte. Das Schicksal hatte da wohl seine ganz eigenen Vorstellungen.

Nate betrachtete genau Johns Mienenspiel. Er starrte noch immer auf die Tür, durch die Lissiana gerade gegangen war. Seine Nasenlöcher blähten sich leicht, als würde er versuchen, den letzten Hauch ihres Parfüms einzuatmen, ehe er ein leises Seufzen von sich gab. Nathan runzelte die Stirn. Was zur Hölle …?!

Und dann sah John ihn direkt an. Er wusste, dass das unmöglich war. Er befand sich hinter verspiegeltem Glas. John konnte ihn unmöglich sehen. Und doch starrten ihn diese unheimlichen verschiedenfarbigen Augen an, als wäre John ein weißer Hai, der Nathans Blut im Wasser gerochen hatte. Es überlief ihn eiskalt, und er schauderte sogar leicht, ehe die Tür aufgestoßen wurde und Lissiana den beengten Raum betrat.

Hier drinnen gab es nur ein kleines elektronisches Pult, mit dem sie alles aufzeichnen konnten, was in dem Verhörraum gesagt wurde. Kleinere Bildschirme waren in die Wand eingelassen worden und erlaubten durch die Kameras, die an jeder Ecke der Zimmerdecke angebracht waren, eine vollständige Betrachtung des eigentlich winzigen Raums. Es war dunkel und stickig, und nur ein einzelner Stuhl war vor das massige Pult geschoben worden. Doch darauf saß eigentlich niemals jemand. Die Tür fiel hinter ihr zu, und nur die schummrigen Strahlen der veralteten Neonröhren spendeten den Anwesenden ein wenig Licht.

Er konnte sehen, dass sie sich gestresst mit den Händen durch ihr Haar fuhr. Sie hatte tiefe Schatten unter den Augen, und sie war unglaublich blass. Das alles war kein gutes Zeichen. Sie steuerte offensichtlich auf den Abgrund zu, vor dem das Schild Burnout laut das Schicksal verkündete. Doch obwohl er all das wusste, würde Nathan sie weitermachen lassen. Denn auch wenn er Lissiana mochte, das Wohl aller hatte Vorrang vor ihrer hässlichen Vergangenheit mit diesem Gangster.

»Du hast es gehört?«, fragte Lissiana gewohnt professionell und verschränkte die Arme vor der Brust, während sie John durch das Sicherheitsglas anstarrte, als könnte sie ihm allein damit ihren Willen aufzwingen.

»Auch ohne Mikrofone wäre der Kerl nicht zu überhören gewesen«, murrte Nate. Er hatte im Beobachtungsraum gestanden, mit einer Hand über dem Alarmknopf, und hatte gehofft, dass dieser Mann Lissiana nicht tötete. Er selbst war völlig angespannt gewesen. Denn auch wenn er John in den letzten Tagen ständig provoziert hatte, war er sich der Gefahr, die von ihm ausging, stets bewusst. Und doch war es für ihn spannend zu beobachten, wie John ihm gegenüber zwar aggressiv wurde, Lissiana aber nur verbal angriff. Er hatte sie bisher nicht einmal angefasst.

»Passt er mit seinem Ego überhaupt noch durch die Tür?«, fragte er Lissiana und lächelte leicht, als er ihr leises Lachen hörte. Aus dem Augenwinkel sah er, wie ihre Schultern sich wieder etwas entspannten.

»Vermutlich nicht«, antwortete sie und lächelte. »Aber das war früher nicht anders.«

Als wäre Lissiana gerade erst klar geworden, was sie soeben gesagt hatte, huschte ein Ausdruck von Überraschung und Scham über ihr Gesicht. Es war nicht das erste Mal, dass sie Nate gegenüber etwas von ihrer Vergangenheit mit John berichtete. Die beiden hatten ein inniges Vertrauensverhältnis aufgebaut. Zumindest so innig, wie es ging, wenn jeder von ihnen seine Geheimnisse hatte. Doch dieses Mal war ihr Ton dabei nicht verteidigend, sondern beinahe … sanft gewesen.

»Muss ich mir Gedanken machen, Kleines?«, hakte Nate nach und räusperte sich, als hätte er tatsächlich vor, ihr eine Predigt über vorschriftsmäßige Polizeiarbeit zu halten. Dabei war das genaue Gegenteil der Fall. Er brauchte ihre persönliche Beziehung zu diesem menschlichen Abschaum, um diesen Fall aufzuklären. Deshalb hatte er sie ja überhaupt erst in die Richtung von John geschoben. Er hatte ihr den Denkanstoß gegeben, der sich zu einem wahren Flächenbrand entwickelt hatte. Und auch wenn er deshalb manchmal nachts wach lag, weil er mit ihren Gefühlen und ihrer Zukunft derartig spielte, so wog es für ihn doch all die Leben auf, die sie dadurch hoffentlich retten würden.

»Nein«, entgegnete sie, sodass er ein ungläubiges Schnauben von sich gab, welches sie mit einem bösen Blick quittierte.

»Ganz wie du meinst«, sagte er und kratzte sich am Hinterkopf, als würde er mit sich hadern, sie auf das anzusprechen, was gerade im Verhörraum geschehen war.

»Wir müssen ihm geben, was er will«, sagte sie und wandte sich Nate zu, der nun ein tiefes Seufzen von sich gab, das beinahe so klang, als würde er die Last der Welt auf seinen Schultern tragen.

»Das können wir nicht«, murmelte Nathan, obwohl auch er wusste, dass es keinen Ausweg gab. Wenn sie John weiterhin zur Mitarbeit zwingen wollten, dann mussten sie ihm das Treffen mit Butch gewähren. Immerhin hatte Lissiana es ihm im Gefängnis angeboten. Und er war sich ziemlich sicher, dass dieser Bastard nur deshalb überhaupt zugestimmt hatte. Doch sosehr Nate diesen Fall auch aufklären wollte, konnte er doch nicht ignorieren, wie ihm allein bei dem Gedanken, die Cohen-Brüder wieder zusammenzuführen, schlecht wurde.

Wenn er gedacht hatte, John wäre ein Monster, so hatte ihn der Anblick von Butch eines Besseren belehrt. Der kleine Bruder von John, der alles andere war als klein, war eine Ein-Mann-Mafia. Er war muskelbepackt und schlichtweg irre. Damals, als Lissiana in seine Abteilung versetzt worden war, hatte er die Geschichten über den *Butcher von Hell's Kitchen* lediglich für ein Märchen gehalten, das die Cohen-Brüder erzählten, um andere Gangster, die ein Stück vom Kuchen wollten, aus ihrem Gebiet fernzuhalten.

Und dann hatte er ein paar Aufnahmen gesehen. Sie waren von einer Kamera an einer Straßenecke gewesen. Man hatte keine Gesichter erkennen können, weshalb es vor Gericht nicht als Beweismittel zugelassen worden war, doch Lissiana hatte genau sagen können, welche Silhouette zu wem gehörte. Und bei Gott, diesem Mann dabei zuzusehen, wie er einen anderen mit einem Baseballschläger bearbeitete, hatte auch einem hartgesottenen Kerl wie Nate den Magen umgedreht.

»Wir können nicht. Aber wir müssen«, sagte Lissiana und riss ihn damit aus der schrecklichen Erinnerung. Ihr Ton war kalt und abgeklärt, doch ihre Zähne hatte sie so fest zusammengebissen, dass er die Linie ihres Kiefers in Stein hätte meißeln können. Auch sie wusste, was es bedeutete, die Brüder wieder zusammenzuführen. Nicht nur, dass sie ihren Job dafür verlieren könnte, nein, sie riskierte bei dieser kleinen Familienzusammenführung auch noch ihr Leben. Denn auch wenn John sich im Moment handzahm gab, so würde der Butcher sicherlich nicht annähernd so ruhig bleiben.

»Es ist mutig, was du –«

Lissiana stöhnte genervt auf und unterbrach ihn mit einer simplen Gestik. »Jetzt komm mir nicht auch noch mit solchen Floskeln. Immerhin hab ich mich selbst in diese Scheiße reingeritten. Es ist schlimm genug, dass er seinen Willen kriegt.« Und Nate konnte ihr ansehen, dass sie die Wahrheit sagte. Ihr gefiel das alles hier überhaupt nicht. Es war nicht der gespielte Unwillen einer Frau, die eigentlich doch alles für den Mann tun würde, den sie liebte. Das hier war ehrliches Missfallen. Die Art, die einem Kopfschmerzen bereitete, weil man wusste, dass es eine katastrophale Idee war.

»Also gut«, begann Nate und streckte sich leicht. »Wann wollen wir es durchziehen?«

»Nicht wir. Ich.« Nate sah Lissiana von der Seite her an und atmete tief ein, um ihr einen Vortrag darüber zu halten, dass sie komplett lebensmüde und dumm war, wenn sie glaubte, er würde sie allein gehen lassen. Doch als er in das Eisblau ihrer Kontaktlinsen sah, die so gar nichts mit der Wärme ihrer sonst braunen Augen zu tun hatten, wusste er, dass sie ihre Entscheidung getroffen hatte.

»Ich riskiere nicht auch noch deinen Job, Nathan«, sagte sie leise und sah wieder durch das Glas auf John. Ihre Haltung war verschlossen, doch der Ausdruck auf ihrem Gesicht sprach Bände. Nate war sich sicher, dass Lissiana gerade an ihre kleine Schwester Victoria dachte. Daran, was sie wohl dazu sagen würde, wenn sie wüsste, in welche Gefahr sich ihre Schwester begab, um sie und viele andere Frauen zu beschützen.

Er selbst war Victoria nur ein paarmal begegnet, doch er verstand durchaus, warum Lissiana sich in der Mordkommission die Nächte um die Ohren schlug, um alles Böse von den Straßen – und damit auch von Victoria – fernzuhalten. Vicky, wie Lissiana sie nannte, hatte etwas so Unschuldiges und Strahlendes an sich, dass ihr Lächeln einfach alles und jeden in ihrer Umgebung dazu zwang, es zu erwidern. Ob man nun dafür in Stimmung war oder nicht.

»Sie würde es verstehen«, sagte Nathan in die Stille hinein, die sich zwischen ihnen beiden ausbreitete, und Lissiana presste die Lippen fest zusammen.

»Nein, das würde sie nicht«, murmelte sie und wandte sich dann von John ab und der Tür zu. »Wenn du mich entschuldigst – ich muss einen Anzug organisieren.«

12

Butch lehnte sich in seinem Bürostuhl zurück und inhalierte den Rauch seiner Zigarette tief, während er mit geschlossenen Augen den wummernden Beats des Southpaw-Remix des Songs Beast von Rob Bailey & The Hustle Standard lauschte. Ein zufriedenes Lächeln breitete sich auf seinen Lippen aus, je mehr er sich zu der Musik entspannte. Er hatte eine gute Woche hinter sich. Eine sehr gute Woche.

Victoria Stafford zu überlisten war beinahe lächerlich leicht gewesen. Ihre Unschuld und Naivität war ihm vorgekommen wie ein seltsamer Witz Gottes, doch genau diese Schwäche hatte ihm seine Scharade so leicht gemacht. Ohne auch nur ein zweites Mal nachzudenken, hatte sie ihn in ihre Wohnung gelassen. Jetzt wusste er, wann sie wo hinging und mit wem. Er wusste, wann man sie vermissen würde und wann nicht. Und vor allem wusste er, wann sie vorhatte, sich mit Lissiana zu treffen. Am Freitag. Natürlich hatte er darauf bestanden, sie zu begleiten, um seinem Boss zu zeigen, dass er seinen Job auch wirklich ernst nahm. Bei dem Gedanken lachte Butch dunkel auf. Oh, er freute sich jetzt schon auf den Gesichtsausdruck von Lissiana, wenn ihr klar wurde, dass er ihre geliebte kleine Schwester in seinen Händen hatte. Und dann würde er ihr das nehmen, was sie ihm genommen hatte. Das Wichtigste, das sie jemals besessen hatte.

Er öffnete die Augen und sah sich seiner eisigen Realität gegenüber. Dieses Arbeitszimmer war nämlich nicht seins. Er ließ seine Hände über das massive Holz des edlen Schreibtisches gleiten und dachte an seinen Bruder, der an seiner Stelle hier sitzen sollte. Doch stattdessen faulte er in seiner Zelle vor sich hin. Jetzt sogar in Rikers Island. Abgeschnitten von der Welt und vor allem von Butch. So oft hatte er vor Gericht versucht diesen Teil des Urteils verändern zu lassen, doch immer wieder war er an den steifen Vorgaben eines menschenfeindlichen Systems gescheitert. Man ließ ihn einfach nicht zu John. Und genau das war es, was Butch derartig zermürbte.

Er vermisste seinen Bruder. Er vermisste sein Lachen und seine Führung. Er vermisste seine Ratschläge und seine unqualifizierten Kommentare, wenn sie unter sich waren. Er vermisste seine Art, die Organisation zu leiten und dabei trotzdem fair zu seinen Leuten zu bleiben. Er vermisste alles an ihm.

Und doch war er enttäuscht, dass er die Fußstapfen seines Bruders nie hatte ausfüllen können. Seine Verhaftung war derart plötzlich gekommen, dass sie nie über das hatten sprechen können, was Butch erwartete, wenn er die Planung der Organisation übernahm. Und so hatte ihn das alles überrascht und erdrückt. Diese Position war nicht für ihn gemacht. Er fühlte sich eingeengt. Als würde er in einer Zwangsjacke stecken, die ihn nicht atmen ließ. Denn auch wenn sie als Gleichberechtigte an der Spitze ihrer Organisation gestanden hatten, so waren die Rollen doch immer ganz klar verteilt gewesen.

John hatte geplant und delegiert. Er hatte immer das große Bild gesehen. Er hatte ihr Geld in die richtigen Anlagen investiert und ihren Reichtum vermehrt, den sie brauchten, um Waffen und Ähnliches zu finanzieren. Er war in der Organisation und Analyse vollkommen aufgegangen.

Butch hingegen hatte sich nie dafür interessiert. Er war für die Aufgaben auf der Straße zuständig gewesen. Nah an dem Asphalt und dem Blut. Dort, wo er sich am wohlsten fühlte. Wo es keine großen Fußstapfen gab, die er nicht ausfüllen konnte.

Er hatte dafür gesorgt, dass Johns Pläne in die Tat umgesetzt wurden. Er hatte sich darum gekümmert, dass sie ihre Gelder zurückbekamen. Und er hatte sich darum gekümmert, neue Rekruten auszuwählen. Mit Freuden hatte er die Zahlen und alles andere John überlassen. Und das, ohne noch mal darüber nachzudenken.

Doch als John dann fort war, war Butch komplett aufgeschmissen gewesen. Er hatte nichts mit den Notizen seines Bruders anfangen können, da John sie so verschlüsselt hatte, dass nur er selbst sie verstehen konnte. Er hatte keine Ahnung gehabt, wie man Geld gewinnbringend investierte und wann man das Geld einer Quelle entzog, wenn der Gewinn am höchsten war. All diese Dinge waren über ihm zusammengebrochen wie eine Welle. Immer wieder hatte es ihn unter die Oberfläche gezogen. Doch so langsam konnte er sich über Wasser halten.

Er war nur froh, dass er sich auf den engsten Kern der Organisation verlassen konnte. Auf die Männer und Frauen, die schon dabei gewesen waren, als John und er vor über zehn Jahren in die Stadt gekommen waren. Sie hatten Verluste hinnehmen müssen. Einige Mitglieder hatten die Organisation verlassen. Außerdem hatten sie am Anfang auch einiges an Geld verloren. Doch den Respekt anderer? Da hatte Butch nie zugelassen, dass dieser verblasste. Und so hatte er die Organisation so geführt, wie er es für richtig hielt. Und er kannte nur einen Weg, und zwar den der eisernen Härte. Er selbst wusste, dass John humaner gewesen war als er selbst. Seine Strafen waren nicht so hart ausgefallen, und seine Deals waren fairer gewesen. Doch diesen Luxus hatte Butch sich nicht leisten können.

In den ersten Monaten nach Lissianas Verrat hatte er nur versucht, sich und die Organisation, für die er und John so lange und hart gekämpft hatten, am Leben zu erhalten. Und es war ihm gelungen. Sogar so gut, dass er sich endlich darauf hatte konzentrieren können, wie er dieser falschen Schlange ihren Verrat heimzahlen konnte.

Noch heute machte er sich Vorwürfe, dass er sie in dieser Bar angesprochen hatte. Damals hatte er sie für die ideale Ergänzung für die Organisation gehalten. Eine Frau, die schöner war als alles, was er bisher gesehen hatte, und die so hart zuschlug wie ein Mann. Sie war ihm aufgefallen, als sie einem Kerl die Hand gebrochen hatte, nur weil er sich an der Bar vorgedrängelt hatte. Butch hatte sich an ihre Fersen geheftet. Er hatte beobachtet, wie sie Geld eintrieb und wie sie sich aufmerksam nach ihrem Verfolger umsah, von dem sie wusste, dass er dort war, den sie aber nie hatte sehen können. Als er genug von ihrem Potenzial gesehen hatte, hatte er sich ihr genähert.

Wochenlang hatte er sie geprüft und ausgebildet. Sie war die beste Schülerin, die er je gehabt hatte. Hart und erbarmungslos. Immer bereit, ihren Körper an dessen absolute Grenzen zu treiben. Und zum Schluss hatte sie sogar im Kampf mit ihm länger als fünf Minuten bestehen können. Er hatte sie respektiert. Hatte zugelassen, dass sie sich als potenzielle Verbündete in sein Herz schlich. Er war so stolz gewesen, als er sie seinem Bruder präsentiert hatte. Immerhin war sie das Beste, was er in seinen zehn Jahren als Ausbilder hervorgebracht hatte. Und als ihm klar geworden war, dass John Interesse an ihr hatte, hatte er sich ehrlich für seinen Bruder gefreut. John war viel zu lange allein gewesen. Außerdem brauchten sie einen Erben. Und da Butch nie Kinder haben wollte, war klar gewesen, wer die Organisation weiterführen würde.

Doch dann hatte diese falsche Schlange sie alle verraten. Noch immer wollte er Rache. Und das nicht auf die einfache Art, indem er ihr das Genick brach. Nein, er wollte Rache im biblischen Ausmaß. Er wollte, dass sie litt, wie er gelitten hatte. Er wollte, dass sie das verlor, was er verloren hatte. Und erst dann würde er ihrem lächerlichen Leben ein Ende machen.

Butch erhob sich aus dem bequemen Stuhl aus weichem schwarzem Leder und sah sich näher im ehemaligen Büro seines Bruders um. Dieser Raum schrie beinahe heraus, wie intelligent John war. Hohe Bücherregale säumten die Wände, die in einem warmen und kräftigen Braun gestrichen waren. In den Regalen fand man die verschiedenste Fachliteratur zu den unterschiedlichsten Gebieten. Zwischen Wirtschaft und Medizin fand sich Psychologie und Bankwesen. Und dazwischen hatte er echte Klassiker platziert. Sein Bruder interessierte sich für alles. Ob es die Schriften von Voltaire waren oder *Die Kunst des Krieges* von Sun Tzu. Stets hatte Butch seinen Bruder für seinen Intellekt bewundert. Das, was John für so spannend hielt, interessierte Butch nicht im Geringsten. Ihm entzog sich das alles. Das war schon so gewesen, als sie noch Kinder waren.

Und so war dieses Arbeitszimmer für Butch immer ein Zufluchtsort, wenn er sich den Aufgaben nicht gewachsen fühlte, die die Organisation in jeder Nacht für ihn bereithielt. Er sah zu der Karte von New York City, die direkt über dem Schreibtisch an der Wand hing. Er betrachtete das Gebiet, das sie kontrollierten, und spürte wieder diesen Stolz in sich aufsteigen, den er brauchte, um sich heute Nacht mit den Zahlen herumzuschlagen, die ihm stets Kopfschmerzen bereiteten. Damals hatten sie in Hell's Kitchen angefangen. Heute reichte ihr Gebiet hoch bis in die Bronx und im Süden bis nach Brighton Beach. Sie hatten Jamaica und Forest Hills verloren, doch auch diese würde Butch sich zurückerobern. Doch heute Nacht würde er nicht raus auf die Straße können. Heute Nacht würde er sich durch die Bücher wühlen müssen.

Er blieb an dem Globus stehen, der in der rechten Ecke des Raums neben einer hässlichen, kümmerlichen Zimmerpflanze stand und betrachtete die Fähnchen, die John hineingesteckt hatte. Es war erstaunlich, wie viele Kontakte sein Bruder auf der Welt besaß und wie bewusst sie ihm stets gewesen waren. Butch selbst kümmerte sich nicht darum. Er war nicht charmant genug, um all diese Leute bei Laune zu halten. Diese Aufgabe überließ er Tiny.

Innerlich dankte er Gott für Tiny. Er war der Loyalste von allen und auch derjenige, der die wenigsten Fragen stellte. Er kümmerte sich allein um seine Probleme. Und so mochte Butch seine Leute am liebsten. Er hatte selbst genug Dinge, um die er sich kümmern musste. Da konnte er nicht auch noch für jeden den Babysitter spielen.

Als er an der großen Anlage angekommen war, für die John damals mehrere Tausend Dollar ausgegeben hatte, klopfte es an der Tür. Er antwortete nicht. Wer auch immer die Nerven hatte, ihn zu stören, würde so oder so hereinkommen. Kurz darauf stand Tiny im Raum.

Wieder einmal fiel Butch die Ironie des Namens des Mannes auf. Denn Tiny musste sich ducken, um seinen Kopf nicht am Türrahmen anzuschlagen. Er überragte sogar John und Butch, was an und für sich schon eine Leistung war. Zudem war er gebaut wie ein Footballspieler. Sein Haar war kurz und blond, und seine Gesichtszüge waren ebenmäßig, bis auf die Narbe, die von der rechten Seite seiner Nase bis hinunter zur Kante seines Kiefers verlief. Seine Augen hatten einen eigenwilligen Grauton. Sie erinnerten Butch irgendwie immer an Silber. Seine Lippen waren voll und der Traum einer jeden Frau, während seine Augenbrauen meist ernst zusammengezogen waren. Er war zweifelsohne ein gut aussehender Mann. Außerdem kaufte man ihm die Nummer des sanften Riesen eher ab als Butch. Denn Butch sah nun mal eher aus wie ein übellauniger Boxer und nicht wie ein Filmstar.

Tiny war zu seinem Namen gekommen, weil er, als er von John und Butch auf der Straße aufgelesen worden war, ein Hänfling von fünfzehn Jahren gewesen war, der weder Muskeln noch Fett auf den Knochen gehabt hatte. Doch das hatte sich schnell geändert, als er bei den Brüdern sein Zuhause gefunden hatte. Sobald er vernünftig aß und trainierte, hatte er die Statur eines verdammten Hochhauses bekommen. Doch den Namen war er nie wieder losgeworden. Für Butch war er stets so etwas wie ein bester Freund gewesen.

»Was gibt's?«, fragte Butch. Er hielt sich nie lange mit Freundlichkeiten auf. Doch Tiny hatte ihm das nie übel genommen.

»Schönen Abend! Freut mich auch, dich zu sehen«, entgegnete Tiny und schloss die Tür hinter sich, ehe er sich in einen der zwei Ledersessel auf der linken Seite des Raums setzte, die um einen kleinen Tisch an den Fenstern arrangiert worden waren.

»Ich frag ungern noch mal, aber: Was gibt's?« Butch goss Tiny etwas Scotch in eines der Kristallgläser, die John in einer Vitrine zusammen mit seinem Fusel aufbewahrte. Er bemühte sich wirklich leicht genervt zu klingen, doch wenn er ehrlich war, war er froh über die Unterbrechung, die ihn noch eine Weile von den Zahlen und diesem Schreibtisch fernhielt. Mit zwei gefüllten Gläsern ging er zu seinem guten Freund und setzte sich zu ihm, während er sich im Raum umsah. Er hatte wenig Lust, sich den Archivschränken zu widmen, die an der Wand hinter der Tür standen. Doch da musste er nun mal durch.

»Jemand hat versucht, deine alte Nummer anzurufen.« Tiny nahm das Glas entgegen und trank einen tiefen Zug daraus. »Und jetzt rate mal, wer«, murmelte er. Sein Blick war eindeutig.

»Nicht ernsthaft«, grollte Butch, und seine Hand krampfte sich so fest um das Glas zusammen, dass es ein bedrohliches Knirschen von sich gab.

»Doch. Sie.« Tiny hielt ihn zurück, als er aufspringen wollte. »Ich habe dir ihre Nummer vom Display aufgeschrieben. Du solltest dir zumindest anhören, was sie will. Vielleicht geht es um John.« *Sie wusste, dass er sie jagte.* Sie war ja leider alles andere als dumm. Warum also sollte sie anrufen, wenn es nicht um John ging? Plötzlich wurde Butch übel. War John etwas zugestoßen? Hatte man ihn im Gefängnis angegriffen? War er ernsthaft krank?

»Atme tief durch, und dann ruf sie an!« Tiny deutete auf den Scotch, den Butch beinahe verschüttet hätte, als er aufspringen wollte. »Außerdem ist das Zeug älter als du und ich zusammen. Wenn du den verschüttest, sorge ich dafür, dass du ihn vom Boden aufleckst, du Banause.« Butch wusste genau, dass Tiny mit diesem Spruch nur erreichen wollte, dass er sich beruhigte.

Doch jetzt fühlte er sich unruhig. Gehetzt. Er wippte ungeduldig mit dem Fuß auf den Boden, ehe er den Scotch hinunterstürzte und Tiny ohne Worte die Hand hinhielt. Er schloss sie erst, als er das Papier auf seiner Hand spürte, ehe er einen Blick auf die Ziffern warf. Damals hatte er ihre Nummer auswendig gekannt. Diese hier war offensichtlich neu. Vermutlich hatte sie diese SIM-Karte nur gekauft, um ihn von der Nummer anzurufen und sie dann wegzuwerfen, als würde sie brennen.

Er zog sein Smartphone hervor und gab die Ziffern ohne Hast ein. Er musste sich zur Ordnung rufen. Zur Rationalität. Doch das war leichter gesagt als getan. John hätte damit keine Probleme gehabt. Er war immer beherrschter gewesen als Butch. Doch jetzt war er an der Reihe, den kühlen und kontrollierten Anführer zu mimen. Ganz egal wie es in seinem Inneren aussah. Und so atmete er tief durch, bevor er auf das Symbol zum Verbinden drückte. Es klingelte. Einmal. Zweimal. Dann wurde abgehoben. Und als er am anderen Ende ein sanftes Ausatmen hörte, lachte er leise. »Du hast echt Nerven, mich anzurufen. Ich hätte dich nicht für dumm gehalten. Oder für lebensmüde. Aber wir irren uns offensichtlich alle mal.«

Lissiana seufzte. Dann schnalzte sie missbilligend mit der Zunge. »Charmant wie immer, Butch. Aber für einen Moment solltest du dein Schandmaul vergessen und mir gut zuhören.«

13

Lissiana hatte bereits zuvor gewusst, dass das alles eine dumme Idee gewesen war, doch als sie an der Hintertür des Polizeireviers lehnte und sich in den Schatten versteckte, wusste sie, dass es nach ihrer Bitte um Johns Hilfe die wohl dümmste Idee ihres Lebens war. Sie strich sich durch das Haar und seufzte leise, während sie zum Mond starrte, der nun voll und strahlend am Himmel stand.

Wie immer konnte man die Sterne nicht sehen, sie waren komplett in Dunkelheit gehüllt. Und während ihrer Zeit in der Organisation von John war sie genauso gewesen wie diese Sterne. In ihr hatte es etwas Leuchtendes und Strahlendes gegeben, doch seine Dunkelheit hatte sie eingehüllt, bis auch sie diesen Funken nicht mehr hatte sehen können. Sie war erst aufgewacht, als der dunkle Fleck auf ihrer Seele längst etwas Permanentes geworden war.

Lissiana keuchte erschrocken auf, als die Tür gegen ihren Rücken gedrückt wurde. Stolpernd versuchte sie, sich zu fangen, doch sie musste die wenigen Stufen hinuntergehen, um zu verhindern, dass sie hinfiel. »Pass doch besser auf, verdammt noch mal!«

Zuerst sah sie Nathan, der John wie ein störrisches Schaf vor sich hertrieb. Sie konnte sich gut vorstellen, dass John sich absichtlich Zeit in der Herrenumkleide gelassen hatte, um Nate zu provozieren. Denn auch wenn sie mit Nate klarkam und ihm selten einen Vorwurf daraus machte, war es doch absolut offensichtlich, dass er nicht einmal einen Funken von Geduld besaß. Und genau solche Schwächen erkannte John sofort und nutzte sie aus, um seine Gegner zu zermürben.

Nate sah gestresst aus. Er hatte den Mund zu einer starren Linie zusammengepresst, und seine Augen sprühten wütende Funken, während seine Schubser an Johns Schulter, um diesen voranzutreiben, eine Spur härter waren, als es eigentlich nötig gewesen wäre. Sie warf einen Blick auf die Uhr an ihrem Handgelenk und zog die Augenbraue hoch. Sie hatte nicht bemerkt, dass die beiden zu spät waren. Ganze zehn Minuten. »Ihr seid zu spät.«

Nate zerrte John gerade die Stufen hinab. »Das liegt an Miss Amerika hier. Wenn ich's nicht besser wüsste, würde ich denken, er macht sich für 'ne Frau derart zurecht«, murrte er, und Lissiana warf John einen vorwurfsvollen Blick zu.

Sie wusste, dass er nicht lange brauchte, um sich fertig zu machen. Selbst wenn er einen Anzug anzog, war er noch sehr schnell. Sein damaliger Lebensstil hatte auch gar nichts anderes zugelassen. Er hatte es lediglich hinausgezögert, um Nathan auf die Nerven zu gehen. Sie musste ihn in die Schranken weisen. Doch sie vergaß, was sie hatte sagen wollen, als sie John genauer ansah.

Wieder traf seine maskuline Schönheit sie gänzlich unvorbereitet. Er hatte sein Haar etwas unter Kontrolle gebracht, und sie glaubte sogar, dass er es ein wenig gekürzt hatte. Es sah noch immer so aus, als wäre eine Frau mit ihren Fingern hindurchgeglitten, doch nun wirkte es deutlich ordentlicher. Es hatte noch immer etwas sehr Verwegenes in Kombination mit diesem Dreitagebart, den er wohl nur ein wenig mit einem elektrischen Rasierer gestutzt hatte. Doch die größte Veränderung lag in seiner Kleidung.

Er trug den Anzug, den sie ihm gegeben hatte. Und auch wenn sie sich selbst dafür hasste, der Anzug passte ihm. Wie angegossen. Er schien nur an den Schultern zu spannen, dort, wo John an Muskelmasse zugelegt hatte. *Was hast du erwartet?*

Du kennst seinen Körper wie deinen eigenen, Schätzchen. Sie biss die Zähne zusammen und war wütend auf sich selbst. Sie hatte Hannah mit Absicht einen einfachen grauen Anzug in einem günstigen Laden kaufen lassen, weil sie seine Schönheit nicht derartig hatte unterstreichen wollen. Außerdem hasste er billige Anzüge. Und doch zeichnete sich seine Haut wie Gold unter dem offenen Kragen des weißen Hemdes ab. Natürlich hatte er die Krawatte ignoriert. Er hatte noch nie welche getragen. Und das wusste sie eigentlich auch. Sie hatte Hannah dennoch eine kaufen lassen. Die Anzugschuhe schien er selbst ein wenig aufpoliert zu haben, sodass sie nun zumindest den Eindruck machten, als wären sie nicht sonderlich billig gewesen. Die einzige Befriedigung, die sie also aus ihrer doch eher kindischen Aktion ziehen konnte, war, dass das Jackett nicht richtig saß und dass er keine Manschettenknöpfe von ihr bekommen hatte. Doch seiner Schönheit hatte sie damit keinen Abbruch tun können.

Sie schüttelte kaum merklich den Kopf, um sich von ihrer Nemesis zu lösen, und so sah sie Nate wieder an. Erst jetzt fiel ihr auf, wie klein und eher schmächtig er neben John wirkte. Nate hatte die athletische Figur eines Läufers. Er war eher drahtig als wirklich bullig. Und er war gewiss nicht klein. Auch er erreichte eine Größe von einem Meter sechsundachtzig. Doch damit überragte John ihn noch immer um satte zwölf Zentimeter.

John hingegen war eher wie ein Kämpfer gebaut. Seine Muskeln waren stärker ausgeprägt und nicht ganz so geschmeidig wie die von Nathan. Vielleicht war Nate das auch aufgefallen, und er machte deshalb seit vier Tagen ein Gesicht wie sieben Tage Regenwetter. Denn auch wenn er es gewiss nie zugeben würde, wusste Lissiana doch, dass er ein eitler Mann war. Und es gefiel ihm selten, wenn ein anderer Mann besser aussah als er selbst.

»Was ist aus dem schicken Mercedes geworden?« Die Frage von John riss Lissiana aus ihrer Betrachtung und Mutmaßung. Er deutete auf den alten Ford Torino, den Ryan so nah wie möglich am Hinterausgang geparkt hatte.

»Mir war nach was anderem«, log sie dreist und dachte sehnsüchtig an das elegante schwarze Sportcoupé zurück, auf das sie damals so lange gespart hatte. John zog eine Augenbraue hoch, verkniff sich aber jeglichen Kommentar zu ihrem deutlichen Abstieg.

»Na los, beweg dich, anstatt dumme Fragen zu stellen!« Nate stieß John erneut an der Schulter an, sodass er leicht ins Wanken geriet. Lissiana behielt John genau im Auge, als er leise schnaubte, dann aber in den Wagen stieg. Sie wusste, dass er Nate gerade nur deshalb keinen Schlag verpasst hatte, weil er Butch unbedingt wiedersehen wollte.

»Du solltest ihn nicht so provozieren«, sagte sie leise zu Nate, denn auch wenn ihr Partner manchmal etwas zu sehr das Alphamännchen spielte, wusste sie doch, dass er sich der Gefahr, die von John ausging, sehr bewusst war. Umso mehr überraschte sie sein Verhalten.

Er biss die Zähne aufeinander und strich sich fahrig gestresst über die Haare. »Ich weiß. Es ist nur so, dass er mir den letzten Nerv geraubt hat.«

Lissiana lächelte leicht in sich hinein. John konnte manchmal wirklich unmöglich sein. Sanft legte sie ihre Hand auf Nathans Schulter und drückte leicht zu.

»Ich weiß.« Sie schmunzelte leicht.

»Ich hab mich von ihm provozieren lassen, oder?« Nathan ließ die Schultern hängen und klang derart schuldbewusst, dass sie nicht anders konnte, als laut loszulachen.

»Ja.« Sie gluckste, und er stieß einen tiefen Seufzer aus.

»Fuck!«, murrte er und zwinkerte ihr zu, ehe er wieder ernst wurde. »Ich habe erzählt, ihr wärt auf dem Weg zu einer Befragung mit einem seiner alten Kontakte.« Er betrachtete sie genauer. Sorge lag in seinem Blick. »Ich bin so nah an der Wahrheit geblieben, wie es ging.«

Lissiana nickte. »Du sollst auch nicht für mich lügen. Es wird schon schiefgehen.« Sie lächelte ihm zu. Und gerade als sie sich abwenden wollte, zog Nathan sie ruckartig in seine Arme.

Lissiana keuchte überrascht und schloss etwas unbeholfen die Arme um ihn. Er hatte höchstens mal den Arm um sie gelegt. Er hatte sie nie umarmt. Auch wenn sie sich gut verstanden, war der Körperkontakt doch immer auf ein Minimum beschränkt gewesen.

Er zog sie so fest an sich, dass ihre Wirbelsäule ein leises Knacken von sich gab, als ein Wirbel zurück in Position sprang. Dann ließ er sie genauso abrupt los, wie er sie umarmt hatte, sodass Lissiana leicht stolperte und sich an der Motorhaube festhalten musste.

»Lass dich nicht umbringen.« Nate wandte sich ruppig ab, ehe er die Hände in den Taschen seiner Jeans vergrub und mit ungelenkem Gang zur Wache zurückging. Lissiana sah ihm noch einen Augenblick nach, dann begab sie sich zur Fahrerseite und stieg ein.

Sie versuchte, John auf dem Beifahrersitz zu ignorieren, doch das war unmöglich, weil sein Geruch sich schon so im Innenraum des Wagens ausgebreitet hatte, dass ihr davon beinahe schwindlig geworden wäre. Sie kurbelte das Fenster runter, das ein protestierendes Quietschen von sich gab, ehe sie den Schlüssel in die Zündung steckte und der Motor mit einem dunklen Grollen zum Leben erwachte. Lissiana lenkte den Wagen vom Parkplatz und drehte das Radio leicht auf, um jegliche Konversation im Keim zu ersticken. Doch da hatte sie die Rechnung ohne John gemacht. Er drehte die Musik wieder leiser, sodass die Stimme irgendeines Popsternchens im Hintergrund nur noch leise Töne von sich gab.

»Also, was ist das mit dir und dem Bullen?« Lissiana sah ihn von der Seite her leicht überrascht an. Doch wie immer hatte John die Tür zu seinen Gedanken wie einen Tresor verschlossen, indem sein Gesichtsausdruck völlig unberührt blieb. Also sah sie wieder auf die Straße und umfasste das Lenkrad etwas fester.

»Ich wüsste nicht, warum dich das etwas anginge, John.« Sie biss sich leicht auf die Zunge. Diese Antwort war unprofessionell und beinahe etwas kindisch gewesen. Und ihr schnippischer Tonfall hatte es nicht gerade besser gemacht.

»Also schläfst du mit ihm?« Bei dieser Schlussfolgerung musste Lissiana doch lachen. Es war das erste Mal, dass John beinahe ein wenig unsicher geklungen hatte. Und in Anbetracht der Tatsache, dass für Nate und sie sogar eine Umarmung ungewohnten Körperkontakt darstellte, entbehrte diese Frage doch nicht einer gewissen Komik.

»Es geht dich wirklich nichts an, aber wenn du es unbedingt wissen musst: Nein, ich schlafe nicht mit Nathan.« Sie glaubte, ein zufriedenes Murren gehört zu haben, doch vermutlich war es nur der alte Motor.

»Hätte mich auch gewundert. Der Kerl ist so rechtschaffen. Das hätte gar nicht zu dir gepasst.« Lissiana presste die Lippen fest zusammen. Sie wusste genau, was er damit sagen wollte. Sie wusste auch, dass er sie damit aus der Reserve locken wollte. Doch diese Genugtuung würde sie ihm nicht bereiten. Vor ihr lag eine fünfzehnminütige Fahrt vom Revier bis zu der Gasse in der Nähe der Piers von Hell's Kitchen, in der Butch sie treffen wollte. In der Zeit würde sie auf gar keinen Fall zulassen, dass John wieder in ihren Kopf eindringen könnte. Eher würde sie ihn wie ein Kleinkind mit Schweigen strafen.

»Kein Kommentar, Frau Polizistin?«, provozierte er sie weiter, und sie schwieg eisern. »Dabei wissen wir doch beide, dass du lieber Kerlen auf der falschen Seite des Gesetzes den Kopf verdrehst und sie dann verrätst, wenn es ernst wird.«

Lissiana schloss kurz gequält die Augen, sah dann aber wieder auf die Straße. Sie würde ihm nicht erlauben, dass er ihr wehtat. Nicht noch einmal.

»Wissen deine geschätzten Kollegen eigentlich, dass du böses Mädchen unter Eid gelogen hast?« John stocherte erbarmungslos weiter, und ihre Augen weiteten sich kaum merklich. Sie versuchte sich für die Wahrheit zu wappnen, mit der er sie nun konfrontieren würde. Versuchte hart und klar zu bleiben. Doch als sein verbaler Schlag kam, taumelte sie nur deshalb nicht, weil sie fest in ihrem Fahrersitz saß. »Wissen sie, dass du mich geliebt hast?«

Der Schmerz, der sie erfasste, explodierte in ihrer Brust, und sie atmete einmal tief ein in der Hoffnung, dass er dann verschwand. Doch stattdessen wurde er schlimmer. Sie wunderte sich, wie eine alte Wunde noch immer solche schlimmen Schmerzen verursachen konnte. Doch vermutlich war es wie Gift, das sich langsam durch die Venen fraß. Mit jedem Herzschlag strebte man mehr auf seinen Tod zu, und letztendlich war es das Herz, dass einen ins Grab brachte. Sie musste sich schützen. Sie durfte nicht dulden, dass er diese Schwäche ausnutzte.

»Ich habe dich nicht geliebt.« Selbst in ihren Ohren klangen ihre Worte hölzern und stumpf. »Ich habe dich für meine Ermittlungen benutzt, John. Nicht mehr und nicht weniger.« Sie betete, dass er nun endlich den Mund hielt und die Lüge schluckte.

Doch er lachte nur leise. »Wem versuchst du das einzureden? Mir oder dir selbst?« Sie biss die Zähne zusammen, und er, der es so sehr liebte, das letzte Wort zu haben, drehte das Radio wieder lauter.

Erst als sie Hell's Kitchen erreichten und sie den Wagen in direkter Nähe der Gasse abstellte, wagte sie es wieder, mit ihm zu sprechen.

»Du wartest hier.« John sah sie skeptisch an. Doch sie hatte ihre Gründe. »Ich riskiere nicht, dass dein Bruder seine Schläger mitgebracht hat und sie mich töten und dich mitnehmen.«

John lachte leise. Ja, sie wussten beide, dass so etwas genau Butchs Stil wäre. Lissiana zog den Schlüssel ab und stieg aus dem Wagen, ehe sie ein paar Meter in die Gasse hineinging, in der Butch sie treffen würde. Als sie in die Dunkelheit trat, überkam sie ein Gefühl grausiger Vorahnung.

Butch lehnte an der Hauswand in der Gasse, die in undurchsichtiges Dunkel gehüllt war, und zog an seiner Zigarette, während seine linke Hand seinen Baseballschläger fester umfasste. Seitdem er mit Lissiana gesprochen hatte, war er ruhelos. Endlich würde er seinen Bruder wiedersehen. Ihre einzige Bedingung? Er sollte allein kommen. Und das hatte sie haben können. Mit ihr würde er auch allein fertig werden.

Er wusste selbst nicht wirklich, warum er diesem Treffen zugestimmt hatte. In der Presse hatte man verlauten lassen, dass John in Rikers Island in Einzelhaft saß. Und Butch hatte nun wirklich keinerlei Grund, Lissiana auch nur ein Wort aus ihrem verlogenen Mund zu glauben. Doch irgendetwas in ihm hatte gesagt, dass er diesem Treffen zustimmen musste.

Eigentlich glaubte er nicht an so etwas wie eine innere Stimme oder gar an das Schicksal. Ihm missfiel der Gedanke, dass etwas anderes als er selbst sein Leben bestimmte. Doch es fühlte sich so an, als hätte ihn etwas zu diesem Treffen gezwungen, das über bloßes Bauchgefühl hinausging.

Und nun stand er hier und wartete seit endlosen zwanzig Minuten auf die Frau, die er mehr hasste als alles andere auf dieser Welt. Er hasste sie nicht nur, weil sie seinen Bruder verraten hatte. Vielmehr hasste er sie dafür, was sie ihm selbst angetan hatte. Sie hatte ihm nicht nur seinen Bruder weggenommen, nein, sie hatte das Vertrauen missbraucht, das er in sie investiert hatte. Und er war kein Mensch, der anderen leicht Vertrauen schenkte. Und er war auch nicht der Mensch, der anderen Vergebung schenkte.

Nicht mehr, seitdem sein Bruder und er in diesem Drecksloch von einem Wohnwagen groß geworden waren. Er wusste nicht, warum er ausgerechnet jetzt den Trip entlang der Erinnerungsstraße wagte, doch das Bild seiner Tante Vera flammte vor seinen Augen auf. Er erinnerte sich noch gut an ihren pinken Lippenstift und die kaputten blondierten Haare, mit denen sie geglaubt hatte, wie Marilyn Monroe auszusehen. Er erinnerte sich genau an ihre schreckliche Kleidung, die ein Mix aus Tierprints und grellen Farben gewesen war. Doch am stärksten erinnerte er sich daran, dass sie stets nach einem billigen Parfüm gerochen hatte und ihre Nägel länger gewesen waren als die jeder anderen Frau im Wohnwagenviertel.

Auch diese Frau hatte sein Vertrauen missbraucht. Damals war er gerade mal fünf Jahre alt gewesen. Er hatte geglaubt, nach den schrecklichen Nächten in dem Heim des Jugendamtes, würde nun eine bessere Zeit für John und ihn anbrechen. Doch das genaue Gegenteil war der Fall gewesen. Er hatte damals den Tod seiner geliebten Eltern kaum verarbeiten können, und John hatte trotzdem versucht, ihn bei Laune zu halten, obwohl auch er den Verlust seiner Eltern zu betrauern hatte. Voller Hoffnung hatte John ihm berichtet, dass sie nun zu ihrer Tante ziehen würden und den Ort verlassen könnten, an dem man die Kinder nachts leise weinen und wimmern hörte.

Voller Aufregung hatte Butch die Dinge gepackt, die ihm am wichtigsten erschienen waren. Sein Teddybär mit den abgewetzten Ohren hatte den meisten Platz in dem kleinen Kinderkoffer eingenommen, sodass kaum Kleidung hineingepasst hatte. Doch damals hatte er geglaubt, dass er zu jemandem käme, der keinen Wert darauf legte, dass er gut angezogen wäre. Er hatte geglaubt, dass seine Tante ihm gewiss die Dinge kaufen würde, die er brauchen würde. Und als die Frau vom Jugendamt sie zum Wohnwagenviertel gebracht hatte, war Butch zwar schockiert gewesen, doch er hatte sich einzureden versucht, dass es so war, als würde man jeden Tag Campingurlaub machen.

Mit der Naivität eines Kindes hatte er versucht, die Armut und die Verzweiflung und die Bitterkeit begrabener Träume zu ignorieren, die an diesem Ort damals aus allen Poren zu steigen schienen. Die Frau vom Jugendamt hatte ihn und seinen Bruder bei seiner Tante abgeladen wie Müll, der sie in ihren Augen gewiss gewesen waren, und war dann schnell verschwunden. Dann hatte die wahre Tortur begonnen. Nicht nur, dass Vera keinerlei Interesse daran hatte, sich um die Kinder ihrer verstorbenen Schwester zu kümmern, nein, sie hatte auch keinen ihrer oft wechselnden Freunde davon abgehalten, ihren Zorn an den Kindern auszulassen anstatt an ihr. Dabei hatten John und er nie mehr von Vera gewollt als ein Zuhause, in dem die Wunden des Verlustes hätten heilen können.

Damals hätte ihm klar sein müssen, dass Frauen einfach nicht zu trauen war. Und doch hatte er den Fehler bei Lissiana erneut gemacht. Er hatte zugelassen, dass sie sich einen Weg in ihre beiden Leben bahnte. Er hatte ihr vertraut, wie er damals seiner verdorbenen Tante vertraut hatte. Und auch sie hatte ihm Narben zugefügt, die nie verschwinden würden. Auch wenn die von Lissiana nur in seinem Inneren zu finden waren.

Butch befreite sich aus diesen düsteren Gedanken, indem er an die Vorteile dachte, die das Leben bei seiner Tante mit sich gebracht hatte. Es hatte die Brüder enger zusammengeschweißt, als sie es je gewesen waren. Dort hatte er gelernt, dass er sich nur auf John verlassen musste, damit sein Leben eine gute Wendung nahm. Diese Zeit hatte sie zu den Männern gemacht, die sie heute waren. Stark. Unbesiegbar. Und mit einem Imperium, auf das sie stolz sein konnten. Und alles würde wieder seinen gewohnten Gang gehen, wenn sein Bruder erst mal zurück war. Da war Butch sich sicher. Und dass sein Bruder irgendwie herauskommen würde, war für ihn nicht eine Frage des Wenn, sondern des Wann. Und dass Lissiana ihn hierher brachte schien ein erster Schritt in die richtige Richtung zu sein. Vielleicht hatte er einen Deal ausgehandelt. Gerissen genug war John dafür alle Mal.

Butch versuchte, die Anspannung zu lösen, und knackte mit dem Nacken, ehe er am Ende seiner Zigarette angekommen war und diese unter seinem Schuh ausdrückte. Wenn sie ihn noch länger warten ließe, würde er gehen. Eine geschlagene halbe Stunde war sie nun zu spät. Eine Dreistigkeit, an der er durchaus Anstoß nahm. Außerdem steigerte jede vergangene Minute sein Misstrauen. Butch hatte wenig Lust, in einen Hinterhalt zu geraten. Er hielt es nämlich durchaus für eine Möglichkeit. Es war die Art, wie Lissiana nun einmal spielte. Sie fütterte einen mit Hoffnungen und Erwartungen, nur um einem dann das Messer in den Rücken zu rammen.

Bei diesem Gedanken wurde er sich des Gewichts des Baseballschlägers, der über die Jahre zu seinem Markenzeichen geworden war, überdeutlich bewusst. Damals hatte er das schwere Stück Holz gebraucht, um sich gegen erfahrenere Kämpfer durchzusetzen. Heute benutzte er ihn nur noch aus Gewohnheit. Und er hatte ihn heute Nacht nur bei sich, falls er in einen Hinterhalt geraten würde. Dann konnte er die zusätzliche Schlagkraft gewiss brauchen.

Butch stieß sich von der Wand ab, als er hastige und leichte Schritte hörte. Definitiv eine Frau.

Und dann trat Lissiana in die Gasse. Sie war allein. Das Licht, das von der Laterne an der Straße auf sie schien, genügte, damit er sie sofort erkannte. Sie trug eine schwarze Hose zusammen mit Boots, die zweifelsohne Stahlkappen hatten. Ihr Oberkörper war in ein schlichtes Top gehüllt. Kleidung, in der sie sich gut bewegen konnte. So wie er es ihr beigebracht hatte. Die Wut brachte seinen Körper zum Beben, doch er hatte sich im Griff. Er würde sich anhören, was sie zu sagen hatte. Vielleicht wartete John im Wagen. Vielleicht wollte sie verhandeln. Er würde …

Doch als ihre Augen seine trafen, explodierte die Wut in seinem Kopf, und er sah nur noch rot. Sie hatte die Dreistigkeit auch jetzt noch als Kat aufzutreten? Dann würde sie auch als Kat sterben. Vergessen war sein ursprünglicher Plan. Sie hatte sich ihm wie auf einem Silbertablett serviert. Und dieses Geschenk würde er gewiss nicht ablehnen. Und so ließ Butch sich von seinem Zorn tragen und alle Vernunft fahren.

Als Lissiana Butch am Ende der Gasse schemenhaft erkennen konnte, schluckte sie leicht. Bei Gott, sie hatte ihn deutlich kleiner in Erinnerung gehabt, doch das war wohl nur ein Schutzmechanismus ihres Verstandes gewesen, damit sie in den Nächten überhaupt hatte schlafen können. Denn am Ende der Gasse stand der Mann, der schon gestandenen Männern Albträume beschert hatte.

Butch war ein Koloss. Mit einer Größe von einem Meter sechsundneunzig flößte er allem und jedem Respekt ein. Seine Schultern waren breit und massig wie die eines Boxers. Die schwarze Kleidung, die er trug, unterstrich diesen Eindruck nur noch mehr. Seine Gesichtszüge waren so attraktiv wie die von John, doch sie waren deutlich härter und kantiger. Die Linie seines Kiefers war stets angespannt, und seine Lippen waren weniger voll, sodass er eigentlich immer etwas übellaunig aussah. Die einst so perfekte Nase war etwas breiter als die von John, weil sie mehrfach gebrochen gewesen war. Außerdem war sie leicht schief. Seine Augen waren braun, doch ihnen fehlte jegliche Wärme. Butch war eine Gestalt, die einem das Blut in den Adern gefrieren ließ, wenn man wusste, wozu er fähig war. Doch wenn nicht, dann war er durch seine Attraktivität genauso wie sein Bruder. Der Honig, mit dem man Fliegen fing. Doch jetzt verzerrte grenzenlose Wut seine sonst attraktiven Gesichtszüge. Und in seinen Augen sah sie das kalte Feuer unbändigen Hasses wüten. Sofort hob sie abwehrend die Hände, und ihre Muskeln spannten sich an in dem instinktiven Bedürfnis wegzulaufen.

»Butch«, begann sie und schob sich unauffällig rückwärts, um vor ihm davonzulaufen. Denn er würde sie auf jeden Fall angreifen. »Hör mir zu, ich …« Doch Butch war nicht in der Lage, ihr zuzuhören. Er warf seinen Baseballschläger von sich, und Lissiana machte kehrt. Das Ende der Gasse kam ihr so unendlich weit weg vor. Dabei waren es höchstens vier Meter. Doch Butch war unfassbar schnell. Und sie? Sie hätte es besser wissen müssen. Ein klassischer Anfängerfehler.

Sie rannte los, doch als sie die schweren und polternden Schritte hinter sich hörte, wusste sie, dass sie keine Chance hatte zu entkommen. Butch hatte bedeutend längere Beine als sie. Es war also nur eine Frage der Zeit, bis er sie erreichen würde.

»Scheiße!« Sie drehte sich um. Sie musste seine Schläge parieren. Sie hatte keine andere Chance. Sie würde sich an seinen Stil erinnern müssen, wenn sie überleben wollte. Sie musste nur ans Ende der Gasse kommen. Sie musste nur ins Licht treten, wo John seinen Bruder würde sehen können. Das musste sie schaffen.

Butch war ihr auf den Fersen, und sie blieb stehen. Sein erster Schlag kam von rechts, und sie stolperte zurück, um ihm auszuweichen. Seine Arme waren lang, und ein Schlag von ihm würde ihr den Kiefer brechen. Doch da er eine solche Armspannweite hatte, brauchte er auch länger, um auszuholen. Als seine Linke auf sie zuflog, duckte sie sich unter dem massigen Schwinger hindurch und versuchte zu Atem zu kommen. Ihr Herz raste in ihrer Brust, und das Adrenalin wütete in ihren Adern und trieb ihre Instinkte zur Flucht an, doch sie zwang sich zu bleiben. Sie besann sich auf das Training von Butch. Er war ihr Ausbilder gewesen. Sie kannte seine Art zu kämpfen. Sie kannte seine Stärken und Schwächen. Diese musste sie jetzt nur nutzen können.

Sie sprang zurück, als ein erneuter Schlag seiner Faust sie zu treffen versuchte. Abwehrend hob sie die Hände und schrie auf, als seine Faust ungebremst auf ihre Unterarme traf. Der Schmerz war heftig und lenkte sie lange genug ab, dass Butch die Gunst der Stunde nutzen konnte. Mit einem gekonnten Tritt brachte er sie zu Fall. Bedrohlich ragte er über Lissiana auf, die kriechend versuchte, von ihm wegzukommen. Sie schürfte sich die Hände auf, doch das alles war nicht wichtig. Alles, woran sie denken konnte, war, dass sie nicht sterben wollte.

Nicht hier. Nicht jetzt.

Sie musste raus aus dieser Gasse. Doch als seine Hand sich in ihrem Haar verkrallte und er sie tiefer in die Gasse zurückzerrte, ahnte sie, dass ihre Bemühungen vergebens waren. Er würde sie töten. Ihr Herz flatterte so stark, dass sie befürchtete, es würde bald seinen Dienst versagen. Butch ließ ihr Haar los, und sie versuchte erneut, von ihm wegzukommen, doch dann saß er schon auf ihr. Seine hundertfünfzehn Kilo Muskelmasse waren so, als würde man ein geparktes Auto auf ihrem Brustkorb abstellen, und sie rang nach Luft, während seine riesigen Pranken nach ihrer Kehle griffen.

Sie versuchte, sie fortzuschlagen, und es gelang ihr ein ums andere Mal, doch dann war er einfach schneller als sie. Seine Hände legten sich wie Schraubstöcke um ihren Hals und drückten ihr die Luft ab. Sie wehrte sich heftig. Ihre Nägel rissen seine Arme auf, und sie versuchte, sein Gesicht zu erreichen, jedoch vergeblich.

Ihre Sicht wurde verschwommen, und Panik stieg in ihr auf. Das konnte nicht ihr Ende sein. Auf gar keinen Fall. Das durfte nicht sein. Sie versuchte den Kopf zu drehen, doch der Griff von Butch war viel zu fest, als dass dies möglich gewesen wäre. Aus dem Augenwinkel konnte sie den Baseballschläger sehen. Sie streckte die Hand nach dem Schläger aus. Ihre Fingerspitzen erreichten den Griff, und sie wandte ihre letzte Kraft auf, um Butch damit k.o. zu schlagen. Doch er sah ihren Angriff kommen und schlug ihr den Schläger so hart aus der Hand, dass dieser aus der Gasse rollte.

Dann fanden seine Hände wieder ihre Kehle. Lissiana riss den Mund auf, um Luft in ihre Lungen zu pumpen, doch es war vollkommen unmöglich. Ihre Kraft schwand mehr und mehr, und das Letzte, woran sie dachte, bevor die Schwärze sie überrollte, war, dass sie John nun niemals die Wahrheit würde sagen können.

14

John sah Katherine nach, als sie in der Gasse verschwand, in der Butch auf sie warten würde. Wieder konnte er nur dasitzen und zusehen, wie sie ging. Das alles schien zu einem sich ständig wiederholenden Szenario zu werden. Und es gefiel ihm überhaupt nicht. Schon einmal hatte er zugelassen, dass sie ging. Er hatte diese schmalen Schultern gesehen, als sie steif, aber erhobenen Hauptes den Gerichtssaal verlassen hatte. Und auch wenn es wehtat, wusste er, dass es so besser war. Katherine war sein Kryptonit. Für ihn war es deutlich besser, wenn er sie nur von hinten sah. Und das hatte er auch vor, sobald er Butch in alles eingeweiht hatte.

Er lächelte, als er daran dachte, ihn endlich wiederzusehen. Zwei Jahre lang hatte er darauf verzichten müssen. Doch endlich war der Zeitpunkt gekommen, an dem die lange Trennung vorbei war. An dem die Verzweiflung enden würde. John richtete den Kragen seines Hemdes und überprüfte sein Aussehen im Rückspiegel. Er wollte seinem Bruder so gegenübertreten wie zu dem Zeitpunkt, an dem sie sich zuletzt gesehen hatten. Er wollte nicht anders wirken. Er wollte, dass es so war, als wäre er nie fort gewesen. Obwohl er wusste, dass das ein kaum zu realisierender Wunschtraum war.

Denn in den letzten zwei Jahren war so unglaublich viel passiert. Er konnte sich kaum vorstellen, was Butch durchgemacht haben musste. Denn auch wenn John wusste, dass sein Bruder auch ohne ihn zurechtkam, musste die neue Verantwortung Butch alles andere als gefallen haben. Butch war einfach anders gestrickt als er selbst. Er hoffte nur, dass die Zehn loyal zu ihm gestanden und ihm geholfen hatten. Er hoffte, dass es für Butch leichter gewesen war, als er nun glaubte.

Außerdem musste er ihm sagen, dass er keine Schuld an dem trug, was passiert war. Er wusste, Butch machte sich Vorwürfe, weil er Katherine in die Organisation geholt hatte. Aber das musste er nicht. Denn auch wenn John es nie zugeben würde, sie war eine Bereicherung für sein Leben gewesen. Und er hatte sie geliebt, Lüge hin oder her. Er hatte sie mehr geliebt, als er es je für möglich gehalten hätte. Und daran war keinesfalls Butch schuld. Sondern allein er. Er hatte zugelassen, dass sie sich ihm näherte. Hatte zugelassen, dass er sich in sie verliebte. Und er hatte zugelassen, dass er all die Warnsignale ignoriert hatte.

Er fuhr sich mit den Händen durch die Haare und seufzte leise. Es brachte nichts, an das zu denken, was vergangen war. Lange würde er sich nicht mehr mit Katherine beschäftigen müssen. Sobald er Butch sehen würde, würde er seinem Plan nachgehen. Und dann hieß es: Auf Wiedersehen, USA und Hallo, neues Leben! Einen einzigen Haken hatte diese Sache allerdings.

John schlug das Hosenbein seines Anzugs hoch und sah auf die Fußfessel. Damit hatte er nicht gerechnet. Er musste einen Weg finden, dieses verfluchte Ding loszuwerden, ohne dass gleich das gesamte NYPD nach ihm fahndete. Und das wäre alles andere als einfach. Denn auch wenn er sich nicht damit auskannte, war es doch offensichtlich, dass es sich hierbei um allerneueste Technik handelte. Vielleicht könnte er Savannah fragen. Sie war ein wahres Genie, wenn es um Technisches ging. Sie war eine seiner Zehn. Sie würde ihm auf jeden Fall helfen.

Doch das war nicht das einzige Problem. Katherine zu Savannah zu kriegen war das zweite Problem. Denn sie würde auf keinen Fall zulassen, dass er einfach so in die Sonne verschwand. Immerhin war ihre Entscheidung vor zwei Jahren mehr als eindeutig gewesen. Sie k.o. zu schlagen und einfach mitzunehmen wäre eine Möglichkeit, doch die behagte ihm irgendwie nicht sonderlich.

Und genau das war das Problem. Ihm behagte der Gedanke nicht, ihr zu schaden. Zumindest nicht physisch. Und er hasste sich dafür. Sie hatte ihn verraten. Aufs Schändlichste. Sie hatte ihn belogen und betrogen. Und dennoch konnte er ihr nicht wehtun. Sosehr er es auch wollte. So oft hatte er die Gelegenheit gehabt, sie umzubringen. In den letzten Nächten hatte er nicht nur einmal vor dem Stockbett gestanden, in dem sie beide schlafen sollten. Er hatte ihr ins Gesicht gesehen. Hatte beobachtet, wie ihre Augenlider unstet flatterten, weil sie wieder einen Albtraum hatte. Ihre Kehle vollkommen ungeschützt. Es wäre so leicht gewesen, die Hände auszustrecken und zuzudrücken. Sie hätte sich gewehrt. Mit weit aufgerissenen Augen hätte sie versucht, ihn von sich zu schieben. Und er wäre doch stärker gewesen. Er hätte sich seine Rache nehmen können. Im Gefängnis saß er eh schon. Was machte es da noch aus, wenn man seine Strafe wegen Mordes verlängerte? Und doch hatte er nur dagestanden und sie angesehen.

Er ließ den Kopf in die Hände sinken und fluchte. Was war nur in ihn gefahren? Er hasste Katherine. Hasste, was sie ihm angetan hatte. Und doch konnte er nicht. Er brauchte sie. Sie war der Schlüssel zu seiner Flucht. Zu seiner Freiheit. Und genau wie sie würde er über Leichen gehen, um an sein Ziel zu kommen.

Er runzelte die Stirn. Durch seine Finger konnte er etwas Gelbes sehen. Er nahm die Hände von seinem Gesicht und starrte auf die Fußfessel. Sie leuchtete gelb. Und dann begann sie zu blinken. Katherine wäre niemals so dumm, jetzt einen

Alarm auszulösen. Sie konnte es gar nicht riskieren. Denn sie hatte ihn hergebracht. Heimlich, still und leise. Wenn sie erwischt wurde, würde man sie feuern. Und der Fall würde ungelöst bleiben. Er kannte sie. Besser, als sie zugeben wollte. Und das würde sie nie im Leben riskieren.

Er sah im Augenwinkel, wie etwas über den Asphalt rollte, und sofort blickte er zum Eingang der Gasse, die komplett im Dunkeln lag. Ein Baseballschläger prallte gegen die Straßenlaterne am Ende der Gasse. Er verengte die Augen. *Das ist doch ...*

Bevor er richtig nachdenken konnte, hatte er die Tür des Wagens aufgestoßen und rannte zur Gasse. Der Wagen stand zum Glück nah genug am Eingang. John rannte hinein, aber seine Augen mussten sich erst an die Dunkelheit gewöhnen. Doch was er dann sah, ließ das Blut in seinen Adern gefrieren.

Butch saß rittlings auf Katherine. Seine Hände waren wie ein Schraubstock um ihren Hals geschlungen. Sie war längst rot angelaufen. Ihre Hände zuckten noch, ebenso wie ihre Beine. Es war nur eine Frage der Zeit, bis auch das aufhören würde. Er brachte sie noch um! *Nein! Nicht sie!*

John rannte zu seinem Bruder und stieß so hart gegen dessen Schulter, dass er taumelte und Katherine losließ. Doch sofort griff er wieder nach ihrer Kehle. John stellte sich hinter ihn und schlang die Arme um den massiven Torso seines Bruders. Dann zerrte er ihn rückwärts. Butch hatte so viel Kraft, dass er John mehrfach von den Füßen holte. Doch davon konnte er sich jetzt nicht aufhalten lassen. Erst als sein Rücken gegen eine Mauer knallte, konzentrierte John sich darauf, Butch einfach festzuhalten. Er verfestigte seinen Griff um ihn und fixierte mit seinen Beinen die seines Bruders. Die wilden Schläge, die er einsteckte, ertrug er schweigend. Immerhin war es nicht das erste Mal. Wutanfälle wie dieser waren in ihren Teenagertagen an der Tagesordnung gewesen.

»Beruhig dich, Brian! Ich bin hier, mein Bruder«, murmelte John und zuckte nicht einmal, als ihn der nächste Schlag traf. Er suchte nach Katherine und fand sie ein paar Meter entfernt. Sie hatte sich auf die Seite gerollt, und ihr röchelndes Atmen war laut und deutlich zu hören. Sie spuckte und würgte. Doch er wusste, sie hatte lange nichts mehr gegessen. Alles, was sie erbrechen konnte, wäre Galle. Es ging ihr also gut. Jetzt musste er sich um seinen Bruder kümmern.

»Ich bin hier. Es ist alles o. k.« Er steckte noch einen harten Schlag mit dem Ellenbogen gegen die Rippen ein. Doch dann wurde sein Bruder plötzlich ganz ruhig.

»John?« Butchs Stimme klang völlig erstickt. Vorsichtig ließ John ihn los. Sofort sprang Butch auf und sah auf ihn herab. John lächelte. Dann kam er auf die Füße.

»Du siehst gut aus. Hast du zugenommen?« John zwinkerte und deutete auf Butch. Er war wirklich noch etwas massiger, als er ihn in Erinnerung hatte. Er sah außerdem älter aus. Gestresster. Und John wusste genau, woran das lag. Die Schuld lastete schwer auf seinen Schultern. Er hätte diesen Fehler niemals machen dürfen. »Entschuldige, dass du dich um alles kümmern musstest.«

»Ach, halt's Maul!« John stieß einen überraschten Laut aus, als Butch ihn mit einem Ruck in seine Arme zog. Doch dann lachte er leise und umarmte seinen Bruder. Sanft klopfte er ihm auf die Schulter, während er den vertrauten Geruch von Tabak und Aftershave wahrnahm. Er hatte Butch vermisst. Alles an ihm. Und er genoss diesen Moment in vollen Zügen. Zwei Jahre lang waren sie getrennt gewesen. Zwei Jahre lang war ihnen beiden die einzige Familie verwehrt worden, die sie je gekannt hatten. Da konnte man sich durchaus einen Moment der Schwäche erlauben.

Er wusste nicht, wie lange sie einander in den Armen gelegen hatten. »Tut gut, dich zu sehen.« Als John sich löste, sah er endlich wieder das schiefe Grinsen von Butch.

»Ja. Gleichfalls.« Butch räusperte sich leicht. »Es gibt so vieles zu besprechen, Bruder. Und so viel zu erzählen.« Er grinste schief und deutete auf Katherine. »Aber zuerst sollten wir uns um den Abfall kümmern. Willst du, oder soll ich?«

Langsam, aber sicher klärte sich Lissianas Sichtfeld. Noch vor wenigen Augenblicken hatte sie geglaubt, sie müsste sterben. Jetzt war sie froh, dass jeder Atemzug ihr höllische Schmerzen bereitete und dass ihre Kehle sich anfühlte, als hätte sie Glasscherben geschluckt. Denn das bedeutete, dass Butch sie nicht getötet hatte. Und das war doch schon mal ein Pluspunkt. Allerdings auch das einzig Positive an ihrer Situation.

John und Butch sahen auf sie herab. Der eine fixierte ihre Kehle. Der andere lächelte, als würde ihm die Welt zu Füßen liegen. Und sie? Sie war viel zu schwach, um zu kämpfen. Dennoch kam sie taumelnd auf die Füße. Die Welt drehte sich noch immer. Und ihr Kopf schmerzte. Vermutlich von ihrem Sturz auf den Asphalt. Oder es lag daran, dass sie sich ihrer Situation langsam wirklich bewusst wurde.

Sie war allein. Mit Brian und John. Sie war nicht bewaffnet. Und sie war viel zu schwach, um sich zu verteidigen. Dieses Szenario konnte nur ein Ende haben. Doch zumindest würde sie nicht kampflos untergehen.

»Schön, dich zu sehen, Lissiana Stafford.« Ihre Augen weiteten sich, während Butch sie fies angrinste. Sie konnte spüren, wie er diesen Moment genoss. Er wandte sich zu John. »Ich hätte dich ja informiert, wer sie ist und dass ich sie gefunden habe, aber das mit dem Telefon war mir zu unsicher.« Sein wütender Blick richtete sich wieder auf Lissiana. »Jemand hat ja dafür gesorgt, dass ich dich nicht sehen konnte.«

Butch kannte ihren echten Namen. Und wenn er den kannte, dann … Sie musste blass geworden sein, denn jetzt lachte er leise und kam näher heran. Sie zuckte vor ihm zurück. Unfähig, diesen Reflex zu kontrollieren. John schien die ganze Situation still zu beobachten.

»Du hast dich gut versteckt. Aber nicht gut genug.« Er umkreiste sie. Wie ein Raubtier seine Beute. »Und ich war verdammt motiviert, dich zu finden. Hat auch lange genug gedauert.« Sie musste den Kopf in den Nacken legen, um ihm ins Gesicht zu sehen. *Bitte! Bitte! Lass ihn sie nicht gefunden haben! Bei Gott, ich schwöre, ich tue alles. Wenn er sie nur nicht gefunden hat.*

»Übrigens: Victoria schickt Grüße.«

Sie erstarrte. Er hatte sie gefunden. *Natürlich hatte er das. Wie naiv bist du eigentlich? Jetzt tu irgendetwas! Steh doch nicht einfach so da!*

Sie holte tief Luft. Aber sie brauchte zwei Anläufe, um zu sprechen. »Du mieser Scheißkerl! Sie hat nichts damit zu tun.« Ihre Stimme klang sehr rau. Der Angriff von Butch würde auch noch eine Weile seine Spuren hinterlassen. Wenn sie das hier überlebte. Ihr Blick glitt zum Ende der Gasse. Wenn sie schnell genug rannte, könnte sie vielleicht weit genug kommen, um den Alarm auszulösen. Aber jetzt musste sie sich konzentrieren. Hier ging es gerade nicht nur um ihr Leben.

»Oh, sie hat sehr wohl etwas damit zu tun.« Butch verschränkte die Arme vor der breiten Brust. Noch immer zeigte er sich vollkommen selbstzufrieden. Und sie hasste es. Kaum zu glauben, dass sie ihn einmal bewundert hatte. »Siehst du, ich kann es nun mal nicht leiden, wenn man mir etwas wegnimmt. Und du kennst mich. Ich lebe nach dem Motto *Auge um Auge, Zahn um Zahn.*«

Jetzt schaltete John sich ein. »Wer ist sie?«

Butch sah zu seinem Bruder. »Ihre Schwester.« Er grinste. Zweifellos wollte er jetzt ein Lob hören. So war Butch. Die Anerkennung seines Bruders war ihm wichtiger als alles andere.

Lissiana ging unauffällig ein paar Schritte weiter zurück. Sie musste schon einmal ihren Vorsprung ein wenig ausbauen. »Lass deine dreckigen Finger von ihr! Sie hat nie jemandem etwas getan.«

Butch stieß ein leises Knurren aus. »Sie nicht. Aber du. Ihr Fehler ist einfach, mit dir verwandt zu sein.« Er kam einen Schritt näher. *Verfall jetzt nicht in Panik!* »Erst werde ich sie umbringen. Und dann dich.«

»Das wirst du nicht.« Lissiana sah John überrascht an. Was hatte er da gesagt? Verteidigte er sie etwa? Half er ihr? Doch diesem Trugschluss durfte sie sich nicht hingeben. In keinem Fall. Sie war hier ganz auf sich allein gestellt. Und so trat sie noch einen Schritt zurück.

»Was?« Butch klang vollends fassungslos. *Jetzt tu nicht so, als würde es dir besser gehen. Du weißt doch auch nicht, was hier gerade abgeht.* Sie hielt sich bereit, um loszurennen.

»Ich brauche sie.« John verengte die Augen, als er den Abstand bemerkte. Er machte einige Schritte in ihre Richtung. Er griff sich ihren Arm. Er drückte so fest zu, dass es schmerzte. Hier gab es kein Entkommen.

Butch fluchte. Dann schüttelte er den Kopf. »Einen Scheiß brauchst du sie!«

John zog sein Hosenbein hoch. Dann ihres. »Siehst du das?« Ungeduldig deutete er auf die Fußfessel. Butch reagierte jedoch nicht.

»Es ist dunkel, du Genie.« Sie wusste nicht, warum sie gerade jetzt glaubte, dass es eine gute Idee war, sarkastisch zu sein.

»Du hast jetzt mal fünf Minuten Sendepause, *Lissiana.*« Ihn ihren richtigen Namen sagen zu hören war ungewohnt. Doch sein weicher Akzent ließ es klingen wie einen Kosenamen. Er zerrte sie aus der Gasse hinaus, in die Nähe der Straßenlaterne.

Butch folgte. Als er seinen Baseballschläger aufhob, verspannte sie sich. Dann riss John wieder an ihren beiden Hosenbeinen. Die Fußfesseln waren jetzt deutlich zu sehen.

»Ich kann mich nicht mehr als zehn Meter von ihr entfernen.« John deutete mit der freien Hand ungeduldig auf seinen unfreiwilligen Körperschmuck. Und Lissiana lächelte leicht. Sie hätte nie gedacht, dass dieses Ding mal ihre Lebensversicherung sein würde. *Danke, Rebecca!*

Butch zuckte mit den Schultern. »Dann werfen wir sie in den Kofferraum.«

»Wir sind GPS-überwacht. Außerdem muss sie regelmäßig Bericht erstatten.« Butch verzog das Gesicht. Dann verengte er die Augen und sah sie an. Sie lächelte nur eisig. *Was sagst du dazu, Arschloch? Ich muss, wenn das hier vorbei ist, Rebecca wirklich mehr als eine Dankeskarte schicken.*

»Außerdem ist ihr Partner ein echter Bluthund. Wenn sie nicht morgen wieder auf dem Revier auftaucht, haben wir gleich das ganze NYPD am Hals. Und ich brauche ein paar Tage, um hier alles zu regeln, bevor wir verschwinden können.« John sah sehr entschlossen aus. Sie hatte keine Ahnung, dass er das Land verlassen wollte. Aber eigentlich war es nur logisch. Sie hatte ein Leben in den Staaten für ihn unmöglich gemacht.

Butch kratzte sich am Hinterkopf. »Und wenn wir mit ihr abhauen und sie dann da loswerden? Bevor sie wissen, was los ist, sind wir schon auf dem Wasser oder in der Luft.«

John schüttelte den Kopf. »Daran habe ich auch schon gedacht. Aber ich bin mir sicher, dass Lissiana da nicht einfach so lautlos mitspielt.«

»Auf keinen Fall.« Sie grinste schief. *Immer schön so tun, als hättest du nicht die Angst deines Lebens.*

Wieder zuckte Butch mit den Schultern. Für ihn lag die Lösung anscheinend auf der Hand. »Das wird sie. Weil ich sonst ihre Schwester umbringe.«

Lissiana lief rot an. Er spielte einfach so mit dem Leben einer Frau, die mit alldem nichts zu tun hatte? Die niemals jemandem etwas getan hatte? Aber sie hätte es wissen müssen. Er war anders als John. Für ihn gab es nur Schwarz und Weiß. Alles, was ihm im Weg stand, musste beseitigt werden. Egal wie. »Das tust du doch so oder so.«

John nickte. »Da hat sie recht.« Auf seiner Stirn bildeten sich Falten. Er dachte über irgendetwas nach. Und bei Gott, sie hoffte, dass es zu ihren Gunsten ausfallen würde. Denn im Moment sah es nicht besonders gut für sie aus.

»Was schlägst du vor?« Bei Butchs Worten sah John seinen Bruder überrascht an. Doch Butch zuckte nur mit den Schultern. »Du machst wieder dieses Gesicht, das mich nervt.«

John stutzte. »Welches?« *Als gäbe es da mehrere zur Auswahl.*

Butch verdrehte die Augen. »Dieses *Ich habe einen Plan, aber alle anderen sind ahnungslos*-Gesicht. Spuck's schon aus!« Es war absurd, wie ähnlich die beiden Victoria und ihr waren. *Es ist viel absurder, dass dir das ausgerechnet jetzt auffällt.*

John lachte leise. Aber dann nickte er. »Ich denke, wir können einander helfen.«

Butch knirschte mit den Zähnen. »Du willst ihr helfen?« Er spuckte auf den Boden, als würden die Worte bitter auf seiner Zunge schmecken.

John jedoch zuckte nicht mal mit der Wimper. »Ja, ihr und uns.«

»Was?!« Butch wirkte vollkommen verwirrt. Und Lissiana auch. Sie hatte überhaupt keine Ahnung, worauf das alles hier hinauslaufen sollte. Deshalb schwieg sie erst einmal und beobachtete alles. John wandte sich ihr zu. Offenbar war ihre Gnadenfrist vorbei.

»Also, wir helfen dir, diesen Mörder zu finden. Dafür wird Butch Victoria nichts tun.« Das klang schon mal gut. Doch Lissiana wusste, dass der Haken nicht lange auf sich warten ließ.

»Im Gegenzug wirst du mir helfen zu fliehen. Und das, sobald alles vorbei ist. Du wirst niemandem davon erzählen. Denn wenn es nicht klappt, kannst du deine Schwester bald beerdigen. Ist das klar?«

Sie verengte die Augen. Es war kein schlechter Deal. Aber er hatte mehr als nur einen Nachteil. Sie musste einem der größten Gangster der letzten einhundert Jahre zur Flucht verhelfen. Das würde ihre Karriere ein für alle Mal beenden. Und noch eine Frage stand offen im Raum.

»Und was ist mit meinem Leben?« Sie kannte die Antwort eigentlich schon.

John sah sie einen Moment lang an. Dann seufzte er. »Das war verwirkt, als du uns verraten hast. Und das weißt du auch.« Ja, das wusste sie. Vermutlich würde Butch sie hinrichten lassen, sobald er mit John das Land verlassen hatte.

John schüttelte leicht ihren Arm. »Es ist ein guter Deal. Du bekommst doch, was du willst.« *Ja, aber mein Leben bekomme ich nicht. Dafür aber das von Victoria. Das muss reichen.*

Butch schüttelte den Kopf. »Nein. Warum sollten wir ihr helfen? Was habe ich davon, wenn wir irgendeinen Mörder fangen? Wenn ich zur Polizei gewollt hätte, dann hätte ich mich beworben.«

John rieb sich mit der freien Hand die Schläfe. »Es ist nicht irgendein Mörder, sondern der *Bräutigam.*« Jetzt schien Butch interessiert. Also sprach John weiter. »Dieser Irre hat auch schon eine von unseren Frauen ermordet. Was glaubst du, wie viele er noch umbringen wird, wenn wir ihn nicht stoppen. Solche Leute sind schlecht fürs Geschäft.«

John sah in den Himmel. »Außerdem haben diese Frauen es nicht verdient, ständig in Angst zu leben.«

Butch sah zu Lissiana. Dann zu John. »Mir gefällt es trotzdem nicht.«

»Das muss es auch nicht.« John hielt ihm die Hand hin. »Du musst mir nur vertrauen und mir helfen.«

Butch sah auf die Hand seines Bruders. Dann schlug er ein. Dieser Pakt war also besiegelt. Und sie? Was würde sie tun?

»Ich lass dich jetzt los«, murmelte John und kam so nah, dass sie seinen Atem an ihrem Ohr spüren konnte. Eine Gänsehaut breitete sich auf ihrem Körper aus. »Wenn du versuchst zu rennen, sei dir sicher, ich bin schneller. Und dann lass ich ihn schalten und walten, wie er will. Haben wir uns verstanden?« Sein Griff wurde so fest, dass sie gequält die Augen schloss. »Nick einmal, wenn du das begriffen hast!«

Sie nickte. Als er sie losließ, rieb sie sich die Stelle an ihrem Oberarm. Das würde mehr als nur einen blauen Fleck geben. Aber sie hatte andere Sorgen. Denn John hielt auch ihr die Hand hin.

Sie betrachtete seine Hand, die ihr vorkam wie die Pranke des Teufels. Wenn sie sich auf diesen Deal einließ, dann gab es kein Zurück mehr. Dann war sie offiziell nicht mehr zu retten. Aber sie würde Victoria retten. Und das Leben sehr vieler unschuldiger Frauen. Sie zögerte noch einen Moment. Dann schlug sie ein.

»Braves Mädchen.« John nickte zufrieden. Dann sah er wieder zu seinem Bruder. Ein gerissenes Grinsen verzog seine vollen Lippen zu einer bedrohlichen Maske. »Ruf die anderen zusammen! Es wird Zeit, dass ich meine Leute wiedersehe.«

Butch lachte leise und nickte zufrieden. »Wird erledigt.« Und dann hielt auch er Lissiana die Hand hin. Eine der Hände, mit der er vor wenigen Minuten noch versucht hatte, sie zu erwürgen. Schützend legte sie sich die Hand an den Hals.

Er lachte. Ein raues und unheilvolles Lachen. »Das sparen wir uns für später auf.«

Sie schluckte. Aber dann schlug sie ein. Sie wusste, es galt als Beleidigung, eine solche Geste auszuschlagen. Und auch wenn sie jetzt einen sehr starken Verbündeten hatte, wusste sie doch, dass er auch immer noch ihr Feind war. Das durfte sie niemals vergessen.

Er drückte so fest zu, dass es in ihrer Hand leicht knackte. Dann grinste er schief. »Willkommen zurück in unserer Welt, Lissiana!«

15

Mit einem lauten Wutschrei stieß er seinen Schreibtisch um. Dieses miese kleine Flittchen! Wie konnte sie es wagen, die Jagd auf ihn zu eröffnen?! Denn genau das hatte sie getan.

Mit langen Schritten ging er in seine Dunkelkammer und holte das Foto, das erst wenige Stunden alt war. Dann pinnte er es an seine Wand. Lissiana reichte Butch die Hand. Und John beobachtete die ganze Sache mit einem zufriedenen Lächeln.

Er hatte nicht nahe genug herangekonnt, um zu hören, worüber die drei gesprochen hatten. Doch er konnte es sich denken. Diese Kleingeister erkannten nicht, was seine Werke bedeuteten. Sie begriffen einfach nicht, dass diese Opfer notwendig waren.

Viel zu sehr waren sie in ihren üblichen Mustern verstrickt. Sie glaubten noch immer, für das richtige Team zu spielen. Doch sie waren längst verloren. Für sie würde es keine Erlösung geben. Denn allein er war auf dem richtigen Weg. Er hatte seinen Hirten klar und deutlich verstanden. Und er würde ihm folgen.

Er starrte auf das Foto. Am liebsten hätte er es in Brand gesteckt. Denn die Wut tobte ungezügelt in ihm. Doch das konnte er nicht tun. Er konnte keine Information außer Acht lassen. Besonders jetzt nicht, wo er reagieren musste.

Er trat einige Schritte zurück und betrachtete seine Wand. Fotos und Berichte hingen daran. Er beruhigte sich, je länger er sein Werk betrachtete. Und dann lächelte er. Er hatte nur eine weitere Prüfung erhalten. Doch der Ausgang würde derselbe sein. Daran gab es keinen Zweifel.

Jedoch durfte er die neue Allianz auch nicht unterschätzen. Arroganz war der Fall eines jeden. Und auch wenn er sich sicher war, dass er noch immer gewinnen würde, wurde es doch Zeit umzudenken.

Er wandte sich nach links zu dem großen Kalender. Kreuze und Kreise markierten seinen bisherigen Weg. Er hatte über ein Jahr an dem perfekten Plan gearbeitet. Er hatte all seine Opfer mit perfider Sorgfalt ausgewählt. Immerhin durfte er seine Göttin nicht verärgern. Nicht durch ein minderwertiges Opfer.

Doch jetzt war sein Plan dahin. Und es behagte ihm nicht. Doch wenn er seiner Mission folgen wollte, dann hieß es auch, seinen bisherigen Plan zu opfern, um dem großen Ganzen zu dienen.

Denn ihm lief die Zeit davon. Lissiana und John waren eine zweifellos gefährliche Kombination. Sie ergänzten sich in Arbeitsweise und Intellekt. Doch da Nathan eindeutig die Arbeit behindert hatte, hatte er sie nicht als derartig bedrohlich wahrgenommen. Doch dann war Butch dazugekommen. Ein Mann mit einer Menge Einfluss an den richtigen Stellen. Und er in Kombination mit seinem Bruder John? Absolut tödlich.

Er hatte also nicht mehr viel Zeit. Doch er würde nicht zulassen, dass man ihm seine Göttin wegnahm. Er war der Einzige, der sie retten konnte. Die im Gegenzug ihn erretten konnte. Niemals würde er erlauben, dass jemand zwischen sie beide kam. Niemals. Egal wie gefährlich es werden konnte.

Er begann die Akten vom Boden aufzusammeln, die er in seinem Wutrausch verteilt hatte. Als ihm ein Bild in die Hände fiel, lächelte er. Eigentlich hatte er sie als Opfer längst verworfen.

Sein Blick fiel zurück auf das Bild von Lissiana, John und Butch. Und dann begann er zu lachen.

Jetzt war exakt der richtige Zeitpunkt. Und er wusste auch schon genau, wie er es anstellen würde. Seine Göttin würde so stolz auf ihn sein.

16

Lissiana zog eine Augenbraue hoch, als sie sich das schlichte Bürogebäude vor sich genauer betrachtete. Es war ein einfacher Plattenbau mitten in New York City. Nichts Besonderes und durch seinen grauen Anstrich eigentlich ein hässlicher Schandfleck. Die Fenster waren groß und viereckig, aber durch das Milchglas waren die Leute dahinter nur wie schemenhafte Gestalten zu erkennen.

Anonym und diskret.

Ein paar mittelständische Unternehmen hatten hier ihren Firmensitz in einer der acht Etagen. Doch die untersten beiden Stockwerke waren dazu da, um die darin liegenden Konferenzräume zu einem vollkommen überzogenen Preis zu vermieten. Und genau deshalb waren sie hier.

»Dein Bruder ist wirklich genauso paranoid wie du«, sagte Lissiana und sah zu John, der rechts neben ihr stand und das Gebäude mit einem zufriedenen Lächeln betrachtete.

»Ja. Und deshalb bin ich gerade wahnsinnig stolz auf ihn.« John griff grob nach ihrem Handgelenk und warf einen Blick auf die schlichte Uhr. »Na los, wir sollten uns beeilen. Die anderen sind bestimmt schon da.«

Die anderen.

Genau die waren der Grund, warum Lissiana lieber vor diesem Gebäude geblieben wäre, als hineinzugehen.

Die anderen waren der Rest der zehn Führungsmitglieder von Johns Organisation, die John und Butch einfach nur ihre Zehn nannten. Handverlesene Mitglieder, die sich durch ihre extreme Loyalität und ihre Expertise in einem bestimmten Fachgebiet auszeichneten.

Jeder von ihnen war gefährlich. Jeder von ihnen war tödlich – auf seine ganz eigene Art und Weise.

Und sie? Sie war eine Verräterin. Abschaum. Der letzte Dreck in den Augen der Menschen, mit denen sie sich damals angefreundet hatte. Und sie hatte nicht nur die Organisation und deren Prinzipien verraten, sondern auch eines ihrer Mitglieder. Und nicht nur irgendeines.

Sie hatte John verraten. Ihren Anführer.

Und das war ungefähr so, als hätte sie höchstpersönlich auf den Präsidenten der Vereinigten Staaten geschossen.

Lissiana betrachtete Johns Rücken, als er vor ihr her zur Tür des Bürogebäudes ging. Auf diesen Schultern lastete die Verantwortung für so viele Organisationsmitglieder. Bis heute wusste sie nicht einmal, wie viele es genau waren. Doch für jeden von ihnen trug John die Verantwortung. Und seine Zehn teilten alle ihre ganz eigene Geschichte mit John, dem sie so blind zu folgen schienen.

Und wenn sie ehrlich war, dann hatte sie Angst. Angst vor den Dingen, die sie erwarteten. Angst vor dem Hass, der ihr entgegenschlagen würde. Doch sie durfte sich nichts anmerken lassen. Denn hier würde ihr niemand den Rücken stärken. Hier war sie ganz auf sich allein gestellt.

Sie hatte sich bewusst dagegen entschieden, Nathan mitzunehmen. Ihn in das Visier dieser Leute zu bringen war einfach viel zu riskant. Denn diese Menschen waren wie Bluthunde. Hatten sie einmal eine Fährte aufgenommen, dann ließen sie nie wieder los, bis sie die Knochen ihres Opfers zwischen ihren Zähnen zermalmen konnten.

Nein, ihn mit hierher zu bringen stand völlig außer Frage. Und doch wünschte sie sich, dass er hier wäre. Dass er mit ihr in die Höhle des Löwen ginge. Dass er an ihrer Seite wäre, damit sie sich nicht so verdammt einsam und hilflos fühlte.

Lissiana holte noch einmal tief Luft, bevor sie mit John die Tür des Gebäudes passierte.

In einem kleinen Foyer stand eine schlanke Brünette hinter einem Tresen und wickelte sich eine Strähne um den Zeigefinger, während ihr Blick ins Leere zu gehen schien.

Es roch nach Kaffee und einem Hauch von Parfüm, der immer intensiver wurde, je näher man dem hölzernen Tresen kam. Ein süßlicher und übertrieben blumiger Duft, der in ihrer Nase kitzelte und den sie nicht sonderlich mochte.

Die Brünette sah auf, und als sie John erblickte, wechselte ihr Ausdruck von gelangweilt zu übermäßig interessiert.

Als würde man einem schlafenden Hund plötzlich ein Leckerli vor die Nase halten.

Bei ihren feindseligen Gedanken verzog Lissiana das Gesicht und versuchte ihre innere Stimme zu knebeln und in den nächsten gedanklichen Wandschrank zu sperren. Aber so leicht war das nun mal nicht.

Die Brünette betrachtete John mit einem hungrigen Ausdruck und begann jetzt aus einem völlig anderen Grund die Haarsträhne um ihren Finger zu wickeln. Ob sie sich wohl bewusst war, dass sie die Brust herausstreckte und sich auf die Unterlippe biss?

Vermutlich.

John setzte sein klassisches charmantes Lächeln auf, bei dem er normalerweise ohne Umwege bekam, was er wollte. Nicht, dass dieses Lächeln bei dieser Frau noch notwendig gewesen wäre. Und genau diese Tatsache nervte Lissiana unwahrscheinlich.

»Hallo, Sir!« Die Brünette klimperte übertrieben mit den Wimpern. Auf ihrem silbernen Namensschild stand in geschwungener Schrift eingraviert *Allison.* »Was kann ich für Sie tun?«

Allison hatte eine perfekte gerade Stupsnase, die nicht so wirklich in ihr eher ovales Gesicht passen wollte. Sie hatte hohe Wangenknochen, und zweifellos war sie nicht hässlich. Aber ihre braunen Augen waren nichtssagend, und ihr Make-up war deutlich zu dick aufgetragen. Zumindest für Lissianas Geschmack.

Außerdem war es offensichtlich, dass Allison mehr für John tun wollte, als angemessen gewesen wäre.

John stieß ein leises Lachen aus. Lissianas Augenbraue zuckte. Er musste jetzt nun wirklich nicht mit der Sekretärin flirten. Aber was regte es sie überhaupt so auf? Vermutlich lag es daran, dass John hier ihre Zeit verschwendete und sie dieses Treffen mit den Zehn einfach nur hinter sich bringen wollte.

Ja, das musste es sein.

»Ich bin hier für ein Meeting in einem ihrer Konferenzsäle. Mein Bruder ist bestimmt schon da.« John grinste schief und deutete mit dem Zeigefinger auf ihre Liste. »Brian Johnson.«

Lissiana verbarg ein Lächeln hinter ihrer Hand. Brian Johnson. Wirklich? Wie der Sänger der Band AC/DC? Aber eigentlich ergab es Sinn. John liebte diese Band, und wenn er Butch finden wollte, musste er einfach nur nach den Namen seiner Lieblingsmusiker suchen. Eine einfache Taktik, seinen echten Namen aus den Büchern herauszuhalten und gleichzeitig für John leicht auffindbar zu sein. Den anderen hatte Butch bestimmt den diesmal benutzten Namen per SMS mitgeteilt. Schnell und effizient.

Allison errötete, und Lissiana verdrehte kaum merklich die Augen. *Ja, Schätzchen, krieg dich ein. Ich find es auch unfair, dass eine Familie so einen Genpool besitzt.*

»Konferenzsaal vier. Gleich hier den Gang hinunter. Die anderen Teilnehmer sind schon da.« Allison legte ein Los Angeles würdiges Lächeln auf und winkte ihnen sogar noch nach, als sie sich nach rechts wandten und den beinahe steril wirkenden Flur hinabgingen.

Sie passierten die erste Tür mit einer goldenen Eins. Dann eine weitere mit einer goldenen Zwei.

Bei Gott, Lissiana hatte das Gefühl, als würde jemand ihren Magen mit einem Schraubstock zusammendrücken. Brach ihr jetzt etwa auch noch der Schweiß aus? Sie spürte Johns Blick auf sich, doch sie sah stur geradeaus. Nur keine Schwäche zeigen. Nicht eine Sekunde lang.

»Sie werden dir nichts tun ohne meine Anweisung.« Überrascht sah Lissiana zu John. Wollte er sie jetzt etwas aufheitern, oder was sollte das werden? Doch dann ließ er ein fieses Grinsen sehen. »Zumindest noch nicht.«

Lissiana biss die Zähne fest aufeinander und sah wieder nach vorne. Dieser Mistkerl. Er versuchte doch wirklich sie noch weiter zu verunsichern. Nicht, dass das noch möglich gewesen wäre. Denn die Wahrheit war, dass Lissiana wirklich Angst hatte. Aber nicht davor, dass diese Leute sie umbrachten. Nein, das würden sie aus Respekt Butch und John überlassen. Sondern sie fürchtete sich mehr vor dem Hass, der ihr entgegenschlagen würde.

Sie hatte zu jedem von diesen Leuten eine Beziehung aufgebaut. Hatte sich mit ihnen angefreundet. Hatte sie schätzen und ehren gelernt. Und hatte hinter die harte Schale gesehen und hinter die Fassaden. Zumindest soweit es bei Menschen möglich war, die mit dem organisierten Verbrechen ihren Lebensunterhalt verdienten.

Deshalb hatte die Begegnung mit Butch sie auch derart aufgerüttelt und sie unüberlegt handeln lassen. Damals war er wie ein Bruder für sie gewesen. Sie hatte ihn für seinen Kampfstil und für seine Ideale bewundert – völlig egal wie fehlgeleitet Butch auch war. Sie hatte das Gefühl gehabt, dass er sie verstand und dass sie in ihm einen echten Freund gefunden hatte. Doch sein Hang zur Gewalt und sein geringer Respekt vor einem menschlichen Leben hatten sie letztendlich erkennen lassen, wer er wirklich war und dass sie aufhören musste, sich die Welt schönzureden, in der sich diese Zehn bewegten. Die Welt, in der John sich bewegte.

Und so hatte es nur eine Lösung gegeben.

Und mit diesen Konsequenzen musste sie jetzt nun einmal leben. Egal wie sehr sie sich wünschte, den Flur hinunterzulaufen und sich zu verstecken, in der Hoffnung, niemals gefunden zu werden. Himmel, sie war sonst wirklich kein Feigling. Aber sie kannte ihre zehn Gegner. Besser, als ihren Kollegen bei der Polizei bewusst war. Und deshalb wusste sie genau, was ihr blühen würde, wenn John seine Hunde von der Leine ließe.

Jetzt war ihr richtiger Name bekannt. Jetzt konnte sie sich nirgendwo mehr verstecken. Egal wie sehr sie es versuchen würde.

Sie erreichten die Tür mit der goldenen Vier, und Lissiana atmete tief durch, während dahinter leise Stimmen zu hören waren. Sie konnte sogar ein lautes Lachen vernehmen. War sie wirklich bereit dafür? Doch bevor sie weiter darüber nachdenken konnte, streckte John bereits die Hand aus und öffnete die Tür. Ein Lächeln lag auf seinen Lippen, und sie konnte es verstehen. Diese Leute waren seine Familie. Und er hatte sie seit zwei Jahren nicht mehr gesehen.

Alle Gespräche erstarben unverzüglich, als Lissiana und John den Konferenzraum betraten, und neun Augenpaare legten sich sofort auf sie. Sie wusste genau, warum niemand mehr etwas sagte. Niemand wollte riskieren, dass sie einen erneuten Verrat begehen konnte, wenn sie etwas hörte, das sie nicht hätte hören sollen. Lissiana hatte das Gefühl, als würde man ihr alle Luft aus den Lungen pressen. Die Stimmung war für sie schwer zu lesen. Es lag der eisige Hauch von Feindseligkeit in der Luft ebenso wie das elektrisierende Knistern von blinder

Freude. Eine hochexplosive Mischung, die sie besser nicht noch weiter entfachen sollte. Sie trat einen kleinen Schritt zurück. Dennoch reckte sie angriffslustig das Kinn vor, um nicht zu eingeschüchtert zu wirken. Dann sah sie sich um.

Wachsam. Angespannt. Sensibel für die kleinste Bewegung.

Butch saß an einem großen runden Konferenztisch und hatte sich in dem schwarzen Bürostuhl entspannt zurückgelehnt. Zwischen seinen Lippen klemmte eine Zigarette, von der er einen tiefen Zug nahm, ehe der Qualm kurz darauf sein Gesicht einhüllte. Er trug eine zerschlissene Lederjacke zu einem dunkelgrünen T-Shirt. Lissiana konnte sehen, dass er eine Jeans anhatte. Und vermutlich hatte er wieder seine Schuhe mit den Stahlkappen angezogen. Vorbereitet wie immer.

Rechts von ihm saß Yui Sullivan. Mit ihrer zierlichen und schmalen Gestalt ging sie in dem großen schwarzen Stuhl beinahe unter. Ihre mandelförmigen braunen Augen hatte sie wie immer mit einem perfekt geschwungenen Eyeliner in Szene gesetzt. Der wirre blonde Bob umspielte ihr schmales Gesicht perfekt und gab ihr diese Mischung aus zarter Zerbrechlichkeit und wildem Enthusiasmus. Sie trug ein modisches Kleid in einem satten Blau, während ihre Nägel lang und golden lackiert waren. Ihre Augen waren auf John gerichtet, und ihre vollen Lippen verzogen sich zu einem so strahlenden Lächeln, dass man sie nur als schön bezeichnen konnte. Kaum zu glauben, dass so eine zierliche Frau für den Waffenhandel zuständig war. Aber jeder fürchtete sie wegen ihres enormen Fachwissens und ihrer knallharten Verhandlungstaktiken. Außerdem verfehlte Yui niemals ihr Ziel.

Ihr Ehemann Daniel *»Dan«* Sullivan hielt ihre Hand und sah Lissiana mit zusammengekniffenen Augen an. Er war der Inbegriff eines Politikers. Er trug einen extravaganten, teuren Anzug mit einem seidenen dunkelblauen Einstecktuch und goldenen

Manschettenknöpfen, damit er perfekt zu seiner Frau passte. Sein Haar war braun und etwas länger, aber verwegen und modisch gestylt. An seinem rechten Handgelenk prangte eine teure goldene Uhr, und seine eisblauen Augen sorgten dafür, dass Lissiana einen Moment lang fröstelte. Dan war für die Politik zuständig. Oder besser gesagt für die Bestechung. Es gab nicht einen Politiker im Bundesstaat New York, der Dan nicht kannte. Und das lag nicht allein daran, dass Dans Vater in Alabama Senator war.

Jeder von ihnen hatte sich schon mindestens einmal von Dan einwickeln und kaufen lassen. Denn das konnte er besonders gut. Leute um seinen kleinen Finger zu wickeln und sie so lange verbal zu bearbeiten, bis sie ihm zustimmten, war so etwas wie Dans spezielle Fähigkeit, die er nach Herzenslust einsetzte. Wann immer es ihm gefiel. Er war ein Meister der Manipulation, und jeder noch so düstere Pakt klang aus seinem Mund wie ein Angebot, das man nicht ablehnen konnte. Und sein gutes Aussehen half ihm da auf jeden Fall weiter. Mit seinem kantigen Gesicht und den hellen Augen hätte er ohne Probleme auch Schauspieler oder Model werden können.

»Mann, tut es gut, dich zu sehen.« Lissianas Blick schnellte weg von der Gruppe am Tisch zu dem Mann, der mit langen Schritten auf sie zukam.

Tiny hatte die Arme ausgebreitet und ignorierte sie vollkommen, während er John in seine Arme zog und ihm brüderlich auf den Rücken klopfte. Er überragte John um gute zehn Zentimeter, was Tiny zu einem echten Riesen machte. Wie schon vor zwei Jahren war sein blondes Haar noch immer kurz geschnitten, auch wenn er es etwas länger trug als früher. Er war gebaut wie eine deutsche Eiche, und auch die Narbe in seinem Gesicht, die von seinem rechten Nasenflügel bis zur Kante seines Kiefers verlief, konnte seiner Attraktivität keinen Abbruch tun. Er wirkte trotz seiner Größe ein wenig wie der nette Kerl von nebenan, weshalb er sich um all die legalen Geschäfte der Organisation kümmerte, hinter denen John so gern seine anderen Machenschaften versteckte. Die Menschen vertrauten Tiny instinktiv und stellten keine unnötigen Fragen. Außerdem hatte er einen wachen Verstand und einen beeindruckenden Geschäftssinn.

Tiny hielt John eine Armeslänge von sich weg und runzelte die Stirn. Seine silbergrauen Augen musterten John genau. »Sag mal, ist dir der Anzug zu klein?«

Ein Schnauben war vom Tisch zu hören.

»Ach, und mich nennt ihr unhöflich, ja?« Savannah Jones erhob sich von ihrem Platz links von Butch. Sie war für eine Frau relativ groß. Ungefähr so groß wie Nathan. Ihr flammend rotes Haar hatte sie zu einem langen Zopf geflochten. Ihre Haut war wie immer blass, was daran lag, dass sie ihre Tage fast ausschließlich vor einem Computer verbrachte. Innerhalb der Organisation kümmerte sie sich um alle technischen Belange. Als Hobby betrieb sie Internetkriminalität der Höchstklasse. Seit Jahren wurde sie unter ihrem Hackernamen vom FBI gesucht. Bisher ohne Erfolg.

Lissiana war es schleierhaft, wie Savannah trotz der Tatsache, dass sie fast nur vor dem Rechner saß und sich somit kaum bewegte, noch so schlank sein konnte. Doch es musste an ihrer DNA liegen, denn auch sonst hatte Savannah kaum Kurven. Dafür hatte sie ein hübsches herzförmiges Gesicht mit blauen Augen und ein paar wenigen Sommersprossen auf den Wangen.

Sie näherte sich mit langen Schritten und hielt John dann die Hand hin. Doch er stieß nur ein raues Lachen aus und zog sie in seine Arme. Unbeholfen verzog Savannah ein wenig das Gesicht, ehe sie ihre Arme zögerlich um John schlang und ihm über die Schultern strich.

»Schön, dich wieder zu Hause zu haben, Boss«, murmelte sie so leise, dass Lissiana es beinahe nicht verstanden hätte.

»Wow, das sind ja richtige Liebeserklärungen von dir, Red.« Yui grinste schief und tippte Savannah auf die Schulter, die sich schnell aus der Umarmung löste. Dann lehnte John sich herunter, und Yui stellte sich in ihren goldenen High Heels auf die Zehenspitzen. Ihre Hände legten sich auf seine Wangen, und für einen langen Moment sahen sie sich in die Augen. Eine Menge schien gesagt zu werden, ohne dass es wirklich ausgesprochen worden wäre. Dann umarmten die beiden einander, und Yui hauchte John einen sanften Kuss auf die Wange.

Dan folgte ihr und legte seiner Frau einen Arm um die Schultern, ehe er John kurz an sich drückte. »Schön, dich draußen zu wissen, Mann. New York ist nicht das Gleiche ohne dich.«

Lissiana warf einen Seitenblick auf John. Er sah richtig glücklich aus, wie er vor sich hin lächelte, ohne es wirklich zu bemerken. Sie wusste, dass er es nicht bemerkte. Sonst hätte er seine ehrliche Freude niemals so offen gezeigt. Nicht vor ihr.

Lissiana lehnte sich mit dem Rücken an die Wand, als John in Richtung der Fenster ging. Der Raum war nicht annähernd groß genug, als dass er einen Alarm auslösen könnte. Und egal wie sehr sie sich dafür hasste, sie wollte ihm diesen Moment gönnen. Außerdem versuchte sie sich so unauffällig wie möglich zu verhalten, damit sie auch wirklich keinerlei Aufmerksamkeit auf sich zog. Das Ganze hier war eh schon ein Spiel mit dem Feuer.

Gabriel Sawyer, der vor wenigen Augenblicken noch mit Tyrann gesprochen hatte, ging John mit zögernden Schritten entgegen. Er trug ein schlichtes graues T-Shirt zu einer einfachen Bluejeans. Er rückte die schwarze Brille auf seiner Nase zurecht und ließ ein zögerliches Lächeln sehen.

»W-W-W-W…« Gabriel presste die Lippen zusammen. Dann atmete er tief durch. »W-Will-ko-ommen, Boss!«

Lissiana wusste, dass Gabriel nicht gerne sprach. Er stotterte, und es war offensichtlich, dass es ihm wahnsinnig unangenehm war. Deshalb versteckte er sein durchaus ansehnliches Gesicht hinter einer schlichten, aber etwas unförmigen Brille, die seinem eher weichen Gesicht nicht wirklich schmeichelte. Sie kannte Gabriel gut. Hatte sich immer gut mit ihm verstanden. Denn auch wenn er lieber für sich blieb, hatte er in den wenigen Gesprächen, die sie geführt hatten, doch immer seinen Scharfsinn und seinen Intellekt durchblicken lassen. Wie Savannah war auch er sozial eher unbeholfen. Er blieb eben lieber bei seinen Zahlen. Und darin war er wahnsinnig gut. Es gab keine Lücke im Steuerrecht, die er nicht fand, keinen Börsenkurs, den er nicht berechnen, und kein finanzielles Risiko, das er nicht bis ins kleinste Detail durchrechnen konnte. Zahlen waren seine Welt, und er war ein echtes Genie auf diesem Gebiet.

John legte Gabriel eine Hand auf die Schulter und lächelte ihn an. Dann lehnte er sich leicht zu ihm herunter. Die beiden sprachen leise miteinander. Viel zu leise, als dass Lissiana es hätte verstehen können. Dann nickte John Gabriel noch einmal zu, ehe er sich Tyrann Reed zuwandte, der ihn bereits breit angrinste und damit eine Reihe strahlend weißer Zähne offenbarte, die im starken Kontrast zu seiner dunklen Haut standen.

»Lange is' es her, Mann!« Dann lachte er laut auf. »Komm her!« Er zog John mit einem Ruck in seine Arme, die über und über mit Tattoos bedeckt waren. Tyrann war ein hochgewachsener Afroamerikaner, der trotzdem noch gute zehn Zentimeter kleiner war als John. Die früher kurzen Haare trug er jetzt zu einem kurzen Irokesen rasiert, den er in einem gelblichen Blond hatte einfärben lassen. An seiner Wange konnte Lissiana noch ein wenig Öl kleben sehen. Er betrieb eine Werkstatt und kümmerte sich um absolut alles, was mit Autos zu tun hatte. Lissiana hatte immer den Eindruck gehabt, dass in seinen Adern eher Motoröl als Blut floss. Außerdem war er ein wenig wie ein Motor – wenn man ihn nicht genau beobachtete, lief man Gefahr, dass er zu heiß lief. Und dann hatte man wirklich ein echtes Problem.

»Ja, zwei Jahre, um genau zu sein.« John lachte leise, als Tyrann daraufhin verdattert schwieg. Dann klopfte er ihm auf die Schulter. »Hast du dich gut um sie gekümmert?«

Tyrann lächelte wohlwollend. »Aber natürlich. So eine Schönheit braucht Liebe.«

Lissiana lächelte innerlich. Johns Corvette von 1962 war sein ganzer Stolz. Wer hätte sich in seiner Abwesenheit besser darum kümmern können als Tyrann?

»Hab auch endlich mal die Ledersitze erneuern lassen. War längst überfällig.« Lissiana folgte dem Gespräch der Männer nicht mehr weiter. Stattdessen richtete sich ihre volle Aufmerksamkeit auf die zwei letzten verbliebenen Mitglieder der Zehn.

Seth und Steven Campell standen vor dem großen Fenster schräg hinter Butch und beobachteten sie aufmerksam. Seth stand rechts von seinem Zwillingsbruder und kaute Kaugummi. Sein Kiefer mahlte so heftig, dass es für Lissiana klar erkennbar war. Seine graublauen Augen fixierten sie ganz genau. Als wäre er das zum Sprung bereite Raubtier und sie das hilflose Reh.

Seine Gesichtszüge waren kantig und eher hart. Er wirkte schon allein deshalb verschlossen und kalt. Sein Haar war schwarz und militärisch kurz geschnitten, während sein Kinn von einem Dreitagebart überzogen war. Seth war fast so groß wie John und hatte eine ähnliche Statur. Breite Schultern, schmale Hüften und lange Beine. Ein Kämpfer. Ein loyaler Soldat, der nie Fragen stellte. Er und sein Bruder waren eher für die groben und schmutzigen Dinge zuständig, für die Butch selbst keine Zeit hatte.

Die sechs silbernen Ringe in seinem rechten Ohr und der Ring in seiner rechten Augenbraue blitzten auf, als er sich John zuwandte, der ihn kurz in seine Arme schloss. Die Zwillinge bleiben eher für sich. So war es schon vor zwei Jahren gewesen. Besonders Seth war sehr verschlossen. Mit ihm Freundschaft zu schließen war alles andere als leicht.

Steven war da etwas anders. Er hatte weichere Gesichtszüge als sein Bruder, der immer ein wenig so aussah, als wäre er wütend. Seine schwarzen Haare trug er länger und an den Seiten ein wenig ausrasiert. Die klassische Frisur, die momentan nun mal in Mode war. Auch Steven hatte einen Dreitagebart, doch sein Kleidungsstil war schon weniger abweisend als der von Seth.

Steven schätzte modische Jeans zu einem einfachen farbigen Shirt mit leichtem V-Ausschnitt. Seth hingegen bevorzugte dunkle Farben zu schwarzen Jeans in Kombination mit einem offenen lockeren Hemd und Stahlkappenschuhen.

Vielleicht lag es daran, dass sie zweieiige Zwillinge waren, doch Steven sah im Allgemeinen umgänglicher aus als Seth.

Steven lächelte schief und umarmte John, ehe er Seth zunickte und sich zu den anderen gesellte, die sich bereits an den runden Konferenztisch gesetzt hatten.

John kam zu Lissiana zurück und griff sich ihren Arm, jetzt deutlich sanfter als zuvor. Dann führte er sie zum Tisch und zwang sie auf den Stuhl zwischen sich selbst und Butch, der seinen Bruder mit einem kurzen Handschlag begrüßte.

»Ich meine, es ist ja schön, dich zu sehen, Boss«, begann Dan nach einer Weile der Stille, ehe sich seine Augen verengten. Lissiana sah aus dem Augenwinkel, wie Butch ein Schmunzeln hinter der Hand verbarg. »Aber was ich nicht verstehe, ist, warum du sie mitgebracht hast.«

17

Jetzt fühlte Lissiana sich wirklich, als hätte man einen Scheinwerfer auf sie gerichtet. War es plötzlich heiß hier drinnen? Gut möglich. Immerhin war in New York gerade Hochsommer.

Ach, wem wollte sie etwas vormachen? Sie hatte Angst. So einfach war das. Und die Feuchtigkeit auf ihrer Haut war Angstschweiß. Nichts anderes.

Sie sah der Reihe nach in die Gesichter aller Anwesenden. Sie hatte diese Leute einmal gut gekannt. Hatte sie sogar ihre Freunde genannt. Aber das war nun schon eine gefühlte Ewigkeit her. Und seitdem hatte sich einiges verändert.

Doch anstatt sich angriffslustig zu geben, hielt Lissiana den Mund. Sie kannte die Regeln dieser Welt. Sie war eine Außenstehende. Sie sprach, wenn sie dazu aufgefordert wurde. Und nicht eine Sekunde vorher. Zumindest wenn ihr ihre Zunge lieb war.

Yui legte Dan die Hand auf den Arm. »Beruhig dich, Dan! Sie ist nicht bewaffnet.«

Seth stieß ein Schnauben aus. Steven sah ihn tadelnd an, doch sein Zwilling ignorierte ihn und sprach trotzdem.

»Butch hat sie ausgebildet, und sie hat jeden von uns im Training mehrmals auf die Matte geschickt. Ach ja – außerdem ist sie 'n verdammter Bulle. Ist ja auch nicht das erste Mal, dass sie singen würde wie ein Vogel. Aber klar – was kann schon passieren? Immerhin ist sie ja nicht bewaffnet.« Aus seiner dunklen grollenden Stimme war der Sarkasmus klar und deutlich herauszuhören. Genauso wie sein Hass.

Dan blickte zu Seth. »Achte auf den Ton, den du meiner Frau gegenüber anschlägst!«

Yui schüttelte den Kopf. »Er hat recht.« Ihre braunen Augen richteten sich auf Lissiana. »Wir haben sie schon einmal für ungefährlich gehalten. Den Fehler machen wir nicht noch einmal.«

Lissiana spürte sofort, wie die Stimmung umschlug. Plötzlich lag neben der Feindseligkeit auch Anspannung in der Luft. Bei Gott, sie konnte nur hoffen, dass sie mit ihrer Einschätzung recht hatte, dass man ihr Leben John und Butch überlassen wollte. Sonst stiegen ihre Chancen, hier zu sterben, gerade in einen sehr hohen Prozentbereich.

Denn von diesen zehn war niemand zimperlich. Butch und John hatten die anderen acht eigenhändig ausgebildet. Sie waren tödlich. Und wenn sie dich am Leben ließen, machten sie dir eben dieses zur Hölle. Vorausgesetzt, sie wussten, wer du bist. Bisher hatte Lissiana sich gut versteckt. Sehr gut sogar. Aber das war jetzt leider vorbei.

John hob beschwichtigend die Hände. »Kriegt euch ein. Ich hab sie nicht hergebracht, damit ihr sie lynchen könnt.«

Lissiana lief es eiskalt den Rücken runter, als Seth und Tyrann ein enttäuschtes Seufzen von sich gaben.

»Ich arbeite mit ihr zusammen.«

Nach Johns Worten folgte ein Moment der Stille. Dann brach das absolute Chaos aus. Alle schrien wild durcheinander. Sie gestikulierten heftig. Seth schlug mit der Faust auf den Tisch, das Gesicht zu einer wütenden Maske verzerrt, während Steven versuchte, ihn zu beruhigen. Lissiana hatte keine Chance, auch nur ein Wort zu verstehen. Und sie war sich verdammt sicher, dass das auch besser war.

Butch beobachtete alles mit gelassener Miene. Auf seinen Lippen lag ein selbstgefälliges Lächeln. Der Blick, den er John zuwarf, war ganz leicht zu deuten. *Du hast dieses Chaos verursacht. Sieh selbst zu, wie du es wieder aufräumst.*

Lissiana sah zu John, der die Arme vor der Brust verschränkt hatte und mit den Zähnen knirschte. Uh – er wurde langsam ungeduldig. Leicht zog Lissiana den Kopf ein. Das könnte hässlich werden.

Alle schrien weiter wild durcheinander. Sahen aufgeregt zwischen ihr und John hin und her. Wie ein Rudel Löwen, denen man gerade die Beute zu entreißen versuchte. Und tatsächlich klangen ihre wütenden Rufe für Lissiana ein wenig wie das Brüllen von Bestien, die sie mit Haut und Haaren zu verschlingen drohten.

Sie sah wie Johns rechtes Auge zu zucken begann. Er hasste diese Art von unkoordiniertem Aufstand. Außerdem hasste er es, wenn seine Leute sich nicht im Griff hatten. Besonders wenn sie zu seinem engsten Kreis gehörten. Von ihnen erwartete er mehr.

Mit der Faust schlug er auf den Tisch. »RUHE JETZT!«

Sofort wurde es still.

John rieb sich die Schläfen. Dann sah er in die Runde. Jedem von ihnen sah er einzeln in die Augen. Lissiana schluckte leicht.

»Ich mag zwei Jahre weg gewesen sein, aber ihr solltet besser nicht vergessen haben, wem ihr folgt und wer hier das Sagen hat.« Seine Stimme war ein eisiges Grollen. »Wenn ich sage, dass ich mit ihr zusammenarbeite, erwarte ich, dass ihr meine Entscheidung nicht infrage stellt. Ist das klar?« Er warf Butch einen wütenden Blick zu. »Muss ich mir Gedanken um deinen Führungsstil machen, Bruder?«

Butch zog eine Augenbraue hoch. »Es wird wohl eher Zeit, dass du deine Entscheidungen hinterfragst, Bruder.«

Wahnsinn – es war unglaublich unangenehm, zwischen Butch und John zu sitzen, die sich ein wortloses Blickduell lieferten. Die Aggression schien ihnen aus allen Poren zu strömen. Zwischen ihnen lag einiges Unausgesprochenes im Raum, und beinahe klang es so, als wollte Butch einen Krieg um die Führung beginnen. Dabei war das doch völlig ausgeschlossen. Er war Johns loyalster Soldat.

Oder?

Aber Butch hatte von Anfang an kein Hehl daraus gemacht, was er von dieser Zusammenarbeit hielt. Aber dass er seine Bedenken auch vor den anderen so offen aussprechen würde, hatte Lissiana nicht erwartet. Es war beinahe so, als stellte er Johns Autorität infrage.

»Darüber sprechen wir ein anderes Mal«, murrte John und sah wieder in die Runde. »Der Deal ist folgender: Ich helfe ihr bei der Lösung eines Falls, dafür hilft sie mir, das Land zu verlassen, bis sich die Wogen geglättet haben und ich zurückkommen kann.«

Dan seufzte leise. »Dir ist aber schon klar, dass du ohne sie das Land gar nicht verlassen müsstest, richtig?«

Tyrann nickte. »Dan hat recht. Warum töten wir sie nicht einfach hier und jetzt?«

Lissiana blinzelte. Dieses Gespräch war doch völlig absurd. Als wäre sie ein Schwein, das sie für das nächste Abendessen zu schlachten beabsichtigten.

John kratzte sich leicht am Hinterkopf. »Weil meine Fußfessel auf ihre abgestimmt ist und ich mich keine zehn Meter von ihr entfernen kann. Außerdem muss sie regelmäßig Bericht erstatten.«

Wieder kehrte Stille ein. Dann erklang lautes Gelächter.

»Was?«, japste Dan und schlug sich auf den Oberschenkel. »Sie ist dein Babysitter?«

Yui versuchte ihr Lachen hinter ihrer Hand zu verbergen. Jedoch eher erfolglos. In solchen Momenten konnte man wirklich vergessen, dass sie gefürchtete Verbrecher waren. In solchen Momenten war es eher so, als wären sie Geschwister, die einander liebevoll auf die Schippe nahmen und sich am Pech des anderen erfreuten.

»Soll ich mich darum kümmern, Boss?« Savannah sah John fragend an, der sofort den Kopf schüttelte.

»Ich will nicht riskieren, den Alarm auszulösen, ohne eine Lösung parat zu haben. Außerdem ist es für alle eine Win-win-Situation.« John lehnte sich in seinem Stuhl zurück, der leicht knarzte.

»I-I-In-wwie-ffern?«, hakte Gabriel nach und senkte den Blick, als Lissiana ihn ansah.

»Wie gut seid ihr mit dem Fall des *Bräutigams* vertraut?« Keiner antwortete auf Johns Frage. Hervorragend. Einzig und allein Seth und Steven schienen nun aufmerksamer zuzuhören.

Yui zuckte mit den Schultern. »Ich weiß nur das, was in der Zeitung stand.«

Steven rieb sich über die Stirn. »Ich hab nur absurdes Geflüster auf der Straße gehört. Wilde Gerüchte über die Yakuza und die russische Mafia. Nichts, das Substanz hätte.«

Lissiana spitzte sofort die Ohren. Steven koordinierte die niederen Mitglieder auf der Straße. Sowohl die kleinen Dealer als auch die Zuhälter und die kleinen, unbedeutenden Schlägertruppen. Er war nah am Geschehen dran. Und auf der Straße wurde viel geredet. Diesmal nur leider ohne brauchbares Ergebnis.

Seth lehnte sich auf seinem Stuhl vor. Seine Augen fixierten Lissiana regelrecht. Ihr lief ein kalter Schauer über den Rücken.

»Das heißt, wenn dieser Fall aufgeklärt ist und du außer Landes bist, ist sie Freiwild?« Sein Blick wanderte erwartungsvoll zu John. Doch der zuckte nur mit den Schultern.

»Was nach diesem Fall passiert, liegt dann nicht mehr in meiner Verantwortung.« Er sagte es so gelassen, als hätte er gerade vom nächsten Besuch beim Schneider gesprochen, anstatt seinen Leuten einen Freifahrtschein für ihre Ermordung zu geben.

Es tat weh. Mehr, als sie zugeben wollte. Aber warum wunderte sie sich eigentlich? Er hatte diese Erlaubnis bereits gestern Butch erteilt. Warum sollte er den anderen dann dieses Recht auf Rache und Vergeltung verweigern?

Diese Welt war nun einmal so. Auge um Auge, Zahn um Zahn.

Doch sie durfte nicht zu sehr über dieses Damoklesschwert nachdenken, das über ihrem Kopf schwebte. Es würde sie nur lähmen und ihren Verstand mit Angst vernebeln. Sie musste diesen Fall lösen und gleichzeitig überlegen, wie sie ihr eigenes Leben und das von Vicky retten konnte.

Sie hatte keine Zeit für Angst.

Sie hörte, wie Dan leise lachte. »Dann haben wir ja was, wofür sich dieser ganze Mist hier lohnt. Dann schieß mal los, Bulle!«

John deutete Lissiana mit der Hand an zu sprechen. Na endlich! Darauf hatte sie gewartet.

»Der *Bräutigam* ist aller Wahrscheinlichkeit nach ein weißer Mann zwischen dreißig und fünfzig Jahren. Er ist ein Serientäter, der schon sechs Frauen das Leben genommen hat. Seine Methode ist ebenso grausam wie effizient. Er entführt die Frauen und hält sie über mehrere Tage versteckt, wobei er sie foltert und vergewaltigt.«

Yui schlug sich die Hand vor den Mund, während Savannah die Augen schloss. Aber darauf konnte Lissiana jetzt keine Rücksicht nehmen.

»Er färbt ihnen die Haare, schminkt und frisiert sie. Dann hängt er sie an den Beinen auf und schlitzt ihnen die Halsschlagader auf, wodurch sie verbluten wie Schlachtvieh.« Sie räusperte sich. Ihre Stimme klang ein wenig belegt. »Dann steckt er sie in Brautkleider und drapiert sie in der Stadt, damit sie jemand findet.«

»Unter seinen Opfern ist auch eine unserer Prostituierten. Er hat es also zu etwas Persönlichem gemacht.« Butch drückte seine Zigarette aus und steckte sich direkt die nächste an.

Dan nickte. »Was haben wir für Anhaltspunkte?«

»Er versteckt sich verdammt gut, also wird er wohl jemanden haben, der ihn schützt. Außerdem ist er hochgradig ritualisiert, was auf ein Motiv hindeutet. Serienmörder haben normalerweise kein Motiv.« Lissiana war überrascht, dass alle sie so hoch konzentriert ansahen. Aber die Ansage von John und Butch war eindeutig gewesen. Und man widersprach in dieser Welt seinen Anführern nun mal nicht.

»Außerdem muss er sich in Hell's Kitchen sehr gut auskennen. Er legt seine Opfer ausschließlich da ab.« Nach Johns Worten breitete sich erwartungsvolle Stille aus.

»Warte – soll das heißen, das war's?«, fragte Tyrann nach einer Weile entsetzt.

John nickte. »Ja, das war's.«

Steven sah Lissiana an und zog eine Augenbraue hoch. »Wow – du musst wahnsinnig schlecht in deinem Job sein. Ich frag mich echt, wie du das vor zwei Jahren hinbekommen hast.«

Lissiana öffnete den Mund, schloss ihn dann aber wieder. Sie durfte sich nicht provozieren lassen. Das konnte sonst böse enden.

John ließ die Schultern kreisen. Dann streckte er sich.

»Also, was ich von euch erwarte, ist ja wohl klar.« John sah zu Butch, der kaum merklich nickte.

»Yui, ich hoffe, dass du mir mehr über die Mordwaffe sagen kannst. Ich schicke dir nachher die Bilder der Opfer. Dan, ich möchte, dass du dich in den feineren Kreisen umhörst. Ich halte es zwar für unwahrscheinlich, aber vielleicht hat sich ein Politiker oder Lobbyist die Hände etwas zu schmutzig gemacht. Immerhin steht bald die Senatswahl an.«

Wortlos nickten Yui und Dan. Dann wandte John sich Tyrann zu.

»Tyrann, ich will, dass du dich umhörst, was für Fahrzeuge in letzter Zeit gestohlen wurden. Irgendwie muss der Kerl die Körper ja von A nach B bewegen, und er ist viel zu clever, um dafür seinen eigenen Wagen zu nehmen. Schau mal, ob du da ein Muster entdecken kannst.«

Tyrann nickte ernst. »Geht klar, Boss.«

»Gabriel, von dir erwarte ich, dass du ein bisschen in den Büchern der Leute der Oberschicht und der bekannten Anführer herumschnüffelst. Schau, ob jemand regelmäßige Zahlungen an ein Offshore-Konto zahlt. Du kennst die gängigen Namen, oder?«

Gabriel nickte knapp. Lissiana sah John überrascht an. Er wollte auch nach Auftragsmördern suchen? Sie zog leicht eine Augenbraue hoch.

»Nur um auf Nummer sicher zu gehen.« John zuckte mit den Schultern. »Seth und Steven?« Die Zwillinge warteten schweigend auf ihre Anweisung. »Ich möchte, dass ihr euch draußen umhört. Ich will nicht jeden kleinen Mist hören. Filtert raus, was brauchbar ist!«

»Und ich soll vermutlich alle Videoüberwachungen checken und mich im Darknet umsehen?« Savannahs Augen glänzten beinahe.

John stieß ein leises Lachen aus. »Ganz genau.«

Savannah grinste breit. »Du weißt, wie du mich glücklich machst.«

»Und ich höre mich dann bei meinen Kontakten um. Mal sehen, was dabei rauskommt. Außerdem helfe ich Butch bei dem ganzen anderen Kram.« Tiny sah Butch an, der nur knapp nickte.

Schweigen legte sich über den Raum. Und so schnell, wie dieses Treffen zustande gekommen war, so schnell war es auch wieder vorbei. John hielt nichts davon, Aufgaben aufzuschieben. Und so standen alle zehn auf und machten sich daran zu gehen.

Lissiana wartete mit John an der Tür. Es war nur rechtens, dass der Anführer als Letztes den Raum verließ und all seine Mitglieder sich angemessen von ihm verabschiedeten.

Vielleicht sollte sie an den Fenstern warten. Weiter weg von alldem. An einem Ort, an dem sie weniger auffallen würde.

Ja, das war eine gute Idee.

Sie ging an Yui und Dan vorbei, die sich gerade mit leisen Worten und Umarmungen von John verabschiedeten, als Seth ihr mit langen Schritten entgegenkam. Sie hielt den Atem an und betete, dass er einfach an ihr vorbeigehen würde. Doch das tat er nicht.

Seth griff so hart nach ihrem Handgelenk, dass der Schmerz sie zum Aufkeuchen brachte. Fest gruben seine Finger sich in ihre Haut, und sie hatte das Gefühl, er würde ihr die Knochen brechen können, wenn er noch fester zupackte.

»Seth! Lass den Scheiß!«, zischte Steven leise, der einen etwas panischen Blick in Richtung von John warf. Doch der sprach jetzt mit Gabriel und Tyrann und bemerkte sie nicht einmal.

Seth beugte sich zu Lissiana herunter. Sein Atem streifte ihr Ohr. Es fühlte sich an wie ein eisiger Hauch, der ihr durch die Wirbelsäule fuhr und sie lähmte.

»Warte nur, bis er nicht in der Nähe ist!« Seth raunte die Worte so leise, dass nur Lissiana sie hören konnte. »Jetzt profitierst du noch von seinem Schutz, aber sobald das vorbei ist, solltest du so weit weglaufen, wie du kannst.« Er zog ein wenig den Kopf zurück, um sie ansehen zu können. »Ich mochte schon immer eine gute Jagd.«

Mit diesen Worten ließ er sie los, und Lissiana stolperte rückwärts, während sie ihr Handgelenk schützend an ihren Körper presste. Wie paralysiert blickte sie Seth hinterher, der Steven ignorierte, welcher leise auf seinen Zwilling einredete. Und als sie vor John standen, lächelten sie ihn an, als wäre nichts gewesen. Diese Drohung war eindeutig gewesen. Aber Lissiana hatte nicht vor, leichte Beute zu sein. Für keinen von ihnen.

Als auch Butch und Tiny gegangen waren, deutete John ungeduldig auf die Tür.

»Na los, an die Arbeit, Frau Polizistin!« Er runzelte die Stirn, als sie ihm näher kam, und deutete auf ihr Handgelenk, das sie noch immer schützend an sich presste. »Alles o. k.?«

Lissiana schnaubte leise. »Interessiert es dich denn wirklich?«

John hielt ihr die Tür auf, aber eine Antwort blieb er ihr schuldig.

18

Lissiana war unfassbar müde, als sie eine der letzten Archivboxen durchsuchte. Nachdem sie sich mit den Zehn getroffen hatten, war jeder von ihnen aufgebrochen, um seinen Aufgaben im Fall des *Bräutigams* nachzugehen. Und John hatte verlangt, dass sie sich das Archiv ansahen.

Es war ein kluger Schachzug. Und doch war es mehr als anstrengend, die Archivboxen von sechs ungelösten Fällen zu durchsuchen, in denen es keinerlei Anhaltspunkte gab, weshalb sogar der kleinste mögliche Hinweis eingetütet worden war. Und so hatte sie gewiss schon die vierzigste Tüte mit einem Zigarettenstummel darin in der Hand gehabt.

Sie sah auf die Uhr und seufzte leise. Es war bereits Morgen. Und sie hatten noch nicht eine Stunde geschlafen.

»Lass uns eine Pause machen«, murmelte sie. John jedoch reagierte gar nicht. Er betrachtete jede Tüte mit Hinweisen ganz genau. Jedes Foto sah er so lange an, als wollte er in seinem Gehirn eine Kopie davon anlegen. Lissiana war froh darum, dass er sich so intensiv mit dem Fall beschäftigte. Und dass er dabei so ernsthaft und gewissenhaft war. Sie lächelte leicht. Das Schicksal dieser Frauen war ihm wirklich nicht egal. So wie sie vermutet hatte. Es war schön zu wissen, dass sie den Mann, den sie mal geliebt hatte, wirklich noch so gut kannte. Auch wenn er sie jetzt nur noch zu hassen schien.

»John?« Wieder keine Reaktion. Sie stand auf und ging zu ihm. Er hatte ein paar Stühle entfernt von ihr an dem großen

Tisch gesessen, auf dem ein buntes Chaos herrschte, das trotzdem ein gewisses System hatte. Sie legte ihm die Hand auf die Schulter. Schüttelte ihn leicht. »John?«

Er schüttelte den Kopf, so als müsste er sich aus seiner eigenen Welt befreien. Dann sah er sie an. »Ja? Was ist?«

Augenringe verdunkelten sein attraktives Gesicht. Er arbeitete bis an seine Grenzen, um diesen Mörder zu fassen. Sie lächelte, und ehe sie sich zurückhalten konnte, fuhr sie mit einem Finger über seine Wange. Sie beide erstarrten.

Dann räusperte sie sich und machte einen großen Schritt rückwärts. Was hatte sie sich dabei gedacht?! Sie hatte nicht mehr diese Art von Gefühlen für ihn. Überhaupt nicht. Es war nur ein Reflex gewesen. Ein Relikt aus früheren Zeiten. Als es zwischen ihnen noch mehr gegeben hatte als die bloße erzwungene Zusammenarbeit.

»Wir sollten eine Pause machen.« Innerlich schlug sie sich vor die Stirn. Ihre Stimme klang so unsicher wie die eines Schulmädchens. Hervorragend.

John zog eine Augenbraue hoch. »Offensichtlich.«

Sie kratzte sich am Hinterkopf. »Kaffee?«

Er nickte. »Gern.«

»Dafür müssen wir zum Automaten.« *Sehr geistreich, Schätzchen. Als wäre ihm das nicht selbst aufgefallen.*

»Und ich dachte, es gäbe einen Lieferservice bei der Polizei.« Der Sarkasmus war so deutlich zu hören, dass Lissiana sich eigentlich beleidigt fühlen müsste. Doch das tat sie nicht. Denn John hatte recht. Dieser Kommentar war einfach unfassbar dumm gewesen. Und unnötig. Sie schob es auf ihre Übermüdung, dass sie sich in seiner Nähe linkisch und unbeholfen fühlte. *Klar – Übermüdung. Wem willst du das denn erzählen?*

Sie rieb sich die Schläfen, als John und sie den Archivraum verließen. Schnell schloss sie ab. Sie wollte nicht das Risiko eingehen, dass jemand in ihren Unterlagen herumpfuschte.

»Ist scheiße, wenn man denen nicht mehr vertrauen kann, die man für ehrlich gehalten hat, oder?« John sah einfach den Flur hinunter.

Lissiana presste leicht die Lippen aufeinander. Dann seufzte sie. »Ja. Irgendwie schon.« Sie ging den Flur hinunter und war sich seiner Präsenz unglaublich bewusst. Vermutlich lag es daran, dass sie seit einigen Stunden allein mit ihm war.

Nachdem sie den Pakt mit Butch eingegangen war, hatte sie Nathan ins Bild gesetzt, der komplett ausgeflippt war. Daraufhin hatte sie ihn nach Hause geschickt, damit er sich beruhigen und sich überlegen konnte, ob er die Klappe hielt und dabei war oder ob er aussteigen wollte. Bisher hatte sie nichts von ihm gehört. Und sie konnte es ihm nicht verübeln. Sie wusste, wie er über die Cohen-Brüder dachte. Wie er allgemein über Gangster dachte. Für ihn waren sie der Bodensatz der Gesellschaft. Und dementsprechend schwer fiel es ihm, sie als Verbündete zu akzeptieren und etwas anderes in ihnen zu sehen als Mörder.

Doch sie waren mehr. Auch wenn Lissiana es nie laut zugeben würde, war sie froh, John und Butch in dieser Ermittlung auf ihrer Seite zu wissen. Obwohl sie danach durch ihre Hand sterben würde. Diese beiden waren wie eine Spezialeinheit. Zu einhundert Prozent tödlich und effizient. Und jeder wusste das. Die Brüder wurden gefürchtet und respektiert. Und auch wenn ihre Methoden fragwürdig waren, so waren die Straßen durch sie doch sicherer geworden. Zumindest die, die sich unter ihrer Kontrolle befanden. Außerdem war es so, dass sie, wenn sie sich für eine Seite entschieden hatten, vollkommen loyal zu ihren Alliierten standen. Sie musste sich keine Sorgen machen, dass die beiden sie verraten könnten. Zumindest nicht, bis dieser Fall beendet war. Ihre Wertevorstellung ließ es einfach nicht zu. Immerhin arbeiteten sie in einem der ältesten Gewerbe der Welt. Dort galten andere Regeln, an die man sich zu halten hatte. So absurd es auch klang. Und Ehre und Respekt standen dort an oberster Stelle.

Sie holten sich einen Kaffee aus der Maschine im zweiten Stock. Die anderen Polizisten starrten sie an wie Zirkustiere. Vor allem John. So als wollten sie unbedingt wissen, wie ein echter Gangster dieser Tage seinen Kaffee trank. Eine Kollegin kam etwas zu nah und glotzte etwas zu offensichtlich. Doch bevor Lissiana sie ermahnen konnte, schenkte John ihr schon ein charmantes Lächeln.

»Wollen Sie mir vielleicht helfen? Aber eigentlich trinke ich ihn schwarz. Wie meine Seele.« Er zwinkerte ihr zu. Und die Polizistin lief feuerrot an und zog sich zurück. Lissiana lachte leise in sich hinein. Das hatte sie nicht anders verdient.

Auf dem Weg zurück sah John sie an. »Ist das immer so?«

Sie runzelte die Stirn. »Was genau?«

»Starren sie dich immer so an. Ich meine seit damals?« Er trank einen Schluck. Doch in seinen Augen glaubte sie einen Hauch von Sorge und Bedauern sehen zu können.

»Willkommen in meinem Alltag! Aber man gewöhnt sich dran. Außerdem kennst du es ja auch.« Sie lächelte und deutete auf seine verschiedenfarbigen Augen. Eine Eigenart der Natur. Einige empfanden es als abstoßend. Aber Lissiana fand es wunderschön.

John ließ ein schmales Lächeln sehen. »Auch wieder wahr.« Dann verengte er seine Augen. »Wann werde ich eigentlich deine richtigen Augen sehen.«

Lissiana erstarrte, als sie den Schlüssel ins Schlüsselloch steckte, um den Raum aufzuschließen. Ihm ihre echten Augen zeigen? Ihr wahres Ich? Undenkbar. Sie musste ihn auf Abstand halten. Eine andere Wahl hatte sie nicht. Und ihn da ihre echte Augenfarbe sehen zu lassen, kam für sie nicht infrage.

»John, ich …« Sie schluckte.

»Vergiss, dass ich gefragt habe.« John stieß die Tür auf, sobald sie diese aufgeschlossen hatte. Lissiana seufzte. Jetzt erwartete sie erst einmal wieder Schweigen. Und sie konnte es ihm nicht verübeln. Sie hatten sich darauf geeinigt, Partner in dieser Ermittlung zu sein. Er wusste ihren echten Namen. Und doch weigerte sie sich, mehr von sich preiszugeben. Und das, obwohl ihr Schicksal längst besiegelt war.

Sie setzte sich zurück auf ihren Platz und stellte den Kaffee beiseite. Noch einmal warf sie einen Blick in die Archivbox, an der sie gerade arbeitete. Sie war leer. Und sie hatten nichts Neues gefunden. Aus lauter Frust drehte Lissiana sie auf den Kopf und begann zu schütteln. Sie erwartete nicht wirklich, dass etwas dabei herauskommen würde. Doch dann hörte sie ein leises Klicken.

Sofort sah John auf, und auch sie suchte zwischen all den Unterlagen. Und dann fand sie es. Einen kleinen braunen Umschlag. Nicht größer als eine Visitenkarte.

Schnell zog Lissiana sich wieder die Handschuhe aus Latex über. Dann öffnete sie den Umschlag. Eine Folie war darin zu sehen. Und darauf … Sie stieß einen Freudenschrei aus.

»Ein Abdruck!«

John riss die Augen weit auf. »Was?«

»Ein Abdruck!« Sie hielt ihn gegen das Licht. Jetzt waren die Umrisse eines Fingers klar zu erkennen. Das hier könnte der entscheidende Hinweis sein.

»In den Unterlagen wird nichts von einem Fingerabdruck erwähnt.« John blätterte erneut durch die Akte von Amanda Jones, zu der diese Box gehörte. »Jemand muss ihn versteckt haben.«

»Oder er wurde übersehen. Er muss in einer der Faltkanten gesteckt haben!« Lissiana lächelte. Doch dann fluchte sie.

»Was ist?« John stand auf und kam näher. »Das ist doch etwas Gutes.«

Lissiana seufzte. »Eigentlich schon. Wenn man ein Labor hätte, in dem man etwas untersuchen lassen könnte, ohne jedem misstrauen zu müssen.« Genau da war der Haken. Sie konnte niemandem trauen. Auch nicht den Mitarbeitern der Forensik. Sie raufte sich die Haare. »Fuck!«

John zog die Augenbrauen zusammen. Dann grinste er. »Überlass das mir. Jemand schuldet mir noch einen Gefallen. Aber dafür brauche ich dein Handy.«

»Ich werde gefeuert.«

»Ach, jetzt stell dich nicht so an!«

Lissiana verdrehte die Augen und sah skeptisch die im Halbdunkel liegende Treppe an, die in das Ungewisse führte. Zumindest hoffte sie inständig, dass ihr Aufenthaltsort für die New Yorker Polizei ein Geheimnis bleiben würde.

»Ich kann nicht fassen, dass ich dazu Ja gesagt habe.« Sie raufte sich leicht die Haare. Sie traf wirklich eine fragwürdige Entscheidung nach der anderen. Erst dieser Deal mit den Brüdern und jetzt das.

»Ich auch nicht. Aber jetzt sind wir hier.« John schaute die Treppen hinab, während ein Schmunzeln seine Lippen umspielte. Ihm schien es zu gefallen, dass sie ihren Job mit dieser Aktion aufs Spiel setzte. Und Lissiana glaubte fast, dass er es allein deshalb vorgeschlagen hatte.

»Wir sollten gehen. Es offiziell machen wie alle anderen auch.« Sie wusste, sie machte einen Rückzieher. Aber das hier war wirklich heikel. Egal wie sehr sie versuchte, sich einzureden, dass es eine notwendige und gute Idee war. Sie spürte, wie seine Hand auf ihrer Schulter landete. Schwer ruhte sie dort wie ein Amboss. Und dann griff er einfach zu und schob sie vor sich her. »Hey!«

»Augen zu und durch, Frau Polizistin!« In seiner Stimme klang eindeutig ein belustigtes Schmunzeln mit.

Ja. Augen zu und durch! Leichter gesagt als getan.

Sie ging die Treppe hinunter, und die Tür am Ende kam ihr vor wie der Eingang zur Hölle. *Reiß dich zusammen! So schlimm wird es schon nicht werden.* Doch in Lissiana hob der Sarkasmus sein hässliches Haupt. *Klar. Halb so wild. Rebecca wird sich nur verraten fühlen und dafür sorgen, dass dein süßer Arsch im Knast verrottet.* Lissiana schloss die Augen und atmete tief durch. Warum hatte diese Stimme sie nicht früher gewarnt? Zum Beispiel als sie John damals das erste Mal geküsst hatte. *Das war nicht halb so 'ne dumme Idee wie das jetzt.*

Das Klopfen an der Tür riss Lissiana aus ihrem inneren Diskurs, und sie sah John überrascht an. Seine Hand lag noch immer auf ihrer Schulter. Warm. Bestimmend. Sie deutete darauf. Und er zuckte nur mit den Schultern und verstärkte seinen Griff.

»Wer ist da?«, rief eine männliche Stimme hinter der Tür.

»Ich bin's«, antwortete John völlig selbstverständlich, so als würde das einfach alles erklären. Sie hörte ein Murmeln hinter der Tür. Das Schließen von Schubladen. Flüche. Dann Schritte.

»Was willst du?« Die Stimme klang nicht gerade freundlich, und Lissiana zog eine Augenbraue hoch. Das dauerte ihr entschieden zu lange.

»Jetzt mach die Tür auf!« Eine Hand verschloss schnell ihren Mund, und nur mühsam widerstand sie dem kindischen Impuls zuzubeißen.

»Bist du irre?«, zischte John leise. Er war so nah, dass sein Atem heiß über ihre Wange strich. Sie spürte genau, wie die Härchen auf ihren Armen sich aufrichteten. »Halt einfach einmal den Mund und lass mich reden! Kriegst du das hin?«

Lissiana stieß ein mühsames Schnauben aus. Dann nickte sie. Sie wusste, dass Fremde hier nicht willkommen waren. Sie hatte sich nur einfach mal wieder von ihrer Ungeduld lenken lassen. Das durfte nicht passieren.

»Wer ist noch da?« Die Stimme klang nun misstrauischer als vorher. Beinahe verschüchtert.

»Sie gehört zu mir.« Johns Ton war klar und scharf. Lissiana kannte ihn zu gut. Es war das klassische Zeichen dafür, dass ihm der Geduldsfaden riss. Und das war nicht etwas, das man riskieren wollte.

Nicht bei einem Cohen.

Wieder erklang Gemurmel hinter der Tür. Schritte.

Lissiana lehnte sich näher zur Tür, um genau hören zu können, was dahinter vor sich ging. Als ein leises, metallisches Klicken ertönte, zuckte sie von der Tür zurück und sah John an. Seine Finger formten eine Pistole. Automatisch griff Lissiana zu dem Holster an ihrer Hüfte. »Scheiße!«

Das Holster war leer. Rebecca hatte ihr die Waffe abgenommen, damit John nicht an sie rankommen konnte. Sie sah auf, und John verdrehte die Augen, ehe er wieder in Richtung ihrer Hüfte nickte. Diesmal deutlich ungeduldiger. Lissiana ließ ihre Finger über den Ledergürtel wandern.

Der Schlagstock.

Sie nahm den Schlagstock in die Hand und umfasste ihn fest. Es war nicht die Verteidigung ihrer Wahl. Schon gar nicht gegen eine Pistole. Aber es war besser als nichts.

»Wo ist dein Bruder?« Die Frage klang für einen Moment in der Stille nach, und John sah sie vorwurfsvoll an. Sein Gesichtsausdruck schrie ihr ein *Hab ich dir doch gesagt* entgegen.

Ungeduldig winkte Lissiana ab und deutete auf die Tür. *Jetzt antworte doch endlich!*

»Traust du mir nicht zu, meine Geschäfte selbst zu erledigen?«

Sie sahen einander an. Was hinter der Tür lag, konnte unter Umständen tödlich enden. Ihr Körper verspannte sich.

Als die Tür geöffnet wurde, sah Lissiana sofort wieder zu dem möglichen Aggressor. Der Mann vor ihr war kaum größer als sie selbst. Seine Augen waren mandelförmig und braun. Sein Haar war an den Seiten ganz kurz geschoren und oben deutlich länger. Es leuchtete in einem eigenwilligen Türkis. Er trug zerrissene schwarze Jeans zu einem lockeren Muskelshirt und einer Lederjacke. In seiner linken Augenbraue funkelten drei silberne Ringe. Sie entspannte sich und lächelte.

»Lissiana?« Der Unglauben stand Il-Sung ins Gesicht geschrieben. Er ließ seine Beretta 950 Jetfire sinken. Dann öffnete er seine Arme und zog sie mit einem Ruck an sich. »Ist lange her«, murmelte er nah an ihrem Ohr, und sie schloss kurz die Augen, während sie seine Wärme genoss. Wie immer roch er nach Zigaretten und teurem Rasierwasser.

»Wer zur Hölle bist du?«

Il-Sung zog bei Johns Frage eine Augenbraue hoch. Ach ja, Il-Sung hatte erst kurz nach Johns Inhaftierung angefangen, für Dragon zu arbeiten. Das hatte sie völlig vergessen. Die beiden konnten sich überhaupt nicht kennen. Und sie betete, dass Il-Sung nicht zu plaudern anfing. John musste wirklich nicht alles über sie wissen. Schon gar nicht, woher sie Il-Sung so gut kannte.

Il-Sung ließ Lissiana los. Betont lässig lehnte er sich in den Türrahmen. Auch Lissiana entging das Blickduell nicht, das sich die ungleichen Männer lieferten. *Was für Platzhirsche.*

»Mein Boss hat gesagt, du würdest auftauchen.« Il-Sung wandte sich um und ging zurück in den Raum, der im Dunkeln lag.

Sein Boss? Wer war …?

Lissiana sah John an und riss die Augen auf. »Warte – Dragon ist der Typ, der dir einen Gefallen schuldet?«

John stieß ein leises Lachen aus.

Dragon schuldete niemandem einen Gefallen.

Es war immer andersherum.

»Ja, ich hab bei ihm das ein oder andere gut.« Die Stimme von John gab einen Hauch von Stolz preis, und doch verschloss seine Miene sich sofort wieder. Erneut prallte sie ab.

Es war frustrierend.

John legte ihr die Hand in den Nacken und schob sie unsanft voran.

Im Dämmerlicht des Raums erkannte Lissiana hohe Tische. Auf den Oberflächen waren alle möglichen Arten von Behältern zu sehen. Neben Bunsenbrennern und Pipetten fand sich ein gläserner Messbecher neben einem … war das ein Mixer?! Eingespannt in einer Vorrichtung aus Metall, die Lissiana irgendwann mal im Chemielabor ihrer Highschool gesehen hatte, kochte über einem Bunsenbrenner eine violette Flüssigkeit. Der aufsteigende Geruch von verbrannten Chemikalien ließ sie würgen. Sie wollte nicht wissen, was das war. Wirklich nicht.

Sie brauchte allerdings keinerlei Fantasie für das weiße Pulver, dass Il-Sung gerade in ein Tütchen füllte.

»Willkommen in deiner ersten Drogenküche, Kätzchen!« Lissiana bemerkte, dass John sich zu ihr heruntergelehnt hatte. Sein Lächeln war breit. Ja, das alles schien ihm sehr zu gefallen.

Mistkerl!

»Soll ich dir die Augen zuhalten?«

Kein Mistkerl. Sarkastisches Arschloch!

»Nicht nötig.« Sie wandte sich ab und suchte die Tische ab. Und tatsächlich. In der letzten Ecke, unter einer flackernden Neonröhre, stand ein Mikroskop.

»Tobt euch aus! Ach, und Lissiana – inoffiziell versteht sich.«

»Drogenküche und Polizistin ohne Durchsuchungsbefehl? Keine so gute Kombination. Du bist sicher.«

Sein Lachen hatte einen hellen Klang. Fasziniert beobachtete Lissiana, wie sich das Licht in den drei kleinen Ringen in seiner Unterlippe brach. Sie war etwas zu voll für einen Mann.

»Nicht starren! Mehr arbeiten.«

»Ist ja gut.« Lissiana griff in die Innentasche ihrer Jacke. Sie förderte den kleinen braunen Umschlag hervor, kaum größer als eine Visitenkarte. Sie begab sich zum Tisch in der rechten Ecke des Raumes. Vorsichtig zog sie sich einen Hocker heran. Der Sitz klebte unter ihren Fingern. Ekelhaft.

Sie zog das Mikroskop näher heran. Es war so ähnlich wie das aus dem Polizeilabor. Sie zog ihre Jacke aus und reichte sie stumm nach hinten. Niemand nahm ihr das Kleidungsstück ab.

»Nimm bitte die Jacke!« Ungeduldig wedelte sie damit herum.

»Bin ich dein verdammter Sklave?«, murrte John.

Sie verdrehte die Augen. »Stell dich nicht an wie ein Kleinkind!«

John riss ihr, begleitet von einem Grummeln, die Jacke aus der Hand. Er war wirklich empfindlich. Vorsichtig nahm Lissiana die Folie aus dem Umschlag. Erneut hielt sie sie gegen das Licht. Der Abdruck. Vielleicht war das endlich der entscheidende Hinweis.

Lissiana legte die Folie unter das Mikroskop. Ihre Finger wanderten schnell über die Knöpfe und Rädchen. Dann sah sie durch das Okular. Doch was sie sah, ergab für sie keinen Sinn. Die feinen Linien, die sonst den Fingerabdruck ausmachten, waren nicht dort. Und doch konnte sie die Umrisse eines Fingers genau erkennen. Der klassische leichte Fettfilm war da. Die Form passte. Doch die Linien fehlten. Lissiana stieß einen Seufzer aus.

Irgendetwas stimmte mit dem Mikroskop nicht. Das musste es sein. Sie richtete sich auf und sah sich auf dem Tisch um.

Gefäße. Pipetten. Pulver. Kein Tuch.

Lissiana stand auf und suchte auf den anderen Tischen. Irgendwo musste doch ein beschissenes Tuch sein.

»Pass doch auf!« Der Ausruf von John ließ sie innehalten und nach ihm suchen. Am anderen Ende des Raumes entdeckte sie ihn. Dann fiel ihr Blick auf die Fußfessel an ihrem Knöchel. Das Lämpchen war gelb. Nicht mehr grün.

»Verdammtes Scheißding.« Diese Fußfesseln waren wirklich ein Problem. »Ich brauche ein Tuch.«

John griff in die Brusttasche seines Anzugs. Ein rotes Tuch kam zum Vorschein. Auch ohne einen zweiten Blick erkannte sie die edle Qualität. Butch musste es ihm gegeben haben.

»Soll ich das damit wirklich sauber machen?« Sie deutete auf den Raum. Auf den Schmutz. All die undefinierbaren Substanzen, die auch noch stanken und klebten.

»Glaubst du wirklich, du findest hier etwas Sauberes?« Sein angewiderter Blick sprach Bände.

Auch Lissiana sah sich erneut um. Nein, wohl nicht.

Sie nahm das Tuch an sich. Das Rot strahlte regelrecht.

Sie ging zum Mikroskop zurück und wischte gründlich über das Okular. Vorsichtig. Das musste jetzt helfen. Als sie fertig war, blickte sie erneut durch das Mikroskop. Doch das Ergebnis war noch immer dasselbe.

»Fuck!« Sie hob den Kopf und rieb sich die Augen. Sah erneut durch. Keine Veränderung. »Das darf nicht wahr sein.«

»Was ist denn?«

Sie spürte, wie John näher an sie herantrat. Seine Präsenz presste ihr beinahe die Luft aus den Lungen. »Der Abdruck ist unbrauchbar.«

»Lass mich mal sehen!« Unsanft schob er sie zur Seite und schaute selbst durch das Okular. Er runzelte die Stirn. Die steile Falte ragte zwischen seinen Augen auf. Auch er stellte das Mikroskop schärfer. Er senkte erneut den Blick. Dann hob er den Kopf.

»Was ist?« Ungeduld rieb sie auf. Er wusste etwas. Doch sein Gesicht verriet ihr erneut nichts. Schon wieder war sie von seinen Erklärungen abhängig. Gott, wie sie das hasste!

Wortlos stand John auf und ließ sie zurück. Fest presste sie die Zähne zusammen. Er hatte sie nicht wirklich gerade einfach stehen gelassen. Dieser selbstgerechte …

Sie hielt inne, als John seinen Daumen in ein Stempelkissen drückte. Dann kam er zurück. Er griff sich ihre Hand und drückte seinen Daumen auf ihren Handrücken.

Lissiana hob ihre Hand an ihre Augen. Was zum Teufel?!

Auch dieser Abdruck hatte keine Linien. Er war genauso wie der untersuchte Abdruck. Nur die Form des Fingers war anders.

Sie brachte Johns Hand näher zum Licht. Dann drehte sie seine Handfläche nach oben und betrachtete seine Fingerkuppen.

Da waren keinerlei Linien.

Stattdessen spannte sich glatte Haut über die Fingerkuppen. Vorsichtig betastete sie die Haut genauer. Ganz glatt war sie nicht. Etwas Struktur war zu ertasten. War das etwa Narbengewebe?!

»In unserer Organisation müssen die höheren Mitglieder ihre Fingerabdrücke abbrennen.«

Die Stimme von John klang fremd in ihren Ohren. Lissiana sah ihn an. Doch sein Blick war auf seine Hand gerichtet. Sie lag noch immer in ihrer.

»Man presst die Hand einfach auf eine heiße Herdplatte. Mehr braucht es nicht.« Er räusperte sich und entzog ihr seine Hand. »Viele große Organisationen machen das. Nicht nur meine.«

Er betrachtete ihr Gesicht, und Lissiana versuchte zu begreifen, was er ihr sagen wollte. Doch dann verstand sie.

»Er ist einer von euch!«
»Gut möglich, Frau Polizistin.«

19

Lissiana parkte den Streifenwagen am Bürgersteig vor ihrer Wohnung und schaltete den Motor ab. Ihre Hände glitten vom Lenkrad, und ihr Kopf sank erschöpft gegen die Kopfstütze. Ihre Augen fielen zu. Sie war zu lange auf den Beinen. Sie brauchte eine Dusche und eine ruhige Nacht in ihrem eigenen Bett. Und jetzt, wo John wusste, wer sie war, gab es keinen Grund mehr, Verstecken zu spielen. Sie konnte genauso gut eine Nacht in ihrem eigenen Bett schlafen und am Morgen ihren eigenen Kaffee trinken.

»Ich werde den Geruch aus diesem Laden nie wieder los.« Sie öffnete ein Auge, als sie hörte, wie John leise lachte. Auch er sah furchtbar aus. Der Anzug, den er trug, war stark zerknittert. Die Ringe unter seinen Augen waren langsam dunkelviolett. So wie ihre. Sie brauchten beide eine Pause. Sonst würden sie niemandem etwas nützen. Sie zog ihr Handy hervor. Noch immer keine Nachricht von Nathan. Bei Gott, sie hoffte wirklich, dass er sich bald wieder einkriegen würde. Sie brauchte ihn. Jetzt mehr als jemals zuvor. Doch sie sollte ihn nicht drängen. Sie wusste ja, warum er sich derartig wehrte. Doch das war ein Kampf, den er mit sich selbst ausmachen musste. Dabei konnte ihm niemand helfen.

Lissiana stieß die Fahrertür auf, stieg aus und sah an der Fassade hinauf. Sie wusste, dass das Haus schäbig aussah. Der Putz blätterte an manchen Stellen bereits ab. Die Katzen von New York City trafen sich an der Tür des billigen Sushi-Ladens, der in das Haus mit eingegliedert war.

Auch John stieg aus. Er verzog das Gesicht. »Hier wohnst du also?« Kein Wunder, dass er sich so darüber mokierte. Sein Penthouse lag in der Upper East Side in einem der teuersten Gebäude des Viertels. Dort gab es einen Portier und so ziemlich alles, was das Herz begehrte. Der Wolkenkratzer war stets sauber und gepflegt gewesen. Nicht einmal ein Staubkorn hatte man finden können. Lissiana hingegen musste mit einer schäbigen Fassade leben. Dafür war die Wohnung in einem sehr guten Zustand.

»Ja, hier wohne ich. Es ist immer noch besser als die Wache.« Sie zückte den Schlüssel.

»Das ist Ansichtssache.« Sie ignorierte den Kommentar von John und ging voraus. Sie schloss die eher marode Tür auf und ging hinein. Der Flur war eng und düster. Außerdem roch es nach Fisch. An den Briefkästen hielt sie an. Etwas über zwanzig Parteien lebten hier auf sechs Etagen. Sie nahm sich die Post. Alles nur Rechnungen. Darum würde sie sich kümmern, wenn sie geschlafen hatte und nicht mehr alles doppelt sah. Einen Aufzug gab es nicht. Also gingen sie die Treppen hinauf in den fünften Stock, wo sie vor Apartment 503 stehen blieben.

»Ich hoffe, deine letzte Hepatitisimpfung ist noch nicht zu lange her.« John sah sich noch immer um. Sein Gesichtsausdruck war eine Mischung aus Ekel und Unglauben.

Sie verdrehte die Augen. »Du klingst wie eine reiche, versnobte Lady von der Upper East Side.«

Er nickte sehr ernst. »Und zum Frühstück essen mein Kater und ich nur Kaviar.« Dann schüttelte John den Kopf. »Hoffentlich ist deine Wohnung nicht auch so ein Albtraum.«

Lissiana biss sich auf die Unterlippe. Das lag bekanntlich im Auge des Betrachters. Sie schloss die Wohnungstür auf und ging hinein. Als sie das Licht einschaltete, wurde sie sich bewusst, wie klein ihr Apartment eigentlich war.

Sie standen in einem winzigen Flur ohne Tür. Von dem ging es in ihr einziges Zimmer. An der linken Wand stand ein weißes Sofa. Davor hatte sie einen kleinen Couchtisch gestellt, auf dem sich Bücher und Zeitschriften stapelten. An der rechten Wand standen einige Bücherregale. In einem Fach hatte sie ihren winzigen Fernseher untergebracht. Hinter der Armlehne des Sofas führte eine kleine Treppe zu dem Überbau, der sich über der Küche befand, die hinter dem Wohnzimmer war. Dort lag ihre Matratze. Ein Bettgestell hatte nicht in den kleinen Raum zwischen Decke und Zwischendecke gepasst. Die Küche war offen. Und sie war sehr, sehr alt. Aber es war offensichtlich, dass sie sie nicht oft nutzte. Denn sie war absolut sauber. Weder Tassen noch Teller, noch Töpfe standen herum. Lissiana ging weiter hinein und öffnete das Fenster zur Feuertreppe, um die etwas kühlere Nachtluft hineinzulassen.

»Komm rein«, sagte sie zu John, der noch immer im Flur stand und ihr Apartment betrachtete.

»Ich hab das Gefühl, ich steh schon mittendrin.« Dennoch kam er weiter hinein. Für einen Mann von seiner Größe musste es wirklich winzig wirken. Denn allein durch seine Anwesenheit kam ihr kleines Apartment ihr noch kleiner vor.

John sah sich skeptisch um. »Und wo ist dein Badezimmer?«

Sie ging an ihm vorbei in die Küche und schob dort eine Falttür beiseite. Ihr Bad war auch sehr klein. Dort passte lediglich eine ebenerdige Dusche, eine Toilette und ein Waschbecken hinein. Es war relativ modern eingerichtet. Außerdem war es sauber.

Er zog eine Augenbraue hoch. »Charmant.«

Lissiana wusste, dass er das nicht ernst meinte. Sie zog ihre Schuhe aus und zuckte mit den Schultern. Sie liebte ihr kleines Apartment. Es war hell, freundlich und sauber, auch wenn das Äußere es nicht vermuten ließ. Natürlich war es nicht mit ihrer vorherigen Wohnung zu vergleichen. Die hatte ein Zimmer mehr und Blick auf einen Park gehabt. Aber seitdem sie nicht mehr für ein Sonderkommando arbeitete, sah es finanziell einfach schlechter aus.

»Immerhin müssen wir hier weniger mit den Fußfesseln aufpassen.« Sie versuchte, in dieser Situation das Positive zu sehen. Außerdem würde sie endlich wieder in ihrem eigenen Bett schlafen können. Und das war für sie schon viel wert.

Sie streckte sich und sah auf die Uhr. Es war kurz nach halb eins in der Nacht. Eine Pizza vom Lieferservice würden sie bestimmt nicht mehr auftreiben können. »Willst du etwas essen?«

»Kommt drauf an. Hast du etwas da, das noch keine Tiefkühltruhe gesehen hat?« John sah sich weiter in ihrem Apartment um. Er bewegte sich so vorsichtig, dass sie glaubte, er wollte nichts kaputt machen.

Sie öffnete den Kühlschrank und fand nichts als Wasser und Licht. »Nein, sieht schlecht aus.«

John stieß einen Seufzer aus. Sie wusste, er legte viel Wert auf frisch gekochtes Essen, seitdem er es sich leisten konnte. Immerhin hatte er damals auch irgendwie Butch durchbringen müssen. Und anstatt ihm immer etwas Fertiges vorzusetzen, hatte John irgendwann das Kochen gelernt. Er war zwar kein Viersternekoch, aber das Essen hatte immer geschmeckt.

Sie öffnete das Tiefkühlfach. Hier sah es schon deutlich besser aus. Ihr Leben in den letzten Monaten hatte kaum eine andere Art der Ernährung zugelassen. Und wenn sie nicht gerade irgendetwas aus Fastfood-Restaurants bestellte, lief es eben auf diese Art von Essen hinaus.

»Ich hab Thunfisch, Vegetarisch oder Salami.« Sie hielt die drei Pizza-Packungen hoch, und John zog eine Augenbraue hoch. »Ich weiß, das passt dir alles nicht. Aber such dir einfach eine aus!«

Er kam näher und nahm die Packungen in die Hand. Er passte kaum unter die Zwischendecke, sodass er dauerhaft den Kopf einziehen musste. »Ich nehme die Vegetarische. Da habe ich wenigstens den Hauch einer Chance, dass tatsächlich das drauf ist, was dransteht.«

Sie nickte, heizte den Ofen vor und schob beide Pizzen hinein. Als sie sich umdrehte, hatte John das Jackett ausgezogen und über die Lehne des Sofas gelegt, auf dem er nun saß. Jetzt konnte sie sehen, dass das Hemd wirklich leicht spannte. Es musste vermutlich tatsächlich unbequem sein. Sie biss sich auf die Unterlippe. Sie war doch wirklich eine kindische Idiotin. Sie füllte ein Glas mit Wasser und stellte es vor John ab. Zumindest das konnte sie tun. Als sie sich abwenden wollte, hielt er sie am Handgelenk fest. Die Berührung brannte. Und doch entzog sie sich ihm nicht. Die Wärme, die von ihm ausging, hatte sie schon damals beruhigt. Und doch stand sie in starkem Kontrast zu seinem kalten Auftreten gegenüber Fremden.

»Nichts für ungut, Kätzchen, aber Wasser ist nicht das, wonach mir der Sinn steht.« Er deutete auf das Glas. Sie schmunzelte. Ja, das konnte sie tatsächlich verstehen. Ihr war auch nicht nach Wasser.

Lissiana ging zu ihrem Regal und öffnete eines der Fächer. Diverse Sorten Alkohol fanden sich darin. Doch sie zog nur den Scotch hervor. Sie wusste, er würde eh nichts anderes anrühren. Sie holte zwei neue Gläser und setzte sich zu ihm aufs Sofa. Wenn auch mit so viel Abstand, wie das Möbelstück zuließ. Man musste ja nicht dauerhaft seine eigenen Grenzen testen.

Sie goss ihnen beiden etwas ein. Es war vielleicht nicht die beste Idee zu trinken, wenn John in der Nähe war. Doch sie wusste, sie konnte sich auf sein Wort verlassen. Ihre Zusammenarbeit war besiegelt. Vor ihm musste sie sich vorläufig nicht mehr fürchten.

John hob sein Glas an die Lippen und trank einen Schluck. Genießerisch schloss er die Augen. Ein zufriedenes Murren war zu hören.

Lissiana lächelte. »Wie? Kein Kommentar dazu, wie billig der Fusel ist?« Sie wusste, er trank sonst nur Scotch, der mindestens alt genug war, um sich seinen eigenen Scotch zu bestellen.

»Das ist mein erster Alkohol seit zwei Jahren.« Er sah ins Glas. Schwenkte die bernsteinfarbene Flüssigkeit hin und her. »Mir würde auch der billige Wodka von der Tanke schmecken.« Wieder trank er einen Schluck. »Wenn du zwei Jahre von allem abgeschnitten bist, dann weißt du die kleinen Dinge wieder zu schätzen. Völlig egal, ob die Flasche nun zwanzig oder hundertzwanzig Dollar gekostet hat.«

Lissiana hielt inne. Er hatte recht. Und es war ihre Schuld. Sie schluckte. Sah überallhin, um ihn nicht anschauen zu müssen. Schweigen breitete sich aus.

»Ist sie das?« Lissiana sah zu John, der auf ein Bild in ihrem Regal deutete. In einem braunen Holzrahmen stand ein Foto von Vicky. Es war ein zufälliger Schnappschuss im Central Park gewesen. Kurz nachdem sie damals hergezogen waren. Sie trug eine rote Mütze zu einem gelben Mantel. Ihre Augen waren weit aufgerissen. Auf den Lippen ein breites Lächeln. Die Wangen ganz rot vor Kälte.

»Ja, das ist sie.« Sie stand auf und holte das Foto. Dann hielt sie es John hin. Er sah sie überrascht an, stellte dann aber sein Glas ab und nahm den Bilderrahmen. Eindringlich betrachtete er das Foto. Eine steile Falte bildete sich zwischen seinen Augenbrauen, die immer tiefer wurde, je länger er das Bild anschaute. Dann blickte er zwischen Lissiana und dem Foto hin und her. Sie wusste, was er sah. Was wirklich jeder sah. Doch sie hoffte, er würde schweigen.

»Ihr habt das gleiche Lächeln«, sagte er nach einer Weile der Stille und blickte weiter auf das Foto. Seine Finger strichen über das Holz.

»Für sie tue ich das alles. Für sie bin ich damals Polizistin geworden.« Lissiana wusste nicht, warum sie das alles sagte. Doch sie hatte das Gefühl, als wäre sie ihm eine Erklärung schuldig. Zumindest eine Erklärung irgendeiner Art. Sie stand auf und nahm die Pizza aus dem Ofen.

»Ich bin mir sicher, du kannst das verstehen.« Es war ein gezielt platzierter Kommentar von ihr. Etwas, das John zeigen sollte, dass sie aus einem guten Grund an diesem Fall arbeiteten. Dass es etwas zu schützen gab. Etwas Wundervolles. Etwas, das er definitiv verstehen würde. Sie packte die Pizzen auf zwei Teller, nahm sich das Besteck und kam zu ihm zurück. Er blickte noch immer auf das Bild.

»Ja, ich verstehe.« Er stellte das Foto beiseite und nahm sich seine Pizza. Über irgendetwas schien er noch immer nachzudenken. Selbst nach dem Essen blieb dieser grüblerische Ausdruck auf seinem Gesicht.

»Was ist?«, fragte Lissiana und nahm die Teller mit in die Küche. Abspülen würde sie morgen. Jetzt wollte sie nur noch schlafen.

»Mir ist gerade klar geworden, dass wir nicht so verschieden sind, wie ich gedacht habe.« Bei seinen Worten wären Lissiana beinahe die Teller aus der Hand gefallen. Sie sah zu John, doch er trank nur seinen Scotch aus und füllte großzügig nach. Ein harter und verschlossener Ausdruck lag auf seinem Gesicht. Es schien ihm nicht zu gefallen, dass sie einander ähnlich waren.

Missbilligend schnalzte er mit der Zunge. »Aber das ändert nichts.«

Nein, das änderte gar nichts. Das wusste sie. Und das war auch besser so. Noch einmal konnten sie sich nicht aufeinander einlassen. Vollkommen ausgeschlossen. Lissiana wusste, wie er war. Und wer er wirklich war. Sie hatte sich damals gegen ihn entschieden. Und vermutlich würde sie es immer wieder tun.

Sie wandte sich ab und verschwand im Badezimmer. Ihre Hände lagen auf dem Waschbecken, als sie sich abstützte. Warum war es nur alles so schwer? Diese aufgezwungene Nähe brachte sie durcheinander. Machte sie schwindelig und benommen. Und das, obwohl sie wusste, dass sie ihm besser fernbleiben sollte. Sie sollte nicht mit ihm auf dem Sofa sitzen und Pizza essen, während sie Scotch tranken. Sie sollte auch nicht versuchen, nett zu ihm zu sein. Sie arbeiteten zusammen. Und das war auch schon alles.

Ja. Klar. Sie schüttelte den Kopf. Dann kämmte sie sich die Haare und putzte sich die Zähne. Als sie die Kontaktlinsen herausnehmen wollte, zögerte sie. Sie hatte das Gefühl, sie würde John dann näher an sich heranlassen. Als würde sie ihm mehr Angriffsfläche bieten. Und genau das konnte sie im Moment nicht riskieren. Doch ihre Augen brannten. Und ein wenig war sie das Versteckspiel auch leid. Sie nahm die Kontaktlinsen heraus und wusch sich das Gesicht. Als sie in den Spiegel sah, kam ihr das dunkle Braun ihrer Augen fremd vor.

Sie zog ihre Kleidung aus und warf sie in den Wäschekorb, ehe sie ein großes, altes Shirt der New York Knicks überstreifte. Als sie herauskam, saß John noch immer auf dem Sofa und trank in Ruhe sein zweites Glas.

Sie deutete auf das Badezimmer. »Zahnbürsten sind unter dem Waschbecken«, sagte sie und kam sich dumm vor. Es gab so vieles zwischen ihnen, das gesagt werden müsste. Und sie sprach über Zahnbürsten.

John stand auf und kam auf sie zu. Dicht vor ihr blieb er stehen. Sie hielt die Luft an. Der Impuls zurückzuweichen war kaum auszuhalten. Doch sie blieb stehen, legte den Kopf in den

Nacken und hielt seinem Blick stand. Nachzugeben würde zu nichts führen. Denn auch wenn sie in dieser Ermittlung Partner waren, konnte sie sich keine Schwächen erlauben.

Sie riss die Augen auf, als er die Hand hob und ihr Kinn umfasste. Der Griff war nicht sonderlich hart. Er betrachtete sie. Bewegte ihren Kopf leicht von links nach rechts. Und sie konnte nur wie erstarrt dastehen. Seine Berührung brannte. Sandte Wellen aus Hitze und Verwirrung durch sie hindurch. Lähmte sie. Sie atmete durch leicht geöffnete Lippen und versuchte einen klaren Gedanken zu fassen. Doch in ihrem Kopf herrschte nur lärmendes Chaos.

John verzog die Lippen zu einem schmalen Strich. Dann ließ er sie mit einem Ruck los, sodass Lissiana ein bisschen ins Taumeln geriet und sich am Regal abstützen musste.

»Du bist eine Fremde für mich.« Mit langen Schritten ging er an ihr vorbei. Kurz darauf zog er die Tür vom Badezimmer mit einem Ruck zu.

Lissiana stand noch eine Weile dort. Fassungslos. Verwirrt. Und auch ein wenig verletzt. Wie ferngesteuert kletterte sie die Treppe zu ihrem Bett hinauf. Das zweite Set von Decken und Kissen warf sie John herunter auf das Sofa.

Selbst als John das Licht gelöscht hatte, lag sie noch wach. In ihrem Kopf nichts als Chaos. Und als der Schlaf sie endlich einholte, brannte ihr Kinn noch immer von seiner Berührung.

20

»Kein guter Abend heute, oder?«

Mary wandte sich Joy zu und seufzte leise. »Nein, echt nicht«, sagte sie. Dabei hatte sie doch heute extra knappe Kleidung angezogen. Die Sonntage waren nämlich nie gute Abende. Entweder lief Football, oder die Männer konnten sich aufgrund von familiären Verpflichtungen nicht von ihren Frauen lösen. Sie hasste die Sonntage. Aber wenn sie ehrlich war, dann hasste sie den ganzen Job.

Sie hasste das künstliche Stöhnen, den gespielten Orgasmus und die immer gleichen widerlichen Typen, die glaubten, dass man Liebe einfach auf dem Straßenstrich kaufen konnte. So oft hatte Mary darüber nachgedacht aufzuhören. Weg von dem Strich. Weg von Louis. Einfach nur weg.

Und doch wusste sie, dass das alles nur eine Illusion war. Nichts davon würde passieren. Denn das Geld stimmte. Und es gab schlimmere Zuhälter als Butch Cohen und seine kleinen, willenlosen Soldaten. Vermutlich würde sie, wenn sie dann noch dünn und hübsch war, auch mit dreißig noch verzweifelten Männern die Schwänze lutschen. Sie spuckte aus und verzog die Lippen. Heute war kein guter Abend.

»Jetzt zieh nicht so 'ne Miene! Du machst Louis nur wütend«, zischte Joy ihr zu und sah über die Schulter in die Bar. Wie immer saß Louis an seinem Tisch am Fenster. Wie immer trank er Wasser. Und er starrte Mary an, als würde er sie am liebsten dazu verspeisen. Doch da waren die Cohen-Brüder knallhart. Wer sich die Preise nicht leisten konnte, der brauchte nicht auf Almosen zu hoffen. Und sie war froh, dass ihr die Gesellschaft von Louis bisher erspart geblieben war. Sie sah zur Straße. Zurück in die Realität.

Scheinwerfer erschienen, und Joy ging mit wiegenden Hüften zum Bürgersteig. Wie sie mit den Wimpern klimperte und ihre Brüste herausstreckte, war lächerlich. Das hatte sie nicht nötig. Denn Joy war klassisch schön. Ihr Haar war lang und blond, und ihre eisblauen Augen erinnerten Mary an Diamanten. Sie hätte locker ein Model sein können. Wie sie wohl hier gelandet war? Sie hatten nie darüber gesprochen.

Doch der Minivan fuhr einfach an Joy vorbei, die blinzelte und ihre vollen Lippen zu einem kindischen Schmollen verzog. Dann hielt der schwarze Wagen vor Mary.

Augen zu und durch! So wie jedes Mal. Denk an das Bier und die Pizza, die am Ende des Abends auf dich warten!

Sie drückte die Schultern durch und schlenderte wie beiläufig zum Wagen. Dann lehnte sie sich ans geöffnete Fenster. Der Mann hinter dem Steuer war durch die Beleuchtung des Armaturenbretts gut zu erkennen. Er war durchaus ansehnlich. Durchschnittlich. Er trug keinen Anzug. Also niemand aus dem Finanzsektor in der Nähe. Vermutlich schmaler Geldbeutel bei der Karre. Trotzdem lächelte sie. Er roch sauber. Das war ein Pluspunkt.

»Hey«, sagte Mary. Sie hielt nichts von den übertriebenen Kosewörtern. Sie hielt sich da zurück. Stattdessen lehnte sie sich etwas weiter hinunter, damit er einen guten Blick auf ihre Titten werfen konnte. Denn dafür war er hier. Und nicht für eine nette Konversation.

»Hey …«, antwortete der Mann leicht schüchtern. Sehr gut. Dann würde er bestimmt keinen billigen Dirty Talk in ihr Ohr raunen, wenn er sich an ihr austobte.

»Für fünfzig kriegst du eine Kostprobe. Für hundertfünfzig den ganzen Ritt.« Sie strich sich durchs Haar. Lenkte seinen Blick auf die Haarspitzen, die ihr Dekolleté berührten. Sie kannte die Tricks. Manipulation war erschreckend leicht.

»Steig ein!« Mary nickte. Dann warf sie einen Blick zurück zu Louis. Er unterhielt sich mit irgendeiner Brünetten. Mary ging um die Motorhaube herum. Ihre Fingerspitzen ließ sie über den Lack gleiten. Kleine Anspielungen. Mehr brauchte es nicht. Sie öffnete die Tür und glitt auf den Sitz. Dann fuhr ihr Kunde los.

Er schwieg und drehte das Radio lauter. Irgendeine Sängerin ließ sich über Liebe aus. Liebe. Als gäbe es so etwas wirklich. Lächerlich. Eine Illusion. Eine, die sich seit Jahrhunderten verkaufen ließ.

Sie steckte die Hände zwischen die Knie und sah hinaus. Die Hochhäuser zogen an ihnen vorbei. Wer wohl hinter den Fenstern lebte? Und wie dieses Leben im Licht wohl war? Sie hatte immer nur in den Schatten gelebt. Dort war sie schon geboren worden. Wie ihr Leben wohl aussähe, wenn sie wirklich an die Uni gegangen wäre, wie sie es ihrer Großmutter versprochen hatte. Vermutlich würde sie dann nicht in einem Minivan sitzen, der nach absolut nichts roch. Weder nach Zigaretten. Noch nach dem Parfüm einer Frau. Noch nach Babypuder. Als hätte der Mann keinen Bezug zu dem Wagen.

Sie betrachtete das Armaturenbrett. Keinerlei Figuren. Keine Fotos. Nicht mal eine Halterung für ein Handy. Sie runzelte die Stirn. Sie hatte schon so viele Wagen gesehen. Doch keiner war so unpersönlich wie dieser. Aber vermutlich gab er nichts auf materielle Dinge. Seine Kleidung war durchschnittlich. Jeans und T-Shirt. Kein Schmuck. Nicht mal eine Uhr.

Der Wagen polterte, und Mary wurde aus ihren Gedanken gerissen. Es sah so aus, als wären sie am Hafen. Nach kurzer

Zeit tauchte der Hudson auf. Ein sehr abgeschiedener Platz. So mochten es die meisten. Abgeschieden. Dunkel. Schmutzig. Der Wagen hielt an. Der Motor erstarb. Und mit ihm die Ballade der Sängerin.

»Also, was willst du? Den Blowjob oder das volle Programm?«, fragte Mary, und der Mann verzog den Mund, als hätte sie ihn beleidigt. Sie betrachtete ihn genauer. Mister Durchschnittlich. Ja, so würde sie ihn nennen. Sie wartete. Er antwortete nicht.

Mary verlor die Geduld. Wusste er nicht, dass sie es eilig hatte? Sie konnte viel Geld verdienen, wenn sie schnell wieder auf ihrem Platz war. Sie hatte nicht die ganze Nacht Zeit. Die Miete wollte bezahlt werden. Und die Raten für das Pflegeheim ihrer Großmutter.

»Ich hab nicht die ganze Nacht Zeit. Du musst dich schon entscheiden.« Sie wusste, sie drängelte. Aber dieser Monat war nicht gut gelaufen. Sie war krank gewesen. Und niemand wollte wandelnde Bakterien vögeln. Das hatte zumindest Louis zu ihr gesagt.

Wieder sagte Mister Durchschnittlich nichts. Er schwieg und starrte aufs Wasser. Wollte er etwa einen auf schüchtern machen? Lächerlich. Kein unschuldiger Mann bezahlte für Sex. Er war genau wie alle anderen. »Sie sollten sich in Geduld üben«, sagte er, und Mary biss sich auf die Zunge. Vielleicht wollte er sie jetzt nicht mehr. Dann würde Louis ihr die Hölle heißmachen. »Entschuldige bitte! Ich will dich nur unbedingt.«

Sie wusste, sie trug dick auf. Aber vielleicht stand er ja drauf. Sie durfte sich das Geld einfach nicht entgehen lassen. Auch nicht, wenn sie dafür ihre Grundsätze über Bord werfen musste. Der Mann lächelte. Dann winkte er sie zu sich. Er stellte den Sitz zurück. Sie mühte sich mit der Mittelkonsole ab. Dann glitt sie rittlings auf seinen Schoß. Sofort presste sie ihre Brüste an seinen Oberkörper. Damit sie schnell zur Sache kamen. Damit es schnell vorbei war. Er schob ihr das Haar aus dem Nacken. Dann packte er zu. Sie schrie auf. Der Griff war hart. Und er schmerzte stark.

»Au! Hör auf!«, verlangte Mary und drückte ihre Hände gegen seine Arme. Erst jetzt bemerkte sie seine Muskeln. Sie waren stark. Sehr stark. Panik überkam sie. Dann zwang sie sich zur Ruhe. Vielleicht konnte sie mit ihm reden. Ihn an ein anderes Mädchen verweisen. Eins, das auf SM stand.

»Man darf nicht lügen. Das ist eine Sünde«, murmelte Mister Durchschnittlich, und sie zuckte zurück. Was?

Dann explodierte ein überwältigender Schmerz in ihrer Schläfe. Als würde man ihr Hirn spalten.

Und dann? Nichts als Schwärze.

21

Nathan betrachtete das Chaos im Konferenzraum und stieß ein leises Seufzen aus. Die geöffneten Kisten der ungelösten Fälle standen auf dem großen Tisch herum. Ihr Inhalt war überall auf dem dunklen Holz verteilt, sodass kein leerer Fleck mehr übrig blieb. Bilder, Berichte und eingetütete Beweise bildeten ein für ihn vollkommen unübersichtliches Chaos, auch wenn er sich sicher war, dass Lissiana und John dort eine Art System verfolgt hatten.

Als er hergekommen war, war die Tür unverschlossen gewesen. Ein dummer Fehler, den er von Lissiana nicht erwartet hätte. Doch im Moment passierten einige Dinge, die er nicht von ihr erwartet hätte. Wie dieser ominöse Deal mit den Brüdern.

Nathan schüttelte den Kopf. Was zur Hölle hatte sie sich nur dabei gedacht? Nicht nur, dass sie sich selbst in Gefahr brachte, sie riskierte damit auch die ganzen Ermittlungen. Denn wenn herauskam, dass sie mit Butch Cohen zusammengearbeitet hatten, würde die gesamte Ermittlung vor Gericht vor die Hunde gehen. Außerdem würde Rebecca ihnen den Kopf abreißen, denn von Butch war, soweit Nathan wusste, absolut nicht die Rede gewesen.

Es war eine Sache, einen verurteilten und inhaftierten Straftäter zu einer Ermittlung hinzuzuziehen. Es war jedoch eine ganz andere, einen freien gefährlichen Gangsterboss mit ins Vertrauen zu ziehen.

Er rieb sich die Schläfen und sah wieder auf den Tisch. Vorsichtig streckte er die die Hand aus und hob ein weißes Blatt auf. In geschwungener Schrift hatte Lissiana all ihre Gedanken zu Amanda Jones aufgeschrieben. Sogar jedes noch so kleine Detail, das ihr seltsam vorkam, hatte sie zu Papier gebracht. Es war das erste Mal seit Tagen, dass er das Gefühl hatte, die Polizistin in ihr wiederzuerkennen.

Nathans Augen glitten weiter über das Papier. Warum hatte sie sich ausgerechnet mit Amanda Jones beschäftigt? Warum nicht mit irgendeinem anderen Opfer? Doch vermutlich hatte sie das auch getan. Die Beweisstücke zu den anderen fünf Frauen lagen ebenfalls auf dem Tisch. Er runzelte die Stirn. Wieder glitten seine Augen über ihre Zeilen. Ihre Aufzeichnungen brachen abrupt ab. Die sauber geschwungene Schrift endete mitten in einem Wort. Stattdessen hatte sie etwas an den Rand gekritzelt. Kaum zu lesen, wenn man ihre Schrift nicht kannte.

War das etwa eine Adresse?

Nathan zog sein Smartphone heraus und gab die Adresse ein.

»Verdammt, Kleines!« Nathan schloss gequält die Augen. Er kannte dieses Viertel. So wie jeder Polizist, der ein wenig Zeit bei den Streifenpolizisten verbracht hatte. Es war ein gängiger Umschlagplatz für Drogen. Und er war sich ziemlich sicher, dass sie sich dort in einem der versteckten Drogenlabore aufhielt. Es stimmte offenbar, was man sagte: Alte Angewohnheiten konnte man wohl doch nur schwer ablegen.

Er erinnerte sich nur zu gut daran, wie er Lissiana vollkommen high aus einem von Dragons Clubs geholt hatte, nachdem er sie ein paar Wochen lang beschattet hatte. Immerhin hatte er ja wissen müssen, worauf er sich bei ihr einließ.

Als er ihr dann in den Club folgte, hatte er sie zur Rede stellen wollen. Doch das war überhaupt nicht möglich gewesen. Sie hatte an der Bar gestanden, zwischen Il-Sung und Dragon. Vollkommen zugedröhnt und mit leerem Blick.

Er hatte sie mit zu sich genommen und sie unter die kalte Dusche gestellt, in der Hoffnung, dass sie wieder zu sich kam. Damals hatten sie sich kaum gekannt. Sie waren erst seit wenigen Wochen Partner gewesen. Und doch hatte er genau in diesem Moment diese eigenwillige Verbindung zu ihr gespürt. Wie sie dort gestanden hatte unter dem eisigen Wasser, während sie kaum geblinzelt hatte. Als wäre sie Welten entfernt. So wie er sich manchmal fühlte.

Und dann hatte sie angefangen zu reden. Es war einfach so aus ihr herausgebrochen. Und irgendwann hatte sie so schnell gesprochen, dass ihre Worte sich überschlagen hatten. Und er hatte einfach nur zugehört, während er auf dem Boden vor der Dusche gesessen hatte.

Erst da hatte er wirklich realisiert, wie tief John Cohen ihr unter die Haut gegangen war. Dass sie ihn geliebt hatte. Dass sie jeden Tag log, um dieser Tatsache nicht ins Auge sehen zu müssen. Und dass sie sich dafür hasste, ihn ins Gefängnis gebracht zu haben.

Danach hatte er sie in ein paar Decken gewickelt, hatte ihr etwas zu essen gegeben und sie dann in seinem Bett schlafen lassen. Und am nächsten Morgen hatte es nichts zu sagen gegeben. Sie hatte sich bedankt und war gegangen. Und danach hatte er sie nie wieder in diesem Zustand vorgefunden. So als hätte sie beschlossen, einfach zu vergessen. Und genau das hatte Lissiana wohl die letzten zwei Jahre getan. Sie hatte vergessen.

Und jetzt war er es gewesen, der sie in diese Welt zurückgezwungen hatte. Der sie dazu gezwungen hatte, sich mit ihren alten Dämonen auseinanderzusetzen und sich ihren einstigen Gefühlen zu stellen. Und er war es auch, der sie damit völlig allein ließ, weil er nun mal ein ignorantes Arschloch war, das schnell die Beherrschung verlor.

»Ich Vollidiot!«

Er hatte es ihr wirklich unnötig schwer gemacht. Natürlich befürwortete er ihren Deal nicht, aber er sollte mehr Vertrauen in sie haben. Er kannte Lissiana. Sie tat nichts, ohne nicht wirklich gründlich darüber nachgedacht zu haben. Und vielleicht hatte diese Allianz tatsächlich ihre guten Seiten.

Er musste ihr nur mehr vertrauen. Egal wie schwer es ihm fiel.

Also, was machte sie in einem Drogenlabor?

Nathan riss leicht die Augen auf und blickte auf die Beweise. Hatten sie und John tatsächlich etwas gefunden? Etwas, das sie in einem Labor untersuchen mussten? Wenn das wirklich der Fall wäre, dann wäre Lissiana niemals so dumm, solche Beweise in einem Polizeilabor untersuchen zu lassen, wenn sie doch niemandem trauen konnten.

Wieder las er die Adresse. Dann lachte er leise in sich hinein. »Sehr clever, Kleines. Sehr, sehr clever.«

»Was ist clever?« Nathan riss den Kopf herum, als er eine vertraute weibliche Stimme hinter sich hörte.

Hannah stand im Türrahmen und lächelte ein wenig schüchtern. Sie hob die zwei Tassen Kaffee an, die sie in der Hand hielt.

»Ich habe Sie hereinkommen sehen und dachte, Sie könnten etwas Kaffee vertragen.« Sie deutete auf die Uhr, die an der Wand hing. »Immerhin ist es schon sehr spät.«

Hannah hatte vollkommen recht. Es war schon spät. Kurz nach zwei Uhr morgens. Eigentlich sollte er zu Hause sein und ein paar Stunden schlafen. Doch er hatte sich von einer Seite auf die andere gedreht und hin und her überlegt, wie er mit der Situation mit Lissiana umgehen sollte. Was er zu ihr sagen und wie er sie behandeln sollte. Und wie er sich nun entscheiden sollte. Mit den Cohen-Brüdern zu arbeiten war immerhin ein Verrat an dem Rechtssystem, an das er glaubte und das er verteidigte.

Als er zu keiner Entscheidung gekommen war, hatte er den Versuch zu schlafen aufgegeben und war hergekommen. Und doch war er jetzt kein bisschen schlauer als zuvor. Er wusste nur, dass er Lissiana vertrauen musste.

Aber das war doch eigentlich schon eine Antwort, oder nicht?

Unauffällig faltete Nathan Lissianas Zettel hinter seinem Rücken zusammen und schob ihn in seine hintere Hosentasche. Dann ging er auf Hannah zu.

Er nahm ihr eine der beiden Tassen aus der Hand und lächelte kurz. »Danke!«

Sie winkte ab. Ihre braunen Locken schwangen leicht mit ihrer Bewegung mit. »Nichts zu danken.«

Nathan trank einen großen Schluck von dem heißen Kaffee und stieß ein zufriedenes Brummen aus. Gott, er hatte gar nicht bemerkt, wie müde er tatsächlich war. Aber dieser starke schwarze Kaffee würde dem Problem schon Abhilfe schaffen.

»Wieso sind Sie denn noch hier?« Nathan beobachtete über den Rand seiner Kaffeetasse, wie Hannah sich eine Strähne aus der Stirn strich und zu Boden sah. Vielleicht hatte sie ja die Nachtschicht am Empfang, und er hatte sie einfach übersehen, als er hineingekommen war. Unmöglich war es nicht.

»Ich konnte nicht schlafen und bin deshalb hergekommen. Außerdem hat der Commissioner für alle Überstunden angesetzt – auch für die Sekretärinnen. Aber irgendetwas gibt es ja immer zu tun.« Hannah bemühte sich, ein Lächeln zu zeigen. »Immerhin hinterlasst ihr Polizisten genug Chaos für eine ganze Armee, und irgendjemand muss es ja ordnungsgemäß wegräumen, nicht wahr?« Sie deutete auf den Tisch hinter Nathan. »Ich wollte gerade damit anfangen.«

Ja, er wusste genau, wie es war, wenn die Arbeit die einzige Zuflucht war, die man hatte. Er war ja aus keinem anderen Grund hier. Aber wenn sie das Chaos entdeckt hatte, dann …

Nathan runzelte die Stirn. »War der Raum verschlossen?«

Hannah überlegte einen Moment. »Nein. Als ich herkam, war der Raum bereits offen, und Commissioner Lance kam heraus. Er sah nicht sonderlich glücklich aus und hat mir gesagt, ich solle sofort dieses Chaos aufräumen. Wieso?«

Nathan runzelte die Stirn. Die Konferenzräume wurden meist zur Einrichtung von Task-Forces freigehalten, weshalb man für jeden Raum eine Genehmigung brauchte und man den Schlüssel vom Commissioner selbst abholen musste. Vermutlich hatte Commissioner Lance eine Runde gedreht, bevor er nach Hause gegangen war, hatte das Chaos gesehen und Hannah deshalb angewiesen aufzuräumen.

Nathan winkte nachlässig ab. »Nur so. Da muss ich wohl ein ernstes Wörtchen mit meiner Partnerin sprechen.«

Hannah lachte leise und sehr verhalten, so als wäre sie sich nicht sicher, ob sie darüber lachen durfte. Doch dann schwand ihr Lächeln. »Lissiana Stafford als Partnerin zu haben ist nicht so leicht, oder?«

Automatisch verspannte Nathan sich. »Wieso?«

Er wusste, er klang viel zu defensiv. Beinahe schon gereizt. Aber er war es gewohnt, dass die Leute im Revier schlecht über Lissiana sprachen, und er hatte sich so sehr daran gewöhnt, sie zu verteidigen, dass diese Reaktion zu einem traurigen Automatismus geworden war.

Hannah zuckte leicht von ihm zurück. Ihr Blick richtete sich wieder auf den Boden. »N-N-Nur so.«

Nathan seufzte leise und kratzte sich am Hinterkopf. »Entschuldigen Sie. Ich würde ja sagen, ich bin überarbeitet und deshalb so ein Arschloch, aber Lissiana versichert mir immer wieder, dass ich wirklich einfach nur ein unhöflicher Idiot bin. Nehmen Sie es also nicht persönlich!«

Zaghaft hob Hannah den Blick. Dann schüttelte sie langsam den Kopf. »Nein, nein – ich versteh schon.«

Nathan zog eine Augenbraue hoch. »Ach ja?« Der Sarkasmus war nicht zu überhören.

Hannah nickte leicht. »Ja. Sie wollen sie beschützen. Deshalb reagieren sie so abwehrend. Das bewundere ich an ihnen beiden.«

Nathan hielt überrascht inne. Hatte er da gerade richtig gehört?

Hannah sah in ihre Kaffeetasse. Ihre Wangen überzog ein rötlicher Schimmer. »Sie beide wirken immer so vertraut miteinander. Als wären sie nicht nur Partner, sondern auch Freunde.« Sie lächelte leicht. »Das ist schön, zumal Detective Stafford es wirklich nicht leicht zu haben scheint. Da ist es schön zu sehen, dass sie zumindest einen Freund hat.«

Nathan blieb der Mund kurz offen stehen, ehe er ihn schnell wieder schloss. Hannah war der erste Mensch im Polizeirevier, der nicht sofort jede Gelegenheit nutzte, um sich das Maul über Lissiana zu zerreißen. Und das überraschte Nathan mehr, als er jemals zugeben würde.

Hannah blinzelte leicht, und ihre Wangen nahmen ein noch tieferes Rot an. »Entschuldigen Sie, ich wollte auf keinen Fall die Hobbypsychologin spielen. Ich bin nur schon so lange hier und hatte die Gelegenheit, sie vor alldem zu sehen und nach diesem unglücklichen Vorfall.« Sie presste die Lippen aufeinander. »Sie scheint so verändert. Das war alles, was ich damit sagen wollte.«

Nathan räusperte sich leicht und nickte dann. »Ich verstehe schon. Und ich weiß das sehr zu schätzen. Genauso wie Lissiana.« Er stieß ein sarkastisches lachen aus. »Sie sind die Erste, von der ich etwas Nettes über Lissiana höre, seitdem das alles passiert ist. Das ist echt mal ’ne schöne Abwechslung.«

Hannah lächelte leicht. »Das freut mich.« Schweigen setzte kurz ein. Dann wurde Hannah blass und hob abwehrend eine Hand. »Also nicht, dass man schlecht über Detective Stafford spricht, sondern …«

Nathan legte Hannah eine Hand auf die schmale Schulter und drückte sanft zu, während er sie anlächelte. »Ich verstehe schon. Keine Sorge.«

Hannah stieß einen Seufzer der Erleichterung aus. »Dann ist ja gut.«

Nathan nahm die Hand von Hannahs Schulter, und eine lange und sehr unangenehme Stille entstand.

Hannah strich sich durch ihr wirres braunes Haar und lächelte schwach. »Ich komm dann später zum Aufräumen wieder. Sie scheinen ja noch zu arbeiten.«

Nathan schüttelte den Kopf. »Nein, ich wollte auch gerade zusammenpacken.«

Hannah hielt inne. »Soll ich Ihnen helfen?«

Nathan biss die Zähne zusammen. Er war wirklich ein Idiot. Wie sollte er jetzt ablehnen, ohne unnötige Aufmerksamkeit zu erregen? Immerhin wusste niemand außer John, Lissiana, Rebecca und ihm, dass es einen Maulwurf gab. Andererseits, er war ja hier. Was sollte schon passieren? Es war ja nicht so, als könnte Hannah Beweise vor seinen Augen verschwinden lassen.

»Ja, gerne.« Und so fingen er und Hannah an, alles zusammenzuräumen. Peinlich genau sortierten sie das Chaos auseinander, das John und Lissiana hinterlassen hatten. Und Nathan war froh um Hannahs Gesellschaft und das lockere Gespräch, das sich zwischen ihnen entwickelte. So musste er zumindest nicht zu sehr über seine Situation mit Lissiana nachdenken und wie zur Hölle er das alles wieder geradebiegen sollte.

22

Als Lissiana erwachte, hatte sie rasende Kopfschmerzen. Blind tastete sie nach ihrem Handy, das mit lautem, plärrendem Klingelton einen Anrufer verkündete. Wer zur Hölle rief sie in aller Herrgottsfrühe an?! Sie hoffte, dass es einen guten Grund dafür gab. Sie hatte gerade einmal vier Stunden geschlafen, und ihre Laune war dementsprechend auf dem absoluten Nullpunkt. Sie sah auf das Display. *Nathan.* Sofort hob sie ab.

»Gott sei Dank!« Sie fuhr sich mit der freien Hand durch ihr zerzaustes Haar. »Ich dachte schon, du meldest dich gar nicht mehr. Es tut mir leid, dass ich es dir nicht eher gesagt habe. Und dass ich dich da mit reinziehe, aber –«

Nathan unterbrach sie mit sanfter Stimme. »Lissiana, hör mir zu –«

»Nein, bitte hör mich erst an. Es tut mir so leid.« Sie seufzte. »Du weißt, ich brauche dich an meiner Seite. Und ich will, dass du das weißt. Ich lege großen Wert auf –«

Wieder unterbrach er sie. »Kleines … Es gab noch ein Opfer.«

Sofort war sie hellwach. »Was?!« Ihre Kehle fühlte sich so eng an, dass sie das Wort nur undeutlich hervorwürgen konnte.

Nathan seufzte. »Ich habe es gerade auf dem Funk gehört. Wir sollen sofort kommen. Es tut mir so leid.«

Lissiana hörte zwar, wie er ihr eine Adresse in Hell's Kitchen nannte, doch als sie auflegte, war da nur ein Rauschen in ihren Ohren. Sie lag im Bett und starrte auf ihr Telefon.

Noch ein Opfer. Noch ein Opfer. Noch ein Opfer.

Ihr wurde schlecht. Vorsichtig schob sie sich aus dem Bett. Die Treppen hinab. John sah sie an. Er sagte etwas zu ihr. Sie sah, wie sich sein Mund bewegte. Doch sie hörte überhaupt gar nichts. Als wäre sie in einem Aquarium gefangen. Sie hob abwehrend die Hand. Was auch immer er ihr jetzt an den Kopf werfen wollte, es konnte warten. Ihre Finger umklammerten noch immer das Handy. Die Kanten bohrten sich in ihre Haut.

Drehte sich der Raum? Ihr kam es so vor.

John sprang auf. Nur am Rand bemerkte sie, dass er nichts außer seiner Boxershorts trug. Sorge verdunkelte sein Gesicht. Seine Hand umfasste ihren Unterarm. Hielt er sie aufrecht? Sie wusste es nicht. Seine Lippen bewegten sich. Er schien auf sie einzureden. Doch Lissiana schob sich nur von ihm.

Noch ein Opfer. Noch ein Opfer. Noch ein Opfer.

Ihr Blick glitt zu dem Kalender an der Wand. Sie hätte noch knappe zwei Monate haben müssen. Stattdessen hatte der Mörder diesmal nur eine Woche gewartet. Sieben Tage. 168 Stunden.

Kälte überkam sie. Dann Panik. Dann wieder Übelkeit.

Noch immer sah sie, wie John den Mund bewegte. Jetzt umfasste er sogar ihre Schultern und schüttelte sie leicht. Doch sie konnte ihn nur ansehen. Sie wollte schreien. Weinen. Ihm sagen, was passierte. Stattdessen war sie wie gelähmt. Unfähig, irgendetwas anderes zu tun, als sich von ihren Gedanken in die Tiefe ziehen zu lassen. Wieder hatte sie eine Frau sterben lassen. Wieder ein unschuldiges Opfer dieses kranken Geistes. Wieder ein Leben, das sie nicht hatte retten können. Ein Tod, der jetzt zu ihrer Schuld beitrug. Eine Schuld, die so schwer wog, dass sie kaum atmen konnte.

Sie riss sich von John los und eilte zum Badezimmer. Sie fiel vor der Toilette auf die Knie und erbrach sich. Wieder und wieder. Doch das Rauschen in ihrem Kopf hörte nicht auf. Ebenso wenig wie ihre innere Stimme, die leise flüsterte: *Noch eine, die auf dein Konto geht. Und du hast wieder nichts getan.*

Als Lissiana aus dem Streifenwagen stieg, fühlte sie sich noch immer furchtbar. Weder ihre Kopfschmerzen noch ihre Übelkeit waren sonderlich abgeebbt. Das einzig Positive an ihrer Lage? Es gab nichts mehr in ihrem Magen, das sie hätte erbrechen können. Also konnte sie sich nun ihren Kollegen stellen. Sie schloss den Wagen ab und sah nach rechts und links. Sie befanden sich hier in einem besonders miesen Teil von Hell's Kitchen, in dem Kriminalität und Armut an der Tagesordnung lagen. Die Häuser hier waren in einem katastrophalen Zustand und kaum noch bewohnbar. Und doch standen auch hier die Leute auf der Straße, um zu sehen, was in dieser Gasse zwischen zwei Mietshäusern geschah. Hier jedoch gab es keine Morgenmäntel und Lockenwickler. Hier gab es verschlissene T-Shirts und Löcher in den schnell übergezogenen Turnschuhen.

Lissiana ging um die Motorhaube herum und sah zu John. Sein Blick war auf die Gasse gerichtet. Das rote Licht des Sonnenaufgangs und das Blaulicht warfen dunkle Schatten auf sein Gesicht, das wie erstarrt zu sein schien. Er war ungewöhnlich still. Schon seitdem er ihr heute Morgen das Haar aus dem Gesicht gehalten hatte. Sie hatte es erst bemerkt, als sie langsam wieder zu sich gekommen war. Doch nachdem er ihr ein Glas Wasser gegeben hatte, hatte er eisern geschwiegen. So wie jetzt.

»Alles okay?«, fragte Lissiana nach einer Weile. Sie standen vor dem gelben Absperrband und bewegten sich nicht. Sie beide sahen in die Tiefe der Gasse, die noch im Dunkeln lag und die einzig und allein von den Scheinwerfern der dort geparkten Polizeifahrzeuge ein wenig erhellt wurde. Zum Glück wurde ihnen der Blick auf die Leiche bisher noch erspart.

John schnalzte mit der Zunge. Dann sah er sich um. Betrachtete genau das Haus, das rechts von der Gasse stand. Er zog die Augenbrauen zusammen. Dann streckte er die Hand aus. Lissiana sah auf seine Handfläche und zog eine Augenbraue hoch.

Er verdrehte die Augen. »Dein Handy.« Als wäre das vollkommen offensichtlich gewesen. Sie zog es aus ihrer Hosentasche und gab es ihm. Dann sah auch sie zu dem Haus. Doch was daran so besonders sein sollte, erschloss sich ihr nicht.

Es war ein rotes Backsteinhaus. Teilweise rankte Efeu daran hinauf. Die Fenster waren alle milchig vergilbt. Graffiti war an allen Wänden zu finden. Aber keine künstlerischen Werke, sondern eher dreckige Obszönitäten. Das eine erkannte sie sogar als die Markierung einer Gang. Die Haustür sah marode aus, ebenso wie die stark verrostete Feuerleiter.

»Brian?« Lissiana sah zurück zu John, der telefonierte. »Der *Bräutigam* hat wieder zugeschlagen.« John nickte, als könnte Butch ihn sehen. »Ja, es ist eine von uns. Ich schicke dir ein Bild von ihr zur Identifikation.« Dann legte er auf und gab Lissiana das Handy zurück.

Doch ihr stand noch immer der Mund offen. »Woher weißt du, dass sie zu euch gehört?« Überschätzte er nicht vielleicht ein wenig seine Auffassungsgabe. Er hatte die Leiche ja noch nicht einmal gesehen.

Er seufzte und deutete auf das Haus, ehe er die Arme vor der Brust verschränkte. »Das hier ist unser Gebiet. In diesem Haus haben Brian und ich gewohnt, als wir hierherkamen. Das kann unmöglich ein Zufall sein. Schon gar nicht bei einem Mörder, der seine Taten derart akribisch durchplant.« Er ging zum gelben Absperrband und hielt es für sie hoch. »Kommst du?«

Doch Lissiana stand noch immer wie erstarrt da. Ihr Blick glitt zurück zu dem heruntergekommenen Haus. Hier hatte er mit Butch gelebt? In genau diesem Haus? Das hatte sie nicht gewusst. Doch auch wenn ihre gemeinsame Zeit intensiv gewesen war, war sie vor allem auch eins gewesen – kurz. Aber er hatte recht, das konnte unmöglich ein Zufall sein. Sie schloss zu John auf und duckte sich unter dem gelben Absperrband durch.

Auf der anderen Seite herrschte hektische Betriebsamkeit. Laut sprachen die Polizisten miteinander. Einige riefen einander sogar etwas zu. Alle gingen geschäftig umher. Doch keiner schien wirklich einen genauen Plan zu haben. Der einzige, der sich nicht bewegte, war Nathan. Er lehnte an einem Streifenwagen und starrte auf den Boden. Er musste zu Hause gewesen sein, denn sein Anzug war in einem guten Zustand. Auch wenn das nicht für sein Gesicht galt. Er wirkte abgekämpft und gestresst. Lissiana ging zu ihm und legte ihm vorsichtig die Hand auf die Schulter.

»Hey, alles okay bei dir?« Sie wusste, dass diese Frage momentan nichts weiter war als eine Floskel. Denn gar nichts war okay. Der *Bräutigam* hatte beschlossen, dass ihm alle zwei Monate nicht genug waren. Und jetzt war er unberechenbarer als jemals zuvor.

Nathan sah auf. »Das sollte ich besser dich fragen.« Sein Blick fiel auf John. »Hast du den Konferenzraum abgeschlossen, als du gestern gegangen bist?«

Sie runzelte die Stirn. »Ja, habe ich.«

Er zog eine Augenbraue hoch. »Bist du dir ganz sicher?«

Lissiana wollte gerade den Mund öffnen, um ihm zu sagen, dass das hier weder die Zeit noch der Ort war, um einen Streit mit ihr über ihre Zurechnungsfähigkeit zu führen, doch Nathan hob schon abwehrend die Hände.

»Vergiss es! Wird schon stimmen, was du sagst. Und keine Sorge. Ich bin dabei. Auch wenn es mir nicht gefällt.« Er stieß sich von dem Wagen ab und vergrub die Hände tief in den Taschen seines Anzugs. »Du siehst furchtbar aus.«

Lissiana lächelte. Das war ein gutes Zeichen. »Schon mal in den Spiegel gesehen? Du wirst heute auch keine Schönheitskönigin.«

Er lachte leise. »Immerhin sehe ich nicht aus wie ein Gespenst.«

»Punkt für dich.« Lissiana sah weiter die Gasse hinab. Sie konnte bereits die Spitze eines weißen Kleides im Licht der Scheinwerfer erkennen. Sie verspannte sich. Doch sie hatte keine Wahl. Auch wenn sie versucht hatte, mit Nathan in eine kleine Illusion zu flüchten, so war sie doch hier. An einem Tatort. Und wieder war eine Frau tot.

Sie ging voraus. Sie spürte John und Nathan hinter sich. Wie eine schützende Wand. Und auch wenn sie es niemals zugeben würde, so war sie doch froh, sie beide bei sich zu wissen. Sie musste das hier nicht alleine durchstehen. Denn sie war sich der Blicke ihrer Kollegen doch sehr bewusst. Wie Raubtiere beobachteten sie sie. Sie, das verwundete Beutetier, dass mit letzten Kräften versuchte, eine Schlacht zu schlagen, von der so viele glaubten, dass sie längst verloren war.

Als Lissiana sich an den letzten Kollegen vorbeischob und einen Blick auf die Leiche warf, wurde ihr wieder übel. Denn diesmal lag das Opfer nicht. Ihr Mörder hatte sich die Zeit genommen, sie an die hintere linke Ecke der Gasse anzulehnen, sodass sie aufrecht saß. Die Hände lagen vermutlich in ihrem Schoß. Das große Bouquet roter Rosen lag darauf. Die Beine waren lang ausgestreckt und an den Knöcheln überkreuzt. Es wirkte beinahe so, als wäre sie hier einfach eingeschlafen. Vermutlich hatte er sie so arrangiert, damit Passanten einfach an ihr vorbeigingen. In diesem Viertel waren Obdachlose keine Seltenheit. Außerdem war die Leiche so tief in der Gasse verborgen, dass sie nur schemenhaft zu erkennen war. Und vermutlich würde nicht einmal jemand einen zweiten Blick riskieren.

Das Brautkleid, das sie trug, war lang und hatte einen A-Linien-Schnitt. Der Rock war ausgebreitet. Der Rocksaum mit Spitze besetzt. Sonst war es sehr schlicht. Es hatte lange Ärmel, und nur eine einfache Brosche aus offensichtlich billigen Perlen war über ihrem Herzen angebracht worden. Sie trug ein weißes Kropfband. Nur eine dünne Linie aus rotem Blut verriet, dass sich darunter die tödliche Wunde befand.

Der diensthabende Gerichtsmediziner kam hinzu und gab Lissiana ein paar Latexhandschuhe. »Ich schätze den Zeitpunkt des Todes auf maximal vor vier Stunden ein. Die Totenstarre ist noch nicht stark ausgeprägt.« Er hob ihren Arm und bewegte diesen. Ohne Probleme. »Das arme Mädchen.« Er seufzte leise und rieb etwas von dem Make-up in ihrem Gesicht ab. Tiefrote Blutergüsse zeichneten sich in ihrem Gesicht ab. Die Schwellung war deutlich zu erkennen.

»Alle diese Wunden sind ihr erst vor Kurzem zugefügt worden. Wie ich gehört habe, hat er die anderen Frauen über mehrere Tage gefoltert, sodass einige der Schwellungen schon zurückgegangen waren. Das kann hier nicht der Fall gewesen sein. Aber ihre Verletzungen sind enorm. Sie muss schlimme letzte Stunden gehabt haben.«

Lissiana traten die Tränen in die Augen, und schnell sah sie in den Himmel, um es zu verbergen. Sie musste so schrecklich gelitten haben. Die Schmerzen müssen enorm gewesen sein. Sie musste –

»Kleines?« Lissiana wurde aus ihren Gedanken gerissen, als Nathan sie ansprach. Mit seinen behandschuhten Fingern zog er leicht an der Taille des Kleides. »Es ist zu groß.«

Sie blinzelte. »Wie bitte?«

Er nickte schnell. »Es ist zu groß. Es passt ihr nicht richtig.«

Sofort war Lissiana an seiner Seite. Das Kleid passte tatsächlich nicht richtig. Das war das erste Mal, dass das passiert war. Was bedeutete, dass er nicht die Zeit gehabt hatte, sich sorgfältig um alles zu kümmern.

»Er bekommt Panik.« John lächelte dunkel. »Das hier ist eine Kurzschlussreaktion gewesen. Kein akribisch geplanter Mord. Was bedeutet, dass wir ihm auf den Fersen sind.«

Lissiana lächelte einen Moment. Doch dann schwand es schnell. Sie sah über ihre Schulter. Ihre Augen glitten über die anwesenden Polizisten, die sie alle anstarrten.

Sie sprach sehr leise. »Was bedeutet, dass er uns beobachtet.«

»Oder uns beobachten lässt.« Nathan zog die Handschuhe aus und richtete sich auf. Sie selbst hockte noch eine Weile vor dem Mädchen. Sie musste um die zwanzig Jahre alt sein. Da sie keine Farbe riechen konnte, mussten ihre Haare von Beginn an braun gewesen sein. Ihr Gesicht war hübsch. Sie hatte eine kleine Stupsnase und sehr volle Lippen. Dazu hohe Wangenknochen und eine wohlgeformte Stirn. Ihr Make-up war nicht so aufwendig wie das der anderen Opfer. Und diesmal konnte man deutlich sehen, dass ihr die Haare in Eile geschnitten worden waren. Der Schnitt war auf der rechten Seite leicht schief geraten.

»Es ist eine Warnung«, murmelte John leise, und seine Augen glitten über die Umgebung. Sie konnte sehen, dass er alles genauestens beobachtete und jedes noch so kleine Detail in sich aufnahm. »Wir haben irgendetwas getan, das ihn wütend gemacht hat. Und das hier ist das Ergebnis.«

Lissiana erhob sich langsam. Sie taumelte ein wenig. Doch John ergriff sofort ihren Unterarm und hielt sie aufrecht.

»Also ist es unsere Schuld?« Ihre Stimme klang schwächlich. Gerade hatte sie sich noch gefreut, den *Bräutigam* in die Ecke getrieben zu haben. Jetzt drückte ihre Schuld sie wieder erbarmungslos nieder. Diesmal ging der Tod dieser Frau tatsächlich auf ihr Konto. Nicht nur symbolisch.

»Kätzchen, bleib ruhig! Das ist etwas Gutes.« Wütend entriss sie John ihren Arm. Sie deutete ungehalten auf das Mädchen.

»Wie kann das gut sein? Wie kannst du so etwas sagen?« Mit langen Schritten verließ sie die Gasse. Sie musste weg von hier. Weg von dieser Erkenntnis, die ihr die Kehle zuschnürte. John direkt hinter ihr. Wie der Schatten, den sie nicht loswerden konnte.

»Wenn er Angst hat, dann wird er Fehler machen.« Er schloss zu ihr auf und hielt sie am Arm zurück. »Du wirst sehen, ab jetzt kann es nur besser werden. Ihr Tod war nicht komplett umsonst.«

Lissiana schüttelte den Kopf. Sie konnte nicht glauben, was er da von sich gab.

»Jeder gewaltsame Tod ist umsonst, John.« Dann stieg sie in den Wagen und schlug die Fahrertür zu.

John saß auf dem Sofa und starrte auf die Badezimmertür, hinter der Lissiana vor einer Stunde verschwunden war. Sie hatten den ganzen Tag auf dem Revier verbracht. Doch vorangekommen waren sie nicht. Lissiana war wie auf Autopilot gelaufen. Sie hatte mit beinahe mechanischer Präzision ihre Arbeit verrichtet. Sie hatte die Akten durchgesehen. Und sie hatte geschwiegen. Etwas, das er sonst nicht von ihr kannte. Sie redete zwar nicht am laufenden Band, doch zumindest ab und an ließ sie etwas hören. Doch seitdem sie den Tatort verlassen hatten, sprach sie kein Wort mehr mit ihm. Und mit Nathan hatte sie nur das Allernötigste geredet. Gegessen hatte sie auch nichts. Und dann hatte sie sich vor gut einer Stunde in ihrem winzigen Badezimmer verkrochen.

Langsam machte er sich Sorgen.

Er horchte in die Stille hinein, die seit ihrer Ankunft herrschte. Noch immer hörte er nur das Rauschen von Wasser. Die Dusche hatte sie vor gut einer Dreiviertelstunde angestellt. John war hin- und hergerissen. Aber er wollte sie auch nicht stören. Denn er kannte Lissiana nicht. Er hatte Katherine gekannt. Doch je mehr er Lissiana beobachtete, desto mehr wurde ihm klar, dass diese beiden Frauen wenig miteinander zu tun hatten.

Katherine hatte dieses einzigartige Strahlen gehabt, das ihr niemand nehmen konnte. Diese Faszination, der man sich nicht entziehen konnte. Wie ein Bild mit Tausenden von leuchtenden Farben, die einen schlichtweg überwältigten. Jede Bewegung eine Faszination. Jede Berührung ein Feuersturm.

Lissianas Farben hingegen waren verblasst. Ihnen fehlte dieses unverwechselbare Strahlen. So als hätte sich über alles ein grauer Schleier gelegt, dem sie nicht entkommen konnte. Und dem sie auch nicht entkommen wollte. Sie hatte sich derartig in ihrer Rolle eingefunden, dass sie nicht einmal auf die Idee kam, daraus auszubrechen.

John raufte sich die Haare. Das alles ergab für ihn überhaupt keinen Sinn. Denn trotz der Tatsache, dass Lissiana so anders war, spürte er noch immer diese Verbindung zu ihr. Diese Anziehung, die ihm schon damals zum Verhängnis geworden war. Alles in ihm schrie danach, in dieses Badezimmer zu gehen und nach dem Rechten zu sehen. Sich zu vergewissern, dass es ihr gut ging. Doch sie waren völlig Fremde. Das durfte er nie vergessen. Alles, was es jemals zwischen ihnen gegeben hatte, waren Illusionen gewesen.

Er stand auf und begann in dem kleinen Raum auf und ab zu gehen. Sie war eine Fremde. Nichts an ihr war ihm mehr vertraut. Und doch … Sein Blick glitt zurück zur Badezimmertür.

Sie war jetzt seit über einer Stunde da drin. Er würde kurz nach ihr sehen, und dann würde er sich wieder zurückziehen. Nur ein kurzer Blick. Nicht mehr und nicht weniger.

John duckte sich leicht, um sich den Kopf nicht an der Zwischendecke anzustoßen, als er zum Bad ging. Vor der Falttür blieb er stehen.

Er klopfte. »Lissiana?« Keine Antwort.

Er seufzte leise. Klopfte noch einmal. Wieder Stille.

Er wusste instinktiv, dass das kein gutes Zeichen sein konnte. Er lehnte sein Ohr an die Tür. Vielleicht sprach sie so leise, dass er sie nicht hören konnte. Er horchte. Dann zuckte er zurück.

Hatte er da gerade ein Schluchzen gehört? War sie seit einer Stunde da drin und weinte?!

»Lissiana, ich komm jetzt rein.« Er rüttelte an der Tür, doch sie klemmte. Also stemmte er sich mit seinem vollen Gewicht dagegen. Die Tür sprang auf. Als er hineinging, wurde er von Dampfschwaden eingehüllt. Es war so heiß und feucht in diesem Raum, dass er kaum atmen konnte. Suchend schaute er sich um. Und dann sah er sie.

Lissiana kauerte auf dem Boden ihrer Dusche. Die Knie hatte sie an die Brust gezogen und die Arme darum geschlungen. Ihr Kopf ruhte auf ihren Knien. Die zarten Schultern bebten. Und jetzt war ihr Schluchzen für ihn deutlich zu hören. Ihr langes dunkles Haar sah durch das Wasser fast schwarz aus und klebte an ihrem nackten Körper.

Seine Gefühle erfassten ihn wie ein ungebremster Zug. Die Stimmen in seinem Kopf schrien ihn förmlich an. *Raus da! Sofort!* Er ignorierte sie. Vorsichtig zog er die Glastür zu der ebenerdigen Dusche auf. Doch sie reagierte gar nicht. Sie weinte einfach nur weiter.

»Kätzchen?« Wieder keine Reaktion. Er überlegte kurz, das Wasser abzuschalten, aber da er nicht wusste, wie sie auf eine

Veränderung der Situation reagieren würde, verwarf er die Idee wieder. Also betrat er vollständig angezogen die Dusche und kniete sich hin. Er streckte die Arme aus und umfasste ihre Schultern. Ihre Haut war unglaublich weich und zart. Er schüttelte sie leicht.

»Lissiana?« Langsam hob sie den Kopf. Ihre großen braunen Augen sahen ihn an. Sie waren rot und geschwollen vom vielen Weinen. Er schluckte. Damit konnte er nicht wirklich umgehen. »Was ist los?«

»Das alles ist meine Schuld.« Wieder schluchzte sie. Ihre Stimme war so von ihren Tränen erstickt, dass er sie kaum verstehen konnte. »Ich kann ihn nicht stoppen. Ich kann absolut nichts tun. Und jetzt ist noch eine Frau gestorben, weil er mir ein Signal senden will. Ich …« Sie schüttelte heftig den Kopf. »Sie muss so gelitten haben.«

John hielt inne. In ihm tobte ein Orkan. Hier saß die Frau, die er einst geliebt hatte, und weinte hemmungslos um das Schicksal von Frauen, die sie nicht einmal gekannt hatte. Die für viele Menschen nicht einmal einen zweiten Blick wert gewesen wären. Dieses Mitgefühl hatte er schon damals an ihr bewundert. Sie gab sich die Schuld an dem, was passiert war, obwohl sie keine traf. Er hatte gesehen, wie hart sie jeden Tag arbeitete. Hatte gesehen, wie sie versuchte, den Familien Frieden und den Opfern Gerechtigkeit zu bringen. Es war nicht ihr Fehler, dass der *Bräutigam* ihnen immer einen Schritt voraus zu sein schien.

Sie so zu sehen brachte ihn stärker ins Wanken, als er gedacht hätte. Er betrachtete ihr Gesicht. Ließ diese braunen Augen auf sich wirken, die ihm fremd und doch irgendwie so vertraut waren. Doch ihretwegen hatte er sich nicht verliebt. Er hatte sie damals nicht wegen ihrer blauen Augen oder ihres schönen Gesichts geliebt. Er hatte sich in *sie* verliebt. In ihren messerscharfen Verstand. Und in ihr warmes und schwaches Herz. Ebenjenes, das gerade für gänzlich Fremde in tausend Teile zerbrach.

Er schlug alle Warnungen in den Wind, die sein Verstand ihm entgegenschrie. Er zog sie an sich, schloss seine Arme fest um sie und wiegte sie sanft. Es fühlte sich so richtig an. Sie schaute auf. Ihre Augen geweitet. Ihre Unterlippe bebte leicht. So verletzlich. So verzweifelt auf der Suche nach Halt. *Fatal.*

Bevor John wusste, was er tat, hatte er die Hand in ihren schlanken Nacken gelegt. Einem inneren, übermächtigen Drang folgend, senkte er den Kopf und legte seine Lippen auf ihre.

Er liebte sie. Hasste sie. Liebte sie noch immer.

Sie würde noch sein Ende bedeuten.

Und doch konnte er nicht anders.

23

Es brennt.

Das war der einzige Gedanke, zu dem Lissiana fähig war. Johns Lippen lagen auf ihren. Und sie brannten wie Feuer. Seine Hitze versengte sie. Riss sie aus der Kälte, die sie seit heute Morgen empfand. *Nein.* Die sie seit zwei Jahren empfand. Die sie jeden Tag bei jedem Schritt verfolgte, seitdem sie ihn verloren hatte.

Verloren? Du meinst verraten.

Lissiana legte die Hände auf Johns Brust und schob sich von ihm. Sein grauer Anzug war durchnässt. Das Wasser regnete auf ihn herab. Doch er schien es nicht einmal zu merken. Er sah nur sie an. Und sie? Sie konnte den Blick nicht von ihm abwenden. Von ihm, den sie seit zwei Jahren vermisste. Sie schob sich noch weiter von ihm fort. Versuchte, den Kontakt zu ihm zu unterbrechen. Doch sobald er sie nicht mehr berührte, stieg eine innere Kälte in ihr auf. So kalt. So einsam.

Sie ertrug es nicht. Nicht jetzt in diesem Moment. Nicht jetzt, wo sie seine Nähe mehr als alles andere brauchte. Sie wollte sich jetzt nicht allein fühlen. Nur einmal wollte sie sich nicht fühlen, als wäre sie isoliert von sich und all den Menschen um sich herum. Wollte einmal die unsichtbare Rüstung, die sie sich vor zwei Jahren zum Schutz vor den Angriffen aus allen Richtungen zugelegt hatte, fallen lassen. Nur für diesen einen Augenblick.

Als er sich hinsetzte, streckte sie zögerlich die Hände nach ihm aus. Zog sie dann jedoch zurück. Das konnte sie nicht tun.

Sie konnte sich keine Schwäche erlauben. Für sie würde es nur wieder mit Tränen und Schmerzen enden. So wie beim letzten Mal.

Und dennoch ... In diesen sechs Monaten war sie glücklicher gewesen als jemals zuvor in ihrem Leben. Sie hatte sich komplett gefühlt. Sie hatte sich geliebt gefühlt. Als würde John sie einfach so akzeptieren, wie sie war. Er hatte einfach durch all die Mauern und Schutzwälle gesehen. Hatte sie aus dem Licht in seine Dunkelheit gezerrt. Nie war sie glücklicher gewesen. Nie war sie vollständiger gewesen als an seiner Seite.

Sie betrachtete sein schönes Gesicht. Er bewegte sich nicht. So als würde auch er in seinen eigenen Gedanken gefangen sein. Doch sie wollte nicht nachdenken. Sie wollte ihn. Nur für diese wenigen Stunden wollte sie wieder sie selbst sein.

John stieß ein leises Seufzen aus. »Ich sollte gehen.«

Lissiana riss die Augen auf. Nein, das war das Letzte, was sie wollte. Bevor sie wirklich realisieren konnte, was sie tat, saß sie rittlings auf ihm und hatte die Arme um seine Schultern geschlungen. Ihr Körper presste sich nah an seinen. Ihre Finger gruben sich in seinen Nacken. Hielten ihn, wo er war. Wo er hingehörte. So nah bei ihr, dass sie vergaß, wo er aufhörte und sie begann. Seine Wärme überwältigte sie. Alles, was sie wollte, war, hier zu bleiben. In diesem Moment gefangen. Ganz nah bei ihm. Ohne Grenzen. Ohne Schranken. Nur er und sie.

»Lissiana.« Seine Stimme klang rau an ihrem Ohr. Seine Bartstoppeln rieben über ihre Wange. »Das ist keine gute Idee.«

Sie nickte. »Ich weiß.« Und doch ließ sie ihn nicht los. Vielmehr verstärkte sich ihr Griff. Ihr Daumen kreiste über der Haut in seinem Nacken, während sie versuchte, all seine Wärme in sich aufzunehmen. Sie wollte, dass er sie erreichte. Dass er die Kälte vertrieb, die seit zwei Jahren in ihr wohnte. Nur für diesen flüchtigen Moment.

»Verdammt!« Seine Hände legten sich heiß auf ihre Schultern. Er schob sie leicht zurück, damit er sie ansehen konnte. Sein Griff schmerzte leicht. Seine Augen verengten sich, während er sie musterte.

Steh auf und geh, solange du noch kannst!

Doch sie konnte nicht. Sie wusste nicht, wie lange sie so dort saßen, eingefroren in ihren Bewegungen. Ihr kam es vor wie Minuten. Doch in Wirklichkeit konnten es wohl nur Sekunden gewesen sein.

John übernahm die Initiative. Seine Hände glitten von ihren Schultern hinauf. Über ihren Hals. Er legte seine Hände um ihr Gesicht. Ihr Herzschlag beschleunigte sich so plötzlich, dass ihr schwindlig wurde. Er dröhnte in ihren Ohren. Übertönte ihre Gedanken, sodass sie nur noch das schnelle, dumpfe Schlagen hören konnte.

»Du bist mein Untergang.« Johns Stimme war kaum mehr ein Murmeln. Sie klang fast heiser. Und dann zog er sie an sich. Seine Lippen legten sich erneut auf ihre. Und mit einem leisen Seufzen ließ sie alles hinter sich. Die toten Frauen. Den *Bräutigam.* Die Regeln und Zwänge der Gesellschaft. Die kritischen Blicke ihrer Kollegen. Einfach alles.

Für sie existierte nur noch John. Seine Wärme steigerte sich zu einer brennenden Hitze, die sie vollständig einhüllte. Ihre Hände fuhren in sein Haar.

Näher. Bitte näher!

Ihre Nägel strichen über seine Kopfhaut. Seine Hände glitten auf ihren Rücken. Er presste sie nah an sich. Und plötzlich war die Bewegungslosigkeit der letzten Sekunden nur noch eine wage Erinnerung.

Rastlos ließ Lissiana von Johns Haar ab. Sie wollte mehr von seiner Hitze. Mehr von diesem Feuer, von dem sie nicht genug bekommen konnte. Sie griff an das Revers seines Jacketts. Zerrte es ihm von den Schultern, so schnell sie konnte. Doch der Stoff war so nass, dass er an seiner Haut klebte.

Sie löste den Kuss und stieß einen Laut der Frustration aus. Sie zerrte weiter. Sein raues Lachen erreichte sie kaum und hinterließ doch eine Gänsehaut auf ihrem ganzen Körper. Er ließ von ihr ab und half ihr. Als das Jackett mit einem nassen Klatschen auf dem Boden der Dusche landete, stieß sie ein zufriedenes Schnurren aus.

Sein weißes Hemd war längst vollkommen durchsichtig. Es schmiegte sich an seine Muskeln. Ließ das Goldbraun seiner Haut erahnen. Wieder legte sie die Lippen auf die von John. Diesmal weitaus weniger vorsichtig als zuvor. Sie hörte, wie er leise keuchte. Dann öffnete sie leicht ihre Lippen. Sofort drang seine Zunge in ihren Mund ein. Eroberte sie. Unterwarf sie. Brandmarkte sie mit seiner Hitze und seinem berauschenden Geschmack, der sie ins Taumeln brachte. Doch er hielt sie. Seine Arme waren so fest um sie geschlungen wie ein schützender Käfig, in dem ihr nichts passieren konnte, wenn sie nur Vertrauen in ihn hatte. Und in diesem Moment hatte sie das. Mehr als in jeden anderen Menschen sonst. Ihre Hände wanderten zu seinem Hemd. Sie riss so stark daran, dass die Knöpfe in alle Richtungen davonflogen. Sie hörte kaum, wie sie über die Fliesen rollten. Und es war ihr auch egal. Sie wusste nur, dass sie John nahe sein musste. Dass sie seine Hitze brauchte. Seine Nähe. Und … *seine Liebe.*

Sie zog ihm das Hemd von den Schultern. Das Goldbraun seiner Haut strahlte im Kontrast zu den weißen Fliesen an den Wänden. Kunstvolle und komplexe Muster bedeckten seine Arme von seinen Handgelenken bis hin zum Brustbein. Es war ein komplexes Maori-Tattoo, dass sie stets für seine eher raue Schönheit bewundert hatte. Mit den Fingerspitzen fuhr sie die komplexen Muster auf seiner Brust nach, während sie spürte, wie das Herz darunter rastlos schlug. Sie lehnte sich vor und fuhr mit den Lippen die strenge Linie seines Kiefers nach. Sein Dreitagebart kratzte, doch es störte sie nicht. Sie ließ ihre Fingerspitzen weiterwandern und seufzte leise, als sie über seine Bauchmuskeln glitten. Weich spannte sich seine Haut über all diese Kraft, die er nicht einmal hinter Kleidung verbergen konnte. Sie waren völlige Gegensätze. Er war eher hart und kantig. Der Inbegriff von Kraft und Vitalität. Sie war hingegen eher weich und zart. Gegen ihn sogar beinahe zerbrechlich. Und doch waren sie wie eine Einheit.

Noch immer küsste er sie. Jetzt aber ungeduldiger. Fordernd. Seine Hände glitten ungeduldig über ihren Körper. Sie waren leicht rau. Doch es störte sie nicht. Seine Lippen ließen von ihren ab. Wanderten über ihre Wange zu ihrem Kiefer. Er knabberte leicht an ihrer Haut. Dann ließ er die Lippen über ihren Hals wandern. Sie keuchte leise, lehnte sich zurück, suchte Halt. Sie fühlte seine Arme wie eine massive Stütze in ihrem Rücken. Er bog sie weiter zurück. Sie hielt den Atem an. Seine Lippen glitten über ihr Schlüsselbein. Dann tiefer. Ihr Herz hämmerte noch lauter in ihrer Brust. Er küsste sich seinen Weg weiter hinab. Nahm sich Zeit. Erkundete sie. Nahm sie in Besitz.

Der Geschmack ihrer Haut berauschte John. Süß auf seiner Zunge. Weich unter seinen Lippen. Beinahe hatte er es vergessen. Wie sie sich anfühlte. Wie sie sich bewegte. Und wie ungeduldig sie war. Niemals hatte er so empfunden wie bei ihr. Sie zappelte leicht in seinen Armen. Und er ließ sie. Sie hatten zwei lange Jahre warten müssen. Zwei Jahre, in denen er seine Sehnsucht hinter Enttäuschung und Wut versteckt gehalten hatte.

Doch dann konnte er sein Verlangen nicht mehr zurückhalten. Sein Mund schloss sich um ihre rechte Brustwarze. Sie war schon so fest zusammengezogen wie ein Kieselstein. Sie bohrte sich leicht in seine Zunge, als er leckte und saugte. Lissiana bog den Rücken durch. Drängte sich ihm entgegen.

Ungeduldig wie immer.

Ihre Hände gruben sich in sein Haar. So fest, dass es schmerzte. Doch er ließ sie gewähren. Und er genoss es. Jede einzelne Sekunde davon. Doch auch er war ungeduldig. Er wollte ihr nahe sein. Wollte eins mit ihr sein. Wollte in ihr sein, bis sie beide alles vergessen konnten. So wie früher.

Sie stöhnte rau, und es klang wie Musik in seinen Ohren. Es stachelte ihn an. Er konnte nicht mehr warten. Nicht eine Sekunde. Seine Erektion drängte sich schon seit ihrem ersten Kuss schmerzhaft gegen seine Hose. Er musste in ihr sein. Jetzt. Bevor er noch den Verstand verlor. Wieder legte er seine Lippen auf ihre. Er drängte sie leicht rückwärts. Sie ahnte scheinbar, was er vorhatte, denn sie hob ihr Becken an. John nutzt die Gelegenheit, um seine Hose zu öffnen. Und als er seine Erektion befreit hatte, griff er sich ihre Hüften und zog sie ungeduldig auf sich. Sein Stöhnen mischte sich mit ihrem in der Stille, als er in ihr versank. Heiß, feucht und eng umfing sie ihn. Verbrannte ihn von der Eichel bis zum Schaft.

Er küsste sie und verharrte. Wenn er sich jetzt bewegte, würde er kommen wie ein Schuljunge. Und er wollte diesen Moment noch eine Weile auskosten. Er wollte es genießen, dass sie wieder eins waren. Denn ihm war längst klar, dass es unvermeidbar war. Ihr ganzer Weg hatte hierher geführt. Zu diesem einen Moment. Ungeachtet dessen, was sie zuvor gefühlt hatten. Am Ende würden sie immer wieder hier sein. Er in ihr. Eins. Jetzt und für alle Zeit.

Keuchend klammerte sie sich an ihn. Er spürte, wie sie bebte. Wie sie zitterte. Um Kontrolle bemüht. Und er lachte leise und rau. Sie waren so gleich. Und doch so verschieden. Seine

Hände fuhren in ihr Haar. Dann zwang er sie, ihm in die Augen zu sehen. Ihre braunen Augen waren vor Lust verschleiert. Ihre Lippen von seinen Küssen geschwollen. Die Haut gerötet von den Stoppeln seines Barts. Sie gehörte zu ihm. An seine Seite. Und er würde es ihr zeigen. Auch wenn es die ganze Nacht dauerte.

Wieder küsste er sie. Und dann begann er sich in ihr zu bewegen. Ihre Arme schlangen sich um seine Schultern. Ihre Hüften bewegten sich im Einklang mit seinen. Immer höher und höher trug er sie hinauf. Immer schneller und schneller. Ihr Atem war irgendwann nur noch ein Keuchen. Er spürte, wie ihr Herz gegen seine Brust hämmerte. Und beinahe glaubte er, dass sie in diesem Moment im Gleichtakt schlugen.

Als sie kam, stöhnte sie seinen Namen. In Wellen zog sie sich um ihn zusammen. Welle um Welle. Wie ein Rausch, der ihn in die Tiefe zog. Und als er sich in ihr ergoss, fühlte er sich, als würde er in Tausende von Teilen gerissen. Er ließ zu, dass die Wellen ihn mit sich rissen. Dass sie alles aufwirbelten. Ihn durcheinanderbrachten. Doch er genoss sie. Kostete jede einzelne davon aus. Und dann ließ er den Kopf atemlos auf ihre Schulter sinken. Dann, als die Wellen vorüber waren, setzte sich alles neu zusammen. Alles fand seinen Platz. Da, wo es immer hingehört hatte.

Noch immer war er in ihr. Noch immer waren sie eins. Und er hatte nicht vor, diese Nacht hier enden zu lassen.

Als Lissiana erwachte, kam sie nur langsam zu sich. Sie fühlte sich ausgelaugt. Aber auf eine angenehme Art und Weise. Sie öffnete zaghaft die Augen. Und sah sich ihrem Bücherregal gegenüber.

Was zur Hölle?!

Hatte sie auf dem Boden geschlafen? War sie gestern derartig erschöpft gewesen? Möglich war es. Vorsichtig setzte sie sich auf.

Die Decke glitt von ihr hinab. Dann sah sie über die Schulter. John lag direkt neben dem Regal. Seine linke Schulter berührte das Holz. Sein Kopf ruhte auf ihrem Sofakissen. Seine Augen waren geschlossen. Er schlief. Tief und fest. Und er war nackt. So wie sie.

Die Erinnerungen der letzten Nacht strömten auf sie ein. Rissen sie in einen Strudel aus wirren Emotionen, die sie kaum verarbeiten konnte. Was hatte sie sich dabei gedacht?! War sie übergeschnappt?! Sie stand auf und wickelte die Decke um sich. Ihre Hände gruben sich in ihr vermutlich gänzlich zerzaustes Haar. Jeder Schritt, den sie tat, schmerzte leicht. Es zog auf eine bittersüße Art an genau den richtigen Stellen. Sie ging zum Kühlschrank. Ihre Kehle fühlte sich trocken an. Sie schraubte eine Flasche Wasser auf, goss etwas davon in ein Glas und trank einige Schlucke. Sie lehnte ihre Hüfte an die Arbeitsplatte und sah zurück zu John.

Sie hatten Sex gehabt. Erst verzweifelt und rastlos. Danach langsam und zärtlich. Und dann in den frühen Morgenstunden noch einmal rau und schnell. Das durfte doch nicht wahr sein! Wie hatte das nur passieren können? Das war das Letzte, was sie gewollt hatte. Sie hatte doch Distanz zu ihm gesucht. Einen Sicherheitsabstand, um sich zu schützen. Sie wollte ihm nicht noch einmal verfallen. Und doch hatte sie sich ihm hingegeben. Und wie!

Sie legte sich die Hand vor den Mund und schüttelte den Kopf. Ihre Lippen waren noch immer ganz empfindlich. So wie auch ihre ganze Haut. Sie durfte das nicht noch einmal zulassen. Sie hatte nur einen schwachen Moment gehabt. Ein simpler Fehler. Ja, mehr war es nicht gewesen. Sie hatte gestern Abend lediglich einen Zusammenbruch erlitten. Und sie hatte Nähe gebraucht. Da John der Einzige gewesen war, der da gewesen war, war ihre Wahl eben auf ihn getroffen. Ja, das war schon alles. Ein dummer Ausrutscher. Es bedeutete rein gar nichts.

Klar. Und wem willst du das erzählen, Schätzchen?

Sie schloss gequält die Augen. Ja, wem wollte sie das denn erzählen? Natürlich hatte es etwas zu bedeuten. Und zwar, dass sie dumm und schwach war. Hatte sie denn überhaupt keine Selbstachtung? Immerhin hatte John mehr als einmal gesagt, dass er sie umbringen wollte. Es gab nichts mehr zwischen ihnen. Nur noch Hass und den Zwang der Zusammenarbeit.

Doch gestern Nacht, da hatte es sich ganz anders angefühlt. So wie früher. Als wären sie eins. Und seine Wärme hatte sie eingehüllt. Das hatte sie gebraucht. Ja, sie hatte ihn benutzt. Das war alles.

Lissiana nickte. Ja, das war es. Ihre Hand verkrampfte sich um ihr Glas. *Das ist alles. Beruhige dich!*

»Willst du wieder davonlaufen?« Als sie die Stimme von John hörte, ließ sie ihr Glas vor Schreck fallen. Dann sah sie ihn an. Er hatte sich auf seine Ellenbogen gestützt und blickte sie nur an. Eine Augenbraue nach oben gezogen. Ganz ungeniert und vor allem noch immer nackt. »Weißt du, es bringt nichts, du kannst nicht weiter weg als zehn Meter.«

Sie biss die Zähne zusammen. »Es gibt nichts, wovor ich davonlaufen müsste.«

Er seufzte. Dann legte er sich wieder hin. »Gut, dann sind wir uns ja einig.« Er klopfte neben sich auf den Boden. »Dann kannst du ja wieder herkommen und aufhören, so verflucht schuldig auszusehen.«

Lissiana blieb der Mund offen stehen. Hier war sie und marterte sich selbst für das, was geschehen war. Und John? Er nahm es einfach so hin. Als wäre das, was sie getan hatten, nicht vollkommen falsch.

»Bist du verrückt?« Sie schüttelte den Kopf und hockte sich hin, um die Scherben des Glases aufzusammeln. »Letzte Nacht war ein Ausrutscher. Ein dummer Fehler.«

Er schnaubte abfällig. »Ein Ausrutscher, ja. Aber ein Fehler? Nein.« Er zuckte mit den Schultern, als sie ihn ungläubig ansah. »Es war unvermeidbar. Du und ich – wir sind unvermeidbar. Egal wie du heißt oder wie ich heiße. Und egal wer und wie wir wirklich sind. Das hier …« Er deutete zwischen ihnen beiden hin und her. »… ist nur das natürliche Ergebnis dieser Gleichung.«

Sie schüttelte vehement den Kopf. Nein, er hatte unrecht! Das hier war nicht unvermeidbar. Es war ein dummer Fehler gewesen. Sie hatte nicht anders gekonnt. Sie hatte ihn benutzt. Es bedeutete nicht, dass sie noch immer etwas für ihn empfand. Auf gar keinen Fall!

»Du liegst falsch.« Sie begann wieder die Scherben aufzusammeln. »Wir waren beide einsam und haben etwas Nähe und Zuwendung gebraucht. Das ist alles.«

John stieß ein wütendes Knurren aus. »Du willst mir also erzählen, dass du mich gestern Nacht als Mittel zum Zweck benutzt hast? Mal wieder? Und nichts gefühlt hast? Rein gar nichts?«

Sie nickte. Er warf den Kopf in den Nacken und lachte. Ein bitteres und wütendes Lachen. »Du treibst mich noch in den Wahnsinn, Kätzchen. Und lügen konntest du auch schon wesentlich besser.«

Lissiana knirschte mit den Zähnen. Sie kehrte alle Scherben zusammen und schwieg. Sie durfte nicht nachgeben. Sie hatte andere Dinge, um die sie sich kümmern musste. Außerdem konnte das zwischen ihnen niemals funktionieren. Er war ein Krimineller. Sie war eine Polizistin. Und mehr würden sie nie wieder sein. Sie stand auf und warf die Scherben weg. Dann ging sie zum Badezimmer.

»Du kannst nicht davor weglaufen, Lissiana. Irgendwann müssen wir darüber reden. Über dich und mich. Denn wie ich schon sagte, wir sind unvermeidbar. Es wird Zeit, dass du dich damit abfindest.« Er ignorierte ihren ungläubigen Blick, nahm sich ihr Handy, schaute darauf und hielt es hoch. »Und jetzt mach dich fertig. Deine Schwester hat geschrieben. Sie will dich sehen.«

24

Zufrieden zählte Peter »*The Rat*« Manellie die Scheine, die er von Ian Ramsey erhalten hatte, und ließ ein Grinsen sehen. Wieder ein paar neue Scheinchen, die seinen Reichtum mehrten. Und damit auch seine Macht. Denn das war die traurige Realität dieser Welt. Es war egal, wie klug oder dumm du warst. Alles, was zählte, war, dass du die richtigen Leute kanntest und dass du genug Geld besaßt, um dir die Loyalität ebenjener zu erkaufen.

Und er war einer jener Menschen, deren Loyalität man kaufen konnte. Vielleicht hatte er sich deshalb seinen doch eher uncharmanten Beinamen eingefangen. Die meisten Menschen auf dieser Seite des Gesetzes hatten feste Gruppierungen, denen sie Leib und Leben schuldeten. Aber Peter blieb lieber ungebunden und huschte von Nest zu Nest.

Peter lachte leise, ehe er das Geld in die Innentasche seiner abgetragenen Lederjacke steckte, bevor er das Handy herauszog und einen Blick in seine Notizen warf. Heute Nacht würde es stressig werden. So viel stand fest.

Seitdem John Cohen überraschend aus dem Gefängnis »entlassen« worden war, hatten die Kämpfe um die von Butch verlorenen Gebiete von vorne begonnen. Und besonders Ian Ramsay hatte viel zu verlieren – immerhin hatte er durch den Sturz von John eine Menge an Boden und Einfluss gewonnen. Und genau deshalb zahlte er Peter eine hübsche Summe.

Das war der Vorteil daran, wenn man für alles und jeden arbeitete. Loyalität zwang einen nicht in den blinden Gehorsam.

Man spielte für alle Seiten, verdiente sich eine goldene Nase und stellte sich mit dem Gewinner gut. Eine simple Gleichung, die eigentlich jeder Idiot verstehen sollte.

Peter richtete seine Kleidung und betrachtete sich im Seitenspiegel seines alten, von Rost zerfressenen Vans. Seine Kleidung war schmutzig und zu groß. Sein Haar strähnig. Genauso wie es sein sollte. Denn nur so konnte seine Verkleidung funktionieren.

Er versuchte stets so unauffällig wie möglich zu sein. So wenig Bedrohung wie möglich auszustrahlen. Nur so nahmen diese Bluthunde im Untergrund einen nicht wirklich wahr. Wenn man sich nicht gut kleidete und nicht seinen Reichtum zur Schau stellte, dann flog man unter dem Radar. Niemand riskierte einen zweiten Blick auf den Mann aus der Gosse, der nie mehr sein würde als das.

Und genauso gefiel es Peter. Allein dadurch war es ihm überhaupt erst möglich, unauffällig an allen Fronten zu kämpfen. Denn nicht nur Ian Ramsay zahlte ihm eine Menge Geld, sondern auch Ademaro Ventura, Hayato Shimizu und Valentin Kasakow, um nur bei den großen Namen zu bleiben. Es war ein gutes Gefühl, die russische Mafia, die Yakuza, die Cosa Nostra und die irische Mafia in der Hinterhand zu haben.

Er musste sich lediglich zurücklehnen und warten, bis diese hirnlosen Idioten einander an die Gurgel gingen. Und das war nur eine Frage der Zeit. Und sobald es so weit war, würde das Geld wieder in seiner Kasse klingeln.

Doch die Einzigen, die er nie von seinen Diensten hatte überzeugen können, waren John Cohen und sein Bruder Butch. Er hatte sich einmal mit ihnen getroffen und ihnen seine Dienste angeboten. Doch das Einzige, was sie von ihm gewollt hatten, war, dass er ihre Leute auf die anonymen Armenkliniken verteilte, sobald sie verletzt waren. Das war alles.

Sie hatten keine Informationen gewollt. Keine Loyalität. Und schon gar keine intensivere Zusammenarbeit – ganz egal auf welchem Gebiet.

In Peters Augen waren diese beiden nichts weiter als elitäre Bastarde, die sich aufspielten wie eine Königsfamilie. Deshalb hatte es ihm so einen großen Spaß bereitet, ihnen bei ihrem tiefen Fall zuzusehen. An dem Tag, an dem John Cohen inhaftiert worden war, hatte er sich zu Hause eine Flasche Champagner geöffnet und den Abend mal nicht gearbeitet. Und dann hatte er genüsslich dabei zugesehen, wie Johns grobschlächtiger Bruder ein Gebiet nach dem anderen verlor und sich auch diplomatisch nicht gerade mit Ruhm bekleckerte. Das hatte sein charismatischer Gorilla Tiny auch nicht mehr retten können.

Außerdem hatte Johns Inhaftierung den Weg für kleinere Gruppen frei gemacht, die für Peter eine gute Einnahmequelle waren, da sie so schnell vernichtet wurden, wie sie sich bildeten. Zudem machte es das Leben in dieser Stadt endlich wieder interessant. Er hatte die blutigen Auseinandersetzungen wirklich vermisst. Ohnehin war eine zu große Vorherrschaft einer Gruppierung wahnsinnig schlecht fürs Geschäft.

Peter wurde aus seinen Gedanken gerissen, als sein Handy lautstark zu klingeln begann. Es war nicht einmal zwölf Uhr, und schon rief man ihn. Das würde wirklich eine sehr stressige Nacht werden.

»Ja?« Er nahm sein Tablet aus dem Wagen und öffnete seine Übersicht der anonymen Kliniken und ihrer Stadtteile.

»Ich habe einen Kerl mit ’ner fiesen Schusswunde. Schrotflinte, denk ich. Er blutet wie ’n abgestochenes Schwein. Wohin mit ihm?« Peter musste sich wirklich konzentrieren, um den schweren irischen Akzent von einem von Ian Ramseys Leuten verstehen zu können.

»Wo seid ihr, und mit wem habt ihr euch angelegt?« Peter zog seine Brille aus der Innentasche seiner Jacke hervor und lehnte sich mit dem Rücken an den Van. Er hatte gehört, dass Ramsey es auf eines der Gebiete von Kasakow abgesehen hatte. Doch innerlich hoffte er, dass der Ire nicht wirklich versuchte, gegen den irren Russen in den Krieg zu ziehen.

»Mit den Leuten von Kasakow. Und wir sind in Forest Hill.« Peter schüttelte den Kopf bei der Antwort des Mittelsmannes. Dem Kerl konnte man echt nicht mehr helfen. Aber Ian Ramsey war nun mal nicht gerade dafür bekannt, behutsam oder sparsam mit seinen menschlichen Ressourcen umzugehen. Loyale, gewaltbereite Idioten, die einen Lebenssinn suchten, gab es ja mittlerweile an jeder Straßenecke.

»Wo wurde er getroffen?« Peter sah auf die Karte. Der erste Patient des Abends. Mal sehen, wie es für ihn weiterging.

»In die Brust.« Bei der Antwort verdrehte Peter die Augen.

»Werdet ihn unauffällig los. Der stirbt so oder so. Die nächste Klinik wäre fünfzehn Minuten entfernt. Bis dahin hat er dir den ganzen Wagen vollgeblutet, und du musst dich auch noch um den Papierkram kümmern, der dann anfällt.« Dann legte er einfach auf. Es war beinahe so, als wollten diese Idioten ihm die Zeit rauben, die er nicht hatte. Außerdem war Zeit bekanntlich Geld.

Er brachte fast die gesamte Nacht damit zu, die Verwundeten der verschiedenen Lager auf die Kliniken zu verteilen. Es war schwierig, denn beide Lager durften sich nicht begegnen. Außerdem durfte die Zahl der Verletzen in einer Klinik nie zu hoch werden, da das Personal sonst vermutlich doch die Polizei alarmieren könnte.

Als sein Handy gegen vier Uhr endlich schwieg, war Peter ausgelaugt und vor allem genervt. Klar, es war sein Job, aber die Manipulation durch Informationen lag ihm deutlich mehr. Auch wenn er auf diesem Feld mit Dragon wesentlich härtere Konkurrenz besaß. Wobei er den Kodex nicht verstand, nach dem der seltsame Deutsche vorging.

Peter strich sich durchs Haar und wollte gerade in seinen Wagen steigen, als er sah, wie ein schwarzer Escalade vorfuhr. Und er wusste sofort, wer ihm da einen Besuch abstattete. Denn dieser Wagen zeichnete sich dadurch aus, dass er schlicht gestaltet war. Er hatte keine auffälligen Felgen, nicht übermäßig viel Chrom oder sonstige optische Modifikationen. Er hatte lediglich getönte Scheiben, was mittlerweile nicht wirklich etwas Besonderes war.

Gequält schloss Peter die Augen. Er hasste diesen Kerl. Es gab nicht viele Menschen, vor denen er sich fürchtete. Aber dieser Kerl war definitiv einer von ihnen. Ihn konnte Peter nicht manipulieren. Konnte ihn nicht einschätzen oder gar subtil lenken.

Peter konnte nur nach seiner Pfeife tanzen und hoffen, dass er es überleben würde. Und für seine Zusammenarbeit mit diesem Kerl würde er definitiv in die Hölle kommen. Wie gut, dass der Kerl so viel Geld zahlte, dass es Peter tatsächlich beim Einschlafen half.

Peter ging um seinen Wagen herum und holte einen braunen Umschlag aus dem Handschuhfach hervor. Dann ging er auf den Wagen zu. Langsam. In geduckter Haltung. Mit eingezogenem Kopf.

Der Kerl ließ sein Fenster herunter und streckte kommentarlos die Hand aus. Sofort gab Peter ihm den Umschlag.

»Das ist alles, was ich diesen Monat über sie finden konnte«, sagte Peter leise. Er hasste es, wie seine Stimme sich in Gegenwart dieses Mannes in ein brüchiges Flüstern verwandelte und wie er beinahe eingefroren vor Angst in seinen Bewegungen verharren musste, sobald dieser Kerl ihn ansah.

Der Mann nickte knapp. Dann gab er Peter einen dicken weißen Umschlag, ehe er wieder losfuhr.

Erst als der Wagen um die Ecke verschwunden war, traute sich Peter, den Umschlag zu öffnen. Schnell zählte er das Geld. Dann seufzte er leise.

Diese Frau tat ihm wirklich leid.

Aber dieser Kerl war nun einmal sein am besten zahlender Kunde.

Und zahlenden Kunden gab man, was sie verlangten. Egal wie schrecklich und verabscheuungswürdig sie auch waren.

25

»Du sagst gar nichts, alles klar?« Lissiana hätte platzen können, als John lediglich die Augen verdrehte, während er neben ihr die Stufen zu Victorias Wohnung hinaufging. Seitdem sie Sex gehabt hatten, war alles anders zwischen ihnen. Und wenn sie ehrlich war, dann lag es an ihr. Sie versuchte ihn zu ignorieren, so gut sie konnte. Doch das war verdammt schwer, wenn er ständig so nah und die Erinnerungen noch so lebhaft waren.

»Was sollte ich schon sagen? Hey, ich bin John, nett, dich kennenzulernen. Übrigens, ich hatte Sex mit deiner Schwester, und es war fantastisch?« Er schüttelte den Kopf, als wäre sie übergeschnappt. Und irgendwie hatte er auch recht.

Sie seufzte. »Halt einfach, so gut es geht, den Mund, ohne unhöflich zu sein.«

Sie erreichten die Wohnungstür, und John klopfte. »Du liebst sie wirklich, oder?«

Sie nickte. »Mehr als alles andere.«

Die Tür wurde geöffnet, und Victoria grinste sie breit an. »Hallo, Schwesterherz, ich –«

Lissiana wusste genau, warum sie verstummte. Und warum ihr der Mund offen stehen blieb. Doch leicht belustigt beobachtete sie, wie ihre Schwester John musterte, der nur eine Augenbraue hochzog. Doch bevor sie etwas erklären konnte, sah ihre Schwester sie wieder an. Die Augen noch immer geweitet.

»Hast du jetzt deinen eigenen Gorilla?« Sie linste wieder zu John hinüber.

John hustete. »Wie bitte?!«

Doch Lissiana wusste, was sie meinte. »Was meinst du mit eigenem?«

Victoria verengte die Augen. Dann runzelte sie die Stirn. »Der Typ, den du geschickt hast. Dieser Nick. Von der Sitte.« Lissiana musste immer noch ratlos aussehen, weshalb Vicky einen genervten Seufzer ausstieß. »Der Typ, der mich beschützen soll. Schon vergessen? Er sieht dem Kerl hier echt ähnlich. Nur hat er nicht solche Augen, und seine Nase und Statur ist etwas anders.«

John hustete. Offensichtlich um ein Lachen zu verbergen. Lissiana jedoch wusste noch immer nicht, was los war.

»Ja, das ist mein Bruder.« Bei Johns Antwort schaltete auch Lissiana endlich. Vicky hatte Butch die ganze Polizistennummer tatsächlich abgekauft. Nicht zu fassen! Lissiana wurde ein wenig blass, als ihr klar wurde, was er vorgehabt hatte. Er hätte sie einfach ermordet. Wie er ihr gesagt hatte. Und den Zugang hatte er längst gehabt. Wenn es diesen Pakt nicht gegeben hätte, dann wäre Vicky jetzt vielleicht längst tot. Ihr wurde schlecht. Doch sie schüttelte den Kopf, um wieder im Hier und Jetzt anzugelangen. Butch war vorläufig auf ihrer Seite. Er würde Vicky nichts tun. Sie musste sich konzentrieren.

»Aber ich bin nicht der Bodyguard deiner Schwester. Ich bin ihr fester Freund.« Er lächelte so charmant, dass es Lissiana sofort auf die Nerven ging. Aber Moment mal. Was hatte er da gerade gesagt? Sie sah erschrocken zu John, doch er zwinkerte ihr nur mit einem schiefen Lächeln zu.

Vicky sah zwischen ihnen hin und her. Dann lief sie rot an. »Ach so. Entschuldige bitte, es ist nur, dass Lissiana seit der Highschool keinen Freund mehr hatte. Also –«

Ja, dass sie es nicht fassen konnte, war offensichtlich, denn sie begann zu plappern. Und Lissiana war auch etwas fassungslos. Aber jetzt, da John die Lüge ausgesprochen hatte, konnte Lissiana kaum dagegen angehen, ohne dass Vicky sich enorme Sorgen machen würde.

Sie sah John an und verengte die Augen. Doch er zuckte nur scheinbar unschuldig mit den Schultern.

»Ich bin John.« Er reichte Vicky die Hand, die sie mit einem freundlichen, aber zurückhaltenden Lächeln schüttelte. »Freut mich, dich endlich kennenzulernen. Ich habe schon sehr viel von dir gehört.«

Vicky nickte nur unbeholfen.

Lissiana zog eine Augenbraue hoch. »Lässt du uns rein?«

»Oh! Ja.« Schnell ging Vicky beiseite, und sie betraten die kleine, aber schöne Wohnung. John begann sich interessiert umzusehen. Vicky jedoch packte Lissianas Arm und zerrte sie in die kleine Küche.

»Du hast mir nie etwas von einem Freund erzählt!« Vicky sah beinahe wütend aus. Die Lippen hatte sie geschürzt. Der Kiefer war leicht verkrampft. »Ich dachte, wir erzählen uns immer alles.«

Lissiana fühlte sich sofort schuldig. Sie wollte Vicky alles enthüllen. Sofort. Dass er gelogen hatte. Dass die Lage zwischen ihnen mehr als kompliziert war. Und dass sie seit heute Morgen immer und immer wieder darüber nachdachte, was für einen schrecklichen Fehler sie gemacht hatten.

Aus dem Augenwinkel sah sie, wie John etwas näher kam. Er hatte die Entfernung zu ihr offenbar im Auge. Jetzt einen Alarm auszulösen wäre eine Katastrophe. Und sie hatte auch keine Ahnung, wie sie das erklären sollte. Sie wollte nicht, dass Vicky wusste, wie man sie wirklich bei der Polizei behandelte. Sie wollte nicht, dass Vicky erfuhr, wer John wirklich war. Und erst recht wollte sie nicht, dass Vicky klar wurde, dass ihre Schwester so einen Mann geliebt hatte. Was für ein Chaos! Sie spürte bereits jetzt, dass sie wieder Kopfschmerzen bekam.

»Es tut mir leid. Es ging alles so schnell und hat mich selbst überrascht. Sonst hätte ich dir doch von ihm erzählt.« Sie bemühte sich um ein glaubhaftes Lächeln. Doch Vicky zog die Augenbrauen zusammen und musterte sie prüfend. Hatte sie so schlecht gelogen? Doch dann grinste Vicky so breit, dass Lissiana nicht wusste, was gerade passiert war.

»Also Liebe auf den ersten Blick?« Sie stieß ein mädchenhaftes Kichern aus, das Lissiana das letzte Mal in Teenagerzeiten gehört hatte. Sie hob sofort abwehrend die Hände.

»Nein, es ist …« Ja, wie war es eigentlich? Wenn sie das wüsste, dann wäre sie schon einen ganzen Schritt weiter.

»Kompliziert?« Vicky lächelte wohlwollend. »So wie alles bei dir.« Sie schmunzelte. »Aber er scheint dir gutzutun. Du wirkst lebendiger und entspannter als sonst.«

Ja, das tun gute Orgasmen mit dir, Schätzchen. Lissiana öffnete den Mund, um sich zu rechtfertigen. Schloss ihn dann aber wieder. Was sollte sie auch sagen? Dass er sie in den Wahnsinn trieb? Dass er einen Dickschädel ohnegleichen hatte? Dass er ein verurteilter Krimineller war? Wohl kaum. Also lächelte sie einfach.

»Du musst mir alles erzählen. Also, wenn du ihn nicht im Schlepptau hast.« Vicky räusperte sich. »John? Möchtest du etwas trinken?«

Wieder zeigte er dieses charmante Lächeln, das Lissiana schrecklich auf die Nerven ging. »Nein, danke!« Er deutete auf all die Blumen, die in der ganzen Wohnung verteilt waren. »Du hast wirklich etwas für Blumen übrig, oder?«

Vicky nickte. »Ja, wie kann man Blumen auch nicht mögen?« Sie roch an einem großen Strauß Gerbera, der auf der Küchenzeile stand. »Ich bekomme viele davon von meinen Patienten geschenkt.«

Kein Wunder. Vicky war so ziemlich überall beliebt, wo sie auch hinging. Dass die Patienten sie da mit Geschenken überhäuften, wunderte Lissiana überhaupt nicht.

John sah sich weiter um. »Vielleicht sollte ich dir auch mal Blumen schenken, *Schatz.*«

Genau jetzt hätte sie ihm am liebsten in den Hintern getreten. »Ich verzichte. Vor allem im Moment. Ich verstehe überhaupt nicht, wie die Leute noch Blumen kaufen können.«

Vicky reichte Lissiana ungefragt ein Glas Wasser. »Die Blumen können nichts dafür, dass ein kranker Kerl sie für seine verdrehten Zwecke missbraucht.« Sie ging zu John und stieß ihn mit der Schulter an, ehe sie ihm verräterisch zuzwinkerte. »Es ist eine sehr romantische Idee. Auch wenn Lissiana nicht so aussieht, sie ist eine echte Romantikerin. Am liebsten mag sie Orchideen.«

Lissiana trank das Wasser. Dann rieb sie sich die Schläfen. Das würde ein sehr langer Tag werden. Sehr, sehr lang.

»Gut zu wissen.« John lachte leise. »Aber, Victoria –«

Vicky winkte ab. »Nenn mich ruhig Vicky. Das macht Lissiana auch.«

Wieder zeigte er seine perfekten weißen Zähne. »Danke! Also, Vicky, bei all den Blumen kann ich mir kaum vorstellen, dass nicht zumindest eine davon von einem Liebhaber kommt.«

Lissiana blieb der Mund offen stehen. »John!« Wie konnte er so eine dreiste Frage stellen. Zumal noch ihrer kleinen Schwester. Wenn sie zu Hause waren, dann konnte er sich auf etwas gefasst machen. Doch als Vicky knallrot anlief, wurde auch sie hellhörig.

»Liebhaber nicht. Aber vielleicht ein heimlicher Verehrer.« Vicky strich sich eine Strähne ihres Haars zurück hinters Ohr und sah auf den Boden. Auf den Lippen ein verträumtes Lächeln.

Lissiana war fassungslos. »Das hast du mir nie erzählt.« Sie wusste, ihre Stimme klang einen Hauch zu vorwurfsvoll und verletzt. Sie war es nur gewohnt, dass Vicky ihr alles anvertraute. Ohne jegliche Filter. Ohne Lügen.

Vicky drehte eine Strähne ihrer Haare um ihren linken Finger und biss sich auf die Unterlippe. »Du hattest so viel zu tun. Außerdem ist es keine große Sache.« Sie seufzte. »Und DU darfst gar nichts sagen. Du erzählst mir nie etwas.«

Das tat weh. Aber Lissiana wusste, dass Vicky recht hatte. Sie war so in ihrem Zwang gefangen, Vicky zu beschützen, dass sie ihr nie wirklich etwas erzählte. Natürlich berichtete sie ihr die alltäglichen Dinge. Aber sie sprachen nie über die Dinge, die Lissiana wirklich belasteten.

»Vicky …« Lissiana kam sich unbeholfen vor. Zum ersten Mal im Umgang mit ihrer Schwester. Sie atmete tief durch. Dann lächelte sie. »Was für Blumen sind es denn?« Sie sah sich um. *Alles, nur bitte keine roten Rosen.*

»Sie stehen auf dem Balkon.« Lissiana runzelte die Stirn. Vicky stellte nur Blumen auf den Balkon, die sie nicht so gerne mochte. Als Vicky ihren Blick bemerkte, lächelte sie traurig. »Es sind Lilien.«

Lissiana senkte den Blick. Lilien. Verdammt! Dieser Verehrer konnte es nicht wissen. Aber es waren immerhin keine roten Rosen.

»Magst du keine Lilien?« John ging auf den kleinen Balkon hinaus. Er war noch immer nah genug, auch wenn es langsam grenzwertig wurde. Verdammte Fußfesseln.

»Nein, nicht wirklich. Es waren die Hauptblumen bei der Beerdigung unserer Eltern. Unsere Mutter mochte sie sehr gerne. Aber seitdem mag ich ihren Geruch nicht besonders.« Vicky setzte sich auf die Couch. Lissiana kam sofort zu ihr. Sanft ergriff sie ihre Hände.

»Er konnte es nicht wissen.« Vicky lächelte leicht. »Außerdem sind sie auch die Blumen der Liebe. Die Geste zählt, nicht wahr?«

Lissiana drückte leicht die Hände ihrer kleinen Schwester. »Du kannst ihm ja sagen, dass du lieber andere Blumen hättest. Er versteht es bestimmt.« Sie hoffte zumindest, dass er es verstand. Sonst würde sie da eigenhändig etwas nachhelfen.

»Das könnte ich, wenn ich seinen Namen wüsste.« Diesmal lächelte Vicky wieder ihr übliches strahlendes Lächeln. »Er schickt nie eine Karte mit. Es ist ein bisschen wie in diesen Kitschromanen, in denen es die heimlichen Verehrer gibt, die erst am Ende ihre Identität preisgeben.«

Lissiana zog eine Augenbraue hoch. »Was heißt denn nie? Wie lange geht das denn schon?«

Vicky entzog ihr die Hände und biss sich auf die Unterlippe. Dann kratzte sie sich schuldbewusst am Hinterkopf. »Seit ein paar Monaten.«

Lissiana öffnete den Mund, um ihrer Schwester eine Reihe von Vorwürfen an den Kopf zu knallen. Doch dann schloss sie ihn wieder. Sie wusste, warum Vicky ihr nichts erzählt hatte. Sie wäre sofort misstrauisch geworden und hätte nach dem Kerl gesucht. Und das, obwohl sie auf der Arbeit völlig überlastet gewesen war. Jetzt wütend zu werden würde hier niemandem helfen.

»Dann ist er ganz schön ausdauernd.« Sie zwinkerte, als Vicky sie überrascht ansah. Dann lächelte ihre Schwester und nickte.

»Ja, vielleicht ist er ja einfach schüchtern.« Vicky grinste leicht. »Vielleicht ist es ja dieser Kinderarzt aus dem Krankenhaus.«

Oder er ist ein gestörter Typ in den Dreißigern, der noch immer bei seiner Mama im Keller wohnt. Den Gedanken behielt Lissiana lieber für sich. Sie nickte. »Ja, wer weiß!«

»Schatz. Kommst du mal bitte!« Johns Stimme klang ungewöhnlich besorgt. Das gefiel ihr nicht.

Sofort stand Lissiana auf. »Ich bin gleich wieder da. Dann kannst du mir mehr erzählen.« Sie hauchte Vicky einen Kuss auf die Wange und ging zu John auf den Balkon, der gerade groß genug war, dass sie beide neben den ganzen Blumen noch Platz fanden.

John griff an ihr vorbei und schloss die Schiebetür. Dann zog er sie an sich. Die Hände vergrub er in ihrem Haar. Sofort wehrte sie sich, doch er drückte so fest zu, dass sie vor Schmerzen keuchte.

»Halt still, verflucht noch mal!«, zischte John ihr ins Ohr. »Es geht um deine Schwester. Sie soll das hier nicht mitkriegen.«

Lissiana verspannte sich. »Was ist denn?«

Er ließ sie los. Dann lächelte er so sanft und liebevoll, dass Lissiana ihn nur anstarren konnte. Doch sie hielt inne. Es war nur Show. Damit Vicky nichts mitbekam. Er ergriff ihre Hand. Dann ließ er etwas hineingleiten.

Sie wandte sich scheinbar schüchtern der Straße zu, sodass sie mit dem Rücken zu Vicky stand. Sofort war John hinter ihr. Seine Hand legte er locker auf ihre Hüfte.

Sie betrachtete eine Karte. So groß wie eine Visitenkarte. Sie war schlicht weiß. Und alles, was darauf zu sehen war, war eine elegant geschriebene Drei. Sie runzelte die Stirn.

»Die habe ich bei den Lilien gefunden. Hat sie nicht gerade gesagt, dass er nie Karten dazu schickt?« Johns Atem glitt über ihre Wange. Seine Lippen hatte er dicht an ihrem Ohr.

Doch darauf konnte Lissiana sich überhaupt nicht konzentrieren. Sie starrte nur auf die Visitenkarte, die überhaupt keinen Sinn ergab.

»Ja, das hat sie gesagt.« Sie runzelte die Stirn. »Was soll das heißen?«

»Es war an einem Strauß mit drei Lilien. Ich würde ja sarkastisch sein und sagen, er will nur mitzählen. Aber sie hat doch gesagt, dass er seit Monaten Blumen schickt.« Lissiana sah über die Schulter. John blickte hinaus auf die Straße. Die Stirn in tiefe Falten gelegt. In seinen Augen lag ein klarer Ausdruck von Sorge. »Dann hätte er das schon beim ersten Strauß machen müssen. Hat er aber nicht.«

Lissiana betrachtete die Drei auf der Karte. »Was soll das heißen? Drei Monate? Drei Tage? Was soll das?«

John ließ von ihr ab. Er sah zu Vicky. »Ich weiß es nicht aber etwas ist komisch.« Er strich sich durch das Haar. »Ich rufe gleich Butch an. Er soll ein Auge auf sie haben. Irgendwie gefällt mir das nicht.«

Lissiana reichte ihm, ohne zu zögern, ihr Handy. Er hatte recht. Denn ihr gefiel es auch überhaupt nicht. Es musste nichts Schlimmes sein. Vielleicht zählte er nur die Monate herunter, damit er sich ihr endlich offenbaren konnte. Aber auch sie hatte ein mulmiges Gefühl.

Klasse, jetzt müssen wir uns neben dem Bräutigam *auch noch um so was 'nen Kopf machen. Hervorragend.*

Lissiana seufzte leise. Vicky hatte sich so über diesen Verehrer gefreut. Was, wenn er wirklich psychisch labil und irgendwie seltsam war? Sie schüttelte den Kopf. Das war noch nicht gesagt. Sie durfte nicht immer so negativ sein. Aber wenn selbst John misstrauisch wurde, dann war sie diesmal vielleicht doch nicht zu vorsichtig.

John zog die Tür auf und winkte Vicky zu sich heran. Sie kam sofort zu ihm. In der Zeit ließ Lissiana die Visitenkarte in ihre hintere Hosentasche gleiten. Es gab keinen Grund, dass Vicky sich unnötige Sorgen machte.

»Hast du heute noch ein wenig Zeit?« fragte John und legte wieder dieses charmante Lächeln auf. Lissiana zog eine Augenbraue hoch. Irgendetwas wollte er. Und ihr war das gar nicht geheuer.

Vicky nicke. »Ja, ich habe heute frei. Wieso?«

»Ich würde gerne ein paar Kollegen einladen. Mal über den Fall sprechen, an dem wir arbeiten.« Lissiana riss die Augen auf. Was hatte John vor?

»Macht ihr das nicht auf der Wache?« Vicky zog eine Augenbraue hoch. Doch ihre Lippen umspielte auch ein Lächeln.

John nickte. »Eigentlich schon, aber ich dachte, dass ein neuer Blick auf alles nicht schaden kann. Vielleicht hast du ja Lust zu helfen.«

Lissiana blinzelte, während die beiden schon überschwänglich alles Weitere besprachen. Als Vicky verkündete, sie würde schon mal Kaffee aufsetzen, hielt Lissiana John am Arm zurück.

»Was soll das denn bitte werden?« Sie zischte die Worte nur, so wütend war sie. Sie hatte Vicky nicht jahrelang vor allem Schlechten auf der Welt beschützt, um sie jetzt in diesen blutigen Fall mit hineinzuziehen. Was dachte er sich nur dabei?

»Wir müssen alle auf den gleichen Stand bringen.« John sah sie an, als wäre sie schwer von Begriff. »Deine Wohnung ist zu klein. Butch wird niemals einen Fuß in ein Polizeirevier setzen. Außerdem wird er nie wieder einen Polizisten in die Nähe unserer Organisation lassen. Also fällt seine Wohnung und unser Haus auch aus. Hier gibt es gerade genug Platz für Butch, Nathan, Vicky, dich und mich.« Er deutete in das Wohnzimmer.

Er hatte recht. Mit Müh und Not hätten sie genug Platz. Trotzdem gefiel es ihr nicht. Dieser Fall war grausam. Es war einer der schlimmsten, die sie je gesehen hatte, auch wenn er bei Weitem nicht der blutigste war.

»Ich will sie da nicht mit reinziehen«, murmelte Lissiana und ließ seinen Arm los.

John seufzte leise. »Ich weiß. Aber ich glaube, dass sie sich genau das wünscht. Schon mal darüber nachgedacht? Außerdem ist sie erwachsen. Das scheinst du zu vergessen.«

Er schob sich an ihr vorbei und war mal wieder mit ihrem Telefon beschäftigt. Vermutlich, um Nathan zu benachrichtigen.

Und sie? Sie stand noch immer in der Sonne auf dem Balkon. Erschüttert von Johns Worten. Hatte er recht? Vergaß sie wirklich, dass Vicky eine erwachsene Frau war? Konnte sie ihr mehr zumuten? Und wollte Vicky das vielleicht sogar?

Sie beobachtete ihre Schwester, wie sie anfing, Kaffee zu kochen und etwas Essbares in ihren Schränken zu suchen. Sie sah glücklich aus. Vielleicht … Ja, vielleicht konnte sie ihr diesen kleinen Einblick gewähren. Außerdem hatte John recht. Wenn Nathan und Butch schon aufeinandertreffen mussten, dann an einem Ort, an dem sie vermutlich Skrupel hatten, einander an die Gurgel zu gehen.

Vermutlich sollte sie alles Zerbrechliche wegräumen. Und alles, was man als Waffe verwenden konnte.

26

»Mit solchen Leuten arbeitest du ständig zusammen?« Vicky klang vollkommen fassungslos. Und Lissiana konnte es ihr nicht verdenken. Um ihren kleinen Couchtisch saßen vier Männer. Alle gut gebaut. Und einer schöner als der andere.

Nathan war vor gut sechzig Minuten angekommen. Zehn Minuten danach dann Butch. Doch er war nicht allein gewesen. Er hatte Tiny mitgebracht. Und Tiny stand keinem der Männer in puncto Aussehen etwas nach. Und das trotz der Narbe in seinem Gesicht.

»Nein, nicht immer.« Lissiana griff sich ihr Glas mit Wasser und ging zurück zu der Gruppe. Alle waren in die kopierten Akten vertieft, die Nathan mitgebracht hatte.

»Ich glaube, ich werde auch Polizistin.« Lissiana lächelte leicht bei den gemurmelten Worten von Vicky und setzte sich neben Nathan auf den Boden, während ihre kleine Schwester sich neben Butch auf dem Sofa niederließ.

Seitdem Butch angekommen war, beobachtete Lissiana ihre kleine Schwester mit großer Sorge. Sie war viel zu freundlich zu ihm. Immer wieder lächelte sie ihn an. Versuchte, ihm alles so angenehm wie möglich zu machen. Es war beinahe so, als wollte sie seine Aufmerksamkeit erregen. Dabei wäre es Lissiana viel lieber, Vicky in ihr Schlafzimmer zu sperren, um sie nicht in der Nähe dieses Kriminellen zu wissen. Doch Butch zeigte sich von seiner besten Seite. Da war es schwer, ihrer Schwester klarzumachen, dass dieser Mann keine gute Idee war. Aber sie hatte Glück. Er würde mit John bald das Land verlassen. Und dann konnte sich zwischen ihnen nichts anbahnen. *Gott sei Dank!*

»Du siehst anders aus als sonst.« Lissiana sah zu Nathan, der so leise sprach, dass nur sie ihn hören konnte. Sie biss die Zähne zusammen. Sie hätte ahnen müssen, dass er es sofort bemerken würde. Er hatte eine enorme Auffassungsgabe. Besonders was sie betraf.

»Es ist nichts.« Sie klopfte ihm leicht auf die Schulter. Doch als er sie ansah, wurde sie blass. Seine grauen Augen waren zu Schlitzen verengt. Seine Zähne hatte er so fest aufeinander gebissen, dass sie die angespannte Linie seines Kiefers genau hätte nachzeichnen können.

»Du lässt mich mit diesem kranken Monster zusammenarbeiten. Und dann wagst du es noch, mich anzulügen?« Er schüttelte den Kopf. »Wir beide werden uns hiernach ernsthaft unterhalten müssen. Wie kannst du diesen Kerl in die Nähe deiner Schwester lassen? Ich habe wirklich gedacht, du wärst bei klarem Verstand.«

Lissiana ließ die Hand sinken. Sie fühlte sich, als hätte man sie angeschossen.

Nathan seufzte. »Vielleicht hätte ich auf die anderen hören sollen. Vielleicht bist du wirklich nicht ganz zurechnungsfähig.«

Ihre Augen weiteten sich. Wie konnte er so etwas sagen? Wie konnte er ihr das antun? Gerade jetzt! Sie sah schnell auf den Boden, als ihre Augen sich mit Tränen füllten. Das musste niemand sehen. Schon gar nicht John.

Eine warme Hand legte sich auf ihren Rücken. Und sie musste nicht aufsehen, um zu wissen, wer es war. Sofort blickte sie panisch hoch. Doch Nathan hatte ihnen den Rücken zugewandt. Er bemerkte diese kleine Geste nicht, die Lissiana durch Mark und Bein fuhr. Sie spürte seine Präsenz mit jeder Faser ihres Seins. Sie war sich seiner Anwesenheit mit jeder Zelle ihres Körpers bewusst. Und dass John ihr gerade in diesem Moment Unterstützung gewährte, schnürte ihr die Kehle zu. Sie war ihm so dankbar. Und doch würde sie niemals etwas sagen. Sie würde schweigen. Würde diese Gefühle mit in ihr hoffentlich spätes und kaltes Grab mitnehmen.

Er war ihr Geheimnis. Ihre Sünde. Und das würde er immer bleiben. Sie sah auf, und die Hand in ihrem Rücken verschwand. Und auch der Tränenschleier war verschwunden.

»Also, sind jetzt alle auf demselben Stand?« Lissiana blickte in die Runde. Immerhin waren sie alle schon eine Weile hier.

Butch legte die Akte weg und nickte. »Hast du alles?« Tiny nickte bei den Worten von Butch. Seitdem Tiny angekommen war, hatte er nicht ein Wort mit ihr gesprochen. Und sie konnte es ihm nicht verübeln. Neben den Brüdern war er ihr engster Vertrauter gewesen. Sie waren Freunde geworden. Vielleicht sogar beste Freunde. Und es war offensichtlich, dass er ihr diesen Verrat niemals verzeihen würde.

»Hast du was Neues für mich?« John sah Butch an, der schief grinste.

»Natürlich.« Er streckte die Hand aus, und Tiny zog eine Akte aus der Tasche hervor, die sie mitgebracht hatten. »Das Mädchen von gestern ist Mary Edwards. Einundzwanzig Jahre und aus Fort Lauderdale in Florida.« Er sah zu Vicky. Dann zu John. Dieser schüttelte nur leicht den Kopf.

»Sie war Prostituierte. Sie ist genauso gestorben wie all die anderen auch.« Er lehnte sich vor und stützte seine Arme auf die Knie auf. »Sie passt also in sein bevorzugtes Profil.«

Lissiana runzelte die Stirn. »Wie meinst du das? Wir haben all die Frauen unter die Lupe genommen. Es gibt kein bevorzugtes Profil bei ihm.«

Butch lachte leise. »Das liegt daran, dass ihr andere Ressourcen habt als ich.«

Nathan verdrehte die Augen. »Bist du fertig mit Angeben, Arschloch? Ich würde nämlich gerne diesen Fall beenden, anstatt dir das übersteigerte Ego zu polieren.«

Lissiana seufzte leise. Vicky hüstelte verlegen. Auch sonst herrschte Schweigen. John hob eine Hand an seinen Mund. Vermutlich, um ein Grinsen zu verbergen. Dabei war diese Situation überhaupt nicht amüsant. Die Anspannung war klar in der Luft zu spüren. Und es war nur eine Frage der Zeit, bis es eskalieren würde.

Butch ließ ein wölfisches Grinsen sehen. »Du kannst mir polieren, was du willst. Aber eigentlich stehe ich mehr auf Frauen.«

Tiny und John brachen in schallendes Gelächter aus. *Sehr erwachsen.* Zumal dieser Witz gefühlt älter war als die Zeit selbst.

Nathan knirschte so laut mit den Zähnen, dass Lissiana es deutlich hören konnte. Wie gut, dass sie alle potenziellen Waffen weggeräumt hatte. Denn sie konnte spüren, dass Nathan bald der Geduldsfaden reißen würde. Aber er holte nicht zum Gegenschlag aus. Das war doch schon mal ein Anfang.

Butch schien leicht enttäuscht zu sein. »Also weiter im Text. Ich habe mir die Frauen alle näher angeguckt, so wie du gesagt hast.« John nickte zufrieden. Er gab seinem Bruder also jetzt auch noch ohne Absprachen Anweisungen. Gut zu wissen. Sie knirschte leicht mit den Zähnen. Das durfte doch alles nicht wahr sein.

»Ich musste tief graben und ein paar Gefallen einfordern, aber es hat sich gelohnt.« Tiny verteilte den Inhalt der Akte während Butch die Schultern kreisen ließ.

»Alle Frauen haben Dreck am Stecken. Jede Einzelne von ihnen.« Er zog eine Packung Zigaretten hervor, nahm eine heraus und steckte sie sich zwischen die Lippen. Dann zögerte er. Steckte alles wieder weg.

Lissiana griff so hastig nach dem Zettel, den Tiny ihr gab, dass er fast zerriss. Sofort glitten ihre Augen über die Daten.

»Eure Ärztin hat mit Organen gehandelt. Die Versicherungsvertreterin hat ihre Klienten gelinkt und sie im Schadensfall im Regen stehen lassen. Und eure Anwältin hat Richter geschmiert, um für schuldige Kriminelle einen Freispruch zu bekommen.« Butch sah zu John. »Und bei den vier Prostituierten ist es leider klar.«

Nathan zog eine Augenbraue hoch. »Was willst du uns damit sagen? Dass unser Mörder meint, er sei ein blutiger Rächer?« Er schnaubte. »Was für ein Unsinn!«

»Warte!« Lissiana betrachtete den Zettel, den Tiny ihr gegeben hatte. Die Informationen waren eindeutig. Sie würden zwar wegen ihrer fragwürdigen Quelle niemals vor Gericht Bestand haben, doch darum ging es nicht. Hier ging es um ein Motiv. Denn klassische Serienmörder hatten kein Motiv, was die Jagd auf sie so schwer machte.

Sie sah zu John. »Hältst du es für möglich?«

John verzog das Gesicht. »Möglich ist alles. Aber besonders wahrscheinlich ist es nicht.«

Lissiana seufzte leise. Es wäre auch zu schön gewesen, um wahr zu sein. Ein Motiv würde sie dem Mörder ein ganzes Stück näher bringen. Sie hätten ein genaueres Profil erstellen können. Den Täterkreis einengen können. Das alles wäre –

»Wie sind die Frauen noch mal gestorben?« Vicky lehnte sich zu Butch hinüber. Über seine Schulter zu sehen stand für eine so kleine Frau wie sie völlig außer Frage.

Er reichte ihr die Akte. Sie runzelte die Stirn und blätterte durch die Papiere, bis sie bei den Fotos ankam. Lissiana gefiel das nicht. Sie wollte nicht, dass Vicky so etwas sah. Doch vermutlich hatte sie in der Notaufnahme schon ganz andere Dinge gesehen.

»Er lässt sie ausbluten?«, fragte Vicky nach.

Lissiana nickte. »Ja, so lange, bis sie an dem enormen Blutverlust sterben.« Vicky öffnete den Mund, um etwas zu sagen. Schloss ihn dann aber wieder. Öffnete ihn wieder. Dann schüttelte sie den Kopf.

»Was ist?« Lissiana lehnte sich vor. Vicky sah so aus, als hätte sie eine Idee, von der sie aber in diesem Moment alles andere als überzeugt war.

»Sag es einfach, Vicky! Im Moment können wir jeden Gedanken brauchen.« John nickte ihr aufmunternd zu, doch Vicky blickte zu Lissiana. Sie nickte nur und lächelte.

»Nun ja. Es ist vielleicht etwas weit hergeholt, aber im Mittelalter hat man einen sogenannten Aderlass durchgeführt, um die Patienten von schlechtem Blut zu reinigen.« Sie deutete auf den tiefen Schnitt am Hals des Opfers. »Vielleicht glaubt der Mörder ja, dass diese Frauen verdorbenes Blut haben, und lässt es deshalb ab.«

Stille trat ein. Eine sehr, sehr lange Stille.

Vicky lachte leise und winkte ab. »Ich wusste, dass es eine dumme Idee ist. Vergesst das einfach!«

Lissiana sah zu John. »Deshalb die Brautkleider!«

Er nickte. »Er reinigt sie, bevor er ihnen das Hochzeitskleid anzieht. Deshalb sind nie Blutstropfen gefunden worden.«

Nathan runzelte die Stirn. »Wenn das der Fall ist, dann müssten seine Morde religiös motiviert sein.«

Butch zog eine Augenbraue hoch. »Ich bin da kein Experte, aber ist das nicht verboten?

Nathan nickte. »Ich war zwar lange nicht mehr in der Kirche, aber ich glaube, das ist ein Gebot.«

»Du sollst nicht töten. Exodus. Zweites Buch Mose.« Alle sahen zu Tiny, der nur mit den Schultern zuckte. »Auch ich hatte mal ein Elternhaus. Meine Eltern waren gläubige Katholiken.«

Nathan schüttelte den Kopf. »Okay, nehmen wir an, er ist religiös. Würden seine Taten dann nicht gegen seinen Glauben verstoßen?« Er sah in die Runde, und auch Lissiana war ratlos.

Sie hatte mit Glauben und Religion noch nie etwas zu tun gehabt. Zumindest nicht, seitdem sie ein Kind gewesen war. Sie hatte Gott begraben, als ihre Eltern gestorben waren. Denn sie hatte nie verstehen können, wie Gott ihr so etwas hatte antun können, wenn es ihn wirklich gab.

»Menschen haben schon immer für die Religion Krieg geführt.« John sah zu Tiny. »Oder nicht?«

Der seufzte leise. »Wow! Ich hätte nie gedacht, dass ich mal als Experte für Religion auftreten muss.« Er nickte dann aber. »Ja, gerade im Christentum wurden viele Kriege im Namen Gottes geführt. Dort hat man versucht, die Gottlosen zu bekehren, indem man sie ermordet. Man hatte dann eine besonders ehrenvolle Stellung vor Gott. Zumindest hat man es damals so gesehen. Außerdem sind die vier Erzengel Gabriel, Michael, Uriel und Raphael auch so etwas wie Krieger Gottes. Michael gilt sogar als Anführer der Heerscharen.«

Butch sah Tiny ungläubig an. »Alter …«

»Ich kann nichts dafür. Sonntagsschule.« Er griff sich ein Bild vom Tatort. »Vielleicht hat er sie ermordet, um sie zu reinigen und dann mit Gott zu verheiraten. Dafür das Brautkleid.«

Lissiana runzelte die Stirn. »Man kann mit Gott verheiratet sein?«

Tiny schüttelte den Kopf. »Nicht so wirklich. Es gibt allerdings Nonnen, die Eheringe tragen und sagen, sie sind mit Gott verheiratet beziehungsweise verlobt.«

John legte die Akte auf den Schreibtisch. Dann sah er an die Decke. Auch Lissiana schwieg und dachte nach. War es wirklich möglich? Religiös motivierte Morde? In einer Zeit wie dieser? Doch warum schloss sie es überhaupt aus? Nur weil sie nicht an Gott glaubte, hieß das nicht, dass es andere nicht tun konnten. Und wie oft gab es Terroranschläge im Namen irgendeines Gottes?

»Es ergibt auf grausame Art und Weise Sinn.« John seufzte und stand auf. »Wir suchen also einen religiös fanatischen Serienmörder mit vermutlich katholischem Hintergrund und einer Erziehung, die schon fast alttestamentarisch war.«

»Wie schwer kann das schon sein? Wie viele Katholiken kann es schon in New York geben.« Vicky lächelte aufmunternd in die Runde.

»Im Raum New York City gibt es 2 554 454.« Tiny sah von seinem Smartphone auf. »Das sind fünfundvierzig Prozent der Bevölkerung.«

»Fuck!« Lissiana ließ sich gegen das Regal sinken. Das waren eine Menge Verdächtige.

Tiny zuckte mit den Schultern. »Na ja, immerhin haben wir damit fünfundfünfzig Prozent der Bevölkerung ausgeschlossen.«

Lissianas Handy begann zu klingeln, doch bevor sie reagieren konnte, hatte John es sich schon genommen und ging mit großen Schritten zum Balkon. Dass er einfach so ihr Handy benutzte, musste sie dringend unterbinden.

Nathan sah zu Tiny und verengte die Augen. »Ja. Hervorragend.« Der Sarkasmus war offensichtlich.

Vicky lehnte sich zu Butch hinüber und schien leise mit ihm zu sprechen, während Nathan und Tiny sich ein Blickduell lieferten. Lissiana stieß einen leisen Seufzer aus, dann stand sie auf und folgte John.

»Trotzdem danke, Yui! Und grüß Dan!« John legte auf und ließ den Kopf ein wenig hängen. Er hob ihn nicht, als er mit ihr sprach. »Yui sagt, das Skalpell ist von der Stange.

Man kann es in jedem Laden für medizinischen Bedarf bekommen. Und Dan hat auch nichts Neues, aber er schließt es aus, dass irgendein Politiker da mit drinhängt.«

Lissiana seufzte. Das waren nicht die besten Nachrichten. Sie warf einen prüfenden Blick auf John, doch er wirkte abwesend. »Was denkst du?«

Sein Gesicht sah angespannt aus. »Ich frage mich gerade, wie viele gläubige Katholiken im Untergrund zu finden sind.« Er sah auf seine Hand hinab. Vermutlich dachte er an den Fingerabdruck, den sie gefunden hatten. »Das heißt, wir müssen anfangen zu graben. Und das wird die wenigsten glücklich machen.«

»Wo willst du anfangen?« Lissiana legte ihm unbewusst die Hand auf den Unterarm.

John seufzte. »Ich habe keine Ahnung.«

27

Ich sehe vollkommen lächerlich aus.

Lissiana drehte sich hin und her und betrachtete sich in dem gigantischen Spiegel in Johns begehbarem Kleiderschrank.

Sie trug ein kurzes schwarzes Kleid, das ihr bis zur Mitte der Oberschenkel reichte. Der Ausschnitt war rund und hochgeschlossen. Zumindest der vordere Ausschnitt. Der Rückenausschnitt war sehr tief, sodass sie sich ein wenig unwohl fühlte, zumal es dadurch offensichtlich war, dass sie keinen BH anhatte. Dennoch schaffte dieses lächerliche Stück Stoff es noch, elegant auszusehen, was vermutlich auch an dem edlen Schmuck lag, den Lissiana an den Handgelenken trug. Die goldenen Armreife waren elegant und filigran ohne jegliche Schmucksteine. Ihre verwobenen Muster ließen ihre Handgelenke sehr zart erscheinen.

Sie war froh um die dünne schwarze Strumpfhose, die sie gefunden hatte. Sonst würde sie sich in dem Kleid vermutlich noch unwohler fühlen. Ihre Füße steckten in Ankle Boots mit obszön hohen Absätzen, deren Schaft gerade hoch und locker genug war, dass ihre Fußfessel darin verschwand.

Ihr Make-up war sehr klassisch. Nur ein wenig Eyeliner und blutrote Lippen. Mehr brauchte es nicht für eine Illusion. Ihr Haar hatte sie locker hochgesteckt. Ein paar Strähnen umrahmten ihr Gesicht und brachen die strenge Optik.

Und auch wenn sie wohl seit zwei Jahren nicht mehr so teure Kleidung getragen hatte, kam sie sich lächerlich vor. Doch sie wusste, dass sie nicht darum herum kommen würde. Seitdem sie einen Hinweis darauf gefunden hatten, dass der *Bräutigam* wahrscheinlich fanatisch religiös war, hatten sie mit so ziemlich jedem Oberhaupt im Untergrund gesprochen. Doch jeder von ihnen hatte gesagt, dass keiner seiner Leute jemals so etwas tun würde. Sogar der irische Clan der Ramseys hatte das felsenfest behauptet, obwohl sie weit und breit für ihre enorme Brutalität bekannt waren.

Und jetzt blieb ihnen nur noch ein einziger Mann auf der Liste, und das war Ademaro Ventura. Er war das Oberhaupt einer der sizilianischen Familien, die hier zur Cosa Nostra gehörten. Seine Familie war katholisch. Und so handhabte er es auch mit seinen Leuten. Lissiana kam es widersinnig vor, dass Kriminelle einen großen Wert auf Religion legten. *Mindestens genauso widersinnig wie eine Polizistin, die sich in einen Kriminellen verliebt.*

Lissiana seufzte leise und strich das Kleid noch einmal glatt, bevor sie aus dem Kleiderschrank heraustrat. Sie ging vorbei an Schränken voll mit edelsten Anzügen und Schmuckstücken. Einiges davon war sogar mit Codes geschützt. An der Kopfseite des Raumes hing der riesige Spiegel, in dem sie sich zuvor mühelos von Kopf bis Fuß hatte betrachten können. In der Mitte stand ein kleines Sofa, auf dem John früher ständig seine Klamotten hatte liegen lassen. Der Boden war aus glänzendem Marmor, die Wände vor lauter deckenhohen Schränken nicht zu sehen.

Sie waren hergekommen, weil sie Ademaro in seinem Club besuchen würden. Ein Club, den er seit jeher zur Geldwäsche benutzte. Nur die Reichen und Schönen von New York City konnten sich seine Preise leisten. Und John hatte sie darauf aufmerksam gemacht, dass sein Anzug für fünfzig Dollar und ihre Kleider für dreißig Dollar nicht einmal für den Einlass reichen würden. Und leider hatte er recht. Trotzdem war es für sie ein

Schock gewesen, nach zwei Jahren wieder hierherzukommen. In seine Welt. Die Welt, die sie als ihre Heimat betrachtet hatte, auch wenn sie nur ein knappes halbes Jahr hier mit ihm gelebt hatte.

Niemand hatte hier etwas angerührt. Als sie gekommen waren, hatten ihre Gläser noch immer auf dem Couchtisch gestanden. Und ihre Kleider von damals hingen noch immer in diesem Schrank. Auf ihrer Seite. Manches noch mit Preisschild. Als wären sie nie fort gewesen. Als hätte sich nichts verändert. Dabei war nun alles anders. Absolut alles. *Na ja, dass du mit ihm geschlafen hast ist wohl die einzige Konstante.*

Sie hasste ihre sarkastische innere Stimme. Aber leider hatte sie recht. In den letzten sieben Tagen hatte sie immer wieder an diese Nacht gedacht. Und sie hatte sich immer mehr von John entfernt. Sie redeten kaum. Und sie sah ihn auch kaum noch an. Es kam ihr zu gefährlich vor. Wie ein Spiel mit dem Feuer, das sie nicht riskieren wollte. Immer wieder versuchte er ein Gespräch zu beginnen, doch sie achtete stets darauf, möglichst nicht mit ihm allein zu sein. Sie wusste, dass er frustriert und wütend war. Sie sah es an der Art, wie er die Zähne zusammenbiss oder wie er schnaubte, wenn sie mal wieder versuchte, unter einem Vorwand so weit von ihm wegzukommen, wie ihr möglich war. Sie benahm sich wie ein Teenager. Und das war ihr leider auch sehr bewusst.

Lissiana seufzte leise und stieß die dunkelbraune Tür auf, die in Johns Schlafzimmer führte. Es war recht groß. Eine Glasfront ließ einen fantastischen Blick auf die Skyline von New York zu, die in der Nacht regelrecht zu funkeln schien. Die Wände waren in einem warmen Vanilleton gestrichen, während die Möbel im Raum allesamt ein dunkles Braun aufwiesen. Der edle Parkettboden hatte dieselbe Farbe wie die wenigen, aber eleganten Möbel. Ganz hinten an der linken Wand war eine Tür, die zu seinem luxuriösen Bad führte. An derselben Wand stand ein großes Bett.

Und da saß John. Auf der Bettkante. Ganz entspannt. Sein rechter Knöchel lag locker auf seinem linken Knie, während er eine Uhr umlegte. Eine Breitling. Seine bevorzugte Marke. Sie verfluchte sich innerlich dafür, dass sie das noch immer wusste.

Als sie die Tür schloss, sah er auf. Und da war sie wieder. Diese Anziehung, die keinen rationalen Grund hatte. Dieses Feuer, das sie gänzlich zu verbrennen schien. Sie atmete tief durch, doch das Brennen verschwand nicht.

John erhob sich und richtete das Jackett. »Du siehst gut aus.«

Na, aber gleichfalls! John hatte einen schwarzen Anzug an, der seine massive Statur so gut betonte, dass man ihn wirklich für einen Profisportler halten könnte. Unter der Jacke trug er ein Hemd in einem satten dunklen Rot. Eine opulente Farbe, so auffällig wie John selbst. Die Uhr an seinem Handgelenk schimmerte golden. Die Schuhe an seinen Füßen waren derart auf Hochglanz poliert, dass man sich darin bestimmt spiegeln konnte.

»Danke!« Sie klang schroff. Und innerlich trat sie sich dafür gerade in den Hintern.

John zog eine Augenbraue hoch und schüttelte den Kopf. »Es ist nur ein Kompliment. Krieg dich ein! Ich reiß dir schon nicht die Klamotten vom Leib.«

Lissiana seufzte leise und nickte. »Ich weiß. Es ist nur …«

»Alles etwas seltsam?« Als sie John ansah, lächelte er leicht.

Sie nickte zaghaft. »Ja, ein wenig.«

»Das könnte daran liegen, dass du dem Gespräch aus dem Weg gehst, das wir dringend führen müssen, Lissiana.« Er legte seine Hand in ihren Rücken und schob sie sanft voran. Seine Haut berührte ihre, und das presste sofort wieder die Luft aus ihren Lungen und ließ nichts als Hitze zurück. Diese Wirkung hatte er schon immer auf sie gehabt. Und so gern Lissiana es leugnen würde – es war auch jetzt noch so.

Lissiana biss sich auf die Unterlippe. »Ich weiß.«

John schmunzelte. »Na, dann ist ja gut. Ich dachte schon, du kommst nie zur Vernunft.«

Sie verließen das Schlafzimmer und betraten die Galerie, von der aus man in das erste Stockwerk der Wohnung hinabsehen konnte. Der große Raum umfasste das Wohnzimmer und die Küche zusammen mit dem Esszimmer. Auf Wände hatte man hier unten verzichtet. Alles war offen und hell gestaltet. Die hohen Wände waren weiß gestrichen, die Möbel hatten alle einen warmen und satten Braunton. Die Küche strahlte in Dunkelbraun und edlem Chrom, während nur ein paar helle Akzente diese Wärme aufbrachen, damit sie nicht erdrückend wirkte. Der Innenarchitekt hatte damals wirklich gute Arbeit geleistet.

John führte sie auf der Galerie zur Treppe. Sie passierten die Türen zu seinem Trainingsraum, seiner Bibliothek, seinem Arbeitszimmer und dem Gästezimmer, in dem Butch oder Tiny in der Regel geschlafen hatten, wenn die Nacht zum Morgen geworden war.

Für Lissiana war es seltsam, wieder hier zu sein. Sie hatte so viele schöne Erinnerungen an diesen Ort. So viele Momente, die sie noch jetzt lächeln ließen. Und es lag nicht an der fantastischen Aussicht auf die Stadt. Auch nicht an den Marmorböden oder dem restlichen Luxus. Sie hatte sich hier damals zu Hause gefühlt. Mehr als in ihrer eigenen Wohnung. Sie blickte zu John, der sie die Treppe hinabführte. Er mimte zwar den teilnahmslosen Gentleman, doch sie konnte sehen, dass auch er mit diesem Ort zu kämpfen hatte. Denn es war wirklich sein Zuhause. Ein Zuhause, das er seit zwei Jahren nicht mehr gesehen hatte. Ein Zuhause, das vor zwei Jahren von einem S.W.A. T.-Team gestürmt worden war.

Sie gingen an dem großen braunen Sofa vorbei, das sich vor der Fensterfront befand. Noch immer standen die beiden Gläser auf dem Tisch. Lissiana hielt inne. Irgendwie wollte sie aufräumen. Alles. Neu anfangen. Doch sie konnte nicht. Regungslos stand sie da und starrte auf diese beiden Gläser. Beide waren leer. *Wie passend!*

»Ich bin im Kopf immer wieder zu diesem Moment zurückgegangen.« John sah auf die Gläser. Sein Blick war nicht zu deuten. Er versteckte sich wieder hinter seiner Maske. Oder eher hinter seinem dicken Panzer. Sein Griff in ihrem Rücken wurde etwas fester.

Lissiana schluckte leise. »Ich auch«, murmelte sie nach einer Weile. Ja, dieser Moment war ein echter Wendepunkt in ihrem Leben gewesen. Sie hatte immer geglaubt, dass es gut war, dass alles so gekommen war. Doch jetzt sah die Welt anders aus. All diese Emotionen in ihrem Inneren kamen ihr vor wie ein ungesunder Cocktail, der nur wieder alles ans Licht bringen würde, was besser tief vergraben geblieben wäre. Denn plötzlich spürte sie das Bedürfnis, reinen Tisch zu machen. Alles zu erklären und auf Vergebung zu hoffen. Neu anzufangen ohne die Altlasten dieser Zeit.

John räusperte sich und riss damit auch Lissiana aus ihren Gedanken. »Jetzt ist nicht die Zeit, um über all das zu reden.« Er schob sie wieder voran. Vorbei an dem großen Esstisch und der Küche zur Wohnungstür. Diese schien das Einzige zu sein, das Butch ausgetauscht hatte. Sie erreichten den Aufzug, und als die Türen sich schlossen, war Lissiana sich Johns Präsenz noch bewusster als zuvor. Wenn das überhaupt möglich war.

John nahm die Hand von ihrem Rücken und richtete die Manschettenknöpfe an seinen Handgelenken. Sie funkelten golden im Licht.

»Wenn das heute Abend vorbei ist …« Er sah hinauf zur Anzeige, die verkündete, dass sie unaufhaltsam dem Boden näher kamen. »… werden wir über alles reden. Über damals. Über jetzt. Über uns. Und diesmal läufst du mir nicht davon.«

Die Türen sprangen mit einem leisen Pling auf, und John legte die Hand wieder auf ihren Rücken. Wieso hatte sie nur diesmal das Gefühl, als würde er sie zur Schlachtbank führen?

Ademaro Ventura erfüllte so ziemlich jedes Klischee, das es über italienische Gangsterbosse gab. Er war Mitte vierzig, mit einem leichten Bierbauch, schwarzen Haaren und Geheimratsecken. An seinen Fingern steckten so viele Goldringe, dass unmöglich jeder von ihnen eine Bedeutung haben konnte. Die Goldkette um seinen Hals hatte einen kleinen Kreuzanhänger, und der Geruch seines Aftershaves mischte sich mit dem starken Geruch von kubanischen Zigarren und Scotch. Seine Stimme war rau, und er sprach mit einem sehr starken Akzent, obwohl seine Familie seit Generationen in den USA lebte. Er saß auf einem großen ledernen Bürostuhl hinter einem massiven Echtholz-Schreibtisch mit dunkler Färbung. Das Ding hatte wahrscheinlich schon seinem Urgroßvater gehört. Sein Büro war ein Raum im hintersten Ende seines Clubs. Vermutlich waren die Wände isoliert, so leise, wie es hier war. Vor der Tür waren sie zwei Bodyguards begegnet, und auch in diesem Raum gab es drei. Die Wände hatten eine eigenwillig satte Grünfärbung. Gemälde hingen an der Wand, die vermutlich ein Vermögen gekostet hatten. An den Wänden standen hohe Regale mit massiven Türen. Er paffte eine Zigarre und lächelte, ehe er aufstand.

»John, mein Freund.« Er breitete die Arme aus, und Lissiana verbarg ein Schmunzeln hinter ihrer Hand. Okay, das war zu viel. Der Kerl war tatsächlich auch noch klein. Kaum größer als sie selbst. Jetzt fehlte nur noch, dass sein Hemd leicht offen stand und er eine behaarte Brust präsentierte. Doch Ademaro war tadellos gekleidet. Sein Anzug war schwarz mit weißen Nadelstreifen. Das Hemd war ebenfalls weiß. Es war vollständig zugeknöpft. Dazu trug er eine klassische schwarze Krawatte.

»Lange nicht gesehen.« Ademaro klopfte John auf die Schulter, ehe die beiden sich umarmten, als wären sie alte Freunde. John musste sich ziemlich weit herunterlehnen. »Ich dachte, du sitzt.«

John lachte leise und löste die Umarmung. »Habe ich auch. Aber du weißt doch, einen Cohen hält niemand auf.« Er zwinkerte, und Lissiana verdrehte innerlich die Augen. *Wenn der wüsste ...*

»Und wer ist die Schönheit an deiner Seite?« Ademaro kam zu ihr und nahm ihre Hand in seine, ehe er ihr einen Kuss auf den Handrücken hauchte. Lissiana lächelte. Diese Welt war wirklich einzigartig. Sie wusste, dass Männer wie Ademaro literweise Blut an ihren Händen hatten. Trotzdem waren sehr viele von ihnen formvollendete Gentlemen. Mit Werten und Lehren aus Zeiten, die längst vergessen waren.

Das hatte Lissiana immer an Johns Welt fasziniert. Sie war eine eigenwillige Mischung aus Tradition und Moderne. Doch wundern tat sie es nicht. Immerhin war das organisierte Verbrechen eines der ältesten und lukrativsten Geschäfte der Welt. Und da sie sich in den Schatten bewegte, hatte diese Welt ihre ganz eigenen Regeln entwickelt. Und an die hielt man sich besser, wenn man seinen Kopf behalten wollte.

»Das ist Katherine.« John legte einen Arm um ihre Taille und zog Lissiana mit einem Ruck an seine Seite. Sie zog eine Augenbraue hoch. Ebenso wie Ademaro. Doch dann lachte er leise.

»Deine Frau?« Er grinste. Seine Zähne waren leicht schief, aber überraschend weiß.

»So etwas in der Art.« Lissianas Augen weiteten sich. Das war ihr neu.

»Dann solltest du ihr besser schnell einen Ring anstecken. Solche Frauen haben meist viele Verehrer, die nur darauf warten, dass du einen Fehler machst. So war es zumindest bei meiner ersten Frau.« Ademaro stieß ein lautes Lachen aus und ließ endlich Lissianas Hand los.

»Also.« Er umrundete seinen Schreibtisch und setzte sich wieder auf seinen Stuhl. »Was führt dich her? Das hier ist sicherlich kein Höflichkeitsbesuch.«

John schmunzelte. »Kann ich nicht einfach einen alten Freund besuchen?«

»Das könntest du, wenn du nicht John Cohen wärst.« Ademaro trank einen Schluck von seinem Scotch. »Also, was willst du?«

Lissiana löste sich von Johns Seite und sah sich unauffällig im Raum um. Bei solchen Gesprächen war eine Frau nur dann wirklich von Wert, wenn sie tatsächlich die Ehefrau war. Oder wenn ihr die Organisation gehörte. Andernfalls war sie nur schmückendes Beiwerk. Sie würde also aufmerksam zuhören und sich ein wenig umsehen. Vielleicht fand sie ja etwas in den offenen Regalen.

Sie strebte eines der Bücherregale an und streckte die Hand nach einem Buch aus. Es wog schwer in ihrer Hand. Es war auf Italienisch. Sie verstand nicht einmal den Titel.

»Ich suche jemanden.« John hatte sich auf einen der Sessel vor Ademaros Schreibtisch gesetzt. Er lehnte sich zurück, während ihm ein Bodyguard ein Glas Scotch eingoss. Scheinbar vollkommen entspannt.

»Ich hörte davon.« Während Ademaro weitersprach, ließ Lissiana ihre Finger über die vielen Buchrücken in dem Regal gleiten. »Ian Ramsay hat mir erzählt, dass du, seitdem du zurück bist, ungewöhnlich viele Fragen stellst. Wie ein beschissener Schnüffler.«

Lissiana hielt den Atem an. Dieses Gespräch ging eindeutig in die falsche Richtung. Sie verspannte sich ein wenig.

»Beschuldigst du mich gerade?« Johns Tonfall war von freundlich zu kalt und angriffslustig gewechselt. »Du willst mich nicht wirklich beleidigen, Ademaro. Das wäre nicht gerade klug.«

Abwehrend hob Ademaro die Hände. »Beruhige dich, mein Freund! Ich sage dir nur, was Ian mir gesagt hat.«

John zog eine Augenbraue hoch. »Du willst mir also sagen, dass Ian Ramsay hinter mir her ist?« Er lachte leise. »So dumm kann er nicht sein.«

Ademaro zuckte mit den Schultern. »Er hegt einen ziemlichen Groll gegen deinen Bruder. Und wer kann es ihm verübeln? Immerhin hat er selbst uns nicht mit dem nötigen Respekt behandelt und euren Unterhändler geschickt. Als wären wir nichts weiter als gewöhnliches Fußvolk.« Lissiana konnte die Wut in seiner Stimme hören. Ebenso wie den verletzten Stolz. Sie musste die Situation schnell entschärfen, bevor John noch an die Decke gehen konnte. Denn Butch war bei ihm ein eher empfindliches Thema.

Lissiana stieß ein kokettes Lachen aus. »Butch ist sehr grob. Glaubt mir, wenn ich sage, dass er euch mit seinem Unterhändler weniger beleidigt hat als durch seine eigene Anwesenheit. Ihm fehlt eure Klasse.« *Pass auf, dass du das ganze Süßholz, das du raspelst, nicht wieder auskotzt.*

Doch Ademaro schien geschmeichelt und lachte. »Eine scharfsinnige Schönheit. Vorsicht, John, solche Frauen sind am gefährlichsten.«

John nickte. »Ja, wie gefährlich sie ist, ist mir durchaus bewusst.« Das klang nicht gerade wie ein Kompliment. Doch die Anspannung im Raum war ein wenig gesunken.

Lissiana ging weiter. Endlich kam sie zu einigen englischen Übersetzungen. Viele Verschwörungstheorien. Aber auch eine ganze Menge christliche Literatur. Allen voran drei Ausgaben der Bibel. Ademaro war also wirklich ein gläubiger Christ.

John räusperte sich. »Um zum Thema zurückzukommen: Ich bin kein Schnüffler. Ich mag es lediglich nicht, wenn man zwei meiner Investments wie Tiere abschlachtet.«

»Ich hörte davon. Mein Beileid.« Ademaro lächelte. Und es war definitiv kein trauriges Lächeln. »Der Kerl scheint es ja beinahe auf dich abgesehen zu haben, Cohen.«

John stieß ein leises Knurren aus. »Ja, den Eindruck bekomme ich auch. Weshalb ich ihn jagen und töten werde. Und jeder, der ihn schützt, steht mit auf meiner Liste.«

Lissiana drehte sich zu John um. Doch er sah noch immer sehr gelassen aus. Seine Augen waren fest auf Ademaro gerichtet, und die Drohung stand so klar im Raum wie eine Kriegserklärung.

»Vorsicht, was du sagst.« Ademaro knirschte mit den Zähnen. »Du willst mir nicht in meinem eigenen Haus drohen, oder doch?«

John lächelte. Ein fieses und überlegenes Lächeln. »Nur, wenn du ihn versteckst.«

Ademaro lief rot an. Seine Zähne waren jetzt so fest aufeinander gebissen, dass Lissiana klar die Linie seines Kiefers in seinem eher aufgedunsenen Gesicht erkennen konnte.

»Ich weiß nichts. Sonst hätte ich der Sache selbst ein Ende gemacht. Ich bin ein Ehrenmann. Auch wenn du anscheinend die Bedeutung dieses Wortes vergessen hast.« Ademaro schüttelte den Kopf. »Und jetzt raus hier! Bevor ich mich vergesse.«

John stürzte den Scotch runter und nickte Lissiana zu. Sie kam zurück an seine Seite. »Danke für das nette Gespräch! Ich hoffe, das können wir bald wiederholen.«

Er legte die Hand an ihren Rücken und führte sie zur Tür.

»Vielleicht solltest du mal mit deinem speziellen Freund sprechen. Er kennt doch alle und weiß doch alles.« Ademaro lachte leise. »Natürlich hat das seinen Preis, nicht wahr?«

John stieß die Tür kraftvoll auf und führte sie hinaus in den dunklen Flur.

»Von wem spricht er?« Lissiana sah John von der Seite her an, doch in dieser Dunkelheit konnte sie sein Profil nur schemenhaft erkennen. John schwieg. Seine Schritte waren so lang und schnell, dass Lissiana auf ihren hohen Schuhen beinahe rennen musste. Ein hagerer Mann mit blondem Haar und abgetragener Kleidung wich ihnen in dem schmalen Flur aus, als wüsste er, dass das besser für ihn wäre.

»Hallo? John?! Ich rede mit dir!«

Sie kamen zurück in den Club. Es war laut und stickig. Die Musik dröhnte in ihren Ohren und schien den Boden vibrieren zu lassen. Zuckende Lichter erhellten den Raum immer nur schemenhaft und für einige Sekunden. Auf der großen Tanzfläche wanden sich viele Leiber zu dem gleichen Beat. Wie ein Schwarm Fische. Rechts befand sich die Bar. Links der Ausgang. John wandte sich nach rechts.

Lissiana stemmte sich gegen seinen drängenden Griff. »Was soll das? Wovon hat Ademaro gesprochen?« Wieder keine Antwort. »Hörst du mir überhaupt zu?«

John packte ihr Handgelenk. So fest, dass es fast schmerzte. Er zog sie zu der Bar am äußersten Rand der Tanzfläche.

»Du hast eine ganze Woche nicht mit mir gesprochen. Jetzt will ich nicht reden.« Er legte die Hand an ihren Rücken und orderte mit der anderen zwei Drinks.

Lissiana schüttelte den Kopf »John, das geht nicht!« Als der Barkeeper zwei Gläser Whisky vor ihnen abstellte, schüttelte sie den Kopf. »Wir sind im Dienst und sollten nach Hause gehen.«

Er grinste schief. »Wie gut, dass du nicht ohne mich gehen kannst.« Dann nahm er sich ein Glas und stürzte es in einem Zug runter, während sie sich auf die Unterlippe biss und betete, dass sie niemand sehen würde.

28

»Erinnerst du dich an unsere erste Begegnung?«

Überrascht sah Lissiana von ihrem Glas auf, das sie bisher nicht angerührt hatte, während John bereits ein zweites für sich selbst geordert hatte. Es war das erste Mal seit einer langen Zeit des Schweigens, dass John etwas sagte. Er blickte sie nicht an, sondern sah in das Glas. Als würde der Whisky ihm eine Antwort auf all das geben können.

»Natürlich.« Lissiana nahm einen ersten Schluck vom Whisky, der träge und angenehm in ihrer Kehle brannte, während sie ein leichtes Lächeln nicht verhindern konnte. Als könnte sie diese Begegnung jemals vergessen.

»Was hast du damals gedacht?« Lissiana sah zu John, der sie genau beobachtete.

Sie runzelte die Stirn. »Im Ernst?«

Er nickte knapp. »Ja, im Ernst.«

Lissiana seufzte leise. »Es macht keinen Unterschied – ob du es weißt oder nicht.«

Sie sah, wie er mit den Zähnen knirschte. »Für mich macht es einen Unterschied.«

Lissiana schüttelte den Kopf. Haderte mit sich selbst. Sollte sie ihm die Wahrheit sagen? Sollte sie lügen? Egal was sie antworten würde – es war offensichtlich, wohin dieses Gespräch führen sollte. Und eigentlich hatte sie überhaupt keine Lust, über ihre wirren Gefühle zu reden. Oder über damals. Oder über jetzt.

Lissiana stürzte den Rest ihres Whiskys runter und ließ den Kopf in den Nacken sinken. Sie konnte beinahe spüren, wie er sie ansah. Ihre Haut brannte. Prickelte verräterisch unter seinem Blick. Ihr Körper war wohl ihr größer Feind.

»Ich habe gedacht, dass ich dir lieber in einer Bar begegnet wäre als vollkommen verschwitzt in einem Trainingsraum.« Sie betrachtete die zuckenden Lichter an der Decke, von denen ihnen ein wenig schwindelig wurde. »Und ich habe gedacht, dass ich jetzt so richtig in Schwierigkeiten stecke.«

Lissiana sah wieder auf den glänzenden Tresen. Mit einer kleinen Geste gab sie dem Barkeeper das Signal, auch ihr nachzuschenken. Dann hob sie die Hände und begann eine Spange nach der anderen aus ihrem Haar zu lösen, denn die Hochsteckfrisur zerrte an ihrer Kopfhaut.

»Ich war froh, dass ich dich genau so kennengelernt habe.« John ließ ein Schmunzeln sehen. »Du hast mit Butch deinen Zweikampf trainiert. Ich wusste sofort, warum er mich angerufen hatte, weil er ja etwas ach so Wichtiges besprechen wollte.«

Lissiana legte die Haarspangen in ihre Handtasche und schüttelte ihre Haare aus. Sie versuchte zu ignorieren, wie Johns Blick an jeder ihrer Bewegungen hing.

»Er war noch nie sonderlich subtil, nicht wahr?« Lissiana trank noch einen Schluck. Auch ihr war vollkommen klar gewesen, was Butch vorhatte, sobald sie John gesehen hatte. In diesem Moment hatte es bereits diese irreale Verbindung zwischen ihnen gegeben. Damals hatte sie noch geglaubt, dass sie sich ihm nur näherte, weil es ihr Job war. Wenige Wochen später hatte sie gewusst, dass es ihr keineswegs um den Auftrag gegangen war.

»Also, was soll das Ganze?« Als er bei ihren Worten die Stirn runzelte, deutete Lissiana auf die Bar und zwischen ihnen hin und her. »Das ganze hier. Wenn du unbedingt reden willst, dann können wir das auch an einem Ort tun, der nicht halb so laut und wesentlich weniger öffentlich ist.« Automatisch sah sie sich um. Sie würde in Teufels Küche kommen, wenn sie jemand mit einem Sträfling, der eigentlich nur die Polizei beraten sollte, in aller Öffentlichkeit trinken sah. Rebecca würde ihr die Hölle heißmachen. Und das völlig zu Recht. Was dachte sie sich eigentlich dabei?

John lachte leise. Dann lehnte er sich vor. Heiß strich sein Atem über ihre Wange, und Lissiana erschauderte. »Du hättest nur sagen müssen, dass du mit mir alleine sein willst.«

Sie zuckte von ihm zurück. »Das meinte ich nicht.«

»Bist du dir sicher?«

Johns Worte standen eine Weile zwischen ihnen im Raum. Keiner von ihnen sagte etwas. Keiner bewegte sich. Sie sahen einander nur an.

Lissiana biss die Zähne fest zusammen. Sie tat ihr Bestes, um ihn zu ignorieren. Doch diese elektrische Spannung zwischen ihnen ließ sie erschaudern. Und dieses Knistern in der Luft bescherte ihr eine Gänsehaut.

John brach den Augenkontakt als Erster ab, und Lissiana holte tief Luft. Ihr war nicht einmal aufgefallen, dass sie sie angehalten hatte.

Seine Hand glitt in die Innentasche seiner Anzugjacke, und er legte einen Hundertdollarschein unter sein Glas, ehe er sich ihr Handgelenk packte und sie vom Barhocker zerrte. Erschrocken keuchte sie auf. Sie schaffte es so gerade noch, sich ihre kleine Handtasche zu schnappen, ehe sie sich schon mit John durch die Menge drängelte

»Mein Glas war noch gar nicht leer!«, protestierte sie, sobald sie aus dem Club heraus waren. Die Nachtluft war heiß und schwül und so gar nicht das, was sie gerade brauchen konnte. Hätte es nicht Winter sein können? Ein paar schöne Minusgrade hätten sie deutlich abgekühlt.

John ignorierte sie gekonnt und hob die Hand, um ein Taxi heranzurufen. Sie plusterte die Wangen auf. Sie wollte nicht mit John reden. Aber genauso wenig wollte sie ignoriert werden.

Das Taxi fuhr vor, und John zerrte die Tür auf, ehe er sie einsteigen ließ. Automatisch rutschte sie auf der Rückbank weiter, und er ließ sich neben ihr nieder, ehe er dem Fahrer seine Adresse nannte.

Lissiana rieb sich leicht das Handgelenk. »Weißt du, du hättest einfach sagen können, dass du gehen möchtest. Außerdem, wer hat gesagt, dass wir zu dir –«

»Jetzt halt doch nur ein einziges Mal den Mund!« Johns Hände glitten grob in ihr Haar, und ehe Lissiana sichs versah, lagen seine Lippen auf ihren.

Dieser Kuss war anders als der unter der Dusche. Der Kuss war beinahe sanft gewesen. Das war dieser hier überhaupt nicht.

Sie stieß ein leises Stöhnen aus, als seine Zunge in ihren Mund glitt, während er ihren Kopf leicht nach hinten lehnte, um die volle Kontrolle über diesen Kuss zu haben. Er schmeckte nach einem Hauch Whisky und nach John. Eine tödliche Konstellation, die ihr die Sinne völlig vernebelte. Sie krallte die Hände in sein Jackett und drängte sich nah an ihn. Sie spürte seine Hitze sogar durch all die Schichten an Stoff, die er trug. Sie verbrannte sie regelrecht. Und doch klammerte sie sich an ihn, als würde ihr Leben davon abhängen.

Sein Dreitagebart kratzte leicht, doch es störte sie nicht im Geringsten. Sie genoss seinen Geschmack auf ihrer Zunge und wie der Geruch seines Aftershaves sie einhüllte. Sie genoss es, wie seine Hände eher grob durch ihr Haar fuhren, ehe sie spürte, wie er eine Hand aus ihrem Haar nahm und sie auf ihren nackten Rücken legte. Bei seiner Hitze bog sie automatisch den Rücken durch und drängte sich ihm so nur noch mehr entgegen. Als John ihr leicht auf die Unterlippe biss, konnte Lissiana ein leises Wimmern nicht mehr zurückhalten.

Ein lautes Fluchen des Taxifahrers und das Geräusch von Hupen rissen sie aus ihrer Trance, und erschrocken fuhren John und sie auseinander, nur um zu sehen, wie der Fahrer eine Vollbremsung hinlegte und es gerade so schaffte, dem vor ihnen fahrenden VW-Käfer nicht aufzufahren.

»Augen nach vorne, du verblendeter Vollidiot!« John stieß ein leises Knurren aus, ehe er sein Jackett auszog und es Lissiana hinhielt.

Sie zog eine Augenbraue hoch. »Es sind fast fünfundzwanzig Grad.«

Wütend sah er sie an. »Zieh jetzt das verdammte Ding an!«

Wow! Welche Laus war ihm denn plötzlich über die Leber gelaufen? Wenn er ihre Küsse nicht mochte, dann sollte er sie nicht so überfallen. Sie nahm sich das Jackett und zog es wortlos über.

John packte ihr Revers und zog sie so nahe zu sich, wie die Rückbank es zuließ, ohne dass sie auf seinem Schoß gesessen hätte. Ihr Oberschenkel presste sich regelrecht an seinen. Fahrig schloss er einen Knopf nach dem anderen.

Verwirrt beobachtete Lissiana ihn. »Hat das einen tieferen Sinn?« Doch John schwieg. Sie begegnete dem Blick des Fahrers im Rückspiegel, der schnell wieder auf die Straße sah.

Dann blinzelte Lissiana. Was zur Hölle tat sie da eigentlich?

Mit einem Ruck rückte sie von John ab, der sofort wieder nach ihr griff und sie an seine Seite zog. Sein Arm legte sich schwer um ihre Schultern und hielt sie, wo sie war. Sein Mund war dicht an ihrem Ohr.

»Sobald wir zu Hause sind, wird mich nichts mehr zurückhalten, ist das klar?« Sie zuckte zusammen, als er mit den Zähnen leicht an ihrem Ohrläppchen knabberte. »Wir können also jetzt zivilisiert in diesem Taxi nach Hause fahren, oder aber du willst weiterhin so tun, als würdest du mich nicht wollen, und ich überzeuge dich auf dem Rücksitz dieses Taxis vom Gegenteil. Und dann ist es mir scheißegal, ob ich dem Kerl danach die Augen rausschneiden muss.«

Lissiana hielt den Atem an und blieb dicht bei John sitzen. Was hatte sie auch für eine Wahl? *Super Ausrede, Schätzchen!*

Als Lissiana das leise Klicken der Wohnungstür hinter sich hören konnte, begann das Herz in ihrer Brust sofort zu hämmern, ehe sie leicht schluckte. Für sie klang es beinahe wie der bizarre Startschuss zu einer Hetzjagd. Und diesmal war sie der Fuchs.

Sie drehte sich zu John um, der die Tür abschloss, ehe er sie ansah und mit langen Schritten auf sie zukam.

Abwehrend hob Lissiana eine Hand, während sie rückwärtsging. »John, das ist eine ganz schlechte Idee.«

Er stieß ein leises Knurren aus und zerrte an dem Kragen seines Hemdes, ehe er einen Knopf nach dem anderen öffnete. »Und wen interessiert das?«

Sie öffnete den Mund, um etwas zu sagen, doch schloss sie ihn schnell wieder, als er das Hemd auszog und es achtlos zu Boden warf. Sie konnte ihn nur anstarren und zusehen, wie die Muskeln unter seiner Haut arbeiteten, während er weiter auf sie zukam.

Als er kurz vor ihr war, hob sie schnell beide Hände und besann sich. »John – jetzt lass uns doch mal kurz über all das nachdenken!« Sie stieß einen kleinen Schrei aus, als er sie sich einfach über die Schulter warf und sie die Treppen hinauftrug.

Er joggte beinahe, sodass sie nur die Hände auf seinen Hüften abstützen konnte, um nicht herunterzufallen. Als sie im Schlafzimmer ankamen, stellte er sie auf die Füße und griff sofort nach den Knöpfen des Jacketts.

»Wir haben beide viel zu viel nachgedacht, findest du nicht?« Lissiana konnte nicht einmal mehr antworten. Seine Lippen legten sich wieder forsch auf ihre, und sie spürte, wie ihre Knie sich in Pudding verwandelten. Ebenso wie ihr Gehirn. Denn sie fand tatsächlich, dass er recht hatte. Sie beide hatten zu viel nachgedacht. Und nur das hatte sie so lange voneinander ferngehalten.

Sein Kuss sorgte dafür, dass ihr schwindelig wurde. Er küsste sie mit so viel Leidenschaft, dass sie beinahe ins Schwanken geriet. Und fast konnte sie glauben, dass es zwischen ihnen mehr gab als diese blinde Anziehung. Dass es etwas gab, das sie wirklich nicht erklären konnten. Etwas, das diese schmerzhaften zwei Jahre einfach verschwinden lassen würde. Sie spürte, wie er ihr das Jackett von den Schultern zog. Dann löste er den Kuss.

Seine Hände legten sich auf ihre Wangen, ehe er seine Stirn gegen ihre lehnte. Ihre Hände ruhten auf seinen Hüften. Sein Atem mischte sich mit ihrem, während sie spürte, wie seine linke Hand leicht zuckte.

Dann öffnete er die Augen. Sein intensiver Blick presste ihr die Luft aus den Lungen, und für einen Moment verlor sie sich darin, ehe er sie losließ und einen Schritt zurücktrat.

»Zieh das Kleid aus!« Seine Stimme klang noch rauer als sonst, und sie erschauderte leicht. Doch sie hielt inne. Sie wusste, warum er das von ihr forderte. Als Zeichen, dass sie es auch wollte. Damit es am nächsten Morgen keine Ausreden für sie gab. Keine Ausflüchte, an die sie sich klammern konnte.

Er hatte die Arme vor der Brust verschränkt. Seine Augen waren auf sie gerichtet. Und so wartete er ab. Wartete auf ihre Entscheidung.

Und Lissiana? Sie konnte nicht anders, als ihre Finger zum Saum des Kleides gleiten zu lassen, ehe sie es sich in einer einzigen Bewegung über den Kopf zog und es achtlos zu Boden fallen ließ. Während sie sich die Strumpfhose von den Beinen streifte, dachte sie einen Moment lang nach. Für ihre Entscheidung gab es keinen rationalen Grund. Dennoch wusste sie, dass sie das hier in diesem Moment wollte. Und das war die einzige Wahrheit, die sie jetzt gerade akzeptieren konnte.

Sofort war er bei ihr, und sie griff genauso schnell nach ihm, wie er nach ihr. Ihre Hände wanderten in sein Haar, während sie spürte, wie er seine Hände unter ihre Oberschenkel legte und sie mit einem Ruck auf seine Hüften hob.

Mit langen Schritten trug er sie die letzten Meter zum Bett, ehe er sie darauf sinken ließ. Ihre Beine waren um seine Hüften geschlungen, während er ihre Hände aus seinen Haaren löste und sie lang neben ihrem Kopf ausstreckte.

Wieder legten seine Lippen sich auf ihre. Diesmal langsamer. Weniger aggressiv und fordernd als vorher. Unzufrieden biss Lissiana ihm auf die Unterlippe, und John ließ ein leises Lachen tief in seiner Kehle hören.

»Langsam, Kätzchen.« Er lachte wieder, als sie sich gegen seinen Griff stemmte. Sie wollte ihn anfassen. Wollte ihn berühren, so viel sie nur konnte. So als wollte sie die letzten zwei Jahre der Trennung damit einfach auslöschen.

Er hob den Kopf und nahm sich einen Moment lang Zeit, um sie einfach anzusehen. Sie konnte spüren, wie seine Augen von ihrem Hals über ihre Brüste bis hin zu ihren Hüften wanderten. Und dann war es an ihr, leise zu lachen, als sie spürte, wie sein Griff sich um ihre Handgelenke verkrampfte.

Er lehnte sich wieder herunter und küsste sie, bis ihr jegliches Lachen verging und sie nur zitternd nach mehr verlangen konnte. Seine Küsse machten sie ganz benommen. Zähmten und entfesselten sie zugleich.

»Ich lasse dich jetzt los«, murmelte er leise gegen ihre Lippen. Sie nickte knapp. Und als er sie losließ, streckte sie sofort die Hände nach ihm aus. Sie berührte jeden Zentimeter, den sie erreichen konnte. Ließ ihre Hände über seine Schultern und seinen Rücken wandern. Über seine Arme. Seine Brust.

Sie spürte, wie seine Hände über ihre Seiten glitten bis hinab zu ihrem Slip. Sofort hob sie die Hüften, und sie sah ihm dabei zu, wie er das Stück Stoff über ihre langen Beine zog, während seine Lippen den Weg vorzeichneten. Als er es von sich warf, wirkte es beinahe so, als hätte er so schnell nicht vor, auch nur ein Stück Stoff wiederzusehen, das sie irgendwie bedecken könnte.

Und in diesem Moment sollte ihr das nur recht sein.

Als er sich wieder über sie beugte, streckte sie sofort die Hände nach ihm aus, die sie an seine Wangen legte, um ihn zu einem Kuss zu sich herunterzuziehen.

Doch John schien ein anderes Ziel zu verfolgen. Er hauchte ihr einen kurzen Kuss auf die Lippen und ließ diese dann über ihren Hals wandern. Er küsste und knabberte sich seinen Weg hinab zu ihrem Schlüsselbein, verharrte dort einen Moment, ehe er weiter hinabglitt.

Ihre Hände krallten sich fest in die Laken, als seine Lippen ihre Brüste erreichten. Sie schloss die Augen und genoss jede Berührung. Jeden Kuss. Jedes noch so kleine Streicheln seiner Zunge. Ihr Atem ging längst stoßweise. John hatte schon immer diese Wirkung auf sie gehabt. Wenn es um ihn ging, wandelte sie irgendwo zwischen Vernunft und Wahnsinn. Zwischen Leid und Glück. In einer Welt, die irreal und real zugleich war.

Lissiana spürte, wie seine Lippen weiter hinabglitten, und sie hielt den Atem an in angespannter Erwartung. Überdeutlich nahm sie wahr, wie seine Hände über ihre Oberschenkel glitten. Wie rau seine Haut gegen ihre war. Und wie sanft er sie berührte, obwohl sie beide noch vor wenigen Augenblicken in so einer blinden Eile gefangen gewesen waren.

Als er ihre Oberschenkel spreizte und sie seine Bartstoppeln über ihre Haut kratzen spürte, stieß sie ein leises Wimmern aus. Und als seine Lippen ihre intimste Stelle fanden, wusste sie, er würde erst aufhören, wenn sie gänzlich ihm gehörte.

Ob sie wollte oder nicht.

29

»Jetzt bleib gefälligst stehen!«

Lissiana beschleunigte ihre Schritte. Die Flucht nach vorn kam ihr in diesem Moment wie eine wirklich gute Idee vor. Sie erreichte den Fahrstuhl. Ihr Finger drückte den kleinen Knopf wieder und wieder. Und so hart sie nur konnte. *Schneller. Na los, mach schon!*

Eine große Hand erfasste ihren Oberarm und wirbelte sie herum. Ihr Rücken knallte gegen das kalte Metall der Aufzugtür, und sie sah sich einem sehr wütenden John gegenüber. In seinen verschiedenfarbigen Augen tobte ein wahrer Sturm. Und sie befürchtete, dass der erste Blitz sie gleich treffen würde.

»Willst du den scheiß Alarm auslösen?«, schnauzte er sie an, und sie seufzte leise. Das hatte sie komplett vergessen. Sie hatte nur daran denken können, dass sie hier weg musste. Weg von der unausweichlichen Wahrheit dieser Situation.

»Du bist kein verdammter Teenager mehr. Du musst auch mal über die Konsequenzen deines Handelns nachdenken.« John schüttelte den Kopf und ließ seine Anzugschuhe auf den Boden fallen. Er schlüpfte hinein, dann schloss er die Knöpfe von seinem Hemd. Sein Haar war noch zerzaust vom Schlaf. Und von ihren Händen. Sie presste die Lippen aufeinander.

»Das weiß ich.« Ihre Stimme klang ein wenig unsicher.

»Offensichtlich ja nicht. Sonst würdest du nicht ständig versuchen, vor mir davonzulaufen.« John zog das Jackett an, das er in der Hand gehabt hatte. Es hatte das gleiche satte Braun, das auch die Anzughose aufwies. Das Hemd war cremefarben. Wie er die Zeit gehabt hatte, sich noch einen neuen Anzug aus seinem Schrank zu holen, war ihr schleierhaft. Vermutlich hatte er das getan, als sie schon wieder dabei gewesen war, sich hektisch anzuziehen.

Sie biss sich auf die Unterlippe und strich sich dann durch ihr zerzaustes Haar. Es war so verknotet, dass sie mit ihren bloßen Händen einige einzelne Haare herauslöste. Tränen schossen ihr in die Augen. *Wie passend!* Sie hörte, wie John leise seufzte.

»Wir müssen über alles reden, Kätzchen.« Sein Tonfall war jetzt deutlich zärtlicher. Lissiana sah auf den Boden. Sie wollte nicht reden. Wollte sich nicht eingestehen, dass sie letzte Nacht wieder schwach geworden war. Dass sie sich ihm einfach nicht entziehen konnte. Sie wollte weiter verleugnen, was sie fühlte. Wollte weiter so tun, als wäre es nichts anderes als Sex. Doch das konnte sie nicht mehr. Sie konnte ihn nicht mehr ansehen und lügen. Nicht nach all dem, was geschehen war. Sie sah auf, als Johns Hand ihr Kinn berührte. Als ihre Augen sich trafen, lächelte er sie sanft an.

»Bist du endlich bereit einzusehen, dass das zwischen uns beiden unvermeidlich ist?« Lissiana presste die Lippen fest aufeinander. Hatte er recht? War das zwischen ihnen wirklich unvermeidlich? Sie kamen immer wieder an diesen Punkt. Und schon so eine leichte Berührung von ihm, konnte ihr Herz zum Rasen bringen. Auch wenn sie sich wünschte, dass es anders wäre. Sie wusste, aus alldem hier konnte nichts Gutes entstehen. Es würde ihre Karriere beenden. John würde das Land verlassen. Butch würde eine wahre Hetzjagd veranstalten, um sie zu bekommen. Und sie könnte niemals Vicky verlassen. Das alles stand zwischen ihnen. Schrie sie an mit grausamer Klarheit. Wenn sie sich auf das hier einließ, erwarteten sie nur Tränen, Abschied und Schmerz. Denn, was auch immer das zwischen ihnen war, es hatte ein klares Ablaufdatum. Und das war der Moment, in dem der *Bräutigam* gefasst wäre. Es hatte keinen Sinn, sich auf John einzulassen. Sie wusste es doch besser. Sie hatte das alles doch schon einmal durchgemacht. Und das hatte ihr Leben in eine regelrechte Abwärtsspirale verwandelt, die auch jetzt noch nicht wirklich ihr Ende erreicht hatte.

»Den Blick kenne ich. Du denkst schon wieder zu viel.« John riss Lissiana aus ihren dunklen Gedanken, und sie musste leicht schmunzeln. Er kannte sie wirklich. Doch das war kein Grund, alles hinter sich zu lassen für ein paar flüchtige Momente, in denen sie sich lebendig fühlte.

»John. Das kann nicht funktionieren.« Sie wusste, sie musste nicht mehr sagen. John war nicht dumm. Auch er kannte die ganzen Gründe, warum das zwischen ihnen nicht sein durfte. Völlig egal, was es nun war.

Er schüttelte den Kopf. »Du machst mich fertig.« Seine Hände umfassten sanft ihr Gesicht. »Warum musst du denn immer die Antwort auf alles sofort parat haben? Warum zum Teufel musste du jetzt schon wissen, was vielleicht in einigen Monaten passiert? Ich kann nicht hellsehen. Und du auch nicht. Wie fühlst du dich jetzt gerade?«

Lissiana schwieg. John knirschte mit den Zähnen. »Lass mich raten. Verwirrt. Hilflos. Ein wenig wütend auf mich. Und trotzdem bist du noch nicht vor mir zurückgewichen.«

Sie zog eine Augenbraue hoch. »Ich stehe mit dem Rücken an einer Aufzugtür. Wo soll ich denn bitte hin?«

John lachte leise. »Du könntest mich einfach wegschieben. Das hast du aber nicht getan.«

Lissiana öffnete den Mund, um zu widersprechen. Schloss ihn dann wieder. Er hatte recht. Denn egal, wie sehr sie es auch leugnen wollte, sie wollte sich seiner Nähe nicht entziehen. Niemals.

»Na siehst du.« Er schüttelte leicht den Kopf und atmete schwer aus. »Du bist manchmal wirklich schwer von Begriff, weißt du das?«

Lissiana holte tief Luft, doch John legte ihr die Hand auf den Mund. »Ich will jetzt nicht streiten. Und ich will mich gerade auch nicht wirklich beleidigen lassen.« Ein leises Pling erklang, und John zog sie zu sich, damit sie nicht rückwärts in den Aufzug fiel.

»Wie wäre es, wenn wir jetzt in diesen Aufzug steigen und im Laden um die Ecke ein paar Sachen fürs Frühstück holen?« John nahm die Hand von Lissianas Mund und ging in den Fahrstuhl. Er wartete. Die Hand ausgestreckt.

Lissiana sah den Fahrstuhl an. Wenn sie diese Linie überschritt, dann gab es kein Zurück mehr. Dann würde es keine Ausreden mehr geben. Kein Leugnen. Wenn sie jetzt mit ihm ging, dann würde sie sich eingestehen müssen, dass sie Dinge für John empfand, für die es keine logische Erklärung gab. Dass sie nun mal so fühlte, wie sie fühlte. Sie würde wieder einmal die gesellschaftlichen Regeln und Zwänge hinter sich lassen. Sie würde Nathan enttäuschen. Und wenn Vicky wüsste, wer er wirklich war, dann würde auch sie von ihr enttäuscht sein. Und wofür? Für gemeinsame Nächte und ein wenig Nähe? Für Herzrasen und Lügen? Wieder erklang ein leises Pling. Die Türen begannen sich zu schließen. Und alles, woran sie denken konnte, war, dass sie nicht noch einmal von ihm getrennt sein wollte. Und so legte sie ihre Hand in die von John und ließ sich von ihm in den Fahrstuhl ziehen.

Lissiana schlang ein Handtuch um ihren Körper und eilte zu ihrem Handy, das auf dem Rand des Waschbeckens lag. Ihre Füße hinterließen nasse Abdrücke auf dem Marmor. »Stafford?«

»Wie schön, dass du dich auch mal bequemst, ans Telefon zu gehen.« Die Stimme von Nathan klang wütend. Außerdem hörte er sich müde und ausgezehrt an. Vermutlich hatte er die Nacht wieder auf dem Revier verbracht. Das schlechte Gewissen erfasste sie wie eine Welle und begrub sie unter sich. Presste ihr die Luft aus den Lungen und wirbelte ihre Gefühle durcheinander.

»Entschuldige! Ich stand unter der Dusche.« Sie strich sich durch das nasse Haar und sah sich um. Dass es nicht ihre Dusche war, würde sie auf keinen Fall erwähnen.

»Wo ist denn John? Er hätte doch wohl rangehen können. Interessiert ihn doch sonst auch nicht, dass es dein Handy ist.« Misstrauen. Das war es, was sie hören konnte. Keine Wut.

Lissiana sah über die Schulter. John stieg gerade aus der Dusche und schlang sich ein Handtuch um die Hüften. Ob *Er stand mit mir unter der Dusche* eine gute Antwort wäre? Wohl eher nicht.

»Er schläft noch.« Lissiana bemerkte sofort, dass ihre Antwort nicht überzeugend klang. »Was soll das werden, Nathan? Willst du mich ausfragen, oder hast du aus einem bestimmten Grund angerufen?«

Nathan stieß ein bitteres Lachen aus. »Von einer ehemaligen Undercoveragentin hätte ich eine bessere Lüge erwartet.« Ein Moment der Stille folgte. »Ich dachte wirklich, ich könnte dir vertrauen.«

Ein Stich erfasste sie. »Das kannst du auch. Nathan, es ist nicht –«

»Nicht so, wie ich denke? Ich denke, du bist in alte Muster zurückgefallen und hast mit ihm geschlafen. Das denke ich. Willst du mich noch mal belügen, indem du es leugnest?« Nathan hatte die Stimme gesenkt. Seine Worte waren nicht mehr als ein Zischen.

John legte Lissiana die Hand auf die Schulter, und sie ließ ihren Rücken gegen seine Brust sinken. In diesem Moment war er der einzige Halt, den sie hatte. Und so leugnete sie nicht. Sie schwieg einfach. Und das war auch eine Antwort.

»Dachte ich es mir doch.« Sie konnte hören, wie er mit den Zähnen knirschte. »Ich hätte es wissen müssen, als ich euch bei Vicky gesehen habe. Wie konnte ich nur so blind sein!«

Lissiana stieß ein leises Seufzen aus. »Nathan. Lass uns später über alles reden.«

»Ich denke nicht, dass es da noch etwas zu reden gibt, Lissiana. Du hast dich entschieden. Wieder einmal. Und während du die Beine für diesen Abschaum breitgemacht hast, ist noch eine Frau ermordet worden.« Lissiana riss die Augen auf. Sie ignorierte den scharfen Schmerz, der sie bei Nathans harten Worten erfasste. Sie konnte das jetzt nicht an sich heranlassen. Sie musste sich auf den Fall konzentrieren.

»Wo und wann?« Ihre Stimme klang kühl. Abweisend.

»Ich schicke dir die Adresse. Sie ist gerade von einer Gruppe von Teenagern gefunden worden. Wenn es dich überhaupt noch interessiert und du nicht anderweitig beschäftigt bist.« Lissiana riss der Geduldsfaden.

»Jetzt hör mir mal ganz genau zu, du selbstgerechtes Arschloch!« Sie war so wütend, dass ihre Stimme regelrecht bebte. »Du kannst über mich urteilen, wie du willst. Es interessiert mich nicht. Aber wag es nicht noch einmal, mein Interesse an diesen Frauen infrage zu stellen. Haben wir uns da verstanden?«

Stille schlug ihr entgegen. Sie hatte Nathan gegenüber noch nie so einen Ausbruch gehabt.

»Wir sehen uns vor Ort.« Dann legte sie auf.

»Was ist passiert?« John schlang einen Arm um sie und presste sie nah an sich. Sie atmete seinen Duft ein. Ließ sich in die Wärme und Sicherheit sinken, die seine Arme ihr zu geben schienen. Auch wenn es wohl nur eine Illusion war.

»Es gibt eine neue Leiche. Und Nathan weiß Bescheid.« Sie hörte John leise fluchen, und sie lächelte leicht. Ja, so fühlte sie sich ebenfalls.

»Hast du Angst, was er sagen wird?« Sie sah in den Spiegel und traf den Blick von John. Er sah besorgt aus. Sogar ein wenig verletzt. Also schüttelte sie den Kopf.

»Nein. Nicht mehr.« Sie drehte sich zu ihm um. »Wir müssen gleich los.« Dann lächelte sie. »Und du solltest vielleicht über deine kugelsichere Weste nachdenken.«

Als John lachte, fühlte es sich an, als würde er einen Teil ihrer Last einfach mit sich fortnehmen.

Nathan zog den Rauch seiner Zigarette tief in seine Lungen und versuchte, sich zu beruhigen. Seit seinem Telefonat mit Lissiana vor ungefähr dreißig Minuten war er vollkommen aufgewühlt. Und noch immer konnte er nicht fassen, dass sie sich wieder auf John eingelassen hatte. Einen Gangster. Einen Zuhälter. Und vermutlich sogar einen Mörder.

Er hatte gedacht, sie hätte mit alldem abgeschlossen. Hätte endlich wieder Fuß in ihrer Welt gefasst. Im Licht und nicht in den Schatten, die Männer wie John und Butch auf die Stadt warfen. Aber er hätte es besser wissen müssen. Er hätte die beiden nicht so oft allein lassen dürfen. Schon als sie mit Butch gesprochen hatten, hätte er dabei sein müssen. Dann hätte er diese schändliche Allianz verhindern können, die ihm jetzt noch den Magen umdrehte.

Er arbeitete mit John und Butch Cohen zusammen. Eine Tatsache, die er nicht wirklich verarbeiten konnte oder gar wollte. John war die eine Sache. Er war ein verurteilter Straftäter. Ein Mann, bei dem man die Fäden fest in der Hand hatte. Aber Butch stand auf einem ganz anderen Blatt. Er war ein gewalttätiger Irrer, auf den Nathan keinerlei Macht oder Druck ausüben konnte. Er war das große Unbekannte in einer doch eher labilen Mischung. Und genau dieses Gemisch schien ihm jetzt um die Ohren zu fliegen. Vielleicht hätte er Lissiana niemals dazu drängen sollen, John bei diesem Fall als Berater hinzuzuziehen. Dann wäre all das niemals passiert. Aber dann wären sie der Lösung dieses Falls auch noch kein Stückchen näher. Denn ob er es nun zugeben wollte oder nicht, die Zusammenarbeit mit John hatte sie vorangebracht. Es hatte Lissiana und Nathan aber auch so sehr voneinander entfernt wie niemals zuvor.

Nathan sah nach rechts, als er einen Wagen vorfahren hörte. Er hatte an der Straße auf die beiden gewartet, während auf der alten Baustelle schon das Chaos herrschte. Sofort hatte man die Spurensicherung und die Gerichtsmediziner alarmiert. Und die waren schon in vollem Gange. Die Teenager saßen völlig apathisch vor der Absperrung. Ein Psychologe redete leise auf sie ein. Er selbst hatte es noch nicht gewagt, an dem Zaun vorbeizugehen und sich seinem nächsten Albtraum zu stellen. Denn auch diese Frau würde ihn wieder verfolgen. So lange, bis der *Bräutigam* gefasst wäre.

John stieg zuerst aus dem Wagen. Sein Anzug hatte einen satten braunen Ton. Das Hemd war cremefarben. Dieser Mann hatte wirklich Stil. Mehr, als Nathan je zugeben würde. Man konnte sehen, dass der Anzug mehrere Tausend Dollar gekostet haben musste. Und dass es eine Maßanfertigung war. Diesen Anzug hätte Lissiana ihm niemals kaufen können. Was bedeutete, sie mussten in Johns Wohnung gewesen sein. Nathan verengte die Augen. Das durfte doch nicht wahr sein! Er knirschte mit den Zähnen, als John die Hand zum Gruß hob, ehe er über die Schulter sah. Und dann stieg Lissiana aus. Doch wenn er ihre braunen Augen nicht so gut gekannt hätte wie seine eigenen, dann hätte er sie wohl überhaupt nicht erkannt.

Ihre Haut war nicht mehr aschfahl und matt. Sie war noch immer blass durch die Belastungen der letzten Monate, doch sie sah deutlich gesünder aus. Die Schatten unter ihren Augen waren etwas heller geworden. Ihr Haar, das sie sonst oft streng zurückgebunden trug, fiel nun in offenen Wellen auf ihre Schultern. Der sonst so verkniffene Zug um ihre vollen Lippen war verschwunden. Sie wirkte noch immer angespannt, aber nicht mehr von ihren eigenen Geistern gehetzt. Sie wirkte eigenartig ruhig. Als hätte sie eine Wahrheit gefunden, die für Nathan noch meilenweit entfernt lag. Ihre Augen, die in den letzten Monaten immer trüber geworden waren, hatten einen Hauch Glanz zurückerhalten. Und auch ein wenig Wärme, bei der Nathan sich seiner eigenen Kälte bewusst wurde. Sie umrundete den Wagen und lächelte John leicht an. Doch als ihr Blick Nathan traf, schwand dieses Lächeln. Und es fühlte sich so an, als hätte sie ihn geohrfeigt. Sie kam mit langen Schritten auf ihn zu. Sie trug eine offensichtlich kostspielige schwarze Hose aus einem edlen Material. Sie reichte ihr bis zur Taille. Die ärmellose Bluse hatte sie in die Hose gesteckt. Sie war so strahlend weiß, dass es beinahe in seinen Augen schmerzte. An den Füßen trug sie hohe Schuhe.

Unweigerlich fragte Nathan sich, ob er diese Frau vor sich überhaupt kannte. Obwohl er seit zwei Jahren an ihrer Seite stand, war ihm diese Seite von ihr unbekannt. War das überhaupt noch Lissiana, oder hatte er es hier schon mit ihrem Alter Ego Katherine zu tun? Als sie ihn erreichte, konnte er sie nur anstarren.

»Tucson.« Die Begrüßung war eisig. Und es schmerzte. Mehr, als er gedacht hatte. Er wollte ihr Lächeln zurück. Ihre Wärme und Freundlichkeit. Ihre Freundschaft. Doch er wusste, dass er das Richtige getan hatte. Sie machte einen großen Fehler. Wieder einmal. Und er war der Einzige, der ihr das sagen konnte.

»Stafford.« Er nickte ihr zu. Dann sah er John an. »Cohen.«

Lissiana verschränkte die Arme vor der Brust. Das Kinn hatte sie vorgereckt. Er kannte diese Haltung. So trat sie den anderen Kollegen gegenüber. Aber niemals ihm. Dieser Mann veränderte sie wirklich. Und das nicht zu ihrem Vorteil.

»Wie ich sehe, färbt er schon auf dich ab.« Nachlässig deutete er auf ihre Kleidung. Scheinbar vergessen waren die billigen Hosenanzüge und die Sommerkleider.

Lissiana verdrehte die Augen. »Für so einen Unsinn bin ich zu alt. Ich gehe mir die Leiche ansehen.« Sie ging mit großen Schritten an Nathan vorbei. Sah ihn nicht noch einmal an. So, als wäre er gar nicht da. Und das machte ihn rasend.

John machte Anstalten ihr zu folgen, doch Nathan hielt ihn zurück. Sein Griff war hart, und er hoffte, dass es auch ein wenig wehtat.

»Ich weiß nicht, was du dir dabei denkst, aber du wirst dich von ihr fernhalten, klar?« Nathan senkte die Stimme. Momentan wollte er noch nicht riskieren, dass die anderen Kollegen von der Sache Wind bekamen. Das würde ihre ganzen Ermittlungen ruinieren. Alles, wofür er so hart gekämpft hatte, würde den Bach runtergehen. Und noch war er dazu nicht bereit.

John schüttelte seinen Arm einfach ab. »Sind zehn Meter genug?«

Nathan spürte, wie sein rechtes Auge anfing zu zucken. »Du weißt genau, wie ich das meinte.« Sogar für ihn klang seine Stimme rau und angriffslustig.

John seufzte leise. »Ja, aber das wird nicht passieren.« Er zuckte mit den Schultern. »Nicht, solange Lissiana mir das nicht selbst sagt.«

Nathan schüttelte den Kopf. »Das wird sie nicht.« Er seufzte leise. »Du hast sie doch schon wieder so tief in dein Netz gezogen, dass sie gar nicht bemerkt, was passiert.«

John zog eine Augenbraue hoch. »Und was genau passiert gerade?«

»Du wickelst sie ein. Nutzt sie aus. Ich weiß nicht, was du glaubst, damit erreichen zu können, aber irgendetwas hast du auf jeden Fall vor.« Ja, davon war Nathan überzeugt. Dieser Mann konnte nichts Gutes im Schilde führen. Noch vor wenigen Tagen hatte er Lissiana gedroht, sie umzubringen. Und plötzlich hatte er Sex mit ihr? Das passte nicht zusammen.

John stieß ein trockenes Lachen aus. »Dann kennst du Lissiana schlechter, als ich gedacht hätte. Glaubst du wirklich, sie würde sich von mir manipulieren lassen? Diese Frau hat einen solchen Dickschädel, dass das absolut unmöglich ist.«

Nathan blinzelte irritiert. Das Lächeln auf Johns Lippen war zärtlich. Beinahe bewundernd. Er schüttelte den Kopf. Es war nur ein Trick. Er durfte sich von ihm nicht aufs Glatteis führen lassen. Männer wie John logen, wenn sie den Mund aufmachten.

»Was willst du dann von ihr?« Stille folgte für einen Moment. Dann seufzte John. So tief und lang, als hätte er einen Krieg verloren.

»Ich liebe sie.« John zuckte mit den Schultern. »Das habe ich immer, und das werde ich wohl immer.« Er kratzte sich am Hinterkopf. »Die letzten zwei Jahre habe ich versucht, sie zu hassen. Jeden Tag. Und ich dachte auch, es hätte funktioniert. Doch dann …« Er brach ab und schüttelte mit einem Lächeln den Kopf.

Nathan starrte ihn an. Sprachlos. John liebte Lissiana?! Vollkommen unmöglich. Er log. Wie gedruckt. Das musste es sein. »Schwachsinn. Du liebst sie nicht. Männer wie du wissen gar nicht, was Liebe ist.«

John zog eine Augenbraue hoch. »Und du weißt es? Der Mann, der Tag und Nacht auf der Polizeistation verbringt? Der offensichtlich niemanden hat, zu dem er nach Hause gehen kann?« Er seufzte. »Ich war genauso wie du. Meine Arbeit war alles für mich. Meine Organisation war mein Lebenswerk. Und dann traf ich sie.«

Nathan biss die Zähne aufeinander. »Wir haben rein gar nichts gemeinsam. Du bist ein Erpresser, Mörder und Verbrecher. Ich bin ein Polizist. Vergleich mich ja nicht mit dir!«

John ließ ein wölfisches Grinsen sehen. »Wir sind uns ähnlicher, als du denkst. Wir beide tun das, was nötig ist, um an unser Ziel zu kommen.« Er kam etwas näher. Nathan verschränkte die Arme vor der Brust. »Ich habe sie nicht benutzt. Aber du, nicht wahr? Lissiana wäre niemals von selbst an meiner Zelle aufgetaucht. Sie bittet nicht um Hilfe. Niemals. Und schon gar nicht mich. Wer hat ihr diese Idee also eingeflüstert, frag ich mich.«

Nathan wich einen Schritt zurück. Sich mit der Wahrheit konfrontiert zu sehen war ein harter Schlag. Denn John hatte recht. Er hatte Lissiana benutzt. Hatte ihre Gefühle und ihre berufliche Zukunft außer Acht gelassen, um an den Mann heranzukommen, der jetzt in ihm las wie in einem offenen Buch.

»Du und ich wir sind gleich. Und wir lieben die gleiche Frau.« John schnalzte leicht mit der Zunge. »Mit dem Unterschied, dass ich sie niemals benutzen würde.«

Nathan schüttelte den Kopf. »Ich liebe sie nicht.«

John lachte leise auf. »Wer ist jetzt der Lügner?«

Nathan knirschte mit den Zähnen. »Ich liebe sie nicht.«

John grinste schief. »Doch, wie ein Bruder. Du würdest alles für sie tun und alles für sie sein. Und du würdest sie vor allem beschützen, richtig?«

Wieder folgte Stille. Nathan bewunderte John ein wenig. Er hatte eine enorme Auffassungsgabe. Und einen Verstand, bei dem er nicht mithalten konnte. Lissiana und John hatten in den letzten Tagen schon mehr für diesen Fall getan als Lissiana und er in einigen Monaten. Und nur deshalb hatte er Rebecca noch nicht über alles informiert. Er benutzte Lissiana. Schon wieder. Ihm wurde schlecht. Vermutlich würde er von nun an jeden Spiegel meiden, um sich nicht selbst ansehen zu müssen.

John klopfte Nathan leicht auf die Schulter. »Ich liebe sie. Und wohin auch immer das hier führt, ich werde sie nicht noch einmal verlieren.«

Nathan schüttelte vehement den Kopf. »Du liebst sie nicht.« Das konnte nicht sein. Menschen wie John und Butch waren zu Liebe nicht fähig. Auch nicht zu Mitgefühl. Sie waren nicht wirklich menschlich. Sie glichen mehr blutrünstigen Tieren, die ihre Beute rissen ohne Rücksicht auf Verluste. Und davor wollte er Lissiana beschützen. Er wollte sie davor bewahren, wieder in seinen Klauen zu landen. Denn diesmal würde nichts mehr von ihr übrig bleiben.

»Warum sollte ich lügen?« John zuckte mit den Schultern. »Ich riskiere viel mehr als sie, findest du nicht?«

Ein Moment der Stille trat ein.

»Sie verliert alles, wenn sie sich auf dich einlässt. Ihren Job, ihre Familie und ihren Ruf.« Nathan knirschte mit den Zähnen. »Was riskierst du schon? Das Herz, das du nicht besitzt? Wohl kaum.«

John zog eine Augenbraue hoch und winkte dann ab. »Ich habe sie schon einmal geliebt. Und sie hat alles zunichtegemacht, was wir hatten. Ich war bereit, alles für sie aufzugeben, nur um herauszufinden, dass die Frau die ich geliebt habe, mich verraten hat.« Sein Blick glitt in die Ferne, und Nathan fragte sich, woran er wohl gerade dachte. Was auch immer es war, es warf tiefe Schatten auf Johns Gesicht.

»Ich liebe sie. Und ich hasse sie. Von beidem ein wenig. Aber ich bin bereit, es noch einmal zu versuchen. Und diesmal werde ich nicht zulassen, dass sie wieder vor mir davonläuft.« John sah ihn an und lächelte leicht.

Nathan betrachtete John. Und irgendwie glaubte er ihm tatsächlich. Er rieb sich die Schläfen. Dann nickte er. Er kam etwas näher. So nah, dass ihre Nasen sich beinahe berührten. Er packte John am Kragen.

»Brichst du ihr das Herz, dann werde ich dich jagen und töten.« Er lächelte dunkel. »Ich habe viele Freunde. Sogar in dem Rattenloch von Gefängnis, in dem man dich versteckt. Und glaub mir, wenn du ihr irgendetwas antust, wird selbst die Einzelhaft kein Schutz für dich sein. Kapiert?«

John blinzelte leicht. Dann lachte er rau auf. »Gesprochen wie ein Cohen. Ich glaube, wir würden uns gut verstehen, wenn du mal den Stock aus deinem Arsch ziehen würdest.«

Nathan verdrehte die Augen. »Nur über meine Leiche, Verbrecher.« Dann ließ er John mit einem Ruck los.

John richtete mit einem schiefen Grinsen sein Jackett. »Ja, ja, Bulle.«

Lissiana kam zurück. Sie sah wütend aus. Zum Glück richtete sich ihr Blick sofort auf John.

»Kommst du gefälligst?« Sie deutete auf ihr Hosenbein und zerrte an Johns Jackett. Doch er schenkte ihr nur ein nachsichtiges Lächeln. Sie waren vorsichtig. Unauffällig. Berührten einander niemals. Und doch war Nathan klar, was sich zwischen ihnen wirklich abspielte. Die beiden zu beobachten zeigte ihm auch, wie einsam und isoliert er wirklich ohne Lissiana an seiner Seite war. Immer hatte er gedacht, dass sie die Außenseiterin war. Dabei waren sie es beide.

»Ich habe nur gerade mit Nathan gesprochen. Es tut ihm leid, nicht wahr, Bulle?« John sah Nathan an, und er seufzte leise. Dieser Kerl war nicht zu fassen. Sie waren keine Freunde. Er musste hier nicht den Diplomaten spielen. Dennoch nickte er.

Lissiana stieß ein Schnauben aus. »Kriegst du auch die Zähne selbst auseinander?«

»Es tut mir leid.« Nathan kratzte sich am Hinterkopf.

Lissiana seufzte leise. Ihr Blick wurde weicher. Er konnte sehen, wie verletzt sie war.

»Kleines, das, was ich gesagt habe, war nicht das, was ich gemeint habe.« Gott, klang das bescheuert! Aber in diesem Moment wusste Nathan sich nicht anders zu helfen.

»Doch, das ist genau das, was du gemeint hast.« Lissiana strich sich durch ihr langes Haar. »Und genau das ist das Problem mit dir. Für dich gibt es nur schwarz und weiß. Und dabei bemerkst du gar nicht, dass du selbst so ziemlich alle Stufen von Grau abdeckst.«

Er schluckte leicht. »Kleines, ich …«

Sie legte ihm die Hand auf den Arm. Beruhigend. Verstehend. »Ich weiß, dass es dir leidtut.«

Nathan war sofort erleichtert. Er würde das mit Lissiana irgendwie retten können. Er streckte die Arme aus, um sie zu umarmen, doch John hielt ihn zurück.

»Übertreib's nicht gleich, Bulle!« Johns Ton war freundlich, aber bestimmt. Nathan grinste schief. John mochte sie wirklich. Er hob abwehrend die Hände.

Er hörte Lissiana leise lachen. Und plötzlich kam es ihm nicht mehr so schwer vor, hinter diesen Zaun zu gehen und sich die nächste Leiche anzusehen.

30

Butch lehnte sich auf dem Sofa zurück und schloss erschöpft die Augen. Seit Tagen pendelte er zwischen Vickys Wohnung und seinen Verpflichtungen für die Organisation hin und her. Und wenn er ehrlich war, dann zehrte ihn das ziemlich aus. Jedoch war John mit seinen Anweisungen sehr präzise gewesen. *Suche weiter nach dem Mörder und schütze Vicky, so gut du kannst, vor ihrem Stalker!* Und genau das versuchte er jetzt seit etwas mehr als einer Woche. Er schlief nur das absolute Minimum, und er hatte in den letzten Tagen an mehr sozialen Interaktionen teilgenommen als in den letzten zwei Monaten zusammen.

Verdammt, er wusste jetzt sogar ihre Lieblingsfarbe und dass sie Sommersprossen auf der Nase hatte, die kaum zu sehen waren. Er wusste, dass sie ihren Job liebte und dass sie Lissiana vergötterte. Er wusste, dass ihre Eltern tot und ihre Pflegeeltern alt waren und dass sie sonst keinerlei Verwandte hatten. *Du weißt mehr über sie als über deine letzten drei Freundinnen. Wenn man sie denn so nennen konnte.*

Butch rieb sich die Schläfen und stieß ein leises Seufzen aus. Das alles tat ihm nicht gut. Denn er mochte die Kleine. Nicht auf eine sexuelle Art und Weise. Mehr so, wie man seine Schwester mochte, wenn man denn eine hatte. Zumindest hatte er das mal irgendwo gehört. Und je mehr Zeit er mit ihr verbrachte, desto mehr mochte er sie. *Vorsicht, sonst hast du nachher noch eine soziale Beziehung, die nichts mit Macht oder Familie zu tun hat.*

Er zuckte zusammen, als er kalte Hände an seinen Schläfen spürte, doch dann seufzte er zufrieden, als diese ihn sanft zu massieren begannen. Er brummte zufrieden. Vickys vertrautes Lachen erklang und ließ sogar ihn ein wenig lächeln.

»Danke, Vic!« Er schnurrte die Worte mehr, als dass er sie wirklich sprach. Ihre Anwesenheit beruhigte ihn ebenso wie ihre magischen Hände. Nicht, dass er das jemals zugegeben hätte. Und wenn er das jemals zugeben würde, dann würde Lissiana wohl schon mit einer geladenen Smith & Wesson auf ihn warten.

»Nichts zu danken. Du arbeitest so hart, dass du dir das verdient hast, Nick.« Er konnte das Lächeln in ihrer Stimme hören. Doch ihn erfasste ein kalter Stich. Nick. Ja, sie dachte noch immer, das wäre sein Name. John, Lissiana und er hatten sich darauf geeinigt, sie erst einmal über seine wahre Identität im Dunkeln zu lassen. Und am Anfang hatte es ihm auch nichts ausgemacht, weiterhin Nick der Bulle zu sein. Doch jetzt kannte er sie ein wenig. Und irgendetwas in ihm wollte, dass sie ihn ebenfalls kannte. Nicht sein künstliches Ich, sondern ihn in Person.

Doch das stand völlig außer Frage. Sie war nicht wie die Frauen, denen er sonst begegnete. Sie war zart und unschuldig. Völlig unbedarft von der realen Welt. Und das trotz des vielen Blutes und des Todes, mit dem sie sich jeden Tag in ihrem Job auseinandersetzen musste. Sie war anders. Und das fesselte sein Interesse. Er wollte mit ihr befreundet sein. Mehr nicht. Aber auch das würde nicht möglich sein. Wenn alles vorbei wäre, würden John und er das Land verlassen. Unnötige soziale Beziehungen würden diesen Prozess nur unnötig erschweren.

»Wenn Lissiana ihre Paranoia überwunden hat, muss ich mich unbedingt bei deiner Freundin entschuldigen. Immerhin verbringst du so viel Zeit hier, dass sie darüber bestimmt nicht glücklich ist.« Butch öffnete leicht ein Auge. Vicky war ein bisschen rot angelaufen. Sie biss sich auf die Unterlippe. Er schloss die Augen wieder.

»Ich habe keine Freundin. Seit Jahren nicht. Ich mag die Dinge eher … unkompliziert.« Er versuchte es nett auszudrücken, doch die Nachricht war ziemlich klar.

»Oh! Ja, du wirkst auch eher nicht wie der Typ für feste Beziehungen.« Vicky stammelte ein wenig. Das tat sie immer, wenn sie nervös war.

»Ach so. Und wie wirke ich dann?« Butch konnte nicht verhindern, dass sich sein Tonfall kühl anhörte. Doch irgendwie trafen ihre Worte ihn ein wenig. War es wirklich so offensichtlich, dass er zu keinerlei emotionaler Bindung zu einer Frau fähig war?

»Also, ich … Ach Scheiße!« Victoria lief rot an. Er grinste schief. Das war das erste Mal, dass er sie fluchen hörte. »So meinte ich das nicht. Aber du scheinst nicht die Art Mann zu sein, die sich bald niederlassen will mit Frau und Kind. Das meinte ich.«

Butch schob ihre Hände von seinen Schläfen und richtete sich wieder auf. Dann zuckte er mit den Schultern.

»Du hast das schon ganz richtig beobachtet, Vic. Ich bin die Art Kerl, die mit dir ins Bett geht und dich danach nicht anruft.« Er deutete auf die Blumen. »Ich bin auch nicht der Kerl, der Blumen schickt oder sonstigen romantischen Unsinn abzieht. Und Frau und Kinder habe ich nie gewollt, und das werde ich wohl auch nie. Das ist eher die Pflicht und das Privileg meines Bruders.« Butch stand auf und ging zur offenen Balkontür. Plötzlich fühlte er sich rastlos. Und atemlos. Er griff in seine Hosentasche und zog das Etui mit den Zigaretten hervor. Er nahm eine heraus und zündete sie mit seinem Feuerzeug an. Er spürte, wie Vicky sich ihm näherte.

»Warst du immer schon so …?« Sie klang unsicher.

Er zog eine Augenbraue hoch. »So was?«

»Abgebrüht?« Er sah über die Schulter, und sofort blieb Vicky stehen. Zwischen ihnen lagen nur wenige Meter. Und doch sah sie ihn an, als wäre er meilenweit entfernt. Er hatte gesehen, wie sie ihn anblickte, wenn sie glaubte, er bemerkte es nicht. Er ruinierte hier vermutlich gerade all ihre romantischen Fantasien, die sie sich heimlich, still und leise zusammengeträumt hatte. Und vermutlich war es besser so. Gegen ihn war sie im Kopf doch noch ein Kind.

»Nein, nicht immer. Aber die letzten fünfundzwanzig Jahre auf jeden Fall.« Er zog an seiner Zigarette. Vickys Augen weiteten sich ein wenig.

»Wie alt bist du denn?« Für sie musste es ein Schock sein. Bisher war sie vermutlich davon ausgegangen, dass er kaum älter war als sie. Dabei war er sogar älter als Lissiana.

»Ich bin dreiunddreißig.« Er grinste schief. »Hab mich gut gehalten, oder?« Victoria blinzelte. Dann nickte sie. Aber mehr automatisch als wirklich bewusst.

»Schockiert?« Er lachte leise.

»Eher überrascht.« Sie runzelte die Stirn. »Was ist los? Du bist heute so anders.«

Er zog eine Augenbraue hoch. »Anders?«

Sie nickte. »Ja. Irgendwie gemein.«

Er knirschte mit den Zähnen. Sie hatte nicht verdient, dass er seine schlechte Laune an ihr ausließ. Er war einfach nur irgendwie angespannt. Und das lag nicht nur am Schlafmangel. Er hatte ein ungutes Gefühl. Irgendwo tief in der Magengrube. Es fühlte sich an wie ein Eisklumpen. Er hob die Hand und wuschelte ihr leicht durchs Haar.

»Tut mir leid. Ich bin einfach nur müde.« Er lächelte eher halbherzig. Und plötzlich fühlte er sich wirklich so erschöpft, wie er vorgab zu sein.

»Willst du dich hinlegen?« Sie sah besorgt aus. Die Stirn hatte sie in tiefe Falten gelegt. Ihre Augen glitten über ihn.

»Das Screening kannst du dir sparen, Schwester Victoria.« Er rauchte seine Zigarette zu Ende und trat sie dann aus. »Es geht mir gut. Und ich schlafe nie, wenn ich einen Job zu erledigen habe.«

Sie schnaubte. »Und was genau ist dieser Job? Hier auf deinem faulen Arsch sitzen und auf mich aufpassen, während du nützlicher dabei wärst, Lissiana und John auf der Wache zu helfen?« Sie verschränkte die Arme vor der Brust. »Ich brauche keinen Schutz. Ich bin doch kein Kleinkind mehr.«

Butch verdrehte die Augen. »Können wir das bitte jetzt gerade nicht tun, Vic?«

Sie schürzte die Lippen. »Was denn?«

»Diskutieren.« Als sie den Mund öffnen wollte, schüttelte er den Kopf. »Ich bin hier, weil Lissiana und John mich darum gebeten haben. Lissiana mag der hysterische Typ sein. Aber John gewiss nicht. Es wird also einen guten Grund dafür geben, dass ich hier bin.«

Sie wandte sich ab. Ihr Gang war staksig. Na fantastisch! Jetzt war sie auch noch sauer auf ihn. Das konnte er gerade so gut brauchen wie ein Loch im Kopf. Außerdem hatte er keine Ahnung, wie man mit wütenden Frauen umging. Zumindest nicht mit wütenden Frauen, die man irgendwie respektierte.

Er folgte ihr in die Küche. »Jetzt sei doch nicht sauer!«

Sie nahm eine Tasse aus dem Schrank. »Kann dir doch egal sein, wenn du nur wegen John und Lissiana hier bist, oder?«

Ah! Das war also das Problem. Er versteckte ein Lachen hinter seiner Hand. Er wusste, dass Frauen es selten lustig fanden, wenn man über ihre Beweggründe lachte. In solchen Situationen wollten sie ernst genommen werden. Ganz egal, ob es Sinn ergab oder eben nicht.

»Das war nicht das, was ich meinte.« Er musste sich zurückhalten, um nicht in lautes Gelächter auszubrechen. Er hatte recht. Sie war doch immer noch irgendwie ein Kind.

»Ach, vergiss es einfach!« Sie goss sich etwas Tee ein. Der Geruch von Zitrone breitete sich im Raum aus. Er bevorzugte Kaffee. Tee bekam man nur in ihn hinein, wenn er krank war.

Er schüttelte den Kopf. Wann war das alles so kompliziert geworden? Den Punkt musste er eindeutig verpasst haben. Es klingelte an der Tür. Er stieß sich von der Arbeitsplatte ab, doch Vic hielt ihn am Arm zurück.

»Untersteh dich, auch noch meine Tür für mich aufzumachen. Das ist doch lächerlich.« Vic ging mit langen Schritten an ihm vorbei. Und er konnte nur dastehen wie ein Idiot. Wann hatte diese kleine, süße Frau so einen Willen entwickelt? Er verspannte sich, als sie die Tür erreichte. Er hatte kein gutes Gefühl dabei. Seine Hand glitt zu der Waffe in dem Holster, das er unter einem lockeren, offenen Hemd versteckt hielt. Irgendetwas sagte ihm, dass er auf der Hut sein musste.

Vic öffnete die Tür mit einem Lächeln. Sie strahlte wie tausend Sonnen. Und er, der sich den Arsch für sie aufriss, bekam das Gewitter. Na, wenn das nicht unfair war.

»Ich habe eine Lieferung für Sie, Miss.« Die Stimme war männlich, aber jung. Vermutlich kurz nach dem Stimmbruch. Irgendwo in der Highschool oder in dem ersten Jahr vom College.

»Oh, vielen Dank!« Sie streckte die freie Hand aus, und er überreichte ihr zwei Lilien. Sie waren mit einer roten Schleife zusammengebunden. Und wieder war dort eine Karte.

Sofort ging Butch mit langen Schritten zu ihr. Er riss die Karte aus dem Strauß. Doch wieder keine Worte. Nur eine Zahl. Zwei. Er sah zur Tür, doch der Lieferant war schon verschwunden.

»Ich bin gleich wieder da. Verschließ die Tür und öffne niemandem außer mir!« Vic starrte ihn perplex an, als er losrannte. Doch er hatte jetzt keine Zeit, ihr Näheres zu erklären. Er rannte die Treppen hinunter und sah einen jungen Mann aus der Haustür gehen. Eine Cap hatte er tief ins Gesicht gezogen. Die Hände hatte er in den Taschen seiner tief sitzenden Jeans vergraben. Das Shirt war ihm viel zu groß. Er machte einen eher schlaksigen Eindruck.

»Hey!«, rief Butch, und der Junge drehte sich um. Doch als er Butch sah, nahm er die Beine in die Hand. Er begann zu rennen.

»Fuck!« Butch verfolgte den Jungen. Doch der war schnell. Er wandte sich nach Osten. In Richtung des Parks. Butch warf einen Blick die Straße hinunter. Kein Wagen von einem Blumenlieferanten. Also waren diese Lilien keine offizielle Lieferung. Nicht, dass die Flucht des Jungen das nicht offensichtlich machte.

Butch rannte weiter, doch der schlaksige Junge war schneller. Ungeduldig schubste Butch die Leute aus dem Weg, die ihm auf dem Bürgersteig entgegenkamen. Ihm brach der Schweiß aus. Die Sonne brannte unnachgiebig auf ihn herab. Zermürbte ihn. Und machte seine Verfolgung alles andere als einfach. Der Junge schlug einen Haken. Jetzt rannte er Richtung Süden. Und Butch ahnte, wohin er wollte. Die U-Bahn-Station war nur eine Querstraße entfernt. Wenn er ihn dort verlor, dann gab es keine Chance mehr, den Kerl wiederzufinden. Die Station war ein Knotenpunkt. Von dort fuhren die Züge in alle möglichen Richtungen.

Der Junge überquerte die Straße. Butch rannte ihm nach. Doch dann verlor er den Boden unter den Füßen. Sein Körper schlug auf der heißen Motorhaube eines Wagens auf. Als der Fahrer endlich bremste, rutschte er herunter und rollte über den Asphalt. Benommen sah Butch sich um, doch der Junge war längst fort.

Eine hysterische Frau stieg aus dem schwarzen VW und kam auf ihn zu. »Oh Gott! Ich habe Sie gar nicht gesehen. Geht es Ihnen gut? Sie können doch nicht einfach so auf die Straße rennen!«

Butch ignorierte ihr Geschnatter. Er stand auf und klopfte seine Kleidung ab. Sie hatte diverse Risse. Besonders die Jeans war stark mitgenommen.

Plötzlich stieß die Frau einen spitzen Schrei aus. »Ist das eine Waffe?!«

Butch fluchte und zog sein Handy aus der Hosentasche. Dann sah er zu, dass er von hier verschwand. Die Bullen waren das Letzte, was er jetzt brauchen konnte. Er nahm die erste Kurzwahltaste.

»Stafford.« Lissiana klang ausgebrannt.

»Lissiana? Gib mir John!« Er hörte, wie das Handy weitergereicht wurde.

»Was gibt's?« John klang ein wenig mürrisch.

»Es wurden zwei Lilien geliefert. Kein offizieller Dienst. Kein Wagen. Keine Uniform. Ich hab den Jungen verfolgt, ihn aber dann bei der U-Bahn-Station um die Ecke verloren.« Butch fluchte laut. »Ich hab wegen der ganzen Sache kein gutes Gefühl, John.«

Er hörte, wie sein Bruder seufzte. »Ich auch nicht. Geh zurück zu Victoria! Lissiana und ich kommen, so schnell wir können.«

»Okay.« Er legte auf. Das ungute Gefühl in seiner Magengrube wurde mit jedem Schritt in Victorias Richtung schlimmer.

31

»Sei doch nicht so naiv!«

»Sei du doch nicht so paranoid!«

John sah zwischen Lissiana und Victoria hin und her. Sie stritten schon, seitdem Lissiana ihrer Schwester von der ersten Karte erzählt hatte, die sie hatten verschwinden lassen. Und je länger dieser Streit andauerte, desto hässlicher und lauter wurde er. Butch lehnte sich leicht zu ihm herüber.

»Wir sollten etwas tun«, murmelte Butch so leise, dass John ihn kaum verstehen konnte. Sofort schüttelte er den Kopf.

»Wenn du dazwischengehst, verlierst du vielleicht noch ein Auge. Das lass mal schön sein. Das müssen die beiden miteinander ausfechten.« Besorgt sah er zu Lissiana. Ihre Wangen waren ganz gerötet, und sie gestikulierte so heftig, dass sie beinahe eine Vase neben sich umstieß.

Butch nickte. »Ja, vermutlich hast du recht.«

Natürlich hatte er recht. Er kannte Lissiana. Jeder, der sich jetzt einmischen würde, würde ins Kreuzfeuer geraten und als Kollateralschaden enden. Sie war völlig außer sich. So hatte er sie wirklich noch nie gesehen. Er begann langsam, sich Sorgen zu machen. Wenn das so weiterging, dann würden die Geschwister vielleicht nie wieder ein Wort miteinander wechseln.

»Warum begreifst du nicht, dass dieser Verehrer vielleicht gefährlich sein könnte?« Lissiana raufte sich die Haare. »Findest du so ein Verhalten etwa normal?!«

Victoria verzog das Gesicht. »Und warum begreifst du nicht, dass nicht jeder Mensch gleich eine böse Agenda haben muss, nur weil du so etwas nicht machen würdest!«

Die Röte auf Lissianas Wangen vertiefte sich. »Da hast du recht. Ich würde nicht einer völlig Fremden Blumen schicken und ominöse Karten dazulegen, die verdammt noch mal nach einem verfluchten Countdown klingen. Das ist krank.« Sie schüttelte den Kopf. »Verdammt, du bist doch nicht blind. Wach endlich auf!«

Victoria wurde blass. Tränen traten ihr in die Augen. »Ich bin kein Kind mehr. Ich kann meine Entscheidungen selbst treffen.« Sie biss sich auf die Unterlippe. »Warum gönnst du es mir nicht, dass sich ein Mann mal für mich interessiert? Weil dein verdammter Kontrollzwang es dir nicht erlaubt? Weil du mich nicht gehen lassen kannst? Oder weil du es nicht erträgst, dass ich etwas haben könnte, vor dem du davonläufst?«

Lissiana verengte die Augen. »Vicky, es reicht.«

Vicky schnaubte. »Du kannst mir nicht den Mund verbieten. Du bist nicht meine Mutter.«

»Aber ich bin das, was dem am nächsten kommt!« Nach Lissianas Worten trat Stille ein. John sah zu Butch, der langsam aufstand. Sofort funkelte Lissiana ihn wütend an.

»Misch dich ja nicht ein!« Dann glitt ihr Blick wieder zu Victoria. »Ich mache mir nur Sorgen um dich. Das ist alles. Kannst du das nicht verstehen?«

Victoria knirschte mit den Zähnen und verschränkte die Arme vor der Brust. Sie machte dicht. Das ging definitiv in die falsche Richtung.

»Nein, ich verstehe es nicht.« Sie seufzte leise. »Ich habe nichts gesagt, als du meinem Abschlussballdate damals gesagt hast, du hättest eine Schrotflinte, wenn er mich küsst. Auch nicht, als du dem Pfleger in meinem ersten Lehrjahr gesagt hast, er könnte bald üben, seine eigenen Beine zu gipsen, wenn er mich nur noch einmal ansieht, nachdem er mich versetzt hat. Ich habe mich auch nicht beschwert, als du mir den Kerl von der Sitte geschickt hast, nachdem mich ein Idiot vom College angemacht hat. Aber das hier geht zu weit. Du siehst Gespenster!«

Lissiana atmete tief durch. John runzelte die Stirn. Das war gar nicht gut. Noch eine weitere Sorge konnte sie sich nicht erlauben. Sie war jetzt schon jenseits aller Belastungsgrenzen.

»Vielleicht bist du auch einfach zu naiv.« Lissianas Ton war scharf. Der Satz hing in der Luft nach. John sah zu Victoria. Einige Tränen rannen ihr die Wangen hinab.

»Du magst dich damit abgefunden haben, dass es so was wie Romantik und Liebe nicht gibt. Ich aber nicht.« Sie wischte mit dem Handrücken die Tränen fort. »Und jetzt geh bitte. Ich will dich gerade nicht mehr sehen.«

Lissiana öffnete den Mund, um etwas zu sagen, doch John ging zu ihr und legte den Arm um ihre Schultern. Er führte sie etwas von Victoria fort. »Es reicht.«

Lissiana sah ihn an. Die Augen geweitet. Ihre Mundwinkel hingen herab. Sie seufzte, und sämtliche Aggression schien aus ihrem Körper zu weichen.

»Geh schon mal runter. Ich komme sofort nach.« John nickte ihr aufmunternd zu, und sie verließ die Wohnung, ohne auch noch ein Wort zu ihrer Schwester zu sagen. John wandte sich Victoria zu, doch sie hob abwehrend die Hände.

»Du brauchst sie nicht in Schutz zu nehmen. Sie ist immer so. Dieser neue Job macht es nur noch schlimmer.« Sie schüttelte den Kopf. »Ich werde nicht in Angst leben, nur weil sie es tut.«

John nickte. »Das sollst du auch nicht. Dennoch hat Lissiana recht.« Er hörte, wie Victoria ein ungläubiges Schnauben ausstieß. »Sieh einfach nach, wann du die Blumen bekommen hast. Lissiana meinte, dass du solche Dinge gern aufschreibst. Du musst es nicht mehr heute machen, aber bitte sieh morgen nach. Ich glaube, das würde Lissiana schon beruhigen. Und dann könnt ihr euch noch mal zusammensetzen und über alles reden. Ich bin mir sicher, sie beruhigt sich bald.« Er versuchte wirklich verständnisvoll zu wirken, doch, wenn er ehrlich war, dann war auch er Lissianas Meinung. Was diese Blumen anging, hatte er ein schlechtes Gefühl. Der letzte Strauß hatte drei Blumen umfasst. Heute waren es nur noch zwei. Irgendetwas stimmte hier nicht. Und auch wenn er alle Hände voll mit dem *Bräutigam* zu tun hatte, konnte er es nicht einfach ignorieren. Immerhin ging es hier um Lissianas Schwester. Victoria nickte knapp. Dann verschwand sie hinter dem Vorhang zu ihrem Schlafzimmer.

Butch kam mit langen Schritten zu ihm. Er sah wütend aus. »Was sollte das?«

John runzelte verwirrt die Stirn. »Was sollte was?«

Butch verengte die Augen. »Das Ganze mit Lissiana. Du musstest nicht ihren Helden spielen. Die beiden hätten das auch so hinbekommen.«

John hielt inne. Butch war sehr aufmerksam. Auch wenn ihn viele auf den ersten Blick für schwer von Begriff hielten, war doch das genaue Gegenteil der Fall. Er war wachsam und scharfsinnig. Außerdem kannte Butch ihn ganz genau. Aber ihm jetzt zu offenbaren, dass er seine Rache nicht bekommen würde, weil John Lissiana noch immer liebte, kam ihm nicht gerade wie ein schlauer Schachzug vor. Doch Butch anzulügen gefiel ihm auch nicht.

Er verschränkte die Arme vor der Brust. »Lass das meine Sorge sein. Ich wollte nur verhindern, dass sich die Fronten verhärten. Denn dann konzentriert sie sich nicht mehr auf den Fall, und alles dauert noch länger.«

Butch musterte ihn ganz genau. Misstrauen legte sich auf seine Züge. »Pass nur auf, dass du dich nicht plötzlich auf etwas anderes konzentrierst!« Er sah John fest in die Augen. »Vergiss nicht, wer sie wirklich ist!«

John ignorierte diese Worte. Er nickte in Richtung von Victorias Schlafzimmer. »Lass sie nicht mehr aus den Augen! Irgendetwas passt da nicht.«

Butch knirschte mit den Zähnen, doch dann nickte er. »Ich habe Tiny schon gesagt, dass er die Nachtschichten übernehmen soll. Denn falls du dich erinnerst, habe ich ein paar Geschäfte, um die ich mich nachts kümmern muss.«

John zog eine Augenbraue hoch. Doch er sagte besser gar nichts dazu. Sonst endete es noch so wie zwischen Lissiana und Victoria.

»Okay. Pass auf dich auf, mein Bruder!« Er umarmte Butch kurz und trat dann hinaus auf den Flur.

»Ich bin nicht der, der auf sich aufpassen muss.« Butch schloss die Tür, als John über die Schulter sah. Er schüttelte den Kopf und joggte die Treppen hinab, um an Lissiana dranzubleiben. Sie war kurz vor ihm. Auf dem nächsten Treppenabsatz. Ihre Schritte waren lang und wütend.

Hatte Butch recht? Ließ er sich wieder von ihr in die Irre führen? Er nickte Tiny knapp zu, als dieser ihm auf den Treppen entgegenkam.

Riskierte er zu viel? Führte sie ihn womöglich wieder hinters Licht? Möglich war es. Denn auch wenn er sie liebte, wusste er genau, was für eine Art Mensch sie war. Sie war die Art Gegner, die deine Schwächen nutzte und dich dafür zur Hölle fahren ließ. Und seine Schwäche war nun mal sie. Ihr konnte er nicht entkommen.

Er stieß die Haustür auf und sah sich um. Lissiana lehnte sich an den Streifenwagen. Sie sah hinauf zu der Straßenlaterne. Völlig in ihren Gedanken versunken. Langsam ging er auf sie zu. Je mehr Zeit er mit ihr verbrachte, desto besser lernte er sie kennen. All die verborgenen Facetten, von denen er nichts geahnt hatte, kamen nun an die Oberfläche. Und auch dieser Streit mit ihrer Schwester erzählte so viel mehr über Lissiana, als sie jemals preisgegeben hätte. Es war also völlig egal, was er riskierte. Sie war es wert.

John strich sanft durch Lissianas Haar. Ihr Kopf ruhte auf seiner Schulter. Die Augen hatte sie geschlossen. Ihr Atem war tief und ruhig. Seitdem sie gestern von Victoria zurückgekommen waren, schlief sie tief und fest. Die Schlaftablette, die er in ihrem Drink aufgelöst hatte, hatte also ihren Dienst getan. Sie hatte einfach einmal schlafen müssen. Die Sorge um Victoria hatte die Schatten unter ihren Augen schlimmer gemacht. Sie war unruhig und aufgewühlt gewesen. Aber jetzt schlief sie endlich tief und fest. Er selbst hatte nur wenige Stunden geschlafen. Viel zu sehr beschäftigte ihn, was gestern Abend bei Victoria passiert war.

Er ließ Lissianas lange dunkle Wellen durch seine Finger gleiten und dachte nach. Über Lissiana. Über Victoria. Über Butch. Aber vor allem über den Fall.

Denn er hatte unrecht gehabt. Der Mörder hatte keine Angst. Opfer Nummer Acht hatte das mehr als deutlich gezeigt. Bei ihr hatte das Kleid wieder perfekt gepasst. Der Haarschnitt war auch sehr gelungen gewesen. Das konnte nur bedeuten, dass sie, anders als Mary, von Anfang an als Opfer auf seiner Liste gestanden hatte. Er fiel zurück in sein gewohntes, perfektioniertes Muster. Und genau das machte ihn unantastbar. Wer auch immer dieser Mörder war, er war in seiner eigenen kranken Kunst so etwas wie ein Meister. Trotzdem würde John ihn finden. Da war er sich absolut sicher. Denn sie hatten jetzt endlich ein Motiv. Und je mehr er darüber nachdachte, desto plausibler wurde es für ihn. Auch wenn er es kaum begreifen konnte. Religiös motivierte Morde im einundzwanzigsten Jahrhundert. So etwas hatte er bisher für unmöglich gehalten. Natürlich gab es Terroranschläge und Ehrenmorde. Es gab immer noch Menschen auf der Welt mit einer völlig rückständigen Einstellung. Menschen, die Blut für ihre Sache vergossen und glaubten, dass ihr Gott ihnen das verzeihen würde. Fehlgeleitete Geister, die diese Welt trotzdem noch in ihren Grundfesten erschüttern konnten.

Und dennoch hatte John es für unmöglich gehalten. So eine verblendete Ansicht hatte er sich selbst zuzuschreiben. Er wusste es doch besser. Man musste alle Aspekte betrachten. Nichts durfte man ausschließen, bis es nicht eindeutig widerlegt war. Und selbst dann musste man weiterhin wachsam und aufmerksam sein. Er konnte kaum glauben, dass er das Motiv übersehen hatte. Doch es brachte nichts, sich darüber weiter den Kopf zu zerbrechen. Er musste sich erst einmal um das Problem direkt vor seiner Nase kümmern. Und das waren gerade leider Lissiana und Victoria. Denn was er zu Butch gesagt hatte, hatte er vollkommen ernst gemeint. Wenn sie dieses Problem nicht aus der Welt schafften, würde Lissiana immer wieder an Victoria denken, anstatt sich auf den Fall zu konzentrieren.

John betrachtete Lissianas Gesicht. Die Schatten unter ihren Augen wurden langsam, aber sicher heller. Ein erster Schritt in die richtige Richtung. Und bei dem nächsten Schritt würde er ihr auch auf die Sprünge helfen. Mit seiner freien Hand hob er ihren Kopf sanft an und zog seinen Arm darunter hervor. Sie verzog das Gesicht und gab einen protestierenden Laut von sich, doch zum Glück schlief sie weiter. Noch einen Moment beobachtete John, wie Lissiana sich auf der Seite zusammenrollte. In seinem großen Bett ging sie beinahe unter.

Er schmunzelte leicht und ging in den Kleiderschrank. Gerade so erreichte er die Kommode mit den Boxershorts. Er zog sich eine frische an und begab sich zurück ins Schlafzimmer. Er schaltete das sanfte Licht neben einem seiner Regale an und suchte nach einem Buch. Er wusste genau, dass er hier irgendwo ein Fachbuch zu Symbolik jeglicher Art stehen hatte. Es war mal eine Art Hobby von ihm gewesen, das er jedoch mit steigender Größe der Organisation einfach aufgegeben hatte.

»Da bist du ja«, murmelte er und zog ein dickes Buch hervor. Es war schon etwas älter. Längst nicht mehr auf dem neuesten Stand der Forschung. Aber für seine Zwecke sollte es reichen. Er setzte sich auf den Boden und lehnte seinen Rücken gegen das Regal. Der Schein der Lampe reichte gerade aus, dass er etwas lesen konnte. Sofort blätterte er zu dem Kapitel, das sich mit der Symbolik von Blumen befasste. Normale Männer schickten ihren Frauen Rosen, wenn sie romantisch sein wollten. Victorias heimlicher Verehrer hatte sich jedoch für Lilien entschieden. Und John wollte wissen, warum. Denn er konnte sich nicht vorstellen, dass ein Mann, der einer Frau regelmäßig die gleichen Blumen schickte, die Auswahl der Sorte dem Zufall überließ. Er blätterte durch die Seiten. Vorbei an Blumenarten, von denen er noch nie etwas gehört hatte und von denen er auch hoffentlich nie wieder hören würde. Die Sprache der Blumen hatte ihn nie wirklich fasziniert. Dennoch war das Kapitel sehr sehr dick. Er blätterte zu den Lilien.

Dann hörte er ein leises Brummen. Sofort stand er auf. Es konnte nur von Lissianas Handy auf dem Nachtschrank kommen. Und er wollte verhindern, dass sie wach wurde. Er holte sich das Handy und setzte sich wieder auf den Boden in der Nähe der Lampe. Eine Nachricht von Victoria. Er öffnete sie sofort. Er überflog den langen Part, in dem sie sich entschuldigte. Das war dann doch etwas zu privat. Und dann kam er zu den

Daten. Eine dunkle Vorahnung überkam ihn. Achtlos ließ er das Handy fallen. Sofort glitten seine Augen über die Zeilen im Buch, die die Bedeutung der Lilien verrieten.

»Lilie. Auch Madonnenlilie. Steht für Reinheit und Jungfräulichkeit. Im Christentum sind weiße Lilien oft ein Symbol für die Jungfrau Maria.« Gequält schloss er die Augen. Gott, wie sehr er hoffte, dass er sich irrte!

Er legte das Buch auf den Boden und nahm das Handy in die Hand. Er ging zu seinem Nachtschrank und holte aus der Schublade die Fallakte hervor. Er hatte sie gestern noch einmal gelesen, als Lissiana längst geschlafen hatte. Sein Finger fuhr über die Todesdaten der Opfer. Seine Augen verglichen sie mit den Daten aus Victorias Nachricht.

Die ersten Blumen hatte sie am zehnten Oktober des letzten Jahres erhalten. Die nächsten Blumen kamen dann am zehnten Dezember. Die darauf folgende Lieferung war am zehnten Februar gekommen. Er verglich die anderen fünf Daten. Das Datum der Blumenlieferung stimmte immer mit dem Todesdatum der Opfer überein. Und das auf den Tag genau. Sogar bei den Frauen, die der Mörder außerhalb seines üblichen Musters ermordet hatte.

»Fuck!« Er raufte sich so stark die Haare, dass er spürte, wie er einige davon ausriss. Das durfte nicht wahr sein. Es durfte nicht stimmen. Und doch schrie die Wahrheit ihn an.

John setzte sich auf die Bettkante und knirschte mit den Zähnen. Sie schlief gerade. Nach Monaten der absoluten Erschöpfung. Er betrachtete ihr Gesicht. Ihre Züge waren entspannt. Die Lippen leicht geöffnet. Sie schien vollkommen ruhig zu schlafen. Aber das hier konnte nicht warten. Und er wusste es ganz genau. Die Frage brannte auf seiner Zunge. Verätzte seine Kehle mit der Wahrheit, die ihm drohte. Und doch musste er eine Antwort haben.

John atmete tief durch und rüttelte Lissiana leicht an der Schulter. Träge schlug sie die Augen auf. Dann lächelte sie leicht. Doch es verschwand sofort. Er konnte sich kaum vorstellen, wie er gerade aussehen musste. Sofort setzte sie sich auf.

»John, was ist los?« Er öffnete den Mund, um etwas zu sagen, doch kein Wort kam heraus. Lissiana blickte ihn aus großen Augen an. Ihre Hände legten sich zart auf seine Wangen.

»Du machst mir Angst. Was ist los?« Ihre Stimme war eindringlich. Gott, er hoffte so sehr, dass er unrecht hatte!

»Ist Victoria noch Jungfrau?« *Bitte sag Nein! Bitte sag Nein!*

Lissiana runzelte die Stirn. »Ich wüsste nicht, was dich das angeht.« Sie ließ die Hände sinken. Sie war sichtlich irritiert.

Er umfasste ihre Schultern. Schüttelte sie sogar leicht. »Beantworte die Frage, Lissiana!«

Sie wurde blass. Dann nickte sie leicht. »Ja, ist sie.«

Er ließ Lissiana los. Das durfte doch nicht wahr sein! Und doch sprachen die Beweise eine eindeutige Sprache. Das machte alles nur noch viel schlimmer. Es brachte den Fall auf eine Ebene, die Lissiana zerstören könnte.

Er hörte an dem Rascheln der Laken, dass sie noch näher zu ihm rutschte.

»John, was ist los?« Ihre Stimme war nur noch ein Flüstern.

Er sah auf. Sie war blass. Seine Angst und Panik lagen so klar im Raum, dass sie sie direkt angesteckt hatten. Sofort ergriff er ihre Hände. Er wusste nicht, wer in diesem Moment den Halt mehr brauchen konnte.

»Der *Bräutigam* legt den Frauen ein Bouquet von zehn roten Rosen in den Arm. Ein Symbol der Liebe, aber auch der Leidenschaft. Leidenschaft ist im Christentum eine Sünde.« Johns Stimme brach. Er räusperte sich schnell. »Er opfert diese Frauen, um sie zu reinigen. Er versucht, sie in ein Ebenbild der perfekten Frau zu verwandeln. Er färbt ihre Haare braun und schneidet sie auf eine bestimmte Länge. Jedes Mal.«

Lissiana nickte. »Okay.«

»Die reinste aller Frauen ist die Jungfrau Maria. Ihr Symbol ist die weiße Lilie.« John sah, wie Lissiana erstarrte. Dann begann sie unkontrolliert zu zittern.

»John. V-V-Vicky hat braune Haare. Sie kriegt weiße Lilien.«

John nickte. »Und das immer am Zehnten des Monats. Alle zwei Monate. Bis auf die letzten zweimal.« Er seufzte. »Es tut mir so leid, Lissiana.«

Sie sah ihn an. Das Zittern wurde schlimmer. »Was?« Ihre Stimme war ein Krächzen.

John schlang sanft die Arme um sie. »Er zählt runter. Es ist ein Countdown, wie wir gedacht haben. Und sie ist sein Ziel.«

Lissianas Schrei war so markerschütternd und schmerzerfüllt, dass er fast glaubte, dass er das Einzige war, was sie in diesem Moment zusammenhielt.

32

Er lehnte am Haus auf der anderen Straßenseite, als ein Streifenwagen vorfuhr. Die Schatten, die das Hochhaus warf, verbargen ihn gut genug. Er wusste sofort, wer es war. Daran gab es überhaupt keinen Zweifel.

Die Fahrertür des alten Ford Crown Victoria flog auf. Lissiana stolperte beinahe heraus. Die Jeans war nicht ganz geschlossen. Das Shirt hatte sie falsch herum an. Die Schuhe waren nicht einmal zugebunden. Sie war totenblass. Er mochte diese Farbe an ihr. Sie war so … zutreffend. Sie rannte um die Motorhaube herum. John folgte ihr sofort. Er trug keinen Anzug wie sonst. Auch er hatte nur Jeans und T-Shirt an, doch immerhin hatte er sich vernünftig angezogen. Sie beide rannten zu dem Wohnhaus, als wäre der Allmächtige persönlich hinter ihnen her.

Dabei war es doch nur er. Sein Werkzeug und treuester Diener.

Er knirschte leicht mit den Zähnen. Er ahnte, warum sie so in Eile waren. Sein Blick glitt weiter hinauf. Er hielt sich sein kleines Fernglas vor die Augen. Durch das Fenster konnte er sie sehen. Seine Göttin. So wunderschön und strahlend wie eh und je.

Heute sah sie ein wenig traurig aus. Doch er würde sie bald von den Schmerzen dieser Welt erlösen. Bald würde es für sie beide keine Qualen mehr geben. Es würde nur sie beide geben und seinen Hirten. Und die Glückseligkeit, die jenseits dieser Welt auf sie wartete. Sie würden zusammen sein. Nichts wünschte er sich mehr.

Durch das Fenster konnte er sehen, wie Lissiana seiner Göttin in die Arme fiel. *Nimm deine dreckigen Hände von ihr! Berühr sie nicht, du elendige Sünderin!*

Er musste keine Lippen lesen können, um zu wissen, was gesagt wurde. Er wusste es auch so. Sie hatten es herausgefunden. Sie hatten ebenfalls die Göttlichkeit erkannt, die er schon längst erblickt hatte. Und das war ein Problem.

Ab jetzt musste er schnell sein. Sehr, sehr schnell. Bevor man noch versuchte, sie vor ihm zu verstecken. Er nahm das Fernglas herunter und sah auf seine Uhr. Ihm blieben maximal noch zweiundsiebzig Stunden. Man würde ihr neue Papiere besorgen müssen. Und John würde niemals den offiziellen Weg gehen. Er kannte seine Leute. Sie waren schnell. Innerhalb dieser Zeit würde man sie mit einer komplett neuen Identität außer Landes geschafft haben. Dann wäre sie fort. Und er würde Monate oder gar Jahre brauchen, um sie wieder zu finden.

Die Zeit lief ihm also davon. Doch er hatte vor, sie zu nutzen.

33

Lissiana ging mit langen Schritten durch die dunkle Gasse und versuchte, nicht an den heutigen Morgen zu denken. Es würde nur wieder zu einer Panikattacke führen. Und das würde niemandem helfen. Außerdem hatte sie für so etwas keine Zeit. Der *Bräutigam* hatte sein Tempo deutlich angezogen. Wer wusste schon, wann die nächste Leiche auftauchen würde. Denn dass es noch eine geben musste, war vollkommen klar. Der erste Strauß, den Vicky erhalten hatte, hatte zehn Lilien gehabt. Jetzt waren sie bei zwei. Eine Frau würde also vermutlich noch auf seiner Liste stehen, bevor er bei Vicky ankommen würde. Und Lissiana hatte nicht vor, diesen kranken Bastard auch nur in die Nähe ihrer kleinen Schwester zu lassen.

Da hatte er sich wirklich die falsche Frau als Ziel ausgesucht. Er hatte diesen Fall zu etwas Persönlichem für Lissiana gemacht. Und das hieß, dass Regeln für sie nicht mehr galten. Völlig egal, ob es sie ihren Job kosten würde. Für sie zählte nur, das Leben ihrer Schwester zu retten. Alles andere kümmerte sie nicht.

Und genau deshalb waren sie hier. Das Wummern dumpfer Beats drang an ihr Ohr. Selbst noch hier draußen. Die Party im Inneren musste also in vollem Gange sein. Doch sie interessierte sich nicht für diese Party, sondern für den Mann, der sie veranstaltete.

Sie sah zu John, der wenige Meter hinter ihr war. In den Schatten der Gasse war kaum etwas zu erkennen. Doch seine Präsenz allein beruhigte sie. Seine Anwesenheit machte sie stärker, als sie jemals gedacht hätte. Und jetzt brauchte sie ihn mehr denn je.

Sie erreichten die schlichte Treppe aus einfachem Metall, die zu einer Sicherheitstür hinaufführte. Das schummerige Licht der Lampe über der Tür erleuchtete das Ende der Gasse gerade gut genug, dass sie erkennen konnte, dass wenige Meter weiter in der Gasse ein Panther de Ville geparkt war. Komplett in Schwarz. Das Chrom blitzte leicht im Licht.

»Er ist wirklich hier.« Sie war erleichtert. Er war der Einzige, der ihnen jetzt in dieser Lage helfen konnte. Gott, sie hoffte nur, dass Rebecca das niemals herausfand.

»Ja, Tiny ist der Beste, wenn es darum geht, Leute ausfindig zu machen.« John klang angespannt. Und sie konnte es ihm nicht verübeln. Ihr gefiel es auch nicht wirklich, hier zu sein. Denn sie wussten beide, dass es seinen Preis haben würde. Und ohne Waffen hier zu sein, machte sie beide unruhig.

»Es wird schon gut gehen«, murmelte sie leise und ergriff sanft Johns Hand. Seine Haut war im Gegensatz zu ihrer angenehm warm. Er strahlte eine Kraft aus, die sie nicht mehr besaß. Doch sie zehrte von seiner. So lange, wie sie nur konnte.

Sanft drückte er ihre Hand. »Es wird alles wieder gut, Kätzchen. Das verspreche ich dir.«

Lissiana hätte am liebsten bitter gelacht. Niemand konnte ihr versprechen, dass alles wieder gut werden würde. Sie hatte die Angst in Vickys Augen gesehen. Das war ein Bild, das sie nie wieder vergessen würde. Sie hatte immer versucht, sie zu beschützen. Und wohin hatte es sie gebracht? Direkt in das Visier eines grausamen Serienmörders.

Die Tür am anderen Ende der Treppe ging mit einem leisen Knirschen auf. Il-Sung trat ins Licht. Ein breites Lächeln lag auf seinen Lippen. Er trug eine schwarze Lederjacke über einem langen weißen Shirt zu schwarzen Jeans voller Löcher. Seine Füße steckten in weißen Doc Martens. Das Licht brach sich in den Ringen an seiner vollen Unterlippe. Die Mandelform seiner Augen hatte er mit ein wenig Eyeliner betont. Mit einem leisen Lachen streckte er die Hände durch die Tür. Und dann zog er an etwas.

Dragon stolperte hinaus. Sein Lachen war hell und klar. Wie immer war er eine schillernde Erscheinung. Er trug eine goldene Jacke zu einem lockeren schwarzen Shirt. An seinen Fingern und Handgelenken fand sich ausgefallener goldener Schmuck. Von Ringen über Armreife bis hin zu kleinen Kettchen. Die Hose, die er anhatte, war eng und schwarz. Am Hosenbein liefen drei goldene Streifen hinauf bis zu seiner Hüfte. An einem Holster um die Hüften trug er eine schwarze Walther PPK. Goldene Schmucksteine klebten in einem Halbkreis unter seinem rechten Auge. Sommersprossen überzogen sein sehr helles Gesicht. Die hohen Wangenknochen warfen leichte Schatten auf seine Wangen. Sein braunes Haar war an den Seiten kurz und oben lang und gab den Blick auf seine Ohren frei. Sie liefen leicht spitz zu und hatten einen kleinen Knick in der Mitte.

Il-Sung schlang die Arme um die Schultern von Dragon und küsste ihn. Lange und leidenschaftlich. So leidenschaftlich, dass Lissiana sich nach einer Weile räusperte.

Träge hob Dragon den Kopf und sah die Treppe hinab. Als er sie erblickte, ließ er ein ehrliches Lächeln sehen.

»Lissiana! Schätzen, lange nicht gesehen.« Sein deutscher Akzent war deutlich zu hören. Er wurde ihn wohl einfach nicht los. Manche behaupteten, es war seine Herkunft, die ihn zu einem so guten Geschäftsmann machte. Lissiana bezweifelte das sehr. Für sie lag es mehr an seiner verdorbenen Persönlichkeit.

Er kam die Treppe hinab. Wieder mit einem unverkennbaren Hüftschwung. Für sie war es auch jetzt noch kaum zu fassen, dass einer der gefürchtetsten Männer von New York City derart feminin war. Doch er hatte allen bewiesen, dass Aussehen einen in die Irre führen konnte. Und wie! Denn unter der schillernden, femininen Hülle lag der Rachen eines gierigen Monsters, das weder Freund noch Feind kannte.

John zog eine Augenbraue hoch und lehnte sich zu ihr herunter. »Du kennst ihn?«

Eine Antwort blieb ihr erspart, denn Dragon stand schon vor ihr. Seine Hände legten sich auf ihre Schultern, und er hauchte ihr einen kurzen Kuss auf beide Wangen.

»Wir haben dich bei uns vermisst.« Sein Lächeln nahm etwas Fieses an. »Mehr, als du dir vorstellen kannst.«

Lissiana hob die Hände und schob seine sanft, aber bestimmt von ihren Schultern. »Ein Besuch dieser Art ist das nicht, Dragon.«

Er seufzte theatralisch. »Sehr schade. Il-Sung hat gerade eine frische Lieferung bekommen. Ich dachte, wir könnten sie zusammen testen, wenn du schon mal hier bist. Um der alten Zeiten willen.« Sein Blick fiel auf John. »Aber ich habe schon gehört, dass du wieder in alte Muster zurückfällst.«

»Freut mich auch, dich zu sehen, Dragon.« John nickte in Richtung von Il-Sung. »Deinen jetzigen Toyboy hab ich ja schon kennengelernt.«

Dragon knirschte mit den Zähnen. »Pass auf, was du sagst, Cohen! Diese Straßen gehören dir nicht mehr, und du hast deinen letzten Gefallen schon verbraucht.«

Das war das Problem mit Dragon. Er kannte nur Quidproquo. Für jede Leistung erwartete er eine Gegenleistung. Und das machte ihn so gefährlich. Denn jeder in dieser Stadt war schon einmal zu ihm gekommen, um ihn um etwas zu bitten. Seine Verbindungen waren breit gefächert. Wie ein unerschöpflicher Quell. Und so hatte er sich sein Netz gesponnen. Sie alle hingen wie Marionetten an seinen Fäden. Und er ließ sie nur zu gern für sich tanzen.

»Dragon, ich muss dich um einen Gefallen bitten.« Lissiana beobachtete, wie seine wütende Miene sich wieder in ein strahlendes Grinsen verwandelte. Ja, bei dem Wort Gefallen blühte er regelrecht auf.

»Dann schieß mal los! Aber das kostet dich etwas, das weißt du doch noch.« Er musterte sie genau. Ein leises Schnurren erklang. »Seitdem du alles ins Chaos gestürzt hast, sind Gefallen in der Polizei von New York so selten geworden.« Er verzog die vollen Lippen zu einem Schmollen. »Aber das wollen wir dir mal nicht übel nehmen.«

»Es geht um meine Schwester.« Sie griff sich ihr Handy und zeigte ihm ein Foto von Vicky.

Er rümpfte leicht die Nase. »Sehr durchschnittlich.« Seine Augen glitten wieder über sie. »Schätzchen, bist du dir sicher, dass das wirklich deine Schwester ist?«

Ihre Hände verkrampften sich um das Handy. »Sieh sie dir bitte genau an!« Sogar in ihren eignen Ohren klang ihre Stimme angespannt.

Dragon nahm ihr das Handy aus der Hand und starrte auf das Bild. Erst nach einer Weile gab er es ihr zurück. Er begann die Sache also langsam ernst zu nehmen. Gut für ihn. Sie war nicht gerade in der Stimmung, sich mit seinen Spielchen zu beschäftigen.

»Hast du schon vom *Bräutigam* gehört?« Bei ihrer Frage nickte Dragon. »Gut. Er ist hinter meiner Schwester her. Wir vermuten, dass er hochgradig obsessiv ist, was sie angeht. Er wird sie also gewiss irgendjemandem gegenüber erwähnt haben. Ich muss wissen, wo er Zugang zu ihr bekommen hat. Dann kann ich ihn finden.«

Dragon zog eine Augenbraue hoch. »Und wieso fragst du dann mich?«

John schob sich näher an Dragon heran. Er überragte ihn um gute zehn Zentimeter. »Weil du sogar den niedrigsten Abschaum in der Stadt kennst, den ich nicht mal mit ’ner Zange anfassen würde. Und es gibt Hinweise, dass er aus unserer Welt kommt.«

Dragon seufzte und trat einen Schritt zurück. »Deine Drohgebärden bringen dir nichts, Cohen. Ihr seid hier an der falschen Adresse.«

John packte Dragon am Revers seiner Jacke. Ein leises Klicken war zu hören. Dann zielte Il-Sung schon mit seiner Glock auf Johns Stirn.

»Lass ihn los!« Die Forderung war deutlich. Sie konnte sehen, wie John zögerte.

Sie seufzte leise. »Verdammt, lass ihn gefälligst los!« Das wirkte. John ließ von Dragon ab, der sofort seine Jacke richtete.

»Das nächste Mal solltest du vielleicht ohne diesen Barbaren kommen. Dann können wir uns in Ruhe unterhalten.« Er wandte sich ab und steuerte seinen Wagen an. Il-Sung ließ die Waffe sinken und folgte ihm.

»Ein nächstes Mal habe ich vielleicht nicht. Bitte, Markus, ich brauche wirklich deine Hilfe. Als mein Freund.« Lissiana wusste, dass sie kläglich flehte. Sie wusste, dass diese Worte sie einholen würden. Und doch war es ihr vollkommen egal. Sie brauchte seine Hilfe.

Dragon hielt inne und blickte über die Schulter zu ihr.

»Bitte, ich flehe dich an. Ich liebe sie mehr als alles andere auf dieser Welt.« Ihre Stimme brach ein wenig.

Dragon knirschte mit den Zähnen. »Und genau so etwas bringt dich immer in solche Situationen.« Er kam zu ihr zurück. Sanft umfasste er ihre Wangen. Seine Finger waren kalt. Sie hörte, wie John ein leises Knurren ausstieß.

»Dein schwaches Herz wird dich irgendwann dein Leben kosten, Liebes.« Er nahm die Hände herunter und deutete auf das Handy. »Zeig sie mir noch einmal!«

Lissiana gab ihm sofort das Handy. Sie ließ sogar zu, dass er sich durch weitere Bilder klickte. Heranzoomte. Sich alles genau einprägte.

»Sie ist Krankenschwester.« Dragon murmelte es vor sich hin. Es war mehr eine Erkenntnis als eine Frage. »In welchem Krankenhaus?«

»Im Tisch Hospital. Schon immer.« Lissiana sah dabei zu, wie Dragon und John ein paar Blicke tauschten. »Was ist?«

John legte ihr die Hand auf den Rücken. »Arbeitet deine Schwester manchmal in der Armenklinik um die Ecke?«

Lissiana nickte. »Ja. Ich glaube drei- oder viermal im Monat. Wieso?«

John fluchte leise, und Dragon schmunzelte.

»Organisationen wie die von Cohen schicken ihre Leute bei Verletzungen oft in solche Kliniken. Dort stellt niemand dumme Fragen oder alarmiert die Polizei. Ich denke, er ist ihr da zum ersten Mal begegnet, wenn du sagst, er kommt aus unserer Welt.«

John knirschte mit den Zähnen. »Das ist unmöglich. Das Gebiet gehört uns.«

Dragon lachte leise. »Dann wird es Zeit, das Monster in den eigenen Reihen zu suchen, glaubst du nicht auch?« Er sah wieder Lissiana an. »Der Mann, den du wirklich fragen musst, ist Peter Manellie. Besser bekannt als *Peter the Rat.«* Er sah auf die Uhr. »Er verteilt die Männer aller Organisationen auf die Kliniken, damit kein Viertel zu große Aufmerksamkeit erregt. Aber jetzt ist es zu spät, um ihn zu treffen. In der Regel ist er jetzt nicht mehr auffindbar. Versteckt sich vermutlich in seinem Bau wie die Ratte, die er ist.«

Peter Manellie. Das war eine Spur. Auch wenn sie für heute kalt war.

»Danke, Markus!« Lissiana stellte sich auf die Zehenspitzen und drückte ihm einen Kuss auf die Wange. »Ich stehe tief in deiner Schuld.«

Dragon lächelte. »Wenn du das mal weißt. Ich komme immer, um sie einzufordern. Vergiss das nicht!«

Lissiana nickte knapp. Dann sah Dragon wieder zu John.

»Es hat sich viel verändert, seitdem du fort musstest. Das solltest du besser nicht vergessen. Auch wenn ich deinen Bruder respektiere, ist er nicht halb der Mann, der du bist.« Dragon wandte sich ab und ging zu seinem Wagen. »Wir sehen uns bald. Versprochen.«

Dann stieg er ein und fuhr los. Das exklusive Schnurren des Motors hallte noch einen Moment in der Stille nach.

»Du hast einiges zu erklären.« John sah sie durchdringend an.

»Es ist schnell erklärt.« Sie deutete auf den Club. »Ich habe hier meine Wunden geleckt, nachdem ich dich ins Gefängnis gebracht habe. Und Dragon hat genau die Mittel, um einen dich vergessen zu lassen.« Sie war völlig abgestürzt. Es war Nathan gewesen, der ihre Scherben aufgesammelt und zusammengefügt hatte.

»Ich habe so sehr bereut, was ich dir angetan habe. Es kam mir wie die einzige Zuflucht vor, die ich hatte.« Sie seufzte leise.

»Du hast es bereut?« Überraschung war in Johns Gesicht zu lesen.

Lissiana nickte. »Ja, sehr. Aber jetzt ist nicht der Zeitpunkt, um darüber zu reden. Wir müssen eine Ratte jagen.«

John legte den Arm um ihre Schulter und führte sie aus der Gasse. »Wir werden darüber reden. Wenn auch nicht jetzt.«

Das hoffte sie. Es gab noch so unendlich viel zu sagen.

34

»Verdammte Scheiße!« Ryan warf seine Tastatur vom Schreibtisch. »Fuck! Fuck! Fuck!« Er trat so stark gegen seinen Schreibtisch, dass dieser sich mit einem Ruck verschob.

Nathan ging zu ihm und legte die Hand sanft auf seine Schulter. »Mach mal 'ne Pause. Wann hast du das letzte Mal geschlafen?« Er ließ den Blick über den Schreibtisch gleiten. Die Anzahl leerer Energydrinkdosen verriet ihm alles, was er wissen musste.

»Ich weiß nicht. Vor zwei Tagen oder so?« Ryan rieb sich die Augen. Tiefe Schatten hatten sich darunter gebildet. Er sah furchtbar aus. Oder eher noch schlimmer als sonst.

Nathan atmete tief ein. *Böser Fehler.* »Und wann hast du das letzte Mal geduscht?«

Ryan hob einen Teil von seinem Shirt an seine Nase. Sofort rümpfte er die Nase. »Ich geh mal duschen.«

»Ja. Gute Idee.« Nathan sah ihm nach, als er auf den Flur ging, um im Gemeinschaftsbad zu verschwinden. Er ließ sich auf den Bürostuhl sinken und schaute an die Decke. In den letzten vierundzwanzig Stunden hatte dieser Fall eine üble Wendung nach der nächsten genommen. Aber die schlimmste war wohl die Erkenntnis, dass Vicky das Ziel dieses Geisteskranken war. Ausgerechnet Vicky. Ihm kam es wie ein grausamer Witz des Schicksals vor, dass immer die hellsten Sterne viel zu früh ihr Ende finden mussten. Und das meist auf die grausamste Art und Weise. Doch noch war sie nicht tot. Und das würden sie auch zu verhindern wissen. Er würde nicht zulassen, dass dieser Gestörte sie in die Finger bekäme.

Sein Handy klingelte, und sofort zog er es hervor. Seitdem Lissiana ihn gestern ins Bild gesetzt hatte, ließ er es eingeschaltet. Zu jedem Zeitpunkt. Denn auch wenn er und Lissiana ihre Differenzen hatten, so würde er ihr jetzt zur Seite stehen. Komme, was da wolle. Er sah auf das Display und runzelte die Stirn. Eine blockierte Nummer.

»Tucson.« Er wusste, er klang wachsam und unfreundlich.

»Bulle.« Die Stimme von Butch Cohen war unverkennbar. Der Südstaatenakzent war klar und deutlich zu hören. Seine Stimme war rauer und etwas tiefer als die seines Bruders.

»Woher hast du diese Nummer?« Ein Knurren klang in Nathans Stimme mit. Er hasste Butch. Mehr, als er John hasste. Er war ein gewalttätiger Wilder ohne Verstand oder gar ein Herz. Das Ermorden von Leuten war so etwas wie seine zweite Natur. Genau solche Leute kosteten diese Stadt jährlich so viele unschuldige Menschenleben.

»Beruhig dich! Lissiana hat sie mir gegeben.« Schritte waren zu hören. Dann ein leises Klicken. Butch musste in einen Raum gegangen sein, und nun hatte er wohl die Tür geschlossen.

»Lissiana hat mir gesagt, du versuchst den Namen des Maulwurfs herauszufinden. Bist du schon einen Schritt weiter?« Butch klang ernsthaft besorgt. Nathan runzelte verwirrt die Stirn. Was kümmerte es ihn? Er hatte zu Vicky keinerlei emotionale Verbindung. Für ihn war sie doch gewiss nur ein weiterer lästiger Job, den er für seinen Bruder erledigen musste.

»Nein, sind wir nicht. Aber was kümmert es dich?« Die Frage war Nathan schneller entschlüpft, als er es hatte verhindern können. Er benahm sich unprofessionell. Aber wer konnte es ihm denn wirklich verübeln?

Er hörte, wie Butch mit den Zähnen knirschte. »Hör mir mal zu Bulle, ich kann dich auch nicht besonders leiden, aber bei

Victoria sieht die Sache anders aus. Und sie dreht durch. Sie hat Todesangst. Und anstatt mich auszufragen, was meine Beweggründe sind, solltest du einfach mal deinen Job machen.«

Nathan seufzte. Er konnte sich gut vorstellen, dass Vicky vor Angst beinahe den Verstand verlor. Denn egal wie sehr sie alle versuchten, ihr Leben zu retten, niemand von ihnen war in ihrer Situation. Niemand musste um sein eigenes Leben fürchten.

»Entschuldige!« Er strich sich über das Haar. »Wie geht es ihr?«

Butch schnaubte. »Was glaubst du denn? Ein Serienmörder ist hinter ihr her, und weder Lissiana noch du haben bisher großartige Fortschritte gemacht.«

Nathan rieb sich mit der freien Hand den Nasenrücken. »Dragon war also eine Sackgasse?« Er hatte gestern Abend nicht mehr mit Lissiana sprechen können. Er hatte lediglich gewusst, wohin sie wollte. Bei Gott, wenn Rebecca das herausfinden würde, würde sie vor Wut noch ganz New York in Schutt und Asche legen. Diese Frau war eine Naturgewalt. Und zwar eine, mit der man sich nicht anlegen wollte. Dragon stand schon eine ganze Weile auf ihrer Liste. Doch der Mann war wie ein Aal. Absolut nichts blieb an ihm kleben. Zu wissen, dass Lissiana mit noch einem weiteren Feind von Rebecca zusammenarbeitete, würde sie alle noch Kopf und Kragen kosten. Doch es gab keine andere Möglichkeit. Das Leben von Vicky war zu kostbar, um auch nur im Entferntesten an die Gefühle von Rebecca zu denken. Sie mussten den Fall zu Ende bringen. Und das so schnell wie möglich.

»Keine Sackgasse. Er hat ihr einen Namen gegeben. Aber wir werden sehen, wie schnell der Kerl auffindbar ist.« Butch schien sich eine Zigarette anzuzünden. Das Klicken des Feuerzeugs war in der Leitung zu hören. Ja, eine zu rauchen schien auch Nathan gerade wie eine gute Möglichkeit, den Stress ein wenig loszuwerden. Er wusste, dass es nur ein Trugschluss war. Die Zigarette half ihm natürlich nicht, den Stress zu mildern. Es war die Tatsache, dass er sich zum Rauchen aktiv Zeit nahm, die ihm einen Moment der Ruhe ermöglichte.

»Könnte es möglich sein, dass er gelogen hat?« Nathan steckte sich selbst eine Zigarette an. »Ich habe ein paar Dinge über diesen Kerl gehört, und er scheint alles andere als aufrichtig zu sein.«

Butch schnalzte missbilligend mit der Zunge. »Das liegt an deiner Definition von aufrichtig, Bulle.« Eine kleine Pause folgte. »Dragon lügt nicht. Das ist nicht sein Stil. Er gibt dir eine korrekte Information. Was du daraus machst, ist dein Ding. Wäre er ein Lügner, würden die Leute ihn nie wieder um etwas bitten. Das weiß er. Und dann würde sein ganzes Tit-for-tat-System nicht aufgehen.«

Nate runzelte die Stirn. »Du meinst also, wir können ihm trauen.«

Butch lachte rau. »Bist du wahnsinnig? Ich traue dem Kerl kein bisschen. Er ist eine Schlange.«

Jetzt war er wirklich verwirrt. »Aber du hast doch gerade gesagt …«

»Das ist das Problem mit deinem Denken, Bulle. Es gibt eben nicht nur schwarz und weiß. Nur weil jemand kein Lügner ist, heißt es noch lange nicht, dass du ihm vertrauen kannst.« Er hörte wie Butch schmunzelte. »Wer sagt dir, dass er The Rat nicht sagt, dass wir ihn suchen? Damit würde er nicht lügen, uns aber trotzdem hintergehen. So einfach ist das.«

Nathan seufzte leise. »Eure Welt ist kompliziert.«

»Nein, du machst dir deine einfach nur zu simpel.« Butchs Worte klangen eine Weile zwischen ihnen nach. Hatte er recht? Hatte Nathan sich die Welt bisher immer zu leicht gemacht? Hatten Butch und Lissiana damit recht, dass es Grauzonen gab, die weder ganz Licht noch ganz Schatten waren?

»Zerbrich dir nicht den Kopf, Bulle! Wir haben wichtigere Dinge zu klären als dein eventuelles moralisches Dilemma.« Butch hatte recht.

»Ryan duscht gerade. Dann wird er vermutlich weitermachen, anstatt zu schlafen.« Nate machte sich Vorwürfe. Er bürdete dem Jungen zu viel auf. Setzte ihn zu sehr unter Druck. Niemals hätte er ihn mit so etwas Wichtigem betrauen dürfen. Solchen Dingen war Ryan einfach nicht gewachsen.

»Wer ist Ryan?« Butch klang misstrauisch.

»Ein Student vom NYIT. Ich vertraue ihm zu einhundert Prozent.« Da war Nathan unnachgiebig. Er würde nicht zulassen, dass jemand an Ryan zweifelte. Niemals. Der Junge hatte Talent und einen unbestreitbaren Willen. Niemand würde auf den Jungen herabsehen. Dafür würde er persönlich sorgen.

»Ein Student? Also praktisch noch ein Kind. Hervorragend.« Der Sarkasmus war so klar zu hören, dass Nathan mit den Zähnen knirschte.

»Du kennst ihn nicht. Also erlaub dir kein Urteil, Arschloch!« Nathan riss beinahe der Geduldsfaden, als er ein sarkastisches Lachen am anderen Ende der Leitung hören konnte.

»Keine Panik, Papabär. Ich kritisiere deinen Goldjungen ja gar nicht.« Er konnte hören, wie Butch eine Tür öffnete. »Hey, Vic – bring mir mal bitte dein Handy!«

Nathan zog eine Augenbraue hoch. »Du hast jetzt also schon deinen eigenen Spitznamen für sie?«

Butch knirschte mit den Zähnen. »Ich behandle sie nur nicht wie ein Kind. Das ist alles.«

»Lass bloß die Finger von ihr, Mann!« Nathan knurrte leise.

Butch seufzte. »Keine Sorge. Diese Art von Interesse hab ich nicht an ihr.« Kurzes Schweigen folgte. »Danke, Vic!«

Vicky schien etwas zu antworten, doch ihre Stimme war für Nathan nur ein Murmeln im Hintergrund.

»Ach, ich rette dem Idioten nur den Arsch.« Butch lachte leise. Wieder hörte Nathan ein Murmeln im Hintergrund. »Ja, ich bin gleich fertig. Versprochen.« Ein leises Klicken erklang. Butch musste die Tür wieder geschlossen haben.

»Jetzt hör mir mal zu, Bulle. Ich schicke dir gleich eine Adresse. Du nimmst dir deinen Studenten und gehst dorthin. Tiny wartet dort auf dich.« Nathan gefiel es überhaupt nicht, dass Butch meinte, er könne den Ton angeben.

»Ich lasse mir von dir nicht sagen, was ich tun soll.« Er wusste, er klang deutlich zu angriffslustig. Und auch wenn Nathan ein guter Kämpfer war, so wusste er doch, dass er gegen Butch keine Chance haben würde. Egal was er jetzt für ein großes Maul riskierte.

Butch knurrte. »Es geht hier nicht um dich. Es ist für Vic. Außerdem wird dein kleiner Student es mir danken.«

Ryan betrat den Raum. Seine Haare waren noch immer nass. Um die Hüften hatte er nur ein Handtuch geschlungen. Er runzelte die Stirn und nickte in Richtung des Handys. Nathan winkte ungeduldig ab.

»Ach, und, Bulle?« Nathan ahnte, dass Butchs düsterer Tonfall nichts Gutes bedeuten konnte.

Er antwortete dennoch. »Ja?«

»Schnüffelst du herum, breche ich dir sämtliche Knochen.« Dann war die Leitung tot.

Dreißig Minuten später parkte Nathan seinen Dodge Charger vor einer Autowerkstatt in Brooklyn. Sie war nicht besonders auffällig. Das Logo war schwarz. Sehr klassisch. Nicht zu geschwungen. Der Name war langweiliger Standard. *Tyrann's Garage.* Vermutlich war es eine der Stellen, an der die Brüder Geldwäsche betrieben. Was sollten sie sonst mit einer Autowerkstatt?

Er stieg aus und sah sich um. Auf dem Vorplatz vor der eigentlichen Halle waren diverse Fahrzeuge geparkt. Neben einem Cadillac Escalade stand ein schwarzer Mercedes. Direkt daneben fand sich ein silberner Volvo. Alle sahen aus wie neu. Nathan verengte die Augen. Vielleicht frästen sie hier auch die Fahrgestellnummern von den gestohlenen Wagen. Wer wusste schon, wo die Brüder überall ihre Finger mit im Spiel hatten. Wobei er immer gedacht hatte, Kriminelle wie sie hätten den Autodiebstahl schon lange hinter sich gelassen.

»Wow!« Ryan trat näher an die Autos heran. Er trug eine schwarze Shorts zu einem grünen T-Shirt. Seinen Laptop hatte er fest an die Brust gepresst. Seine Augen glänzten. Der Mercedes schien es ihm besonders angetan zu haben. Es war ein sehr schnittiges Modell mit einem großen Stern auf dem Kühlergrill. Doch Nate kannte sich mit deutschen Wagen nicht gut genug aus, um das Modell benennen zu können. Sein Herz schlug für amerikanische Power.

»Dagegen stinkt dein Wagen aber ab.« Ryan presste die Nase an die Seitenscheibe, um hineinzuspähen. »Der hat sogar Ledersitze.«

»Ey, Kleiner! Sabber mir den Wagen ja nicht voll!« Nathan sah sich sofort nach dem Mann um, der Ryan zur Ordnung gerufen hatte. Er fand ihn am mittleren Tor der Werkstatt.

Er war ein hochgewachsener Afroamerikaner, der Nate selbst vielleicht um ein oder zwei Zentimeter überragte. Er trug einen schwarzen Arbeitsoverall, den er bis zu den Hüften heruntergerollt hatte. Das Shirt darunter war weiß und völlig mit Öl beschmiert und durchgeschwitzt. Auf dem Kopf trug er eine

Cap der New York Yankees. Er hatte volle Lippen und ein kantiges Kinn. Wachsam glitten seine hellgrünen Augen zwischen Nathan und Ryan hin und her. Er wischte sich gerade die Hände an einem Tuch ab, das die Farbe sofort von Weiß zu Schwarz wechselte. Seine Arme waren voller Tattoos.

»Ich mag keine Fremden auf meinem Grundstück, die keine Kunden sind, und der Wagen klang nicht so, als hätte er ein Problem.« Er nickte in Richtung des Dodge Charger. »Also, wenn ihr keine Kunden seid, seid ihr hier nicht willkommen.«

Nathan zog eine Augenbraue hoch. Der Kerl war alles andere als freundlich. Er zog sein Handy hervor und sah noch einmal auf die Adresse. Nein, er war hier richtig. Butch hatte ihn hierher geschickt.

Gequält schloss Nate die Augen. Er würde sich ewig dafür hassen, dass er das jetzt sagen würde. »Butch schickt mich.«

Der andere Mann zog eine Augenbraue hoch. »Nie im Leben. Du siehst aus wie ein Bulle.«

Nathan seufzte. »Ja, mir gefällt diese Zusammenarbeit auch nicht. Aber Butch hat mir gesagt, dass Tiny hier auf mich warten würde.«

Der andere Mann verzog das Gesicht. Dann lachte er laut los. »Ach, der Bulle mit dem Stock im Arsch. Der zu Lissiana gehört.«

Nathan war etwas sprachlos. Hatte er da gerade richtig gehört?

Ryan lachte ebenfalls laut los. »Unrecht hat er nicht, Mann.«

Der andere Mann kam nun näher und streckte ihm die Hand entgegen. »Ich bin Tyrann. Mir gehört der Laden hier.« Der Stolz war deutlich aus seiner Stimme herauszuhören.

Nate zog eine Augenbraue hoch. Der Laden gehörte ihm? Wohl kaum. Er gehörte vermutlich Butch und John. Aber das würde er jetzt gewiss nicht vom Stapel lassen.

»Freut mich, Tyrann. Ich bin Nathan.« Nathan deutete mit der freien Hand auf Ryan. »Und das ist Ryan.« Der Händedruck von Tyrann war sehr fest.

Ryan hob mit einem Grinsen die Hand. »Hey!«

Tyrann ließ seine Hand los und nickte Ryan zu. »Hey!« Dann wandte er sich wieder Nate zu. »Kommt rein!«

Nathan folgte Tyrann. Sie gingen durch das offene Tor in die Garage hinein. An vier Arbeitsplätzen mit Hebebühnen gingen fünf Mechaniker ihrer Arbeit nach. Sie sahen auch nicht auf, als Nathan an ihnen vorbeiging. In der Werkstatt roch es nach Motoröl, Reifengummi und einem Hauch Bremsenreiniger. Die Wagen, die hier standen, waren allesamt hochwertig. Zwei amerikanische Klassiker, ein Porsche und ein großer SUV mit einer Menge Chrom. Werkzeugwagen standen überall herum. Diverse Schubladen waren aufgezogen. Auf zwei großen Werkbänken hinter den Hebebühnen lagen Einzelteile oder Autobatterien, die aufgeladen wurden.

Hinter den Werkbänken führte eine Treppe hinauf zu einer Tür, hinter der vermutlich das Büro lag. Nate folgte Tyrann die Treppen hinauf. Er sah nach hinten, um sich zu vergewissern, dass bei Ryan alles in Ordnung war, doch der sah sich nur staunend um und schien den Mund nicht mehr zuzubekommen.

Tyrann öffnete die Tür, und Nate trat ein. Vor ihm erstreckte sich ein kleiner quadratischer Raum mit glänzenden grauen Bodenfliesen und weißen Wänden. An diesen hingen hier und da eingerahmte Poster von unterschiedlichsten Autos, die man durch Beleuchtung in Szene gesetzt hatte. Im vorderen Teil stand ein Sofa mit zwei Sesseln. Im hinteren Teil befand sich eine Verkaufstheke. Dahinter war vermutlich der Schreibtisch von Tyrann. Ein paar Schränke standen an der Wand. Offensichtlich für die Akten. Eine Tür führte in einen zweiten Raum. Sofort steuerte Tyrann darauf zu. Nate verspannte sich. Seine Hand glitt zu der Waffe an seiner Hüfte. Das alles gefiel ihm nicht.

Doch bevor Tyrann die Tür öffnen konnte, wurde sie schon aufgestoßen, und eine Frau kam herausgestürmt. Ihr Haar reichte ihr bis zur Hüfte, und es war feuerrot. Ihre blauen Augen sprühten regelrecht Funken. Sie war ungefähr so groß wie Nathan selbst. Automatisch glitt sein Blick zu ihren Füßen, doch sie trug flache Schuhe zu langen Röhrenjeans und einem trägerlosen schwarzen Top. Sie war schlank gebaut. Sie hatte weder einen großen Vorbau, noch hatte sie einen runden Hintern. Ihr Gesicht war weich und herzförmig. Und sie war sehr blass. Aber eher auf eine gesunde Art, die verriet, dass ihre Haut nun mal einfach diesen Farbton hatte. Sie hatte volle Lippen. Insgesamt war sie sehr hübsch.

»Du verdammter Idiot! Ich habe keine Lust, mich ständig um deinen Laptop kümmern zu müssen, weil du wieder illegal Pornos heruntergeladen hast und dir so einen Virus eingefangen hast!« Sie ging mit langen Schritten zu Tyrann, der sich am Hinterkopf kratzte. Sie ballte die zierliche Hand zur Faust und schlug ihm auf den Oberarm. Tyrann verzog das Gesicht.

»Geh gefälligst in Videotheken oder Puffs wie jeder andere Perverse mit Geld auch!« Eine Strähne war ihr ins Gesicht gerutscht, doch sie pustete sie einfach weg. »Nicht zu fassen. Ihr macht mich fertig.«

Tiny folgte ihr aus dem Raum heraus. Er musste sich ducken, um sich den Kopf nicht am Türrahmen anzustoßen. Sein Lachen war laut und ehrlich. »Sie hat dich wieder erwischt, Alter. Ich hab dir gesagt, lass die Pfoten von illegalen Pornos. Sie kriegt es eh raus.« Er schüttelte belustigt den Kopf. Dann sah er Nathan. »Ah, der Bulle und der Student.«

Die Frau schien sie nun auch endlich wahrzunehmen. Ihr Blick fiel sofort auf den Laptop. Sie nickte anerkennend. »Gute Wahl.«

Ryan lief rot an. »Danke!«

Dann richtete sich ihr Blick auf Nathan. »Und du bist der Bulle.« Sie rümpfte die Nase und sah zu Nathan. »Ich mag keine Bullen in meinem Büro.«

Tiny grinste schief. »Ich auch nicht. Aber Butch hat ihn hergeschickt. Also sei nett, Savannah!«

Sie seufzte leise und reichte Nate dann die Hand. »Ich bin Savannah. Schön, dich kennenzulernen.«

Nate ergriff ihre Hand. An dem Mittelfinger der rechten Hand trug sie einen unauffälligen silbernen Ring. Er spähte zu Tiny. Auch er trug einen silbernen Ring an derselben Stelle. Ebenso wie Tyrann.

»Ich bin Nathan«, stellte er sich knapp vor. Hier war es nicht gut, ein großes Mundwerk zu riskieren. Er war im selben Raum mit drei der Zehn. Die Zehn waren der engste Kreis der Organisation von John und Butch. Eine ausgewählte Gruppe der loyalsten und außergewöhnlichsten Mitglieder. Lissiana hatte ihm von ihnen erzählt. Er wusste, dass Butch seinen Ring um eine Kette trug, die er unter seinem Shirt verbarg. Und Johns Ring lag zusammen mit seinen anderen Wertsachen in einem Beutel im Gefängnis. Nate hatte sie insgeheim immer für einen Mythos gehalten, den man erzählte, um die Organisation stärker wirken zu lassen, als sie wirklich war. Doch die Zehn schien es tatsächlich zu geben.

Savannah ließ seine Hand los und nickte Ryan zu. »Dann komm mal mit und zeig, was du hast.«

Sie ging voraus durch die offene Tür. Ryan folgte ihr. Nathan heftete sich sofort an seine Fersen, doch Tiny hielt ihn zurück. Sein Griff war so fest, dass es schmerzte.

»Steck deine Nase nicht in Dinge, die dich nichts angehen, klar, Bulle?« Der Tonfall war unmissverständlich.

Nathan riss seinen Arm los und nickte. »Klar. Ich bin für Vicky hier und nicht für eure anderen *Geschäfte.*« Dann folgte er Ryan.

Auch dieser Raum war klein und quadratisch. Auf dem Boden lagen die gleichen grauen Fliesen. Doch an einer Wand standen hohe Regale, die bis zum Bersten gefüllt waren. In überquellenden Kisten fanden sich Ersatzteile. Zumindest hoffte Nathan, dass es wirklich nur Ersatzteile waren. Das Licht war eher schummerig. Auf drei schlecht zusammengebauten Schreibtischen standen mehrere Monitore. Darunter schienen drei Hochleistungsrechner surrend ihrer Arbeit nachzugehen. Davor stand ein billiger Bürostuhl, auf dem Savannah Platz genommen hatte. Ryan stand hinter ihr und starrte mit offenem Mund auf die Ausrüstung, von der Nathan rein gar nichts verstand. Er war froh, dass er den Computer auf der Arbeit und sein Smartphone bedienen konnte.

Nate kam näher und runzelte die Stirn. »Ist das die Datenbank vom FBI?« Ehe er sichs versah, wurde das Fenster geschlossen.

»Schnüffel nicht rum, Bulle!« Savannahs Stimme war angriffslustig. Sie hatte generell eher eine Reibeisenstimme.

»Das kann man nicht wirklich rumschnüffeln nennen.« Er deutete auf den Bildschirm. »Es war halt da.«

Sie hielt inne. Dann lachte sie leise. Ein sehr angenehmer Klang, der ihm durch Mark und Bein fuhr. »Da hast du wohl recht.«

Ryan blinzelte. »Ist das wirklich …?« Er deutete auf die Rechner unter dem Schreibtisch, doch Savannah winkte ab.

»Erst erledigen wir den Job. Dann kannst du ein wenig im Paradies herumspielen. Aber mach ja nichts kaputt.« Bei Savannahs Worten nickte Ryan übereifrig.

»Alles klar.« Er starrte noch immer auf die Bildschirme. Savannah schmunzelte ein wenig. Dann streckte sie die Hand ungeduldig aus.

»Wenn ich an die Arbeit gehen soll, musst du mir schon zeigen, was du hast.« Sie stieß ein leises Lachen aus, als Ryan ihr so schnell den Laptop gab, dass dieser beinahe herunterfiel.

Irritiert beobachtete er, wie Savannah den Laptop mit ihrem Rechner verband. Außerdem schienen sie und Ryan in eine Geheimsprache zu wechseln, denn Nathan verstand kein Wort. Er sah nur, wie sich ein schwarzer Bildschirm öffnete, auf dem am laufenden Band weiße Zahlen und Buchstaben erschienen.

Er hörte, wie Savannah einen bewundernden Pfiff ausstieß. »Gut gemacht, Kleiner. Du bist schon echt weit gekommen.«

Ryan zog eine Augenbraue hoch. »Ach, echt?«

»Für einen Studenten der NYIT? Auf jeden Fall.« Nathan glaubte nicht, dass Savannah es wie eine Beleidigung gemeint hatte, auch wenn es im ersten Moment so klang.

Ihre Finger flogen über die Tasten. Ryan runzelte die Stirn.

Savannah sah Nathan an. »Dieser Code ist sehr kompliziert. Das wird eine Weile dauern.«

»Vollkommen egal. Ich muss diese Kennung haben.« Bei seinen Worten nickte Savannah ernst und machte sich sofort an die Arbeit.

»Und was dann?« Tyrann lehnte sich in seinem Sessel weiter vor und sah Nathan mit großen Augen an.

»Dann hab ich sie ins Zeugenschutzprogramm gesteckt und ihren Freund in den Knast gebracht.« Nathan zog an seiner Zigarette und sah von Tyrann zu Tiny. Die drei saßen schon seit gut zwei Stunden zusammen und unterhielten sich. Und wenn er ganz ehrlich war, dann tat es ihm unglaublich gut. Die beiden waren gute Gesellschaft.

Tyrann war eher der lustige Typ, während Tiny bewies, dass er schlauer war, als Nathan ihm zugetraut hatte. Sie fragten ihn über seinen Job aus. Was er jetzt machte, was er vor der Mordkommission gemacht hatte. Und es schien sie wirklich zu interessieren. Dabei wusste Nathan, dass sie ihn nur beschäftigt hielten, damit sie nicht selbst ins Reden kamen oder er sich umsah.

Dennoch war es eine Abwechslung. Durch seine Freundschaft zu Lissiana wurde auch er auf der Wache eher gemieden. Die Zeiten, in denen er mit seinen Kollegen in der Bar nach Feierabend ein Bier trinken gegangen war, waren vorbei gewesen, als er sie als neue Partnerin akzeptiert hatte.

»Krass, ihr Bullen habt echt 'n spannenderes Leben, als ich gedacht hätte.« Tyrann sah auf seine Uhr, dann riss er die Augen auf. »Fuck! Der Porsche wird gleich abgeholt, und der ist noch nicht ganz fertig. Bis später!« Er sprang von seinem Sessel auf und rannte die Stufen hinab. Jetzt war Nathan mit Tiny allein.

Nathan sah auf seine Hände und biss die Zähne zusammen.

»Na, spuck's aus.« Er sah überrascht auf, als Tiny ihn ansprach. »Ich kann dir ansehen, dass du irgendetwas fragen willst. Also frag einfach, Bulle!«

Nathan kratzte sich am Hinterkopf. »Wie ist ein Kerl wie du bei den Cohen-Brüdern gelandet?«

Tiny zog eine Augenbraue hoch. »Was soll das heißen?«

Nathan knirschte mit den Zähnen. »Ich meine, du bist ja nicht auf den Kopf gefallen. Und offensichtlich hattest du Eltern. Rein statistisch hätte aus dir kein …«

»… Gangster werden dürfen?« Als Tiny den Satz für ihn beendete, nickte Nate. Er wusste, er klang, als hätte er tausend Vorurteile. Und so war es auch. Für ihn gab es diesen bestimmten Typus Mensch, der auf die schiefe Bahn geriet. Und meist hatte er damit auch recht. Doch Tiny passte nicht wirklich hinein.

»Oh Mann, du bist ein noch größeres Arschloch, als Butch gesagt hat.« Tiny lachte freudlos. »Was glaubst du eigentlich? Dass wir alle hirnlose Idioten sind, die Spaß dran empfinden, anderen Menschen das Leben schwer zu machen?«

Nate schwieg lieber. Doch das schien Tiny Antwort genug zu sein. Er knurrte leise und schüttelte leicht den Kopf.

»Dir muss echt mal einer den Kopf zurechtrücken.« Tiny lehnte sich vor und griff nach seinem Bier. »Ich hatte Eltern. Aber sie waren fanatische Arschlöcher. Ich war ein normales Kind. Ich habe Probleme gemacht. Und immer wenn das passiert ist, hat mein Vater seinen Gürtel herausgeholt und gesagt, dass wäre sein Züchtigungsrecht, damit aus mir mal ein aufrichtiger Mann wird.« Er trank einen großen Schluck. »Irgendwann bin ich abgehauen und hab mich allein bis nach New York durchgeschlagen. Niemand hat sich für mich interessiert. Bis auf John und Butch. Sie waren die Einzigen, die nicht weggesehen haben. Die mich aufgenommen haben, obwohl sie selbst nichts hatten.«

Nate runzelte die Stirn. »Das haben sie aber nicht aus Nächstenliebe getan, sondern um einen neuen Rekruten zu bekommen.«

Tiny schnalzte mit der Zunge. »John hat sein Geld zusammengekratzt und mich zur Schule geschickt. Klar hat er gehofft, dass ich irgendwann einsteige. Aber gezwungen hat er mich nie. Ich bin freiwillig bei ihm. Kein staatliches Amt hat sich meiner angenommen. Nicht mal, wenn mein Alter mich grün und blau geprügelt hat. Die Brüder sind also die einzige Familie, die ich je hatte.« Er begann an dem Etikett der Flasche zu knibbeln.

»Weißt du, Bulle, wenn du nicht so verblendet wärst, dann wärst du in unseren Reihen mehr als gut aufgehoben. Ich glaube, du könntest auch ein paar Freunde brauchen.« Tiny sah ihn einfach nur an. Der Satz hallte in der Luft nach wie ein Gewehrschuss.

Nathan öffnete den Mund, um zu antworten. Um ihm zu sagen, dass er völlig falschlag. Dass er niemals mit Leuten wie ihm befreundet sein könnte. Doch dann stürzte Ryan in den Raum.

»Sie hat es geschafft.« Er war vollkommen aufgeregt. Seine Wangen glühten ebenso wie seine Augen.

Sofort war Nathan auf den Beinen. Er spürte Tiny direkt an seinen Fersen. Nate stürzte in den Raum und auf Savannah zu, die ihn mit einem breiten Grinsen begrüßte.

»Bau mir einen Schrein und nenn mich ’ne Göttin!« Sie hielt die Hand hoch, und Tiny gab ihr ein High-five, doch Nate schob sie einfach mit ihrem Stuhl beiseite. Er starrte auf den Bildschirm und sah das Ergebnis. Er wurde blass. Das durfte doch nicht wahr sein!

»Bist du dir sicher, dass es richtig ist?« Er blickte zu Savannah, doch sie schaute ihn an, als hätte er sie beleidigt.

»Natürlich bin ich mir sicher.« Sie sah zu Tiny. »Der Kerl ist nicht zu fassen.«

Sofort zerrte Nathan sein Handy hervor. Er brauchte drei Anläufe, um Lissianas Namen einzugeben.

»Geh ran!«, murmelte er wieder und wieder vor sich hin. Es dauerte zwei Freizeichen, bis sie dranging. Es fühlte sich an wie eine Ewigkeit.

»Der Maulwurf!«

Er hörte, wie Lissiana leise gähnte. »Beruhig dich! Was ist?«

»Der verdammte Maulwurf!«, schrie er beinahe. »Ich hab ihn endlich. Und du wirst mir nie glauben, wer es ist.«

35

Nathan zog sich die Basecap von Tyrann tiefer ins Gesicht und steckte die Hände in die Hosentaschen einer Jeans, die er niemals angezogen hätte, wenn er nicht gemusst hätte. Über ein unauffälliges Headset hörte er Lissianas Stimme leise in seinem Ohr.

»Du siehst gut aus in Jeans und T-Shirt.« Lissiana lachte leise am anderen Ende der Leitung, und er warf einen kurzen und wütenden Blick über die Schulter zu dem schwarzen Mercedes, den Tiny ihnen geliehen hatte und der nur ein paar Meter die Straße runter stand.

»Du mich auch, Stafford«, murrte er leise und richtete seinen Blick wieder nach vorne. Einige Meter vor ihm lief Hannah. Ihm war vorher nie aufgefallen, dass ihre braunen Haare in wilden kleinen Locken von ihrem Kopf abstanden, und das, obwohl sie ein längeres Gespräch gehabt hatten. Aber er hatte sie auch nie wirklich beachtet. Für ihn war sie stets irgendwie unsichtbar gewesen. Und offensichtlich ging es den meisten Passanten nicht anders. Keiner sah ein zweites Mal hin. Keiner drehte sich um. Obwohl sie ein auffälliges gelbes Sommerkleid anhatte und fröhlich vor sich hin pfiff. Sie trug Kopfhörer, seitdem sie die Wache vor gut dreißig Minuten verlassen hatte. Dann war sie in die U-Bahn gestiegen, und nun spazierte sie am De Witt Clinton Park vorbei. Ihr Ziel war eindeutig einer der Piere am Ufer des Hudson. Aber irgendetwas sagte ihm, dass sie heute nicht die im Sinn hatte, die beliebte Touristenattraktionen waren. Sein Gefühl sagte ihm, dass sie nicht vorhatte, sich die großen Kreuzfahrtschiffe anzusehen, die dort manchmal ankerten.

Und er hatte recht. Kaum war sie am Park vorbei, wandte sie sich nach rechts in Richtung von Terminal Five, anstatt Pier 92 und 94 anzusteuern, die jetzt sehr lebhaft waren. Sie ging weiter, und er hörte, wie Lissiana fluchte.

»Wir können dich jetzt nicht mehr verfolgen. Mit dem Wagen wird es zu auffällig, und John ist auch nicht viel unauffälliger als diese protzige Karre.« Sie seufzte leise. »Du bist jetzt erst mal auf dich allein gestellt, Nate. Mach ja keinen Unsinn, ist das klar?«

Nathan lachte leise. »Ich werde wohl noch allein mit einer Fünfzig-Kilo-Frau fertig, meinst du nicht?«

Er hörte, wie John entnervt seufzte. »Und wer sagt dir, dass sie da, wo auch immer sie hinwill, allein ist?«

Er knirschte mit den Zähnen. John hatte vollkommen recht.

»Pass einfach auf dich auf, okay?« Lissiana klang besorgt. Er nickte, doch dann wurde ihm klar, dass sie ihn nicht mehr sehen konnte.

»Ja, mach ich. Außerdem, Unkraut vergeht nicht.« Er wollte sie zum Lächeln bringen. Seitdem sie das mit Victoria wusste, sah sie schrecklich aus. Mehr tot als lebendig, wie er fand. Und auch wenn er es niemals zugeben würde, wusste er genau, dass John derjenige war, der dafür sorgte, dass ihre Systeme überhaupt noch liefen. Er tat ihr gut. Zumindest im Moment. Aber das bedeutete noch lange nicht, dass er diese Beziehung befürwortete. Wenn der Fall vorüber war, würde er Rebecca alles erzählen. Er wunderte sich eh, wie Lissiana sie heute hatte täuschen können. Er wusste, dass sie und John einen Termin bei ihr gehabt hatten, nachdem er sie angerufen hatte.

»Das ist nicht besonders witzig, Nate.« Wieder klang Lissiana angespannt.

Er seufzte leise. »Es wird schon nichts passieren. Und jetzt halt den Mund und lass mich meinen Job machen!«

Er wechselte gleichzeitig mit Hannah die Straßenseite. Als sie vor einem Tor zu einem kleinen Pier stehen blieb, hielt auch er an. Er lehnte sich an eine Häuserecke und gab vor, auf seinem Smartphone eine Nachricht zu schreiben.

Im Augenwinkel sah er, wie sie nicht einmal nach rechts und links sah, bevor sie das schwere Vorhängeschloss öffnete. Dann ging sie hinein und lehnte das Tor nur an. Sie hatte also nicht vor, lange zu bleiben. Er schob sich näher heran. So nah, bis er wieder ihr Pfeifen hörte. Er spähte um die Ecke und blinzelte.

Am Ende des kleinen Piers stand ein Gewächshaus. Es war nicht besonders groß, aber auch nicht wirklich klein. Auf einer Werkbank davor lag ein offener Beutel Erde neben einigen Blumentöpfen, die allesamt leer waren. Hannah pfiff noch immer vor sich hin und nahm sich ein Gartengerät, das aus der Ferne aussah wie eine Zange. Dann zog sie aus ihrer Umhängetasche etwas Papier hervor. Als sie im Gewächshaus verschwand, traute Nathan sich noch etwas näher heran. Doch dann schaltete sie im Inneren das Licht an, und er hechtete hinter die Tonne, in der wohl der Biomüll gelagert wurde.

Milchglas. Er konnte sich auf keinen Fall näher heranwagen. Er musste abwarten. Es dauerte nicht lange, bis Hannah zurückkam. In ihrem Arm trug sie einen Strauß roter Baccara-Rosen. Deshalb hatten sie keinen Lieferanten gefunden. Weil es schlichtweg keinen gab. Hannah steckte die Nase in das Bouquet und atmete tief ein. Auf ihren Lippen lag ein glückliches Lächeln. Ihm drehte sich sofort der Magen um. Sie wusste doch genau, wo diese Rosen landeten. Wie konnte sie da lächeln?

Sie löschte das Licht und verschloss das Gewächshaus wieder. Nathan nutze seine Chance. Er ging erneut hinter den Zaun und ein paar Meter die Straße hinab. Er konnte nicht riskieren, dass sie ihn auf diesem Pier einschloss. Selbst wenn er vermutlich über den Zaun gekommen wäre, würde es ihn Zeit kosten, und bei Passanten würde es nur unnötig Aufsehen erregen. Kurze Zeit später kam auch sie heraus. Die Rosen waren nun so in das Papier eingeschlagen, dass die Blüten nicht mehr zu sehen waren. Eine große rote Blüte hatte sie sich hinter das Ohr gesteckt. Nicht zu fassen. Hannah ging zur Straße und winkte.

»Fuck!« Nate sah nach rechts und links. »Beeilt euch! Sie will in ein verfluchtes Taxi einsteigen!«

Er hörte, wie Lissiana fluchte. Doch er konnte auch hören, wie ein Motor ansprang. Er hatte Glück. Zweimal fuhr ein Taxi einfach an ihr vorbei. Doch das dritte hielt, und sie stieg ein. Kurze Zeit später erreichte auch Lissiana ihn endlich. Er sprang auf den Rücksitz.

»An der Kreuzung sind sie rechts abgebogen!« Nate war froh, dass Lissiana nicht zögerte. Sie trat sofort das Gas durch und holte schnell auf. Er murmelte das Kennzeichen des Taxis vor sich hin, und sie fanden es schnell wieder.

Lissiana verlangsamte das Tempo und fuhr in unauffälligem Abstand hinter dem Taxi her. Jahre der Undercoverarbeit machten sich wohl doch bezahlt.

»Sie hat Rosen besorgt«, sagte er nach einer Weile. John wandte sich auf dem Beifahrersitz zu ihm um. Die Stirn gerunzelt.

»Da vorne ist kein Blumenladen.« John zog eine Augenbraue hoch. »Wo hat sie die her?«

Nate lehnte sich im Sitz zurück und rieb sich die Schläfen. »Am Ende von einem kleinen Pier steht ein Gewächshaus. Sie hat den Schlüssel dazu.« Er sah zu Lissiana, deren Hände sich um das Lenkrad krampften. »Deshalb konnten wir nie eine passende Rosenlieferung in der Nähe der Morddaten finden. Weil es einfach keine gab.«

»Kranker Bastard.« Sie knirschte mit den Zähnen. »Ich wette, da züchtet er auch seine Lilien.«

John schüttelte den Kopf. »Unwahrscheinlich. Vermutlich weiß sie nichts von Victoria. Er wird keine Eifersucht riskieren, indem er dort auch seine Lilien züchtet.«

Nate kratzte sich am Hinterkopf. »Wäre es nicht auch möglich, dass Hannah die Täterin ist? Dass sie eben mehr ist als ein Maulwurf?« Auch er hielt diese Möglichkeit für sehr unwahrscheinlich, dennoch musste er es ansprechen. Nur um alle anderen Eventualitäten auszuschließen.

»Vollkommen ausgeschlossen.« John sah wieder nach vorn. »Hannah ist sehr klein und zierlich. Nie im Leben hätte sie die Frauen bewegen können. Ich denke, sie ist für den Mörder ein Mittel zum Zweck.«

»Aber warum hilft sie ihm?« Lissianas Frage war auch Nathan schon gekommen. »Sie scheint mir nicht gerade wie eine Frau, die einem Killer hilft.«

John sah zu Lissiana. »Du siehst auch nicht wie die Frau aus, die sich in einen Gangster verliebt.«

Lissiana schaute kurz zu John, und Nathan wandte den Blick ab. Die Art, wie sie einander ansahen, wenn niemand dabei war, der sie verraten könnte, war ihm zu intim. Er hatte dann das Gefühl, in einer Situation gelandet zu sein, in der er fraglos nichts zu suchen hatte.

Er hörte, wie John sich räusperte, und sah wieder nach vorn. Lissianas Hand lag auf der Gangschaltung. Und auf ihrer lag die von John. Nathan verengte leicht die Augen, doch er sagte nichts. Im Moment gab John ihr Kraft. So lange würde er das hier dulden. Aber wenn es vorbei war, würde er dafür sorgen, dass Lissiana sich wieder daran erinnerte, wer dieser Mann in Wirklichkeit war und dass eine Beziehung zu ihm sie nur ruinieren würde.

»Du glaubst also, er gibt vor, sie zu lieben?« Bei Nathans Frage nickte John.

»Es ist am wahrscheinlichsten. Liebe ist ein sehr starkes Motiv, um zu morden oder eben beim Morden zu helfen. Ich denke nicht, dass sie etwas von Victoria weiß. Er wird sie vor ihr versteckt halten.« Lissianas Hand am Lenkrad verkrampfte sich bei Johns Worten nur noch stärker. Ihre Knöchel traten weiß hervor. Es war für sie alle eine absolute Ausnahmesituation. Doch für Victoria und Lissiana musste es die wahre Hölle sein.

Stille setzte ein. Nathan sah aus dem Fenster. Diese Stadt, in der er sich bisher immer so wohlgefühlt hatte, kam ihm, seitdem er den Fall übernommen hatte, mehr und mehr wie eine Todesfalle vor. All die Linien, die er zwischen Gut und Böse gezogen hatte, schienen mehr und mehr zu verlaufen. Aus seinem Schwarz und Weiß wurde ein schmutziges Grau, und er hasste es. Es verwirrte ihn. Und seit seinem Gespräch mit Tiny war es nicht gerade besser geworden.

»Wo will sie hin?« Das leise Murmeln von Lissiana riss Nathan aus seinen Gedanken. Sobald er aus dem Fenster sah, runzelte auch er die Stirn. Sie fuhren in eine entlegene Gegend von New York City. Eine, in der es nichts weiter als Industrie gab.

»Fahr langsamer!« Lissiana kam der Anweisung von John sofort nach. Das Taxi bog rechts in eine Straße ein. Dann kam es zum Stehen. Mitten im Nirgendwo zwischen Lagerhallen und Kühlhäusern.

Nathan stieß die Tür auf und stieg aus. Hannah war bereits einige Meter vor ihm. Sie musste das Taxi schon bezahlt haben, denn es fuhr sofort davon. Er war froh, dass er das Headset nie abgeschaltet hatte.

»Halt dich in den Schatten und lass dich auf keinen Fall erwischen.« John klang leicht gehetzt. »Wir wollen auf keinen Fall, dass sie ihn warnt. Wer weiß, wozu das führen könnte.«

Unauffällig nickte Nathan. Er tat, was John ihm geraten hatte. Er hielt sich in den Schatten und folgte Hannah.

Hier in diesem Gebiet gab es nichts außer Lagerhallen und Kühlhäusern. Trist und hässlich sah es aus. Ein einziges Graubraun, in dem es unangenehm nach den unterschiedlichsten Düften roch. Hinter hohen Zäunen standen Hubwagen oder ein paar Gabelstapler herum. Jetzt war hier niemand mehr. Es war schon relativ spät. Die meisten Arbeiter waren vermutlich bei ihren Familien und aßen zu Abend oder spielten mit ihren Kindern. Oder betranken sich in Bars, weil sie niemanden hatten, zu dem sie nach Hause kommen konnten.

So wie er.

Hannah summte weiter vor sich hin, während sie mit dem Strauß Rosen im Arm die dunklen Straßen hinabging. Immer tiefer führte sie ihn in das Industriegebiet. Was zur Hölle wollte sie hier? Doch eigentlich wusste er es. Tief in seinem Innersten wusste er es genau. Wenn er es clever anstellte und sich nicht erwischen ließe, würde sie ihn dorthin führen, wo der *Bräutigam* seine Opfer folterte, ermordete und herrichtete. Hier konnte man schreien, so viel man wollte. Tagsüber war es viel zu laut, und in der Nacht war niemand hier. Und dennoch hoffte irgendetwas in ihm inständig, dass diese Frauen nicht an solch einem erniedrigenden Ort ihr Leben hatten lassen müssen.

Er hielt inne, als Hannah stehen blieb. Er konnte gut erkennen, dass sie ihr Handy herausholte. Jemand rief sie an. Es kam ihm wie in Zeitlupe vor, als sie die Kopfhörer abnahm und antwortete. Er zog sich in die Schatten der nächsten Häuserecke zurück. Er hielt den Atem an und lauschte.

»Ja?« Ihre Stimme klang fröhlich und aufgeregt. Sie musste ihren Anrufer also sehr mögen. Vielleicht etwas zu sehr, denn ihre sonst ruhige und angenehme Stimme klang wie ein grelles

Quietschen in seinen Ohren. Nathan strengte sich an, aber er hatte keine Chance zu hören, was die Stimme am Telefon sagte. Er konnte nur ein sehr leises und sehr undeutliches Murmeln vernehmen.

»Was?! Wer?!« Jetzt klang sie panisch. Sofort sah Nathan sich um. Es war nicht möglich, dass der *Bräutigam* sie gewarnt hatte. Vollkommen ausgeschlossen. Oder? Waren Lissiana, John und er verfolgt worden, ohne dass sie es bemerkt hatten? Nein, das war nicht möglich. Wenigstens einer von ihnen hätte es doch merken müssen.

»Ich habe Angst.« Hannahs Stimme war ein klägliches Wispern. »Was, wenn sie mich festnehmen? Was soll ich denn jetzt machen?«

Nathan hatte keine Wahl. Er musste jetzt einen Zugriff wagen. Sonst würde Hannah entkommen. Dann wäre die einzige Spur, die sie hatten, erst einmal kalt. Denn der *Bräutigam* war clever. Nie im Leben würde er zulassen, dass sie seine Komplizin in die Finger bekamen. Wer wusste schon, wohin er sie bringen würde. Wäre Hannah erst einmal im Ausland, würden sie keine Chance mehr haben. Dann wäre sie weg. Und selbst wenn sie in einem Land mit Auslieferungsabkommen landen würde, würde es Monate dauern, sie zu finden, und dann noch einmal weitere lange Monate, bis sie wirklich ausgeliefert werden würde. Und das wäre noch das beste Szenario. Es war wahrscheinlicher, dass Jahre verstrichen.

»Ich muss den Zugriff wagen. Er hat sie gewarnt«, murmelte Nathan leise und trat hinter der Häuserecke hervor. Hannah stand zitternd am Straßenrand. Das Handy hatte sie fest an ihr Ohr gepresst. Sie musste seine Schritte gehört haben, denn sie schaute über ihre Schulter. Und als sie ihn erblickte, riss sie die Augen auf. Sie hatte Angst. Panische Angst sogar.

Beschwichtigend hob er die Hände. »Hannah, ich will dir nichts Böses. Ich will nur mit dir reden.«

Hannah schüttelte so heftig den Kopf, dass ihre wilden Locken geradezu um ihren Kopf herumflogen. »Nein. Ich will aber nicht reden. Auf keinen Fall. Ihr versteht ihn nicht. Er tut nichts Böses.«

Nathan runzelte verwirrt die Stirn. Unauffällig kam er einen Schritt näher.

»Hannah, er ist ein sehr böser Mann, der Frauen ermordet.« Er ließ seine Stimme ruhig und beruhigend klingen. »Das kann doch unmöglich etwas sein, das du befürworten kannst. Du bist doch genau wie Lissiana und ich. Du willst doch auch Gutes tun, oder nicht?«

»Nathan.« Die Stimme von Lissiana erklang warnend in seinem Ohr. »Dräng sie nicht zu sehr! Wir wissen nicht, ob sie bewaffnet und gefährlich ist.«

»Ja.« Johns Stimme klang sarkastisch. »Irre ist sie ja offensichtlich.«

Nathan ignorierte Lissiana und John völlig. Stattdessen kam er noch einen Schritt näher. Diesmal bemerkte Hannah es und machte einen Schritt zurück auf die Straße.

»Komm ja nicht näher!« Sie klang vollkommen hysterisch. Noch immer presste sie das Handy an ihr Ohr.

»Nathan.« Wieder erklang Lissianas Stimme. »Pass au–« Ihr Schrei war so laut, dass es ihm fast das Trommelfell zerriss. Er blickte die Straße hinauf. Vernahm Schüsse. Er konnte hören, wie Glas zersprang. An dem Mercedes schoss ein schwarzer Geländewagen vorbei. Jemand im Inneren schoss auf Lissiana und John.

»Bleib unten!« Johns Stimme klang herrisch. »Bulle, sieh zu, dass du da wegkommst! Sofort!«

Nathan machte einen Satz nach vorne und griff nach Hannahs Handgelenk. Der Wagen kam immer näher. Sein Herzschlag dröhnte in seinen Ohren. Doch Hannah wehrte sich.

»Lass mich los!«, kreischte sie. Nathan sah weiter zu dem Wagen. Er kam in rasendem Tempo näher. Man würde sie beide noch erschießen, verdammt noch mal!

Nathan hielt einen Moment inne. Er konnte nicht riskieren, dass der *Bräutigam* Hannah mit sich nahm. Aber er konnte genauso wenig riskieren, dass er oder Hannah erschossen wurden. Denn er wusste nicht, was im Kopf dieses gestörten Mannes vor sich ging. Vielleicht würde er sich Hannahs entledigen, sobald er sie nicht mehr brauchen konnte. Und so einen Tod hatte Hannah nicht verdient. Fest biss er die Zähne zusammen. Dann packte er Hannah und warf sie sich über die Schulter. Und dann rannte er. Nur zwei Kreuzungen weiter stand ein Van. Wenn er sich dahinter retten könnte, dann hätte er genug Zeit, an seine eigene Waffe zu kommen.

Hannah strampelte und schrie. Ihre Tritte trafen ihn in den unteren Bauch. Ihre Fäuste trommelten gegen seinen Rücken. Es schmerzte, doch sie hatte nicht annähernd genügend Kraft, um wirklich Schaden anzurichten.

Er hörte das Schlittern von Reifen hinter sich.

Schneller! Schneller! Verdammt noch mal, schneller, du Idiot!

Der Van war nur wenige Meter entfernt. Er musste es nur dahin schaffen. Er musste –

Ein Schuss löste sich. Der Knall war ohrenbetäubend laut. Nur wenige Sekunden später erfasste ein greller und brennender Schmerz seinen Oberschenkel. Nathan schrie und stürzte. Hannah rollte über den Gehweg. Er selbst schlug einfach darauf auf. Seine Hand fasste sofort zu seinem Bein. Er konnte das Blut spüren. Warm und klebrig war es an seinen Händen. Und der Schmerz raubte ihm fast den Atem. Seine Sicht verschwamm leicht, doch er konnte sehen, wie Hannah aufsprang und zu dem Geländewagen hechtete.

Der Wagen fuhr los, sobald sie drin war. Fuhr mit einem Vorderreifen auf den Gehweg. Er konnte das Glänzen der Waffe im Licht der Straßenlaterne sehen. Der Lauf war direkt auf ihn gerichtet. Er würde hier sterben. Auf einem Gehweg in einem schäbigen Industriegebiet.

Er hörte das Surren eines Motors. Viel zu schnell. Viel, viel zu schnell.

»Was hast du vor?« John hörte sich beunruhigt an.

»Ich rette sein Leben. Was denn sonst?!« Lissiana klang entschlossen. Auf diese gruselige Art und Weise, die er nur zu gut kannte. Sie hatte etwas sehr Dummes vor. Das stand fest.

Und dann sah er etwas Schwarzes aufblitzen. Der Mercedes schoss an ihm vorbei, nur Sekunden bevor er hinten in den Geländewagen hineinraste. Er konnte sehen, wie die Airbags sich öffneten. Der Geländewagen machte einen starken Ruck nach vorn. Die Stoßstange kratzte an der Hauswand entlang. Das Heck war vollkommen ruiniert.

Die Beifahrertür des Mercedes öffnete sich, und John kroch heraus. Er rannte sofort auf Nathan zu. Lissiana folgte ihm auf den Fersen. Geduckt kam sie um das Wrack herum und schlich zu ihm.

»Fuck!« John betrachtete die Wunde an seinem Oberschenkel. Es blutete. Massiv. Nathan musste nicht mal hinsehen, um das zu wissen. Der Bastard, der auf ihn geschossen hatte, hatte zwar nicht die Hauptarterie getroffen, dennoch hatte er gute Chancen zu verbluten, wenn er nicht bald ins Krankenhaus kam.

John löste den Gürtel seiner Hose und schlang ihn um Nathans Oberschenkel.

»Fängst schon an, dich auszuziehen, ohne mir vorher einen Drink zu spendieren?« Nathan grinste schief und zischte dann. Der Schmerz zog durch all seine Glieder. Heiß fraß er sich durch sein Fleisch und verätzte alles. »Ich bin nicht die Art Mädchen, Cohen.«

»Das wirst du sein, wenn ich dein armseliges Leben gerettet hab, Bulle. Du kannst dich später bedanken. Vorzugsweise auf Knien.« Bei Johns Antwort sah Nathan ihn an. John lächelte nicht. Sein Gesichtsausdruck war verkniffen. Immer wieder blickte er hektisch über die Schulter zu dem Geländewagen.

Nathan fasste Lissiana am Arm. Er hinterließ einen klebrigen Abdruck aus Blut. »Meine Waffe.«

Sie nickte mechanisch. Dann rollte sie ihn sanft auf die Seite, um an sein Brusthalfter heranzukommen. Sie zerrte seine Glock heraus. Entsicherte sie. Das mechanische Klicken hatte für ihn nie so schön geklungen.

»Erschieß den Wichser!« Bei seinen Worten nickte Lissiana.

»Worauf du Gift nehmen kannst.« Sie erhob sich und rannte geduckt zum Geländewagen. Er hörte sie fluchen. Dann erklangen Schüsse. Er sah zu Lissiana. Sie kauerte hinter der geöffneten Autotür des Mercedes. Immer wieder erklangen Schüsse, während der Motor des Geländewagens aufheulte. Wieder und wieder. Jemand trat verzweifelt das Gas durch.

Er konnte sehen, wie Lissiana den Kopf hob, um zu zielen, doch sofort erklang erneut ein Schuss. Dann sah er wieder zu John, der ihn hektisch abtastete.

»Grabschen gibt's erst ab dem zweiten Date.« Nathan hustete. Er verlor zu viel Blut. Sogar er konnte sich das zusammenreimen.

»Ich suche dein verdammtes Handy, du Idiot.« John zerrte es aus Nathans Brusttasche hervor. Seine blutigen Hände glitten über das Display. Dann hielt er es sich ans Ohr.

»Notruf? Ja, ich habe einen verletzten Police Officer. Nathan Tucson. Dreißig Jahre. Circa eins fünfundachtzig groß und schätzungsweise fünfundneunzig Kilo schwer. Er ist angeschossen worden. In den Oberschenkel. Ich habe es abgebunden, so gut es geht, er verliert dennoch zu viel Blut. Wir sind an der –«

Nathan hörte nicht mehr zu. Er blickte zu Lissiana. Sie hockte noch immer in ihrer Deckung. Sie schaute zu ihm. Er schenkte ihr ein schmales Lächeln. Sie sollte sich auf ihre Aufgabe konzentrieren. Sie sollte keinen Gedanken an ihn verschwenden.

Er hörte einen lauten Ruck. Dann das Quietschen von Reifen. Der Geländewagen war zwar stark ramponiert, aber noch immer fahrtüchtig. Er schoss über die Straße. Lissiana sprang aus ihrer Deckung auf und schoss. Ihr Gesicht zeigte einen hoch konzentrierten Ausdruck. Vermutlich zielte sie auf die Reifen. Ihre letzte Chance, den Wagen noch zum Stehen zu bringen. Wieder und wieder und wieder schoss sie. Doch als sie einen frustrierten Schrei ausstieß, wusste er, dass ihr Plan nicht aufgegangen war.

Dann kam sie zu ihm zurück. Sie hockte sich neben ihn. Ergriff seine blutige Hand. Er musste sehr kalt sein, denn ihre Haut kam ihm schrecklich warm vor.

»Erwischt?« Er wusste die Antwort, auch ohne ihr Kopfschütteln wirklich zu sehen. Der *Bräutigam* war ihnen entwischt. Und es war seine Schuld. Gequält schloss er die Augen. »Es tut mir leid. Wenn ich einfach –«

»Ach, halt die Klappe!« Lissianas Stimme klang tränenerstickt. »Stirb einfach nicht, ist das klar? Oder ich komme in die Hölle und töte dich noch mal.«

Er lachte leise. In seinen Ohren klang es sehr schwach und brüchig. »Alles klar.«

Er hörte Sirenen. Aus dem Augenwinkel sah er, wie John auf die Straße ging und hektisch mit beiden Armen winkte. Das Blut auf Johns Hemd, stammte das wirklich alles von ihm? Der Krankenwagen kam zum Stehen, und als er die Sanitäter sah, schloss er erschöpft die Augen. Dann verlor Nathan das Bewusstsein.

36

Hannah krallte ihre Nägel tiefer in die Ledersitze des Geländewagens, der mehr über die Straße holperte als wirklich zu fahren. Jetzt war alles in Ordnung. Denn *er* war jetzt bei ihr. Hannah wusste nicht wirklich, was sie tun sollte. Also knetete sie ihre Hände. Schaute aus dem Fenster. Blickte unauffällig zur Seite. Hier war sie machtlos. Sie musste auf ihn vertrauen. Und das tat sie. Bedingungslos. Er hatte die Hände fest um das Lenkrad geschlossen. Er wirkte ruhig und konzentriert. Er hatte alles im Griff. Und er hatte sie gerettet.

Hannah biss sich auf die Unterlippe. Sie hatte einen dummen Fehler gemacht. Die Rosen lagen noch immer auf dem Gehweg. Als Nathan sich Hannah über die Schulter geworfen hatte wie einen nassen Sack Reis, hatte sie den Strauß einfach fallen gelassen. Er würde so furchtbar wütend sein. Das wusste sie genau. Manchmal hatte er einfach diese schrecklichen Wutausbrüche. Dann machte er ihr Angst. Schreckliche Angst. Aber sie wusste auch, warum. Seine göttliche Mission war ihm wichtiger als alles andere. Und wenn sie dann auch noch etwas falsch machte, dann riss ihm manchmal einfach der Geduldsfaden. Es war allein ihre Schuld.

Seitdem sie ihm vor circa zwei Jahren auf der Wache begegnet war, war er das Zentrum ihres Universums. Ihn zu enttäuschen schmerzte sie am meisten. Sie hatte ihn doch immer nur glücklich machen wollen. Es kam ihr vor wie ihre eigene göttliche Mission. Doch jetzt hatte sie ihn enttäuscht. Schon wieder. Eine Träne lief über ihre Wange, und schnell strich Hannah sie weg. Sie wusste, wie sehr er jedes Zeichen von Schwäche verabscheute. Und der Bestrafung wollte sie definitiv entgehen.

Er lenkte den Wagen in eine dunkle Gasse hinein. Dann stieg er aus. Sofort folgte Hannah ihm. So leise und unauffällig wie möglich schlich sie hinter ihm her. Sie wollte ihn nicht wütend machen. Auf seinen Schultern lastete schon mehr als genug. Da musste sie ihn nicht zusätzlich belästigen.

Er war ein Auserwählter Gottes. Ein Krieger des Herrn im Kampf gegen die Sünder. Erst hatte sie es nicht verstanden, doch als er ihr die Herrlichkeit Gottes nähergebracht hatte, da hatte auch sie sein Licht gesehen. Das, was sie tat, war richtig, davon war sie überzeugt. Außerdem liebte sie ihn. Mehr als alles andere auf der Welt. Vielleicht sogar mehr als Gott selbst. Doch sie würde es nie wagen, das zu sagen. Denn sein Zorn war so unnachgiebig wie der Gottes.

Sie erreichten einen silbernen Toyota Corolla. Ein unauffälliger Wagen. So wie er es bevorzugte. Mittlerweile kannte sie ihn gut genug.

»P-Pass auf, dass n-n-iemand kommt.« Er klang wütend. Hannah nickte stumm. Ließ ihn seine Arbeit machen. Denn sie brauchten das neue Auto. Mit dem völlig ruinierten Geländewagen würde man sie sofort anhalten. Das war ihr vollkommen klar. Das konnten sie auf keinen Fall riskieren. Sobald er das Auto geknackt hatte, würde er sie aus der Stadt bringen. Fort von hier. Und dann würden sie gemeinsam ein neues Leben beginnen. Von vorne anfangen. Nur er und sie. Sie lächelte. Ja, so würde es sein. Es war vorbei. Die Polizisten waren ihm auf den Fersen. Jetzt gab es kein Zurück mehr. Keine dunkle Ecke, in der sie sich verstecken konnten. Sie mussten verschwinden. Endlich. Sie war sich sicher, er würde mit ihr die Stadt verlassen. Vielleicht sogar das Land. So wie er es ihr immer versprochen hatte.

Die Alarmanlage des Wagens heulte laut auf, nur um kurze Zeit später wieder zu verstummen. Sie zog die Beifahrertür auf und glitt auf den Sitz. Er schloss das Auto kurz, und dann fuhren sie in die Nacht hinein.

Niemals hätte Hannah gedacht, dass ihr Leben solch eine Wendung nehmen würde. Vor zwei Jahren war sie noch unsichtbar gewesen. Und dann war er in ihr Leben getreten. Lissiana Staffords Affäre mit John Cohen hatte auf der Wache völliges Chaos ausgelöst. Alle Polizisten waren unterwegs, um Verdächtige zu verhören. Und dann war er in die Wache spaziert. Vollkommen gelassen und ruhig. Anders als alle anderen und doch irgendwie unsichtbar. Unter seinem sehnigen Arm hatte er ein paar Unterlagen getragen. Er war ihr sofort aufgefallen. Von ihm war eine Ausstrahlung ausgegangen, die ihr eine Gänsehaut verursacht hatte. Doch als er sie dann unsicher angelächelt und nach dem Weg zum Commissioner gefragt hatte, der ihn zu einem Verhör einbestellt hatte, hatte sie sein Licht erkannt. Dieses Lächeln war es, das sie für immer verändert hatte.

Er war ein Auserwählter Gottes. Und ihre Lebensaufgabe war es, ihn bei seiner Mission zu unterstützen. Koste es, was es wolle.

Hannah sah aus dem Fenster und runzelte leicht die Stirn. Sie fuhren nicht aus der Stadt heraus. Sie fuhren nach Hell's Kitchen. Sofort blickte sie ihn an. Sie war verwirrt. Und sie hatte Angst.

»Wir müssen noch ein paar Sachen holen. Dann verschwinden wir. Versprochen.« Er lächelte sie an. Eine Gänsehaut überkam sie. Eisig griff eine Vorahnung nach ihr. Wie eine Spinne aus Eis kroch sie ihren Nacken hinauf. Ließ sie erstarren. Sie riss die Augen auf. Er stotterte nicht. Es gab nur eine einzige Gelegenheit, bei der er nicht stotterte. Und die war blutig.

37

Lissiana schlang die Finger fester um den grünen Kaffeebecher und versuchte dessen Wärme in sich aufzunehmen. Dabei waren es draußen fast dreißig Grad. Doch ihr war kalt. Bis ins Mark.

Sie blickte auf, als sie eine Hand auf ihrer Schulter spürte. Vicky lächelte sie aufmunternd an.

»Er kommt wieder in Ordnung.« Vicky ließ sich neben Lissiana aufs Sofa fallen. »Er ist zäh. Vergiss das nicht!«

Lissiana seufzte leise und ließ ihren Kopf auf die Schulter ihrer Schwester fallen. Der Knochen von Vickys Schulter drückte sich gegen ihre Schläfe. Aber das bekam sie nicht einmal wirklich mit. Ihre Sorge um Nathan schnürte ihr die Kehle zu. Die ganze Nacht hatte sie im Krankenhaus verbracht. Und dann hatte man sie nach Hause geschickt. Sie hatten Entwarnung bekommen. Nathan hatte zwar viel Blut verloren, und durch die Kugel war der Knochen in seinem Oberschenkel gebrochen, doch er würde keine bleibenden Folgeschäden davontragen. Jetzt musste er sich einfach nur ausruhen. Sie lächelte leicht, als sie ihn sich vorstellte. Im Krankenbett und nicht in der Lage, sich ohne Krücken zu bewegen. Er würde alles andere als glücklich darüber sein.

John kam mit Butch von Vickys kleinem Balkon zurück. Lissianas Handy hatte er fest in der Hand.

»Ich habe mit Dragon gesprochen.« Er fuhr sich mit einer Hand durch das Haar und ging in die kleine Küche. Mit der freien Hand goss er sich etwas Kaffee in einen pinken Becher.

»The Rat zu finden ist tagsüber sehr schwer, aber nicht komplett unmöglich. Er und alle anderen halten die Augen offen und fordern ein paar Gefallen ein.«

Lissiana nickte. Die Fahndung nach Hannah lief auch auf Hochtouren. Jetzt konnten sie nur abwarten, wen sie zuerst in die Finger bekamen.

Butch setzte sich auf den Fußboden gegenüber von Lissiana und Vicky. Er zog eine Augenbraue hoch.

»Was musstest du Dragon denn dafür anbieten? Deinen Erstgeborenen?« Bei Butchs Worten lachte Lissiana sogar ein wenig. Auch wenn sie erschöpft und bis zum Zerreißen angespannt war.

John schüttelte den Kopf. »Nein, er wollte nichts von mir.« Er sah zu Lissiana. »Du musst echt einen bleibenden Eindruck hinterlassen haben.«

Jetzt hob sie den Kopf. »Was will er?«

John knirschte mit den Zähnen. »Er hat sich vage gehalten. Sehr. Und das ist immer schlecht. Er wird seinen Gefallen einfordern. So oder so. Bis dahin können wir nur warten.«

Lissiana nickte leicht. Es war ihr vollkommen egal, was Dragon von ihr wollte. Sie musste The Rat oder Hannah aufspüren. Und dann würde sie auch den *Bräutigam* finden. Der Mann, der ihrer aller Leben in eine Hölle verwandelt hatte. Der ihren besten Freund angeschossen hatte. Und der versuchte, ihre kleine Schwester zu ermorden. Ihr war jedes Mittel recht, um ihn hinter Schloss und Riegel zu bringen.

Lissiana hob die Hand und deutete auf ihr Handy. »Hat die Fahndung etwas ergeben?« Sie glaubte die Antwort schon zu kennen, doch einen Versuch war es allemal wert.

»Nein. Es ist, als wäre Hannah vom Erdboden verschluckt worden.« Johns Finger glitten schnell über das Display. Vermutlich suchte er eine Nachricht. »Tyrann hat sich um das Auto gekümmert. Der Geländewagen wurde ein paar Blocks weiter gefunden. Er hat vermutlich einen Toyota Corolla geklaut. So einer wurde in der Gegend vor zwei Stunden als gestohlen gemeldet.«

Das hatte dem *Bräutigam* die ganze Nacht Zeit gegeben, um zu verschwinden. Unbemerkt.

»Na hervorragend!« Der Sarkasmus in Butchs Stimme war nicht zu überhören. Und sie konnte es ihm nicht verübeln. Sie alle wussten, was das zu bedeuten hatte. Der Bräutigam war ihnen wieder einen Schritt voraus. Und er war es von Anfang an gewesen. Das hatte ihnen die Verfolgung von Hannah nur allzu deutlich bewiesen. Er hatte sie gewarnt. Hatte sie geholt. Und das alles gänzlich unbemerkt. Er musste ein verdammtes Chamäleon sein, wenn Nathan, John und sie selbst ihn nie bemerkt hatten.

Unauffällig rieb sie sich die Schläfen. Sie hatte rasende Kopfschmerzen, und der Schlafmangel begann sich bemerkbar zu machen. Sie war schlapp und vollkommen ausgelaugt. Und sie fühlte sich überhaupt nicht wie sie selbst. Obwohl das eher daran lag, dass ihr Leben sich mehr und mehr in einen Trümmerhaufen verwandelte. Und jedes Mal, wenn sie glaubte, dass sie der Lösung dieses Albtraums einen Schritt näher kam, lauerte hinter der nächsten Ecke schon eine weitere Katastrophe.

Eine große Hand schloss sich um ihren Oberarm, und ohne Gegenwehr ließ sie sich etwas grob auf die Füße ziehen. Sie musste nicht hinsehen, um zu wissen, dass es John war. Sein Aftershave war zwar über die Stunden verblasst, doch sein Geruch war ihr so vertraut wie die Wärme seiner Haut, die sie durch den Stoff ihrer Bluse spüren konnte.

»Du musst schlafen«, murmelte er, während er sie durch den Vorhang aus Plastikperlen schob. Vickys Schlafzimmer war wie Vicky selbst. Farbenfroh und furchtbar chaotisch. Der Raum war klein und in Sonnengelb gestrichen. Auf dem Holzboden lag ein großer grüner Teppich, auf dem das große Bett seinen Platz gefunden hatte. Der Überwurf war eine Patchworkdecke in allen möglichen Farben. Gegenüber vom Bett waren Bretter an der Wand befestigt, auf denen Vicky ihre Kleidung lagerte. Auf der Gardinenstange vor dem Fenster hingen neben den grünen Vorhängen auch einige Kleider und Hosen, die wohl keine Falten bekommen sollten. Eine gute Lösung, denn ein Kleiderschrank hätte niemals in den winzigen Raum gepasst. Lissiana war schon schleierhaft, wie ihre Schwester hier ein Queensize-Bett hineinbekommen hatte. Und deshalb hatte sie wohl auch den Vorhang auf- und die Tür ausgehängt. Bei einer Tür wäre es unmöglich gewesen, so das Bett reinzustellen.

Lissiana seufzte leise und streifte sich die Schuhe von den Füßen. Dann kletterte sie auf das Bett. Es war weich und roch nach Vicky. Nach Wärme, Frieden und Geborgenheit. Sie griff sich ein Kissen und schlang die Arme darum.

»Hast du etwas von den anderen gehört?«, fragte sie nach einer Weile der Stille.

»Tyrann hat bis jetzt nichts Brauchbares gefunden, aber er folgt der Spur des Geländewagens. Die Zwillinge hören nur wilde Gerüchte. Gabriel hat wie zu erwarten keine Geldspur entdeckt, aber er hilft jetzt den Zwillingen, und Savannah konnte auch nichts ausgraben.« Er knirschte leicht mit den Zähnen. »Ich wünschte, ich hätte bessere Neuigkeiten.« John stand noch immer an dem Türrahmen und beobachtete sie besorgt. Seinen Kaffeebecher stellte er auf eines der Regalbretter. Dann setzte er sich auf die Bettkante.

»Kätzchen, ist alles okay mit dir?«, murmelte John leise, und seine Augen glitten über ihr Gesicht. Lissiana fühlte sich, als würde er sie scannen. Als würde er durch ihre Fassade hindurchsehen, die sie für Vicky aufrechterhielt. Denn die Wahrheit war, dass sie sich fühlte, als hätte sie nichts im Griff. Sie wollte unkontrolliert weinen und schreien und wusste doch nicht, womit sie denn dann anfangen sollte. Heute hatte man auf Nathan geschossen. Sie fühlte sich, als würde sein Blut an ihren Händen kleben. Und egal wie sehr sie sich die Hände und Arme schrubbte, sie wusste, sie würde dieses Blut nie wieder loswerden.

Langsam schüttelte Lissiana den Kopf. »Nein. Nichts ist okay.« Sie verbarg das Gesicht in ihren Händen. Sie schämte sich für ihre Schwäche. Für ihre Dummheit. Für die Tode, die sie zugelassen hatte. Für Nathans Schusswunde. Sogar vor John.

John seufzte leise. Danach hörte sie, wie die Decken leise raschelten. Sie spürte, wie die Matratze sich leicht absenkte. Und dann schlangen sich seine Arme um sie. Wie ein schützender Käfig. Gaben ihr den Halt und die Wärme, die sie brauchte. Er zog sie an sich. So fest, dass es ihr leicht die Luft aus den Lungen presste. Seine eine Hand schlang sich in ihr Haar. Sein Kinn ruhte auf ihrem Kopf. Er hielt sie einfach. Und sie konnte nicht anders, als ihr Gesicht an seinem Hals zu verbergen und sich in seine Umarmung sinken zu lassen.

»Ich kann nicht mehr«, wisperte sie und krallte die Hände in sein Hemd. »Ich kann einfach nicht mehr, John.«

Er wiegte sie leicht hin und her. »Ich weiß, Kätzchen.« Seine Hand glitt sanft über ihren Rücken. Auf und ab. In einem immer gleichen Rhythmus. Er schien, als könnte ihn nichts aus der Ruhe bringen. Und genau das brauchte sie jetzt.

»Das alles ist meine Schuld.« Sie bemerkte erst jetzt, dass ihre Wangen tränennass waren und dass sie leise schluchzte, während sie sich an ihn klammerte, als hinge ihr Leben davon ab. »Ich hätte nie zulassen dürfen, dass er sie alleine zu Fuß verfolgt. Ich hätte das selbst tun sollen. Ich bin schuld daran, dass der *Bräutigam* entkommen ist. Ich hätte irgendetwas tun müssen.« Sie drückte ihr Gesicht noch näher an seinen Hals. »Ich hätte Nathan nie allein aus dem Auto steigen lassen dürfen.«

Sie spürte, wie John leicht den Kopf schüttelte. »Du hast weder das Skalpell geführt, noch hast du den Abzug der Pistole gedrückt, oder?« Lissiana hob den Kopf und blickte ihn an. Er sah auf sie herab. Ernst. Ohne jeglichen Sarkasmus. »Wie kann es dann deine Schuld sein?«

John drückte sie wieder näher an sich. »Du kämpfst. Jeden Tag. Um den Opfern Gerechtigkeit zu bringen. Um Nathan täglich den Arsch zu retten. Um ein Vorbild für Victoria zu sein. Du gibst dein Bestes. Und manchmal ist das alles, was man tun kann.«

Hatte er recht? War das wirklich alles, was sie in diesem Moment tun konnte? Ihr Bestes geben? Es kam ihr lächerlich vor. Und doch wusste sie, dass er recht hatte. Sie tat alles, was in ihrer Macht stand. Sie war nah an der Lösung dieses Falls dran. Sie kam dem Bräutigam immer näher. Und schon bald würde sie ihn dort haben, wo sie ihn haben wollte. Und dann gab es für ihn auf dieser Welt kein Fleckchen Erde mehr, auf dem er sich vor ihr verstecken könnte. Ganz egal, ob sie es mit dem Gesetz auf ihrer Seite tun würde oder nicht.

Erschöpft schloss Lissiana die Augen. »Danke, John!«

»Gern geschehen, Kätzchen. Und jetzt schlaf ein wenig!« John lachte leise, als sie versuchte, sich von ihm zu schieben, um sich bequemer hinzulegen. »Du bist hier genau richtig.« Sein Griff verstärkte sich. Lissiana seufzte leise. Dann lächelte sie sanft.

Ja, das bin ich.

»Lissiana, wach auf!«

Lissiana wurde so stark geschüttelt, dass ihre Zähne aufeinander schlugen. Hektisch schob sie Johns Hände von ihren Schultern weg. Sie rieb sich die Schläfen. Ihre Kopfschmerzen kehrten mit voller Wucht zurück. Ihr Blick fiel auf den Wecker. Es war halb zwölf. Sie hatte nur eine Stunde geschlafen. Sie seufzte leise und rieb sich leicht die Augen.

»Was ist denn?« Sie blickte zu John. Er sah ernst aus. Sehr ernst. Sofort war Lissiana hellwach. »Was ist los?«

»Sie haben ihre Leiche gefunden.« Er hielt ihr das Handy hin.

Lissiana runzelte die Stirn. »Wessen Lei–«

Sie erstarrte mitten im Satz. Jemand von der Wache hatte ihr eine Nachricht geschrieben, nachdem er zweimal angerufen hatte. Die Fahndung für Hannah hatte ein Ergebnis erzielt. Ihre Leiche war in Hell's Kitchen in einem Apartment gefunden worden.

»Fuck!« Lissiana sprang auf und zog ihre Schuhe an. John war direkt hinter ihr. Sie stürmte ins Wohnzimmer. Gelangweilt sah Butch vom Fernseher auf, während Vicky ein Lesezeichen in ihr Buch legte. Mit einem lauten Klingeln verkündete Lissianas Handy einen Anrufer.

»Stafford.« Sie bellte den Namen fast ins Telefon.

»Schön, dass Sie auch mal ans Telefon gehen.« Commissioner Lance klang alles andere als glücklich. »Wieso sind Sie noch nicht am Tatort?«

Lissiana knirschte mit den Zähnen. »Ich war die ganze Nacht im Krankenhaus, Sir. Ich habe lediglich eine Stunde geschlafen.«

»Dann bewegen Sie Ihren Arsch dorthin! Und vergessen Sie Ihren Schwerverbrecher nicht!« Sie hasste seinen herrischen Tonfall. Abgrundtief. Er hatte nicht einmal gefragt, wie es Nathan ging. »Ach, und wenn Sie noch etwas essen wollen – tun Sie es nicht!«

Lissiana sah auf ihr Telefon, nachdem das Gespräch zu Ende war. Was zur Hölle sollte das denn bedeuten?

»Was ist los?« Vicky blickte zwischen Lissiana und John hin und her, doch Lissiana wandte sich sofort Butch zu.

»Er hat Hannah ermordet. Nummer Neun. Er wird jetzt sie wollen.« Sie nickte in Vickys Richtung, die sich die Hände vor den Mund schlug. Die Augen hatte sie weit aufgerissen. Ihre rosige Haut färbte sich erst weiß, dann ein wenig grün.

»Wenn du zulässt, dass er auch nur in ihre Nähe kommt, dann bringe ich dich eigenhändig um, verstanden? Es ist mir ganz egal, wie du ihn aufhalten musst. Und wenn du ihm alle Gliedmaßen einzeln ausreißt. Klar so weit?«

Butch stieß ein leises Lachen aus, bei dem es Lissiana eiskalt den Rücken herunterlief.

»Klar und deutlich.« Er sah zu John. »Pass auf dich auf, Mann!«

Er nickte. »Immer.«

Lissiana blickte zu Vicky, die noch völlig in ihrem Schock gefangen war. Sie umfasste sanft ihre Schultern.

»Hey, sieh mich an!« Bei Lissianas Worten reagierte Vicky nur langsam. Aber als Vicky sie dann endlich fokussierte, lächelte Lissiana zufrieden.

»Sehr gut. Hör mir ganz genau zu! John und ich sind in zwei Stunden zurück. Maximal. Wir bringen etwas zu essen mit. Von dem Mexikaner um die Ecke, den du so magst, okay? Bis dahin bleib bei Nick! Beweg dich keinen Zentimeter von ihm weg, wenn es nicht unbedingt nötig ist! Und mach auf keinen Fall die Tür auf! John und ich haben einen Schlüssel. Vergiss das nicht! Okay?« Sie drückte Vicky einen Kuss auf die Stirn, die sehr langsam und zögerlich nickte.

»Gut, dann los!« Sie nickte John zu, der sich Butchs Schlüssel vom Couchtisch nahm. Dann joggten sie beide die Treppe herunter. Der *Bräutigam* hatte Hannah ermordet. Eigentlich hätte sie es ahnen müssen. Nie im Leben hätte er sie am Leben gelassen. Wer wusste schon, welche Geheimnisse diese Frau hätte ausplaudern können.

»Woran denkst du?« John hielt ihr die Tür auf, als sie das Haus verließen. Lissiana sah über die Schulter zurück.

Hannah war tot. Der Maulwurf somit neutralisiert. Vielleicht sollte sie Vicky, so schnell es ging, in eine bewachte Polizeiwohnung bringen lassen, jetzt, wo sie eventuell wieder Vertrauen in ihre eigenen Leute haben konnte. Butch bei sich auf der Straße zu wissen konnte bei dieser Hetzjagd eigentlich nur gut sein.

»Daran, dass wir uns am Tatort beeilen sollten.« Sie gingen über den Rasen auf Butchs Cadillac Escalade zu, der am Straßenrand stand. Lissiana hatte jetzt keine Zeit mehr, Vicky außer Landes zu schaffen, was sie ernsthaft in Betracht gezogen hatte. Sie konnte nur hoffen, dass Hannah nicht all ihre Geheimnisse mit ins Grab genommen hatte.

38

Als sie die Treppe des verlassenen und recht verfallenen Mietshauses hinaufliefen, wehte Lissiana schon der unverkennbare Geruch des Todes entgegen. Es bereitete ihr sofort eine Gänsehaut, und unauffällig rieb sie sich die Arme. Sie hatte kein gutes Gefühl bei der Sache. Viele Polizisten hatten draußen vor dem mit Graffiti beschmierten Gebäude gestanden. Eine ganze Menge davon waren weiß wie eine Wand gewesen. Vermutlich weil es sich bei Hannah um eine Kollegin gehandelt hatte. Auch wenn sie sich als Verräterin entpuppt hatte.

Commissioner Lance kam ihnen auf der Treppe im heruntergekommenen Flur entgegen. Die Wände waren einst tapeziert gewesen, doch die Tapete war nur noch in Fetzen vorhanden oder hing komplett herunter. Er zog eine Augenbraue hoch, als er Lissiana und John näher betrachtete, während er eine alte Spritze auf dem Treppenabsatz mit dem Fuß beiseite schob.

»Schön, dass Sie es auch endlich geschafft haben, Stafford.« Sein demonstrativer Blick auf die Uhr sorgte dafür, dass sie mit den Augen rollte. Sie hatte keine zwanzig Minuten gebraucht. Und das in einem zivilen Fahrzeug. Was wollte er mehr? Schneller war es nicht möglich gewesen.

»Was haben wir?«, fragte Lissiana den Commissioner, doch der deutete nur auf die angelehnte Wohnungstür einen Treppenabsatz weiter.

»Das müssen Sie sich schon selbst ansehen. Aber Sie dürfen sich freuen. Das erste Mal ist es wirklich ein Tatort. Und nicht nur der Fundort einer Leiche.« Er holte ein Taschentuch aus seiner Hosentasche hervor und presste es sich vor den Mund, ehe er mit langen Schritten weiter hinunterging.

Lissiana sah den Treppenabsatz hinauf. Ein Tatort. Sie riss die Augen auf. Ihre Hand schloss sich um das Treppengeländer. Sie lief los. Rannte beinahe. Und wieder war John direkt hinter ihr. Ließ sie nicht allein. Egal, was auf sie beide hinter dieser Tür warten würde. Schlitternd kam sie vor der Tür zum Stehen. Ein Kollege von der Spurensicherung reichte ihr und John jeweils ein paar Latexhandschuhe. Seine Gesichtsfarbe war leicht gräulich. Die Lippen hatte er zu einem schmalen Strich zusammengepresst.

Lissiana zog sich die Handschuhe an. Das leichte Puder im Inneren kam ihr vor wie Schmirgelpapier. Und bei dem Gefühl der Enge um ihre Finger zog sich ihre Lunge zusammen. Sie hatte kein gutes Gefühl. Und sie wollte dort nicht hinein. Doch sie musste. Das hier könnte der entscheidende Schritt sein. Die Tür war einmal rot gewesen, doch jetzt war die Farbe längst verblasst. Abdrücke zeigten, dass es mal eine dreistellige Apartmentnummer daran gegeben haben musste. Eine goldene Eins hing auf dem Kopf und nur noch an einer einzigen Schraube. Sie legte die Hand auf die Tür und schob sie vorsichtig auf. Ein lautes Knarren erklang, von dem sie wusste, dass es sie von nun an in ihren Albträumen verfolgen würde.

Vorsichtig betrat sie die Wohnung, als würde sie fürchten, dass der *Bräutigam* hinter der Tür auf sie wartete. Was völliger Unsinn war. Dennoch hatte sie das Gefühl, als wäre er hier. Als würde er mit seinen blutverschmierten Händen nach ihrer Kehle greifen und so stark zudrücken, dass sie keine Luft mehr bekam. Der süßliche Geruch des Todes war hier noch stärker. Und obwohl es in der Wohnung sehr heiß war, fühlte Lissiana einen eisigen Hauch. Sie blieb stehen. Verharrte einfach mitten in der Bewegung. Sie wollte nicht weiter hinein. Wollte nicht sehen, was mit Hannah geschehen war. Auch wenn sie eine Verräterin gewesen war, war sie doch ein Mensch wie jeder andere. Sie erinnerte sich gut an ihr freundliches, aber schüchternes Lächeln. An die Sommerkleider in strahlenden Farben und an die warmen Brauntöne ihrer Kleidung im Winter. Dabei war Hannah für sie nie etwas Besonderes gewesen. Eine Sekretärin. Eine Frau, die man aufgrund ihrer völligen Durchschnittlichkeit schnell wieder vergessen konnte. Sie spürte einen Stich. Unauffällig rieb sie sich die Brust. Hätte sie es verhindern können, wenn sie sich nur mehr für Hannah interessiert hätte?

Sie spürte Johns warme Hand an ihrem Rücken und blickte über die Schulter. Er nickte ihr zu. Wie eine Wand stand er hinter ihr. Und so ließ sie zu, dass er sie sanft voranschob. Sie betraten einen kleinen Flur, von dem vier Türen abgingen. Alle waren offen. Zu ihrer Linken hörte sie das Blitzen eines Fotoapparates. Also wandte sie sich in diese Richtung. Sie ging durch die geöffnete Tür und hielt inne. Starrte der Grausamkeit ins Gesicht.

Der Raum war relativ groß. Vermutlich an die dreißig Quadratmeter. Es musste einmal ein Wohnzimmer gewesen sein, denn ein alter Couchtisch und eine völlig heruntergekommene Polstergarnitur standen noch mitten im Raum. Die großen Bogenfenster waren stellenweise eingeschlagen worden. Der Boden bestand aus Parkett, das vollständig verkratzt und veraltet war. Es musste vor langer Zeit einmal eine sehr teure Wohnung gewesen sein. Die Decken waren hoch, und in den Ecken fand sich vergilbter Stuck. Die Holzbalken, die das Haus hielten, waren freigelassen worden. Und genau dort hing sie. Hannah.

Ein Seil war um ihre Fußknöchel gebunden und dann an der schweren Polstergarnitur befestigt worden. Sie hing kopfüber herab. Direkt über dem Couchtisch, auf dem das Blut bereits leicht angetrocknet war. Es hatte eine eigenwillige rotbraune Färbung und glänzte ein wenig im Sonnenlicht, das durch die Fenster in den Raum fiel. Sie hatte ein weißes Brautkleid an. Der Rock hatte sich so aufgebauscht, dass er ihr Gesicht verdeckte. Sie trug keinen Slip mehr. Ein getrocknetes Rinnsal Blut führte von ihrem Venushügel bis hinab zu dem Kleid, wo es einen braunen Fleck hinterlassen hatte.

Vorsichtig näherte Lissiana sich der Leiche. Bei jedem Schritt knarrte das Parkett. Sie wirbelte Staub auf. Die kleinen Partikel flogen in der Luft herum. Verursachten beinahe eine Art Flimmern. Nur entfernt hörte sie noch immer das Klicken der Kamera des Tatort-Fotografen. Niemand sprach ein Wort. Alle gingen schweigend ihrer Arbeit nach. Versuchten die Leiche nicht anzusehen, soweit sie konnten.

Kurz vor Hannah blieb Lissiana stehen. Die rote Schrift auf ihrem Bauch war zweifellos Blut. *Gottes Wille.* Mehr hatte er nicht geschrieben. Zwei simple Worte. Und doch kamen sie ihr grausam falsch vor. Lissiana war nicht gläubig. Nicht im Geringsten. Doch sie glaubte, dass, wenn Gott ihr aller Vater war, er sie auch liebte wie ein Vater. Und dass er so etwas niemals gewollt hätte.

Sie streckte vorsichtig die Hand aus und hob den Rock an. Als sie Hannahs Gesicht erblickte, hätte sie am liebsten laut geschrien, doch sie biss die Zähne zusammen. Ihre Augen waren weit aufgerissen. Der Ausdruck darin war durch den Tod vollkommen stumpf geworden. Doch man konnte sich vorstellen, was für eine Qual zuvor darin gelegen hatte. Und was für eine blinde Angst. Make-up trug sie keins. Vermutlich hatte der *Bräutigam* keine Zeit mehr dafür gehabt. Sonst hätte er auch hinter sich aufgeräumt. Er hatte noch nie einen Tatort hinterlassen. Aber jetzt. Was bedeutete, dass er in Zeitdruck geraten war. Auch die Rosen fehlten. Die lagen wahrscheinlich noch immer auf dem Gehsteig in dem Industriegebiet. Er hatte also nicht einmal die Zeit gehabt, neue zu besorgen.

Hannah hatte Brandwunden im Gesicht. Vermutlich von dem Glätteisen, das auf dem Boden lag. Er hatte ihr die Haare abgeschnitten und die wilden Locken geglättet. Und das, als sie noch gelebt hatte. Denn sie musste sich gewehrt haben. Wie eine Wilde, wenn sie solche Brandwunden im Gesicht hatte.

Lissianas Blick fiel auf ihren Hals. Dort fand sich wieder ein langer Schnitt. Doch diesmal längs. Direkt an der Halsschlagader entlang. Das erklärte das ganze Blut auf dem Couchtisch. Sie war viel schneller ausgeblutet als seine vorherigen Opfer. Die rechte Seite ihres Gesichtes war voller Blut. Sogar in ihr Haar war es gelaufen und verklebte es völlig.

So hatte er also all die anderen Frauen ermordet. Nur dass ihre Folter deutlich länger gedauert hatte. Lissiana legte Hannah sanft die Hand auf die Wange. Sie musste unendliche Qualen gelitten haben. Und sie musste schreckliche Angst gehabt haben. Völlig egal, was man in seinem Leben getan hatte, so etwas verdiente niemand.

»Sieh dir das an!« Bei Johns Worten wandte Lissiana sich ihm zu. Er hockte vor dem Couchtisch. Betrachtete ihn eindringlich.

»Was ist?« Es fiel ihr schwer, sich von Hannah abzuwenden, doch sie kam zu ihm und hockte sich daneben.

»Siehst du das?« John streckte den Zeigefinger aus und deutete auf einen viereckigen Abdruck. »Das sieht aus wie der Abdruck von einem Kanister. Diese kleinen für Wasser, die du in jedem Camping-Shop bekommen kannst.« Er erhob sich und sah auf den Boden und zu dem Polster. »Er muss es aufgefangen haben. Hier ist zu wenig Blut für die Menge, die sie verloren haben muss.«

Lissiana runzelte die Stirn. »Was will er denn mit ihrem Blut?«

John zuckte mit den Schultern. Sein Gesichtsausdruck verdüsterte sich. »Das will ich lieber nicht wissen.«

Lissiana stellte sich aufrecht hin und sah zu Hannah. Dann winkte sie den Gerichtsmediziner zu sich heran. Es war ein neuer Kollege, den sie nicht kannte. Eher jung. Vermutlich Anfang bis Mitte dreißig. Sein Haar war braun und adrett zurückgekämmt. Er trug die übliche schwarze Jacke zu einfachen Jeans und einem rosafarbenen T-Shirt. Er hätte besser in einen Vorort gepasst statt an einen derart blutigen Tatort.

»Wissen Sie schon etwas?« Heute hielt Lissiana sich nicht mit Höflichkeiten auf. Sie musste zurück zu Vicky. Hannah war sein letztes Opfer gewesen. Von nun an würde er Vicky genau ins Visier nehmen. Lissiana war nicht wohl dabei, ihre Schwester allein zu lassen. Selbst wenn Butch bei ihr war, der kämpfen konnte wie kein anderer.

Der Gerichtsmediziner schüttelte den Kopf. »Nein, ich müsste sie erst auf dem Tisch haben, um Näheres sagen zu können.« Er stieß ein leises Seufzen aus. »Armes Mädchen, nicht wahr?«

Lissiana blickte zurück zu Hannah. Das Kleid verdeckte wieder deren Gesicht. Sie schluckte den Kloß hinunter, der ihre Kehle verengte.

»Ja.« Sie schaute zu den Kollegen, die die Trage für die Leiche hereinfuhren. Dann sah sie zum Fotografen.

»Sind Sie fertig?« Bei ihrer Frage nickte der Mann. Dann blickte Lissiana zu John. »Hilfst du mir?« Ihre Stimme klang sogar in ihren eigenen Ohren dünn. Sofort nickte John. Er schien nicht einmal eine Sekunde lang zu zögern. Doch sie hatte gewusst, dass er sie nicht allein lassen würde.

»Fotografieren Sie das!« Lissiana deutete auf den Couchtisch, und der Fotograf kam ihrer Aufforderung mit einem schnellen Nicken nach. Erst danach stieg Lissiana auf den Couchtisch. Vorsichtig. Sie versuchte Hannahs Leiche nicht unnötig anzustoßen, damit der Körper nicht ins Schwingen geriet.

Dann reckte sie sich zum Seil hinauf. Ihre Sicht verschwamm, doch hektisch blinzelte Lissiana die Tränen weg. Hier war weder der richtige Ort, noch war es der richtige Zeitpunkt, um in Tränen auszubrechen.

Sie ließ sich auf die Fersen zurücksinken und sah zu den Männern mit der Trage. »Hat jemand ein Messer bei sich?«

Zögerlich kam einer von ihnen auf sie zu. Ein älterer Mann, der vermutlich kurz vor der Pension stand. Er reichte ihr sein Taschenmesser.

»Miss, das können wir auch tun. Das müssen Sie nicht.« Er hatte die Augenbrauen fest zusammengezogen. Seine blauen Augen beobachteten sie genau. Doch Lissiana schüttelte den Kopf.

»Doch, das muss ich.« Sie ließ die Klinge herausschnappen und stellte sich wieder auf die Zehenspitzen. Dann begann sie mit dem Messer das Seil zu bearbeiten. Die Klinge war stumpf. Verbraucht. All die Jahre der stetigen Nutzung hatten sie aufgerieben. Und niemand hatte sich wirklich gut darum gekümmert.

Lissiana sägte weiter. Das dicke Seil gab nur langsam nach. Schmerz zog durch ihren Arm, doch sie beachtete ihn nicht. Sie musste Hannah dort herunterholen. Sie bedecken. Das war sie ihr schuldig. Egal ob Verräterin oder nicht.

Nach einer ganzen Weile gab das Seil nach. John fing ihren Oberkörper auf, während Lissiana sich Hannahs Beine nahm. Dann stieg sie vom Couchtisch. Gemeinsam legten sie die Leiche auf die Liege mit dem Leichensack. Lissiana starrte in die weit aufgerissenen Augen von Hannah. Dann streckte sie vorsichtig die Hände aus. Vorsichtig schloss sie Hannahs Augen, dann richtete sie das Kleid. Sanft und vorsichtig. Als könnte es einfach unter ihren Fingern zerfallen.

Wieder war es offensichtlich billig. Der Stoff war von schlechter Qualität. Dennoch war das Kleid opulenter als die der vorherigen Opfer. Es hatte einen weit ausgestellten Rock im A-Linien-Schnitt. Stickereien verliefen von der rechten Brust bis hinab zur linken Hüfte. Sie waren schlecht gemacht. Viel zu grob. Vorsichtig fuhr Lissiana mit den Fingern darüber. Deutlich spürte sie die Erhebungen, selbst durch die Handschuhe. Doch wieder passte das Kleid. Wie angegossen. Lissiana richtete die letzte Schicht vom Rock. Dann wandte sie sich ab. Sie hörte, wie der Reißverschluss vom Leichensack geschlossen wurde. Dann, wie die Rollen der Trage über das Parkett glitten. Eine Stelle schien kaputt zu sein. Sie verursachte ständig eine Art lautes Klacken. Für Lissiana war es ein unerträglicher Laut. Wie Gewehrschüsse.

Lissiana wandte sich erst um, als sie eine Hand auf ihrem Rücken spürte. Dann sah sie zu John.

»Wir kriegen ihn.« Er lächelte sie an. Versuchte ihr Mut und Hoffnung zu geben. Doch in diesem Moment war sie nicht verzweifelt. Sie war wütend. Mehr als jemals zuvor in ihrem Leben. Der Hass strömte heiß durch ihre Adern. Verbrannte sie und ließ all ihre guten Vorsätze über Kontrolle und Emotionen in gleißende Flammen aufgehen. Lissiana verschränkte die Arme vor der Brust. Dann nickte sie.

»Das werden wir. Und dann sollte er zu seinem Gott beten, dass er niemals mit mir allein ist.«

39

Angst und Wut.

Genau das fühlte Victoria in diesem Moment. Und sie wusste, dass das keine gute Mischung war. Sie kannte es zu gut aus der Notaufnahme. Die Menschen hatten Angst vor dem, was im Krankenhaus auf sie zukam. Und sie waren wütend. Entweder auf Gott oder den Arzt oder den Unfallverursacher. Einige der Patienten brachen in Tränen aus. Andere wurden hysterisch. Und dann gab es solche, die ihre Wut an allen anderen ausließen. Die schlimmste Sorte, wie sie selbst fand. Unerträgliche Querulanten, die nur wütend vor sich hin murmelten und allen um sich herum mit Anschuldigungen und Schimpfwörtern das Leben zur Hölle machten.

Doch genau in diesem Moment war sie nicht besser. Sie verwandelte sich in ihre schlimmsten Patienten. Und am liebsten hätte sie sich selbst sediert, wenn sie gekonnt hätte.

Sie knallte die Tasse in die Spüle und stieß einen wütenden Fluch aus. Seitdem Lissiana und John die Wohnung verlassen hatten, waren nun schon zweieinhalb Stunden vergangen. Und während sie durchdrehte und vor Angst fast ihren Verstand verlor, saß Nick einfach auf dem Sofa und sah sich irgendeinen Sportsender an, der sie nur noch mehr in den Wahnsinn trieb.

»Könntest du das leiser machen?« Sie hatte die Zähne fest aufeinander gebissen und zischte die Worte nur so heraus. Sie wusste, dass sie Streit suchte. Doch Nick war bisher völlig ruhig geblieben.

Er antwortete nicht einmal. Stattdessen hob er die Fernbedienung und stellte den Ton leiser. Victoria verengte die Augen und betrachtete ihn genauer. Kaum zu glauben, dass er wirklich ein Polizist war. Von ihm ging eine andere Art Ausstrahlung aus. Nicht so wie bei Nathan, der immer ein wenig rüberkam wie der strahlende Ritter von nebenan. Auch nicht wie Lissiana, die man so manches Mal für Justitia selbst halten könnte. Und auch nicht wie sein Bruder John, der bedrohlich, aber freundlich wirkte.

Nick war kälter. Härter. Und in seinen Augen lag ein Funkeln, das schwer zu beschreiben war. Er wirkte immer bereit, sich in den nächsten Kampf zu werfen. Als würde er in einer Welt leben, in der man jede Sekunde erschossen werden konnte. Und als Lissiana ihm vorhin eine so deutliche Beschreibung dessen gegeben hatte, was er mit dem *Bräutigam* tun könnte, hatte er nicht einmal mit der Wimper gezuckt. Stattdessen hatte er gelächelt. Wie ein Wolf, der sich schon auf das Blut und den Tod seines Opfers freute. Es war das erste Mal, dass sie einen kalten Schauer gespürt hatte, als sie Nick angesehen hatte.

Denn sie mochte ihn. Mochte seine raue und etwas schroffe Art, die ihr das Gefühl gab, dass er sie als Erwachsene wahrnahm. Und er hatte sie nicht einmal Vicky genannt. So als wüsste er, dass sie diesen Namen hasste. Vicky. Das war der Name eines Kindes. Nicht ihr eigener. Lissiana konnte sie es verzeihen. Sie war ihre Schwester. Da würde sie wohl niemals erwachsen werden. Aber bei allen anderen störte es sie. Doch er hatte sie nie so genannt. Und sie glaubte, dass John es nur tat, weil sie es ihm angeboten hatte.

Victoria goss sich einen neuen Tee ein und stützte die Hände auf der Arbeitsplatte ab. Sie hatte schreckliche Angst. Sie wollte nicht sterben. Nicht so und nicht jetzt. Sie hatte noch so vieles vor. Sie wollte mit dem Rucksack durch Europa reisen, wollte Medizin studieren, wollte heiraten und Kinder kriegen. Und jetzt wurde all das bedroht. Von einem Mann, dem sie noch nie zuvor begegnet war.

»Hör auf, darüber nachzudenken!« Nicks dunkle Stimme riss Victoria aus ihren Gedanken, und sie wirbelte zu ihm herum.

»Wie bitte?« Sie war völlig fassungslos.

»Ich kann deine Gedanken bis hierher schreien hören. Du wirst nicht sterben. Ich lasse den Kerl nicht mal an dich heran. Also entspann dich, Vic!« Er klang völlig gelassen und unbeeindruckt. Seine Augen verfolgten das Geschehen auf dem Spielfeld. War es Baseball? Oder Basketball? Sie hatte keine Ahnung, und es interessierte sie auch nicht im Mindesten. Sie ballte die Hände zu Fäusten.

»Ein irrer Serienmörder ist hinter mir her. Er will mich töten. Also entschuldige bitte, wenn ich da vor Angst den Verstand verliere und nicht auf die Worte eines Mannes vertraue, den ich eigentlich überhaupt nicht kenne.« Zum Schluss hin war ihre Stimme immer lauter geworden. Sie schrie ihn beinahe an. Doch Nick zog nur eine Augenbraue hoch.

»Stimmt, du kennst mich nicht. Und wenn es so wäre, würde ich nicht auf deinem Sofa sitzen und gemütlich einen Kaffee trinken.« Er erhob sich, und Victoria schluckte leicht. Jedes Mal, wenn Nick aufstand, wurde ihr wieder bewusst, wie groß er wirklich war. Und dass er gebaut war wie ein Boxer anstatt wie ein Polizist. Ihr Apartment kam ihr noch kleiner vor als sonst. Sie versuchte tief durchzuatmen, doch es funktionierte nicht.

»Aber ich bin hier nicht der Feind. Ich bin hier, um dich zu beschützen. Und du musst mich weder mögen noch mir vertrauen. Glaub mir einfach, wenn ich dir sage, dass dieser Kerl niemals in deine Nähe kommen wird, solange er dazu an mir vorbeimuss.« Wieder ließ Nick dieses Lächeln sehen, bei dem es ihr eiskalt den Rücken herunterlief. Er erinnerte sie immer mehr an ein Raubtier. Und das gefiel ihr nicht.

Victoria rieb sich die Arme und schüttelte heftig den Kopf. »Ich will nur noch, dass dieser Albtraum aufhört.«

Nicks Gesichtszüge wurden wieder weicher. Dann nickte er. »Das weiß ich doch. Und es wird bald vorbei sein.«

Sie biss die Zähne zusammen. »Das weißt du doch gar nicht.«

Nick verdrehte die Augen und wandte sich ab. »Oh Mann, heute kann ich auch gar nichts richtig machen, oder?«

Ihr blieb der Mund offen stehen. Er wollte wirklich, dass sie ihn auch noch schonte, während ihr Leben gerade auf Messers Schneide stand?! Er musste vollkommen irre sein.

»Entschuldige, dass ich nicht auf deine Gefühle achte, Prinzessin. Aber ich habe gerade andere Sorgen!« Sie fuhr sich mit der Hand durch das Haar und schüttelte wieder den Kopf. »Du bist echt unfassbar. Ich dachte, ihr Polizisten wärt besser in so was.«

Nick zuckte mit den Schultern. »Das sind Polizisten bestimmt auch. Aber ich bin keiner.«

Victoria runzelte die Stirn. Sie war sich sicher, dass sie sich verhört hatte. »Wie bitte?«

»Ich bin keiner. Aber das hast du dir schon gedacht, oder? Deshalb hast du mir gerade beinahe ein Loch in den Hinterkopf gestarrt, nicht wahr?« Er lehnte sich herunter, nahm die Fernbedienung und schaltete den Fernseher ab. Als würden sie nur eine ganz normale Unterhaltung führen. Und nicht, als hätte er ihr gerade offenbart, dass er ein Lügner war. Und dass ihre Schwester ihr auch ins Gesicht gelogen haben musste.

Sie verschränkte die Arme vor der Brust. Das alles ergab überhaupt keinen Sinn. »Du bist kein Polizist?«

Nick lachte leise. »Nein. Zum Glück nicht.«

Victoria zog eine Augenbraue hoch. »Was bist du dann?«

Wieder zeigte er das wölfische Grinsen. »Das genaue Gegenteil.« Er kam auf die Küche zu. »Aber das solltest du dir von Lissiana genauer erklären lassen. Ihr beide habt eine Menge zu besprechen, wenn das alles vorbei ist.«

Nick kam näher, und Victoria wich ein wenig zurück.

»Was meinst du mit genauem Gegenteil?« Eiskalt kroch es ihr den Rücken hinauf. Angst griff mit eisigen Fingern nach ihr und ließ sie in ihrer Bewegung erstarren. »Wer bist du wirklich?«

Und plötzlich sah sie es. Der geschmeidige Gang, der zu einem so bulligen Mann wie ihm nicht wirklich passen wollte. Die etwas zu breite Nase, die offensichtlich mehrmals gebrochen worden war. Das stetige Beobachten seiner Umgebung.

Nick zögerte einen Moment. Dann schüttelte er den Kopf. »Wir sollten ein anderes Mal über all das reden.« Er rieb sich die Schläfen. »Es tut mir leid – ich hätte nicht davon anfangen sollen.« Seine braunen Augen fixierten sie. »Hast du jetzt Angst vor mir?« Er sah beinahe verletzt aus. Als hätte sie ihn geschlagen.

»Ein wenig.« Selbst in ihren eigenen Ohren klang Victorias Stimme leise und kläglich. Völlig verängstigt. Schwach.

Nick wandte sich abrupt ab. Seine Schultern spannten sich an. Dann ging er mit langen Schritten zum Balkon.

»Ich werde eine rauchen, bis du dich wieder eingekriegt hast. Ich bin nicht dein Feind, Vic.« Der vorwurfsvolle Klang in seiner Stimme machte sie nur noch wütender.

»Was hast du erwartet?! Dass ich nicht ausflippe, wenn ich höre, dass du kein Polizist bist? Ist es nicht völlig normal, dass ich Angst vor einem Fremden habe?« Sie folgte ihm, doch Nick schloss die Balkontür direkt vor ihrer Nase und hielt den Griff fest. Schloss sie ein.

»Du Arschloch!« In einer Kurzschlussreaktion trat sie gegen die Balkontür. Ein kleiner Riss zog sich durch das Glas. Von jetzt an würde sie immer instabil sein. Nie mehr vollständig heilen.

Victoria raufte sich die Haare. Das durfte doch alles nicht wahr sein. Sobald Nick wieder hereinkam, würden sie sich ernsthaft unterhalten müssen. Und dann würde sie sich nicht mit diesem kryptischen Unsinn abspeisen lassen.

Es klingelte an der Tür. Schnell warf sie einen Blick auf die Uhr. Genau rechtzeitig. Das musste der Paketdienst mit ihrem verstärkten Türschloss sein, das sie vor einigen Tagen im Internet bestellt hatte. Sie ging zur Wohnungstür. Dann hielt sie einen Moment inne. Lissiana hatte ihr gesagt, sie solle niemanden hereinlassen. Sie presste die Lippen fest zusammen und betätigte den Summer, ehe sie zum Balkon huschte.

Nick stand mit dem Rücken zu ihr. In der einen Hand hielt er eine Zigarette. In der anderen hatte er sein Handy. Er schien zu telefonieren. Victoria klopfte gegen das Glas, doch Nick ignorierte sie offensichtlich.

Sie biss die Zähne aufeinander. Gut, dann eben nicht. Es war ja nur der Postbote. Und sie würde auf keinen Fall dieses Schloss verpassen, nur weil Nick sich wie ein Arschloch benahm. Sie öffnete die Wohnungstür einen Spaltbreit. Schwere Schritte waren auf den Treppen zu hören.

Victoria wandte sich ab, um ihr Portemonnaie zu holen. Sie gab Trinkgeld. Immer. Denn sie hasste es selbst, jeden Tag in dieses Stockwerk hochzumüssen. Sie lächelte und holte noch eine kleine Flasche Wasser aus dem Kühlschrank. Draußen waren es sicherlich an die dreißig Grad. Vielleicht würde der Paketbote sich ja über die kleine Erfrischung freuen. Und sie konnte ein ehrliches Lächeln jetzt wirklich brauchen.

Sie ging zurück zur Tür und hielt inne. Vor ihr stand kein Paketbote. Der Mann war ungefähr so groß wie Nathan, und sie schätzte ihn auf Mitte dreißig. Sein Haar war braun und militärisch kurz geschnitten. Seine Augen waren ebenfalls braun und hinter einer Brille mit unauffälligem, aber leicht unförmigem Gestell beinahe ein wenig verborgen. Er hatte unspektakuläre, aber attraktive Gesichtszüge. Er lächelte. Strahlend. Als hätte er gerade im Lotto gewonnen.

»Hallo!« Victoria bemühte sich um ein Lächeln, trat aber instinktiv einen Schritt zurück. »Kann ich Ihnen helfen?«

Die Balkontür wurde mit einem Ruck geöffnet. Nick kam herein. Eine Hand an der Hüfte und das Gesicht wütend verzerrt.

»Was machst du da? Du sollst die Tür doch nicht –« Als sein Blick auf den Fremden fiel, gab er seine aggressive Haltung auf. Er lächelte sogar.

»Mein Freund.« Er kam mit langen Schritten näher. Breitete die Arme aus und umarmte den Fremden. »Es tut gut, dich zu sehen.« Er klopfte dem Mann auf die Schulter. »Komm rein! Hat John dich angerufen, um mich abzulösen?«

Der andere Mann nickte. »J-J-Ja ha-hat er.« Er lächelte. »T-Tut g-gut, dich zu se-ehen, Boss.«

Victoria trat beiseite, als der andere Mann in die Wohnung kam und die Tür hinter sich schloss. Sie wich etwas zurück. Sie konnte sein Aftershave riechen. Eine eigenwillige Mischung, die ihr in der Nase kitzelte. Außerdem bekam sie eine Gänsehaut, wenn sie ihn ansah. Sie wusste nur nicht, warum.

Doch Butch schien glücklich zu sein, ihn zu sehen. »Schön zu hören. Ich kann heute nämlich nichts richtig –« Nick brach ab. Runzelte die Stirn. »John würde anrufen und mir Bescheid sagen, wenn einer von euch vorbeikommt. Aber er hat nie angerufen.«

Stille legte sich über den Raum. Die beiden ungleichen Männer starrten einander an. Dann riss Nick die Augen auf. So, als hätte er gerade etwas Wichtiges erkannt. Er stieß ein wütendes Knurren aus. Dann streckte er die Hände nach ihr aus. Versuchte, zu ihr zu kommen. Was dann geschah, passierte für Victoria wie in Zeitlupe.

Der Fremde, der die Hände bisher hinter dem Rücken versteckt hatte, zog diese hervor. Er trug Latexhandschuhe. Und er hatte einen Schlagstock. Er machte einen Satz nach vorn, stellte sich zwischen Victoria und Nick und holte aus. Der Stock traf Nick seitlich an der Schläfe. Und dann ging er zu Boden. Bewusstlos. Der Aufprall seines großen Körpers klang für sie wie ein Bombeneinschlag. Blut färbte ihren grünen Teppich rot. Die Platzwunde sah schlimm aus. Er musste auf jeden Fall ins Krankenhaus. Sie betete, dass die Knochen diesen massiven Schlag überstanden hatten.

Victoria konnte nicht schreien. Viel zu sehr war sie in ihrem Schock gefangen. Wie eingefroren stand sie da, als der Fremde sich nun ihr zuwandte. Er öffnete seine Jacke. Griff hinein. Vermutlich in eine Innentasche. Als er die Hände wieder nach vorne nahm, wurde ihr übel. Eine Lilie.

Er sprach mit ihr. Seine Lippen bewegten sich. Doch sie hörte ihn nicht. Und dann endlich schrie sie. So laut sie konnte. Sie rannte los. Versuchte irgendwie weg von ihm zu kommen. Sie stolperte über Nick. Fing sich mit den Händen am Sofa ab und rannte weiter. Auf ihrem Weg zum Badezimmer warf sie alles hinter sich um, was sie in die Finger bekam. Doch sie war nicht schnell genug. Sie hörte seine Schritte hinter sich. Wie lautes Donnergrollen, das näher kam, um den Blitzschlag anzukündigen, der das ganze Haus in Flammen setzte. Sie machte einen letzten Satz. Ihre Finger erreichten den Türknauf. Doch er packte sie. Wie die riesigen Pranken eines Monsters schlangen sich seine Hände um ihre Taille und zerrten sie zurück. Sie wehrte sich. Schrie, trat und schlug. Doch er hatte einfach mehr Kraft. Und ehe sie wirklich realisierte, was geschah, presste er ihr ein Tuch auf den Mund. Sie kannte diesen Geruch. Chloroform.

Sie spürte nur noch, dass er sie hochhob. Dann verlor Victoria das Bewusstsein.

40

Lissiana sah auf die Uhr und fluchte. Sie waren schon über zweieinhalb Stunden weg. Vermutlich würde Vicky völlig durchdrehen. Und sie kannte Butch. Er war nicht gerade das, was man einfühlsam nennen konnte. Sie warf einen Blick zurück. Butchs Wagen hatte sie einen Block weiter parken müssen, da vor dem Restaurant nichts mehr frei gewesen war. Sie würde den Teufel tun und jetzt zurückgehen. Dieses Ungetüm von einem Auto durch den Verkehr zu bugsieren würde sie eine Ewigkeit kosten. Da war sie zu Fuß wesentlich schneller.

Ihr Griff um die Plastiktüren des Mexikaners drei Blocks weiter verfestigte sich, während ihre Schritte immer länger wurden. Sie wollte zu Vicky. Und wenn sie dort war, würde sie sie nicht mehr aus den Augen lassen. Das Bild von Hannah hatte sich auf ihre Netzhaut gebrannt. Unauslöschlich. Und sie würde nicht zulassen, dass Vicky das gleiche Schicksal erwartete.

John lief neben ihr über den Bürgersteig. Die Brauen hatte er fest über den Augen zusammengezogen. Sein Mund war zu einem schmalen Strich zusammengepresst.

»Worüber denkst du nach?« Lissiana sah nach rechts und dann nach links, ehe sie die Straße überquerte. Noch zwei Blocks. Dann war sie bei Vicky.

»Ich frage mich immer noch, was er mit dem Blut will.« Er seufzte leise. »Soll es eine Art Trophäe sein? Wäre das nicht viel zu aufwendig?«

Lissiana zog eine Augenbraue hoch. »Wir sprechen von einem Mörder, der seine Opfer in Hochzeitskleider steckt, ihnen die Haare färbt und schneidet und sie dann auch noch schminkt.« Sie strich sich mit der freien Hand durch das Haar. »Ich glaube fast, dass ihm nichts zu aufwendig ist, um sein perfides Ritual durchzuführen. Der letzte Tatort war nur so anders, weil wir ihm auf der Spur sind und er unter Zeitdruck geraten ist.«

John nickte nachdenklich. »Dennoch. Ich glaube nicht, dass er sentimental ist. Für ihn sind diese Frauen verdorbene Sünderinnen. Warum sollte er da ihr Blut als Trophäe behalten?«

Lissiana dachte einen Moment nach. John hatte vollkommen recht. Trophäen passten nicht in das Profil des *Bräutigams*. Zumindest nicht in die Verhaltensweise, die er bisher gezeigt hatte. Warum also machte er sich die Mühe, das Blut von Hannah in Kanistern mit sich zu nehmen?

»Es kann auch nichts mit den Blutgruppen zu tun haben. Die Opfer hatten verschiedene.« John kratzte sich mit einer Hand über das Kinn, das von mehr bedeckt war als seinem üblichen Dreitagebart.

Lissiana lächelte leicht. »Du brauchst eine Dusche und eine Rasur. Dringend.«

John grinste. »Nur wenn du mitkommst.«

Lissiana sah nach rechts und links und überquerte die nächste Straße. Ein Van kam um die Ecke gerast. Der Fahrer schien sie im letzten Moment zu sehen, denn er stieg so stark in die Bremsen, dass sie quietschten. Lissiana machte mit John einen gewaltigen Satz nach hinten und fluchte, während der Fahrer auf die Hupe drückte, als wäre er von allen guten Geistern verlassen. Lissiana schlug auf die Motorhaube.

»Pass auf, wo du hinfährst, Arschloch!« Sie strich sich die Kleidung glatt und blickte dem Wagen nach, der in wahnsinnigem Tempo davoneilte. Sie stieß ein leises Zischen aus und ging weiter. John legte ihr die Hand auf den Rücken.

»Alles okay?« Er klang ernsthaft besorgt.

Lissiana nickte. Dann ließ sie vorsichtig ihre Hand in die von John gleiten. Überrascht sah er sie an, doch sie zuckte mit den Schultern.

»Es ist nur noch ein Block.« Sie biss sich auf die Unterlippe. »Außerdem glaube ich, dass wir das beide gerade brauchen.«

Er stieß ein leises Seufzen aus. Dann wurde sein Griff um ihre Hand fester. Er verflocht ihre Finger miteinander.

»Da hast du recht.« John knirschte mit den Zähnen. »Ich werde ihren Anblick nicht vergessen. Die arme Frau.«

Lissiana nickte. »Ja, ich auch nicht.«

Schweigend legten sie den letzten Block zurück. Lissiana zog den Schlüssel aus ihrer Hosentasche und schloss die Haustür auf. Sie gingen die Treppen hinauf. Ihre Schritte wurden immer langsamer und langsamer. Sie bremsten einander. Scheinbar unbewusst und doch mit voller Absicht.

»Wenn das alles vorbei ist, was machen wir dann?« Lissiana riss leicht die Augen auf. Die Frage war ihr entschlüpft, bevor sie es wirklich realisiert hatte. Was tat sie denn da? Hatte sie völlig den Verstand verloren? Sie wollte die Antwort darauf doch gar nicht hören. Sie würde ihm helfen, aus dem Land zu kommen, so wie sie es versprochen hatte. Und dann würde sie ihn vergessen und die Stadt mit Vicky verlassen, so schnell sie nur konnte, um nicht von den übrigen Zehn umgebracht zu werden.

Ihr war längst bewusst, dass es in New York City kein Leben mehr für sie gab. Sie liebte diese Stadt. Doch es war offensichtlich, dass sie ihr nicht guttat. Mit all dem Blut, all dem Tod und all dem Hass. Sie wollte vergessen. Wenn das alles vorbei war, wollte sie nur noch vergessen. Und vielleicht würde sie sogar Vickys Vorschlag folgen und einfach als Sheriff in irgendeinem Kaff anfangen, in dem es eine deutlich niedrigere Kriminalitätsrate gab.

Und dennoch sah sie sich selbst nicht irgendwo hinter einem Schreibtisch. Das passte einfach nicht zu ihr. Und tief in ihrem Innersten wusste sie das auch. Doch zugeben würde sie es wohl nie. Nicht nachdem sie immer gekämpft hatte, so normal wie möglich zu erscheinen. Nicht nachdem sie John verraten hatte, um Vicky weiterhin ein gutes Vorbild sein zu können.

John hielt sie zurück, als sie weiter die Treppe hinaufgehen wollte. So als hätte sie diese Frage niemals gestellt. Als hätte sie niemals impliziert, dass sie über eine gemeinsame Zukunft nachgedacht hatte.

»Kätzchen, sieh mich an!« Johns Tonfall war leise, aber eindringlich. Also atmete Lissiana tief durch und sah in seine Augen. Ob sie sich jemals an diese verschiedenen Farben gewöhnen würde? Sie wusste es nicht.

»Wir werden diese Entscheidung jetzt nicht treffen.« Er umfasste ihr Kinn. Zwang sie, ihn weiter anzusehen. Sich ihrer Gefühle für ihn zu stellen. »Wir sind beide in einer emotionalen Ausnahmesituation. Das würde nur zu einer Verzerrung des Ergebnisses führen. Zumindest bei dir.«

Lissiana entzog sich ihm mit einem Ruck. »Bei dir klingt es wie eine verdammte Wissenschaft.«

Er lachte bitter. »Weil es das mit dir auch ist.« Er schüttelte den Kopf. »Du weißt, dass es für mich nur einen einzigen Weg gibt.«

Sie presste die Lippen aufeinander. Ja, das wusste sie genau. Ihm blieb nur die Flucht. Denn sie kannte John. Er würde kein zweites Mal ins Gefängnis gehen. Nicht, wenn er es vermeiden konnte.

»Ich weiß, was ich will. Und ich will, dass du mit mir kommst, wenn das alles vorbei ist.« Bei Johns Worten riss Lissiana überrascht die Augen auf. Sie öffnete den Mund, um etwas zu sagen, doch sie brachte kein Wort heraus.

John hob die Hand und winkte ab. »Ich will jetzt keine Antwort. Wir bringen diesen Albtraum erst hinter uns. Dann reden wir über alles. Und erst dann entscheiden wir endgültig.«

Lissiana nickte etwas unbeholfen. Ja, das klang nach einem Plan. Und doch verwirrten seine Worte sie. Setzten in ihren Gedanken einen giftigen Keimling, der auf fruchtbaren Boden fiel. Konnte sie mit ihm gehen? Ein neues Leben beginnen? An seiner Seite?

»John, ich –« Sie wandte den Blick ab, um ihn nicht anschauen zu müssen. Und dann sah sie es.

Sofort wurde sie blass. »John, die Tür steht auf.«

Er runzelte die Stirn. »Was? Was für eine Tür?«

Sie ließ seine Hand los und rannte los. »Die Wohnungstür!«

Lissiana hörte, wie John hinter ihr fluchte, ihr aber sofort folgte. Sie rannte den Treppenabsatz hinauf und blieb vor der offenen Wohnungstür stehen. Butch lag am Boden. Sie reagierte instinktiv. Sie ließ die Tüte fallen. Das ganze Essen verteilte sich im Flur.

»Ruf einen Arzt! Sofort!« Lissiana warf John das Handy zu und hockte sich zu Butch. Er hatte eine große Platzwunde an der Schläfe, und Blut lief auf den Teppich. Sie lehnte sich herunter und hielt ihr Ohr an seinen Mund. Sie konnte hören, dass er atmete. Ihre Finger pressten sich auf seinen Hals. Er hatte einen Puls. Schwach, aber dennoch vorhanden. Schnell zog Lissiana das Geschirrhandtuch zu sich, das auf dem Boden neben dem umgestoßenen Couchtisch gelegen hatte, und drückte es auf die Wunde. Stark genug, um den Blutfluss zu blockieren, aber nicht zu stark. Sie wusste nicht, ob der Knochen darunter nicht gebrochen war, und sie wollte nicht riskieren, mögliche Knochensplitter weiter in Richtung Gehirn zu schieben.

Sie sah über die Schulter zu John. Doch er stand nur im Türrahmen. Völlig blass. Sein Blick war starr auf seinen Bruder gerichtet. Und sie konnte es verstehen. Nur zu gut.

»John, wähl den verdammten Notruf!« Ihre Stimme schien ihn aus der Schockstarre zu befreien, denn er wählte sofort.

Lissiana ließ ihren Blick kurz durch die Wohnung gleiten. Gerade hasste sie den Grundsatz, dass man Verletzte zuerst versorgen musste. Alles, was sie wollte, war, aufzuspringen und nach Vicky zu suchen. Sobald John aufgelegt hatte, winkte sie ihn zu sich.

»Hier, drück das auf die Wunde!« Lissiana erhob sich, sobald John die Versorgung seines Bruders gewährleisten konnte.

Mit wackeligen Beinen stand sie dort und sah sich um. Alles war vollkommen verwüstet. Der Couchtisch war umgestoßen worden. Kaffee hatte sich auf das Parkett ergossen und einen große braune Pfütze hinterlassen. Stühle lagen kreuz und quer im Raum ebenso wie zwei von Vickys kleineren Regalen.

Vicky hatte versucht, das Badezimmer zu erreichen. So wie Lissiana es ihr beigebracht hatte. Sie hatte versucht, zu dem einzigen Raum zu gelangen, den man abschließen konnte. Und sie hatte ihrem Verfolger so viele Steine in den Weg zu legen versucht, wie sie nur konnte. Die Badezimmertür war zu. Hatte sie es etwa geschafft?

»Vicky?!« Keine Antwort kam zurück. Langsam ging Lissiana auf die Tür zu. Wenn Vicky sich irgendwo anders versteckte, wollte Lissiana sie mit übereilten Bewegungen nicht verschrecken. Sie stand bestimmt unter Schock.

Lissiana legte die Hand auf den Türknauf. Sie schloss gequält die Augen, als sie ihn einfach so umdrehen konnte. Die Tür war nicht verschlossen. Und eigentlich hätte sie nicht einmal die Tür öffnen und hineinsehen müssen, um zu wissen, dass das Badezimmer leer war.

Panik erfasste sie. Schaltete ihr Gehirn ab und ließ ihr Blut ohrenbetäubend laut durch ihren Körper rasen.

»Vicky!« Lissiana stolperte über ein umgestoßenes Regal, als sie zum Schlafzimmer ging. Sie riss den Vorhang beiseite und hockte sich hin. Doch auch unter dem Bett war Vicky nicht zu finden. Lissiana eilte zurück ins Wohnzimmer. Sie riss alle Türen der Schränke auf. Auch die, wo Vicky niemals hineingepasst hätte.

Sie war nirgendwo zu finden. Ihre Schwester war verschwunden.

Lissiana sah zu John. »Sie ist weg.« Ihre Stimme war nichts weiter als ein heiseres Krächzen.

John blickte ihr fest in die Augen. »Tief durchatmen Kätzchen! Wir finden sie. Da bin ich mir sicher.«

Lissiana raufte sich die Haare. Dann atmete sie einmal tief durch. John hatte recht. Sie konnte jetzt nicht die Nerven verlieren. Nicht, wenn sie Vicky retten wollte.

Sie musste bei klarem Verstand sein.

Und sie musste aufhören, nach den Regeln von Recht und Ordnung zu spielen.

Sie sah auf, als die Polizei den Raum betrat. Viel zu schnell für den Notruf, den John gerade abgesetzt hatte. Völlig fassungslos sahen die zwei Beamten sich um.

»Was ist hier passiert?« Der Jüngere der beiden Beamten kam etwas weiter in den Raum hinein.

»Wir wissen es nicht. Wir haben den Tatort so vorgefunden.« Lissiana lief völlig auf Autopilot. Sie konnte nicht anders. Sie durfte nicht durchdrehen. Nicht jetzt.

»Wir sind wegen einer Ruhestörung hergerufen worden.« Er stotterte ein wenig vor sich hin. Dann fiel sein Blick auf Butch. »Haben sie schon einen Krankenwagen gerufen?«

Lissiana nickte. »Ja.«

Der ältere Beamte schien sich endlich aus seiner Starre zu lösen, denn er sah Lissiana an und hockte sich zu Butch.

»Sie sind diese Polizistin, oder?«

Lissiana wusste sofort, was das heißen sollte. Der verächtliche Tonfall war unmissverständlich. Außerdem hatte sie ihn oft genug gehört, um ihn problemlos identifizieren zu können. Sie nickte. »Ja, genau die bin ich.«

Sofort verdüsterte sich seine Miene. »Wir übernehmen hier. Verlassen Sie nicht den Tatort! Ich bin mir sicher, Oberstaatsanwältin Lightwood hat eine Menge Fragen an Sie.« Sein Blick richtete sich auf John, während er nachlässig in die Richtung der chaotischen Wohnung deutete.

Sofort knirschte sie mit den Zähnen. Sie hatte keine Zeit für Befragungen. Und er konnte zur Hölle fahren, wenn er glaubte, dass sie ruhig sitzen bleiben und Däumchen drehen würde, während ihre Schwester vermutlich gerade gequält und gefoltert wurde.

Dennoch nickte sie. »Natürlich, Officer.«

Er musste ja nicht wissen, dass sie nicht im Geringsten vorhatte, sich an diese Anweisung zu halten.

Lissiana wandte sich an den jüngeren Polizisten, als der Ältere sich den Tatort genauer anzusehen begann. *Das schwächste Glied zuerst.*

»Wann ist der Anruf wegen der Ruhestörung eingegangen?«, fragte sie so leise, dass der ältere Polizist es nicht hören konnte.

Der Jüngere sah sich noch immer völlig perplex um. »Vor ungefähr fünf Minuten. Die Nachbarn sagen, sie haben einen lauten Knall gehört und deshalb die Polizei alarmiert. Wir konnten nur so schnell hier sein, weil wir in der Nähe waren.« Er schüttelte den Kopf. Offensichtlich fassungslos. »Was ist hier nur passiert?«

Meine Schwester wurde gerade von einem Serienmörder entführt. Das ist hier passiert.

Sie sah zu John. »Glaubst du, er ist noch in der Nähe?«

Er schüttelte den Kopf. »Ausgeschlossen.«

Lissiana nickte knapp. Hier gab es nichts, was sie tun konnte. Zumindest nicht in diesem Moment. Und das machte sie wahnsinnig.

Wenige Minuten später trafen die Sanitäter ein. Sie untersuchten Butch, doch auch jetzt kam er nicht zu Bewusstsein.

Lissiana und John sahen dem Krankenwagen noch eine Weile nach. Während dieser mit Blaulicht um die Ecke raste, spürte Lissiana mehr und mehr, wie sie eine irreale Ruhe erfasste. Sie wusste, dass es nur eine Illusion war. Dass darunter ein zorniger Feuersturm tobte. Dass sie schreien und weinen würde, wenn sie nicht völlig unter Schock stünde. Sie blickte zu John, der noch immer die Straße hinabsah, auch wenn der Krankenwagen längst fort war. Ein eisiges Funkeln lag in seinen Augen.

»Niemand verletzt meine Familie und kommt mit dem Leben davon.« Er klang zornig. Und doch ruhig. Genau wie sie.

Sie sah über ihre Schulter zurück zum Haus und dachte an Vicky. Daran, dass sie in den Händen eines vollkommen Wahnsinnigen war. Dass sie alleine war und schreckliche Angst haben musste. Und dass die Polizei viel zu lange brauchen würde, um ihr Leben zu retten. Der Zorn nahm zu. Rapide. Verwandelte sich in glühenden Hass, der ihre Brust fast zerriss.

Lissiana nickte entschlossen. »Das sehe ich genauso.« Sie schaute auf die Uhr. Dann zog sie Butchs Autoschlüssel heraus und klimperte leicht damit. »Bald wird es hier von Polizisten nur so wimmeln. Bereit, gegen die ausdrücklichen Anweisungen eines Officers zu handeln?«

41

Mit vor der Brust verschränkten Armen stand Lissiana in Johns Büro in seinem Club *Regis.* Sie wusste nicht, wie viele Stunden sie hier damals verbracht hatte. Und doch hatte sich in den letzten zwei Jahren gar nichts verändert. Der Boden war noch immer mit großen grauen Fliesen belegt. Die Wände waren schwarz. An der rechten Wand fand sich in Gold das große Emblem des Clubs. Von der großen Glasfront an der rechten Seite konnte man auf den Hauptbereich des Clubs hinabblicken, der zu dieser Zeit noch leer war. Es war das große Flaggschiff der Cohen-Brüder. Der Ort, an dem sie unbemerkt Geldwäsche betreiben konnten.

Eine große Tanzfläche bildete das Herzstück des Clubs. Rechts und links davon befanden sich mehrere Sitzecken. Jeweils am Kopfende befand sich eine große Bar. Vier Türen führten von dem Hauptraum weg. Jeweils zu kleineren Tanzflächen mit unterschiedlichsten Musikrichtungen. Alles im Club war in Schwarz und Gold gehalten. An der Bar bekam man den besten Alkohol der Stadt, und auf dem großen Pult an der linken Seite, neben den Sitzgruppen, traten regelmäßig die besten DJs auf. Heute war kein Personal zu sehen. Es war ein Dienstag. An Dienstagen hatte das *Regis* geschlossen. Was perfekt war für das, was sie vorhatten.

John stand hinter dem Schreibtisch, mit dem Rücken zu ihr. Seine Finger flogen über das Zahlenpad des großen Safes, der in die Wand eingelassen war. Mit einem leisen Zischen öffneten sich die hydraulischen Schlösser. Dann zog John mit einem Ruck die schwere Metalltür auf.

Das Bargeld ließ er links liegen. Er griff sofort nach etwas völlig anderem. Als sie das metallische Klicken hörte, spannte Lissiana sich ein wenig an.

John wandte sich zu ihr um und reichte ihr die Waffe. Es war eine Beretta. Komplett in Schwarz. Sie lag gut in der Hand. Relativ schwer, doch sie mochte es lieber so.

Sie löste das Magazin und überprüfte es. Alle Kugeln vorhanden. Achtzehn Schuss. Das musste reichen. Sie steckte das Magazin zurück in die Pistole und sicherte sie. Dann nahm sie von John das Pistolenhalfter entgegen, das er ihr reichte.

Sie zog ihre Lederjacke aus und legte es an. Dann steckte sie die Waffe hinein und zog die Jacke wieder an. Sie fühlte sich besser, jetzt, wo sie eine Waffe trug. Sicherer. Und das musste sie sein, wenn sie sich dem *Bräutigam* stellen wollte.

Aber zuerst brauchte sie einen Namen. Und zwar schnell.

John legte selbst ein Pistolenhalfter an und steckte zwei Glocks hinein. Dann zog er ihr Handy aus seiner Hosentasche hervor.

»Das ist Tiny. Er ist da. Und er hat ihn bei sich.« John sah Lissiana an, und sie nickte knapp. Sie durften keine Zeit verlieren. Denn Vickys Zeit könnte bald schon abgelaufen sein.

Sie verließen das Büro und gingen mit langen Schritten die Treppe hinab, die in den Club führte. John zog einen der Stühle von einer der Sitzecken heraus und stellte ihn mitten auf die große Tanzfläche. Dann warteten sie.

Die Sekunden, die verstrichen, kamen Lissiana wie Minuten vor. Vielleicht sogar wie Stunden. Seitdem sie Vickys Wohnung verlassen hatten, war eine halbe Stunde vergangen. Und sie wusste, dass Vickys Zeit ablief. Sie musste schnell einen Namen bekommen. Nur dann konnte sie das Leben ihrer kleinen Schwester retten. Und das wusste sie. Es trieb sie an und zwang sie zu dieser eisigen Ruhe, bei der Lissiana das Gefühl hatte, sich selbst nur noch von außen betrachten zu können. Es war beinahe so, als würde ihr Körper sich selbstständig bewegen. Auf Autopilot. Als würde sie das tun, was getan werden musste. Ungeachtet der drohenden Konsequenzen.

Sie sah zur Tür, als Tiny diese mit einem Ruck aufstieß. Er trug eine schmächtige Gestalt auf der Schulter, deren Hände mit Kabelbindern zusammengebunden waren. Der Kopf war von einem Sack verdeckt.

Tinys Miene war vor Wut verzerrt. Und Lissiana wusste genau, wieso. Butch und Tiny waren beste Freunde. Sie waren sogar eher wie Brüder. Egal wie zweifelhaft diese Organisation auch sein mochte, sie waren eine Familie. Und niemand würde es verzeihen, dass der *Bräutigam* Butch niedergeschlagen hatte. Doch Lissiana musste den *Bräutigam* vor den Zehn erreichen. Bevor ihre blutige Vendetta begann und sie vielleicht noch einen Fehler machten, der Vicky das Leben kosten könnte.

Tiny ging mit langen Schritten zu dem Stuhl und warf die schmächtige Gestalt beinahe darauf. Der Stuhl machte einen Satz zurück, doch John verlor keine Zeit. Tiny reichte ihm vier weitere Kabelbinder. Mit zwei davon fesselte er die Fußgelenke an den Stuhl. John zückte ein Messer aus seiner Jackentasche und schnitt die alten Kabelbinder durch, bevor er mit den beiden neuen die Handgelenke der schmalen Gestalt an den Armlehnen des Stuhls fixierte.

»Danke, Mann!« John umarmte Tiny kurz, der nur etwas abgehackt nickte.

»Ich fahr dann wieder ins Krankenhaus. Die anderen sind auch schon da.« Er legte John die Hand auf die Schulter. »Noch ist er nicht wach. Aber das wird er bald sein.«

John nickte. Dann lächelte er schwach. »Gnade Gott dem Arzt, der ihm sagt, dass er zur Beobachtung bleiben muss.«

Tiny lachte leise. »Ich pass auf, dass er ihn nicht umbringt.«

»Danke! Ich komme, sobald das alles vorbei ist.« John sah zu der Gestalt auf dem Stuhl.

Tiny wandte sich ab. »Wenn du unsere Hilfe brauchst, sag Bescheid! Wir alle stehen hinter dir.« Dann verschwand er durch die Tür.

Lissiana wusste genau, wen er meinte. Die Zehn. Der engste Kern der Organisation. Sie waren eine Familie. Sie kümmerten sich umeinander. Und sie töteten füreinander. Sie hatte jeden Einzelnen davon gemocht. Aber jetzt war nicht der richtige Moment, um in Erinnerungen zu schwelgen. Sie musste sich konzentrieren.

John sah sie prüfend an. Sorge lag in seinen Augen. Doch sie nickte. Sie mussten diese Befragung jetzt beginnen. Die Zeit spielte gegen sie. Zeit zu überlegen gab es jetzt nicht mehr.

John ging zu der Gestalt und riss ihr den Sack vom Kopf.

Peter »The Rat« Manellie blinzelte hektisch gegen das plötzliche Licht. Sein strähniges blondes Haar reichte ihm bis zu den Schultern und hing ihm jetzt in den Augen. Tape klebte über seinem Mund. Seine Nase war schief und etwas zu groß für sein eher schmales und leicht eingefallenes Gesicht. Seine Nasenflügel bebten bei dem Versuch zu atmen. Seine Augen waren grau. Sein Blick irrte durch den Raum. Dann fokussierte er John und Lissiana. Sah zwischen ihnen hin und her.

»Peter. Lange nicht gesehen.« Johns Stimme klang schmeichelnd und völlig ruhig. »Ich werde dir das Tape abziehen. Und du wirst nicht schreien. Wir werden uns nur ein wenig unterhalten. Klar?«

Peter nickte hektisch. Als John auf ihn zukam, lehnte er sich zurück. Als würde das etwas bringen.

John griff sich den Rand des Tapes und riss mit einem Ruck daran. Peter stieß ein Zischen aus. Seine Lippen waren schmal und spröde. Ein paar Hautfetzen waren am Tape hängen geblieben, sodass er etwas blutete. Seine Zunge glitt über die Lippen. Dann blickte er John wütend an.

»Wenn du reden willst, hättest du einfach anrufen können, anstatt deinen Gorilla vorbeizuschicken.« Er bleckte ein wenig die Zähne. Er erinnerte Lissiana tatsächlich an eine Ratte. Sogar seine Gesichtszüge. Sein Kinn lief spitz zu, ebenso wie seine Ohren. Er war nicht gerade attraktiv. Er war hager. Schmächtig. Die Kleidung, die er trug, war alt und ein wenig zerlumpt. Außerdem war sie ihm zu groß.

»Pass auf, wie du mit mir redest!« Noch immer wirkte John völlig ruhig. Unruhig tippte Lissiana mit dem Fuß auf den Boden. Die Zähne hatte sie fest zusammengepresst.

Peter schnalzte leicht mit der Zunge. »Also, was willst du, Cohen?«

John zog eine Augenbraue hoch. Dann umrundete er den Stuhl. Langsam, wie ein Raubtier. Er wollte Peter offensichtlich einschüchtern. Und es funktionierte. Er kauerte sich so klein auf seinem Stuhl zusammen, wie es irgendwie möglich war.

»Der *Bräutigam.* Ich will seinen Namen. Und ich weiß, dass du weißt, wer er ist.« John legte die Hände auf die Arme des Stuhls und lehnte sich weit herunter. »Und du wirst ihn mir verraten.«

Peters eh schon blasse Gesichtsfarbe verwandelte sich in ein ungesundes Grau. Dann schüttelte er den Kopf.

»Auf gar keinen Fall. Dieser Irre bringt mich um!« Die Augen hatte er weit aufgerissen. Seine Unterlippe bebte.

Doch Lissiana empfand kein Mitleid. Sie spürte Wut in sich. Er verzögerte ihre Jagd. Brachte das Leben ihrer Schwester in Gefahr. Sie hatte keine Zeit für so einen Unsinn.

»Du solltest mehr Angst vor mir haben.« Johns Stimme war ein bedrohliches Zischen. Gerade so laut, dass Lissiana es hören konnte.

Peter sah John an. Und obwohl die Angst ihm ins Gesicht geschrieben stand, verzog er den Mund zu einem fiesen Schmunzeln.

»Dir gehört diese Stadt nicht mehr, Cohen.« Er spuckte John vor die Füße. »Du warst lange weg. Und dein Bruder hat Territorium verloren. Ihr seid nicht mehr die Könige der Stadt. Also spar dir deine leeren Drohungen!«

John biss die Zähne fest aufeinander. Lissiana konnte genau sehen, wie sein Kiefer sich anspannte. Sie ballte die Hände zu Fäusten. Das dauerte zu lange. Viel zu lange.

»Aber jetzt bin ich zurück. Und es ist mir scheißegal, auf wessen Gehaltslisten du stehst. Niemand kann dich vor mir beschützen. Also spuck es aus! Mit dem Kerl habe ich eine Rechnung offen.« John richtete sich auf. Er zog das Jackett aus und ließ es achtlos zu Boden fallen.

»Oder muss ich dich erst daran erinnern, wozu ich fähig bin.« Er krempelte die Ärmel hoch. Die schwarzen Linien seiner Tattoos glänzten beinahe im Licht.

Peter lächelte schwach. »Gegen ihn bist du nichts.«

Lissiana riss der Geduldsfaden. Bevor sie realisieren konnte, was sie tat, war sie bei Peter. Sie holte aus und schlug ihm mit der Faust ins Gesicht. So hart, dass der Stuhl nach hinten umkippte. Sie machte einen Satz nach vorne. Trat gegen den Stuhl. Sie ging auf die Knie. Es war, als würden ihre Arme von selbst arbeiten, während sie ihn am Kragen packte und ihm wieder und wieder ins Gesicht schlug. Nur entfernt hörte sie ihn schreien. Sie spürte nicht einmal sein warmes und klebriges Blut an ihren Fingerknöcheln. Sie wusste nur, dass sie tat, was getan werden musste. Dass sie das notwendige Übel war. Und dass er reden würde. Koste es, was es wolle. Und so schlug sie wieder und wieder zu. Mit aller Kraft, die sie aufbringen konnte. Sie hörte ein leises Knacken. Seine Nase? Vielleicht auch sein Jochbein. Aber wen zum Teufel kümmerte das schon?

Starke Arme schlangen sich um sie. Rissen sie rückwärts. Weg von Peter, der wie ein Hund jaulte.

»Er hat meine Schwester, du verdammtes Arschloch!« Sie wehrte sich gegen Johns Griff. Doch er war einfach zu stark.

»Du solltest keine Angst vor ihm haben, sondern vor mir. Denn wenn sie stirbt, dann werde ich dich jagen.« Wieder versuchte Lissiana, sich John zu entwinden. Erfolglos.

»Dann gibt es keinen Fleck auf der Erde mehr, auf dem du dich vor mir verstecken kannst. Und wenn ich dich in die Finger kriege, dann bringe ich dich um. Langsam und qualvoll, du widerlicher Bastard!« Lissiana schrie noch immer. Wütend. Rasend vor Zorn. Und vollkommen hilflos.

John packte ihre Schultern. Schüttelte sie leicht.

»Beruhig dich!« Seine Stimme war leise und eindringlich. »Es hilft niemandem, wenn du jetzt deinen verdammten Verstand verlierst. Klar?«

Lissiana atmete schwer. Starrte in seine verschiedenfarbigen Augen und versuchte zu begreifen, wie er so ruhig bleiben konnte. Selbst jetzt noch. Doch sie wusste es. Er tat, was getan werden musste. Sie atmete langsamer. Zwang sich zur Ruhe, auch wenn alles in ihr in hellem Aufruhr war.

John beobachtete sie aufmerksam. »Wieder alles in Ordnung?«

Sie nickte. »Ja. Versprochen.«

»Gut.« Er drückte ihr einen schnellen Kuss auf die Lippen. Dann ließ er sie los und ging zurück zu Peter. Er richtete den Stuhl mit einem Ruck wieder auf.

Peter hustete. Dann spuckte er auf den Boden. Lissiana spürte eine düstere Befriedigung, als sie sah, dass es ein blutiger Zahn war. Seine Lippe war aufgesprungen. Sie blutete heftig. Sein rechtes Auge begann bereits zuzuschwellen. Und von dem Aufprall auf dem Boden hatte er hoffentlich höllische Kopfschmerzen.

»Du irre Schlampe!« Er sah sie aus großen Augen an. Jetzt hatten sie seine volle Aufmerksamkeit. So, wie sie es gewollt hatte.

John packte seinen Kiefer und drückte hart zu. Wieder jaulte er auf. Vermutlich hatte sie ihm mit dem Schlag auch diesen zumindest geprellt.

»Sprich nicht so über meine Frau! Verstanden?« Bei Johns Worten nickte Peter heftig. Dann ließ John ihn los. »Und jetzt wirst du mir sagen, was ich wissen will. Wenn nicht, dann ist sie dein geringstes Problem. Ich frage also noch einmal. Ganz ruhig und zivilisiert. Wie lautet der Name des Bräutigams?«

Peter sah zu Boden. Er wurde noch blasser. »Wenn ich ihn dir sage, versprichst du dann, mich vor ihm zu schützen?«

John zog eine Augenbraue hoch. »Wenn wir mit ihm fertig sind, dann gibt es nichts mehr, vor dem du beschützt werden müsstest. Aber ja, meinetwegen.«

Peter nickte. Dann sah er vorsichtig zu Lissiana. Sie machte einen Schritt nach vorne. Sofort zuckte er zusammen.

»Ich hätte niemals gedacht, dass er so etwas Irres durchzieht. Ich wollte das alles nicht. Wenn ich gewusst hätte, was er mit ihr vorhat, hätte ich ihm niemals ihre Arbeitspläne gegeben.« Wieder spuckte Peter etwas Blut aus. Dann sah er John an. »Es ist Gabriel.«

John biss die Zähne zusammen. »Lügner. Gabriel würde so etwas niemals tun. Ich würde ihm mein Leben anvertrauen.«

Auch für Lissiana war es kaum zu glauben. Aber vielleicht … Gabriel war fit. Und auch nicht gerade klein. Für ihn wäre es ein Leichtes gewesen, seine Opfer ohne größeren Aufwand zu bewegen. Und für ihn war es noch leichter, in einer großen Menge nicht aufzufallen. Immerhin war er unscheinbar. Außerdem war er in der New Yorker Unterwelt ein angesehener Mann. Niemand würde es wagen, ihn zu beschuldigen oder ihm gar nachzustellen. Nicht solange er ein Mann war, der für die Cohen-Brüder arbeitete.

John schüttelte den Kopf. Er war blass geworden. »Ausgeschlossen. Das hätte keiner von uns zugelassen.«

Peter zog eine Augenbraue hoch. »Du warst doch gar nicht da. Und deine Leute waren viel zu sehr mit ihrem eigenen Chaos beschäftigt, als dass sie das mitbekommen hätten.«

Lissiana blickte zu John. Er schüttelte noch immer den Kopf. Wehrte sich gegen das, was gesagt worden war. Und doch … er passte ins Profil. Ein weißer Mann. Über eins achtzig. Kräftig gebaut. Zurückgezogen und unauffällig. Es gab nur einen Weg zu testen, ob Peter die Wahrheit sagte.

»Ist er in die Armenklinik in der Nähe vom Tisch Hospital gegangen?« Lissiana hob die Hand, als John den Mund aufmachte. Sie musste es wissen.

Peter nickte. »Ja, ständig. Er hat vor dem Eingang auf so eine kleine Krankenschwester gewartet. Hat aber nie mit ihr gesprochen. Victoria Stafford. So hieß sie. Süß, aber unscheinbar.«

Lissiana sah zu John, der gequält die Augen schloss. Und sie konnte es verstehen. Er hatte ihm vertraut. Hatte ihn wie einen Bruder behandelt. Hatte ihm mit seinem Namen und seinem Einfluss unbewusst Schutz gewährt. Und jetzt entpuppte er sich als kranker Mörder. Sie hatten ein Phantom gejagt. Und jetzt hatte es endlich einen Namen. Die Lösung war direkt vor ihnen gewesen. Er hatte ihnen sogar geholfen. Er hatte dafür gesorgt, dass sie durch die Schatten, die er warf, blind blieben. Und genau deshalb hatten die Zehn nichts gefunden. Weil er ihnen die ganze Zeit einen Schritt voraus war und ihnen etwas vormachte. Den Menschen, die so etwas wie seine Familie waren. Und doch hatten sie es nicht erkannt. Doch das hatte alles keine Bedeutung mehr.

»Mach ihn los! Wir dürfen keine Zeit mehr verlieren.« Lissiana ging zu John und zerrte ihr Handy aus seiner Hosentasche hervor. Dann wählte sie Nathans Nummer im Krankenhaus.

»Nate? Ich brauche deine Hilfe. Der *Bräutigam* hat Vicky, und mir läuft die Zeit davon.«

42

Langsam schlug Victoria die Augen auf.

Der Duft von Chloroform hing noch immer in ihrer Nase. Ihre Sicht war leicht verschwommen. Und in ihrem Schädel dröhnte es, als würde ein Jet starten.

Wo zur Hölle war sie? Sie richtete sich auf und sah nach unten. Sie lag auf einer Matratze mit weißen Laken. Um sie herum ein Meer aus weißen Lilien. Ihr Geruch kitzelte Victoria in der Nase.

Wieso war sie hier? Was war passiert?

Doch dann kam die Erinnerung mit voller Wucht zurück. Wie der Fremde Nick niedergeschlagen hatte. Wie sie versucht hatte, vor ihm zu fliehen. Und wie sie kläglich gescheitert war.

Hektisch sah sie sich um. Die Halle war groß und relativ leer. Putz bröckelte von den Wänden. Nur durch ein paar Löcher in den Brettern vor den Fenstern kam Licht herein. Es musste also noch Tag sein. In dem Raum war es kühl. Sehr sogar. Einige Meter von ihr entfernt stand eine leere, altmodische Badewanne mit Löwenfüßen. Darüber hing ein Seil an einem Balken. In der linken Ecke des Raumes stand ein Kühlschrank, der leise vor sich hin summte. Einige Meter hinter ihrer Matratze war ein Stuhl. Auf dem Boden lagen aufgerissene Packungen von Haarfärbemitteln. Auf einem kleinen Wagen neben dem Stuhl befand sich eine Schere. Make-up-Paletten lagen offen darauf herum. Bei Gott, sie wollte nicht wissen, was in den Schubladen war. In der hinteren rechten Ecke lehnte eine Matratze an der Wand. In der Mitte war ein großer rotbrauner Fleck zu sehen. Vermutlich von getrocknetem Blut.

An der hinteren Stirnwand gab es eine große metallene Schiebetür. Darüber hing ein großes Holzkreuz.

Victoria fröstelte und rieb sich die Arme. Der *Bräutigam* war nirgendwo zu sehen. Das war ihre Gelegenheit zu fliehen.

Sie bewegte sich. Dann hörte sie ein Rascheln. Irritiert sah sie an sich hinab. Ihre Augen weiteten sich.

Fest krallten sich ihre Finger in den weißen Rock eines Hochzeitskleides. Es war zwar sehr schlicht, aber doch eher ausladend geschnitten. Ihre Hände glitten an sich hinauf. Sie ertastete eine feste Korsage. Sie spürte Stickereien und Perlen unter ihren Fingern.

Victoria schlug sich die Hand vor den Mund, um nicht laut zu schreien. Er hatte sie in ein Brautkleid gesteckt. So wie all die Frauen vor ihr. Hektisch sah sie zurück zu dem Stuhl. Ihre Finger rieben über ihr Gesicht. Doch kein Make-up blieb an ihren Fingerspitzen hängen. Auch ihr Haar schien noch auf normaler Länge zu sein.

Sie hatte in den Zeitungen von seinem Ritual gelesen. Und das hier schien noch nicht beendet zu sein. Ihr blieb also noch ein wenig Zeit. Vielleicht genug Zeit, um zu verschwinden.

Sie sah sich um. Zwang sich zur Ruhe. Erinnerte sich an das, was Lissiana ihr beigebracht hatte. Sie blickte sich um, auf der Suche nach einer Waffe. Ihre Augen fielen wieder auf das Wägelchen. Die Schere war das einzig Brauchbare, das hier zu finden war.

Victoria schaute sich die Decke des Raumes genauer an. Keine Kameras. Das war sehr gut. Also, zuerst die Waffe. Dann erst zur Tür.

Sie erhob sich von der Matratze. Ihre nackten Füße trafen auf den kalten Boden, und sie erschauderte. Das alles war wie in einem Albtraum. Und doch wusste sie, dass es sehr, sehr real war. Wenn sie überleben wollte, durfte sie das nicht vergessen.

Sie machte die ersten Schritte. Vom Chloroform war sie immer noch eher schwach auf den Beinen. Deshalb dauerte es eine Weile, bis sie das metallische Schaben bemerkte.

Sie sah sich um. Dann hob sie den Rock ihres Kleides an. Um ihren Fuß schlang sich eine Fessel aus Leder mit einem großen Schloss daran. Eine Kette führte von ihrem Knöchel weg. Panisch ergriff sie die Kette. Ging daran entlang. Und dann fand sie das Ende. Verankert im Boden an einem Ring aus Metall. Die Kette war maximal zwei Meter lang. Sie hatte keine Chance, die Schere zu erreichen. Oder sonst irgendetwas in diesem Raum.

»D-Du bist a-also w-w-wach.«

Victoria riss den Kopf hoch und starrte zur Tür. Und da stand er. Der *Bräutigam.* Er knetete sich die Hände. Wippte von einem Bein auf das andere. Den Blick hinter der Brille hatte er auf den Boden gerichtet. Als wäre er nervös. Was völlig ausgeschlossen war. Victoria wollte etwas sagen. Wollte ihn anflehen, sie gehen zu lassen. Doch sie bekam vor Angst kein Wort heraus. Sie stand nur dort und starrte ihn an.

Er hob den Blick. Er hatte braune Augen. Schlicht. Unauffällig. Und doch sah sie den Funken von Wahnsinn darin. Er verursachte ihr eine Gänsehaut und ließ sie zurückweichen. Doch das Rasseln der Kette erinnerte sie daran, dass sie nicht weit kommen würde.

Beschwichtigend hob er die Hände. »Hab kei-keine Ang-ngst.«

Sollte das ein Witz sein?! Er war ein Serienmörder?! Und er sagte ihr, sie solle keine Angst haben? Wenn es nicht um ihr Leben ginge, hätte sie jetzt wohl sarkastisch gelacht. Doch noch immer schnürte ihr die Angst die Kehle zu. Ebenso wie die überwältigende Wut, die sie empfand. Sie kannte diesen Mann nicht. Niemals hatte sie ihm etwas angetan. Warum musste sie sterben? Warum ausgerechnet sie? Sie war ganz normal durch ihr Leben gegangen. Hatte stets versucht, freundlich und zuvorkommend zu sein. Hatte sich bemüht, es allen recht zu machen. Und trotzdem stand sie nun hier. In einem Brautkleid und unweit eines grausamen Todes.

Er machte einen Schritt in den Raum hinein. Sie wich wieder zurück. Er verzog das Gesicht. Schmollte wie ein kleiner Junge, dem man seinen Willen nicht gab.

»Ich wi-ll dir ni-ni-chts Bös-es.« Sein Stottern irritierte Victoria nicht halb so sehr wie seine Worte. Er wollte sie doch ermorden. Oder etwa nicht? Sie öffnete den Mund. Doch kein Wort kam heraus. Also räusperte sie sich.

»Was willst du dann?« Ihre Stimme klang etwas zu rau und auch zu hoch. Sie hatte Angst. Das konnte sie nicht verbergen.

Er lächelte sie an. Sanft. »Dich. Auch wenn es falsch ist.«

Sein Stottern hatte gestoppt. So, als würde es ihn beruhigen, mit ihr zu sprechen. Victoria zog eine Augenbraue hoch. Aus welchem Roman hatte er den Satz denn geklaut?

»Aber warum ich?« Diese Frage brannte ihr schon die ganze Zeit auf der Seele. Seitdem sie wusste, dass er hinter ihr her war.

»Weil du das Reinste und Schönste bist, das ich jemals gesehen habe.« Er kam auf sie zu. Victoria wich zurück. Doch mit einem Ruck kam sie zum Stehen, als die Kette ihr Ende erreichte. Sie bückte sich. Zerrte an der Kette. Aber ohne Erfolg. Doch was hatte sie auch erwartet? Dass eine Kette aus Stahl sich plötzlich ihrem Willen beugte und in tausend Teile zersprang?

Er erreichte sie. Griff sich ihre Hände. Dann beugte er sich herunter und presste seine Stirn darauf.

»Meine Göttin.« Die Worte waren nur ein Flüstern. »Meine wunderschöne Göttin.«

Victoria runzelte die Stirn. Göttin? Sie? Was hatte das alles zu bedeuten?

Er ging vor ihr auf die Knie. Schlang die Arme um ihre Hüften und presste sein Gesicht an ihren Bauch. Seine Schultern bebten. Und dann hörte sie ihn schluchzen. Er weinte?!

»Endlich. Endlich bist du bei mir.« Sein Schluchzen war laut. Schmerzerfüllt. Es zerriss ihr beinahe das Herz. Auch wenn er ein Mörder war. »Bald ist das alles vorbei.«

Sie zögerte. Sollte sie ihn beruhigen? Sollte sie ihn weinen lassen? Sie wusste es nicht. Und dann kam ihr ein Gedanke.

Sie hatte im Krankenhaus einen Patienten gehabt, der völlig in seiner Wahnvorstellung gefangen war. Niemand konnte ihn erreichen. Erst als sie sich in seine Welt begeben hatte, hatte er reagiert und sich untersuchen lassen. Vielleicht konnte sie hier das Gleiche tun. Im Dickicht seiner Metaphern operieren und ihn manipulieren. Denn dass er auf sie fixiert war, war offensichtlich.

Sie lehnte sich leicht herunter und strich mit den Händen beruhigend über seinen Rücken.

»Ich bin ja jetzt bei dir.« Victoria gab sich alle Mühe, ihre Stimme sanft und verständnisvoll klingen zu lassen. »Jetzt wird alles gut.«

Er hob den Kopf. Seine Augen waren tränennass, die Brille leicht verrutscht. Er war durchschnittlich, aber durchaus attraktiv. Die Linie seines Kinns war maskulin. Die Nase war etwas zu groß, aber gerade. Und seine Lippen waren schmal. Die Wangen waren glatt rasiert. Er lächelte sie an. So glücklich, dass es unter normalen Umständen ansteckend gewesen wäre.

»Ich wusste es.« Er umarmte sie fester. Zog sie näher zu sich heran. »Ich wusste, du versteht die Opfer, die ich bringen musste. Für dich. Für Gott.«

Nein, sie verstand gar nichts. Aber das musste er nicht wissen.

»Natürlich.« Ihr wurde übel. »Du musst wahnsinnig gelitten haben. So ganz allein.«

Er stieß ein zufriedenes Knurren aus. »Ja. Aber jetzt ist all das vorbei.« Er sah zu ihr hoch. »Die Sünderinnen sind nun gereinigt und an Gottes Seite. Er wird sehr zufrieden mit uns sein, wenn wir zu ihm gehen.«

Victoria riss leicht die Augen auf. An Gottes Seite? Das konnte nur eins bedeuten. Er wollte sie wirklich umbringen. Das konnte sie nicht zulassen. Sie musste sich irgendwie retten.

Sie legte die Hände auf seine Wangen und zwang ihn, sie anzusehen. »Bist du sicher? Es gibt noch so viele Sünderinnen.«

Verwirrt runzelte er die Stirn. »Was?«

Victoria hielt inne. Wagte sie sich zu weit vor? Vermutlich. Doch sie musste es versuchen. Sie musste einfach.

»Bist du dir sicher, dass ihm deine Opfer reichen werden?« Sie lehnte sich etwas zu ihm herab. Brachte ihr Gesicht näher an seines. »Was, wenn er uns bestraft, wenn wir zu ihm gehen?«

Er zog die Brauen fest über den Augen zusammen. »Nein. Er wird hocherfreut sein. Und das solltest du auch. Es waren doch exakt neun.«

Jetzt war sie verwirrt. »Neun?«

Er erhob sich. Schob sich von ihr fort. »Ja, neun. Du bist mir am zehnten Oktober vor zwei Jahren begegnet. Deshalb bist du die Nummer Zehn. Erinnerst du dich etwa nicht?«

Nein. Sie erinnerte sich nicht an ihn. Er war ihr schon einmal begegnet? Wo denn? Daran müsste sie sich doch erinnern! Seine Ausstrahlung verursachte ihr eine Gänsehaut. Das konnte sie doch nicht vergessen haben.

»Natürlich erinnere ich mich.« Sie lächelte ihn an.

Er knirschte mit den Zähnen. »Wie lautete mein Name?«

Victoria erstarrte. Sie wusste seinen Namen nicht. Dennoch musste sie weitermachen. Irgendwie.

Sie riss die Augen auf. »Wie kannst du es wagen, an mir zu zweifeln?« Sie war seine Göttin. Er war auf sie fixiert. Zumindest betete sie, dass es so war.

»Dann sag meinen Namen!« Er verschränkte die Arme vor der Brust. Zorn lag in seinen Augen. Seine Schultern bebten. Doch diesmal nicht, weil er den Tränen nahe war.

Sie presste die Lippen aufeinander. Ihr Spiel war aus. Sie hatte zu hoch gepokert. Und jetzt würde sie ihr Leben verlieren.

Tränen liefen ihr über die Wangen, bevor sie es aufhalten konnte.

»Bitte, lass mich gehen! Ich flehe dich an.« Sie presste sich die Hand vor den Mund, um das Schluchzen zu unterdrücken, das sich ihrer Kehle entrang.

Sofort trat er einen Schritt auf sie zu. Seine Miene war von Nachsichtigkeit und Zärtlichkeit gekennzeichnet. Als er die Hände hob, zuckte sie zurück, doch er legte sie dennoch an ihre Wangen, ehe er seine Stirn gegen ihre lehnte.

»Hab keine Angst!« Seine Stimme war ein beinahe schmeichelnder Singsang, der ihr nur noch mehr Angst einflößte. »Deine Angst ist völlig unbegründet. Es wird schnell gehen. Versprochen. Und dann wird alles so sein, wie ich es mir vorgestellt habe.«

Vicky riss leicht die Augen auf. Dieser Mann war völlig in seiner Wahnvorstellung gefangen. Nicht ein Funken Rationalität war mehr zu erkennen. Sie begann unkontrolliert zu zittern.

Der *Bräutigam* seufzte leise. Er ließ eine Hand durch ihr Haar streichen. »Du bist nur verwirrt. Das ist alles. Du wirst dich bald auf unser gemeinsames Ziel besinnen.« Er hauchte ihr einen Kuss auf die Wange, und Vicky wimmerte leise.

»Alles wird gut werden. Versprochen.« Sanft umfasste er ihren Oberarm. Als sie bemerkte, dass er auf die Matratze zuging, wurde sie panisch.

»Nein. Bitte!« Als sie sich gegen seinen Griff zu stemmen begann, zerrte er sie einfach zu der Matratze. Sie wehrte sich. Heftig. Sie sah den Schlag nicht kommen. Er traf sie genau an der Lippe. Die Wucht riss sie herum. Ließ sie auf die Matratze fallen. Sofort schmeckte sie Blut. Sie presste den Handrücken auf die Wunde und kroch von ihm fort.

Fassungslos kniete er am Ende der Matratze und starrte auf seine Hände. »E-E-Es tut mir so-so leid. A-Aber du darfst dich nicht so wehren. Ich will dir nicht wehtun, also zwing mich nicht dazu.« Dann wandte er sich ab. Mit langen Schritten ging er auf den Kühlschrank zu.

»Du musst dich lediglich erinnern.« Er murmelte so leise vor sich hin, dass Victoria ihn kaum verstehen konnte.

Er riss die Tür auf. Sein Körper blockierte Victoria die Sicht, aber sie konnte einen flüchtigen Blick auf einen großen Kanister mit einer klaren Flüssigkeit erhaschen. Ein gelbes Symbol verriet ihr, das er dort irgendeine Chemikalie lagern musste. Doch nach diesem Kanister griff er nicht. Er bückte sich und nahm etwas anderes heraus. Dann wandte er sich um und ging auf die Badewanne zu. In seiner Hand einen weiteren Kanister. Darin schwappte eine rote Flüssigkeit träge hin und her. Als er die Badewanne erreichte, öffnete er den Kanister. Dann ließ er den Inhalt in die Badewanne fließen.

Der Geruch war für Victoria unverkennbar, auch wenn es eine chemische Unternote gab, die sie nicht benennen konnte. Die bekannte Note war Kupfer, und es drehte ihr sofort den Magen um. Das war Blut. Er füllte die Badewanne mit Blut.

»Du musst dich nur erinnern.« Immer wieder sagte er diesen Satz und ging hin und her. Leerte einen Kanister nach dem anderen. Sie zählte mit. Als er den letzten auf den Boden fallen ließ, waren es genau neun Stück.

»Das wird dir helfen, dich zu erinnern. Sieh es als Taufe für unser neues Leben, meine Göttin.« Er kam mit großen Schritten auf sie zu.

Victoria kroch rückwärts. Versuchte wegzukommen. Taumelnd kam sie auf die Füße. Rannte. Die Kette spannte sich. Riss ihr die Füße unter den Beinen weg. Sie fiel. Stürzte auf ihren rechten Arm. Ein lautes Knacken erklang. Der Schmerz explodierte und machte sie benommen. Sie rollte sich auf die Seite. Presste den gebrochenen Arm an ihren Körper. Wimmerte.

Er erreichte sie. Packte ihren Fuß und zerrte sie zurück. »Hör auf, dich zu wehren! Ich will dir nur helfen!« Er klang jetzt wütend.

Der Boden riss ihre Haut auf. Sie schrie. Trat. Doch sein Griff war zu stark. Der Schmerz trieb ihr die Tränen in die Augen. Ebenso wie ihre Wut und ihre Verzweiflung. Ihr Leben würde hier enden. Ohne dass sie es jemals richtig gelebt hatte.

Sie war nie im Ausland gewesen. War nie zum College gegangen. Hatte nie eine verrückte Religion ausprobiert. Hatte nie versucht, einen Marathon zu laufen. Hatte nie Sex gehabt.

Und jetzt sollte all das vorbei sein. Und sie konnte nichts dagegen tun. Sie war hilflos. Machtlos. Nutzlos.

Er ließ ihren Fuß los, und Victoria krümmte sich zusammen. So klein, wie sie nur konnte. Sie hörte, wie das Schloss knackte. Wie das Leder um ihren Fuß verschwand.

Jetzt.

Sie nutzte ihren gesunden Arm, um auf die Füße zu kommen. Und dann rannte sie. Rannte, so schnell sie nur konnte. Doch er packte sie, noch bevor sie die Hälfte des Raumes erreicht hatte. Er hob sie auf seine Arme. Hielt sie fest an sich gepresst. Ihr wurde schon nur durch seinen Geruch übel. Sein Atem strich über ihre Wange. Sie wehrte sich. Zappelte und strampelte. Schlug ihn mit ihrem gesunden Arm. Kratzte ihm durchs Gesicht. Doch er ging weiter. Nur ein paarmal brachte sie ihn ins Wanken.

Dann standen sie vor der Badewanne.

Victoria starrte hinunter. Sah ein Meer aus Blut.

Und dann ließ er sie einfach fallen.

43

»Aus dem Weg!«

Nathan stützte sich auf seine Krücken, während er durch die Polizeiwache ging. Seine Schritte waren schnell. Oder eben so schnell, wie er konnte. Er war mit großem Applaus begrüßt worden. Mit Handschlägen und Lobeshymnen auf seine Tapferkeit. Doch er hatte alles ignoriert. Er hatte einfach alles ignoriert. Er hatte wichtigere Dinge zu tun. Und hier ging es wirklich um Leben und Tod.

Sofort nachdem Lissiana ihn angerufen hatte, hatte er das Krankenhaus verlassen. Ohne mit einem Arzt zu sprechen. Ohne sich abzumelden. Das hätte zu viel Zeit gekostet.

Der *Bräutigam* – nein! –, Gabriel Sawyer hatte Vicky. Und ihnen lief die Zeit davon. Wenn sie sie nicht tot auffinden wollten, dann mussten sie sich beeilen. Doch Lissiana konnte nicht auf die Wache. Nicht, nachdem die Polizei eine offizielle Vermisstenmeldung für Vicky rausgegeben hatte. Und nicht, nachdem sie sich den ausdrücklichen Anweisungen eines Officers widersetzt hatte. Er war ihre einzige Option. Und er war mehr als bereit, ihr zu helfen. Denn auch er wusste, dass die Polizei zu langsam arbeiten würde. Bis man alle auf einen Stand gebracht hatte, könnte es schon zu spät sein.

Er passierte das Großraumbüro und verschwand im Korridor, der zu den Konferenzräumen führte. Dann wandte er sich nach rechts.

Er stieß die Tür zum Computerlabor auf. Von hier aus hatte er Zugang zu jeder erdenklichen Datenbank. Zwei Polizisten starrten ihn entsetzt an. Sie glotzten auf einen Bildschirm. Darauf war eine Karte zu sehen. Mit zwei roten Punkten, die in Bewegung waren.

Nathan wusste sofort, wer das war.

»Raus hier!« Nathan hatte keine große Mühe damit, einen wütenden Tonfall aufzulegen.

Die Polizisten sahen einander unsicher an. »Aber der Commissioner hat gesagt …«

»Der Commissioner hat mich geschickt, ihr Idioten. Fragt ihn doch selbst! Und jetzt – raus hier!« Nathan lächelte leicht, als die beiden den Raum hektisch verließen. Doch er machte sich keine Illusionen. Sie würden bald zurückkehren. Mit einem überaus wütenden Commissioner. Er musste also sehr, sehr schnell sein.

Er verschloss die Tür. Dann stellte er sein Handy auf Lautsprecher und rief Lissiana an. Er legte es neben die Tastatur, ehe er sich setzte. Es dauerte keine zwei Freizeichen, bis sie dranging.

»Bist du drin?« Sie klang hektisch. Sein Blick glitt zu der Karte. Sie befanden sich in einer Seitengasse und bewegten sich nicht.

»Ja, bin ich.« Seine Hände glitten über die Tastatur. Er öffnete das Programm, das er benötigte. »Ich bin so weit. Gib mir die Daten!«

»Gabriel Sawyer. Geburtsdatum ist der zwölfte Dezember Neunzehnhundertachtzig.« Er konnte eine Alarmanlage hören. Der Ton verstummte dann jedoch.

»Klaut ihr gerade ein Auto?« Er gab die Daten in die Suchfelder ein. Doch die Ergebnismenge war eindeutig zu groß. Das Programm spuckte alle Männer mit dem Vornamen Gabriel und alle mit dem Nachnamen Sawyer aus, die in diesem Jahr geboren worden waren. »Ich brauche mehr!«

»Ja, tun wir.« Er hörte ein Rascheln. »Er braucht mehr. Ich fahre.« Dann hörte er, wie das Telefon weitergereicht wurde und Autotüren geschlossen wurden.

»Bulle?« Johns Stimme war tief und ruhig. Ganz anders als die von Lissiana. »Was brauchst du noch?«

»Seinen Geburtsort. Das wird es massiv einschränken.« Nathan sah zu dem roten Punkt auf der Karte, der sich jetzt deutlich schneller bewegte. Er hörte ein Hupen. Dann, wie John heftig fluchte.

Johns Antwort kam prompt und emotionslos. »Hell's Kitchen.«

Nathan blieb der Mund offen stehen. »Was?«

»Du hast mich verstanden, Bulle. Jetzt mach schon!« Johns Worte rissen Nathan aus seinem Unglauben. Seine Finger flogen über die Tastatur, während er zu begreifen versuchte, dass dieses Monster in New York City geboren worden war. In einem Viertel, das nur wenige Blocks umfasste. Er hatte immer schon hier gelebt. Unter ihnen. Hatte alles beobachtet. Wie die Stadt sich entwickelte. Wie die Menschen sich bewegten. Wie Gebäude hochgezogen und dann verlassen wurden. Er kannte jede Ecke und jeden Winkel. Es würde so gut wie unmöglich sein, ihn zu finden. Doch diesen Gedanken behielt er für sich.

Das Programm arbeitete. Dann endlich gab es einen Treffer.

»Gabriel Sawyer. Ledig. Mutter und Schwester verstorben.« Nathan schüttelte den Kopf. Seine Akte las sich wie ein Bilderbuch. Keine Vorstrafen. Nicht mal ein Strafzettel.

»Das ist er.« Er hörte, wie John leise seufzte.

Nathan ging weitere Einträge durch. Gabriels Blutgruppe war Null negativ. Er war immer wieder mal verhört worden, doch nie war etwas an ihm kleben geblieben. Seine Befrager beschrieben ihn immer gleich. Als ruhig, unauffällig und kultiviert. Er stotterte jedoch stark, weshalb manches Verhör länger gedauert hatte als eigentlich notwendig. Seine Mutter war im Alter von dreißig an einer Überdosis gestorben. Seine Schwester im Alter von elf Jahren bei einem Unfall auf einer Baustelle.

»Such nach Grundbesitz!« Johns Stimme riss ihn aus seinen Überlegungen. »Er wird einiges haben. Wir suchen etwas Abgelegenes. Eine Lagerhalle. Vielleicht sogar ein altes Kühlhaus.«

Nathan klickte sich weiter durch die Aufzeichnungen. Gabriel war sehr gut betucht. Was wohl kein Wunder war, wenn man als Buchhalter für die Cohens arbeitete und zudem noch ein Genie mit Zahlen war. Dann kam er zu der Liste mit Immobilienbesitz. Und John hatte recht. Darauf stand einiges. Drei Apartments in Hell's Kitchen. Eins auf der Upper East Side. Drei Großraumbüros, die er zur Miete freigegeben hatte. Die Adresse am Pier. Und eine Lagerhalle. In dem Industriegebiet, in dem der Bastard versucht hatte, ihn zu erschießen.

»Ich hab es.« Er gab die Adresse durch.

Lissiana keuchte. John musste ihn auf Lautsprecher gestellt haben. »Das ist in der Nähe von –«

»Ja, ich weiß.« Er sah auf die Karte. »Am besten nehmt ihr den Highway. Der müsste zu dieser Zeit relativ frei sein.«

»Danke, Bulle!« Nathan lächelte bei Johns Worten.

»Nichts zu danken. Und jetzt holt sie zurück.« Er hielt inne. »Lissiana? Pass auf dich auf, okay?«

»Immer.« Ihre Stimme war vollkommen ernst.

Er hörte ein Hämmern an der Tür. Dann die Stimme des Commissioners.

»Tucson! Verdammt, machen Sie auf!« Es ruckelte an der Tür. Wieder und wieder.

»Na los! Eintreten!« Der Befehl war klar und deutlich. Nathan konnte hören, wie sie wieder und wieder dagegentraten. Wie Kanonenschläge klang es für ihn.

»Tu mir einen Gefallen – jag dem Bastard eine Kugel in den Kopf!« Nathan legte auf. Als die Tür aufsprang, hatte er alle Fenster auf dem Bildschirm geschlossen. Mit einem Lächeln sah er zum Commissioner.

»Wozu die Aufregung, Commissioner?« Ihm war klar, dass er seinen Job verlieren würde. Doch das war ihm vollkommen egal. Er wusste, er hatte das Richtige getan. Und er würde es immer wieder tun.

»Festnehmen!« Commissioner Lance lief rot an vor Zorn. »Einer flüchtigen Polizistin zu helfen. Das wird ernste Konsequenzen für Sie haben, Tucson. Von Ihrer Karriere können Sie sich verabschieden.«

Nathan lächelte ihn an. »Damit kann ich leben.«

44

Gabriel spürte Victorias Kehle unter seiner Hand, während er sie tiefer in die Wanne drückte. Sie wehrte sich. Ihre Arme und Beine strampelten unkontrolliert herum. Blut spritzte heraus. Auf seine Wange. Sein Hemd. Seine Jeans. Sie besudelte alles.

Ihre Hände griffen nach seinem Gesicht. Versuchten, ihn verzweifelt von sich zu schieben. Doch er bewegte sich nicht. Sie musste sich daran erinnern, wer sie war. Seine Göttin. Seine Erlöserin. Doch das Zusammensein mit diesen Sündern hatte ihren Geist vernebelt. Aber diese Taufe würde ihr helfen. Da war er sich sicher.

Er hielt sie unten. So lange, bis sie sich kaum noch wehrte. Erst dann zog er sie hoch.

Sie war voller Blut. Es glänzte in dem schwachen Licht. Sie stieß sich von ihm fort, und er ließ sie gewähren. Sah dabei zu, wie sie aus der Wanne stürzte und sich mit ihrem heilen Arm abfing.

Gabriel trat einen Schritt zurück, als Victoria sich unkontrolliert zu übergeben begann. Sie spuckte das Blut aus, das sie zuvor geschluckt hatte. Und anscheinend auch alles, was sie in den letzten vierundzwanzig Stunden gegessen hatte.

Es reinigte sie. Genauso wie es sollte.

Er nahm seine Brille ab und putzte sie an einer trockenen Stelle seines Hemdes. Beobachtete sie.

Er hockte sich zu Victoria. Sah dabei zu, wie sie sich erbrach, bis nichts weiter übrig war als Galle. Wie sie weiter und weiter würgte, auch wenn nichts mehr herauskam. Wie ihr Körper sich unter der Anstrengung krümmte. Tränenspuren zogen sich durch das Blut auf ihrem Gesicht, während ihre Haare noch immer tropften und Flecken auf dem Boden hinterließen.

Gabriel streckte die Hand aus und strich ihr eine Strähne hinter das Ohr. Doch sie reagierte nicht. Ihre Augen waren nur weit aufgerissen, während sie wieder und wieder würgte. Ihr Körper bebte. Alles an ihr schien verkrampft. Unter Schock. Von Angst erfüllt. Aber das würde sich bald legen. Sobald sie sich erinnerte.

»Ganz ruhig!« Er strich ihr sanft über den Rücken. »Bald ist es vorbei.« Er setzte die Brille wieder auf und seufzte leise. Als er sie bei der Observation von Lissiana und den Cohen-Brüdern gesehen hatte, war er sich sicher gewesen. Sie hatte ein Strahlen an sich gehabt. Wie ein warmes, weißes Licht, das ihn einfach anzog. Er hatte mit sich gehadert, ob er sich ihr nähern konnte. Und dann hatte das Schicksal ihn in die Armenklinik geführt. Dort, wo sie einmal die Woche arbeitete. Sie war die erste Frau, die ihn beachtet hatte. Die ihm mit Freundlichkeit begegnet war anstelle von Misstrauen. Sie war wie ein Engel für ihn. Dabei war sie so viel mehr. Sie war seine Göttin. Und nichts konnte das jemals ändern.

Gabriel hatte sich an Victorias Fersen geheftet. Hatte über sie gewacht. Sich an ihre Gewohnheiten angepasst. Sie war so rein. So unverfälscht. Nie war sie ernsthaft mit einem Mann ausgegangen. Hatte sie immer an der Türschwelle stehen lassen. Und doch hatte sie sie alle mit Würde und Freundlichkeit behandelt. Doch ihm war da schon völlig klar gewesen, dass sie nicht für immer so rein bleiben würde. Denn die Welt war grausam und verdarb mit Hilfe des Teufels jede gute Seele. Für sie gab es nur die Erlösung, um sie auch über den Tod hinaus in diesem reinen Zustand zu halten.

Sie erinnerte ihn an seine Schwester Mary Ann. Auch sie war so rein gewesen. So freundlich. So strahlend. Und genauso den

Sünden und Irrungen dieser Welt ausgeliefert. Also hatte er sie erlöst. So wie es sich für einen Krieger Gottes gehörte. Es hatte nicht mehr gebraucht als einen simplen Stoß gegen die Schultern. Dann war sie vom Gerüst auf der Baustelle in die Tiefe gestürzt. Sie hatte es nicht kommen sehen. Hatte ihrem großen Bruder vertraut. Und er hatte sie nicht enttäuscht. Er hatte über sie gewacht. Über ihre Reinheit und Unschuld. Bevor die Freier ihrer Mutter noch mehr auf das heranwachsende Mädchen hatten gieren können.

Damals war er gerade vierzehn Jahre alt gewesen. Und doch erinnerte er sich noch genau, was für einen Frieden er empfunden hatte, als er sie aufgebahrt in dem Sarg gesehen hatte. Bleich und still. In einem weißen Kleidchen. Umgeben von Lilien.

Er hatte sie beschützt. Hatte sie geliebt. Und wenn er vor seinen Schöpfer trat, würde sie auf ihn warten und ihn mit offenen Armen empfangen. Sie würde es verstehen. Würde begreifen, dass dieses Opfer nötig gewesen war, um sie zu schützen.

So wie Victoria es verstehen würde.

Als Gabriel sie hochhob, zitterte und würgte sie noch immer. Er setzte sie auf der Matratze ab und holte die Ledermanschetten für ihre Füße hervor. In aller Ruhe legte er sie an.

Sie würde sich nicht mehr wehren. Würde nicht mehr versuchen davonzulaufen. Sie war gefangen in ihrem Schock. In ihrer Angst.

Er ging zurück zur Badewanne und zog an dem Seil, das er darüber an einem Balken angebracht hatte. Es wurde Zeit, sie zu erlösen. Sie beide von dieser Welt zu befreien, die nichts weiter bereithielt als Sünden und Schmerzen.

Er zog die längliche Box aus seiner Hosentasche, an die er sich so sehr gewöhnt hatte. Die zu seinem größten Schatz geworden war. Sein Werkzeug in seinem heiligen Krieg gegen die Sünder in dieser Welt, die Gott als Garten Eden erschaffen hatte. Bis die erste Frau alles ins Unglück gestürzt hatte.

Er öffnete die Box und betrachtete das Skalpell. Wunderschön glänzte es in dem schwachen Licht. Er hatte es immer als Gnade empfunden. Als schmerzlosen und schnellen Tod.

Wenn sie ausbluteten wie die Tiere, die sie in ihrem Inneren waren, ließen sie auch all die Sünde aus ihrem Körper fließen. Reinigten sich durch ihr Ableben. Manche versuchten es aufzuhalten. Mit ihren Händen versuchten sie die Wunde zu verschließen. Doch Gott war immer auf seiner Seite gewesen. Er hatte sie immer in Frieden sterben lassen.

Und nun war auch Victoria an der Reihe. Das größte Opfer, das er nach Mary Ann für Gott bringen würde. Denn er liebte sie mehr als alles andere.

Er wandte sich um und ging zurück zur Matratze. Sie wartete auf ihn. Zitternd. Weinend. Würgend.

»Hab keine Angst«, murmelte er leise. »Bald ist es vorbei.«

Sanft umfasste er ihren Arm. Zog sie auf die Füße. Dann kniete er sich vor sie und löste die Kette an ihrem Fuß. Langsam führte sie zu der Badewanne und setzte sie auf den Rand. Dann ging er zum anderen Ende des Seils und löste es.

»Bald ist es vorbei.«

Doch dann hielt er inne. Hatte er dort gerade etwa ein Auto vorfahren gehört?

Definitiv.

Er vernahm Schritte und Stimmen. Leise, aber er hörte sie dennoch. Sie waren hier. Sein Blick fiel auf die Uhr an seinem Handgelenk. Sie waren viel schneller gewesen, als er gedacht hatte. Viel, viel schneller. Er sah Victoria an.

Eine Welle von Panik erfasste ihn. Sein Ritual war nicht erfüllt. Und seine Mission ebenfalls noch lange nicht. Sie dürften nicht hier sein.

Er richtete den Blick zur Decke. Hatte er Gott erzürnt? Entzog er ihm deshalb seine Unterstützung und seinen Schutz?

Gabriel schüttelte den Kopf. Nein, ausgeschlossen.

Gott gab ihm die Chance, über sich hinauszuwachsen und noch mehr Sünder zu strafen. Nur dass sie zur Hölle fahren würden. Er konnte nun mal nicht jede Seele retten.

Er riss Victoria am Arm zu sich. Sein rechter Arm schlang sich um ihre Kehle. Er ließ das Skalpell in seine Hosentasche sinken. Dann zog er seine Pistole aus seinem Hosenbund.

Er richtete sie auf die Tür. Und dann wartete er.

45

Lissiana brachte den Wagen mit quietschenden Reifen vor der alten Lagerhalle im Industriegebiet zum Stehen. Sie stieg aus, so schnell sie konnte. Dabei blieb ihr Fuß fast an der Schwelle hängen. Sie umrundete das Heck und rannte auf die Tür der Halle zu, doch dann hielt John sie zurück.

Sie stemmte sich gegen ihn. »Lass mich los!«

Er stieß ein leises Knurren aus. »Wir wissen beide nicht, was uns da drinnen erwartet. Bleib einfach einen Moment stehen und denk nach!«

Sie schüttelte den Kopf. So heftig sie nur konnte. »Vielleicht hat sie keinen Moment mehr.«

Johns Griff wurde stärker. »Ich lasse dich sicherlich nicht kopflos in deinen Tod laufen.« Er riss sie zu sich. Packte ihre Schultern und sah ihr tief in die Augen. »Wer rettet Vicky, wenn du erschossen wirst?«

Lissiana hielt inne. Dann wurde sie ruhiger. John hatte völlig recht. Wenn sie sich kopflos in diese Situation stürzte, dann würde sie nur sterben und auch noch Johns Leben damit in Gefahr bringen. Also zwang sie sich zur Ruhe, auch wenn sie nicht wirklich wusste, wie ihr das tatsächlich gelang.

John nickte zufrieden. »Sehr gut.« Dann ließ er sie los. »Was wissen wir?«

Lissiana richtete ihren Blick auf die Lagerhalle. Sie war alt und zerfallen, aber durchaus groß für eine Privatperson. Vermutlich gab es mehr als einen Raum. Die Fenster waren vernagelt. Schwer zu sagen, ob sie etwas dadurch würden sehen können.

»Er wird allein sein und bewaffnet. Es ist unklar, ob Vicky im selben Raum ist wie er. Wir können also nicht bei jeder Bewegung einfach schießen.« Lissiana zog die Pistole aus ihrem Brusthalfter und kontrollierte sie erneut. Als würde ihr das in einer Notsituation wirklich etwas bringen.

John nickte. »Er ist ein guter Schütze. Komm ihm also am besten erst gar nicht ins Schussfeld.« Er musste es wissen. Immerhin hatten Butch und er Gabriel ausgebildet.

Lissiana sah auf die Tür. Sie kam ihr vor wie ein grausiges Omen.

»Meinst du, er weiß, dass wir da sind?« Ihre Augen wanderten über die Fassade. Die Lagerhalle war freistehend. Einige Meter von allem anderen entfernt. Sie war nicht einmal eingezäunt. Wirkte völlig verlassen. Und vermutlich war sie genau deshalb ausgewählt worden.

»Da bin ich mir sicher.« John knirschte mit den Zähnen. Dann sah er ihr noch einmal in die Augen. Sein Blick war eindringlich. Als gäbe es tausend Dinge, die er sagen wollte. Und ihr ging es in diesem Moment genauso. Sie wollte ihm so viele Dinge sagen. Ihm endlich alles offenbaren. Was sie damals gefühlt hatte. Was sie jetzt für ihn empfand. Doch das wäre einem Abschied zu nahe gekommen. Und deshalb schwiegen sie wohl beide.

»Wie willst du es handhaben?« John zog seine Waffen und überprüfte sie. Löste die Sicherung. Lud durch.

Sie wusste genau, was er damit meinte. Sie biss sich auf die Unterlippe. Ja, wie wollte sie es handhaben? Sie war Polizistin. Sie sollte dem Gesetz die Strafe überlassen. Sollte so die nötige Gerechtigkeit erringen. Und doch flüsterte eine leise Stimme in ihrem Inneren, dass das keine Gerechtigkeit war. Dass er es nicht einmal wert war, in einer Zelle vor sich hin zu vegetieren. Dass es nur eine Möglichkeit gab, um so ein Tier aus dem Verkehr zu ziehen.

»Ihr könnt diskutieren, was ihr wollt. Ich werde ihn umbringen.«

Lissiana wirbelte herum und riss die Waffe hoch, doch Butch stand nur unbeeindruckt am anderen Ende der Kieseinfahrt. Um seinen Kopf schlang sich ein Verband. Er trug noch immer die Kleidung aus dem Krankenwagen. Blutspritzer waren auf seinem T-Shirt zu sehen.

»Was machst du hier?« John klang eindeutig wütend.

»Ich habe eine Rechnung mit ihm offen.« Butch nickte in Richtung der Lagerhalle. »Und die werde ich begleichen. Niemand verrät uns und kommt ungestraft davon.«

Lissiana beobachtete Butch genau. Sie kannte ihn. Besser, als sie beide wohl jemals zugeben würden. Und nur deshalb sah sie es. Den Funken von Schuld in seinem Gesicht. Er glaubte, es sei seine Schuld, dass sie jetzt in dieser Situation waren. Und diese Schuld wollte er begleichen.

John öffnete den Mund. Zweifellos, um seinem kleinen Bruder zu sagen, dass er verschwinden solle. Doch Lissiana legte ihm die Hand auf den Arm und schüttelte den Kopf.

»Ich bin froh, dich bei uns zu haben, Butch.« Lissiana bemühte sich um ein Lächeln, doch es wollte einfach nicht gelingen.

Butch stieß ein Schnauben aus. »Ich bin nicht für dich hier. Sondern für sie.«

Und Lissiana dankte Gott dafür. Butch war ein Kämpfer wie kein Zweiter. Sogar besser als John. Von ihm wusste sie alles, was sie kämpferisch je gelernt hatte. Und das hatte ihr während ihrer Zeit in der Organisation mehr als einmal das Leben gerettet. Sie war ihm dankbar. Völlig unabhängig von dem Grund dafür, weshalb er hier war.

»Hast du wenigstens eine Waffe bei dir?« John knirschte mit den Zähnen, als Butch eine Augenbraue hochzog. Dann hob er die Fäuste.

»Für den Wichser wird es reichen.« Er zuckte mit den Schultern.

Butch war ein Kämpfer, der seine Auseinandersetzungen auf persönlicher Ebene bevorzugte. Er verzichtete auf Schusswaffen. Benutzte sie nur im äußersten Notfall. Er war lieber dicht dran. Verpasste dem Gegner das, was er seiner Meinung nach verdiente. Deshalb benutzte er eigentlich nur den Baseballschläger. Das war gerade noch nah genug. Er bevorzugte es, seinem Opfer in die Augen sehen zu können. Denn das waren seine Gegner, sobald sie sich auf einen Kampf mit ihm einließen – nichts weiter als Opfer.

Vermutlich kratzte es an seinem Ego, dass es Gabriel gelungen war, ihn niederzuschlagen. Doch Lissiana glaubte ihm, wenn er sagte, dass er für Vicky hier war. Sie hatte schon bemerkt, dass er sie mochte. Aber scheinbar auf eine rein platonische Art und Weise, denn Butch ließ sonst nichts anbrennen.

John ging mit langen Schritten auf seinen Bruder zu. Dann hielt er ihm eine der beiden Pistolen hin. Butch sah darauf, als würde John ihn mit der Waffe bis ins Mark beleidigen.

»Nimm sie gefälligst! Sonst, schwöre ich dir, schieße ich dir ins Bein, nur damit du nicht mit dort hineingehst.« Johns Tonfall war unmissverständlich. Er meinte seine Drohung vollkommen ernst.

Butch stieß ein Knurren aus. Doch dann nahm er die Waffe und steckte sie sich hinten in den Hosenbund. Danach deutete er auf die Tür. »Also, wollen wir, oder sollen wir noch mehr Zeit verlieren?«

Lissiana nickte knapp und ging mit Butch und John auf die Tür zu. Sie war aus einfachem Metall. An den Kanten war sie längst rostig. Vorsichtig streckte Lissiana die Hand aus, doch John schob sich vor sie. Er zog die Tür mit einem Ruck auf. Sie richtete den Lauf ihrer Waffe ins Innere. Sie sahen sich einem langen und dunklen Flur gegenüber. Von ihr gingen zwei Türen ab. Die rechte war eine einfache Tür aus Metall, so wie die, die sie gerade geöffnet hatten. Am Ende des Flurs gab es eine große Schiebetür. Ebenfalls aus Metall.

John nickte ihr zu, und sie ging hinein. Sie hielt ihren Rücken an der brüchigen Wand. Die Waffe stets nach vorne gerichtet und schussbereit. Sie ging zuerst zu der rechten Tür. Vorsichtig zog sie diese auf. Dahinter lag ein kleines Büro. Längst verlassen und sicherlich seit Jahren nicht genutzt. Zettel lagen wirr auf dem Boden herum. Einige der großen Regale waren umgefallen. Ein paar Ratten knabberten an dem Polster des alten Schreibtischstuhls.

Sie zog sich zurück und signalisierte den Brüdern mit einem Kopfschütteln, dass sich darin nichts befand. Dann ging sie weiter. Mit langen, aber leisen Schritten schob sie sich zur Schiebetür vor. Eine Gänsehaut überkam sie. Ebenso wie eine ungute Vorahnung, die sich in ihrem Magen festsetzte wie ein großer Klumpen aus Eis.

Sie musste nicht in diesen Raum gehen, um zu wissen, dass Gabriel dort auf sie warten würde. Sie *wusste* es einfach.

Ihre Hand legte sich um den Griff. Doch sie zögerte. War sie bereit für das, was nun kam? War sie bereit dafür, eventuell die Leiche ihrer Schwester vorzufinden? Sie hatte sie beinahe großgezogen. Sie stets beschützt. Vicky war ihr Ein und Alles. Sie war die Sonne, um die sich all die Planeten drehten. Sie fürchtete sich bereits jetzt vor der Dunkelheit, die herrschen würde, wenn Vicky wirklich tot sein sollte.

John schob sich an ihr vorbei. Sanft legte er seine Hand auf ihre. Löste sie von dem Griff. Einen Moment lang sahen sie sich an. Sagten kein Wort. Und dann nickte sie langsam. Wenn er bei ihr war, würde sie alles überstehen können.

John riss die Tür mit einem Ruck auf, und Lissiana eilte in den Raum. Die Waffe im Anschlag sah sie sich um. Doch sie brauchte nicht lange, um Gabriel in dem großen, leeren Raum zu finden.

Er stand am anderen Ende der großen Halle. Seine Waffe im Anschlag. Erleichterung erfasste sie, als sie sah, dass Vicky noch lebte. Doch die schwand so schnell, wie sie gekommen war. Gabriel hatte Vicky als Schutzschild vor sich gepresst. Sofort zielte Lissiana auf seinen Kopf.

»Gabriel – lass die Waffe fallen! Es ist vorbei.« Sie ließ ihre Stimme so fest wie möglich klingen. Doch ihr Blick glitt hektisch zu Victoria. Es kostete sie all ihre Selbstbeherrschung, um sich vor Entsetzen nicht die Hand vor den Mund zu schlagen.

Vicky war komplett mit Blut bedeckt. Das Kleid, das sie trug, war voll davon. Aus ihren Haaren fielen dicke Tropfen aus Blut auf den Boden. Sie hatte die Augen weit aufgerissen. Zitterte. Es war offensichtlich, dass sie überhaupt nicht bei sich war.

Bei Gott, was hatte er ihr nur angetan?

Gabriel stieß ein Lachen aus. Für sie klang es hoch und wahnhaft. »Es ist nicht vorbei, bevor mein Ritual abgeschlossen ist.« Er kicherte leise. »Und ihr Ungläubigen werdet mich nicht aufhalten.«

»Ich kriege kein klares Schussfeld.« Die Stimme von John war nur ein leises Murmeln direkt hinter ihr. Doch sie wusste sofort, was er meinte. Obwohl Vicky eher klein war, wenn sie auf Gabriel schossen, dann würden sie unweigerlich auch Vicky treffen. Daran führte kein Weg vorbei.

Lissiana riss die Augen auf, als Butch mit langen Schritten auf Gabriel zuging. Sofort richtete er seine Waffe auf Butch. Doch der zeigte sich unbeeindruckt.

»Lass die Waffe sinken und Vic gehen! Dann wird dein Tod schnell und schmerzlos.« Er ließ die Schultern kreisen. Dann spannte er sich an. Wie ein Raubtier, das bereit war zum Sprung.

Gabriel verengte die Augen. »Bleib zurück, oder ich erschieße dich!«

Butch schüttelte den Kopf. »Weißt du, Gabriel, du hast das alles zu etwas sehr Persönlichem für mich gemacht. Dir hätte klar sein müssen, dass ich dir das nicht durchgehen lassen würde.«

Lissiana schob sich vorsichtig weiter nach vorne. Gabriel war abgelenkt. Butch beschäftigte ihn. Das war gut so.

»Die Kleine hat nichts damit zu tun. Lass sie gehen, und wir klären das Ganze unter uns.« Butch hatte den Blick auf Gabriel fixiert. Der brach in Gelächter aus.

»Sie hat nichts damit zu tun?« Er schüttelte den Kopf. »Du bist wirklich so dumm, wie du aussiehst. Du hast nichts verstanden. Sie ist der Grund für all das. Sie und Gott.«

Lissiana sah aus dem Augenwinkel, wie John sich näher an einen metallenen Wagen schob, der neben einem Stuhl stand. Oben drauf lag eine Schere neben diversen Make-up-Paletten. Sie sah, wie er lautlos eine Schublade aufzog. Er tastete darin herum. Offensichtlich suchte er etwas.

Sie richtete den Blick wieder nach vorne. Butch war nun nur noch gute vier Meter entfernt. Und Gabriel wurde offensichtlich immer unruhiger. Sein Arm zitterte leicht. Sie musste einen Weg finden, wie sie an Vicky herankommen könnte. Irgendwie.

Sie schob sich weiter voran. Zentimeter für Zentimeter. Obwohl sie am liebsten losgerannt wäre, um zu Vicky zu kommen.

»Sie ist etwas Besonderes. Sie hat die Erlösung verdient. Anders als ihr.« Gabriel ging einen Schritt zurück. Die Waffe noch immer auf Butch gerichtet.

Es herrschte ein Moment der Stille. Dann hörte man das Schaben von Metall. John erstarrte in seiner Bewegung. Sofort richtete Gabriel seine Waffe auf ihn. John warf einen Blick zu Butch. Nickte ihm zu und warf eine Stange nach vorne.

Und dann fiel ein Schuss.

John wurde an der Schulter herumgerissen. Die Kugel hatte ihn eindeutig getroffen. Lissiana riss die Augen auf. Wollte zu ihm. Doch im selben Moment hörte sie, wie Gabriel aufschrie. Sie sah zu ihm. Butch rannte auf ihn zu. Wie wild schoss Gabriel ins Leere. Und dann stürzte Butch sich auf ihn und Vicky.

Die drei stürzten zu Boden. Die Waffe rutschte außer Reichweite. Vicky kroch fort von den beiden Männern, die versuchten, einander umzubringen. Und Lissiana reagierte nur noch. Sie sprintete los. Dem Körper ihrer zitternden Schwester entgegen.

46

Lissiana erreichte Victoria und sah zu Butch und Gabriel. Butch saß wie ein geparktes Auto auf seinem Gegner. Er holte aus, und seine Faust traf das Gesicht von Gabriel.

Er hat es im Griff. Jetzt bring sie hier raus!

Lissiana hockte sich zu ihrer Schwester und umfasste ihren Arm, doch Victoria schlug ihre Hand weg. Wimmerte und kroch weiter davon. Lissiana biss die Zähne aufeinander. Vicky war ganz klar in ihrem Trauma gefangen. Und doch hatte sie keine Zeit, darauf Rücksicht zu nehmen. Sie mussten hier raus.

»Vicky!« Lissiana packte wieder Vickys Arm. Diesmal schrie sie panisch auf. Versuchte sie abzuschütteln. Lissiana packte ihre Schultern. Schüttelte sie. Doch Victoria schrie noch immer. Zappelnd wehrte sie sich. Presste den rechten Arm an ihren Körper, als wollte sie ihn schützen.

»Vicky!« Diesmal versuchte Lissiana es mit mehr Nachdruck. Und das schien zu wirken. Victoria hörte auf zu schreien. Sah sich um. Noch immer benommen. Dann erst schien sie Lissiana zu erkennen.

»Lissiana?« Sie schluchzte. »Lissiana.« Die Tränen zogen saubere Furchen in die Maske aus Blut. Die Haut darunter war vollkommen weiß. Viel zu blass. Selbst für Vicky.

»Ich bin hier. Alles wird gut.« Lissiana strich Vicky über den Rücken. Ignorierte das kalte, klebrige Blut unter ihren Fingern. »Aber wir müssen hier raus. Kannst du aufstehen?«

Vicky sah zur Seite. Sie riss die Augen auf, als sie Butch und Gabriel erblickte.

»Vicky, konzentrier dich! Augen zu mir! Kannst du aufstehen?« Lissiana seufzte erleichtert, als Vicky benommen nickte. Dann legte sie sich Vickys Arm um die Schultern und schlang ihren Arm um Vickys Taille. Sie half ihr auf. Vicky schwankte stark. Riss sie beinahe beide von den Füßen. Doch Lissiana fing es ab. Sie lud Vickys gesamtes Gewicht auf sich. Ihr Blick fiel auf John, der noch immer am Boden lag. Sie hatte keine Chance, beide gleichzeitig hier rauszuschaffen. Sie musste für ihn zurückkommen.

Vicky humpelte mehr, als dass sie wirklich lief. Und doch waren sie schnell. Sehr schnell sogar. Sie führte sie aus der Lagerhalle hinaus zu dem gestohlenen Wagen. Sie riss die Tür auf und setzte Vicky auf den Beifahrersitz. Dann umfasste sie sanft ihr Gesicht.

»Vicky, ich bin hier«, murmelte sie sanft, und Vicky nickte ganz benommen. Dann schlug sie sich die Hände vors Gesicht. Weinte und schrie. Es zerriss Lissiana das Herz, ihre Schwester so leiden zu sehen. Sanft umarmte sie Vicky. Sofort klammerte sie sich an Lissiana. Als würde ihr Leben davon abhängen.

Doch Lissiana konnte nicht hierbleiben. Zumindest noch nicht.

»Ich muss noch mal da rein.« Ihr Tonfall war sanft, aber bestimmt. Sie musste John rausholen. Sie musste sich sicher sein, dass es ihm gut ging.

Victoria klammerte sich an sie. »Lass mich nicht allein!«

Lissiana schloss gequält die Augen. Doch sie musste gehen. Sofort. Wer wusste, ob John nicht verblutete.

»Ich bin gleich zurück.« Sanft löste sie die Hände von Vicky und rannte wieder hinein. Butch und Gabriel kämpften noch immer. Doch Butch schien nach wie vor die Oberhand zu haben.

Lissiana lief geduckt zu John. Er lag flach auf dem Rücken. Eine leichte Blutlache hatte sich unter seiner Schulter gebildet. Er atmete flach, aber kontrolliert.

»Keine Panik. Ist glaub, das ist ein glatter Durchschuss.« Er sah sie besorgt an. »Hast du sie?«

Lissiana nickte. »Ja. Komm, ich bring dich hier raus.«

John nickte. Dann setzte er sich vorsichtig auf. Sie sah, wie er sofort nach Butch suchte. Er biss die Zähne zusammen.

Lissiana stand auf und zog ihre Pistole. Sie versuchte Gabriel ins Visier zu nehmen, doch die beiden Männer waren derartig verschlungen, dass sie kein klares Schussfeld bekam.

»BUTCH!« Sie fluchte. »Ich krieg kein klares Schussfeld!«

Sie hörte, wie Butch schnaubte, als er Gabriel abwehrte. »Bring ihn hier raus, verdammt noch mal!« Sie konnte sehen, wie er einen starken Schlag in die Rippen abbekam. »Ich komm schon klar!«

Lissiana biss die Zähne fest aufeinander. So konnte sie Butch nicht helfen. Sie musste John hier rausbringen. Erst dann konnte sie eingreifen. Sie sah zu John, der die Situation besorgt beobachtete.

»Jetzt verschwindet endlich!« Butchs Anweisung war klar. Sie musste darauf vertrauen, dass er noch ein paar Minuten durchhalten konnte.

Sie half John, auf die Füße zu kommen. Er schwankte leicht. Sie legte sich seinen Arm um die Schultern und stützte ihn leicht. Durch die Schusswunde war sein Kreislauf völlig im Keller. Doch er schien recht zu haben. Die Wunde blutete nicht übermäßig stark, und auch seine Schmerzen schienen sich in Grenzen zu halten. Es sah ganz nach einem glatten Durchschuss aus.

Sie ging mit ihm hinaus und setzte ihn auf den Fahrersitz. Dann eilte sie zum Kofferraum. Sie zog das Erste-Hilfe-Set hervor und nahm sich eine Kompresse. Sie ging zurück zu John. Ohne Vorwarnung presste sie diese auf seine Wunde.

»Heilige Scheiße!« Er stieß ein Zischen aus. »Hab ganz vergessen, wie weh das tut.«

Lissiana hörte in der Ferne schon Sirenen. Verwirrt runzelte sie die Stirn. Sie hatte keinen Notruf abgesetzt, und sie glaubte nicht, dass hier in der Gegend jemand etwas mitbekommen hatte.

»Die Fußfesseln«, sagte John knapp und schloss die Augen, während er ihr die Kompresse abnahm und sie jetzt selbst auf die Wunde presste. »Dein Verein hat diesmal ein echt gutes Timing.«

Ja, das hatten sie wirklich.

Ein Schuss erklang in der Stille. Lissiana riss die Augen auf. Dann rannte sie los. Butch benutzte keine Schusswaffen.

Niemals.

Butch holte aus und verpasste Gabriel einen heftigen Schlag gegen den Kiefer. Doch Gabriel schlug Butch so stark vor die Brust, dass er mit einem Ruck nach hinten befördert wurde und von ihm herunterrutschte.

Gabriel sprang sofort auf, packte sich Butch bei den Haaren und rammte ihm das Knie gegen die Nase. Butch hörte, wie seine Nase brach. Der Schmerz war ihm durchaus vertraut. Das war nicht das erste Mal. Er schmeckte Blut. Spürte, wie das Atmen schwerer wurde. Er zog Gabriel mit einem Arm die Beine weg. Dann kam auch er auf die Füße. Er atmete tief durch. Dann packte er sich seine Nase. Mit einem Ruck und einem scharfen Schmerz rückte er sie notdürftig zurück in Position.

Gabriel kam schwankend auf die Füße. Butch sah kurz zur Seite, aber Lissiana und John waren schon verschwunden. *Gut so.* Sein Bruder war in Sicherheit. Ebenso wie Vic. Und das war alles, was zählte.

Butch biss die Zähne zusammen und schaute wieder zu Gabriel. Er sah etwas Silbernes im Licht aufblitzen. Dann explodierte der Schmerz. Heftig.

Butch schrie auf und presste sich die Hand vor das linke Auge. Er spürte Blut. Spürte, wie sein Auge brannte wie Feuer. Er blickte zu Gabriel. In seiner rechten Hand hatte er ein Skalpell. Und genau das hatte er ihm gerade durch das Gesicht gezogen. Er hatte sein Auge getroffen.

Butch taumelte ein paar Schritte zurück. Der Schmerz war zu heftig. Unmöglich konnte er gleich wieder in die Offensive gehen. Er nahm die Hand herunter. Starrte darauf. Blut. Überall auf seiner Hand war rotes, glänzendes Blut.

Und auf dem linken Auge? Nichts als Schwärze. Er sah absolut gar nichts mehr auf diesem Auge.

Der Schmerz machte ihn benommen und taub. Als Gabriel näher kam, riss Butch in einem Reflex die Arme hoch, um sich zu schützen. Doch er hatte die Situation falsch eingeschätzt. Im letzten Moment sah er mit dem rechten Auge, dass Gabriel sich die Metallstange genommen hatte, die John eigentlich für Butch nach vorne geworfen hatte.

Er schrie auf, als diese mit voller Wucht auf seine rechte Hüfte traf. Er spürte, wie der Knochen brach. Hörte das widerliche Knacken wie ein Echo. Sofort gaben seine Beine nach. Ungebremst schlug er auf dem Boden auf.

Butch krümmte sich zusammen. Versuchte sein linkes Auge und seine rechte Hüfte zu schützen. Versuchte alles, um wieder in eine bessere Position zu kommen. Doch so langsam dämmerte es ihm. Er hatte einen Fehler gemacht. Einen schwerwiegenden. Und wenn jetzt kein Wunder geschah, dann würde er hier sterben.

»Der große Butch Cohen.« Gabriels Stimme klang sarkastisch. »Der Kämpfer aller Kämpfer. Der Butcher.« Er lachte bitter auf. »Und jetzt liegst du hier. Wie eine Made im Staub und windest dich. Wie das Tier, das du wirklich bist.«

Er spuckte vor Butch auf den Boden. »Du bist nichts weiter als ein Sünder. Ein Mann, der in der Hölle schmoren wird. Du hattest niemals eine Chance gegen mich. Ich bin ein Krieger Gottes. Einer seiner Erzengel. Und du wirst hier sterben.«

Butch keuchte. Die Schmerzen flossen durch ihn hindurch wie Säure. Lähmten ihn. Machten ihn unfähig, etwas anderes wahrzunehmen.

Er stützte sich auf seinen Arm. Kroch rückwärts, so gut er konnte. Er musste sich schützen. Sich irgendwie in Sicherheit bringen. Sonst würde er hier sterben. Das wusste er genau.

Gabriel lachte, während er Butch beobachtete. »Wenn deine Leute dich so sehen könnten. Wie du kriechst wie ein geschlagener Köter.« Er schüttelte den Kopf. Sein Grinsen brannte sich für immer in Butchs Erinnerung fest. »Sie würden dich nie wieder respektieren.«

Er holte mit der Eisenstange aus. Kicherte. »Aber es wird niemals jemand erfahren. Zumindest für sie wirst du als großer Held sterben.«

Die Stange traf Butchs rechten Oberschenkel. Der Knochen brach sofort. Wieder erklang dieses grässliche Knacken. Ein Geräusch, das Butch immer mit Triumph erfüllt hatte. Doch jetzt? Jetzt empfand er pures Entsetzen.

Er sah herunter. Der Knochen ragte aus dem Fleisch heraus. Drehte ihm den Magen um. Blut quoll hervor. Wie ein nicht enden wollender Fluss. Er spürte, wie das Herz in seiner Brust hämmerte und wie er immer hektischer zu atmen begann. Er hatte Angst. Das erste Mal seitdem er ein kleiner Junge gewesen war, empfand er wieder Angst. Todesangst.

Er wollte nicht sterben. Nicht jetzt. Nicht hier. Und schon gar nicht auf diese Art und Weise.

Trotz seiner Schmerzen mobilisierte Butch seine letzten Kraftreserven. Er stützte sich wieder auf seinen Arm. Schob sich rückwärts, so schnell er nur konnte. Gabriel lächelte ihn an. Kam langsam hinter ihm her. Genoss den Augenblick.

»Warum kämpfst du noch? Es ist doch offensichtlich, was hier passieren wird.« Er lachte leise. »Ihr Cohen-Brüder wisst einfach nicht, wann es Zeit ist zu sterben. Aber das werde ich jetzt korrigieren. Wenn ich mit dir fertig bin, dann ist dein Bruder an der Reihe. Und dann diese miese Schlampe Lissiana.

Und dann werden Victoria und ich endlich erlöst.« Ein Schauer durchfuhr Gabriel. Er lächelte selig. »Darauf habe ich so lange gewartet.«

Sein Blick richtete sich wieder auf Butch. Das irre Funkeln verursachte Butch eine Gänsehaut. »Aber genug geredet, findest du nicht auch, Boss?«

Butch fluchte heftig. Er kroch weiter rückwärts. Benutzte den letzten Rest Kraft, der in seinem Körper vorhanden war. Und dann sah er es. Aus dem Augenwinkel sah er die Pistole, die er selbst im Kampf verloren hatte. Die Waffe, die John ihm gegeben hatte.

Als Gabriel ausholte, rollte Butch sich zur Seite, griff nach der Waffe und zielte auf Gabriels Stirn. Und dann drückte er ab.

Die Kugel traf ihr Ziel. Wie in Zeitlupe sah John, wie Gabriels Augen stumpf wurden. Und wie sein Körper einfach nach hinten kippte. Er hatte es geschafft. Er hatte es wirklich geschafft.

»Butch.« Entfernt hörte er eine Frauenstimme. Doch er konnte nicht darauf reagieren. Erschöpft schloss Butch die Augen. Er hatte das Richtige getan. Und dennoch fühlte er sich, als hätte er einen Krieg verloren.

»Butch.« Die Frauenstimme klang dumpf. Als wäre sie kilometerweit entfernt. »Wir brauchen einen Krankenwagen. Sofort.«

»Brian.« Er hörte Johns Stimme. Als die Schwärze ihn erfasste, fühlte Butch sich das erste Mal in seinem Leben vollkommen allein.

47

John ging unruhig vor dem OP auf und ab, während Lissiana auf einem der Plastikstühle saß und ihn beobachtete. Hin und her. Wie ein Tiger im Käfig. Butch hatte schwere Verletzungen erlitten. Sein rechtes Bein war gebrochen, die rechte Hüfte sogar zertrümmert. Und sein linkes Auge war durch das Skalpell stark beschädigt worden. Die Ärzte hatten ihnen gesagt, dass sie nicht wüssten, ob sie es würden retten können.

Vicky war ein Stück den Gang hinunter in einem der Behandlungszimmer und ließ ihren gebrochenen Arm richten und eingipsen. John hatte sich im Krankenwagen notdürftig nähen lassen. Seitdem war er seinem Bruder nicht mehr von der Seite gewichen. Und Lissiana konnte es verstehen. Denn sie konnte sich vorstellen, wie er sich fühlte. Schuldig. Beschämt. Besorgt.

Es waren dieselben Gefühle, die sie heimsuchten. Die ihr die Kehle zuschnürten. Sie hätte Victoria niemals allein lassen dürfen. Niemals. Und doch hatte sie es getan. Hatte sich darauf verlassen, dass Butch unbesiegbar war. Doch das war er nicht.

Ihr Blick fiel auf die Leuchte am OP. Strahlend rot verkündete sie, dass Butch noch immer behandelt wurde. Und vermutlich würde es auch noch eine ganze Weile so bleiben.

»Du hilfst ihm nicht damit, dass du auf und ab läufst.« Ihre Worte sorgten dafür, dass John stehen blieb. Er ließ die Hände in seine Haare gleiten.

Er atmete tief durch. Versuchte es zumindest. »Ich hab mich noch nie so …«

Lissiana lächelte schwach. »… machtlos gefühlt?«

John nickte. Mit einem leisen Seufzen kam er zu ihr und ließ sich auf den Stuhl neben ihr fallen. Vollkommen unbewusst legte sie ihm die Hand auf den Rücken. Zog sanft beruhigende Kreise.

»Er ist nie verletzt worden. Zumindest nicht so.« John knirschte mit den Zähnen. »Das treibt mich in den Wahnsinn, nicht zu wissen, was los ist.«

Lissiana nickte und sah den Gang hinunter. Dachte an Vicky und an das ganze Blut, mit dem sie bedeckt gewesen war. Dachte daran, dass sie nicht wusste, was Gabriel ihr alles angetan hatte. Denn Vicky hatte mehr Verletzungen als den gebrochenen Arm. Ihre konnte man nur nicht sehen.

»Lenk mich ab! Irgendwie. Sonst reiße ich noch die Tür auf und ruiniere den sterilen OP.« John raufte sich erneut die Haare, knirschte unkontrolliert mit den Zähnen. Knetete jeden Finger einzeln, während er hektisch mit den Füßen auf dem Boden hin und her wippte.

»Ich hatte Angst vor mir selbst.« Lissiana hielt inne, und auf Johns Stirn bildeten sich tiefe Falten.

»Was?« Er schien wirklich keine Ahnung zu haben, wovon sie eigentlich sprach.

»Deshalb habe ich dich verraten. Ich hatte Angst davor, zu wem ich an deiner Seite werden würde.« Lissiana sah auf ihre Hände, um seinem Blick aus dem Weg zu gehen. »Erinnerst du dich noch an meinen letzten Auftrag bei euch?«

John nickte knapp. »Du bist eingesprungen und mit Butch mitgegangen.«

»Ja.« Sie schluckte. Sie erinnerte sich noch immer an das Gesicht der Zielperson. Und an ihren Namen. Bei Gott, der Mann war gerade mal zwanzig Jahre alt gewesen. »Die Zielperson hieß Jeffrey Morgan. Erinnerst du dich?«

John zog eine Augenbraue hoch. »Nein, nicht wirklich.«

»Er hat Geld bei seiner Schicht im *Regis* mitgehen lassen. Er war dort Barkeeper.« Sie strich sich mit der Hand durchs Haar. »Du hast das Strafmaß Butch überlassen. Und ich bin mitgegangen.«

Gequält schloss sie die Augen. »Butch hat ihn an einen Stuhl gebunden. Und dann hat er ihm einen Knochen nach dem anderen gebrochen.« Sie erinnerte sich noch mit aller Deutlichkeit an das Knacken. An die Schreie von Jeffrey. An Butchs zufriedenes Lächeln. Dabei war es nur um zweihundert Dollar gegangen. Eine Summe, die sowohl Butch als auch John hätten verschmerzen können.

»Ich habe einfach dagestanden und Butch wüten lassen. Ich habe mir gesagt, dass ich nicht bei dir bleiben kann, wenn ich jetzt einschreite. Dass ich mich an diese Gewalt in deiner Welt gewöhnen muss.« Ihre Sicht verschwamm. Hektisch blinzelte Lissiana.

»Aber ich konnte es einfach nicht. Jeffrey hat mich nicht mehr losgelassen. Die Strafe war viel zu hart und überzogen. Das wusste ich genau. Und trotzdem habe ich zugelassen, dass es passiert.« Sie seufzte leise. »Immer wieder habe ich an ihn gedacht. Und dann habe ich mich gefragt, was Victoria wohl von mir denken würde, wenn sie wüsste, was ich getan habe.«

Lissiana blickte auf ihre Hände. »Danach konnte ich mich nicht mal mehr im Spiegel ansehen. Du und Butch, ihr wart die Verkörperung von allem, wogegen ich jahrelang gekämpft hatte. Wie also konnte ich dich lieben und zulassen, dass du das tust, was du tust? Und das jeden einzelnen Tag.«

Sie schmunzelte verbittert. »Und dann ist es mir klar geworden. Weil ich immer dazugehört habe. Weil ich nicht der rechtschaffene Mensch bin, der ich immer vorgegeben habe zu sein. Ich wollte immer Gerechtigkeit. Und das will ich auch jetzt noch. Aber das System, an das ich mich so verzweifelt geklammert habe, das ist nicht wirklich gerecht.«

Lissiana schüttelte den Kopf. »Ich habe gedacht, wenn ich das Richtige tue und dich ins Gefängnis bringe, dass ich dann wieder im System verschwinde. Normal. Wie all die anderen auch. Aber das ist nie passiert. Ich habe immer bereut, was ich dir angetan habe. Auch wenn die Gesellschaft der Meinung ist, dass es richtig war.«

Sie schwieg einen Moment. Dann seufzte sie leise. »Ich wollte nur, dass du weißt, dass ich dich nicht verraten habe, weil ich dich nicht geliebt habe. Denn das habe ich. Mehr als alles andere.«

Lissiana starrte auf ihre Hände. Versuchte überallhin zu sehen, nur nicht zu John. Sie wollte den Vorwurf nicht in seinen Augen sehen. Wollte sich nicht seiner Ablehnung stellen. Auch wenn sie diese verdient hatte.

»Würdest du es wieder tun?« Johns Stimme klang angespannt. Sie sah kurz zu ihm herüber. Die Zähne hatte er fest zusammengebissen. Die Hände waren zu Fäusten geballt.

Sie schüttelte den Kopf. »Nein, nie wieder.«

Er sah sie an. Umfasste ihr Gesicht. Sein Blick bohrte sich so intensiv in ihren, dass sie das Gefühl hatte, er sähe durch sie hindurch. Durch all die Lügen. All die Fassaden. So als würde er direkt in sie hineinblicken. Auf ihr wahres Ich.

»Wieso nicht?« Seine Daumen strichen über ihre Wangenknochen. »Was ist anders?«

Lissiana sah ihn an. Versuchte sich ihm zu entziehen. Doch sein Griff war hart genug, um sie dort zu halten. Unter seinem wachsamen Blick, vor dem sie nichts verbergen konnte, selbst wenn sie gewollt hätte.

»Lass mich los!« Sie legte die Hände auf seine Handgelenke. Versuchte ihn von sich zu schieben. Doch er ließ sie nicht.

»Sag es mir! Was hat sich geändert?« Johns Stimme war vollkommen ruhig, während in ihr ein wahrer Sturm wütete. All ihre Gefühle, die sie zwei Jahre lang unter Verschluss gehalten hatte, drängten jetzt an die Oberfläche. Lautstark wollten sie sich Gehör verschaffen. Doch sie hatte Angst. Angst vor den Konsequenzen dieser Offenbarung. Denn dann gab es keinen Weg zurück. Keine Ausflüchte mehr. Sie wusste, dann würde ihr Leben sich vollständig verändern. Sie öffnete den Mund, um etwas zu sagen. Doch kein Ton kam heraus.

Johns Züge verdüsterten sich. »Willst du nicht, oder kannst du nicht?«

Wieder schwieg sie. Er stieß ein wütendes Knurren aus und ließ sie los. Die Wärme seiner Hände blieb auf ihren Wangen zurück. Und sofort fühlte sie sich wieder einsam und beraubt. Sie wollte an seiner Seite sein. Ungeachtet aller Konsequenzen. Sie wollte bei ihm sein. Ihr Leben mit ihm verbringen. Irgendwo neu anfangen. Wieso zur Hölle konnte sie es ihm nicht sagen?

»Wenn dir jetzt nicht klar ist, was du willst, dann erwarte nicht von mir, dass ich noch länger darauf warte.« Johns Ansage war unmissverständlich.

Die Tür zum OP wurde geöffnet, und eine Krankenschwester kam heraus. Sie löste den Mundschutz und ließ ein professionelles Lächeln sehen, das Lissiana in diesem Moment fürchterlich auf die Nerven ging.

Automatisch griff sie nach Johns Hand und drückte fest zu. Signalisierte ihm, dass sie an seiner Seite war. Ganz egal, worüber sie gerade gesprochen hatten.

»Den Oberschenkelknochen konnten wir problemlos wiederherstellen. Die Hüfte bereitet uns aber noch ein paar Sorgen. Das Auge konnten wir erhalten, wir wissen aber nicht, ob er darauf je wieder etwas sehen wird.« Sie lächelte weiterhin. Als wäre es festgetackert. »Ihr Bruder ist außer Lebensgefahr, aber die Rekonstruktion der Hüfte wird noch ein paar Stunden dauern. Es ist ein sehr komplizierter Bruch. Warum ruhen Sie sich nicht eine Weile aus? Ich werde Sie auf dem Laufenden halten.«

John nickte eher hölzern und abrupt. Die Krankenschwester lächelte noch einmal.

»Machen Sie sich keine Sorgen!« Dann verschwand sie wieder im OP. Klar, als wenn das so einfach wäre. Sie kannte John nicht. Ihm zu sagen, er solle sich keine Sorgen um Butch machen, war so effektiv, als würde man ihm sagen, er solle aufhören zu atmen.

Lissiana stand auf und ließ Johns Hand los. Dann streckte sie sich.

»Sie hat recht. Wir sollten uns beide ausruhen, und du solltest deine Schulter behandeln lassen.« Lissiana sah zu John, als er aufstand. Schweigend gingen sie den Gang zu den Behandlungszimmern hinab. Es war nicht die Art von einvernehmlichem Schweigen, die sonst zwischen ihnen herrschte. Lissiana konnte es beinahe spüren, dass sie beide ihren eigenen Gedanken nachhingen. Jeder auf seine Art und Weise.

Sie erreichten das Schwesternzimmer, und John meldete sich an. Sofort geriet alles in Bewegung. Immerhin hatte man hier bereits gehört, was geschehen war, und Butch und John waren die großen Helden. Lissiana knirschte mit den Zähnen, als die Krankenschwester sich beinahe überschlug, um ihm sofort einen Behandlungsraum zur Verfügung stellen zu können.

Sie folgte John, als man die Tür für ihn öffnete, doch er hielt sie zurück.

»Du kannst draußen warten.« Er deutete auf die Plastikstühle im Gang. »Das sind keine zehn Meter.«

Verwirrt runzelte sie die Stirn. »Aber …«

»Ich brauche und will dich nicht in meiner Nähe, wenn du nicht weißt, was du willst.« Er seufzte leise und senkte die Stimme. »Ich habe dir mehr als einmal gesagt, was ich will. Ich will mit dir zusammen sein. Ich will, dass du mich begleitest.« In seinen Augen lag der Ausdruck uneingeschränkter Aufrichtigkeit. Er meinte es vollkommen ernst.

Lissiana blieb der Mund offen stehen. »Ich kann das nicht einfach so entscheiden, John.«

Er zog eine Augenbraue hoch. »Das wirst du aber müssen. Denn ich werde auf keinen Fall noch länger auf dich warten, während du dich nicht entscheiden kannst. Ich riskiere alles, indem ich dir wieder vertraue. Es wird Zeit, dass du auch etwas für mich riskierst. Und eins muss dir vollkommen klar sein.« Er beugte sich leicht zu ihr herunter. »Ich werde mich nicht ändern. Ich werde nicht aufhören zu sein, wer ich bin. Und egal wo ich bin, bin ich immer noch genau eins – der Anführer dieser Organisation. Und das wird sich niemals ändern.« Er richtete sich auf und wandte sich zum Gehen.

»Ich kann sie nicht alleine lassen.« Die Worte waren so leise, dass Lissiana glaubte, John habe sie nicht gehört. Doch er sah über die Schulter und richtete den Blick fest auf sie.

»Du musst sie endlich loslassen. Sonst wird sie nie erwachsen.« Dann schloss er die Tür.

Lissiana starrte auf das Weiß und hätte am liebsten vor Wut geschrien. Sie wusste, er hatte recht. Sie wusste es ganz genau. Wenn sie Victoria nicht endlich loslassen würde, dann würden sie beide nie ein eigenes Leben haben. Dann würde Victoria nie die unabhängige starke Frau sein können, von der Lissiana genau wusste, dass sie in ihrer Schwester schlummerte. Sie hatte sie kleingehalten. Hatte zugelassen, dass sie in dieser Glaskugel lebte, ohne wirklich am Leben teilzunehmen. Ohne wirklich die Frau zu werden, die sie hätte sein können.

Und auch sie musste weitermachen. Sie konnte sich nicht ewig an Victoria klammern und sie zu ihrem einzigen Lebensinhalt machen. Damit würden sie beide nur ersticken. Und das würde niemanden von ihnen wirklich glücklich machen. Außerdem war sie siebenundzwanzig Jahre alt. Es wurde Zeit, dass sie an sich dachte. Dass sie ihr eigenes Leben führte. Und dass sie es mit Freude führte. An der Seite des Mannes, den sie liebte.

Die Tür vom Behandlungsraum nebenan wurde geöffnet, und eine Schwester kam heraus. Sie war blass. Beinahe ein wenig grünlich. Hinter ihr stand Victoria. Man hatte sie gewaschen und in ein OP-Hemd gesteckt. Ihr Haar war noch völlig nass und zerzaust. Das schreckliche Brautkleid hatte man ihr ausgezogen.

Sie sah verloren aus. Hatte die Augen weit aufgerissen. Ihre Schultern hochgezogen, als fürchtete sie einen erneuten Angriff. Ihren eingegipsten Arm presste sie an sich.

»Hey!« Lissiana stand auf und näherte sich Vicky vorsichtig.

Vicky lächelte schwach. »Ich bin nicht aus Porzellan, weißt du?«

Lissiana lächelte. Ja, da hatte sie völlig recht. Victoria war viel stärker, als Lissiana jemals realisiert hatte. So viel stärker als sie selbst. Sie hatte ein schreckliches Trauma hinter sich. Und doch stand sie hier und lächelte Lissiana an. Wenn auch nicht annähernd so strahlend wie zuvor.

»Ich weiß.« Bei ihren Worten sah Victoria Lissiana überrascht an. Sie zog die Stirn in Falten.

»Ach ja?« Sie klang skeptisch. Und Lissiana konnte es ihr nicht verübeln. Sie hatte jahrelang ignoriert, wer Victoria wirklich war. Hatte versucht, weiterhin das kleine, hilflose Mädchen zu sehen, das im Alter von drei Jahren auf der Beerdigung ihrer Eltern bitterste Tränen geweint hatte. Das Mädchen mit den Korkenzieherlocken und einem Drachen als Stofftier.

Doch das war sie nicht mehr. Vor ihr stand eine erwachsene Frau, die einen Tag in der Hölle hinter sich hatte. Und die trotzdem noch lächelte, anstatt in bitterste Tränen auszubrechen. Und es wurde Zeit, dass Lissiana endlich zuließ, dass Victoria aus ihrem Schatten hervortreten konnte.

»Ich liebe John.« Lissiana lächelte, als Victoria leicht schmunzelte. »Ich wollte, dass du die Erste bist, der ich es sage.«

Victoria nickte zufrieden. »Ich wusste es.« Dann wurde sie ernst. »Er ist kein Polizist, oder?«

Lissiana schüttelte den Kopf. Dann deutete sie in das Innere des Zimmers. »Kann ich reinkommen? Dann können wir über alles reden.«

Victoria nickte. »Ja, das klingt gut.« Sie sah an sich herab. Stille trat ein. Lissiana spürte, wie sich etwas zwischen ihnen veränderte. Und wie sie beide noch einen Moment länger an ihrer Beziehung festhalten wollten, bevor sie sich für immer verändern würde.

Victoria sah schüchtern zu Boden. »Hilfst du mir beim Haare kämmen? Mit dem eingegipsten Arm komme ich nicht so gut dran.«

Lissiana lächelte sanft. »Gerne.«

Sie ging hinein und schloss die Tür hinter sich. Sie wollte Privatsphäre. Einen ruhigen Moment. Ein letztes Mal.

48

Lissiana schloss die Tür zu Victorias Krankenzimmer und atmete tief durch. Sie schlief endlich. Es hatte eine ganze Weile gedauert, und es war auch ein bisschen Hilfe durch ein Sedativum nötig gewesen. Aber nun schlief sie endlich. John saß auf einem der Stühle auf dem Flur. Seitdem sie Victoria von dem Behandlungsraum in ihr Krankenzimmer verlegt hatten, wartete er. Und das war gewiss schon zwei Stunden her.

Lissiana sah nach rechts und links. Dann ging sie mit langen Schritten auf ihn zu. Er sah erst auf, als sie fast vor ihm stand. Sie ließ die Hände in sein Haar gleiten und küsste ihn. Lang und innig. Aber unendlich sanft. Er schlang die Arme um ihre Taille und zog sie näher zu sich. Hielt sie fest. So stark, dass sie sich sofort beschützt fühlte.

Als sie sich löste, blickte sie ihm fest in die Augen. Das helle Blau und das dunkle Braun waren ihr so vertraut wie ihre eigenen Augen. Sanft strich sie ihm über die Wange.

»Ich gehe mit dir.« Ihre Worte hingen eine Weile zwischen ihnen in der Luft.

Er zog eine Augenbraue hoch. Enttäuschung verzerrte sein Gesicht für einen Moment. »Wieso?«

Sie wollte sich ihm entziehen, doch er hielt sie fest. »Nenn mir den Grund, Lissiana! Du weißt es genauso wie ich.«

Sie knirschte mit den Zähnen. Wippte von einem Fuß auf den anderen. Wand sich beinahe unter seinem intensiven Blick. Doch dann seufzte sie leise.

»Ich liebe dich. Und das wird sich nicht ändern. Ganz egal wer ich bin, und ganz egal wer du bist.« Die Worte fielen ihr schwer. Und doch spüre sie eine gewisse Erleichterung. So als würde sie ein lange gehegtes Geheimnis endlich aussprechen, das schwer auf ihrer Seele gelastet hatte.

John grinste schief. »Hat ja auch lange genug gedauert, Kätzchen.«

Sie stieß ein leises Lachen aus. Und das erste Mal seit zwei Jahren hatte sie das Gefühl, es auch vollkommen ehrlich zu meinen.

»Wie sagt man so schön: Was lange währt, wird endlich gut.« Sie strich ihm durch das Haar, und er schloss für einen Moment die Augen. Sie hatte eine Entscheidung getroffen. Und sie war sich absolut sicher, dass es die richtige war.

Als John die Augen öffnete, sah sie einen Funken Sorge in seinem Blick. »Und du bist dir auch wirklich sicher? Denn wenn ich dich mitnehme, dann gibt es kein Zurück mehr.«

Sie nickte. »Kein Zurück mehr klingt verdammt gut.«

Er ließ sie los und nickte. »Ja, das tut es wirklich.« Er rieb sich über das Gesicht. Sie legte ihm die Hand auf die Schulter.

»Immer noch nichts von Butch?« Bei ihrer Frage schüttelte er den Kopf.

»Sie haben gesagt, sie bringen ihn gleich rauf und dass die OP gut gelaufen ist. Das ist jetzt eine Stunde her.« Er warf einen rastlosen Blick auf die Uhr. Und sie konnte es ihm nicht verübeln. Ihr würde es genauso gehen, wenn es um Victoria ginge.

»Er ist ein Kämpfer. Es wird sicher bald wieder.« Sie lächelte ihn sanft an. Nickte zur Bekräftigung. Doch John verzog nur leicht das Gesicht.

»Das ist er. Aber er hasst Ärzte und Krankenhäuser.« John rieb sich die Schläfen. »Er wird alles andere als begeistert sein, hier zu sein. Vermutlich entlässt dieser Idiot sich auch noch früher und gegen ärztlichen Rat.«

Sie stieß ihn sanft an. »Noch eine Sache, die ihr gemeinsam habt.«

John schmunzelte leicht. Doch es verschwand genauso schnell, wie es gekommen war. »Ich hab ein ungutes Gefühl. Ich kann es nicht wirklich beschreiben.«

Lissiana wusste genau, was er meinte. Auch sie fühlte es. Tief in ihrem Inneren spürte sie, dass etwas nicht in Ordnung war. Und doch wusste sie nicht genau, was es war.

Sie blickte den Gang hinunter, als sie das Klappern von Rollen hörte. Ein Pfleger schob ein Bett vor sich her. Darauf lag Butch. Im Tiefschlaf. Sein komplettes rechtes Bein war eingegipst. Um seinen Kopf schlang sich ein großer Verband, der auch sein linkes Auge verdeckte. Er passte kaum in das Bett hinein. Und auch von hier konnte sie sehen, dass Butch ungesund blass war.

Sofort stand John auf und ging dem Pfleger entgegen. Sie war direkt hinter ihm. Sie wollte da sein, wenn er sie brauchte. So wie er für sie da gewesen war, als sie ihn am meisten gebraucht hatte.

»Wie geht es ihm?« John nahm sofort Butchs Hand und drückte sie so fest, dass seine Knöchel weiß hervortraten. Aus der Nähe konnte sie sehen, dass Butch viele Hämatome hatte. Sowohl im Gesicht als auch am Hals und an den Schultern. Die Spuren seines Kampfes. Er hatte Victoria das Leben gerettet. Sobald er aufwachte, würde sie ihm dafür danken.

»Er hat die Narkose nicht besonders gut vertragen. Sein Kreislauf ist außerdem etwas instabil. Aber die OP ist gut verlaufen. Nach einigen Monaten Reha wird er wieder laufen können.« Der Pfleger nickte ihnen aufmunternd zu.

»Was ist mit seinem Auge?« John sah nicht einmal auf. Er blickte auf Butch hinab. Strich ihm durch das Haar. Als wäre er ein Kind.

Der Pfleger verzog leicht das Gesicht. »Schwer zu sagen. Es ist schon stark beschädigt worden. Wir müssen schauen, was die nächsten Tage so bringen.«

Lissiana presste die Lippen zusammen. So viel Zeit hatten sie nicht. Spätestens morgen, wenn alle Untersuchungen abgeschlossen wurden, würde die Polizei von jedem ein Statement fordern. Und dann würde man John wieder ins Gefängnis bringen. Sie mussten bald verschwinden, wenn sie es wirklich außer Landes schaffen wollten. Und das würde alles andere als leicht werden.

Aber sie wusste auch, dass John nicht gehen würde, bevor Butch nicht aufgewacht war. Und dafür hatte sie vollstes Verständnis. Dennoch lief ihnen die Zeit davon. Rannte weiter, während sie zum Anhalten gezwungen waren.

John sah zu Lissiana, doch sie lächelte nur. »Geh ruhig mit! Ich warte hier draußen.«

Er nickte knapp und folgte dann dem Pfleger in das Zimmer, in dem Butch von nun an liegen würde. Lissiana nahm sich einen Stuhl und zog ihn direkt neben die Tür vom Krankenzimmer. Das Licht an ihrer Fußfessel leuchtete gelblich. Aber noch längst nicht rot.

Sie würde den beiden alle Zeit geben, die sie brauchten. Außerdem musste sie wirklich nicht mit John hineingehen, denn sie war sich sicher, dass sie die letzte Person war, die Butch sehen wollte, wenn er aufwachte.

Sie biss sich leicht auf die Unterlippe. Sie war sich sicher, dass sie die richtige Entscheidung getroffen hatte. Diese Gewissheit erfüllte sie vollständig. Und dennoch wusste sie genau, dass noch eine Menge schiefgehen konnte. Und sie konnte nicht einfach so aus dem Krankenhaus spazieren und sich um ihre Flucht kümmern. Vermutlich würde man sie festnehmen, noch bevor sie die Staatsgrenze passiert hatten. Sie ließ den Kopf in die Hände sinken und seufzte leise.

»Du hast es wirklich geschafft.« Lissiana riss den Kopf hoch, als sie Nathans Stimme hörte. Er kam auf Krücken den Gang herunter und grinste breit. Tränen glänzten in seinen Augen.

»Nicht ich. Wir.« Lissiana stand auf, als er nah genug war, und umarmte ihn fest. »Es ist endlich vorbei.«

Sie standen eine Weile dort. Hielten einander einfach nur im Arm und genossen die Nähe des anderen. Sie hatten so lange für Gerechtigkeit und für ein Ende der Morde gekämpft. Und endlich hatten sie es geschafft.

Lissiana blinzelte hektisch, um nicht vor Erleichterung in Tränen auszubrechen. Sie hatte so lange an sich und an diesem Fall gezweifelt. Doch jetzt war endlich alles vorbei. Endlich konnte sie neu anfangen und die Albträume hinter sich lassen.

Nathan löste sich von ihr und setzte sich auf den Stuhl, auf dem sie zuvor noch gesessen hatte.

»Wie geht es Vicky?« Er stellte die Krücken rechts neben seinem Platz ab und lehnte sie vorsichtig an die Wand.

»Sie hat einen gebrochen Arm. Sonst geht es ihr den Umständen entsprechend. Sie hält sich tapfer.« Sie blickte den Flur hinunter und dachte an Victoria. Daran, wie sie ihr die Haare gekämmt hatte. Wie sie ihr endlich alles erzählt hatte. Sie hatten sich verabschiedet. Wer wusste, wie lange es dauern würde, bis sie einander wiedersehen konnten?

Nathan nickte zufrieden. »Da ist sie ganz wie du.«

Lissiana schüttelte den Kopf. »Nein, sie ist viel stärker.«

Nathan lachte leise. »Ja, vielleicht hast du recht.« Er sah zur Uhr. »Tut mir leid, dass es so lange gedauert hat. Aber sie haben mich gerade erst aus der Haft entlassen.«

Lissiana riss die Augen auf. »Man hat dich verhaftet?«

Er grinste breit. »Ja. Mit Handschellen und allem Drum und Dran. Immerhin habe ich einer flüchtigen Polizistin geholfen. Dafür schuldest du mir was. Natürlich hatten sie keine Grundlage mehr, mich festzuhalten, als sie auf dem PC nicht gefunden haben, wonach ich gesucht habe.«

Lissiana lachte auf. »Du gerissener Bastard!«

Er zuckte mit den Schultern. »Das ein oder andere habe ich ja auch von Ryan gelernt.« Dann wurde er ernst. »Ich hab gehört, was mit Butch passiert ist.«

Sie verschränkte die Arme vor der Brust. »Er hat mir gesagt, dass ich John rausbringen soll. Ich hatte nie damit gerechnet, dass es so enden würde.«

»Das hat niemand.« Er legte die Hand auf ihre Schulter und drückte leicht zu. »Mach dir deshalb keine Vorwürfe!« Er runzelte die Stirn und sah sich um. »Wo ist John?«

Lissiana deutete auf die Tür. »Bei Butch.«

»Ah! Okay.« Er kratzte sich am Hinterkopf. »Was willst du jetzt machen?«

Lissiana presste die Lippen zusammen und schwieg. Nathan war ihr bester Freund. Doch ob sie ihm trauen konnte, wusste sie nicht. Sie kannte ihn. Kannte seine Einstellung gegenüber John und gegenüber dem Gesetz. Er war ein Mann, der Schwarz und Weiß sah. Für ihn gab es kein Grau.

»Liebst du ihn?« Bei Nathans Frage nickte Lissiana knapp. »Gut, dann solltet ihr nicht den Vorderausgang nehmen. Der ist voller Polizisten und Reporter.«

Überrascht riss Lissiana die Augen auf. »Wie bitte?«

Nathan lächelte schwach. »Du hast mich schon verstanden.« Er strich sich über das Haar und seufzte leise. »Ich kenne dich lange genug. Wenn du dir etwas in den Kopf gesetzt hast, dann ziehst du es auch durch.«

Sie biss sich auf die Unterlippe. »Nate, das …«

Er hob abwehrend die Hände. »Ich will nicht sagen, dass ich es zu hundert Prozent verstehe. Aber so langsam beginne ich zu begreifen, wie du die Welt siehst. Und wie du ihn siehst.« Er lächelte sie knapp an. »Und du hattest vollkommen recht. Ich kann wirklich ein vorurteilsbehaftetes Arschloch sein.«

Lissiana konnte nicht anders, als Nathan ungläubig anzustarren. Hatte er wirklich gerade das gesagt, was sie glaubte?

»Also, wie wollt ihr es machen?« Er blickte sie erwartungsvoll an.

Sie seufzte leise. »Ich hab keine Ahnung. Und ich kann auch nicht hier weg, um mich um irgendetwas zu kümmern.«

Er grinste schief. »Das hab ich mir gedacht.« Sein Handy gab ein leises Piepsen von sich. Er zog es aus seiner Hosentasche und grinste noch schiefer. »Die Hilfe ist gerade angekommen.«

Lissiana sah den Gang hinunter. Savannah stieß die Türen mit einem Ruck auf. Sorge lag in ihrem Blick. Kein Wunder. Sie war einer der Zehn. Ihre Gedanken waren ganz bei Butch. Ryan war direkt hinter ihr. Er winkte Lissiana mit einem breiten Grinsen zu.

Savannah sah Lissiana an. Misstrauisch glitt ihr Blick über sie. »Bist du dir diesmal sicher?«

Lissiana nickte. »Vollkommen.«

»Gut, denn ziehst du so etwas noch mal ab, dann mache ich dir das Leben zur Hölle.« Sie klopfte ihr auf die Schulter. »Willkommen zurück! Wie geht es den beiden?«

Lissiana lächelte. Sie hatte Savannah schon immer gemocht, auch wenn sie etwas schroff war. Sie deutete auf die Tür zu Butchs Krankenzimmer.

»Butchs OP ist gut gelaufen. Die Ärzte sagen, er wird nach ein paar Monaten Reha wieder laufen können. Was das Auge angeht, können sie keine klare Auskunft geben. Ob es noch funktionsfähig ist, wird sich erst in ein paar Tagen zeigen.« Sie verschränkte die Arme vor der Brust. »John ist bei ihm und wartet darauf, dass er aufwacht.«

Savannah strich sich durchs Haar. »Gut.« Dann klatschte sie in die Hände. »Ich hab auf jeden Fall die Schnauze voll davon, mit den anderen in der Eingangshalle zu warten und mir sinnlos den Arsch platt zu sitzen. Dann wollen wir mal loslegen.«

John schob sich hastig an den beiden Ärzten vorbei, die gerade Butchs Zimmer verließen. Er war vor gut einer Stunde aufgewacht, und nun hatte man ihn über seinen gesundheitlichen Zustand informieren wollen. Ohne John.

Noch immer tobte er innerlich wegen dieser Entscheidung, aber Butch war ein erwachsener Mann, bei dem der Schutz von Patientendaten in vollem Umfang griff. Doch es war das erste Mal, dass Butch von diesem Recht auch Gebrauch gemacht hatte.

John sah noch einmal über die Schulter. Lissiana hatte sich in dem kleinen Plastikstuhl zusammengerollt und schlief. Die Erschöpfung der letzten Monate schien sie tatsächlich eingeholt zu haben. Bei Gott, er freute sich schon darauf, irgendwo im Nirgendwo mit ihr an seiner Seite alles hinter sich zu lassen. Ihr das Leben zu bieten, das sie verdiente.

Er ging in Butchs Krankenzimmer hinein und schloss leise die Tür. Es war mitten in der Nacht, und es gab keinen Grund, unnötig Aufmerksamkeit auf sich zu ziehen. Er hasste Zimmer wie dieses. Sie waren weiß und steril. Vollkommen unpersönlich. Überall roch es nach Desinfektionsmitteln, Krankheit und Tod. Er konnte es kaum erwarten, sich all das unter einer heißen Dusche weit weg von hier abzuwaschen.

Er ging weiter in den Raum hinein. Das Linoleum hatte eine grässliche graue Farbe, und es quietschte leicht unter seinen Schuhen. Butch saß im Bett. Das Kopfteil war hochgefahren. Er sah hinaus. Die grüne Decke bis zu den Hüften hochgezogen. Er blickte John nicht einmal an, als er am Ende des viel zu kleinen Krankenhausbettes ankam. John schloss die Hände um die Metallstange am Fußende. Sie war unangenehm kalt. Brannte sich in sein Fleisch und hinterließ ihr eisiges Zeichen.

»Wie geht es dir?« John beobachtete Butch genau. Sein Kopf war mit einem dicken Verband umwickelt. Das linke Auge komplett abgedeckt. Das eingegipste rechte Bein lag auf der Decke. Die Blutergüsse in seinem Gesicht, an seinem Hals und seiner Schulter hatten eine noch dunklere Farbe angenommen. Das OP-Hemd sah ein wenig lächerlich aus mit seinen kleinen grünen und blauen Tupfen.

Butch stieß ein Schnauben aus. »Wie sieht es denn aus?« Er deutete auf seinen Körper. »Ich bin ein Krüppel. Vermutlich auch noch auf einem Auge blind!«

John stieß ein leises Seufzen aus. »Brian, das wird schon wieder. Die Ärzte haben gesagt, es ist nur vorübergehend. Nach ein wenig Reha …«

Butch schüttelte den Kopf. »Ich werde mit einem Gehstock laufen müssen wie ein verdammter Krüppel! Und das ist allein deine Schuld.«

»Wie bitte?« John schob sich näher zu Butch heran. »Brian, das …«

»Was?!« Butch schlug seine Hand fort, als John versuchte seinen Arm zu berühren. »Was könntest du schon sagen, das diese Scheiße auch nur im Entferntesten besser machen könnte?! Wenn du nicht plötzlich einen auf Held hättest machen wollen, dann wäre das alles nicht passiert! Wir sind für so ein Leben nicht geboren, John. Aber du, du musstest ja unbedingt das Richtige tun. Für *sie*. Und sieh mich an, wozu das geführt hat!«

John knirschte mit den Zähnen. Nie hatte Butch ihn derartig angegriffen. Niemals. Und es tat mehr weh, als John je für möglich gehalten hätte. Denn hier stand er, sah seinen verletzen Bruder an und versuchte irgendwie einen Zugang zu ihm zu bekommen. Doch Butch schlug ihm die verdammte Tür vor der Nase zu und machte aus sich selbst einen Tresor. Aber er konnte es verstehen. Butch war immer stolz auf seine Vitalität gewesen. Auf seine Gesundheit. Auf seine Kampfkraft. Und all das war ihm jetzt entrissen worden. Und für ihn sah es garantiert so aus, als wäre es Johns Schuld. Immerhin hatte er sich überhaupt erst auf den Deal eingelassen, der zu diesem Kampf geführt hatte.

John seufzte leise. »Ich hätte dich nicht allein lassen dürfen.«

Butch seufzte auch. Er klang wahnsinnig kraftlos. »Du hättest auch nicht helfen können. Du warst angeschossen.« Er schloss die Augen. »Sieh einfach zu, dass wir hier so schnell wie möglich rauskommen! Und sag Steven, er soll mir ein Video von ihrer Ermordung schicken!«

John hielt inne. »Brian – das wird nicht passieren.«

Butch riss die Augen wieder auf. »Was hast du gerade gesagt?«

»Niemand wird Hand an sie legen.« John drückte den Rücken durch. »Sie wird mit uns kommen.«

Butch lachte sarkastisch auf. »Das ist 'n schlechter Scherz, oder?«

John ballte die Hände zu Fäusten. Butch sagte nicht mal mehr Lissianas Namen. Schloss auch sie vollkommen aus. Dabei war sie doch längst ein Teil von John.

»Das ist mein absoluter Ernst, Bruder. Ich liebe sie. Und wenn du das nicht akzeptieren kannst, dann wirst du hierbleiben müssen.«

John biss die Zähne aufeinander, während Butch ihn völlig fassungslos anstarrte. »Das meinst du doch nicht ernst, oder?«

»Doch. Vollkommen.« John verschränkte die Arme vor der Brust.

Butchs Gesicht färbte sich vor Zorn rot. »Hast du vergessen, was sie uns angetan hat? Was sie dir und mir angetan hat? Willst du das alles einfach vergessen? Was, wenn sie es noch mal tut?« Er schüttelte den Kopf. »Wie blind kannst du eigentlich sein! Du bist wirklich eine Schande, weißt du das? Dich derart von ihr manipulieren zu lassen. Armselig.«

John zuckte mit den Schultern. »Ich liebe sie. Und du wirst damit leben müssen.«

Butchs Augen verengten sich zu Schlitzen. »Einen Scheiß muss ich. Und ich werde nicht zulassen, dass deine Dummheit noch einmal mich und diese Organisation gefährdet.« Er stieß ein Knurren aus. »Verschwinde!« Seine Stimme war eisig. »Verschwinde und nimm das Miststück mit! Und wenn du jemals wieder einen Fuß in meine Stadt setzt, dann bringe ich dich um. Verstanden?«

John sah Butch lange an. Hielt dem eisigen Blick stand, der vor Hass und Zorn nur so glühte. Er wusste, warum Butch das alles tat. Er war überfordert. Er hatte Angst vor der Ungewissheit, die ihm entgegenstarrte. Schämte sich dafür, verloren zu haben. Das alles ließ er an John aus. Benutzte ihn als emotionalen Sandsack. So wie damals, als sie Kinder waren. Doch diesmal würde John ihm nicht die Hand halten können. Diesmal hatte er mehr zu schützen als sich selbst. Und wesentlich mehr zu verlieren.

John stieß einen leisen Seufzer aus. »Wenn du jemals bereit bist, über all das hier zu reden wie ein erwachsener Mann, dann weißt du, wie du mich finden kannst, mein Bruder.« Dann beugte er sich herunter und knurrte leise. »Aber bedrohst du jemals wieder mich oder meine Frau, dann vergesse ich, dass wir einmal Brüder waren. Außerdem gehört diese Organisation immer noch mir.«

Abrupt wandte er sich ab und ging mit langen Schritten Richtung Tür. Er konnte hören, wie Butch mit den Zähnen knirschte. Und auch ohne hinzusehen, wusste er, dass seine Wut ihn vollständig auffressen würde. Seine Wut und seine Hilflosigkeit.

»Hast du mir gerade gedroht?« Butchs Stimme klang erstickt. Und auch John spürte diesen Kloß im Hals, der ihm die Tränen in die Augen trieb. Sie hatten immer nur einander gehabt. Und plötzlich behandelte Butch ihn wie seinen Feind. Nicht wie die einzige Familie, die er jemals gekannt hatte.

John sah über die Schulter. Butch hatte die Hände zu Fäusten geballt. Sein Körper bebte vor Zorn. Er blinzelte hektisch.

»Ich werde sie nur wahr machen, wenn du mich dazu zwingst, Bruder.« Er legte die Hand auf die Klinke. »Ich liebe dich. Vergiss das nie!«

Mit einem Ruck zog John die Tür auf und ging auf den Flur. Er hatte das Gefühl, einen Teil von sich selbst zurückzulassen.

49

»Was soll das heißen, sie ist nicht hier?!«

Commissioner David »Dave« Lance' donnernde Stimme dröhnte durch das Polizeirevier. Jeder andere hätte vor lauter Angst vor ihm gebebt. Aber nicht Nathan Tucson. Er stand einfach nur da und zuckte unbeeindruckt mit den Achseln.

»Ich habe sie heute Morgen noch nicht gesehen, Sir. Ihre Untersuchungen sind vielleicht noch nicht abgeschlossen. Sie kommt bestimmt bald.« Die Lüge war für Dave offensichtlich. Schon allein deshalb, weil dieser Bastard vollkommen zufrieden vor sich hin lächelte.

»Das wird ein Nachspiel haben, Tucson«, fauchte er und ging dann schnellen Schrittes davon.

»Braucht es nicht, Sir. Ich kündige freiwillig.« Nathan grinste ihn gönnerhaft an und legte seine Marke und seine Waffe auf den Tisch. »Aber den Kaffee trinke ich noch aus, in Ordnung?«

Dave biss die Zähne zusammen. Er hatte Nathan nie als aufmüpfig wahrgenommen. Mit Lissiana hatte er viel größere Probleme gehabt. Ständig hatte er sie im Auge behalten. Doch das alles schien nun doch nichts genützt zu haben. Sie hätte sich vor einer Stunde zum Dienst zurückmelden sollen für einen offiziellen Bericht zum Fall des *Bräutigams*. Doch sie war nicht erschienen.

Wie sollte er das nur der Presse erklären? Oder Oberstaatsanwältin Lightwood?

Seine langen Schritte führten ihn durch die Wache zu dem Computerlabor, in dem die Überwachung von Lissiana und

John stattgefunden hatte. Er stieß die Türen auf und sah sich zwei jungen Polizisten gegenüber, die in aller Seelenruhe Karten spielten, anstatt auf den Monitor zu achten, auf dem sich die zwei roten Punkte viel zu schnell bewegten, als dass sie zu Fuß unterwegs sein könnten.

Der braunhaarige Polizist sah ihn und riss schockiert die Augen auf, ehe er aufstand und salutierte, als wäre er in der Army. Der Schwarzhaarige griff hektisch nach den Karten, die herunterfielen und sich überall verteilten, sodass der Braunhaarige hastig danach zu greifen versuchte, jedoch ohne jeglichen Erfolg.

Dave stieß den jungen Mann unsanft zur Seite, der stolperte und sich dann sichtlich schuldbewusst mit seinem Kollegen zurückzog. Doch die beiden jetzt zu bestrafen kam Dave nicht in den Sinn. Er hatte deutlich größere Sorgen. Wenn er Lissiana verlor, dann wäre er seinen Job los. Etwas, das er natürlich auf keinen Fall zulassen konnte.

Dave setzte sich und legte seine Hände auf das Pult. Er versuchte ohne seine Brille zu erkennen, wo die beiden sich befanden. Das Zusammenkneifen seiner Augen half dabei jedoch nur bedingt. Scheiße, er wurde wirklich zu alt für diesen Job.

Ihre Position veränderte sich schnell. Sie bewegten sich gewiss mit über neunzig Meilen pro Stunde, und ihr Weg führte sie mitten durchs Niemandsland. Wo zum Teufel waren sie? Angestrengt dachte er nach, doch dann dämmerte es ihm.

Ein Zug! Die beiden waren in einem verdammten Zug!

Wütend biss er die Zähne aufeinander und stürmte aus dem Raum, ehe er sich von einem Schreibtisch das nächstbeste Funkgerät schnappte.

»An alle verfügbaren Einheiten. Lissiana Stafford und John Cohen befinden sich auf der Flucht. Sie sind in einem Zug in nördlicher Richtung. Seien Sie vorsichtig – die beiden sind vermutlich bewaffnet und extrem gefährlich.« Er ließ das Funkgerät fallen und zerrte sein Handy hervor, während er sich mit schnellen Schritten auf den Weg zu seinem Wagen machte.

Im Polizeirevier herrschte völliges Chaos. Der Einzige, der vollkommen ruhig an seinem Schreibtisch lehnte und einen Kaffee trank, war Nathan.

Dieser Bastard, dachte Dave, ehe er die Eingangstüren aufstieß und im nächsten Moment die Zuggesellschaft am Hörer hatte. Er unterbrach die Frau am anderen Ende sofort bei ihrer langen Begrüßung.

»Commissioner Lance hier. Welcher Zug befindet sich jetzt gerade in nördlicher Richtung von New York City aus gesehen?« Er stieg in seinen Wagen und schaltete das Blaulicht ein.

»Der 743, Commissioner. Wieso wollen Sie das wissen?« Die Frau am anderen Ende war freundlich, aber offensichtlich neugierig. So etwas hasste Dave. Er startete den Motor des Wagens und fuhr in Richtung Norden um schnellstmöglich durch die überfüllte Stadt zur Interstate zu kommen.

»Halten Sie den verfluchten Zug an, und sagen Sie dem Zugführer, er soll alle Türen blockieren!« Er wich einem Pickup aus, der sein Blaulicht übersah oder schlichtweg ignorierte.

»Sir, das geht nicht so einfach. Das bringt den ganzen Fahrplan durcheinander, und außerdem –« Die Frau stotterte vor sich hin. Daves Geduldsfaden riss. Vermutlich konnte die Frau von der Zuggesellschaft es sogar hören.

»Sie haben eine flüchtige Polizistin und einen flüchtigen Schwerverbrecher an Bord, die gefährlich und bewaffnet sind! Halten Sie also den verdammten Zug an!!!« Er schrie so laut, dass er das Echo in der Leitung hören konnte.

»Sir, dafür brauchen Sie einen richterlichen Beschluss. Ich kann doch nicht einfach …« Sie klang völlig hysterisch. Und seiner Meinung nach war das auch angebracht. Denn wenn sie nicht bald mit diesem bürokratischen Mist aufhören würde, dann würde er ihr noch eigenhändig den Hals umdrehen.

»Das ist eine gottverdammte Notsituation! Ich schwöre, ich zerre ihre ganze Zuggesellschaft vor Gericht wegen Behinderung der Justiz, wenn diese beiden entkommen!« Seine Worte klangen eine Weile in der Stille nach.

Scharf zog die Frau die Luft ein. »In Ordnung. Ich gebe dem Lokführer die Meldung zum Anhalten. Aber den richterlichen Beschluss reichen Sie gefälligst nach, sonst verliere ich noch meinen Job.« Mit hastigen Worten gab sie ihm den genauen Standort des Zuges durch. Dann legte er auf.

Während er seinen Wagen in nördliche Richtung lenkte, knirschte Dave mit den Zähnen. Wie sollte er das dem Senator erklären? Oder der Oberstaatsanwältin?! Man würde ihn feuern oder zu einem Streifenpolizisten degradieren. Er hatte so lange und so hart für diesen Job gekämpft. Für die Privilegien und Annehmlichkeiten, die damit einhergingen. Und das alles ging jetzt den Bach runter. Wegen *ihr*. Lissiana Stafford.

Er hätte dieser Schlange nicht glauben dürfen. Als sie gestern darauf bestanden hatte, sich wegen ihres Schocks im Krankenhaus behandeln zu lassen, hätte er hellhörig werden müssen. Doch er war so davon überzeugt gewesen, diese Frau im Griff zu haben, dass er all die Warnsignale in den Wind geschossen hatte, um sich selbst zu beweihräuchern wie ein verdammter Anfänger. Er hatte mit den Kollegen angestoßen. Hatte Whisky getrunken und den Fall für erledigt erklärt. Niemals hätte er gedacht, dass er Butch Cohen mal dankbar sein würde. Doch das Loch in der Stirn des *Bräutigams* gab ihm einen guten Grund, in Zukunft ein Auge zuzudrücken. Vorausgesetzt, er würde seinen Job behalten.

Als ihm der Gedanke kam, dass man ihn auch in ein völlig unbedeutendes Dorf versetzen könnte, wurde ihm übel. Er hatte sein Leben diesem Beruf geopfert. Seine Freizeit. Seine Ehe. Seine Kinder. Einfach alles. Und jetzt zu sehen, wie ihm das alles vielleicht entrissen werden könnte, ließ das Blut in seinen Adern gefrieren. Er konnte nicht vollkommen umsonst die letzten zwanzig Jahre seines Lebens verschwendet haben, um nun gefeuert zu werden, obwohl dieser Moment eigentlich ein Monument des Triumphs für ihn hätte sein müssen. Er hatte sich schon zwischen all den Journalisten gesehen, die ihn zu seiner Lösung des Falls gratuliert hätten. Vielleicht wäre er in dem Moment auch so kühn gewesen, die kleine Blonde von der New York Times zu einem Dinner einzuladen.

Fester umklammerte Dave das Lenkrad, während er den Wagen weiterhin über die Interstate lenkte, die leerer und leerer wurde, je mehr er sich von New York City entfernte. Er musste aufhören, so zu denken! Noch war das alles nicht vorbei. Die beiden schienen sich noch in den Grenzen des Staates New York zu befinden. Und solange das der Fall war, konnte er völlig entspannt sein. Man würde ihn vielleicht ein wenig rügen, aber man würde ihn deshalb nicht seines Amtes entheben.

Mit neuer Zuversicht lockerte er seine Schultern und versuchte sich darauf zu freuen, was er mit Lissiana machen würde, wenn er sie in die Finger bekam. Auf sie würde alles andere als ein Ritt in den Sonnenuntergang warten. Und der Gedanke, sie in Handschellen zu seinem Auto zu zerren, barg für ihn eine seltsame Befriedigung. Dann würde sie für das bezahlen, was sie ihm gerade antat. Er hätte sich damals gegen den Staatsanwalt durchsetzen müssen! Er hätte sie niemals wieder aufnehmen dürfen. Denn Lissiana bewies ihm gerade genau das, was er schon immer vermutet hatte: Man konnte eine Frau vielleicht aus dem Untergrund holen, aber dadurch holte man den Untergrund nicht aus der Frau.

Diese dunkle Seite schien vielmehr so tief mit ihr verwachsen zu sein, dass man sie nur würde herausreißen können, wenn man ihren Tod billigend in Kauf nahm. Denn all diese Dunkelheit schien so fest mit ihr verwoben zu sein, dass sie niemals einen Ausweg daraus finden würde.

Beinahe hatte Dave Mitleid mit ihr. Sie hatte ihr Herz einfach nur an den falschen Mann verloren. Doch egal, wie sehr er sich das einreden wollte, wusste er doch, dass es nicht stimmte. Sie hatte schon vor John in all ihren Undercovereinsätzen viel zu gut zu den Menschen gepasst, die sie dann hinter Gitter gebracht hatte. Mühelos hatte sie sich in ihrem Konstrukt aus Lügen zurechtgefunden und war tiefer und tiefer in den Kaninchenbau hinabgestiegen. Immer wieder hatte sie um Aufträge gebeten, und er hatte sie ihr gegeben. Hatte es ausgenutzt, dass ihre Fähigkeiten aus ihr etwas ganz Besonderes machten. Dass sie besser war als alle Undercoverpolizisten, die er bisher gesehen hatte.

War das vielleicht sein Fehler gewesen? Hatte er zugelassen, dass sie dieser Seite zu sehr nachgab? Doch die Ergebnisse hatten ihn damals mehr überzeugt als jedes Warnsignal. Und jetzt würden sie beide die Konsequenzen dafür tragen müssen. Oder eher Lissiana.

Ein Lächeln breitete sich auf Daves Lippen aus, als er endlich den Wagen über die Felder jagen konnte, über die die Zugstrecke verlief. Sein Auto protestierte heftig, und er wurde in seinem Sitz trotz seiner massigen Statur umhergeworfen wie ein Sandsack. Und obwohl die Reifen die Bodenhaftung mehr und mehr zu verlieren schienen, wurde er nicht langsamer. Denn am Horizont erkannte er sechs Polizeifahrzeuge und den Zug, der sich lang wie eine Schlange durch die Landschaft zog.

Dave wusste, irgendwo da drin waren Lissiana und John. Er brachte den Wagen schlingernd neben den anderen zum Stehen. Auf ihn warteten zwölf Beamte, die sich alle bereits ihre kugelsicheren Westen umgelegt und ihre Gewehre oder Pistolen im Anschlag hatten.

»Würde mir mal einer verraten, was zur Hölle hier los ist und warum sie meinen verdammten Zug anhalten?«, fragte der Lokführer der aus seinem Führerhaus ausstieg und wütend auf den Commissioner zukam. »Sie machen den Passagieren Angst«, sagte er und deutete auf die Personenwaggons, in denen Zivilisten gespannt, aber ängstlich aus den Fenstern hinausstarrten, um zu erfahren, warum sie mitten auf der Strecke hatten anhalten müssen.

»Haben Sie auch Güterwaggons?« Dave schenkte den Fragen des Lokführers keine Beachtung. Er würde später noch alles erklären können. Er ging zum Kofferraum seines Wagens und zerrte seine kugelsichere Weste hervor. Das schwere Gewicht auf seiner Brust war ihm fremd geworden und führte ihm einmal mehr vor Augen, dass er wirklich zu einem überarbeiteten Schreibtischhengst geworden war, wie ihm seine Exfrau prophezeit hatte, als er vor acht Jahren seine neue Stelle angetreten hatte. Er überprüfte seine Pistole und entsicherte sie, ehe er den Lokführer ansah.

»Ich hab nicht den ganzen Tag Zeit«, brüllte Dave wütend. »Haben Sie Güterwagen oder nicht?« Der Lokführer sah ihn vollkommen entgeistert an und deutete die Zugstrecke hinunter.

»J-Ja. Gepäckwagen. Zwei Stück« stammelte er, und ungeduldig winkte Dave ab. Er hatte genug gehört. Dort würden sie sein. Niemals würden Lissiana und John riskieren, bei den normalen Passagieren zu sitzen. Dafür waren sie beide viel zu auffällig.

Dave wandte sich den anderen Polizisten zu.

»Dort werden sie sein. Los!«, wies er seine Leute an, und rasch verfielen sie alle in ein schnelles Joggen zum hinteren Teil des langen Zuges. Mit jedem Waggon, den sie hinter sich ließen, schien das Herz in seiner Brust schneller zu schlagen, während das Adrenalin durch seine Adern gepumpt wurde wie ein Dopingstoff.

Wie hatte er nur auf all das verzichten können? Auf diese Spannung. Auf dieses Herzrasen. Wie hielt er es hinter diesem verdammten Schreibtisch nur aus? Wenn er ehrlich war, hatte er das hier schon vor einigen Jahren vergessen.

Die Gruppe wurde langsamer, als sie die letzten zwei Waggons erreichte, und Dave gab ein Handzeichen, dass man ihm folgen sollte. Diesmal würde er sich nicht in die hinteren Reihen zurückziehen. Lissiana und John gehörten ihm. Und er wollte in ihre Gesichter blicken, wenn sie erkannten, dass ihr Fluchtplan gescheitert war. Er wollte die Überlegenheit in ihren Visagen verblassen sehen. Er wollte sehen, wie der Ausdruck von arroganter Selbstsicherheit schwand und der blanken Panik Platz machte, die sie gewiss erfassen würde.

Er bezog vor einer der Türen Stellung und hob seine Waffe, während er tief durchatmete, um seine Hände ruhig zu halten, die vor freudiger Erwartung zitterten. Nach dieser ganzen Sache würde man ihn nicht rügen. Nein. Man würde ihn verdammt noch mal befördern. Als auch die anderen ihre Positionen eingenommen hatten, nickte er den beiden Polizisten zu, die an den Türen standen. Mit einem Ruck wurden diese aufgerissen, und Dave lächelte, als er in das dunkle Innere des Waggons starrte.

Epilog

Majuro, Marshallinseln

Lissiana lächelte, als John ihr das Bier reichte und sich zu ihr in den Sand setzte. Der Sonnenuntergang färbte den sonst blauen Himmel in allen Schattierungen von Rot, Orange und Dunkelblau. Es war noch immer sehr warm. So war es schon, seitdem sie heute Morgen gelandet waren.

Es war beinahe paradiesisch. Und viel zu schön, um wahr zu sein.

Sie trank einen Schluck von dem kalten Bier und atmete tief durch. Das erste Mal seit zwei Jahren. Zumindest fühlte es sich für sie so an. Die letzten zwei Jahre ihres Lebens hatte sie sich gefühlt, als würde sie in einer Zwangsjacke stecken, die ihr mehr und mehr die Luft zum Atmen nahm. Jeden Tag war ihr das Aufstehen schwerer gefallen. Jeder Tag war eine Schlacht in einem sinnlosen Krieg gegen sich selbst.

Doch jetzt, wo sie das Rauschen der Wellen hören und das Salz des Meeres auf ihren Lippen schmecken konnte, fühlte es sich so an, als wäre sie endlich frei.

Sie spürte, wie John ihr eine Strähne aus dem Gesicht strich. Sie schloss die Augen und lächelte vor sich hin.

»Worüber denkst du nach?« Johns Stimme war leise und sanft. Sie hörte, wie er aufstand. Kurz darauf spürte sie seine Brust an ihrem Rücken. Vertrauensvoll lehnte sie sich an ihn. Atmete seinen Duft ein und entspannte sich noch mehr.

»Darüber, dass sich das hier mehr nach einem Zuhause anfühlt als alles andere in meinem Leben.« Sie schlug die Augen auf, als er ihr einen Kuss auf die Schläfe drückte.

»Aber wir haben nicht einmal ein Dach über dem Kopf.« John lachte leise. »Wir werden heute Nacht am Strand schlafen müssen.«

Lissiana zuckte mit den Schultern. »Dann müssen wir das halt.« Sie grinste. »Ist ja nicht so, als wären wir auf der Flucht.«

John lachte. Sein Brustkorb bebte an ihrem Rücken. Sein Lachen trug alles mit sich fort. All den Stress. All die Schmerzen. All die Angst. Es war beinahe so wie in diesen schrecklichen Kitschromanen, die Vicky so unglaublich gerne las.

»Nein, jetzt sind wir das wohl nicht mehr.« John schlang die Arme um sie, und Lissiana schmiegte ihre Wange an seine. »Aber ’ne Bleibe brauchen wir trotzdem.«

Sie nickte. »Darum kümmern wir uns morgen. Entspann dich einfach und lass die Dinge auf dich zukommen!«

Stille. Dann sah John sie an. Seine Augen waren weit aufgerissen. Dann legte er ihr eine Hand auf die Stirn.

»Wer bist du, und was hast du mit Lissiana gemacht?« Er lachte, als sie ihm ihren Ellenbogen in die Rippen stieß. »Bist du noch du, oder haben sie dich am Flughafen gegen ein Double ausgetauscht? Oder hast du vielleicht Fieber?«

»Haha, sehr witzig.« Lissiana trank noch einen Schluck von ihrem Bier, während die Wellen gleichmäßig am Strand anrollten. Es war alles etwas zu perfekt, um wahr zu sein. Vor allem war es zu perfekt, um von langer Dauer zu sein. Doch sie würde es genießen, solange sie konnte.

»Wie soll es jetzt weitergehen?« Johns Tonfall war ernst und auch ein wenig angespannt. Und sie konnte es gut verstehen. Sie beide hatten die gefälschten Papiere von Ryan bekommen, hatten die Fußfesseln von Savannah lösen lassen und hatten sich die Tasche und die Tickets genommen, die Nathan ihnen gegeben hatte. Dann waren sie einfach in den Flieger gestiegen.

Vollkommen ohne Plan.

Etwas, das ihnen beiden alles andere als leichtfiel.

Lissiana lehnte ihren Kopf an seine Schulter und dachte nach. Ja, was sollten sie jetzt tun? Vicky war stets ihr Lebensinhalt gewesen. Doch jetzt war Vicky in New York, und sie war nun mal hier. Auch als Polizistin konnte sie nicht länger arbeiten. Hobbys hatte sie seit Jahren keine mehr gehabt. Sie würde sich ein komplett neues Leben aufbauen müssen.

»Wir fangen von vorne an. Du und ich.« Sie schloss die Augen. »Wir könnten uns in der Nähe des Meeres ein kleines Haus kaufen. Vielleicht könntest du ja ein paar deiner Kontakte nutzen, um neue Geschäftsmöglichkeiten zu finden. Und ich …« Sie biss sich auf die Unterlippe. »Ich finde schon irgendetwas, was ich tun kann.«

Sie hörte, wie John einen Schluck von seinem Bier nahm. Sie musste nicht hinsehen, um zu wissen, dass er vor sich hin grübelte. Dafür kannte sie ihn zu gut. Im Flugzeug hatte er ihr erzählt, was zwischen ihm und Butch vorgefallen war. Sie wusste genau, dass es ihn beschäftigte. Dass es ihn innerlich auffraß, auf diese Art und Weise die Staaten verlassen zu haben.

»Tiny hat ein Auge auf ihn.« Lissiana strich sanft über Johns Arme. »Er hat es dir versprochen.«

John stieß ein Schnauben aus. »Auf den aufzupassen ist schwerer, als 'nen Sack Flöhe zu hüten.«

Lissiana öffnete die Augen. John hatte den Blick in die Ferne gerichtet. Die Lippen hatte er fest aufeinandergepresst. Sorgenfalten zerfurchten seine Stirn. Sie hob die freie Hand und strich ihm sanft über die Wange.

»Er wird klarkommen. Und er wird sich schon wieder einkriegen. Du wirst sehen. Er macht jetzt nur einen auf harter Dickschädel.« Sie lächelte aufmunternd, als John sie endlich ansah. »Vertrau mir!«

John nickte langsam. Seine Hand legte sich unter ihr Kinn. Sie schloss die Augen, als er ihr einen sanften Kuss auf die Lippen hauchte.

»Was glaubst du, hat wohl jemand ein Foto von Commissioner Lance für uns gemacht?«, murmelte John an ihren Lippen. Er grinste, und der Schalk tanzte in seinen Augen.

Lissiana lachte auf. »Bei Gott, ich hätte ordentlich dafür bezahlt, um das zu sehen. Sein Blick war bestimmt Gold wert, als er festgestellt hat, dass wir nicht in diesem verdammten Zug sitzen.«

John strich sanft mit dem Daumen über ihren Kiefer. Dann ließ er sie los und trank wieder einen Schluck.

»Jetzt schulde ich dem Bullen was, oder?« Er verzog das Gesicht, als hätte er auf eine Zitrone gebissen.

Mit einem Grinsen nickte Lissiana. »Auf jeden Fall. Immerhin war das alles seine Idee.«

Er knirschte mit den Zähnen. »Kann ich ihm nicht einfach eine Dankeskarte schicken? Zu Weihnachten vielleicht?«

Lissiana schüttelte belustigt den Kopf. Sie wusste, dass John es nicht ernst meinte. Sie wusste, dass er Nathan unglaublich dankbar für all das war. Es fiel ihm nur schwer, es in Worte zu fassen und es zuzugeben.

»Wir können ihn ja später irgendwann hierher einladen.« Ihr Vorschlag verklang in der Stille und mischte sich mit dem Meeresrauschen. »Du traust ihm nicht, oder?«

John kratzte sich leicht am Hinterkopf. »Nicht wirklich.«

Lissiana stand auf und klopfte sich den Sand von den Schienbeinen. Dann streckte sie die Hand aus und half John auf die Füße.

»Du wirst noch lernen, ihm zu vertrauen. Er ist ein guter Kerl.« Sie schlang den Arm um seine Taille und schlenderte mit ihm am Wasser entlang. Der Strand war menschenleer. Niemand kam ihnen entgegen. Niemand starrte sie an. Es fühlte sich fantastisch an.

»Du vertraust ihm. Das will was heißen.« John legte ihr den Arm um die Schultern und zog sie näher zu sich. »Aber besonders subtil ist er nicht.«

Lissiana runzelte die Stirn. »Wie meinst du das?«

John stieß ein leises Lachen aus. »Hast du dir deinen Pass nicht näher angesehen?«

Sie schüttelte den Kopf. »Nein, wieso denn auch? Ich wusste das er gute Arbeit leistet. Das muss ich nicht kontrollieren.«

Er zog seinen aus der hinteren Hosentasche und hielt ihn ihr hin. Das leuchtende Rot des italienischen Passes war so anders als das ihr bekannte Blau der amerikanischen Dokumente. Sie schlug ihn auf und überflog die Daten. Doch es passte alles. Sie wusste noch immer nicht, was er meinte.

»Bist du unzufrieden mit deinem Vornamen? Luca ist doch ganz okay. Es passt doch ganz gut zu Arianna.« Sie sah ihn an, doch John lachte noch immer leise vor sich hin.

Er deutete auf die Zeile über seinem neuen Vornamen. »Sieh mal auf den Nachnamen!«

Sie runzelte noch immer die Stirn. »D'Angelo. Na und? Luca D'Angelo klingt doch ganz okay. Außerdem ist es derselbe wie meiner.« Sie las den Namen noch einmal. Hielt inne. Doch dann verstand sie. »Es ist derselbe wie meiner.«

John nahm ihr den Pass ab und steckte ihn lachend wieder in seine hintere Hosentasche. Er schlenderte mit ihr zu der Bar, an der er das Bier gekauft hatte, und ließ sich vom Barkeeper seine Tasche geben, die er dort sicher gelagert hatte. Er legte sich den Riemen um die Schulter und nahm ihre Hand, eher er zurück zum Strand ging.

»Eine sehr subtile Art mir zu sagen, dass ich aus dir eine ehrbare Frau machen soll, findest du nicht auch?« Er ergriff ihre Hand etwas fester.

Lissiana grinste leicht. »Tja, dann wirst du mir wohl einen Ring anstecken müssen.«

John hielt an und grinste schief. »Ja, sieht wohl ganz so aus.« Dann beugte er sich herunter und küsste sie. Flüchtig.

Sie zog eine Augenbraue hoch. »Das soll ein Kuss gewesen sein? Schwache Leistung.«

Er seufzte leise und kratzte sich am Hinterkopf. »Da gibt es etwas, über das ich mit dir reden wollte.« Er trank sein Bier in langen Zügen aus. »Als du geschlafen hast, habe ich mir die Papiere angesehen, die Nathan eingepackt hat. Deine Geburtsurkunde war dabei.« Sein intensiver Blick richtete sich direkt auf sie.

Lissiana verspannte sich. Sie wusste genau, was er wissen wollte.

»Weiß Victoria es?« Seine Frage sorgte dafür, dass sie beinahe gestolpert wäre. Sie ergriff seine Hand so fest, dass ihre Knöchel weiß hervortraten.

»Nein. Und es gibt keinen Grund, dass sie es jemals erfahren muss.« Sie knirschte mit den Zähnen.

John sah sie an. »Sie muss es wissen, Kätzchen.«

Lissiana schüttelte den Kopf. »Nein, muss sie nicht. Miranda war meine Mutter. Sie war vielleicht nicht meine biologische Mutter, aber sie hat mich großgezogen. Mehr interessiert mich nicht.«

John seufzte leise. Dann zog er sie an sich. »Ich stehe hinter dir, egal wofür du dich entscheidest.«

Sie nickte. »Gut. Sie muss es nicht wissen.«

Lissiana presste die Lippen aufeinander. Sie wusste, dass es nicht richtig war, das alles vor Vicky zu verbergen. Dennoch hielt sie es für besser. Vicky würde versuchen, eine Verbindung zu dieser Frau aufzubauen. Würde versuchen, sie in die Familie aufzunehmen. Und das konnte sie nicht riskieren. Nicht, wo sie doch wusste, wer ihre Mutter wirklich war.

Lissiana sah auf das Meer hinaus. Sie vermisste Vicky. Vermisste Nathan. Vermisste New York City.

Aber hier war ihr neues Leben. Zusammen mit John. Mit dem Mann, den sie liebte. Und den sie immer lieben würde. Der sie akzeptierte, wie sie war. Mit all ihren Fehlern. Mit all ihren Licht- und Schattenseiten. Mit den schönen Momenten und den hässlichen Wahrheiten. Und das war doch alles, was zählte.

»Und was machen wir jetzt mit dem restlichen Abend?« Lissiana genoss das Gefühl des kühlen Meerwassers, das ihre Füße berührte.

John lachte leise. »Ich wüsste da schon etwas.«

Dann vergrub er seine Hände in ihrem Haar und küsste sie.

Sie lächelte in den Kuss hinein. Ganz egal wer sie war, was für einen Namen sie trug oder wo auf der Welt sie auch sein mochte.

John würde immer ihr Zuhause sein.

Liebe Leser,

Sie haben also das gesamte Buch gelesen und sich auch noch bis zur Danksagung vorgewagt um zu erfahren, welche großartigen Menschen an der Entstehung von *New York Bastards – In deinem Schatten* beteiligt waren.

Und wenn ich ganz ehrlich mit Ihnen sein soll, dann weiß ich gar nicht so wirklich, wo ich überhaupt anfangen soll. Aber ich versuche trotzdem, niemanden auszulassen, was zugegebener Maßen gar nicht so einfach sein wird.

Zuallererst einmal möchte ich dem Team von LYX danken. Ihr seid ein großartiges Team, das einer unerfahrenen Autorin die Chance gegeben hat, einen lange gehegten Traum in Erfüllung gehen zu lassen. Ihr steht mit Leidenschaft und Herzblut hinter euren Autoren und besonders diese Autorin ist darüber sehr, sehr froh.

Aber mein besonderer Dank gilt Katharina Schmidt die mich seit Stunde Null begleitet hat. Oder besser: die mich ausgehalten hat. Denn liebe Leser, es ist alles andere als leicht, sich mit einer völlig unerfahrenen Autorin auseinanderzusetzen, die auch noch dazu neigt, vor sich hin zu plappern, wenn sie nervös ist. Was zugegebenermaßen beim ersten Buch verdammt oft vorgekommen ist. Also Katharina, danke für die Stunden die du dich mit mir herumgeschlagen hast. Ob am Telefon, vor Ort oder per Mail. Du hast dieses Buch durch deine Kritik und Anmerkungen zu dem gemacht, was es jetzt ist, und du hast mich oft davor bewahrt, alles in die Ecke zu werfen oder vor Frust mein Manuskript in Brand zu stecken.

Aber noch viele andere waren an diesem Buch beteiligt und haben mich auf unterschiedlichste Art und Weise unterstützt.

Carlo Feber, wenn Sie dieses Buch jemals in der Hand halten sollten: Vielen Dank für alles. Sie haben diesen Krimi-Plot überhaupt erst möglich gemacht und mir generell gezeigt, was es heißt, aus dem Offensichtlichen ein Geheimnis zu machen. Ich habe noch viel zu lernen aber dank Ihnen, kann ich von jetzt an mein Haus auf soliden Grundmauern erbauen.

Und Lisa Kuppler, ich glaube du ahnst gar nicht, wie viel du tatsächlich für mich getan hast. Von meinen Perspektiv-Patzern bis hin zu meiner nichtexistenten Plot-Line, hast du so ziemlich alles ausgehalten und dir immer wieder die Zeit genommen, jemandem zu helfen, der sich tatsächlich manchmal völlig hilflos gefühlt hat. Ich hoffe, dass ich noch oft die Gelegenheit haben werde, von dir zu lernen und mit dir zu arbeiten. Es war wirklich eine Bereicherung.

Und jetzt liebe Leser, kommen wir zu den Menschen, die ich auf gar keinen Fall vergessen darf. Und die es einem auch wirklich schwer machen, weil man sie zum Glück die ganze Zeit um sich hat.

Also fangen wir mit dir an, Raina Niemeyer. Wenn du das hier liest, wirst du die Augen verdrehen und sagen: »War doch selbstverständlich.« Aber ich will dir trotzdem danken. Für all die Stunden der Diskussionen und all die Sonntage, an denen du für mich den Rotstift herausgeholt hast, um mich wissen zu lassen, was ich besser machen kann. Du hast dich nie beklagt, auch wenn ich mal wieder die Krallen ausgefahren habe oder auf dem Schlauch stand und nicht verstanden habe, was du eigentlich genau von mir willst. Danke, für deine ehrliche Begeisterung. Tiny und ich wissen es sehr zu schätzen. Außerdem Danke für deine Freundschaft. Sie hat das hier ausgehalten, also schaffen wir den Rest jawohl mit links, nicht wahr?

Und dann ist da natürlich noch meine Familie. Eure Liebe und bedingungslose Unterstützung haben all das hier erst möglich gemacht. Ich weiß, ich bin nicht immer einfach (denn ja liebe Leser: Manche Klischees über Autoren sind wirklich wahr), aber ich weiß es wirklich zu schätzen, dass ihr immer für mich da seid.

Aber gesondert sei hier noch einmal meine Mutter, Lynne Köhler erwähnt. Mom, ich weiß, du kannst es nicht leiden, wenn dir Sonderbehandlungen zuteilwerden, aber diese hier wirst du über dich ergehen lassen müssen. Danke, für über zwanzig Jahre der bedingungslosen Liebe und Unterstützung. Danke, dass du an mich geglaubt hast, als viele andere es nicht getan haben – und vor allem als ich es selbst nicht konnte. Danke, dass du mich der Mensch sein lässt, der ich nun Mal bin, und dass du mich zu eben diesem Menschen gemacht hast. Du bist mein größter Unterstützer und mein härtester Kritiker – und ich würde es überhaupt nicht anders wollen.

Und zuletzt möchte ich natürlich noch Ihnen danken, liebe Leser. Denn ohne Sie, bräuchte die Welt keine Autoren. Ich hoffe, dass Ihnen *New York Bastards – In deinem Schatten* gefallen hat.

Ich freue mich immer sehr über Ihre Meinungen und Anmerkungen, die Sie gerne entweder per Mail an kara.c.atkin@gmail.com oder via Facebook auf facebook.com/k.c.atkinauthor mitteilen können.

Ihre

K. C. Atkin
Osnabrück, im Januar 2017